全新譯校 經典新版世界名著 23

Osudy dobrého vojáka Švejka za světové války

好兵帥克

〔捷克〕哈謝克 著

張蔚鄉 譯

【選書推薦】

豐富現代人心靈的饗宴

——「風雲時代」推出的文學經典名著

南方朔

多年來，我一直鼓吹要讀經典，尤其是文學經典。

因爲，經典之所以爲經典，乃是它濃縮著傑出作者的心靈、智慧與識見，可以讓人在閱讀裡深度反芻，並呼喚出每個人內心裡更優質的成份。經典是我們心靈的饗宴與邂逅，它永遠會讓人豐收。

文學經典的閱讀樂趣

正因爲經典重要，因而它一路相望，早已成爲每個國族、甚或全世界的文化傳承。在西方，愈是頂級的大學學府，就愈重視經典閱讀的課程安排，目的即是要讓未來的菁英階層，不只具有專業的知識技能，更要有「全人」（Universal Man）的格局和品質。由美國常春藤盟校所開列出來的經典書單，實在值得我們借鏡，做爲我們改革通識教育的參考。

因此，對經典的親炙與閱覽，不只是狹義的閱讀行為而已，更應該是人格養成的一種教育和社會行為。有遠見的出版人、編輯人不妨透過經典的濃縮重編，讓人們在生命成長的任何一個階段，都可略窺其堂奧，而後循序漸進，由親切怡人的經典，而走向博大深邃的著作，享盡閱讀的樂趣，並在閱讀中見證心靈的成長。

使人「重新發展愛情」

況且，閱讀文學經典、世界名著，還能滋潤現代人的心靈，使人對愛情與人性重新有一番體悟。

用「重新發展愛情」來說現在人們的心靈處境，真是再也貼切不過了。近代的人際關係早已發生鉅變，其中最大的變化即是性別間不再有任何的神秘，於是愛情與性的非崇高化遂成了一種新的難局。當愛情不再神秘，一切的愛情也就勢不可免的成為精打細算的操縱遊戲。人們不再相信人際關係的持久性，而彷彿像刺蝟般，無論太近或太遠都覺得不對勁。刺蝟般的愛情使得它遠離親密而更像是戰爭。古代那漫長但又充滿滋味的愛情過程早已消失。當愛情與性更加唾手可得，它的折舊與翻臉也就更加快速。愛情愈來愈像是商品的週期，也更加像吃興奮劑一樣在亢奮和低潮間震盪。

這就是愛情難局之所在，它使許多人將愛情與性分開，也讓許多人愈來愈逃避感情。當身體的接觸已不再是愛情的憑證，愛情的立腳點遂更加脆弱可疑。現在的世界上已難想像偉大的戀情，反倒常見各種愛情上的怨偶與悍夫悍婦不斷出現。愛情有時候竟然會變成「致命的吸引力」！

打開生命的窗子

因此，今日的愛情已漸漸失掉了它的位置。當古老愛情的神話瓦解，愛情世界上的善男信女就注定要在愛情戰爭裡擔驚受怕。愛情的起源是自戀，而後在自戀中打開生命的窗子；而今日的愛情則是人在自戀裡將自己關閉，並讓愛情遊戲更像是座叢林。情慾奔騰而愛情寂寥，失掉位置的愛情必須被「重新發明」，必須藉著不斷的驚喜和共感來維繫它易滅的燭焰。在這個愛情被急切渴望的時代，但願愛情真的能帶給人平安，而非怨懟與騷亂。

而「重新發明」愛情的最佳途徑，在我看來，就是隨時抽時間，閱讀自己喜歡、且已獲公認的文學經典！

選書以親切怡人爲主

在台灣，經典名著的閱讀有著固定的需求，一代代的少年和青年，都以熱切的願望進入這個領域，因此，許多西方的文學經典名著，早已有了許多不同的版本。而今，好朋友「風雲時代出版公司」也開始走進這個領域，開始出版西方文學名著。由第一批廿本名著的書目，可以看出它由於剛開始，因而選書以親切怡人、適於年青人閱讀者為主。這批書目涵托了《雙城記》、《月亮寶石》、《格列佛遊記》、《魯賓遜漂流記》、《騎鵝歷險記》、《綠野仙蹤》、《簡愛》、《咆哮山莊》、《小王子、灰姑娘》、《小婦人》、《達·文西寓言》、《愛麗絲夢遊仙境》、《金銀島》、《狐》、《最後一課》、《少年維特的煩惱》、《吹牛大王歷險記》、《最後的莫希干人》、《間諜》、《快樂王子》。書目裡，雖然有些早已膾炙人口，但也有多本，如《月亮寶石》、《騎鵝歷險記》、《吹牛大王歷險記》、《最後的莫希干人》、《間諜》、《快樂王子》等，似乎仍是首譯，可以彌補台灣在文學名著翻譯上始終有所缺漏的遺憾。

我一向認為出版業能關心名著經典，是一種功德。出版名著經典，乃是標準的「薄利事業」，經營維艱，但它卻是在文化這個領域撒佈可供後來者繼續成長的土壤。而除了經營艱難外，出版名著經典，也是極大的考驗。名著經典浩若瀚海，深淺繁易之間也等級極多，因而出版者需長期耕耘，鍥而不捨，始能規模逐漸完整。「風雲時代」的這套廿本，只是個開始，衷心期望更多個廿本，能相繼出現。

我讀過，我又讀了

近代義大利名作家卡爾維諾（Italo Calvino）曾經說過：經典名著乃是那種人們不會說「我讀

過」，而是說「我又讀了」的著作。名著之所以爲經典，乃是它的高稠密度和內含的巨大信息量。因而，每次去讀它，都會讀出新的東西、新的精神。經典名著乃是一口鐘，當人們輕輕的敲，它就回報以小小的聲音；當人們用力的敲，它就用大聲來回應。經典名著從不吝惜給與，而是要看人們如何對它提出索求。

因此，讓我們泡杯好茶，弄一個舒適自在的位子，坐下，拿起書，走進那個歷代傑出作家所建造出來的經典世界吧！

瑪格麗特・尤瑟娜

【經典推薦】

鞏固經典記憶

跨越兩大洲的人類典範精神產品（語言類）世紀總評選，在經過了十二年爭執和磨合之後，終於由法國和美國的兩個教師組織確定了一個成熟的評估結果。相信這些作品業已成為孩子們的美育之程的良師益友。

當然，這個評估結果不能簡言之為行政藝術和學術評議的結果，就事實真相而言，教師聯合會開列的這些書目與其說是評議，毋寧說是一種順理成章的承認。我唯一應該感到驚異的是，本世紀初在勃朗第鄉村葡萄園中令一個少女體會到語文的愉悅與甘美的幾本小書，在今天這樣一個網路閱讀時代，同樣具有芬芳的魅力。

去年夏天我經過那個葡萄園，少女在午後讀書的搖椅已經變成了郁郁蔥蔥的灌木叢，而那個少女如今已是白髮蒼蒼、老態龍鍾，她的孫女牽引著這個可笑的老太太，聽這個老人嘮叨著哈姆雷特，末了，天真無邪的孩子仰起光潔的臉問道：「哈姆雷特？就是那個倒楣的獅子辛巴嗎？」唉，我能說什麼呢？精神產品的形態日新月異，而喜悅的源泉竟是那樣古樸！時空在飛速旋轉，轉朽的只是宏大的典儀、誇飾的宣言和曇花一現的威權，我們每個人的青春容顏也在流水的雕刻中變得殘缺直至湮滅。相形之下，類似於普魯斯特小甜餅煥發的記憶卻是恆久常新，在我們心中占有無與倫比的崇高位置。那些人類的經典語言和相關思維，日復一日地影響我們，世界對自己與和諧的訴求，人類對美與愉悅共同的感知，我們面對挫折和悲傷時能喚起的巨大勇氣，一切力量的源泉，莫不來自於這些經典語言的深處。以至於我們今天面對這些書籍，仍難掩飾感激的衝動。

當年在勃朗第葡萄園裡如痴如醉進行閱讀的小女孩，有生以來第一次從文字裡閱讀到痛苦的信息，第一次嘗受喜悅和悸動在內心混合纏繞後的悠遠和……甜蜜。她曾攤開一幅幅粗糙的紙頁，試圖從紙面上的印刷墨跡中找尋到什麼，一句話，她在探討魔力究竟在哪裡。長大以後她才知道，經典語言的魔力其實就蘊涵在業已發生和繼續發生的歷史中。

莫遺忘文字的美好

孩子們需要讀什麼樣的書？除了《馬太福音》和教科書之外，父母親會經常在孩子面前提到某個作家的名字和相關書籍嗎？在有著悠久學校傳統的歐洲，孩子們的課外閱讀還會像那個當年的小女孩那樣完全由偶然性和個人氣質決定嗎？抑或說，在教育行業從事這一項經典語言作品的跨國性指導之前，存在合理的自發性的閱讀規模嗎？在中學生進入網路時代的今天，在全球文化正在發生一場歷史性融合的關頭，提出這樣的疑慮是適宜的。

我愛我的孫女，她今天十四歲，迷戀恐龍和模擬主持人。在她的心目中，經典事物不是喬叟或艾呂雅，她在寫作或言談的時候會引用法老等古舊的名詞，但是，她心中的「法老」概念跟我們心中那個奇偉的古埃及無關。她之所以愛法老是因爲「小紅梅」樂隊在一段重唱中運用了「法老」這樣一個音節。由此可見，遺忘在我們的生活中時時發生著，最可怕的遺忘就是記憶的斷裂。

當英語國家的年輕一代已經遠離了使自己母語朝氣蓬勃充滿文學潛力的那些不朽的文本——如莎士比亞戲劇、狄更斯的小說和馬克·吐溫的幽默演說，當法國的少女們只能從廣告裡知道那個美艷的包法利夫人的名字時，我要說：目前我們正在做的跨國性的工作絕非固執和專橫之舉。

這是一項鞏固經典記憶、引導青少年一代走向光明之路的有益工作。事實上在此之前，這項工作已經正式或非正式地正在展開著。

我的朋友、捷克總統哈維爾先生從構建歐洲大廈的層面高度評價教師組織的閱讀倡導，在他的國家，有關書目的閱讀推廣已經成爲一場行政動員。這一消息令我們感到振奮。但是我願意補充的是，中學生對人類典籍的系統性閱讀，已經超出了歐洲和北美大陸的意義，最新的消息是印度和中國這兩個有著輝煌文化的國家也表示樂於接受本叢書的推行。

我尤其要感謝蒙馬利特中學校長尙居斯先生和俄亥俄州立大學文學院的摩根斯坦教授，以及歐洲最傑出的出版商、法國中學生暑假閱讀計劃的贊助人特琳澤女士，他們爲了這項平凡而高尙的工作穿梭於兩大洲之間，終於促成了兩個權威性教師組織成功有效的合作。我還要提到法蘭西文學院在這套叢書的編選中所做的傑出工作。

（瑪格麗特·尤瑟娜，法國現代著名女作家，為法蘭西學院成立三百多年來首位女院士。其著作於二〇〇二年入選諾貝爾學院的「所有時代最佳百部經典」名著）

【專文導讀】

以玩笑對待世界的荒誕

特尼爾・巴拉洛夫（法國圖爾大學）

現在大家將要看到的是一個士兵的故事——不是雷恩，不是藍波，而是那位著名的捷克列兵。有人說：捷克民族不需要再創造別的世界品牌，只要擁有了哈謝克和帥克，就足以顯示其偉大了。《好兵帥克歷險記》這部諷刺性的巨著，創造了一個波希米亞的「唐吉訶德」，捷克人的文學彰名世界，完全是得益於這部作品。下面，我們就去看看那故事中到底記述了怎樣一個人物吧。

可以說，這是一個十足的令人發笑的傻瓜，在布拉格做狗販子，還專幹坑蒙拐騙的勾當；但同時又是一個憨厚老實、天真可愛的小人物，長著一張胖乎乎的臉，臉上永遠掛著傻乎乎的微笑；要說他是個很會說笑話，愛東拉西扯，常常將一些毫不相干的事情扯到了一起的人，沒有人會對這一點提出反駁；而他又是一個熱心腸的人，只是常常樂於助人卻又總是幫倒忙——這就是帥克，一個被軍醫診斷爲白癡而被迫退伍的老兵，正犯著風濕痛，卻在女僕的幫助下，坐著輪椅去報名參軍，表示效忠奧地利皇室，這與當時捷克人的真實情感是形成了多麼強烈的反差啊，但它確確實實是由帥克這個人物做出來的。

這個人物，帥克，實在是一個奇特的人物。事實上，就像他那些愚蠢的夥伴一樣，他根本就不知道自己爲什麼要去參加戰爭，但卻自願成了列兵隊伍中的一員，並且還陰差陽錯地做了隨軍神父奧托·卡茨的勤務兵，後來又成了上尉軍官盧卡什的勤務兵。他看上去就像一位合格的軍人那樣，無條件地順從上司，對於上級的命令，不折不扣地執行。但誰能想到，正是他這種沒有頭腦的順從和好心卻常常搞得上司笑話百出、狼狽不堪。帥克經常毫不猶豫地對人承認當局和上司對他的愚蠢的認定，說：「報告長官，我是個傻瓜。」但實際上，我們透過小說本身可以知道，在當時的社會中真正愚昧和昏庸的根源在皇宮裡，他正是以帥克的愚蠢間接地愚弄了那些表面上衣冠楚楚的人。

帥克以他自己的愚行，引出了當時上流社會的愚蠢，另一方面，也暴露了這場戰爭本身的荒誕性。這種以愚蠢揭示愚蠢，以荒誕反抗荒誕的方法，正是現代藝術反抗非人性文明的重要途徑。

當代捷克作家米蘭·昆德拉在談到帥克時，這樣指出：「帥克亦步亦趨地模仿他周圍的世界，一個愚蠢的世界，結果人們無法分辨他是否真的也是愚蠢的。他輕而易舉地、同時又是歡快地適應了統治者的秩序，並非他發現了其中的意義，而是他發現了無聊和無意義。他逗自己開心，也逗他人開心。通過誇張的唯唯諾諾，他把這個世界變成了一個大玩笑。」以玩笑的方式對待世界的荒誕，這正是《好兵帥克歷險記》這部書的真正含義所在。

我們知道，僕從與主人之間的關係，往往是一種真正顛倒的關係，就像作爲附庸國的捷克與作爲宗主國的奧匈德國之間的關係一樣，奴役者看上去很聰明、很強大，處處支配者被奴役者，可事實上他們才是真正的被奴役者。因爲他們一旦離開了他們的僕人，就將寸步難行。這樣，即使碰上的是一位愚蠢的僕從，他們也不得不聽其擺佈和愚弄。帥克的行徑，就正好體現了弱勢民族和階層的這一種特殊的反抗方式。

在捷克人看來，哈謝克是他們民族的偉大英雄，他創造的帥克形象，揭示了捷克民族典型的特性。由此，受他的影響在以後的歲月裡又誕生了許多具有相同氣質的作家和作品。例如二十世紀初期的卡夫卡式的荒誕故事，以及其他一些哈謝克式的鬧劇。當代作家米蘭・昆德拉繼承了哈謝克和卡夫卡的精神遺產，他的小說，如《笑忘錄》，對捷克文化精神做出了精彩的描述：以笑的方式來遺忘痛苦和對抗暴政。這一點，開啓了二戰後的所謂「黑色幽默」小說先河。美國作家約瑟夫・海勒描寫二戰的黑色幽默作品《第二十二條軍規》，在揭示現代人類文明，尤其是戰爭文化的荒誕性方面，與《好兵帥克歷險記》是一脈相承的，尤索林可以說就是二戰時代的、美國的帥克。

帥克的故事沒有結束，我想，只要這世界上還存在像奧匈帝國和捷克民族那樣的不平等關係，帥克的故事就永遠不會結束。

目錄
CONTENTS

第一卷　在後方

一　帥克妄議世界大戰

帥克是一個非常普通、不起眼的小人物。幾年之前，帥克就被軍醫審查委員會認定是個白癡，於是退了伍。這個不起眼的帥克從此以後只好靠賣狗來維持生計，而且廉價替各種出身卑微的雜種狗僞造出身證明。

「斐迪南大公就這樣被殺了。」女傭人在閒聊時對帥克說。

帥克一邊吐著煙圈，一邊繼續揉著他的膝蓋。因爲他患著風濕症，經常用樟腦油搓揉。「米勒太太，我認識兩個斐迪南，一個是雜貨鋪老闆普魯什的夥計，那個笨蛋有一次喝了一整瓶生髮油；另一個是撿狗屎的，叫做斐迪南・柯柯什卡，這兩個都是小人物，就算消失了也沒有人在意。」帥克說。

「不是，不是，是住在科諾皮什捷城堡的那個斐迪南大公，有可能會成爲國王的那一個啊！雖然他有點胖，但是人還不算討厭，挺虔誠的。」

「你說的那位斐迪南在哪裡出事了呢？」帥克有了一點興趣，他向來都非常熱心於這樣的國家大事的。

米勒太太也十分樂意與人談論：「在薩拉熱窩，他與他的夫人坐著車子經過那裡的時候，有人用左輪手槍擊中了他。大公當場就玩完了。」

「不一定吧，米勒太太，中槍之後也不一定馬上就死啊，有可能好半天才咽氣呢！這事誰能料得到呢？像他那麼闊氣的大公，有那麼多的警衛，而且坐在車子裡，只是出來巡視一趟，就走了這樣的楣運，讓人一槍給砰了。」

「對啊！左輪手槍相當厲害的，前一陣子不就有個先生玩左輪，把全家人都給打死了？連看門的都遭了殃，也被打死了。」米勒太太膽戰心驚地說。

「其實啊，是因爲我們要搶波斯尼亞和黑塞哥維亞，估計是惹急了土耳其人，才給了那個斐迪南一槍。像他那樣氣派的人，也沒落個好死！」

「帥克先生，您知道的還真不少呢！嘖嘖！」

「當然了，而且我敢說他們買的那杆槍非常棒，而且開槍打死大公的那個人一定也非常不簡單。我敢和您打賭，這不是個普通任務。殺死一位大公哪有那麼簡單？那麼多的警衛、人和車輛，而且必須要假裝成一個紳士，假如穿得破破爛爛，像個要飯的，還沒靠近大公就被警察抓住了。」

「做這種事……可不是一個人能夠完成的。」米勒太太發表了她的高見。

帥克正好按摩完了他的膝蓋，剛好對米勒太太發表一篇長篇大論：「當然了，要是想弄死一位大官或國王什麼的，總要找很多人，想一個周密的計劃，集思廣益，然後挑出一位勇士去完成這項任務。是不是能夠成功還得看各方面條件的配合，時間、地點、時機都要剛剛好，不能太早也不能太遲，就是大公的車子經過的那一瞬間，子彈剛好擊中他。」

米勒太太非常贊同地點了點頭，她的眼光鼓勵著帥克愈講愈興奮了。

「以前那個叫盧德謝尼的不就是一刀殺了我們的伊麗莎白皇后嗎！一分鐘之前，他們倆還一起悠閒地散步呢。樹大招風，許多名人都莫名其妙遇害，這背後又有很多隱秘的原因呢！」

帥克咽了咽口水繼續往下說：「那些人什麼都不怕，誰都敢殺，說不定有一天他們還會拿沙皇和他的皇后開刀呢，或許殺紅了眼，連其他人也不放過。皇族表面看起來非常風光，但是暗地裡也結下不少仇家，不知什麼時候就會有一個仇家端著槍拿著刀衝出來，真是危險啊！」

「而且那些個不要命的人還放出話來說，遲早有一天要把皇帝殺掉，不論是誰都救不了他們。最大膽的是，這個膽大的狂徒在酒店裡喝酒的時候居然敢不付帳，還打了酒店老闆一個耳光，於是酒店老闆就叫警察把他抓起來了，這回讓他知道，國家可不是吃素的！」

「現在的新鮮事真不少啊！」米勒太太也聽出興趣來了，「您還聽說過什麼樣有趣的事啊！」

帥克一邊穿外衣一邊說：「我還在軍隊當兵的那會兒，有個步兵拿著一枝上了膛的步槍在兵營裡四處遊蕩，大家都不知道他想要做什麼，他居然說要找大尉談話。大尉當然不會好好和他講話，一出來就命令他在營房外面待著。他火冒三丈，衝著大尉的胸膛開了一槍，血從上尉的前胸後背流了出來，把辦公室裡的人都嚇壞了。」

「天哪，有這樣的事情？太不可思議了！」米勒太太對於軍營裡發生這樣的事相當驚訝，「那個當兵的後來怎麼樣了呢？」

帥克已經穿上了外衣，他正在整理禮帽，這是一項很繁瑣的工作。接著說：「誰趕上這種事也得腦袋搬家了，他有自知之明，還沒來得及槍斃他呢，他就自己吊死了。他藉口褲子老是掉下去，就向禁閉室的看守借了一根褲腰帶，等大夥發現他的時候，他已經用看守的褲腰帶吊死了，所有的人都覺得十分奇怪，他爲什麼要借別人的褲腰帶吊死。」

「更倒楣的是把褲腰帶借給他的那個看守，就因爲這件事被判了六個月的監禁。其實估計他也不知道別人要用他的褲腰帶上吊，後來他從監獄裡逃了出來，跑到瑞士去當傳教士去了。據我估計，那個被殺的斐迪南也是被那個槍手給騙了，只注意那個槍手衣著名貴，彬彬有禮，並不疑心槍手要殺他。然後那個槍手冷不防地把手槍給掏了出來，一槍就叫那個斐迪南大公丟了性命。現在這個世界上什麼人都有，只是老實人不多了。」

帥克忽然想起一點什麼來，問道：「他朝大公身上開了一槍還是幾槍？」

「據報紙說是很多槍，把斐迪南大公打得像個馬蜂窩一樣。那也要不少的子彈吧？估計子彈都打光了。」

「那個槍手不是普通人，這事幹得真不賴，不知道他使的是什麼槍。假如是我我就去買一把勃朗寧，又輕巧又好用，隨便藏在哪裡根本看不出來。子彈的速度太驚人了，在短短的兩分鐘裡，可以打死二十個大公級別的人物，不管他是胖子還是瘦子。而且我個人認爲，胖子總是比瘦子好打些，對吧，米勒太太？」

帥克先生又開始滔滔不絕了：「你記得那個胖乎乎的西班牙國王是怎麼死的嗎？也是被打死的。話又說回來，當國王的多半都是大胖子。——好啦，米勒太太，我要去『管你夠』酒家喝一杯，有件事情我需要交代一下，我已經將家裡的那隻小獵犬訂給別人了，而且收了訂金。要是有人來取，就對他說小狗現在住在鄉下的養狗場裡，在耳朵長好之前牠必須待在那兒，否則會傷風的。還有，你走的時候把鑰匙交給門房就可以了。」

「管你夠」酒家在附近一帶也算是小有名氣的了，老闆巴里維茨儘管是個粗人，可也喜歡賣弄點酸溜溜的墨水，總是勸人閱讀雨果的作品，尤其是寫拿破侖在滑鐵盧戰役中給英國人鏗鏘有力回敬的那一小段。但他自己說話可就不顧那麼多了，每說一句話都得加個「屁」字、「屎」字一類的粗話，譬如他老說「老子才不管這屁事呢！」

下午這會兒，酒家裡的客人很少，只有一位顧客——勃利特施奈德，他的真實身分是警察局的密探。但密探也有無聊的時候啊，他總是想和巴里維茨聊點什麼，而巴里維茨只注意手邊的一堆髒盤子，兩個人怎麼也聊不起來。

勃利特施奈德還是想和巴里維茨說點什麼，但又不知道說什麼好，於是他一開口便是老生常談：「今年夏天真不錯啊！」

「不錯頂個屁！」巴里維茨的反應可夠令人失望的，他一邊回答一邊收拾他的碟子。

勃利特施奈德幾乎都不抱希望了，巴里維茨彷彿對與他談話沒什麼興趣，但他又不死心：「你知道薩拉熱窩出的那件好事兒了吧！」

「你說的『薩拉熱窩』是在努賽爾酒店的包房吧？那兒可夠亂的，每天都有人在打架，而且還因爲打架而出名。」巴里維茨回答得牛頭不對馬嘴。

「不是努賽爾酒店，是波斯尼亞省的薩拉熱窩，斐迪南大公在巡視那裡的時候被人打死了，現在，很多人都在議論紛紛呢！」

巴里維茨對這些政治事件可沒什麼興趣，他一邊點著煙斗，一邊不屑一顧地回答說：「我對這種屁事可是一點興趣都沒有。哪個兔崽子想問我這號事，我會讓他嘗到我的厲害的，讓他吻一下我的屁股！這個主意不賴吧？」巴里維茨對這類話題相當的謹慎，「現在這樣的社會，真的是什麼事都可能發生。誰要是和政治上的鳥事沾上了邊，都有可能丟掉脖子上的那顆東西。我只是做小本生意，每天招呼客人就夠我忙的了，至於什麼薩拉熱窩，哪個大公被打死了，我壓根就沒有一點興趣，他媽的什麼鳥事，我才不想管。多管閒事的結果只會是去龐克拉茨監獄待著。」

看來這場談話是沒有辦法繼續下去了，勃利特施奈德大失所望，他環顧四周，終於發現了一個新的話題，「現在掛鏡子的那地方，以前不是一幅皇帝的肖像嗎？好端端的幹嘛要換啊！」

巴里維茨說：「這畫以前倒在，但是店裡有許多蒼蠅，常常在畫像上拉屎。我可不想對皇帝大人不敬，或是因爲這事而他媽的去蹲牢房，所以就收到頂棚上去了，店裡人多嘴雜，我可不想給自己找麻煩。」

「是不是因爲薩拉熱窩的關係啊！」勃利特施奈德又把話題給扯了回來。可這並沒有難倒巴里維茨先生，他既要同酒客聊天，又不想招惹是非：「你說的薩拉熱窩我想起來了，那兒天氣非常熱，我以前在那兒當兵的時候，上尉先生經常都會往頭頂上放一塊冰用來解暑。」

密探勃利特施奈德的興趣一下子就被挑動起來了：「您那時在哪個聯隊當兵呢？」

巴里維茨必須格外小心勃利特施奈德這號人：「您怎麼對這種事都有興趣呢，連我自己都記不住了。這種鳥事，我可不感興趣，勸您也不要多管閒事了，小心惹禍上身，到時候就麻煩了。」

勃利特施奈德討了個沒趣，知道從巴里維茨那裡挖不出什麼有價值的東西，他也不說話了，陰沈著臉喝啤酒。

「老闆，給我一杯黑啤酒。」帥克邁進了酒店，「據說維也納今天也掛了黑紗了。」

一聽這話，勃利特施奈德兩眼放光：「他們在科諾皮什捷掛了十幅黑紗，表示哀悼。」

帥克坐了下來，猛灌了一口啤酒，滿意地咂了咂嘴，「我說應該掛上整整十二幅黑紗。」

「爲什麼呢？」

「十二幅就是一打，好計數也好算錢，而且成打買比較划算。」帥克自己覺得說得很有道理。勃利特施奈德也想不出用什麼樣的話來回敬他。

帥克又率先打破了沈默：「那個斐迪南大公還真是不走運啊！年紀輕輕的就死了，他本來有機會能當上皇帝的。不過這種事誰說得清楚呢，我當兵那時有個十分得寵的將軍，本來可能升官做元帥的，可是有一天莫名其妙的從馬上摔了下來，等大夥把他扶上去的時候，你猜怎麼著，他已經斷氣了。我自己最討厭軍事演習了，平白無故搞什麼演習？還不定發生什麼事呢。有一次演習的時候，他們讓我在單人禁閉室裡待了十天，就因爲我的衣服上少了二十顆鈕扣，關禁閉的日子可真難受啊。最可惡的是，他們還把我的雙手綁在腳上，他們管這叫『鴛鴦套』，我只能縮成一團。」

說到這兒，帥克喝了一口啤酒，他的思想完全回到了以前當兵的時光：「軍隊有軍隊的紀律，要不然就成了一盤散沙了；在軍隊裡，誰都得遵守紀律，否則會受到懲罰的。我們部隊裡的馬科維茨上尉就常常對我們說：『你們這班雜種要是沒有了紀律，還不無法無天，像個猴子一樣四處亂竄？那還當什麼兵，打什麼仗啊！』他說得其實也挺有道理的：無論如何軍隊也該有個紀律，總不能讓士兵到處亂跑，或者真的像猴子一樣全都蹲在樹杈上吧，那像什麼話啊！」

帥克愈扯愈遠，密探勃利特施奈德又不失時機地把話題給拉了回來，轉入正題：「薩拉熱窩那事，是塞爾維亞人幹的吧！」

帥克可沒有酒店老闆巴里維茨那樣謹慎小心，他正想就外交大事發表一大篇的評論呢：

「您老可大錯特錯了，兇手是土耳其人。這事土耳其人計劃了很久。目的是爲了撈回波斯尼亞和黑山。土耳其在一九一二年的時候敗給了塞爾維亞、保加利亞和希臘，後來，他們想要奧利地出兵幫助，但你想，奧地利能答應嗎？於是土耳其人懷恨在心，找機會報復，所以他們就把斐迪南給殺了。」帥克對奧地利與巴爾幹半島的政治形勢分析了一通之後得出了上面的結論。他忽然又想起了一點什麼，轉過頭去問酒店老闆巴里維茨：「你是不是不喜歡那些土耳其狗崽子？」

巴里維茨還是那種不偏不倚的口氣：「對於我們這樣開酒店的人來說，政治頂個屁用，又不能多賺錢。土耳其人往店裡一坐，也和你們一樣是我的客人，只要他們付清酒錢，別的我也不多管，這是我的原則。只要他不賒欠我的酒錢，他愛殺誰就殺誰，愛信什麼就信什麼，愛入什麼黨派就入什麼黨派，關我屁事！這些閒事對我來說都沒有什麼意義。」

在這裡耗了這麼久，密探總得抓住一個口實什麼的：「你們不覺得這對奧地利是一個很大的損失嗎？」

巴里維茨對這個問題顯然沒什麼興趣，帥克卻搶著發表自己的意見：「斐迪南對於奧地利的意義可不是其他的什麼廢物隨便可以代替的，的確是一個很大的損失，但我認爲他應該長得更胖一點，那樣的話就非常好了。」

勃利特施奈德的鼻子嗅到了帥克話裡不平常的味道，他覺得有必要深入探討一下這個問題，於是試探性地問道：「我不是很明白您的意思，您能不能具體地說一說？我很有興趣。」

帥克洋洋得意地說道：「什麼意思，你連這個都不明白嗎？我解釋給你聽好了：斐迪南大公要是再胖一點的話，就不會到薩拉熱窩去送死了，報紙都登滿了這樁敗興事，真是丟人現眼，活脫脫的一個現世寶，他要是再胖一點的話……」

「會怎麼樣？」

「肯定會爲了保衛他城堡周圍的蘑菇和乾柴中風而死的，你知道，大公他老人家對付城堡附近那些占地便宜的刁民的手段可是出了名的。很多年前，布傑約維策的集市上有個名字叫帕希基斯拉夫．魯威克的牲口販子因爲一點口角被人捅死了。就爲了這點小事，引出了一連串的事來，帕希基斯拉夫．魯威克的兒子叫博胡斯拉夫。可人們都不叫他的名字，而叫他被刀子捅死的那個人的兒子，他的牲口怎麼也賣不出去了，到最後，他走投無路，就跳河自殺了，就是從伏爾塔瓦河上的克魯姆洛瓦橋上往下跳的。有人看見他自殺，就去救他，他喝了一肚子的河水。大家七手八腳的幫他把肚子裡的水弄出來，還找來了醫生，但最後，他還是死了，真是一個不幸的人啊！」

帥克的這個比喻與原來的話題完全不搭邊，天曉得帥克的腦子裡是如何將兩件事聯繫在一起了，連精明的密探都被他弄糊塗了：「斐迪南大公被刺與這個牲口販子之間有什麼必然聯繫嗎？」

「沒有。」帥克的回答簡直令人摸不著頭腦。「我只是偶然想到就說了出來，應該是沒有什麼聯繫的。一個大公怎麼可能與牲口販子有什麼聯繫呢？那不是開玩笑嗎！我現在最擔心的不是別人，而是斐迪南大公的妻子！」

「你擔心她什麼？」

「你想啊，那個槍手只用了一枝槍，就使她失去了丈夫，使他的孩子們失去了父親，使他的領地失去了主人，她就是一個寡婦了。要是再嫁給一個別的什麼人，然後再次坐車出遊，她的丈夫又被打死了，那她不還得再次成爲寡婦！」

「誰會那麼倒楣，一連幾次碰上這樣的事，不可能吧！」

帥克馬上駁回了他的話：「誰說不可能？早些年在赫魯布卡附近的茲列威，有一個叫畢居爾的護林官，知道什麼是護林官嗎？就是防止人偷獵的守林人。他有一個妻子和兩個孩子，生活挺幸福的，但是有一天他被偷獵的人打死了，他的妻子因此而守了寡。不久之後，這個寡婦嫁給了附近一個地區的護林官，叫佩皮克．謝洛維茨，兩人一起又生了兩個孩子，但是後來，這個佩皮克．謝洛維茨又給人打死了，寡婦又成了寡婦。她的第三個丈夫也是護林官，也遭到了同樣的命運。這三次婚姻除了六個孩子之外，上帝什麼東西也沒有留給她。第四次結婚，是赫魯布卡地區的爵爺替她做的主。爵爺覺得只要不嫁給護林官就沒什麼關係，於是把她許配給了一個漁夫。誰想到在生了兩個孩子之後，漁夫在捕魚的時候落水而死。簡直太不幸了，這個倒楣的女人又帶著八個孩子嫁給了奧德尼亞尼的一個專門閹豬的人，但那個人的腦子有點問題，半夜拿斧頭把自個兒老婆給殺了，然後自己去自首，他是個真正邪惡的傢伙，在被吊死之前還把牧師的鼻子給咬了下來，而且一點悔過之心都沒有，一個勁地辱罵皇上。」

勃利特施奈德彷彿發現了他要找的東西，眼睛裡放出了光亮：「你知道他都說了些什麼嗎？是不是非常惡毒？」他期待從帥克嘴裡能說出一點對他有價值的東西來。

「我是個安分守紀的市民，而且膽子也不大，可不敢將那些話學給您聽，那可是些最邪惡的詛咒啊！據說有一個法官就是被那些可怕的話嚇傻了的，誰也不敢把那些難聽的話洩露出去，這可不是一般的酒後失言啊！」

勃利特施奈德緊緊追問：「酒後失言的話也會罵皇上嗎？大約是一個怎麼樣的情形呢，你能形容一下嗎？」

巴里維茨終於受不了啦，他並不喜歡別人在他的酒店裡談論國事。「先生們，難道你們就不能說點別的嗎？在這樣的非常時期，說什麼都比說這種鳥事強啊。要是萬一惹出什麼禍來，可不是鬧著玩的。」可是巴里維茨的請求並沒有對他們產生什麼作用，帥克也沒在意老闆的警告。

「酒鬼會怎樣辱罵皇上呢？其實這個問題不難解決，勃利特施奈德先生，您可以試著把自己灌得大醉，然後再構思出一大堆侮辱皇上的話來，您可以在腦子裡想，您說的話都變成真的了，只要有一半的真話，那皇上就得龍顏掃地，嘖嘖！最好還叫人在旁邊給您演奏奧地利的國歌，那樣就更加熱鬧了。」

「帥克先生，我還是不太明白，要不，您給我舉個例子如何？」

「你可以說，皇帝老子有什麼了不起的，他的兒子魯道爾夫不是一樣年紀輕輕就夭折了嗎，皇后也在散步的時候讓別人一刀給捅死了。做他的兄弟也不保險，要麼被處死，要麼就失蹤，現在可好，連叔叔也給人殺死了，真是一個被魔鬼詛咒的家族啊，要不堅強點怎麼受得了啊！」

「帥克先生，要是碰上這樣一個酒鬼，估計誰也受不了啊！專門撿那些大逆不道的話說。」

「是啊，我可不一樣，要是今天開戰，我一定要衝上最前線去效忠皇帝。現在，自己的叔叔被人殺了，皇帝一定不會就此罷休的，你等著瞧吧！可能馬上就要開戰了，我們英明的奧地利的皇帝，一定會聯合塞爾維亞和俄國，他們和我們是一邊的，然後就要開始打了。」帥克彷彿對整個的社會局勢了解得十分的深入和透徹，憨厚的臉上掛著傻笑。他繼續爲帝國的前途指引著航向，「我們一旦與土耳其開戰，德國肯定要向我們發動攻勢，因爲他是土耳其的盟友，這樣德國的宿敵——法國就會幫助我們。然後這麼多的國家就開始你打我，我打你，混戰成一團，不打個你死我活是不會善罷甘休的。」

密探終於從帥克嘴裡聽到了他等待許久的東西，他覺得表明身分的時候到了，於是他阻止帥克繼續往下說。他將帥克請到過道裡並出示他的秘密警察標誌——雙頭鷹證章，這令帥克非常吃驚，帥克堅持認爲他什麼錯事也沒做，也沒有得罪人，只是可能與密探先生之間有一點誤會。但是勃利特施奈德卻言之鑿鑿地宣佈帥克犯了包括叛國罪在內的好幾宗重罪，必須跟他去警察局走一趟。

在過道裡交涉了一番之後，他們又回到了酒店裡，他們各自都還有一點事情需要料理。

「巴里維茨先生，我在您這裡一共喝了五杯啤酒，一根煮香腸和一個三角形的吐司，請您再給我一杯李子酒和我的賬單。我現在必須離開了，因爲我被逮捕了。」

可是事情並未完結，勃利特施奈德也命令這位謹小慎微的酒店老闆將業務交給妻子，這意味著他被捕了。

「爲什麼？」巴里維茨不解地問，「難道我做錯了什麼嗎？我一向都非常注意自己的言行啊！」他對自己的被捕有點憤憤不平。

密探勃利特施奈德陰險地笑了一下，「你真的沒有做錯什麼嗎，你讓蒼蠅在我們的皇帝畫像臉上拉屎，這已經是相當嚴重的罪行了。」

帥克畢竟是當過兵，見過世面的人，並不會因此而害怕或失去風度，他仍然帶著慣有的和善微笑，不時說一句打趣的話，彷彿他們不是去警察局，而只是下午茶後的散步而已。

「我本以爲需要爬著去警察局呢！」

「怎麼講？」密探不解其意。

帥克的理由是認爲被捕之後就沒有權利直立行走了，只能手腳並用的在地上爬，就這樣說著說著就到了警察局，帥克被帶到了傳訊室裡。

就在這個時候，「管你夠」酒家裡陰雲密布，巴里維茨先生正在向他的妻子講述今天在酒店裡發生的事，以及他即將被捕的事實，他的妻子被這飛來橫禍嚇得大哭起來。巴里維茨先生也手足無措，但是又要安慰妻子，心裡想，不知他們會爲了那張沾滿蒼蠅屎的畫像對自己怎麼樣。

帥克就因爲在酒店裡談論世界大戰而被請到了警察局，但沒有人意識到他的超人才華和高超的見地，要是後來人記得帥克的這段評論，一定會對他的準確性表示驚異的，他真的是一個非常值得研究的人。

二　帥克在警察局

警察局裡擠滿了人，全都是因爲薩拉熱窩事件而受到牽連的；而且不斷有新的嫌疑犯被帶了過來。傳訊室裡的老警官深諳內情，認爲他們爲大公之死吃官司實在不值。

當帥克進入二樓的一間牢房時，裡面已經有六個人了，其中五個人圍著桌子垂頭喪氣地坐著，還有一個是中年人，似乎有點與眾不同，他獨自坐在屋角的草墊上。

帥克是個閑不住的人，他挨個兒打聽他們被捕的原因。五個坐在桌旁的人都是因爲和帥克一樣的原因而被捕的，全都是因爲斐迪南大公在薩拉熱窩被人刺殺這檔子事。坐在草席上那個人說他只是由於想要搶劫赫利茨老闆所以被警察關了起來，他顯然不願與他們幾個混在一起，也不想牽到這件麻煩的刺殺事件中來。

帥克倒是十分願意與那夥謀反犯打成一片，他在桌邊坐了下來，開始問起他們被捕的經過，大家的情況都大同小異，全都是在咖啡店、酒館或飯店被抓的。但一位戴眼鏡的胖先生與眾不同，他是在自己家裡被捕的，原因是因爲在暗殺事件發生的前兩天，他先後在「普拉伊什卡」酒店和「蒙瑪特」酒家請兩名塞爾維亞工科大學生喝酒，大醉而歸。他對這一切都供認不諱，而且聲明，兩次的酒錢都是他付的，警察在提審他的時候，他總是回答：「我是開紙張文具店的！」但警察顯然不認爲這是他可以免罪的理由。

被捕的還有一位歷史學的教授，是一位小個子的先生，他正在酒店裡援引歷史上形形色色的謀殺，而且得出了一個大膽的結論：「暗殺的心理活動十分簡單，就像哥倫布豎雞蛋一樣簡單。」此時，一位密探逮捕了他。

第三位因斐迪南那個死人而受牽連的是霍特科維奇基地區的慈善會主席，事發當天他正在花園裡舉行一個盛大的音樂會，憲兵隊長來宣佈有國喪，但主席先生卻執意演奏完《嗨！斯拉夫的兄弟們》這支曲子，結果就莫名其妙的被抓了。他現在還在擔心八月份的理事會選舉，如果回不去，他就可能要落選，要知道，他可是已經連任了十屆的啊！用他的話說就是「丟不起那人」。

第四位謀叛犯是一個老實厚道的中年人，並不胡言亂語，對斐迪南事件也守口如瓶，可是晚上在咖啡館裡和別人打撲克牌的時候，他拿紅桃七吃掉了梅花王，興奮地嚷：「用紅桃七宰了你，和在薩拉熱窩一樣。」就這樣，他被密探帶到了這裡。

第五位先生是在飯店裡被捕的，這件事讓他十分憤怒，他怨氣衝天、滿腹委屈。這位可敬的先生平時連有關斐迪南的報紙也沒讀過，但是那天在飯館裡卻發生了意外的事，有個人在他的對面坐下來，聲音又低又快地問他：「你最近讀報了嗎？」

「沒有，也不想讀。」

「您知道這件事嗎？」

「什麼事？」

「您真的不知道嗎？」

「我根本就不關心這屁事。」

「可您應該有興趣啊！」

「沒有，我有我的生活，抽雪茄，喝酒，吃飯，只有沒事幹的人才讀那謊話連篇的報紙，我連看都不想看。」

「連薩拉熱窩暗殺案也漠不關心？」

「這些事，衙門、法院和警察比我有興趣得多，我可不願管。要是有哪個傻瓜被別人刺殺，那是因爲他太不小心了，活該。」於是，密探就向他亮出了身分，並且將他帶到了警察局裡。他實在不明白他爲什麼被抓，所以他總是不停鳴冤叫屈：「我沒罪！我是無辜的啊！」不管是在警局的大門口，還是布拉格刑事法庭或是跨進這間牢房的時候，他說的都是這一句話，但是這對減輕他的罪行毫無幫助。

帥克聽完這些人的陳述之後，覺得他應該指出大家處境的可怕之處，而且他覺得他自己是唯一一個考慮到這些事情複雜性的人，他開始了他的長篇大論：

「現在的情況要多糟糕有多糟糕，雖然我們因爲各種各樣的原因被抓了進來，而且都是些小事，表面上看好像不會有什麼事，但實際上可不一定。警察局就是爲懲治我們這些又多嘴又饒舌的人。我們都僅僅只在報紙上見過斐迪南大公，卻因爲他的被殺而被捉到警察局裡來，大約是爲了讓斐迪南的喪事更熱鬧更有氣派些吧。」

帥克頓了一頓，又想了一想，說：「以前，我們在部隊當兵的時候，有時一半的人都被關起來了，而且是因爲一些很小的事情。現在這個社會裡，在很多地方也在發生這樣的事情。在法院裡每天都發生這樣的事情。有一次，一個婦女被控告扼殺了她自己剛剛生下的雙胞胎，那個婦女申辯說她不可能扼死一對雙胞胎，而僅僅只是一個小女孩子，因爲她只生了一個女孩子，而且沒費多大勁那孩子就死了。不論她如何辯解，法庭還是判她雙重謀殺罪。」

「還有一個吉普賽人，他信誓旦旦地說只是想進雜貨店暖和暖和，但是法官硬說他是夜闖雜貨鋪，並且搶走了獻給上帝的耶誕節盛宴。法院的法官是不會相信他們的辯解的，只要落到他們手裡，沒有不倒楣的。」

「現在，好人和壞人愈發難以分清楚了，而且斐迪南大公偏偏在這個時候死了。以前我在布傑約維策當兵的時候，大尉的狗在靶場後的林子裡被人打死了，大尉勃然大怒，立刻讓我們全體緊急集合，排隊報數，誰報到十就站出來。他這樣命令，我們也就只好照辦了。於是這些逢十的人就成了殺死狗的嫌疑人，本人自然不能倖免。大尉怒不可遏地叫道：『你們這些混蛋，豬狗不如的畜生！是誰殺死了我的狗？我恨不得將你們統統都殺掉，剁成肉醬。起碼也要打你們一頓軍棍！你們放明白一點，我是不會輕易饒恕你們的！你們這些無恥的雜種，你們這些人，每人關十四天的禁閉，算便宜你們了。』你們瞧瞧，不過是爲了一條小狗，大尉就發那麼大的火，牽連了那麼多人。今天死了一個斐迪南大公，肯定要牽連更多的人，弄得更嚇人一點，才能顯出上等人的體面來。」

「可是，我沒罪，沒罪。」那位在飯店裡被抓的仁兄仍不服氣地吼道。

帥克安慰他說：「誰說一定要有罪才會被審判，耶穌也是無罪的，一樣被釘死在十字架上。有沒有罪不是由自己來決定的，而是由法官來決定的，我們是沒有發言權的。」帥克說到這裡，就往房間裡的草墊上一躺，他倒是高枕無憂。在他睡覺期間，房間裡又多了兩個新的犯人，大約也都是因爲斐迪南大公那檔子事而被關到這裡來的吧！

新犯人之一是一個波斯尼亞人，被捕之後他一直在擔心他的流動售貨簍會丟掉，他在牢房裡走過來走過去，每句話都會咬牙切齒的帶上一句土語：「他媽的。」

第二個是帥克的老相識——酒店老闆巴里維茨，他看到帥克也在牢房裡，就叫醒了他。「你怎麼也到這兒來了，真高興見到你！」帥克非常紳士地和他握了握手，「非常歡迎，我早就在等你了，密探先生果然守信用，他把你帶到這兒來的吧！他說過他會去接你的，果然沒有食言啊！」

巴里維茨先生顯然不欣賞這種信用。他偷偷向帥克打聽這裡的犯人都是爲什麼被關在這裡的，並且解釋說他並不是十分想打聽，只是不想和小偷關在一起，那樣有損他酒店老闆的名譽。帥克說，大家都是爲了斐迪南大公的事而聚集在這裡，除了坐在地上的那個是因搶劫赫利茨老闆未遂。

巴里維茨覺得自己太冤枉了，他可不像他們一樣是爲了什麼狗屁大公的事而被送進來，是因爲皇上。因爲蒼蠅在皇帝的畫像上拉屎，所以被帶到這裡來。

「那些該死的蒼蠅居然不尊重皇上，拉了一大堆屎，我絕對不會饒恕那些蒼蠅的。」

帥克似乎並不關心巴里維茨的抱怨，他又倒下去睡他的覺了。

沒睡多久，帥克就被叫醒，有衛兵來傳訊他前去接受審問。於是帥克站起來整理了一下衣裳，沿著樓梯走到第三科去，一副君子坦蕩蕩的模樣。他指了指走廊上「禁止吐痰」的字條，請求士兵讓他到痰盂那兒去吐痰，然後又擡頭挺胸地走進了傳訊室，彷彿不是去受審而是去會客。

一走進傳訊室，帥克就十分有禮貌地說：「各位先生晚上好，近來一切可好？」但是別人聽了這句話都很淡漠，沒有人向他問好，反而有人往他的背上推了一下，他自己也嚇了一跳。

桌子對面坐著一位凶巴巴的大人，一眼看去就知道不是什麼好人，帥克對他的第一印象壞得很，他似乎對帥克也沒什麼好意。他的眼神像刀一般，對帥克沒好氣地說：「你給我放聰明點。」

帥克：「我也不想讓您失望啊！先生！可是我在當兵時就是這樣了，他們組織了一個專門的委員會審查我，折騰了好長時間。最後判定我神經不正常，是個白癡，於是我被軍隊退了回來。」

「你說話挺順溜的，不像是個神經病啊！」大人彷彿並不想就此放過他，惡狠狠地宣佈帥克所犯的罪行，有叛國罪，侮蔑皇帝罪等等。最重要的一項是對暗殺斐迪南大公一事表示欣賞，而且派生出許多其他新的罪名，這位大人一口氣說了這麼多，在他的滔滔雄辯之下，帥克連辯解的力氣都沒有了。「你有什麼需要說明的嗎？」

帥克彷彿沒有明白過來：「這就夠多的了，不需要再多些什麼了。」

「那你的意思是對我所說的全都供認不諱了？」

「好吧！既然你這麼說，我就全招供了吧，我想在一定的時候，嚴厲一些總是需要的。想當年，我還在當兵的時候……」

看帥克說著說著就扯遠了，完全沒把自己放在眼裡，十分生氣：「你給我閉上你的狗嘴，我問什麼你回答什麼，明白嗎？」

「我了解，長官大人。您的意思，我完全能夠了解。」

「那好，我問什麼你答什麼，你平時都和誰來往？」

「我的女傭啊！」

「與本地的政治團體呢？」

「我訂了一份《民族政治報》，不知道算不算，就是被大家稱作《小母狗報》的那份報紙啊！應該與政治扯得上一點邊吧！」

帥克答非所問，大人終於按捺不住了，大喝一聲：「滾！」於是兩個衛兵就過來把帥克架走了，帥克還十分有禮貌地向他告別：「再見，大人。」

回到牢房，大家都問帥克發生了什麼事。「一個穿制服的老爺朝我亂嚷嚷了一陣，隨後就把我攆了出來。」帥克接著又說起了從前的事情，「從前啊，可沒有這麼輕鬆。有一本老書上說，從前的人爲了證明自己的清白，真的是無所不用其極，必須光著腳從燒紅的鐵上走過去，如果毫髮無傷，就是無罪之身。有的更奇特，要喝下滾燙的鉛水。那些不肯招認的就更慘了，有各種各樣的酷刑招待他們，那些當官的會給他們穿西班牙靴子，有的人還用火燒人的腰部。據說聖徒楊．尼布姆茨基就受到這種酷刑，難受得不停地慘叫，後來又被裝進了大口袋，扔到河裡。還有更殘忍的，有人會將犯人大卸八塊的。真是殘忍啊！」

帥克懷著感恩之情接著說：「我們就幸福多了，雖然被關了起來，但還是十分有趣，不用擔心被大卸八塊，也不會被穿『西班牙靴子』。我們的牢房是簡陋了一點，但是有床，有凳子，還有墊子可以睡覺，實在是相當不錯的。這個牢房還挺文明的，有飯吃、有水喝、還有廁所可以上，世道一天比一天好起來呢！」

帥克總是這樣的，說起話來沒完沒了的：「只是，這兒離傳訊室有點遠，但是沒有關係，樓道裡乾淨整齊，又有很多人，就當是放風吧！看到人來人往，我總是心滿意足，因爲這裡畢竟不只是我一個人，而是有許多同伴，而且不用擔心有人將你大卸八塊或是活活燒死，可不是嗎？日子一天天在好起來啊！」

帥克說完這番話，甚至有些志得意滿，作出了這樣有水平的評價，但別人可不搭理。看守打開牢門大聲喊道：「帥克，誰是帥克？出來受審。」

「沒弄錯吧！我剛從那裡回來，而且被趕了出來。大老爺怎麼又想起我來了，這次又叫我去，我想一塊坐牢的人會覺得不公平的：我都去了兩回了，而他們連大老爺的面也沒見著。」

看守可沒有耐心聽他囉嗦：「你廢話怎麼那麼多啊？給我滾出來！」

帥克還是十分紳士地走到審訊室去，粗暴的長官頭都沒擡就問：

「你還是都招供了吧！」

「長官，你放心，您讓招供我就都招供，反正也沒什麼壞處。」帥克睜大了一雙無辜的大眼睛看著長官，「假如您不讓我招供，我就什麼也不說。」

長官將筆遞給他，他就在密探勃利特施奈德的告密書上簽上了自己的大名，還畫蛇添足地補充寫了一句：「這些都是事實，我都承認。」

帥克還大大方方地說：「還有什麼要我簽字的嗎？一起拿過來，省得我明天早上再來一遍。」

「明天，你就該去刑事法庭了，哼！」

「大人，幾點鐘？您可要早點說啊！否則我可能會睡過頭的，那可就不太好了，我這個人可是相當守時的……」

「滾出去！」這是嚴厲長官的第二次咆哮。

帥克聳了聳肩，轉身回到他的夥伴們那裡。夥伴們都圍了上去，向他問各種問題，帥克明確地告訴他們：「剛才我已經簽字畫押，什麼都招供了，斐迪南大公可能是我幹掉的！」

屋子裡的人都被帥克嚇壞了，大家在蝨子成群的被子裡抖成一團，只有那個波斯尼亞人說：

「帥克，祝你好運！」

而帥克睡覺的時候只擔心一件事，他們這裡沒有鬧鐘，第二天不知道什麼時候才會起來。

這種擔心是多餘的，第二天清晨六點鐘，就有一輛綠色的警車來接帥克去省裡的法庭。帥克甚至有點受寵若驚的感覺，出門時還感歎了一句：「早起的鳥兒有蟲吃。」

三　帥克與法醫

省刑事法庭的小審判廳給帥克留下了非常好的印象，這裡乾淨整潔，有條不紊，是個好地方。檢察長德馬爾丁先生也是個好人，他身材肥胖，穿著筆挺的制服，帶著有花邊的制帽，紫紅色的領章讓他整個人看起來十分精神，而且有那麼一點莊嚴肅穆的宗教氛圍，令人肅然起敬。

這種事在歷史上發生過很多次了，而且還會一次一次的重演古羅馬的光榮。就像一九一四年耶穌被帶到彼多拉面前，並被宣判有罪一樣。現在，這些審判者與彼多拉沒有什麼兩樣，只是少掉了諸如洗手以示清白之類的多餘程式，反而在審判廳裡大吃大喝，絲毫不顧及作爲執法人員的體面。

省刑事廳時而還會向國家監察院送一些材料，雖然這些材料沒有任何邏輯可言，羅織的罪名無非是一些莫名其妙的大雜燴——

一、毆打了別人。二、掐死了別人。三、裝瘋賣傻。四、吐了別人唾沫。五、嘲笑了別人。六、威脅了別人。七、殺人。八、不講恕道。

等等，諸如此類。審判官們隨心所欲地解釋那些法律條文、規章制度，並不以公理爲尺度，而是按照申報材料的多少來考慮應該施與的懲罰。他們如狼似虎，沒有一點寬厚與仁慈的心腸。但是也有例外的，審理帥克的這位德馬爾丁檢察長就是這樣一個例外。

德馬爾丁先生的年紀已經非常大了，外貌也很和善，這一點難能可貴。哪怕是審判最兇殘的歹徒時，他也保持著紳士的風度。

德馬爾丁的聲音非常悅耳，當帥克被帶到他面前時，他請帥克坐下，然後客氣地說：

「您就是帥克先生？」

「是的，」帥克恭敬答道，「我爸爸姓帥克，於是我媽媽就是帥克夫人，我也就是小帥克，我可不想否認這一點，而且爲此而驕傲！」

「照你的供認書來看，您可是做了不少的大事情啊！大概不會爲此心安理得吧？」審判官和藹可親地問。

帥克依然是那副燦爛的笑臉：「我的內心一向是很不安的，有時可能會比別人更加不安。」

「這一點可以理解，您的口供就與眾不同，好像其中有許多難以言說的苦衷，您是不是承受了什麼壓力啊！」

「沒有，誰也沒有逼我啊！只是你們要我簽字我也沒多想就簽了。我可是很有紳士風度的，決不會因爲他們要求我簽名就和他們爭執起來，那樣成何體統？」

「帥克先生，您沒有什麼病嗎？」

「說不上太健康，像很多人一樣，您看我正用樟腦油來擦膝蓋，那樣可以治療風濕痛。」

審判官德馬爾丁先生彷彿了解到什麼，說：「您不介意法醫給您檢查一下吧！」

「不，當然不，只是我沒什麼大不了的毛病。警察局有位大夫說我可能有淋病，但不知道是不是真的有，您不用爲我白白浪費時間，真的。」

「您不用太緊張，帥克先生，您可以先休息一下，等待法醫來給您看病。還有一個問題要問您，您的口供裡斷言說戰爭很快就會爆發了，是真的嗎？」

「是啊！很快就會爆發了，我估計是這樣，而且我還和其他人說了，他們也認爲是這樣。」

「您有什麼別的毛病沒有？」

「我想我讓您失望了，真的沒有。只是很久以前差點讓汽車撞了，就是在那個查理士廣場。」這場審訊客客氣氣地收場了。帥克又回到了牢房裡，牢友們又圍了上來，帥克說：「他們想要法醫來檢查我，就爲了斐迪南大公的事情。」

「這種事一點都不奇怪，」一個年輕人說，「以前有一次他們懷疑我偷了地毯，就讓法醫來檢查我，後來他們就認爲我神經有毛病。後來我又偷用了一架蒸氣打穀機，但他們也拿我沒有辦法，我的律師告訴我說，只要像我這樣被宣佈神經有問題的，都不會碰到什麼大麻煩了，迷糊有迷糊的好處啊！」

「那些法醫壓根就是些糊塗蛋，」有一個知識份子模樣的人說，「我壓根就不在乎這些法醫，以前我僞造過銀行匯票，後來他們逮捕了我，我就按照精神病學教授海維洛赫大夫傳授的知識裝瘋賣傻：我當著法醫委員會的面，在房間裡拉了一大堆屎，喝了一瓶墨水，還在一個大夫的腿上狠狠咬了一口。可就這麼一咬，壞了，宣佈我健康正常，精神也沒有異常，這對我來說可是糟透了。」

帥克聳了聳肩，笑了笑說：「法醫有什麼好怕的，我當兵那時，是一位獸醫給我作的檢查。」

「是啊！那些法醫和死人沒什麼兩樣。」有個矮個子很委屈地說，「前一陣，我在地裡幹活的時候，剛好挖出一副人的骨頭，法醫鑒定說是四十年前被人用斧頭砸腦袋死的。後來，他們懷疑是我幹的，可是我的出生證、戶口本和居民證都可以證明我是無罪的，因爲我今年才三十八歲啊！」

帥克說：「也不盡然，誰都可能出錯啊！而且有時候做得愈多錯愈多，出錯總是難免的嘛，法醫也是人啊！很久以前的一天晚上，我從班柴迪往回走，正當走到橋上的時候，一個人用皮鞭將我打昏了過去。我倒在地上的時候，一束光柱照著我的臉，然後，就聽見有人說：『不是這個人，打錯了，兔崽子。』然後我的屁股上又挨了一鞭子，這就叫乾脆錯到底。還有一次，有一位好心的先生在路上看見一條凍僵了的瘋狗，就把牠抱了回去塞到被窩裡，讓牠暖和一點。可是這隻狗一點也不領情，一旦能活動了，就東拉西扯，咬完這個咬那個，甚至將搖籃裡最小的寶貝撕碎吃掉了。關於這種事，我知道相當多的例子。我認識的一個車工，做了一件十分令人吃驚的事：他用自己家的鑰匙開了教堂的門，然後走了進去，他以爲那就是他自己的家。他在聖器室裡脫了鞋，然後躺在祭壇上睡著了。他以爲是自家的廚房和臥室，最令人吃驚的是，他拿聖書和福音書來做枕頭。第二天一早，看守教堂的人就發現了他，十分生氣。因爲車工的一時糊塗，這個神聖的教堂就必須重新舉行一個儀式。後來，醫院的人檢查他，認爲他完全正常，沒有不良的狀況，所以他才能準確無誤地將鑰匙捅到鑰匙眼裡。」

帥克接著說，「後來，這個可憐的車工就死在龐克拉茨監獄裡了。還有就是克拉德諾警犬的事，就是我以前曾經和你們講過的那個憲兵隊長羅特爾。他總喜歡拿狗來做實驗，嚇得閒雜人等都不敢靠近克拉德諾。羅特爾憋壞了，就下了一道命令讓憲兵們無論如何要抓一個嫌疑犯來，但是平常都沒有人到森林裡來。有一天，他們終於抓到了一個穿著相當考究的人。他們從他的大衣上剪下一塊，讓那些警犬嗅了嗅，接著把這個人藏到一個磚瓦廠裡，讓警犬去找。結果這些警犬很快就找到了他，所有的警犬都在後面追著他跑，他不停地躲藏，翻山爬樹，沒完沒了。後來才知道這個可憐人是捷克的一位激進派的議員，他本來只想到森林裡來散散心，沒想到會碰上這種事情。所以我想人總是難免出錯的，不管誰都是難免的。」

三位嚴格的先生組成了一個專家鑒定委員會，他們將判斷帥克是否精神上有異常。他們三個人在學術上均屬於不同的學派，每個人的觀點都不一樣，但他們在帥克的問題上取得了驚人的一致，這主要的原因是帥克給整個委員留下了深刻的印象。

帥克走進審查他的房間裡，他看到牆上奧地利君主的畫像便高呼：

「弗蘭西斯·約瑟夫一世皇帝萬歲！」

帥克所表現的虔誠在短時間之內征服了三個委員，帥克的表現在不同的角度體現了他們所推崇的學派，分別代表著精神病學博士卡萊森、海維洛赫大夫和英國的維金大夫。

還有幾個細節問題需要確認一下，雖然很簡單，但在心理學研究者看來，是絕不可少的。

「鐳比鉛重嗎？」

「沒稱過我怎麼知道呢？」帥克覺得奇怪，三位先生爲什麼會對這個問題有興趣的。

「你相信世界末日嗎？」

「末日？反正我知道一點，明天還不至於是世界末日吧。」

「你知道地球的直徑嗎？」

「尊貴的大人，我還是不知道，您怎麼會問這樣的問題呢？要是我問您一幢三層樓房上，每樓有八個窗口，頂樓有兩個天窗和兩個煙筒，每層樓上住著兩位房客。先生們，誰能告訴我，這幢房子的看門人的奶奶什麼時候死掉的？」

三個自視甚高的法醫不知所措，誰也不知道這個問題的答案。爲了應付這種尷尬的場面，其中的一位提了一個問題：「請問，您能不能告訴我太平洋最深的地方有多深？」

「這個還用問嗎，肯定比伏爾塔瓦河邊上的、維舍堡懸崖底下的河水還要深一點兒。」

「那麼一萬兩千八百九十七乘以一萬三千八百六十三等於多少呢？」

帥克笑了笑，說：「這個簡單，想都不用想，七百二十九。」

這個出乎意料的答案使三個專家達成了某種一致，他們交換了一下目光，委員會主席宣佈說：「你可以下去了，帥克先生。」

檢查這麼快就結束了，帥克十分高興，他鞠了一個躬，說：「謝謝諸位大人。」三位專家根據他們的專業和帥克的表現，確定帥克是個白癡，智力十分低下。

帥克的診斷書寫得十分明白：

經過嚴密測試後，專家們一致認爲約瑟夫・帥克先生是先天性的精神遲鈍患者，俗稱白癡，例如說他只要一看到牆上的畫像，就會大聲高呼：「弗蘭西斯・約瑟夫一世皇帝陛下萬歲！」這就足以證明他的智商實在低下，根據以上理由，我們向委員會建議：

一、停止對約瑟夫・帥克的一切審訊活動；

二、建議把約瑟夫・帥克送至精神病院治療觀察。

「說出來你們肯定不相信的，他們幾個是名副其實的大蠢蛋，他們似乎忘了斐迪南，而問我別的傻話，實在是談不攏，最後他們讓我走了。」牢房裡的帥克得意洋洋地說。

「我既不相信他們，也不相信你，說不定全是圈套。」那個被誣爲殺人罪的矮個兒滿腹牢騷。

帥克在草墊上躺下，顯然不贊成矮個子的結論：「要是這世界過於太平豈不是太沒勁了嗎？」

四　帥克從瘋人院裡被趕出來

那段瘋人院的生活對帥克來說永誌難忘。

帥克後來形容瘋人院裡那段生活時，總是讚不絕口：「那裡的日子真快活，我到現在還十分想念。我不明白為什麼人們被關到那裡會憤怒不已，要知道我可不那麼激動。在那裡，你完全可以粗聲喊，尖聲叫，哪怕像狼一樣叫喚也沒有人理會你。那裡還有許多有趣的人，有的成天念禱文，雖然我覺得他什麼事情也沒有做錯，可他還是在請求上帝的寬恕；有的人翻筋斗，因為他覺得那樣比較省力氣；有的人爬著走，我想他大概以為自己是一隻貓或者狗什麼的吧；還有許多更奇怪的，有的蹺起一隻腳來跳，有的轉圈跑，有的整天蹲在地上，有的甚至爬牆。」說到這裡，帥克臉上洋溢著驕傲的表情，並不是每個人都能說出這樣有哲理的話來的。

帥克又接著發表他的意見，而且這觀點絕對新鮮有趣：「我告訴你，我喜歡待在瘋人院裡，而且，我在那兒度過的是一生最暢快的日子。在那裡不管你做什麼都沒有人會阻止你，那裡有的是自由，絕對的自由，比社會主義者夢想的自由更好。在瘋人院裡，你可以想像你做任何事情，甚至可以光著膀子躺在院子裡幻想自己是救世主或者皇帝陛下，沒有人會笑話你，因為其他人可能想像自己是上帝或者聖母瑪利亞。我自己有時候也會想像自己是一個大人物，那樣的感覺真是不錯啊！那裡有一個傢伙把他自己當成了大主教，但是他並不祈禱也不做禮拜，只是胡吃海喝，像一隻牲口那樣隨地拉屎，弄得到處臭烘烘。即便是這樣也沒有人過問，要是在外面，那可就亂了套了。可是在瘋人院裡，他照樣得到了寬恕，誰也沒有把他怎麼樣，也沒有人覺得奇怪，彷彿誰也管不著這號事情，由著他亂來。」

「還有啊，那裡還有許多奇怪的人和奇怪的事情，可是這一切在他們看來天經地義。那裡什麼樣的人都有，並不比外面的人花樣少。有棋手、集郵者、政客，還有一些教授，他們都有過人之處，有一個人為了能吃兩個人的飯菜，對所有的人說他是兩個人；還有一個男的他總是以為自己是個孕婦，還為孩子取了名字；還有一個穿著緊身衣的先知和幾個老是喜歡教授知識的人，他們教給別人許多稀奇古怪的東西，比如吉普賽人的起源什麼的。」

「那裡的人都很隨便，想說什麼就說什麼，好像是議會裡一樣。但是也有些小小的不足，比如說他們會為了一個故事的結局而大打出手，直到故事裡的公主得到一個比較好的下場為止。還有人以為自己是一本大書，總是希望別人打開他來閱讀，假如別人不願意他就很生氣，有時還會讓人給他裁紙邊，有時大家實在受不了，就會有護士來替他穿上令人不舒服的緊身衣，那可真不好受，簡直是太難受了，是的，太難受了！那裡有個人就以為他自己是愛因斯坦，他老是不修邊幅，一邊抓頭，摳鼻孔，一邊說：『你們知道嗎，是我發明了雷，不然你們還生活在黑暗之中呢！』很有趣吧？我敢打包票，你們在別的地方絕對不會遇上這麼有趣的人！我現在還常常懷念在瘋人院裡度過的那些時間，那簡直是我一生中最最開心的日子啊！」

帥克經常對別人講起那段快樂的日子，老實說，當他們決定觀察帥克是否的確精神失常，而將他從省刑事廳帶到瘋人院後，在那裡他受到的歡迎是大大出乎意料的。

他們首先給帥克洗了個澡。他們把他脫光，甚至還將帥克一路攙扶到了浴室，把他浸在一盆溫水裡，然後又把他拖出來，用冷水來澆。他們一連這麼搞了三個來回，然後問他喜不喜歡。帥克說，比查理士大橋一帶的公共澡堂好。他們還講很多笑話給帥克聽，都是些帥克以前從來沒有聽過的猶太人的笑話。

帥克對他們說，他很喜歡洗澡。「如果你們再替我剪剪指甲，理理髮，那我就再快活也沒有了。」他又這麼補了一句，同時殷勤地笑著。一切照他所請求的辦了。在那裡，帥克被伺候得哼哼唧唧的像頭幸福的豬。

最後，他們用一塊海綿把他全身都擦乾了，又用一條被單把他裹起，像捲一個蛋糕卷那樣把他包了起來。然後把他擡到一號病房的床上，扶他倒下來，替他蓋上被，吩咐他睡覺。帥克現在回憶起這一切來，還覺得美滋滋的，那是怎麼樣一種幸福的生活啊！

帥克以爲生活就要這樣美好地延續下去了。他自然十分滿意，於是，就在床上高枕無憂地入睡了。第二天早上他們把他喊醒，給了他一碗牛奶和一個長麵包。麵包已經切成碎塊，一個看守人把著帥克的手，另一個就把一塊塊碎麵包在牛奶裡蘸蘸，然後餵到他嘴裡，就像用麵團來塡肥鵝一樣。在帥克的心裡，就像那慈愛的父母對待自己的小寶貝一樣，簡直太幸福了。吃飽之後，他們又讓帥克睡了一覺，等他醒來就帶他去上廁所，還攙扶著他。對於這一點，帥克記得相當清楚而且引以爲榮，他總是對人說：「想當初，我上廁所也是叫人給扶著的！像個大老爺一樣，那麼體面。」這也是帥克對於瘋人院的美好回憶之一，他每次講到這裡，都眉飛色舞十分投入。

等到帥克再次睡醒，他們便帶他到診察室去。那裡有兩位大夫，都以一種審視牲口的眼光細細地盤察著帥克。

「把你的衣服統統脫光。」

帥克在兩位大夫面前脫得精光，這使他回想起當年入伍時體檢的時候，他是一個非常強壯的小夥子，醫生也是用這樣的眼光看著他然後宣佈他體檢合格，那是件多麼榮耀的事情啊！遠遠超過一絲不掛地站在人前等候檢閱。

「向前走五步，再向後退五步。」一個大夫說。

帥克一口氣走了十步。

「我告訴你走五步的！」大夫有點生氣。

「多走幾步，少走幾步我不在乎。」帥克說。

於是兩位大夫吩咐他坐在椅子上，其中一個敲了敲他的膝蓋，然後告訴那個說，反射作用很正常。那個大夫就擺著腦袋，也開始敲帥克的膝蓋。以便確定他真的正常，但帥克的膝蓋卻有點痛。

這時，剛才那個大夫又掀起帥克的眼皮，檢查他的瞳仁。然後他們就走到桌邊，用拉丁文講了一大堆帥克聽不懂的東西。

「帥克先生，您願意爲我們唱一點什麼嗎？哦，我的意思是，您是否能唱一首歌？」

「如果二位大人想要欣賞音樂的話，我很願意爲您獻上一曲，雖然我的嗓音並非很好的男高音，也沒有什麼樂感，可是只要二位先生不嫌棄，我很願意爲二位唱上一曲，逗大家開心。」

帥克唱了一首傷感的歌：

年輕的修士坐在沙發上

他在托腮冥想

在他蒼白的廉價臉頰上
有兩顆苦澀的淚珠

帥克唱了幾句就忘詞了，又另外唱了一首：

我靜靜的坐著
聆聽心中的憂傷
遙遠的地方啊
有我青春的夢想

「兩位先生，接下去是什麼我又忘記了，或許你們能給我一點提示。如果你們也沒有聽過這首歌，那我再換個別的什麼歌好了。我通常都是這樣，每首歌會一點，非常廣博但是又不太精深，所以每首歌都唱不全。如果您喜歡，我再給您唱一首『你在哪裡啊，我的故鄉』。」

兩位大夫交換了一個眼色，打斷了帥克的話。

一個大夫問帥克說：

「你的神經狀態檢查過了嗎？」

「在軍隊裡，」帥克莊重而自豪地回答說，「軍醫官業已正式宣佈我神經不健全。」

「我看你是假裝有病逃避兵役吧？」一個大夫吼道。

「說的是我嗎，老爺？」帥克急忙反駁，「不對。說我神經不健全很公道；我可絕不是裝病逃避兵役的那種人。不信您到第九十一聯隊的值星官那裡或者到卡林地方的後備隊指揮部去問問。」

兩個大夫中間那位年紀較大的帶著絕望的神情擺了擺手，然後指著帥克對看守人說：「叫這個人穿上衣裳，把他帶到頭排過道的第三號病房去。然後你們來一個人，把他全部的檔案送給辦公室。告訴他們快點結案，因為我們不想叫他老留在我們手上。」

他們對帥克可沒有剛來的時候那麼客氣了，眼神裡透出一股怒氣。帥克還是十分有禮貌的，他恭順地向門邊倒退，一路不住感激涕零地鞠著躬。

「你在出什麼洋相？」看守人喝道。

「我只是不想叫大人們看見我一絲不掛的樣子，這樣有失體面，有身分的人是不能容忍這樣的事情發生的，這樣太不禮貌了。」

自從看守人奉命把衣服還給帥克之後，他們就都不再理睬他了。他們吩咐他穿上衣服，然後一個看守人就把他帶到三號病房去。辦公室需要幾天來完成打發帥克出院的文件，在那幾天中間，他又有機會來繼續那很合他口味的觀察。但是帥克並沒有作出什麼離奇古怪的行為可供他們研究或取樂。大失所望的大夫們在報告裡宣稱他是「智力低弱偽裝生病的逃避兵役者」。雖然帥克怎麼都不肯承認，他們還是給做了這樣的鑒定，接下來，帥克就該離開瘋人院了。

由於他們在午飯前釋放他，還惹出了一場小小的麻煩。帥克堅持認為一個人不能沒吃中飯就被瘋人院趕出來。院裡的看門人只好把巡官找來，把這擾亂秩序的行為彈壓下去。巡官就把帥克帶到警察署去了。就是薩爾莫瓦街上的那家警察署。

五　帥克在警察署裡

帥克在瘋人院裡的好日子很快就過去了，緊接著來的卻是帥克吃盡苦頭的時光。誰也不知道在帥克身上將會發生什麼樣的事情，這太難以預料了，尤其是在這樣的世道裡。巡官布魯安，凶得活像羅馬皇帝尼祿①治下的一名劊子手，說：「把這小子推到牢裡去！」口氣冷酷殘暴。他經常凶狠地對囚徒說「這些基督徒，只配去餵獅子」之類的話。

巡官布魯安在說這些話的時候，詭異的眼睛裡卻閃爍著一種古怪而反常的愜意。他似乎很樂意看到他說這種話的時候別人眼裡的恐懼和掙扎，他似乎覺得他主宰著並且決定著他人的命運，決定是否寬恕他們的罪行。

帥克畢竟是見過大場面的，並沒有害怕或是恐懼，這讓巡官覺得有點不是滋味。「你們要把我送到牢裡去，是嗎？我已經準備得差不多了，只不過是要離開人群一陣子，沒有什麼大不了的。」帥克說。

「大膽！」

「我要再次感謝大人的仁慈安排。」帥克堅持要表達他的感恩之情。

帥克在牢裡，只看到一張板凳，上面坐著一個人，低著頭，彷彿在沈思什麼。從他那專注於思考的神情來看，當開牢門鎖的鑰匙聲音響起的時候，顯然他也沒有察覺。

「您好，尊敬的先生，您不介意我問您一個問題吧，相信您一定不會拒絕的。」帥克邊說邊在板凳上那人的旁邊坐下，「不曉得現在是幾點鐘啦？我進來的時候居然忘記問一下警察先生。」

那人對這個問題一點也不感興趣，沒有一點要回答帥克的意思。他繃著臉，一聲也不吭。

突然，他站起身來，在牢門和板凳之間來回踱著，好像忙著補救什麼似的。帥克還是不明白他到底要做什麼。

後來，帥克饒有興趣地審視了牆上的一些題字。這是一些未署名的囚犯在題詞裡發誓要跟警察拚個你死我活。諸如此類的文字比比皆是——「絕不讓你們抓住，你們這些混蛋，因爲我長了飛毛腿。」另一個寫道：「肥頭大耳的傢伙們，你們胡說八道！」還有一個則乾巴巴地寫道：「我於一九一三年六月五日囚於此，待遇還行。」有一些詞句向上帝懺悔，請求上帝的寬恕。還有一位非常幽默，他寫道：「如果你一定要，那我會讓你吻我的屁股的。」

一位滿懷幽思的先生題了首詩：

愁時溪旁坐，夕陽灑餘暉。
青山映微光，嫦娥何時歸？

那個在牢門和板凳之間來回疾走的人停下了步，然後喘著氣，彷彿跑了很遠的路需要休息一下似的，突然，他用雙手緊緊揪住頭髮，忽然又鬆開，他坐回原來的地方，開口嚷道：「放了我吧！求求你們，放了我吧！」但是隨後他彷彿意識到什麼似的，又自言自語地說：「不，他們不會放我的，不會的。我沒有希望了。」接著，他居然想要和帥克說點什麼了。他站起身來問帥克說：「請問你身上有一根皮帶嗎？我乾脆用皮帶把自己結果了算啦。」

「我很樂意幫你的忙，」帥克爽快地回答，同時解下了身上的皮帶，遞給那個失意的人，「到現在為止，我還從來沒看過人在牢裡用皮帶上吊呢！你可真想得出來，我都有點佩服你了。」

帥克看了看周圍的環境，接著說：「可是不成呀，這裡居然沒個鈎子。窗戶的插銷又太脆弱，肯定承受不住你的體重。那麼，我給你出個主意好了，我覺得你可以跪在板凳旁邊上吊，那樣的話大約就可以了。我對於自殺最感興趣了。」

本來那個人的心情就很壞，聽帥克這麼一說，心情就更加憂鬱了。他滿臉愁容望望帥克塞在他手裡的皮帶，用力把它丟到一個角落裡，跟著就嗚嗚哭了起來。他用骯髒的手擦著眼淚，大聲地嚷著：「我可是有兒有女的人呀！上帝啊，可憐我那苦命的老婆！我的同事會怎麼說呢？我只不過是多喝了一點酒而已，就要受到這樣的懲罰，可那些高官呢，他們成天都在喝酒作樂，為什麼他們不用和我一樣受這樣的罪啊。」他說起來簡直沒完沒了，但是帥克覺得這樣總比什麼都不說強吧。

最後，他終於平靜了一些，就走到牢門口，用拳頭在門上又捶又砸，發泄他心裡的不滿情緒。

門外一陣腳步聲響起，接著一個聲音很粗暴地問道：

「神經病，你要幹什麼呀？」

「求求你，放了我吧！」那聲音絕望得好像他已經沒什麼活頭了。

「你說說，放你去哪兒啊？」外邊譏嘲著說。

「放我回到我的辦公室！我要賺錢養家，我也是有老婆有孩子的人啊，你們就可憐可憐我吧！」這個愁苦的人回答。

在長長的走廊，一片靜寂，但是可以聽到嘲笑聲，非常可怕的嘲笑聲，腳步聲又移開了。看來那些人只是想取笑他而已，將此作爲漫長的一天中的一個小花絮。

「看樣子那些傢伙並不喜歡你，也不會同情你的，所以他們才那麼譏笑你。你就算了吧，待在這裡也不太壞啊！」帥克說。

這時，那個沮喪的人又在他旁邊坐了下來，帥克安慰他說：「我們現在什麼希望都沒有了，那些沒有良心的警察要是發起火來，他們可是什麼都幹得出的。你要不是真的打算上吊，乾脆就先平心靜氣地坐下來，不要去胡思亂想，看他們究竟搞什麼鬼。其實我很了解你現在的心情，畢竟你也是有老婆有孩子的人啊，在辦公裡還有一份相當體面的差使，有薪水可以拿。但是現在，我想您一定是在擔心這樣下去，您會被開除。是吧？那樣可就太不妙了，那樣就意味著您要失業了！」

「我也非常擔心這件事情發生，您知道，在這個時候工作對於我這樣的人來說多麼的重要，到現在我還是不知道爲什麼會這樣，本來一切都是非常美好的，誰說不是呢？」他歎了一口氣接著說，「我們的科長爲了慶祝他的命名日，請大家喝酒，大家都很愉快，我們去一家小酒館，可是沒有喝夠，於是我們又到了第二家、第三家、第四家、第五家、第六家、第七家、第八家、第九家、第十家，還有很多家。」

帥克勸慰道：「男人們都是這樣的，我可以理解，我也沒少幹，但是在每一家我都不會超過三杯啤酒；有一天晚上，我就連續去了二十八家酒館喝酒，但是都沒有喝醉。」

不幸的傢伙說：「我們的確喝了很多家，你說得對，我們喝了至少二十家酒店之後發現一件非常重要的事情，你絕對想像不到，我還是告訴你好了——我們的科長不見了。你不知道，我們把他像條狗一樣用繩子牽著的，可他還是失蹤了。這真是件非常糟糕的事情，我們想一定是他半路走丟了。於是我們就分頭去找，結果我們也走散了，互相都找不到了，真是一件麻煩的事情。」

「對啊，我也這麼認爲。」帥克接了一句。

那位憂鬱的先生又繼續說：「最後那天夜裡我就待在一個咖啡館裡了，我又喝了一公升酒，其實也不多，就是有點犯迷糊，做過什麼事情我也完全不記得了。醒來之後我就在這裡了，難道他們就因爲我自己都不知道的那些事情而把我抓起來了嗎？我問他們我做了什麼事情，他們告訴我說我喝醉了，做了許多出乎意料的事情。他們說我毆打了一位女士，轟走了一個女子樂隊。天哪，我怎麼會做那樣的事情，而且是對女士；他們還說我用小刀子割破了人家的禮帽，打碎了大理石的桌面，還往別人的咖啡裡吐口水，我又不認識他，我爲什麼要那麼做？他們還說我誣陷別人是小偷，就這些了，別的什麼就沒有了，至少我也想不起來我還做了什麼別的事情。可是怎麼可能呢？我一直都是很規矩的啊，怎麼會在一夜之間這麼胡鬧？我平時只會在家裡陪老婆和小孩，怎麼會做出這樣有違禮節的事情來。我想一定是他們搞錯了，但是他們堅持認爲這一切都是我做的，而且全是我一個人做的。真是難以置信。」

「我有一個問題，你是怎麼把大理石的桌子打碎的啊，那可是需要不少的力氣啊，您是怎麼做到的呢？」

「一下就把它打碎了。」這紳士羞怯地承認。

「真糟糕，他們會以爲你是蓄謀已久的。那麼你吐了口水的那杯咖啡裡面有沒有加蘭朗酒？」

「這個也有什麼關係嗎？」

「當然有了，如果加了蘭朗酒，那麼價格就要貴一些，那麼判刑的時候也會重一些，因爲他們會把那些價格也計算在裡面，這裡的警察最喜歡幹這樣的事情了。」聽了帥克的話，這個可憐的丈夫，無辜的父親愈發覺得處境艱難，頭埋到了胸前。

「天哪，我要面臨審判嗎？」

「也許要等報上刊登了你被捕的消息，你的家人才會知道這件事情吧。現在他們知道了嗎？你有沒有告訴他們？」

「你能確定這件不光彩的事情會在報上被刊登出來嗎？」

「當然了，你以爲可以不登出來嗎？」帥克確定的口氣著實嚇了那位先生一跳，帥克先生向來不習慣對別人隱瞞真相。

「你知道嗎，這種事情是經常發生的，我都見過好幾起，沒什麼好奇怪的。上次我在『管你夠』酒家裡喝酒的時候，就有一個傢伙把玻璃杯拋起來，砸到了自己的腦袋，別人都覺得他是個瘋子，警察把他帶走了，第二天還上了報呢！」

「還有一次，我在一個夜總會裡和一個人鬧彆扭，打了他幾個耳光，第二天我們都被關了起來而且見了報，這沒什麼希奇的，每天都有這樣的事情在發生。」

「還有一次，在咖啡館裡，有一個當官的，生氣的時候打碎了兩個盤子，照樣見了報。現在的事情十有八九會在報紙上登出來供人娛樂，你這件事情肯定跑不掉的，你就等著好了，沒有什麼說的！」

這位先生不由得覺得背上發冷，一連打了好幾個哆嗦，帥克十分同情地問他：

「我的先生，您覺得冷嗎？」

不等他回答，帥克又自言自語道：

「今年的夏末的確非常的涼爽。我想這次你肯定出名了，關於你的報導，肯定會有很多人感興趣的吧？作爲一個普通的讀者，我也十分關注那些發酒瘋的人，他們總是能做出各種各樣令人發笑的事情來，而且十分怪異。」

那位先生又打了一個哆嗦，戰戰兢兢地說：

「這下我可全完了，一點希望都沒有，太糟了！」那位可憐的先生覺得十分絕望，心都涼透了。

「您最好寫個聲明什麼的，說明您與此事毫無關係。您與這件事情的唯一關係就是您與事件的主人公，其實也就是您自己，只是同名而已，除此之外毫無瓜葛。這樣也許就可以減輕您的罪名，而且不至於留下什麼壞的影響，尤其是對於您的孩子。在您被放出去的時候也許用得著。」

「哦，就是這麼回事，您趕快起草一個聲明吧，否則在您被放出去之後，能否重新找到工作可就是一個問題了。因爲您曾經在監獄裡待過，而且是由於酗酒這麼一件不光彩的事情。那樣，即便您願意去掃大街，人家也會看一看您的檔案，有沒有什麼不良的記錄。雖然這是一件小事，但是會對您的未來產生非常壞的影響。您想過您的太太和孩子嗎？要是您因爲坐牢而失去了工作，那麼他們的生活就要失去依靠了啊，您不能只考慮您自己啊！您的太太可能因爲您的失足而改嫁，那麼您的孩子可能就會成爲一個沿街乞討的小乞丐，您想過沒有啊？」

「我可憐的妻子和孩子啊！我對不起你們啊！」可憐的先生嚎啕大哭起來，他悲傷得難以自制，「我的大兒子十二歲了，已經參加了童子軍，他是個好孩子，我本來應該像他那樣的，他從來不喝酒，只喜歡白開水。現在我做出這樣的事情來，真是對不起他們母子啊！」

「童子軍？那可太有意思啦！」帥克的話題又扯到童子軍上去了，「我們當兵那會兒，在一個離這裡很遠的地方演習，大約有好幾百里路吧，那裡有一個森林，經常有些童子軍出沒，他們自己說是在植樹造林，但是村民們說他們是在偷糧食。於是就組織了一次搜捕童子軍的行動，他們有很多人，但是童子軍還是跑掉了一些，只抓住了三個。他們都很小，又哭又鬧的，村民們把他們綁在樹上，而且用藤條抽打。我們這些人都看不過去，只好走到一邊去，那些小孩很厲害，就這樣還咬傷了很多農民，最後那些童子軍實在受不了了，才承認是他們踩壞了麥子地，而且還偷了很多麥子去烤來吃，有一次還弄得著了火。那些農民在山洞裡找到了很多家禽的骨頭，還有沒有熟透的蘋果核，都是那些童子軍幹的。」

「這樣，我的名聲就徹底完了，以後還怎麼做人啊！」

「是啊，」帥克直截了當地說，「你別多想了，反正出了這種事情，這輩子都別在乎什麼好名聲了。別的人說這件事情的時候，絕對不會像我這麼公道，肯定要添油加醋，什麼壞事都會加在你身上。不過您別太介意，如今誰的名聲也不比誰好，您這個也算不了什麼大事情，您放心好了。」

可憐的人頭埋得更低了。

他們陷入了一陣可怕的沈默，過了好半天，過道裡響起沈重的腳步聲，由遠而近。一個衛兵拿著鑰匙在鎖孔裡轉動了一下，牢門開了，值星官大聲叫著帥克的名字。

「對不起，」帥克豪爽地說，「我能告訴您一聲嗎，我是中午十二點才來的。這位先生從早晨六點就等在這裡了。我並不急。你們可以先叫他。」

不容他再多嘮叨，強有力的手已經把帥克拎到走廊去了，並且一聲不響地把他帶到二樓。在第二間房子裡，桌邊坐著一位巡長。他個子魁梧，樣子看來很隨和。他對帥克說：

「你就是帥克？你怎麼到這兒來的？說一下事情的經過好嗎？」

「很簡單啊，幾句話就可以說完。」帥克回答說，「是一位巡官把我帶來的，因爲他們不給我開午飯就要把我從瘋人院趕出來，我不答應。請問他們把我當成什麼人了？難道我真是連一隻山雞也不如嗎？如果真的是一個瘋子也應該給我吃飯啊！」

「我來答覆你，帥克。」巡長和藹地說，「我們這兒沒理由跟你作對。我們把你送到警察局去好不好？您願意嗎，那個地方可能比較適合您這種情況。」

「像大家說的，到了這裡，一切就都得聽你們的啦，你們可以隨心所欲地決定我們的去處。」帥克心滿意足地說，「我聽從您的吩咐，我想從這兒到警察局也是一段挺開心的黃昏散步。」

「我很高興您能夠滿意我爲您做的安排，咱們在這問題上見解一致。」巡長興高采烈地說，「你看，帥克，還是大家開誠佈公地來談談好吧！總比把你吊起來打一頓要好得多，是不是！」

「不論是什麼情況，只要能坐下來談談總是令人高興的。」帥克回答說，「我擔保永遠不會忘記您對我的恩典，大人。」

帥克深深地鞠了個躬，就在巡官陪伴下回到警衛室辦理一些手續。然後不到一刻鐘，帥克就走在街上了，可以說他開始了一段相當不錯的黃昏散步。街上熙熙攘攘，非常熱鬧，帥克喜歡這樣的黃昏。押他的是另一位警官，他腋下夾著一本厚書，上面用德文寫著「拘捕名冊」。

在斯帕琳娜街的一角，帥克和押他的人看到一簇人圍著一個告示牌擁擠著。

「那是什麼東西啊，警官先生？」

「那是皇上的宣戰布告。」警官對帥克說。

「我早知道會這樣的了，」帥克說，「可是瘋人院裡他們還不知道。其實他們的消息應當更靈通。」

「這是爲什麼呢？瘋人院爲什麼會消息靈通呢？」警官問。

「因爲那兒關著不少軍官。」帥克解釋說。

當他們走近新擠到宣戰布告周圍的人叢時，帥克喊道：

「弗朗茲．約瑟夫大皇帝萬歲！這場戰爭我們必然獲勝！」

亢奮的人叢中也不知道誰在他帽子上敲了一下，於是，穿出擁擠的人叢，好兵帥克準備重新走進警察局的大門。

「這場戰爭咱們的勝利是拿穩了。諸位，你們信我的話，沒錯兒！」帥克說完這幾句話，就對跟在他身旁走著的人們告了別。他得去警察局裡待上一段時間了。

①尼祿，古羅馬帝國的暴君。

六　帥克結束了噩夢，回到了家

帥克已經不是第一次到這裡來了，他最先就是從這裡被趕到瘋人院裡去的，所以對於這裡的一切，帥克並不陌生。

警察局裡到處充滿著一種令人不自在的氣味，警察們一直在估計著人們對戰爭究竟有幾分熱心，猜測著市民的真實想法。在這裡，除了少數幾個人還意識到自己是這個國家的子民，可以為了這個殘破的國家和它的利益流血之外，其他就都是一些冠冕堂皇的政界猛獸，他們腦子裡絲毫不會想到國家的利益，想的只有監獄和絞刑架，他們就靠這些殘忍的沒有任何人情味的東西來維護他們那橫暴的法律和他們自己的利益。至於別人，多半會成為他們加官晉爵的犧牲品，他們捏造刑事案和叛國案，借此來說明他們的辦事效率和對國家的忠誠。所以，他們的內心是非常冷酷的，但表面上，他們還是裝出一副非常仁慈的樣子。審訊的時候，他們總是和顏悅色地來對落在他們掌心的可憐蟲說話，每句話沒到嘴邊以前，都先斟酌一番。但是他們真正的想法是完全不同的，他們冰冷的內心也是絕對不會因此融化的。

當帥克被帶到他們面前時，那些制服上縫著黑黃袖章的野獸中間的一個對他說：「我真的很抱歉，帥克先生，說什麼好呢？你又落在我們手裡了！」「我們都以為你會改過自新，但是我們想錯了。你真是令我們大失所望啊！」

帥克一向不善於申辯，他默默地點了點頭，表示同意。但是他的神情是非常平靜，好像並沒有將這件事情放在心上，以致那些野獸們都莫名其妙地對他呆呆望著，然後憤怒地嚷道：

「你給我們放聰明點，別以為那個樣子我們就會放過你，明白嗎？你這個蠢蛋！」

但是他們還是非常善於做表面工夫的，警察先生立刻又換了一種客氣的腔調接著說：

「其實你大可以相信我們並不願意把你關起來，我們並不想這樣對待普通的市民，每處理一個人，我們的心裡也會很不安的。而且我可以肯定你不是犯了什麼重罪；這一點我們大家都明白，對你的情況我們表示同情。由於你的智力水平較低，所以你自己是不會做出這樣的事情來，如果你做了什麼蠢事，準是被人設下圈套，誘上邪路的。好了，現在你什麼也不用怕，請你告訴我，帥克先生，是誰唆使你玩的那套愚蠢的把戲？」

帥克並沒有領會警察先生的好意，甚至不知道他在說什麼，他咳嗽了一陣，然後說：

「很抱歉，尊敬的大人，我不知道您所指的那愚蠢的把戲指的是什麼。您瞧，這一段時間我做了不少事情，實在不知道您指的是哪一件事情，您能提示我一下嗎？」

警察心裡已經被帥克的愚蠢搞得火冒三丈，但表面上他還是假裝出一個忠厚長者模樣規勸道：

「那麼帥克先生，帶你來的警官先生告訴我們，你曾經在街角的皇上宣戰告示牌前面，做出了一個很奇怪的舉動，您招來一大群人，並且大聲吆喝『弗朗茲．約瑟夫大皇帝萬歲！這場戰爭咱們必然獲勝！』來煽動他們，你看這是不是場愚蠢的把戲？」

「可是作為一個好市民，我不能袖手旁觀啊。」帥克解釋了他的行為，擺出了了一個無懈可擊的理由，「看見他們都在讀著上諭，而沒有一個人露出一點點高興的樣子的時候，我心裡很氣憤。這是我們的一件鼓舞人心的大事，但是卻沒有人叫一聲好，也沒有人三呼萬歲。——巡長大人，真的是什麼動靜也沒有。這麼重大的事情，看來真好像跟他們毫不相干似的。我是九十一聯隊的老軍人，我終於忍不住了，所以才大聲嚷那麼一聲，想振奮一下人心，不然的話怎麼能夠贏呢。作爲一個老軍人，我很知道士氣對軍隊來說意味著什麼，民心對國家來說意味著什麼。雖然我只是一個被巡官帶到警察局來的不怎麼光彩的人物，可是我也會做一些對於國家民族來說沒有什麼損害的事情，換了是您，您也一定會那麼做的。打仗這件事情，我比您懂得多，要麼就不打，打起仗來，就得打贏它；而且，就得對皇上三呼萬歲，表示一下我的忠心。誰也不能攔住我，這不是什麼不體面的事情。」

帥克這一番話弄得野獸啞口無言。他不知道如何反駁帥克，有點不好意思，不敢正眼看帥克這個天真無邪的羔羊，趕緊把視線投到公文上，勉強地說：「您的心情我理解，對你這份愛國熱忱我表示充分理解，不過我還是希望你能在別的場合去發揮。你也不看看自己當時是什麼身分，斟酌一下這麼做會造成什麼樣不良的影響。明明知道你所以被警官帶到這兒來，是因爲這種愛國熱情也許會——實在就不免會被大家認作是一種嘲弄，而不是出於誠意。」

「也許您說的有道理，當一個人被警官逮捕了，那是他一輩子非同小可的時刻，可能意味著他有罪或者做了什麼見不得人的事情。可是，如果他甚至在這種時刻還念念不忘國家宣了戰以後他應該做些什麼，我覺得這樣的人畢竟不見得是個壞蛋吧。總比那些漠不關心國家的人要強多了！」

他們沒有人想到帥克會說出這樣的話來，都有點呆了，不知道說什麼比較好，於是彼此交換了一下眼神，得到了一個一致的結果。

「帥克，滾你的吧！」

最後那個擺官架子的傢伙氣勢洶洶地警告道：「你最好小心一點，假如你再出什麼錯，你再被逮到這兒來，我不會再跟你講話的，那時候你將面對軍事法庭。你明白嗎？」

沒等他反應過來，帥克就冷不防撲上前去，親了他的手說：

「我是個狗販子，您要喜歡養一隻純種的狗，隨便什麼時候，就請光臨。願上帝保佑您，我將爲您祈禱，爲您做的一切功德祝福。」

帥克就這樣糊裡糊塗地被宣判無罪，重新獲得自由，回家去了。

經過「管你夠」酒家的時候，他考慮了一下應不應該先到裡面去瞧一瞧。接著，他還是推開了不久前便衣警察勃利特施奈德與他一起走出的那扇門，發現裡面的情景和當時大不一樣了。酒吧間裡死一樣地沈寂，沒有人說話，也沒有人聊天。只有幾個主顧坐在那裡如喪考妣，其中還有一位教堂執事，櫃檯後邊坐著女掌櫃巴里維茨太太，她漠然呆望著啤酒桶，眼睛裡和臉上充滿了悲傷的表情。

「喂，老闆娘，我又回來啦，巴里維茨先生哪兒去啦？我的老朋友們呢？你不介意給我來一杯啤酒吧。你看，我現在都回來了，他也該回來了吧！」

巴里維茨太太什麼話也沒有說，眼淚卻流了下來。她嗚咽著，在帥克的追問下，開始述說他的不幸，她說：

「他們判了他十年，就在一周前！帥克先生，怎麼會有這樣的事情呢？」

「嘿，這件事我還真沒想到！但是值得慶幸的是，他已經坐了七天的牢了啦！巴里維茨先生可真是一個謹慎的人啊！謹慎在這個世道可是一件無價之寶啊，誰都需要謹慎，可是想不到謹慎的人也會遭遇這樣的不幸。」

「他多謹慎呀，多小心啊！」巴里維茨太太哭著說。「他自己也總是那麼說的，可是他做錯了什麼?!那些人這樣對待他，我怎麼活啊！」

巴里維茨太太給帥克端來了一杯啤酒，店裡的顧客誰也不說話，店中瀰漫著淒慘的氣氛，好像巴里維茨的冤魂仍在遊蕩似的。爲了轉移話題，使這裡的氣氛好一點，一個教堂裡的管事又說起昨天的殯葬。

「這樣的世道，死人不是什麼稀罕事情！」

「他們用的什麼棺木？」

帥克也加入了話題：「要是一打仗，死人就更多了。至於軍人，估計就是捲在什麼東西裡就下葬，每天死那麼多人，誰顧得上啊！」

酒店再次陷入了深深的沈默，只有巴里維茨太太的眼淚掉在櫃檯上，漾開一個圈。主顧們誰也不想再待下去了，紛紛站起來付了酒賬，一聲不響地出去了。屋裡就剩下帥克和巴里維茨太太。

「那位勃利特施奈德先生還到這兒來嗎？」帥克問道。

「來過幾次，他可不是什麼好人，他總是要一兩杯酒，然後問我有誰到過這兒。主顧們坐在這兒談足球賽，他也偷聽，非要打聽到點什麼東西他才肯善罷甘休似的，大家都不喜歡他。

大家一看見他來就只談足球比賽，別的什麼也不談，以免被他抓住什麼把柄，又會被帶到警察局裡去。我的那位就已經夠倒楣的了。」

「他們真是的，居然給他判了十年，判個五年什麼的也就算了，又不是什麼大不了的，居然一口氣判了十年，真的是太久了，他也算是有家有孩子的人，怎麼可以判那麼久呢？」

帥克的同情使得巴里維茨太太愈發覺得委屈，忍不住又掉下眼淚來。她告訴帥克，警察不讓她去做證，因爲他們是夫妻關係，不能做證。於是她怕惹出什麼麻煩也就放棄了做證的權利，巴里維茨先生只是把有關於蒼蠅的事情從頭到尾講了兩遍，他們就對他進行了判決。巴里維茨先生也不申辯，只是在被帶走之前深深地看了他的妻子一眼，大聲高呼：「自由思想萬歲！」

「勃利特施奈德先生勾引人上當的本事真是相當的高超啊。想必他勾引人上當的這套本事也是經過了非常艱苦的訓練的，最近有什麼人上他的當嗎？」

「有啊，木恩街上的一個裱糊匠就被他糊弄了，而且也被他帶走了。」

「他是個笨蛋嗎？」

「和我的男人差不多吧。勃利特施奈德問他會不會打槍，他說不會，只是以前在遊藝場玩遊戲的時候贏過一個克朗，但是勃利特施奈德非說他贏了一個皇冠（**譯注：在捷克語裡，『克朗』這個詞也有皇冠的意思**），於是就宣佈裱糊匠犯了叛國罪，將他帶走了，現在還沒有回來。」

「要是套上了這個罪名，很多人都回不來了，事實就是這樣的。」

說到回不來，巴里維茨太太又開始傷心了，想必這一段時間，她的心情都是非常難受的。

「能再給我一杯酒嗎，巴里維茨太太？」

帥克也不再說話了，專心對付他的蘭姆酒。帥克剛喝完第二杯蘭姆酒，勃利特施奈德就走進了酒吧。他用他鷹隼一樣的目光很快地掃了一下這空蕩蕩的酒吧間，然後在帥克身旁坐了下來。他要了啤酒，並不急於說話，而是耐心地等著帥克開口。

帥克可沒有那麼容易上當了，他並沒有同勃利特施奈德搭訕，而是轉身去看報紙，並且就報紙的內容與巴里維茨太太聊了起來。

「您看看，那個大名鼎鼎的傑勃拉居然要出售他的領地了，他那裡我曾經去過，是一塊相當不錯的地方呢，在他的領地上還有學校和公路！」

勃利特施奈德受到這種冷落感到有點不耐煩，他迫不及待地要引起帥克的注意，所以他一邊瞧桌子一邊說：

「帥克先生，您什麼時候對莊園有興趣了，難道您想要買下它嗎？那可是價格不菲的一片土地啊！」

「啊，原來是您呀，久違了，勃利特施奈德密探先生。」帥克說，隨著握起他的手。「我剛才沒認出來。我這記性真壞，見一面就會忘了。前一回，我記得咱們好像是在警察局裡見面的。近來有何貴幹？您常到這兒來嗎？因爲您的照顧，我倒是有一段時間沒有能夠來這裡喝一杯了，今天剛好有空，沒有想到能夠在這裡碰上你！」

「帥克先生，您過獎了，其實警察局那邊告訴我說，你是個狗販子。我今天是特意來找你的，我很想弄條捕鼠狗，或是一條穴臘犬，要不就是那一類的也成。」

「這個可是我的本行啊，您知道，這個好辦，」帥克回答說，「但是我不知道您要純種狗還是雜種的？」

「我想還是來一條純種的吧。」

「那種一聞就聞出味兒來，然後把您帶到犯案地點的警犬不是更合適您的工作嗎？爲什麼不來一條警犬呢，我知道有一條相當不錯的狗，什麼都懂得，可以用來從事這項工作，您看怎麼樣啊！」

勃利特施奈德自有他的目的，他並不急於定下來要什麼狗，鎮定地說：「我要一條不咬人的臘腸狗。」

「那您是要一條沒牙的臘腸狗吧？這樣的符合要求的狗我能替您找到一條，就是稍微費一點麻煩，不過沒有關係，誰讓我們做生意的呢。」

勃利特施奈德先生對狗的知識還很膚淺，有點發窘，「也許我還是來條捕鼠狗吧！」而且如果不是接到警察局特別給他的指示，他根本不會去想到狗的。他接到的緊急指示是這樣的：

他必須利用帥克販狗的活動跟他進一步接近。爲了這件事上面授權給他挑選助手的自由，而且撥給他一筆款項，他也可以動用款項去買狗，其實，他自己並不需要狗。

「我向您推薦捕鼠狗，牠們不僅有用而且可以玩賞。捕鼠狗有各種尺寸的，現在我就知道有兩條小的，三條大的，這五條您可以統統放在膝頭上撫弄。我敢擔保牠們相當棒，絕對適合您這樣初次接觸這些畜生的先生。」

「多少錢呀？」

帥克一看有生意可做，就愈說愈來勁了，「得看大小啦，問題就在大小上頭。捕鼠狗這東西跟牛犢可不一樣。牛是愈大愈貴，這種狗卻正相反：愈小愈貴。」

勃利特施奈德怕因爲買狗的事情把秘密警察的款項動用得太多了，於是他說：「其實我想要一條大的看家用。」

帥克說：「既然這樣說，那麼我就給您看著辦吧，就這麼辦吧，大的五十克郎①一條，再大的二十五克郎吧。還有一件事情是我必須問明白的：您到底要什麼樣的狗，是要狗崽子還是要大些的狗？是公狗還是母狗？」

勃利特施奈德不耐煩地敷衍道：「隨便，隨便，只要是隻狗就成。」他並不習慣被這樣摸不著頭腦的問題所糾纏，他是個密探，他喜歡用這樣的問題糾纏別人。

「你替我預備好，明天晚上七點鐘我來取。那時候總可以預備齊了吧？」

「您儘管到時候來取吧，我一定全都準備好。」帥克乾脆回答道。「可是現在這樣的世道，我得請您先預支給我三十克郎，不然到時候您跑了怎麼辦？當然，我只是打個比方而已，您肯定是會守信用的。」

勃利特施奈德已經無法再和帥克在關於狗的問題上繞圈子了，他把錢付給帥克，說：

「好，我請客，咱們爲這筆生意乾它一杯。」

他們每人喝了四杯，帥克堅持付了他自己那份賬。他也不想和這個密探再閒聊下去了，儘管勃利特施奈德極力邀請他，而且希望作爲朋友的身分和他聊聊，但是帥克卻拒絕了，這時勃利特施奈德只好拋出了殺手鐧。

「弱國是注定要滅亡的！迴避真相是沒有用的，你不這麼認爲嗎？」勃利特施奈德認爲這樣激烈的言論肯定會引出帥克的反駁。

「那我也沒有辦法啊，對於國家我也沒有什麼好的辦法。我有時連一隻狗都照顧不好，更別說一個國家了，還是不要管的好。」

勃利特施奈德一計未成，又生一計。「帥克先生，您認爲加入什麼組織比較好呢？我是個無政府主義者，對這些組織都不是很了解，您能給我什麼建議嗎？」

「有一次，有一個無政府主義者向我買了一隻狗，最終也沒有把錢給我，我覺得非常惱火但是又沒有辦法，因爲我不知道如何找到他。」

「可是我覺得，在這個時候，打仗有什麼用啊，宣戰動員也不對啊，怎麼能夠這樣呢？」這位密探先生因爲公事的緣故喝多了，已經開始亂說一氣了。

「您還是別說了，要是給別人聽到了，明天你就該待在警察局裡了，雖然你和那裡的人很熟，但是這樣會連累到掌櫃的。」

巴野維茨太太在櫃檯後面的椅子上哭了。

「沒有關係的，您不要哭了，很快我們就可以打贏這場戰爭。那時候你們家掌櫃就會從監獄裡回來了，我們可以在您這裡辦一個酒會慶祝一下，怎麼樣？您不會以爲我們打敗仗吧，帥克先生？」

帥克沒有理他，而是付了自己的酒錢就搖搖晃晃地出門去了。

回到家裡，米勒太太嚇了一跳，當她看見自己用鑰匙開門進來的是帥克，大吃了一驚。「我以爲您得好多好多年以後才能回來呢，所以我就收留了別人，查戶口的也沒有找我的麻煩，還告訴我說別指望你這個狡猾的傢伙回來了。」她用慣常的坦率口氣說。

讓帥克生氣的是，他發現一個素不相識的人睡在他的床上，旁邊還有他的女伴。帥克叫醒了他們。

「你們要是再不起來，我就把你們扔到大街上去，我看你們還是乖乖起來穿好衣服自己走出去比較體面，否則可就不太好看了。」

「可是我是每天都付給老闆娘租金的，我有權在這裡睡到八點鐘。而且講好了可以帶女伴過來過夜的。」那男人抗議道。

「可是他只是我的女僕而已，無權決定出租我的床，我才是這裡的主人，如果你們再不走的話，我可要動手了。」

他倆這才十分不情願地起來穿好衣服，帥克還叮囑了一句：「先生，您可千萬不要對人家說我在您沒有地方吃午飯的時候就把您趕走了，那樣我的名聲就會因此而大受損害的。」

送走了不速之客之後，帥克發現了米勒太太留下的紙條，說她很內疚，她將從窗戶跳下去。

但是帥克對於這樣的小伎倆並不相信，他知道不久之後他就會在家裡某個地方發現米勒太太肥胖的身影的。果然，半個鐘頭後，米勒太太出現在廚房裡，她顯得非常不安。

「哦，本來我準備到每一扇窗戶底下去找找，沒有想到在這裡見到你。米勒太太，我可以給你一個建議，到臥室裡去跳，那樣會落在走廊上；要是您從廚房往外跳，會壓倒我的玫瑰花的，那可不是件好事，你將要賠償我的損失。」

米勒太太哭了起來。

「哦，先生，您不知道我也有苦衷，我們在院子裡餵的兩條小狗死了，大的那條在咬了警察以後就跑了。事情是這樣的，早些天有警察來檢查，非說床底下有人，於是就死活要把床下的那條大狗拽出來，那隻狗不停掙扎，還咬了警察先生，並且跑了出去。」

「那些警察來做什麼？」

「他們問是不是老是有人從國外給老爺匯錢什麼的。」

「那你怎麼回答的呢？」

「我說偶爾有，您不是上次還將一條瞎眼的小狗當成安哥拉獵狐犬給人寄出去了嗎？後來他們就介紹了咖啡館的那個人來住，就是被老爺您轟出去的那個人。說是怕我一個人孤單。他們是警察啊，既然他們提出來我也就不敢拒絕，老爺，我也是有苦衷的啊！」

「我想他們一定會常常來我這裡買狗的，走著瞧好了！」

米勒太太又溜到一邊去了，這次她去鋪了床，特別加意把一切收拾得妥帖周到。

果然不出帥克所料，他們不斷地向帥克買狗，而帥克以他一貫的弄虛作假的手段對付這些警察局的先生們。他賣出的聖伯納狗是一條雜種獅子狗和一條無名野狗交配的，名稱高貴的安格納獵狐犬卻長了兩隻獵獾狗的耳朵，個子大得像條猛犬，腿向外撇，活像患了佝僂病。所謂猛犬長了一頭的粗毛，下身活像蘇格蘭護羊犬，尾巴剪得短短的，個子不比獵獾犬高，而且屁股光禿禿的。

後來卡魯斯密探也去買狗，他帶回一條通身是點子的膽怯的怪物，樣子像條鬣狗，名義上算是蘇格蘭護羊犬。於是，秘密警察費用上爲了牠又增加了R．九十克郎一項。這條怪物據說還算是條獵狗。但是連卡魯斯也沒能從帥克身上擠出什麼來。他跟勃利特施奈德的運氣差不多。帥克把一番巧妙的關於政治的話題引到怎樣給小狗醫治犬瘟症上去，而密探們千方百計佈置的圈套，唯一的結果是帥克又把一條雜配到難以置信、奇醜無比的狗，冒牌推銷給勃利特施奈德了。

奧匈帝國崩潰後如果有人翻查警察檔案，在「秘密警察用款」下面讀到下列這些專案時，不知道他懂不懂得其中的含義，例如：B．四十克郎，F．五十克郎，M．八十克郎等等。如果他們以爲B、F、M這些字母都代表人名的簡寫，以爲那些人爲了四十、五十或八十克郎就把捷克民族出賣給奧地利皇室，那就大錯特錯了。B代表「聖伯納種狗」，F代表「獵狐犬」，M代表「猛犬」。這些都是勃利特施奈德由帥克那裡帶到警察局去的狗，——條條都是奇醜無比的四不像，和純種的狗相比，絲毫沒有共同的地方。帥克把冒牌貨統統賣給勃利特施奈德了。

順便交代一下可敬的密探先生的下場，他後來殘酷地對待這些冒牌狗，總不給牠們吃飽。最終的結果是：這些餓瘋的狗一擁而上，把他撕碎吞進狗腹。勃利特施奈德先生以自己壯烈的死實現了他最後的愛國宿願——爲帝國節省殯葬費。帥克評價說：「唉！至末日審判的時候，怎麼去收他的屍喲。」

① 「克郎」是當時通用的貨幣名，每一克郎合一百個黑勒爾。

七 帥克當兵

帥克接到通知，限他一個星期以內去接受參軍的體格檢查的時候，正躺在床上，他的風濕症又復發了。米勒太太在廚房裡給他煮著咖啡。

也就是這個時候，帝國軍隊正從加里西亞萊伯河岸的森林全軍潰退下來，塞爾維亞南部戍師的奧地利軍隊正狼狽地吃敗仗，奧地利陸軍部忽然打算起用帥克，希望他把帝國從危難中拯救出來。

帥克覺得有必要和米勒太太談一談關於他即將要參軍的這件事，他可不想上次他被抓的時候發生的事情又出現一次，所以還是必須談一下。於是用沈靜的聲調從臥房裡叫他的女僕——

「米勒太太，米勒太太你過來一下。」

米勒太太走了進來。

「請坐，米勒太太。」他的語氣中有種不同於平時的莊嚴，這讓米勒太太心裡直犯嘀咕。

「老爺，您有什麼事情要吩咐嗎？」

帥克忽然從床上坐起來，說：

「米勒太太，你知道嗎？我要從軍去了。帝國的形勢相當危急了。不論怎麼看，情形都很糟，所以他們才召我入伍。在北線，爲了保衛克拉科夫我們的主力被吸住啦。南線上，敵人正向匈牙利進軍，我們要不趕快還擊，他們就要把整個匈牙利都佔領啦。」

「可是您的風濕還沒有好，還不能下床呢！先生，我還是給您找個大夫吧！」

「那沒關係，米勒太大。我會坐著輪椅去投軍。這是一件很神聖的事情，你不用爲我難過，也不用過分的擔心。我已經想出一個好主意了，你記得街角上那個糖果店老闆，好多年以前，他曾用輪椅推過他那瘸腿的爺爺——那可是一個脾氣暴躁的老傢伙——去換空氣。他有我要的那種玩意兒。親愛的米勒太太，你就用那種輪椅把我推到軍隊上去吧！從現在的狀況來看，除了我的腿有點不聽使喚，其餘部分證明我是很合用的一把炮灰。而且如今國難當頭之際，每個殘疾人都應當走上他的崗位。現在你儘管煮咖啡去好了。」

米勒太太的眼淚都快要流下來了，可是她不想讓主人看見，於是轉身回廚房裡去了，在那裡偷偷飲泣。她倒是沒有爲奥地利的明天擔憂，而是想她可憐的主人，身體不能動彈還要應徵入伍，實在是太可憐了。

這又讓帥克想起他年輕時候當兵的情形，想起那些長官和戰友，於是他唱了一首軍歌，表達他內心的激動和英勇。

我們馳騁在戰場上，
太陽照耀在我們身上。
前進，前進，前進！
我們在戰場上，
我們在心裡向主禱告，
請保佑我們打勝仗。

前進，前進，前進！

帥克唱得很起勁，但是米勒太太卻十分害怕，她的全身都在顫抖，帥克繼續他的演唱。

上帝保佑我們打勝仗，
守衛公路和橋樑，
打到敵人的後方。
前進，前進，前進！
我們要大戰一場，
不管鮮血往下淌。
我們是英勇的好兒郎，
爲國立功不怕槍彈。
前進！前進！前進！
我們的攻擊要加強。

「我的先生，您別再唱了，您別再唱了，這樣會招來很多麻煩的，您知道嗎？」
「馬上，馬上我就唱完了！」
帥克得意忘形地把這首義大利人打奧地利人的戰歌唱下去——

我們的攻擊要加強，
我們的軍需要跟上。
早點打勝仗，
早點回故鄉。
前進，前進，前進！

米勒太太終於受不了了，她覺得有必要去找一個大夫，於是就奔出房門去找大夫。一個鐘頭後大夫來了，帥克正在打盹。他似乎忘記了他剛才的行爲，睡得很安穩，呼吸也很順暢。

身材魁梧的大夫正用手在他腦門子上按了一下，看看他有沒有發燒，然後叫醒了他，說：

「你躺著別動，自我介紹一下，我是維諾堡來的帕威克大夫。現在我來給您檢查一下，請伸出手來給我看看，然後把舌頭伸出來給我看一下。對，就是這樣，現在，你把這溫度計夾在夾肢窩底下，對了，就這個樣子。別動，你父母是得什麼病死的？」

「我也不是很清楚，就是那樣死的，和別人一樣。」

「哦，我的先生，我想你是太激動了，您現在身體很虛弱。我建議您什麼都別想，躺在床上靜養幾天比較好。那些參軍啊，打仗啊，都先放到一邊，靜養要緊，我給您留下一點藥，可以幫助您鎮靜。至於服用的方法，我會告訴米勒太太的，您就放心好了。好好休息吧。」

於是，正當維也納面臨重重危機，不斷的號召奧匈帝國內各個民族都要作出忠君報國的切實榜樣的時候，帕威克大夫卻在爲帥克的愛國熱忱開著溴化物①，並且囑咐這位英俊驍勇的戰士帥克不要去想入伍的事。

這位醫生出門的時候又叮囑了一遍：「很好，繼續保持仰臥的姿勢，好生靜養，我明天會再來的。」

第二天他又來了，米勒太太告訴他帥克病得更加厲害了。「更厲害啦，大夫，夜裡他的風濕症又犯了。痛得睡不著覺，您猜怎麼著，他唱起國歌來啦。攔也攔不住，真的是有點病糊塗了，他平時不是這個樣子的啊！」

帕威克大夫又對他進行了例行檢查，除了情緒方面有問題之外，膝蓋的風濕沒有惡化，於是帕威克大夫只好又添了些溴化物的分量。

第三天米勒太太說，帥克更嚴重了。想出了許多忠君報國的新花樣，而且正在付諸實現。米勒太太爲此頭疼不已。他讓米勒太太下午出去，給他找一張標出他所謂的戰場的地圖，晚上他就開始東想西想起來，他說奧地利一定會得勝。還說了其他一些莫名其妙的話，米勒太太也不知道什麼意思。

於是醫生問有沒有按照他的叮囑按時服藥，米勒太太吞吞吐吐說了半天，才說到現在還沒有去取藥呢，晚上帥克就喝了一點粥，其他什麼也沒有吃。於是醫生就生氣了，拒絕給這種不遵醫囑的人看病，他對帥克發了一陣火，然後就頭也不回地走掉了。帥克也覺得醫生沒有什麼用，於是也不再另外找醫生了。

又過了兩天，帥克出現在壯丁體格檢查委員會。在這期間，帥克做了適當的準備。比如說他帶了一頂軍帽，是他叫米勒太太替他借的。然後，他還帶了輪椅和拐杖，又是叫她去街角糖果店那裡去借的，就是那老闆曾經用來推過他那瘸腿爺爺——那脾氣暴躁的老傢伙——去換換新鮮空氣的。恰好糖果店老闆也還保留著一副拐杖，作爲一家人對他們先祖父的紀念。帥克連這個也一起借走了。他的胸前還佩帶著新兵們佩帶的鮮花，這個也是米勒太太替他置辦的。

再過兩天帥克就要離開了，米勒太太戀戀不捨，雖然她與帥克之間以前也有過一些不愉快，但是總的來說，帥克還是一個比較寬厚的主人。眼見他就要奔赴戰場了，米勒太太走到哪裡都抹眼淚，她一下子瘦了許多。

在這樣一個難忘的日子，帥克從軍成了布拉格的街上忠君報國的動人榜樣：

一個雙眼紅腫的老婦人推著一把輪椅，上面坐著一個頭戴軍帽的人，帽舌擦得錚亮，手裡揮動著一副拐杖，外套上面還裝飾著一束豔麗刺目的鮮花。不用看也知道是要去參軍，但是殘疾人都這樣的熱愛祖國，十分令人感動。最與眾不同的是，這個人看起來情緒很高昂，對於戰爭，充滿了別人所不具備的信心。他沿著布拉格的街道嚷著：

「打到貝爾格萊德去！打到貝爾格萊德去！」

他的後面聚集了一大堆的看客，主要是些沒人理會的浪蕩漢，是在帥克出發入伍的房子前面聚集起來的。開始只有幾個，後來就愈來愈多，愈來愈多，大約有好幾百人。帥克覺得很得意，似乎大家都在向他致敬，爲他這樣英勇的忠君報國的舉動。大家的眼光都與平時不同，那些婦女的眼中似乎還有淚光在閃動。一個大學生也跟在帥克的身後大聲地喊：「打倒塞爾維亞人，打倒塞爾維亞人！」

這樣龐大的隊伍影響了治安，所以警察都跑過來了。他們還以為發生了騷亂什麼的，十分生氣將人群疏散開了，這是非常事情，他們對什麼事情都異常地警覺。

他們非常失望，這件事情不是什麼叛國案，而是帥克要參軍而已。為了制止他繼續擾亂治安，就由兩名騎警把帥克連他的輪椅護送到壯丁體格檢查委員會那裡。帥克覺得十分的榮耀，畢竟不是每個參軍的人都能有專人護送的。

第二天，報紙上就登出來了，就是在《布拉格官方新聞》有一篇文章，寫得慷慨激昂：

殘疾人奮勇參軍

昨天一位手執拐杖的殘疾人坐在輪椅上，由一位老婦人推著來參軍，此情此景，實在是一種神聖感情的動人表現。我們捷克的子弟，身體雖然有點殘疾，但是還是抱著滿腔的熱情自願投軍，希望為國家為君主貢獻自己的忠誠和勇敢，甚至於獻出身家性命。布拉格大街上很多人大聲疾呼「打到貝爾格萊德去！」更加證明布拉格人民對我們的國家及皇室之熱忱擁戴。在國難當頭的時候，這樣的精神更加證明我們國家的熱血男兒對君主莫不急於竭誠報效，對皇室的忠誠天日可表。

其他的報紙也將這個作為頭條，大篇幅的濃墨重彩的渲染了一回。《布拉格日報》也用類似筆調描繪，最後得出的結論是：這個志願從軍的殘疾人的行為感動了很多人，他的後面還跟著一隊德國人，他們用身子防護了他，以免他遭受協約國的捷克籍特務的毆打。

《波希米亞報》登載了這段新聞，呼籲對這位殘疾的愛國志士加以獎賞，並且說，凡德籍公民願對這位無名英雄有所饋贈的，可以自行送到該報館去。他們將會把這些東西都送到英雄的手裡。

一時之間，大家都將帥克看作大英雄，報紙上也大肆渲染。體格檢查委員會主席鮑茲大夫辦事向來不容許人胡鬧，他對帥克的舉動有獨到的眼光。兩個半月以來，經他手檢查的一萬一千名壯丁中間，有一萬零九百九十九名查出是裝病想逃避兵役的，剩下的那一個，當鮑茲大夫喊「向後轉！」時，如果那不幸的傢伙沒中風，也一定會同樣被抓起來的。

「把這個裝病的逃兵帶走！」鮑茲大夫確定那人已經死了之後說道。

就在那難忘的一天，帥克赤身裸體地站在他面前了。

「由於神經不健全，體格屬最下等，」軍曹長一面翻閱著檔案，一面說。

「你還有什麼別的毛病嗎？」鮑茲大夫問。

「報告長官，我有風濕症，膝蓋也腫了。可是我寧願粉身碎骨，也要效忠皇上。」帥克謙遜地說。鮑茲惡狠狠地瞪了好兵帥克一眼，嚷道：「你想裝病逃兵役！」然後冷冰冰地對軍曹長說：「把他關起來！」兩個士兵用上了刺刀的槍把帥克押到軍事監獄裡去了。米勒太太扶著輪椅在橋上等帥克，直至看到他被刺刀押解的時候，她流了淚，掉頭就走，把輪椅丟下，再也沒回去管它。

刺刀在陽光下面閃爍著，走到雷迪茲基元帥的紀念碑下時，帥克回頭對跟在後面的人群喊道：

「打到貝爾格萊德去！打到貝爾格萊德去！」

紀念碑上的雷迪茲基元帥用夢幻般的眼睛俯瞰著好兵帥克，看他拄著兩根舊拐杖一瘸一瘸地走遠了，大衣兜裡還插著一束新兵入伍的鮮花。押解他的人繃著臉，告訴行人說他們正在把一個逃兵押到牢裡去。

①溴化物是鎮定劑。

八　帥克成了裝病的逃兵

因爲在軍隊裡很多人想要裝病逃避兵役，所以軍隊也想出了很多辦法來懲罰他們，裝病逃避兵役犯將會按照以下五個等級受到不同程度的處罰——

一、控制飲食

這樣的士兵的飲食會受到嚴格控制，三天之內早晚只准喝茶水一杯；不論自己說是什麼病，一旦患病，一律只提供阿斯匹林這樣的藥片。

二、舔服奎寧

爲了使他們對逃避兵役感到恐懼，不會讓他們覺得逃避兵役之後就會得到自由，所以規定每人必須吃很多的金雞納霜粉劑。

三、洗胃

每人每天用一公升水洗胃兩次。

四、灌腸

用肥皂水和甘油灌腸。

五、挨凍

把被單用冷水浸濕，然後裹在身上，這樣的滋味可不好受啊。

軍醫想用這樣簡單有效的辦法治好那些裝病逃避兵役的士兵，這樣的懲罰的確使一部分人重新回到軍隊。因爲有一些膽小的士兵，剛到灌腸階段，就聲明他們已經藥到病除，雖然他們的確感到不舒服，但是他們還是會說，他們別無他求，唯一的願望就是立即回到戰場上去，最好是跟隨先遣營開進戰壕，戰鬥在最危險的第一線。但是也有的人挨過這五級苦刑，最後終於受不了了，他們的靈魂去見了上帝，而他們的軀體被裝進一具簡陋的棺材，送往軍人墓地草草地埋葬掉。

帥克坐著輪椅被送到了軍事監獄，就和這些裝病逃避兵役的膽小鬼一起待在一間當作病房用的棚子裡。他倒是相當樂觀，沒有覺得有什麼不對勁的地方。但是並不是每一個人都有帥克這樣廣闊的胸襟的，已經有很多人受不了了，他們蜷縮在房間的角落裡，有的甚至沒有力氣說話了。

「我本來想裝近視眼，那樣就不能瞄準了，可是現在我已經受不住了，他們根本不會治病，我說近視，他們已給我洗了兩次胃了。我真搞不明白，洗胃與近視有什麼關係。」坐在他旁邊床上的一個人說，他剛從門診部被帶回來，就開始抱怨軍隊非人的生活。還有一個剛灌完腸的，這人本來假裝耳朵聾得什麼也聽不見，他以爲聽不見軍號就不用參軍了，但是現在他表現出高昂的熱情：他準備明天就上團隊去，在這裡灌腸還不如去送死。有一個級別最高的，他享受第五級的待遇，被裹在一條用冷水浸過的被單裡，像一條即將死去的魚一樣奄奄一息，他說他自己是癆病患者，而且已經到了晚期。他已經是本周內的第三個被裹濕被單的可憐蟲了，看他臉上的表情就知道這樣有多痛苦。

「你有什麼病？爲什麼到這裡來，也是因爲逃避兵役嗎？」

「我是主動來參軍的，但是我得了風濕症，所以他們讓我待在這裡。」

「那有什麼，簡直是小兒科。你可別想在我們這長待，他們不會放過你的，風濕症算不了什麼病，你很快就會上前線的。」一個胖子認真地提醒帥克，並且讓帥克小心點。他說他自己貧血，胃也只剩下一點點，還少了五根肋骨，但是沒人相信他的話，只是每天不停的洗胃灌腸。周圍的人聽了都哈哈大笑起來，連那個假裝患肺結核、裹著濕被單，就快要死的癆病鬼也笑了。

這裡有許多這樣的趣聞，而且每個人都會講上幾個這樣的例子，帥克可從來沒有聽到過這樣的事情，他覺得很新鮮。

「有一個假裝中風的人，只吃了三片奎寧、灌了一次腸，還有一天沒有讓他吃飯，還沒輪到洗胃裹被單什麼的，他就主動承認自己沒病。他的中風病就莫名其妙地好了，你說怪不怪？」

「裝什麼的都有。前不久，這兒還有個聾啞人，不管什麼事情他都能忍受，每天都要灌腸、洗胃，但是他什麼怨言也沒有。大家想，人家本來就是個聾啞人，沒有辦法，最後他們每隔半小時換一塊冷水浸過的被單給他裹著，這樣裹了十四天。冷得他牙齒直打仗，就這樣，大夫還給他開了大劑量的催吐劑，他難受得死去活來，都不成人樣了。最後的關頭，他突然變得膽怯，說：『這樣的日子，一刻我也過不下去了，我承認我的病好了，能說會聽了。我再也不裝做聾子啞巴了』。所有的人都勸他別說話，因爲這樣沒有好處，可他還是堅持自己的想法，醫生知道他復原以後，馬上把他送到了戰場上去，現在連消息都沒有了。」

但是據說這不是堅持得最久的，最久的是一個說是被瘋狗咬了的人。大家說他的確學得滿像那麼回事兒，他亂咬亂叫，除了沒讓嘴裡吐白泡沫之外什麼都學得十分逼真。連病房裡的人都來幫他，希望他能在檢查的時候吐出白沫來，大家七手八腳的咯吱了他一小時，雖然他手腳抽起筋來，臉都變了顏色，可就是吐不出白沫來，大家都很惋惜。早上大夫查房時，他只好像柱子一樣筆直站在床前行著軍禮說：「報告長官，我現在已經完全康復了。我想了很久，咬我的那隻狗看來不是瘋狗。其實坦白說，我沒有被什麼狗咬過，是我自己往自己手上咬了一口。」坦白完之後，這個挨狗咬了的人全身開始發抖，軍醫用奇異的眼光死盯著他，讓他覺得自己簡直是個白癡，於是情況就更壞了。他們除了將他送上戰場之外，還給他定了一條自毀器官以逃脫兵役的罪名，說他僅僅爲了不上戰場，想把自己的手咬掉。這樣那個人的日子就更不好過了。

但是有人發表了不同的看法，認爲凡是需要口吐白沫的病人，都很難裝得像。羊癇瘋就是一例。

「原來我們的房間裡就有個裝羊癇瘋的，他裝得真是逼真極了，我們都差點以爲他真的有病。他總是說發一次羊癇瘋算不了什麼，可是他一天有時能發十來次。弄得我們都跟著受罪，他總是劇烈的抽筋，死死的抓住什麼東西，眼睛瞪得銅鈴那麼大，就好像眼珠子要鼓出來了，他自己打自己，不打得臉都腫了決不罷手，連舌頭也伸了出來。總而言之一句話，是地地道道的、正宗的羊癇瘋，真的像極了。我們本來以爲他有機會離開這個鬼地方，因爲誰也不敢讓這樣的人去打仗啊，萬一在戰場上發羊癇瘋怎麼辦。突然有一次，他脖子上和背上都生了很多癤子，不斷的腫起來，有時還流膿血，看起來真噁心，而且有一天一陣劇烈的抽筋之後，他發起燒來。最倒楣的是，大夫查病房時，他正燒得說胡話，把掏心窩子的真話都說了。不過他這些癤子也把我們害慘了，因爲他背上長著癤子，所以受到特別的照顧。那幾天軍隊的伙食給了他特別的優惠，那小子享受著咖啡和麵包，中午的伙食也很不錯，有湯、烤麵包片和果醬，晚飯還有粥喝。真是太棒了，光是那種香味就讓我們受不了。我們帶著洗過很多遍的、幾乎裡面什麼都不剩下的胃，全都看著長癩子的傢伙在那裡享受他的一日三餐，還不時朝我們做個鬼臉什麼的。就這樣，另外三個人也受不了了，寧可承認一切去換取幾天微薄的飯菜，那真是人間美味啊。結果，他們也屈服了，他們裝的是心臟病。」

帥克發現在這裡，幾乎全是健康的人，真正像帥克那樣腿不方便的，還真是不多見。他們這會已經說開了，紛紛講述自己是如何裝病的，而且頗有洋洋得意的感覺。

有一個稱自己得了胃癌的人說他認識布舍夫諾瓦一個掃煙囪的，只要花十克朗，他就可以叫別人發高燒，燒得人腦袋不清醒，在街上胡亂逛，甚至有可能回不去自己的家了。還有人說在沃爾舍維采有個接生婆，只要花二十克朗，她就能弄斷你的腿，保管叫你殘廢一輩子。

說到這裡可就有人不服氣了，說：

「可是，我比你還便宜，我只花了五克朗就把腿弄斷了，五克朗買了三杯啤酒。我在酒館裡喝多了，於是在臺階上把腿給摔斷了。」

可就這樣，他們仍然沒有得到允許回家去，他們還在這裡享受那五項特別的待遇。一個骨瘦如柴的人說他的病已經花了兩百多克朗，還是沒有逃脫那種五克郎十克朗的厄運，「我告訴他們我中了毒，這是真的。你們絕對找不到我沒有服過的毒藥，我用這樣的方法毀壞了自己的肝、肺、腎、膽、腦子、心臟、腸子。我全身上下幾乎沒有哪個地方是好的，可是這些愚蠢的戰地醫生，誰也搞不清我害了什麼病。現在我都成了毒藥倉庫啦。我不但喝過氯化汞，吸過水銀蒸氣，還中過各種各樣的毒，砒霜、大煙、鴉片啊，什麼都沒有用，我甚至吃過撒上嗎啡的麵包，現在估計我對那些毒品都有免疫力了。也不知道他們會將我怎麼樣？」

「你這樣還不是最絕的，我看最好是再弄個什麼截肢，那樣就安全了，我的一個遠房親戚就是那麼做的，一到醫院人家把他的胳膊鋸了下來，軍隊沒有什麼理由去找他的麻煩了。」

最後他們總結出來最好的辦法是裝瘋。一個有親身體驗的人說他們隔壁房間裡有兩個教師委員會的人。一個不分白天黑夜學狗叫，開頭是汪、汪、汪三聲慢的，隨後是汪、汪、汪、汪、汪五聲快的，接著又是慢的，就這麼沒完沒了地叫，他們兩個已經堅持了三個多禮拜。

帥克實在是聽不下去了，他們都是這樣想要逃避兵役，可是帥克確實是爲了要效忠皇上保衛祖國才留下來的。

「你們可不能全都這樣想啊，要是大家都這樣想，那麼我們的國家就真的沒有一點希望了。爲了效忠皇上，爲了打勝仗，我們都多忍耐一點，咱們大家都得吃點兒苦頭。我年輕的時候，在軍隊服役，可沒有這樣的待遇，我們的條件比這還糟糕的多。他們可不是像這樣分不同的級別來處罰逃避兵役的人，對待病人的方法也更加厲害，他們拿繩子把病人的手和腳都捆在一起，怕他們跑掉，而且扔到一個荒蕪的山洞裡，就讓他在那兒養病，什麼吃的也沒有，簡直不是人待的地方，那時候，大家都不敢得病，怕被丟到山洞裡，很多人就是在山洞裡丟了小命。但是誰敢保證自己一定健康啊。有一次，我們的一個戰友患了傷寒，另一個得了黑天花。他們可沒有我們走運，他們兩個都被綁在一起扔到山洞裡，報告上面說他們也是裝病逃避兵役的。他們倆自然都死了，這樣你還想活命嗎！紙總是包不住火的，這事登了報，連國會的人都知道了，上面的那些人不讓我們讀這些報紙，還仔細檢查了我們的行李，我最倒楣了，什麼地方都沒有問題，單單在我這兒發現了一份報紙。」

帥克又歎了一口氣，他繼續說他的經歷。

「他們把我帶到辦公室。我們的上校對我大吼大叫，他完全不把我當成一個人來看，而是一塊聽他發脾氣的木頭。他大聲命令我立正站著，生怕我聽不見似的，像狗一樣來回竄，對我狂吠。我一言不發，我右手舉到帽沿邊，左手緊貼褲縫畢恭畢敬地站著。他逼著我交代是誰給報紙投的稿。否則他就要對我不客氣了，而且他不會放過我的，先要好好地折磨我一頓，然後再把我關死在牢裡。後來，軍醫官走過來，對我大聲吼叫，罵我是條社會主義的狗，而且連我們家的祖宗都跟著我遭了殃。他一連串的罵，我都插不上嘴，我也沒有什麼可說的，於是只好一直看著他，連眼睛都不眨一下，我一聲不吭。後來上校跑到我跟前對我吼道：『你真是個傻子啊？什麼都不會說啊！你到底知不知道是誰幹的？』『報告，上校先生，我是傻子。傻子什麼都不知道，傻子就是傻子。』就爲了這個，他們關了我三個星期！而且吃的伙食出奇的差，一個月不許我出營房，戴四十八小時鐐銬而且要關禁閉！然後我就被投到監獄裡去了，就在我關禁閉的時候，兵營也不是什麼省油的地方，總是有一些怪事出現。出了這件事情以後，我們的上級更加緊密地控制輿論，士兵沒有權利讀任何東西，可是這個時候我們反倒讀起書報來了。我們這個聯隊成了最有文化的聯隊，每個連都寫詩編歌來和這位上校作對。而且聯隊裡一旦出了什麼事情，士兵中馬上會有人用《虐待士兵》的題目在報上發表評論文章。就這還不夠，他們接受了教訓，認爲可以向上級反映，他們還大膽地給維也納的議員寫信，要求議員大人爲他們申辯。這些議員於是在議會裡批評我們的上校是畜生，有一次大臣閣下還派了個檢查團到我們這兒來。檢查團走後，我們可就遭了殃了。上校爲了教育我們，就在會上說，士兵就是士兵，士兵的義務就是服從，這是士兵的天職，必須老老實實。要是有什麼不滿，就向上級反映，而不要越級反映，要是直接告到議會去，那就是破壞紀律。他讓我們明白誰都幫不上什麼忙，走了之後還是一樣。就算是檢查組來了，還是有紀律的，不是可以隨便胡來的。他要一個一個的檢查我們，所以我們便一個連接一個連的朝他所站的地方持槍敬禮，對著他大聲地重複他剛才所說的話：『混蛋，我們以爲那個檢查團能幫我們的忙，幫得了個屁忙！』上校對這樣的結果很滿意，哈哈大笑，從第一連到第十一連從他面前走過爲止。這時第十一連正步走著，腳打著地叭叭直響，可當他們走近上校的時候，什麼聲音都沒有，大夥只見上校漲紅了臉，他覺得十分沒有面子，於是讓十一連回到原位，再來一次。他們又止步走著，還是不吃上校那一套，只是用仇恨的眼光盯著上校。我們都在擔心地等著，不知十一連會受到什麼樣的處罰。一天、兩天、整整一個禮拜，什麼也沒發生，到最後也沒有什麼結果。唯一的結果是，我們明白了那是我們最後一次見到這個上校，當兵的、當軍士的、當軍官的都非常高興。聽說那個老上校因爲神經病而進了一個什麼療養院。」

聽完帥克這個冗長的故事，大家都在想應該如何逃避可怕的兵役。因爲很快就到下午查房的時間了，軍醫個個都是心狠手辣的傢伙，他絕對不會放過任何一個可疑的人。軍醫老爺會挨個處理他們的病情，還有一個表情冷酷的衛生員拿著記錄本跟在後面，以便記錄他們應該遭受的懲罰，因爲他們試圖逃避兵役。

「你叫馬支那爾？」

「是！」

「你有什麼病啊？」

「癌症。」

「給他灌腸，吃阿司匹林。」

其他人也一樣的審問一遍，有的是洗胃，吃奎寧；有的是灌腸，吃阿司匹林；有的是包濕床單。就這樣鐵面無私地下著處方。

「帥克！帥克呢？」

「我是。」

格林施泰恩大夫對這個新來的人特別注意，他總是這樣，那眼神就好像在說：你這個逃避兵役犯，看我怎麼收拾你，我不會讓你有好日子過的。

「你得了什麼病啊？」

「報告長官，我有風濕，就是這個，沒有別的了。」

因爲在這裡待得太久了，格林施泰恩大夫已經養成了略帶嘲諷的態度對待病人的習慣。尖酸刻薄的話語比大聲叫嚷有更能夠摧殘別人的自尊。

「哼，」他從鼻子裡發出了一個十分不屑的聲音，接著說，「風濕，這樣的病可真不輕啊！可是你也沒有辦法，這樣討厭的病偏偏在爆發世界大戰的時候出現，現在我們的國家需要很多人到前方去打仗，帥克先生，您一定非常著急吧？」

「報告，我的確著急，但是我的風濕還是不見好，我也沒有辦法。」

「在和平時期你大約也沒有現在這樣著急吧？」

「的確是這樣的，長官。如果是在和平時期，我就會躺在床上讓女傭給我煮咖啡了。」

周圍的人哈哈大笑起來，格林施泰恩很討厭大家表現出高興的樣子，於是變得更加刻薄了。

「可是在和平的時候，你是不是一直沒有犯病？你就像一匹自由的小馬在酒館和俱樂部之間來回溜達，活蹦亂跳沒人比得上；可是一打起仗來，馬上就得了風濕病，膝蓋也不靈啦，腿也不行了，還坐在輪椅上，並且隨身帶著你的拐杖。」

「報告大人，是這樣。」

「一夜一夜地疼得睡不著覺，對不對，嗯？風濕症這種病可很危險，很難受，也很麻煩。我們這兒對付得風濕症的人，有包你滿意的辦法，絕對的飲食控制和種種療法是百驗百靈的。你看吧，你在這兒治保證比在皮斯坦尼還好得快。隨後你就大闊步地走上前線了，有勁得走路會踢起一片塵土。」

然後他掉過身來對軍士傳令兵說：

「記下來：『帥克，絕對飲食控制，每天洗胃兩遍，灌腸一次。』到了適當時候我們再看看還得安排些什麼。同時，把他帶到手術室去，把他的胃洗個乾淨，等洗夠了，再給他灌腸，灌得足足的，灌得他叫爹叫娘，那麼他的風濕症就會嚇跑了。」

接著他又朝所有的病床發表了一番演說，話裡充滿了機智和風趣的警句：

「你們千萬別以爲我們是吃白飯的，以爲耍花招可以混得過去。我一點也不在乎你們那些藉口。我十分清楚你們都是借著病來逃避兵役的，好吧，我也就照你們的路子來對付。像你們這種兵油子，我對付了不知道幾百幾千啦。這些床上曾收容過大批大批的壯丁，他們任什麼毛病都沒有，就是缺少點帝國戰士的尙武精神。他們的同胞在前線爲國流血，他們卻想賴在床上不起來，一頓頓吃著醫院的飯，淨等著戰事結束。哼，可是他們打錯算盤啦，我要讓你們永遠記住這個滋味。今後二十年以內，你們要是做夢想起當年打算瞞哄我的勾當，你們還會從夢裡驚叫起來的。」

「報告長官，」靠窗口一張床上有個人怯怯地說，「我完全好了。我的氣喘病半夜裡好像就無影無蹤了。」

「你叫什麼？」

「克伐里克。報告長官，我贊成灌腸。」

「好，出院以前給你灌腸，好給你路上助助神。」格林施泰恩大夫這麼決定了。「你也就不能抱怨我們這兒沒給你治病了。聽著，我現在念到誰的名字，誰就跟軍士來，他給你們服什麼就照服下去。」

於是，每個人都接受了大夫開的一大副藥。帥克表現得很好。

「別憐惜我，」他央求著那個給他灌腸的助手說，「別忘記你曾經宣誓效忠皇上。即使是你自己的爸爸或者兄弟躺在這裡，你也得照樣給他灌，一點情面也別留。記住，帝國全靠灌腸才能穩如磐石，勝利必屬於我們。」

第二天格林施泰恩大夫查病房的時候問起帥克對軍醫院的印象。

帥克回答說，這是個頂呱呱的、管理良好的機構。大夫爲了酬答他，除了頭天的那份以外，又給他加上一些阿司匹靈和三粒金雞納霜，叫他當場用一杯水沖服下去。

就是蘇格拉底當年飲他那杯毒芹汁的時候，也沒有帥克服金雞納霜那麼泰然自若。格林施泰恩大夫如今把各式各樣的苦刑都在他身上試過了。

帥克站在大夫面前，身上裹了一條冷水浸過的被單。大夫問他覺得怎樣時，他說：

「報告長官，就像在浴池裡或者在海濱消夏一樣。」

「你還有風濕症嗎？」

「報告長官，我的病好像還沒好。」

於是新的折磨又來了。

第二天早晨，那個著名的委員會的好幾個軍醫都出場了。

他們一本正經地從一排排床鋪旁邊走過，只說：「伸出舌頭來看看！」

帥克伸舌頭把臉擠成個白癡般的怪相，眼睛眨巴眨巴的，他說：

「報告長官，這是我舌頭的全部！」

隨著，帥克和委員們之間開始了一段妙趣橫生的談話。帥克辯解說，他之所以聲明是因爲怕委員們疑心他有意把舌頭藏了起來。

另一方面，委員們對帥克的意見卻十分分歧。

有一半委員認爲帥克是白癡，另一半認爲他是個騙子，有意跟軍部開玩笑。

「我們要是對付不了你，那才真叫怪呢！」主任委員對著帥克大聲嚷道。

帥克用一種孩稚般純真安詳的眼神呆望著全體委員們。軍區參謀長走近了帥克，對他說：「我很想知道你究竟想搗些什麼鬼。你，你這豬！」

「報告長官，我腦子裡什麼都不想。」

「混蛋！」一位委員腰刀鏗然碰響，氣哼哼地說。「原來你什麼都不想，對嗎？你這頭蠢驢！」

「報告長官，我不思想，因爲當兵的不許有思想。許多年以前，當我還在九十一聯隊的時候，我們的官長總是對我們說：『當兵的不許思想。官長都替他們想好了。當兵的一旦思想起來，他就不成其爲兵，他就變成一個草民啦。』思想並不能……」

「住嘴！」主任委員兇悍地打住帥克的話，「我們早知道你。你不是什麼白癡，帥克。你就是調皮搗蛋，你很狡猾，你是個騙子、無賴，你聽懂了嗎？」

「報告長官，聽懂了，長官。」

「我不是告訴你住嘴嗎！你聽見沒有？」

「報告長官，我聽見您說，要我住嘴。」

「我的天啊，那麼你就住嘴！我說話的時候你該明白你的嘴唇不許動！」

「報告長官，我知道您不叫我的嘴唇動一下。」

幾位軍官老爺們交換了個眼色，然後把軍曹長喊過來說：「把這個人帶到辦公室去，」軍醫參謀長指著帥克說：「等我們做出決定和報告。這傢伙什麼屁毛病也沒有，他就是裝病，想逃避兵役；同時，他還胡扯，拿他的長官開玩笑。他以爲到這兒來是尋開心的。他把軍隊看成了一個大笑話，像個雜耍場。」然後對帥克說：「等你到了拘留營，他們就會叫你知道軍隊不是兒戲。」

當值班的軍官在傳令室裡對帥克嚷著像他這樣的人該槍斃的時候，委員們在樓上病房裡正惡狠狠地對付別的裝病逃避兵役的人。在七十個病人裡頭只饒了兩名：一個是腿給炮彈炸掉了，另外一個得的是真正的骨癌。

只有在他們兩個身上不能使用「健康」字樣。其餘的，連同三名患晚期肺結核的，都宣佈爲體格健康，可以服兵役。

九　在警備司令部拘留所裡的帥克

對於那些不願去打仗的人而言，拘留所是他們的最後一個避難所。我認識的一位代課教員即是如此。他是數學教師，本應在炮兵隊服役，但是他顯然對開炮沒有好感。爲了讓人家毫不留情地把他關進拘留所，以此來躲避服兵役，他便有意偷了一個上尉的手錶；他是絞盡腦汁，才想到這個絕妙好計的。他無法對戰爭投注哪怕是一丁點的熱情，不能在其中找到樂趣。

如果要開槍射擊敵人，或者用榴霰彈和手榴彈炸死對方，他認爲這毫無疑義是一種愚蠢的行爲，說不定無辜死去的就是同他自己一樣可憐的數學代課教員。

「因爲自己滅絕人性的殘暴行爲而遭人唾棄，做一個這樣可惡的人，我一萬個不願意。」他自我勸慰道，隨後心安理得地偷了那塊手錶。

剛開始，他的神經功能受到了嚴格的檢查；後來，他主動交代說，偷表是因爲財迷心竅，這麼一坦白，順利地到拘留所來了。拘留所裡有一些人，包括各級軍需官，他們認爲戰爭是不可多得的發財機會，便不擇手段地貪污士兵糧餉，無論是在後方還是在前線。實際上，送他們到這裡來的人比他們心黑一千倍。拘留所裡還關著一些士兵，他們是犯了與軍事有關的罪，如違反軍紀、企圖煽動暴亂、私自潛逃。另外，還有一批犯人屬於特殊類型，即政治犯，他們百分之九十九的人都無一例外地判了刑，可其中百分之八十是完全無辜的。

軍法機關規模可謂宏大。這種司法機構巍然存在於每個國家，因爲政治腐敗、經濟衰落與道德淪喪是全世界普遍的。憑藉法庭、警察、憲兵活動，再收買告密的惡棍，可以維持帝國根基及其赫赫聲譽。

軍方豢養著爲數不少的一批奸細。專門告發平時與他們同睡草墊、行軍中和他們同吃麵包的夥伴，這批奸細以告密爲生。

國家警察當局給拘留所提供寶貴材料，通過那些大名鼎鼎的密探及其沆瀣一氣的同夥。軍隊書刊檢查局對拘留所工作也大力支持，檢查局看見那些在前線暗無天日和留在家裡處於絕望境地的人們居然還在不知死活地互相通信，於是便把他們統統送到這裡來加以管教。一些喪失了勞動能力的老農也被憲兵們送了進來，他們給前方親人寫信本無可厚非，可偏偏要談論軍事法庭，還要在信中寫下一些安慰的話，又畫蛇添足地描述了一番兒子離家後十二年裡嚴重威脅著他們家庭生存的貧困，這就不可原諒了。

赫拉昌尼的拘留所外有一條道路，這條路經過布舍夫諾瓦，最後通向打靶場。荷槍實彈的押送隊的前面，走著一個戴手銬的人，而一輛拉著簡陋的薄棺材的大車則在押送隊的後面跟著。打靶場上響起了震耳欲聾的口令聲：「An！-fever！」（德語：舉槍瞄準！射擊！）

事後，軍事當局的通令在所有聯隊和營裡鄭重其事地宣佈：暴亂分子已被依法槍決。該暴亂分子在被征入伍時，因爲他那個妻子很不識時務，不願和他分離，使得大尉勃然大怒，用馬刀砍死了那娘們，他居然敢犯上作亂，導致了一場暴亂。責任重大的拘留所由三個人把持著：軍獄看守長斯拉維切克、林赫德大尉和外號叫「劊子手」的軍士謝帕。在他們嚴刑拷打的折磨下，現在共和國成立了，林赫德大尉可能還在一如既往地當大尉。我想，他的服役年限內應該包括他在拘留所裡服役的時間。同樣的道理，斯拉維切克等人的服役年限也該包括他們在國家警察局恪盡職守的工作時間。復員後的謝帕又恢複了他的老行當，仍舊去幹他的泥瓦匠了。共和國成立後，他有可能還成了某愛國團體的成員哩。

而軍獄看守長斯拉維切克我們也不能不提，他在共和國成立後當了小偷。所以，對於他現在蹲在監獄裡的境況我們沒必要表示驚訝。

別的許多軍官老爺都在共和國裡身居高位，而看守長大人夠可憐的，沒撈到一官半職。

軍獄看守長斯拉維切克一見到帥克，便向他瞄了一眼，那眼神裡透著嚴厲：

「你能有幸光臨我們這兒，足以證明你臭名昭著。我們對所有落在我們手中的傢伙都一視同仁，保證讓大家在這兒過得稱心如意，你這小子也不例外。要知道，我們可沒有婦人之仁。」

爲了強化這種威嚇，他又把他粗硬的拳頭探到帥克的鼻子底下強調說：

「來，好好聞聞吧，你這臭小子。」

帥克用鼻子嗅了嗅，說：

「老實說，我的鼻子可不想讓它揍一頓。它帶著股死亡的氣味。」

軍獄看守長感到非常滿意，因爲帥克表現出應有的畏服。

「嘿！注意站直！」他揮起拳頭捅了捅帥克的肚子，「看看兜裡裝著什麼？如果是香煙，你可以隨身帶著；如果是錢，可別擱在兜裡，免得被人家偷走了，還是放在我這兒保險。你什麼也沒有嗎？千真萬確？撒謊可不好，要挨罰的，你可別對我說假話呀。」

「他該關到哪兒去呢？」軍士謝帕問道。

「嗯，關到十六號牢房吧，那些穿短褲衩的可以和他作伴。」看守長沈吟一會，作出了決定，「你看這幾個字：『Strengbehiiten，beobachten！』（德語：嚴加看管，注意。）林赫德大尉在這公文上寫的。」

「是的，老弟，就得把他當下流胚對待，誰讓他天生就是下流胚呢。」看守長轉向帥克，板起臉孔面無表情地說，「誰要是不知好歹，誰就會被關進單身牢房，打斷他所有的肋骨，讓他眼巴巴地躺在那兒沒人理睬，一直到死。我們有權這麼處理。謝帕，還記得我們怎麼對付那個屠夫的嗎？」

「哦，那個下流胚。他可真夠麻煩，看守長先生！」軍士咂嘴回味著懲惡揚善的經歷，「他太健壯了，簡直像是一頭牛。爲了打斷他的肋骨，我在他身上死命踩著，花了足足五分多鐘，才聽見他的肋骨咯嘣咯嘣地一一斷掉，他的嘴裡流出了鮮血。這麼折騰他，他居然又活了十來天。這狗崽子，真經得起折騰。」

「你現在總該知道，我們是怎麼懲罰那些搗亂的壞傢伙的，你這下流胚。」看守長斯拉維切克結束他的訓話，「誰要是膽敢開小差，那就是他不想活了，自取滅亡。對付逃兵，我們這兒也是這麼懲辦。上帝保佑你，你這渾蛋，可別打壞主意，想趁來人檢查時胡說八道。我舉個例子，要是檢查組問你有什麼不滿意的地方，你就該站直了身子，恭恭敬敬地行個軍禮，報告說：『長官，我對這兒完全滿意，毫無怨言。』你這渾蛋，知道怎麼說了吧？來，重複一遍給我聽！」

「報告長官，我毫無意見，完全滿意。」帥克復述道，臉上的表情極爲可愛，以至看守長不由得相信了他的坦白和真誠了。

「嗯，很好。現在呢，你脫掉衣服，就只穿一條短褲衩，乖乖到十六號牢房去。」他講話一反常規，沒有使用諸如「下流胚」、「蠢貨」、「渾蛋」一類的口頭禪，實在是太客氣了。

帥克來到十六號牢房裡，這裡滿是沒穿長褲的人，數一數，竟有十九個。他們的案卷上都有特別指示：「Strengbetiiten，bebachten。」眼下，爲了防止他們逃跑，看守長把他們管得嚴嚴實實的。

如果他們的短褲衩都是乾淨整潔的，而窗上也沒有裝鐵柵欄，那麼初來乍到的你一定會以爲這是澡堂的更衣室。

軍士把帥克推到犯人班長的面前。這位班長的襯衣鈕扣沒有扣上，露出了毛茸茸的胸脯。他在牆壁的紙牌上寫下帥克的名字，告訴帥克：

「咱們這兒明天有好戲上演。他們會把我們拎到小教堂，說是去聽講道。咱們正好緊貼著講壇並排站好，齊刷刷地穿著短褲衩，那情景真是太滑稽有趣了。」

拘留所的犯人非常喜歡上小教堂，這裡與所有的監獄和反省院沒有不同。但他們喜歡去小教堂的原因並不是強制去監獄教堂作定期訪問會讓他們與上帝更加親密，或者是他們能從中學到一些道德品質。他們從不理會這類無聊而又愚蠢的事兒。

望彌撒、聽講道可以使他們暫時從拘留所極爲乏味的生活中解脫出來，倒也不失爲一種怡情悅性的娛樂。但我們不能據此以爲他們與上帝更加親近了；他們之所以認爲望彌撒和聽講道是件愉快的消遣，是因爲他們在路上、走廊或者院子裡有機會撿到別人隨手扔掉的香煙頭、雪茄煙蒂。上帝完全可以被一個扔在痰盂裡或者髒兮兮的地上的小煙頭兒排擠到九霄雲外去，對上帝的期望，對拯救靈魂的期望，隨即便被這個散發著熏人煙味的小玩藝兒排遣了。

而且，這種佈道本身也帶給人無限的快樂。聯隊隨軍神父①奧托．卡茨又特別惹人喜愛。他的說教吸引了大家，逗得他們捧腹大笑，把一份寶貴的生機注入了拘留所枯燥苦悶的生活。他循循善誘，口若懸河地講述上帝的至高無上的恩典，這大大鼓舞了那些本來是無可救藥的犯人們，令他們精神振奮起來。站在莊嚴肅穆的講壇乃至是祭臺上，他會毫不費力地發出一連串精彩的咒罵，也會在祭臺上朗誦「ite missaest」②這句話，那聲調簡直是妙不可言。他主持整個聖禮的手法真可謂匠心獨運。彌撒的程式在他手裡給弄得顛三倒四，如果他喝多了酒，他還能即興編出一套新穎的祈禱文和彌撒曲，這樣的禱告詞史無前例。

還有更逗人發笑的開心事兒呢，那就是手裡捧著聖杯、聖體或彌撒書的他一不小心重重地摔了一跤。他出此洋相，便氣忿忿地責罵從囚犯中精挑細選出來的助祭，罵助祭心腸歹毒，有意伸出腿腳絆倒他；立在聖餐保存器前，他當場宣佈罰做錯事的助祭享受單身牢房，並受「嘴啃地」刑罰。

受罰者很樂意如此，因爲在監獄教堂整齣鬧劇裡這是一個重要的組成部分，而他在其中有著不可或缺的地位，他相當出色地扮演著這一重要角色。

剛才介紹的這位最完美的隨軍神父奧托．卡茨，是個猶太人。你不必大驚小怪，這沒什麼：大主教科亨不是也出身猶太麼？

與大名鼎鼎的科亨大主教相比，隨軍神父奧托．卡茨還有一段更爲讓人拍案稱奇的經歷呢。

他曾在商業學校求學，在軍隊裡服過役，是一年制志願兵③。他極爲通曉證券法和證券業務，真可以算得上瞭如指掌了。因此不出一年便使他父親的「卡茨公司」極爲順利地徹底破產了。可憐的老卡茨只好背著他與合股的在阿根廷債權人簽訂了一份協定，進行善後補償，然後啓程遠赴南美了。

年少氣盛的奧托・卡茨就這樣成功地把卡茨公司賞給了南美洲，而他自己的下場卻很淒慘，既不能繼承什麼產業，又沒有容身之所，他不得不去從軍。

對了，這位一年制志願兵奧托・卡茨在此之前還設想並親身實踐了一件極爲光彩奪目的事情：他去受了洗禮。他祈求基督保佑他官運亨通，態度極爲虔誠。他認爲洗禮是他與主之間的一筆交易。

奧托・卡茨的洗禮在艾瑪烏澤修道院舉行，非常隆重。場面十分氣派，主持他的洗禮儀式的是阿爾巴神父。到場嘉賓不少，包括來自奧托・卡茨服過役的那個兵團的少校，還有一個老處女，來自赫拉昌尼貴族女子專科學校。卡茨的教父則是一位闊口寬臉的主教團代表。

這位新鮮出爐的基督教徒一帆風順地通過了軍官考試，於是他就留在軍隊裡了。一開始，春風得意的他感覺萬事順意，甚至還美滋滋地幻想有朝一日去參謀部的訓練班深造。

可是事情並沒有像他設想的那樣向前發展。有一天，他喝得醉醺醺的，闖進了修道院，把馬刀扔到那兒，換上了一件教袍，有幸受到赫拉昌尼的大主教的親切接見，由此進了神學院。

他在參加被授予聖職的儀式之前，竟在一座非常規矩的、有女服務員的房子裡尋歡作樂，喝得酩酊大醉，然後才搖搖晃晃地跑去接受聖職。後來，他來到團隊，把這裡當作避難所。再後來，他被任命爲團隊隨軍神父，隨即買了一匹馬，騎著牠在布拉格走街穿巷，還踴躍參加團隊軍官們的各種酒宴。

他時常在居住的房屋的過道裡咒罵看不順眼的教徒，他時常到街上尋找妓女領回住所去，要麼就派他的勤務兵去把她們找來。玩牌是他的拿手好戲，人家儘管很清楚他玩牌時耍了詭計，但都默許了他在教袍大衣袖裡私藏一張黑桃A的做法。「聖潔的神父」，軍官們都這麼尊稱他。

他從來不預先爲講道作準備。他的前任堅持以爲，關在拘留所裡的士兵們在講道壇前可以痛改前非。那位神父真是恪盡職守呀，他虔誠地眨巴著雙眼，對囚犯們苦口婆心地講呀講，例如必須改革有關娼妓問題的法律呀，必須改善對未婚母親的關懷的道理呀，還有私生子的教育問題等等。講解盡心盡意，可他頻頻使用抽象的概念，又與現實情況完全脫節，聽眾們一個個無精打采的，只覺得索然寡味。與此相反，奧托・卡茨隨軍神父的講道卻是好評如潮。

當十六號牢房的住客們穿著褲衩被領入教堂的時候，那一時刻真是隆重得無與倫比呀。他們如果穿上長褲，就會有人趁機中途逃走，所以他們只好穿著短褲衩。這二十個穿短褲衩的囚犯齊刷刷地在講壇跟前立定，真是一群純潔無邪的天使。還有幾個人運氣不錯，嘴裡銜著在路上撿到的煙蒂；他們不得不這樣叼著，因爲沒有衣兜可裝。

拘留所裡其餘的囚犯團團圍在他們四周，打量著這二十名穿褲衩的帥哥站在講壇下面，非常開心。隨軍神父登上講壇，他靴子後跟上的馬刺發出刺耳的聲響。

「Habacht！」（德語：立正！）他厲聲喊著口令，「現在我宣佈，禱告正式開始！所有人都跟著我念！那個混蛋，站在後排的那個，老實點，別一個勁地往手裡擤鼻涕！別忘了這是天主的神殿，你再搗亂我就叫人把你關押起來！你們這夥蠢傢伙，還沒忘記《我們的父》這篇禱文吧？行，試試看！……呵呵，你們果然念不好，我就知道。你們哪會記得呀？叫上兩份肉，一盤扁豆沙拉，吃得肚子脹得老大，酒足飯飽之後往草墊上一倒，掏掏鼻孔，從不把天父放在心上，你們不就是這樣沒心沒肺嗎？」

站在講壇上的神父瞅了瞅下面這二十名穿短褲衩的純潔天使，和在場其餘的人一樣，他們正玩得興高采烈呢。後排的人正在玩互彈屁股的下流遊戲。

「這真是有趣極了！」帥克輕輕地對身旁的人說，旁邊這人是個叛國分子，據說，他接受了三個克朗，用斧子把朋友一隻手的五個指頭全部跺掉了，於是他的朋友因此解除了兵役。

「好戲才開始，高潮在後頭呢！」那人告訴他，「神父今天醉得一塌糊塗，肯定會大談他走向犯罪的光榮歷史。」

事實果真如此，隨軍神父今天興致勃勃。他老是把身子探過講壇的欄杆，可他自己也不知道爲什麼要這麼做；終於，他失去平衡，跌下了講壇。

「小夥子們，唱唱歌吧！」他高聲喊著，「或者，我教你們唱首新歌？嗯，跟我一起唱：

我有個心愛的姑娘呀，
我愛她勝過所有一切啊，
並不止我一人追求她呀，
她的情人有千千萬啊，
我這個心愛的姑娘呀，
就是美麗的人兒瑪麗亞啊。

「你們這幫傻瓜，永遠也學不會。」神父唱完說道，「所以我絕對贊成把你們統統像狗一樣斃掉。我的話你們聽明白了嗎？我以神的名義宣稱：上帝是不怕你們這些渾蛋的，上帝有法子讓你們心服口服。你們不願親近基督，反而走上罪惡的道路，所以你們都會變成十足的大傻瓜。」

「瞧吧，他這才來勁呢！他在扮演主角！」帥克旁邊那個人告訴他，很快活的樣子。

「書上講的罪惡的道路，就是與罪惡作鬥爭的道路。你們不願回到天父身邊，倒寧肯在單身牢房裡待著，你們真是群蠢貨，是群草包。你們這些下三爛，只要你們擡起頭來，往高處看看藍天，你們就能戰勝罪惡，靈魂就能得到安寧。我說後面那個傢伙，你別再打呼嚕啦！你們是在天父的神殿裡，你們又不是馬，又沒有關在馬廄裡。我提醒你們，別太放肆了，我親愛的。」

「好，這樣才對！咦，我講到哪兒了？『靈魂將得到安撫』，對啦！你們這些畜生，你們千萬要記住，你們是人，要透過烏雲看到遙遠的光明的地方！你們一定要牢記，萬事萬物都是轉瞬即逝，唯有上帝是永恒的。對不對？我真應該日日夜夜爲你們祈禱，向寬容的上帝祈禱。你們真是群蠢貨，不長腦子！我本該向上帝祈求，求他把靈魂輸入你們冰涼的心，求他仁慈地寬恕你們的罪惡，使你們永遠皈依他老人家；我本該求他永遠愛護你們這群渾球，但你們不要把我想得那麼好！要把你們引入天堂，我可沒那份好興致！」

神父頓了頓，打了個酒嗝。

「我可沒那份好興致！」他重複一遍道，「別指望我會爲你們做點什麼。我連想都不會想，因爲你們是群天生的賤種，不可救藥。你們走在罪惡的道路上，連天父聖潔的恩典也沒法引導你們，上帝神聖的愛也無法感召你們，因爲敬愛的天父壓根就沒考慮過要管束你們這夥蠢豬！你們，穿短褲衩的傢伙，都聽見了吧？」

二十名穿褲衩的人望著神父，異口同聲地答道：

「報告神父，聽見了！」

「僅僅是聽見了還不夠，」神父緊接著繼續宣講，「如果人生滿是晦暗的陰霾，上帝就是笑容滿面也無法解脫你們出苦海，你們這群蠢貨！要知道，上帝的恩典再博大也是有限的。後面那頭蠢驢，對，就是說你，別像個老頭一樣咳個不停好不好？否則我立刻把你關進監牢。還有你們，別以爲現在是逛街。上帝確實最仁慈，但他的仁慈絕不會賜給你們這些敗類，而只會給予正派人。別妄想憑法律和軍事法典來改造這夥敗類，絕對行不通。我要告訴你們的就是這些。」

「你們以爲上教堂就是消遣，把這裡當作劇院或者電影院，甚至連禱告都不知道怎麼做。這些想法簡直荒謬極了，你們不能這樣愚蠢地想問題。你們別一廂情願地認爲我來這兒是讓你們尋開心，給你們刻板枯燥的生活增添點樂趣。我要把你們統統關入單身牢房！對於你們這群草包，我說到做到。我看得出來，我在這兒純粹是浪費寶貴的時光，我所作的一切努力完全是無濟於事。事實上，就算是大元帥或者大主教肯賞臉光臨這裡，你們也會無動於衷，同樣不會改過自新，不會主動與天主親近。可是，總有一天，你們會想起我這個人來，總會明白我是爲你們好的。」

抽泣聲從二十名穿褲衩的人中間傳出來。是帥克在哭。

神父定睛一看，帥克正站在那兒拚命用拳頭揉著眼睛。旁邊的人則十分愉快地欣賞著他的模樣。

神父手指帥克，繼續滔滔不絕地講：

「你們都把他當作榜樣，是吧？他在做什麼呢？他在哭泣。不要哭，我告訴你，不要哭啊！想改邪歸正嗎，小夥子？這可不容易哦！別看你現在痛哭流涕，可等你一回到那間小屋，你就會回復到原形，還是個下流胚，所以你要時刻銘記上帝的恩惠與仁愛。你要多多思考，讓你那醜惡的靈魂在這世上找到一條光明大道。」

「今天，我們大家都親眼看到了，有一個人在這裡哭了，他想要重新做人。你們呢，你們圍觀的人作何打算呢？還是什麼也不做麼？那邊，誰在不停地嚼東西？難道你是一頭母牛嗎？那邊還有一個混蛋，啊哈，居然在捉襯衫裡的蝨子，這可是在神殿呀！喂，說你呢，你就不能等會兒到家再捉嗎？真是不識趣，偏偏選在這個關鍵時刻來捉蝨子，這可是做彌撒的時間。看守長先生，您就不能管管他們麼？」

「你們不是那些平平庸庸的老百姓，你們都是軍人。你們既然是軍人，就得像個軍人，何況是在教堂哩！真他媽的混球，你們專心點，一心一意跟隨上帝，別老想著其他的雜事，那些留著回去再做。好，我講完了。我要求你們做彌撒時要規規矩矩，你們這幫流氓，千萬別像上次後排的那個人；那傢伙太不像話了，政府發給他的內衣也被他拿去換了麵包，這是個只關心口腹之欲的傻瓜，就是在做彌撒的時候也不會忘記吃麵包。」

說著，神父到聖器室去了。跟在他後面的是拘留所看守長。等了片刻，看守長獨自走出來，沒有答理大家，逕自朝帥克走去，帥克就在二十名穿褲衩的人中間。看守長把帥克叫出來，帶他進了聖器室。

神父很悠閒地坐在桌子上，手裡捏著煙捲，看上去很愉快。

神父見帥克進來了，便開口說：

「好，你來了。仔仔細細思考過了，我想我對你的心思了解得相當透徹，這點你能明白嗎？我說小夥子，我還是生平第一次看見有人在教堂聽我講道時當眾哭了起來。」

神父跳下桌子，揪住帥克的肩膀用力晃著。他的頭上懸著一幅巨型畫像，裡面是弗蘭西斯・薩爾斯基④的陰沈沈的面龐。神父嚷道：

「你老實交代，你這小滑頭，你剛才裝哭是為了作弄我吧？」

薩爾斯基的畫像注視著帥克，神情裡好像帶著質疑。牆上還有一張畫像，是一個殉道者，他從另一個角度注視著帥克，神情則是惶恐不安的。那個殉道者的胯部有一道傷痕，是羅馬雇傭軍的無名小卒鋸的，但殉道者的臉部極為平靜，既看不出絲毫痛苦的表情，也見不著任何快樂的痕跡。殉道者本應顯示出光彩照人的神情，可畫像似乎表現得並不成功，因而給人以張皇失措之感，他似乎想說：「我怎麼會做出這種事來呢？各位，你們最終要如何對付我？」

「報告神父，」帥克決心背水一戰了，他鄭重其事地說，「在萬能的上帝和您的面前，我真誠地坦白懺悔。您——身處天父的位置，您是莊嚴的父親，我剛才裝哭確實是為了開個玩笑。如果我沒猜錯，您的佈道完美得無懈可擊，但恰恰缺少一個罪犯表示要悔過自新。我想，您在傳教時一定費了好大力氣想尋找這樣一個罪犯，可是您什麼也沒找到，白費心思了。所以，我就真心想讓您高興一下，您千萬不要灰心，以為再也找不到誠實的人了。而且，我也想趁機讓自己高興一下。」

神父定睛打量帥克，而帥克的表情是那樣天真無邪。一道陽光射了進來，照在弗蘭西斯・薩爾斯基那陰沈沈的畫像上，也使對面牆上畫像裡張皇失措的殉道者顯得略微溫情些。

「嗯，聽你這麼說，你倒是滿惹人喜愛的。」神父說著，又一屁股坐到了桌子上。「你來自哪個聯隊？」他一邊問一邊打著飽嗝。

「報告神父，我既屬於九十一聯隊，又不屬於九十一聯隊，我自己也不明白我到底是怎麼了。」

「是這樣啊，那你蹲在這兒幹嘛？」神父問道，他還在打著嗝。

帥克聽到了管風琴的琴聲，是從教堂裡傳來的。一位因為開小差而關禁閉的教師在演奏，他彈奏的是最悲傷的宗教樂曲。琴聲與隨軍神父的嗝聲相比要低出半個音。

「報告神父，我真的不知道，我怎麼會在這兒坐牢，但我一點怨言也沒有。我就是感覺很不幸，我什麼事都考慮得好好的，可事情總是不遂人願，從沒有個好結果，這真的像畫像上那位殉道者。」

神父看了看畫像，笑著說：

「你確實很招我喜歡。我要了解一下你的案情，對，到軍事法官那兒去了解一下。哎呀，我沒功夫跟你瞎聊了。這場彌撒還在等著我呢。Kehrteuch－Abtreten！」（德語：歸隊！解散！）

帥克於是回到講壇底下那夥穿短褲衩的同伴當中。他們問神父把他叫到聖器室幹了些什麼，他回答得相當乾脆：

「他喝醉了。」

隨軍神父新一輪的表演開始了，他要趕快把這場彌撒主持結束；大家聚精會神地望著他，一個個毫不掩飾他們的欣賞之情。其中一位甚至站在講壇下面說，他敢打賭，神父手裡拿著的聖餅盤子肯定會掉下來。說著，他拿出自己的那份麵包作賭注，對方則許下了兩個耳光。結果是他贏了。

教堂裡，大家一本正經地盯著神父主持的儀式，但你不要誤以為教徒們信仰神秘主義，或者以為他們像真正的基督教徒那樣懷有虔誠的信仰。這種情景與另外一種情況頗為相似：當人們在劇院裡欣賞一齣情節曲折但又不熟悉的戲劇時，非常急切地想知道它的結局。神父先生面對觀眾表演得極為投入，大家被這幅美不勝收的場面深深地吸引了。

神父反穿著他的教袍，大家以專注與審美的眼光欣賞著這位模特兒，同時對講壇旁所發生的事情給予了密切關注，其中既有一份濃厚的熱忱，又有著一份深深的悲憫。

黃頭髮的助手正拚命在腦海裡回憶彌撒的整個程式、儀式和經文內容。這個助手是教會的逃兵，也是二十八聯隊的盜賊。他不僅擔任神父的助手，還負責為他提示臺詞。心不在焉的神父把整段經文念得顛三倒四的。他對聽眾大聲唱著天主降臨節的晨禱詞，以為這是普通的彌撒曲，大家聽了，笑得前俯後仰，真是開心極了。

神父既沒有動聽的嗓音，又相當缺乏音樂細胞。他剛張開口，教堂的拱頂下便回響起陣陣尖叫聲，頗像豬欄裡發出來的刺耳的銳叫。

「他今天真是唱得夠多的！」講壇前面的人們樂呵呵地議論著，覺得很滿意，「你瞧他那副樣子，不知又是在哪個娘兒們家裡貪杯了。」

神父又大聲唱起了彌撒結束時的告別經文，這是他站在講壇上第三次唱這句告別詞。他唱得很起勁，把窗子都震得直打哆嗦，彷彿印第安人在戰場上發出的震耳欲聾的嚎叫。

隨軍神父朝聖杯瞄了幾眼，想知道裡面有沒有剩下一些酒，接著他做了個手勢，表示很不耐煩，並對聽眾說道：

「混蛋們，沒你們的事啦，回去吧。我知道你們這幫蠢貨並沒有在教堂、在神聖的天主面前表現出應有的虔誠。在神聖不可侵犯的上帝面前，你們大聲地談笑、咳嗽還有吼叫，毫無廉恥；甚至在我面前──在我這位代表聖母瑪麗亞、耶穌基督和天父的使者面前，你們還使勁地跺腳，發出討厭的雜音。你們這幫下流胚！下次如果還這樣亂搞，我就要讓你們好瞧，我會狠狠整你們一頓，讓你們受到罪有應得的懲罰。我要告訴你們，除了我不久前講到的地獄之外，還存在一座人間地獄，你們就算能僥倖超脫地獄，也很難逃脫這座人間地獄！解散吧！」

隨軍神父的這一套其實早就是老把戲了，但他在囚犯聽眾面前還是表演得相當出色。他表演完畢，走到聖器室把衣服換了，把大肚瓶裡的聖酒倒入酒壺，一口氣喝光了，隨後在黃頭髮助手的攙扶下，走到院子裡，坐到了馬背上。可是他突然想起了帥克，又翻身下馬，來到了軍法檢察官貝爾尼斯的辦公室。

說到軍法檢察官貝爾尼斯，他既是一個喜歡熱鬧的社交人物，又是極富魅力的伴舞高手，還是一個貪戀女色的好色之徒。他總是感覺自己的差事極其乏味，反而喜歡在紀念冊上信手塗上幾句德文詩；他詩興大發時寫詩極快，彷彿早就胸有成竹了。在軍法處，他是最重要的要員。他手裡掌握著大量的審訊紀錄和起訴書，這些材料是那麼雜亂無章，但這絲毫不影響赫拉昌尼軍事法庭全體人員對他的尊敬。

貝爾尼斯老是不小心把起訴材料弄丟了，於是他只好重新編造。他編造得並不高明，常常弄錯了人名，張冠李戴，寫著寫著，不知何時竟把訴訟案情的線索給丟了，只得又充分發揮他的想像力胡亂杜撰一通。他把逃兵當作盜賊審訊，又把盜賊當作逃兵來宣判；他憑空捏造政治案件，胡說八道，給人羅織各種莫須有的罪名，有的連做夢也想不到；他給人虛構侮辱皇帝陛下的罪名，杜撰控告詞，強加罪名，檔案卻是極其混亂的，於是起訴的原始文件往往丟失得無影無蹤。

「近來生活過得好麼？」神父說著，向檢察官伸出了一隻手。

「糟透了，」檢察官答道，「我的檔案被他們弄得亂糟糟的，現在連一點兒頭緒都理不出來了。昨天，我整理好一個被指控爲叛亂分子的材料，呈送給上面，他們又退了回來，說這只是個偷竊罐頭的案子，並不是叛亂案。他們說我送上去的是另一份材料。天知道他們還會想出什麼花招來。」

軍法處的檢察官吐出了一口唾沫。

「還經常打牌嗎？」神父問他。

「打牌？我把一切都輸光了。最近，我跟一個禿頭的上校玩撲克，輸得一塌糊塗。好在我結識了一位女郎。你呢，近來還好嗎，神父？」

「我要一個勤務兵，」隨軍神父說，「眼下我有一個老會計，可他沒受過高等教育，可以算是天下第一號的傻瓜。他從早到晚只知道嘰裡呱啦地做禱告，祈求上帝保佑他。我把他打發走了，和先遣營一起上前線去了。據說這個營隊已全軍覆沒。」

「後來又派給我一個混蛋，他倒好，什麼事都不做，盡拿我的錢去酒館裡喝個夠。這個混蛋，他太懶了，我無法忍受。我只好又打發他去先遣營了。今天我在講道的時候又發現了一個傢伙，他當著大家的面號啕大哭，卻只是爲了開個玩笑。我倒是需要這號人。他叫帥克，關在十六號牢房。

我想知道他是什麼罪名，我想把他弄出來，你看看有沒有辦法通融一下。」

於是檢察官在抽屜裡翻尋有關帥克的公文，結果自然是什麼也找不到，關於這一點，大家已經司空見慣。

「一準是在林赫德大尉那裡。我怎麼知道那檔案丟到什麼旮旯裡去了。」他埋頭找了好久，「嗯，我肯定是送給林赫德了。我馬上打電話給他吧。……喂，我是檢察官貝爾尼斯上尉。大尉先生，我想請問一下，您那兒有沒有一份叫什麼帥克的卷宗？……帥克的卷宗該在我這兒嗎？這倒奇怪了……我從您手裡拿走的？真是咄咄怪事……他被關在十六號牢房……十六號牢房的確歸我管。但是，我以爲帥克的卷宗肯定是塞在您那裡了，不知道擱在哪兒……什麼？您要我不用這種方式和您講話？您辦公室裡什麼東西也沒有？喂！喂！」

檢察官貝爾尼斯在桌子旁坐了下來，抱怨了一通，說審訊檔案的管理實在太混亂了。他與林赫德大尉之間早就有了隔閡，互相不滿，誰也不服誰。如果歸林赫德管的案卷落到貝爾尼斯手裡，貝爾尼斯絕不會慎重對待，而是隨手把東西塞在一個角落裡，誰也無法找到；林赫德也不甘示弱，用同樣的辦法回敬貝爾尼斯的案卷。所以，他們把好些卷宗弄得無影無蹤了。

（帥克的案卷直到革命後才被找出來，是被擱在軍事法庭檔案室了，被塞在一個名叫約瑟夫．科烏德拉的卷宗夾裡了，封皮上畫著一個小十字架，下面簽著「已辦」和日期，裡面的批注爲：「該犯公然無視社會法律道德，公開反對君主制和國家政權。」）

「照這麼說，帥克的卷宗是找不著啦？」檢察官貝爾尼斯說，「那我馬上派人叫他過來，如果他什麼也招不出，我就當場釋放他。我會叫人把他送到你那裡，你自己再到團部去把其餘手續給辦了。」

神父走後，貝爾尼斯下令提審帥克。帥克來了，檢察官叫他站在門口等著，因爲他正在接聽警察局的電話，警察局通知他，辦公廳第一科已經收到有關步兵曼克辛納爾的七二六七號起訴書的所需材料，林赫德大尉簽收了這份材料。

利用這一空暇時間，帥克打量了檢察官的辦公室。

帥克實在說不上對這間辦公室的印象會有多好，尤其是牆上那些照片。這些照片反映出部隊在加里西亞和塞爾維亞是如何執行各種死刑的。有些藝術照片上，被焚燒的小茅舍和枝幹上吊著死人；還有一張照片特別精致，拍攝於塞爾維亞，是一家老小全部被絞死的情景。照片裡，一個小男孩和他的父母全被絞死，處死者被吊在大樹上，由兩名手持刺刀槍的士兵看守著，前面站著一個軍官，正在神氣十足地抽煙，畫面另一處是炊事班正在做飯。

「帥克，你究竟是因爲什麼原因被關入牢房的？」檢察官貝爾尼斯一邊問，一邊隨手把電話記錄條扔進卷宗裡，「你犯了什麼錯？你是願意老老實實坦白，還是希望由人家來揭發檢舉？你別再這樣糊塗下去啦，不行的，你別以爲現在是由愚蠢的文官審問你。我們這兒是軍事法庭，是皇家軍事法庭。你如果想爭取免除正義而嚴厲的懲罰，唯一能做的就是老老實實交代。」

檢察官貝爾尼斯面對丟失被告材料的不利情況，常常會使出這種神招，剛才我們也見識到了。說實話，檢察官的這一殺手鐧也沒什麼出奇制勝之處，所以這種審訊往往是一無所獲，對於這種極易想到的結果，我們完全沒必要表示驚訝。

但貝爾尼斯卻以爲自己很聰明，能明察秋毫。眼下，他既沒有被告的材料，也不知道被告犯了什麼罪，爲什麼會被關在拘留所裡，但他覺得只要察言觀色，仔細端詳被審訊者的面部表情和一舉一動，他肯定能找到對方被關在拘留所裡的根本原因。

他能把盜竊犯判成政治犯，這充分表明他對人的洞察力和判斷力簡直到了巔峰狀態。有一次，一個吉普賽人被倉庫管理員當場拿獲，他因偷了幾打內衣被扭送到拘留所來。貝爾尼斯指控他犯有政治罪行，說此人在一個小酒店裡危言聳聽，蠱惑一些士兵建立獨立的民族國家，這樣的國家預謀以斯拉夫人國王爲領袖，由捷克和斯洛伐克王室的國土共同組成。

「我們掌握了確鑿的證據，」他告訴那個倒楣的吉普賽人，「你想要獲得從輕處理的話，只有老實招認你是在哪個酒店講的那些政治言論，當時是哪個聯隊的士兵在聽，這件事發生在什麼時候。」

吉普賽人自認晦氣，只得胡亂編造了日期和酒店名稱，士兵的聯隊番號也是憑空臆想所得。審訊好不容易結束了，他索性從拘留所越獄逃掉了。

「怎麼，你什麼也不想招認嗎？」帥克沈默不語，如同一座墳墓。貝爾尼斯見狀，便發問道，「你也不想交代你是怎麼流落到這個地方來的、你爲什麼要坐牢嗎？要是由我揭發，還不如你自己交代嘛。我再次提醒你，坦白交代吧，這對你有百利而無一害。因爲這可以方便審訊，也會使你的罪行從輕發落。坦白從寬，這一點我們這兒與民事法庭是一致的。」

「報告長官，」沈默了良久，帥克突然說話了，聲音聽起來很善良，「我就像一個被撿來的人，莫名其妙就被關在拘留所了。」

「你這是什麼意思？」

「報告長官，我會儘量通俗易懂地向您解釋清楚的。在我們街上，有一個賣炭的傢伙，他有一個男孩，才兩歲，完全沒犯過罪。有一天，小男孩從維諾堡走到利布尼，走不動了，就坐在走廊上。警察撿到了他，把他帶回警察所，後來又把他這個兩歲的小孩子關了起來。長官您看，小男孩就這樣被關起來了，可他什麼罪都沒犯。即使他會說話，人家要問他怎麼會被關在這裡，他也會張口結舌，不知道該怎麼回答。我就是這樣，一個被撿來的人。」

檢察官在帥克身上上下打量了一番，目光極爲犀利，似乎已明白了一切。帥克站在檢察官面前，渾身顯出一種漫不經心又純潔無辜的神情，把貝爾尼斯氣得不行，在辦公室裡來回踱了好幾圈。如果不是他已經答應神父把帥克送給他了，誰也說不准帥克的下場會如何。

終於，檢察官在桌邊站定了。

「你給我聽好了，」他對帥克說，而帥克坦然而從容地正視著他，「別讓我再看到你，否則有你吃不了兜著走的……把他給我帶走！」

於是帥克又回到十六號牢房。貝爾尼斯則命令士兵把看守長斯拉維切克給叫來了。

「我決定，把帥克移交給卡茨神父，由他處理好了。」他簡明扼要地說，「填好他的釋放證。派兩個人，把帥克押送到神父先生那兒。」

「押送途中要給帥克戴腳鐐和手銬嗎，上尉先生？」

檢察官握緊拳頭，砰地朝桌上一捶：

「蠢貨！我講得清清楚楚的，讓你給他開釋放證！」

一天下來，貝爾尼斯與林赫德、帥克打交道時早就積下了一肚子怒氣，現在他把這滿腔憤怒一古腦兒傾瀉到了看守長身上。最後，他說：

「現在你總該明白了吧，你不過是一頭戴著王冠的笨牛！」

雖然檢察官完全可以肆無忌憚地對國王、皇后這樣說話，可他這麼和這位不戴王冠的普通看守長說話，後者顯然很不服氣。從檢察官那兒灰頭土臉地出來，他平白無故地賞了正在打掃過道的勤務囚犯幾腳。

而帥克嘛，看守長也希望他能再享受點什麼，至少得讓他在拘留所多待一晚。

在拘留所度過的夜晚著實讓人難忘。

十六號牢房毗鄰一間單人牢房，那簡直是一個陰暗的黑洞。這天夜晚，關在那個黑洞裡的士兵不斷地嚎啕大哭，大家聽得一清二楚。那人不小心犯了軍紀，斯拉維切克看守長下令謝帕軍士打斷他的肋骨。

嚎哭聲漸漸平息了，從十六號牢房裡又傳來劈劈啪啪的聲響。是犯人們在掐正好落入手指間的蝨子。

牢門上面的牆洞裡放著一盞用鐵絲罩保護著的煤油燈。燈光十分灰暗，黑煙滾滾，散發出煤油味來。同時，空氣裡又摻合著常年不洗澡的人體汗臭、尿桶的騷臭味。尿桶被頻頻使用，每次都會竄出一股新的惡臭，十六號牢房又飽受一陣摧殘。

所有的犯人無一例外地得了消化不良症，因爲伙食很糟糕。此外，靜寂的寒夜滲進來的冷風又使大多數人面臨新一輪的挑戰。大家只好互相逗趣兒，以打發這百般難熬的時光。

過道裡，哨兵們在有節奏地踱步，看守時常打開牢門上的監視孔，從孔隙窺視監獄裡的動靜。

躺在中間一張床上的囚犯輕輕地說起話來：

「我被關到你們這兒來是因爲我企圖越獄逃跑，本來，我是關在十二號牢房的。關在那個牢房的人都是輕罪案犯。有一次，十二號牢房裡來了一個鄉下人，那位可愛的傢伙因爲留宿幾個士兵而被囚禁了十四天。一開始，他被誤以爲是搞政治陰謀，後來才明白他只是財迷心竅，想賺幾個錢罷了。他本來應該和那些罪行最輕的人關在一起，但那裡關滿了人，於是他就被關到我們那裡。」

「這傢伙從家裡帶來了所有東西，他家裡的人又給他捎來好多吃的東西。他可真幸運，允許他自己開夥，當然也就吃得不錯。他們還允許他吸煙。他有兩塊火腿，一大塊麵包，還有雞蛋、黃油、香煙、煙草什麼的，凡是我們眼饞的東西，他應有盡有。他把這些東西裝進兩個背包，隨身帶著，走到哪兒背到哪兒。呵呵，這傢伙可小心眼了，總想著他一個人獨吞。他不像別人那樣，得到了食物就和人共用，他倒好，壓根沒想過和我們一起分享，既然如此，我們就別無選擇，只能跟他攤牌了。可這無賴是個吝嗇鬼，怎麼勸他也不願意和我們分享食物，說什麼他要坐十四天的牢，這兒發給他的那一丁點兒捲心菜和爛馬鈴薯難吃極了，會把他的腸胃折騰壞的。他說他願意把公家發給他的那一份麵包和飯菜讓給我們，任憑我們分著吃或者輪流吃。嗨，我跟你說，他簡直太可笑，死活都不肯坐到那個桶上去拉屎拉尿，情願一直憋著，等到第二天放風了才忙不叠地跑到院子裡的糞坑邊去拉。他還挺講究，居然連手紙也帶來了。」

「我們告訴他，他那份飯菜我們才沒看在眼裡呢。我們就這麼忍耐著，過了一天、兩天、三天，這小子又是美滋滋地吃火腿，又是拿黃油抹麵包，還一個勁地剝雞蛋。可以說，他過得真不賴。此外，他還抽香煙，可從不給別人抽哪怕一口，說什麼我們沒權利抽煙，如果看守發現我們有人抽一口煙，肯定沒好果子吃。總而言之，我們忍了足足三天。忍到第四天夜裡，我們忍無可忍，只好對不起了。這傢伙早上一骨碌爬起床來。哎呀，忘了先給你們交代了，他在早上、中午和晚上開始大吃大喝之前，都不會忘記做禱告，一做就是好半天。這天早上，他做完了禱告，便扒到他的床板底下去摸他那兩個背包，他一直保管得嚴嚴實實的。他一摸，還好，背包還在，可是都空了，癟癟的，像曬乾的李子。」

「他大叫大嚷起來，說財產被偷了。然後他定在那兒想了五分鐘的時間，說我們一定在和他開玩笑，把他的東西偷偷藏了起來，他還一臉興奮地說：『我知道，你們合夥蒙我，但是我相信你們一定會完璧歸趙的。你們真會逗樂！』我們當中有個利布尼人，逗他說：『喂，我有個訣竅可以傳授給你，你用毯子蒙住腦袋，從一數到十，再回頭看你的背包。』他特聽話，就像一個小孩子那樣，乖乖地用毯子蒙住頭，開始數了起來：『一，二，三，四……』利布尼人又告訴他：『不對，別數太快了，慢點，再慢點，一定要數得特別慢。』他蒙在毯子裡，又重新數起來，果然數得很慢，每數一下就會停好長時間：『一——二——三……』好不容易他數夠十了，便從毯子裡鑽了出來去看他的背包。『老天！你們真是太好心腸了！』他又大聲嚷嚷起來，『還是空空的什麼也沒有，跟剛才沒什麼兩樣啊！』你真該去看看他那副可憐相，我們都給他逗得哈哈大笑起來。利布尼人又說：『你再誠心誠意地數一次吧！』我不說假話，那傢伙果真又數了起來，真夠傻頭傻腦的。可他發現背包裡還是空空的，只有手紙，於是大聲嚷了起來，一邊拍打著牢門：『你們偷了我的東西，來人啊！開門啊！你們這夥慣犯！上帝保佑我吧，開門！』」

「哨兵們聽見了他的哭叫都趕了過來，看守長和謝帕軍士也被驚動。我們都說他精神失常了，昨天一直在不停地吃東西，一直吃到深夜，他帶來那麼多東西，居然被他一個人完全吃光了。我們都異口同聲地這麼說。他只顧流著眼淚，一個勁地嚷著：『我不管東西被藏到哪裡了，總該剩下一點碎屑渣滓啊！』於是他又找那些碎屑渣滓，還是什麼也沒找到，因爲我們有招啊：只要我們吃不了，就用一根線繩拴住送到三樓去了。那傢伙只顧不停地嚷：『總還會剩下點碎屑呀！』可他怎麼也找不著。」

「他於是專門盯著我們，一整天都不吃東西，指望看見有人吃東西或者吸香煙。一直到第二天吃午飯的時候，他還對發給我們的囚飯不理不睬，可是他挨餓到晚上，實在撐不住了，那些爛馬鈴薯和卷白菜居然也讓他產生了胃口。不過，還是有一點不同，他並沒有先做禱告，就像過去吃火腿、雞蛋之前所做的那樣。後來，我們當中有個幸運兒在外面弄了點最便宜的煙草進來，他這才開始和我們說說話，希望讓他抽一口煙。呵呵，我們才沒那麼大方呢。」

「我原先還擔心你們會發發慈悲讓他抽呢，」帥克插話道，「如果是這樣收場，你就讓整個故事都變質走味了。只有在小說中才會有那種高尚的情操啊，拘留所才不會這麼幹呢，那樣太傻氣了。」

「你們也不讓他嘗嘗你們的厲害？」有人問道。

「哦，沒有，我們想不起來。」

接下來是一場輕聲討論，討論圍繞是否該讓他嘗嘗厲害的問題展開。多數人認爲應該。

說話聲漸漸平息了。他們在腋下、胸口和肚皮上撓著癢癢，那些是蝨子們的風水寶地，撓著撓著也就慢慢地睡著了。爲了不讓煤油燈晃眼睛，他們用毯子蒙住腦袋睡覺，毯子上爬滿了蝨子他們也顧不上了。

早上八點鐘，帥克被通知去辦公室。

「辦公室大門左邊擺著個痰盂，人們老往那裡扔煙頭。」一個獄友告訴帥克辦公室的方位，「你上了二樓興許還能碰到一隻痰盂呢。打掃樓道要到九點，你現在去可能會撿到點什麼哩。」

他們對帥克寄寓了殷切的希望，可是希望落空了。他出去後再也沒有回十六號牢房了。剩下這十九位穿褲衩的獄友湊在一起，各自猜測帥克遭遇了什麼變故。

一個滿臉雀斑的民團士兵極其具有想像力，他斷言道，帥克的長官被他用槍打死了，帥克一定是被判處槍決，今天就要綁他上刑場正法了。

---

①奧地利的軍隊設置了團隊神父，他們擁有軍銜，享有軍官的權力。

②拉丁語：「彌撒結束，請退場。」這是神父在彌撒結束時對聽衆的午詞。

③按照奧地利的舊例，一般人須服三年兵役，受過中等教育的青年只須服役一年，在一年制志願兵校接受軍事教育，畢業後通過一定的考試即可升爲軍官。為了與普通士兵相區別，一年制志願兵袖上佩戴黑黃飾帶。

④弗蘭西斯·薩爾斯基，日內瓦主教，被立為聖徒。

十　帥克成爲聯隊隨軍勤務兵

（一）

在兩名背著刺刀槍的士兵的護送下，帥克極爲榮耀地開始了他新的歷險活動。他正被士兵押送到聯隊隨軍神父那裡去。

士兵沿著便道往前走著，神情極爲嚴肅，時而瞅一眼夾在他們中間的帥克。帥克逢人便打招呼，他原有的便衣和從軍時戴的那頂軍帽都丟在拘留所的貯藏室了。在釋放他之前，他們塞給他一套舊軍服。軍服原本屬於一個大胖子，比帥克高出一個頭，所以褲腿臃腫得可以容納三個帥克。褲腰高及他的胸口，到處都皺巴巴的。他這身打扮惹得滿街行人都注視著他，這並不出乎意料。他的上衣滿是油漬，髒兮兮的，袖筒上綴滿了補丁。帥克套在身上，搖頭晃腦的，讓人想起穿長袍的稻草人。他穿的褲子又肥又大，猶如馬戲團來的小丑，那頂碩大無比的軍帽蓋住了他的耳朵，也是拘留所換來的。

帥克見街上行人紛紛衝他微笑，便也報以友好的微笑和親切的目光。

神父的住處在卡爾林，他們一行三人就這麼朝那裡走去。

首先和帥克說話的是那個矮胖子士兵。說話時他們已來到小城廣場，正好經過廣場下面的拱廊。

「你是哪裡人？」矮胖子和他攀談道。

「布拉格的。」

「你沒有從我們手裡溜掉的念頭吧？」

瘦高個兒士兵也參與談話之列了。矮胖子是善良熱心的樂觀主義者；而瘦高個子正好相反，是懷疑論者。這種現象不能不說奇特。

這不，這位瘦高個兒就在對矮胖子說：「他要是有機會，肯定會跑沒影了。」

「他爲什麼要逃跑？」矮胖子說，「他從拘留所裡釋放出來，這意味著他是自由人了。我手裡是什麼，就是這封公函啊。」

「去神父那兒，幹嘛帶封公函啊？」瘦高個子不解地問。

「我也不知道。」

「瞧你，不知道還說什麼？」

他們都不作聲了，默默走過查理士大橋。來到查理士大街，矮胖子又開口和帥克說話：

「怎麼，我們把你送到隨軍神父那兒，你竟然不知道爲什麼？」

「去懺悔唄。明天我就要被送上絞刑架啦！」帥克信口回答，「慣例不都是如此嗎？人們都叫這個爲刑前祈禱。」

「他們爲什麼要把你……」瘦高個子極爲小心地問；與此同時，矮胖子憐憫地望著帥克。

順便說一句，他們兩人都是農村裡的手藝人，都有妻子兒女。

「我怎麼知道？」帥克帶著和善的微笑回答道，「我什麼都不清楚；或許，命中注定吧！」

「看來，你注定命運不好。」矮胖子同情地說，說話的口氣表示他見慣了諸多苦難，「在普魯士戰爭期間，我們村子也曾這樣絞死過一個人。他們找到那人，什麼也沒說，就把他絞死了。」

「我想，不可能無緣無故地把一個人吊死啊。」瘦高個兒持懷疑的態度，「總得有個憑據，能說得人心服口服。」

「如果是沒有打仗的時節，」帥克說，「興許還講個道理；可是現在是打仗啊，一個人的生命就顯得微不足道了。或者犧牲在前方戰場，或者被吊死在後方，反正都是死路一條。」

「喂，你不會是什麼政治犯吧？」瘦高個子問道，他開始有些同情帥克了，這從他提問的音調中可以聽出來。

「要是讓我做政治犯真是綽綽有餘啊！」帥克微微一笑。

「那，你是民族社會黨？」矮胖子變得警惕起來，也加入了談話。「可是這與我們一點關係也沒有。」他說，「你看，四面八方都是人，到處都有眼睛盯著我們。咱們也太顯眼了，是不是找個僻靜地方把刺刀卸下來啊？你該不會溜了吧？你可不能逃，否則我們就慘了。你說呢，托尼克？」他轉身對瘦高個子說。

瘦高個子小聲地說：「好，我們卸下刺刀來。他終歸是我們自己人啊。」

他心中對帥克充滿了同情與憐憫，早就不再疑神疑鬼了。於是他們找到一個比較方便的隱蔽地方，把刺刀取了下來。矮胖子還讓帥克與他並排走。

「或者，你想抽支煙？」他說，「天知道……」他想說的是「天知道能不能允許你在遭受絞刑之前抽支煙」，可話沒說出口，便覺得這樣說怕是不太合適。

他們都開始抽煙了。押送帥克的兩個士兵開始向他介紹他們的家庭，他們都有老婆、孩子、一小塊土地和一頭耕牛，在克拉洛夫．赫拉德茨地區。

「我口渴了。」帥克說。

瘦高個子和矮胖子彼此交換了一下眼神。

「我們可以找個地方喝上一杯，」矮個子說道，他認爲高個子不會反對，「但是一定要找個不明顯的角落。」

「去『蒙面人』酒吧！」帥克提議道，「你們的槍可以藏在廚房裡。老闆塞拉波是雄鷹體育協會會員，你們不用怕他。那裡還有拉小提琴和手風琴的表演哩。」帥克繼續說，「一些妓女和另外一些下等人常常去那個酒店，事實上這些人都挺好的。」

高個子和矮個子又彼此換了一個眼色。這回是高個子說話：「好，咱們就去那兒吧，現在離卡爾林還遠著呢。」

一路上，帥克給他們講著各種各樣的趣聞與笑話，不知不覺間，三個人興致勃勃地來到了「蒙面人」酒吧。根據帥克的提議，他們把武器擱在廚房裡，隨後邁入餐廳。那裡正奏鳴著一支流行樂曲，是由小提琴和手風琴演奏的：

在龐克拉采山崗上，林蔭道上，綠樹蒼翠……

一位小姐坐在一個青年的腿上；那個青年梳著油光可鑒的分頭，看上去像是一個調情高手。

小姐扯著她那沙啞的嗓音唱道：

我曾擁有一個未婚妻，別人又去糾纏她。

一個喝得醉醺醺的街頭魚販子在一張桌子邊睡著了，一會兒醒了過來，捶著桌子，唧唧噥噥地說：「不行，這不可以！」又昏昏沈沈地睡著了。在一面大鏡子下面有一個彈子台，台邊坐著三個姑娘，衝著一位列車員拋媚眼：「先生，請我們喝一杯苦艾酒吧！」琴師旁邊，有兩個人正爭得面紅耳赤，爭論的中心是昨天晚上瑪森卡被巡邏隊逮捕的事情。一個人堅持說他親眼目睹她被逮走，另一個則以爲她是在一個大兵的帶領下去瓦爾西旅館睡覺去了。

一個士兵和幾個老百姓緊挨著門那兒坐著。士兵的胳膊上纏著繃帶，口袋裡滿是香煙，全是那幾個老百姓送的，此刻他正在向他們講述他在塞爾維亞受傷的事兒呢。他口齒不清地說他不能再喝了。這堆人中間有一個禿頂的老頭兒，死命地勸他：「小夥子，你儘管開懷暢飲吧！誰能說得準咱們以後還能不能再見面呀？我說，要爲你演奏點什麼嗎？《孩子成了孤兒》那支曲子如何，你喜歡嗎？」

禿頂老頭可喜歡這支曲子了。不一會兒，小提琴和手風琴合奏起了那支曲調，聽之令人心酸。老頭兒兩眼淚汪汪的，用顫抖的聲音唱道：

等他甦醒過來，讓他去問媽媽，去問他媽媽……

旁邊桌子上有人抗議：「喂，別唱這種調子好嗎？趕快停下來，讓什麼孤兒滾得遠遠的吧！」

「弗朗達！」很快把嗓子都喊啞了，他們便把那個傷兵叫了過來。「快別唱了，來，坐到我們當中來！別理它，順便帶些捲煙給我們。小傻瓜，你跟我們在一起會感到很開心的。」

帥克和兩個押送兵興高采烈地打量著酒店裡的一切。帥克不由得沈浸在戰前經常光顧這裡的情景中了。那時，警察局長德拉什尼爾老跑到這兒大肆搜捕，妓女們對他又畏又怯，背地裡卻又給他編了一支歌，甚至還集體演唱過一次：

德拉什尼爾先生在場時亂糟糟，
瑪森娜啊喝呀喝得醉醺醺。
她可不害怕德拉什尼爾先生呀，
她還是喝得那樣醉醺醺。

正當他們唱得起勁時，德拉什尼爾恰巧帶著隨從來到了酒店。他一副兇神惡煞的樣子，顯得冷酷無情。接下來，一群警察把店裡所有的人趕到一起，那場面活像圍獵鷓鴣一樣。帥克那次也在其列。德拉什尼爾局長要查驗他的身分證時，他絲毫不覺得自己正在倒楣，反而對德拉什尼爾說：「你們這麼做，警察局同意嗎？」

押送帥克的兩個人初來乍到，開始喜歡上這個地方了。首先是矮胖子對這裡感到完全滿意，因爲這種人不僅是樂觀主義者，往往還信奉伊壁鳩魯派的享樂主義；瘦高個子僅僅在思想上稍稍遲疑了片刻，很快，他那股謹慎勁兒就跑到九霄雲外去了，這猶如他的懷疑情緒消失得無影無蹤那樣。

他喝完第五杯啤酒，看著一對對舞伴在跳的波爾卡舞，便說：「我也去跳一場！」

矮胖子正在尋歡作樂呢。他旁邊坐著一個女人，言談十分有風情。胖子當然樂不可支嘍。

帥克悠悠地品著酒。瘦高個子一曲舞畢，攜舞伴一同走到桌旁。隨後，兩個押送兵簡直是花天酒地，他們要麼唱歌，要麼跳舞，還不停地大口大口地灌酒，並且用手輕輕拍他們的舞伴。酒店裡彌漫著一片打情賣俏、煙霧蒸騰、酒氣熏人的氛圍，他們不由自主地沈溺於其中，忘了人生的煩惱。

下午，他們旁邊來了個士兵，說他能讓他們患上化膿性蜂窩組織炎和血管中毒，只要花五個克朗。他可以立刻在他們腿上或手上注射煤油，因爲他隨身帶有注射器。如果這麼做的話，他們就可以完全免除兵役了，因爲他們至少要老老實實躺上兩個月，如果還時常往傷口上吐唾沫，就可以臥床半年了。

瘦高個子已經迷迷糊糊了，居然把那士兵引到廁所，要求往他腿上注射一針煤油。

時間已近傍晚，帥克提醒士兵們該趕往隨軍神父那裡。矮胖子勸帥克別急著走，他說話時已經含混不清了。高個子贊同他的意見，認爲神父完全有耐心再等一等。但帥克已經坐不住了，於是威脅道，如果他們執意不走，他會獨自一人上路。

他們聽他語氣這麼堅決，只得同意出發。但條件是帥克先得答應他們，在途中再找個地方歇息歇息。

後來，他們來到弗洛倫采街，進了一家小咖啡館。爲了再度尋開心，矮胖子不惜賣掉了一隻銀殼手錶。

最後，帥克不得不攙著他們倆的胳膊走出咖啡館。這一路上帥克可受罪了。他們跌跌撞撞的，腿不聽使喚，老走不好路。他們念念不忘再找個地方取樂。矮胖子幾乎還弄丟了那封致神父的函件。帥克無奈之下，只得自己來保管它。

帥克每次看到迎面來了個軍官或者軍士什麼的，總得提醒他們小心點。終於，他把他們送到了隨軍神父的住處，這一過程費了他不少勁。他自己動手把刺刀插到他們的槍上；為了讓他們押著他，而不是他押著他們，他又使勁地捅他們的肋骨。

二樓的一扇門上貼著紙條：「聯隊隨軍神父奧托·卡茨」。一個士兵來開的門，把他們迎進屋內。屋裡人聲喧嘩，聽見有人在舉杯祝酒。

瘦高個子一邊語不成調地用德語問候著，一邊朝那個開門的士兵行了個軍禮。

「進來再談。」那士兵說，「你們上哪兒了，醉成這樣？還有，神父先生也……」他惱火地啐了一口。

士兵拿著函件進了裡屋。他們待在外屋等著，好久門才打開。神父從裡面飛了出來，確切地說，應該是飛竄了出來。他僅僅穿著一件馬甲，手裡還火著雪茄。

「啊哈，原來你已經到了，」他對帥克說，「是他們帶你來的？嗯……你有火柴沒有？」

「報告神父先生，沒有。」

「天啊，你竟然沒有火柴？要方便點火，每個士兵就都要隨身攜帶火柴。不帶火柴的士兵就是……就是什麼呢？」

「報告長官，就是一個沒有火柴的人。」帥克回答說。

「對，對極了，就是一個沒有火柴的人，也就沒法給人點火吸煙，這是第一條。現在該說第二條了，你的腳臭不臭？」

「報告長官，我的腳不臭！」

「好，這是第二條，再講第三條：你喝俄羅斯白酒嗎？」

「報告長官，我只喝羅姆酒，不喝俄羅斯白酒。」

「很好，太棒了！你看看這個大兵，我從費爾德胡貝爾上尉那兒借來的，爲了今天供使喚用。是上尉的勤務兵。這傢伙是個禁——禁——禁酒主義者，什麼都不喝，這種人我怎麼能要呢？只好把他打發到先遣隊去了。他算不上勤務兵，只是一頭母牛，還是一頭會喝白水的母牛，母牛哞哞叫起來和一頭閹割了的牯牛差不多。」

「你這禁酒主義者，你也不……不懂得難爲情，蠢東西，真該打你兩耳光。」他回過頭來，對先前開門的那士兵說。

神父的注意力又轉向了兩個押送帥克的人。這兩個人努力想站直身子，可總是搖搖晃晃立不穩，就算用槍支撐也不頂事。

「你們喝……喝醉啦！我要叫人把你們關……關起來，居然敢在出差途中喝醉。」神父說，「帥克下掉他們的槍！你把他們帶到廚房去，仔細看管，巡邏隊很快會來帶走他們的。我這就給軍營打個電……電……電話。」

拿破侖的名言「戰局瞬息萬變」在這裡應驗了。

就在早上，這兩個人還背著帶刺刀的槍押送帥克，以防他中途跑掉；然後，帥克領著他們往前走；最後，就在同一天，他們兩個得由帥克看管了。

起初，他們還很不習慣於這一變故；後來，他們坐在廚房裡，帥克則端著刺刀槍站在門口看管著，他們這才恍然大悟。

「我想喝點東西。」樂觀主義的矮個子如夢方醒，歎了一口氣。疑心病又回到瘦高個身上來了。他說，所有這一切都是可恥的出賣。他還大聲咒罵帥克，怨他們落到這種田地的罪魁禍首就是他。他譴責帥克，說什麼明天要上絞架了，可是現在事實證明，他說的懺悔啊，絞刑啊，統統全是瞎扯淡。

帥克默不作聲，只是在廚房門口來回踱步，「我們傻得成笨牛啦！」瘦高個子不滿地叫嚷著。帥克等他們責難結束後，終於開口說話了：「你們現在總該發現，從事軍事工作絕非什麼好事情。我正在執行任務。和你們一樣，我也來到了這裡，但是俗語說得好：『幸運女神向我露出了笑容。』」

「我要喝點東西！」樂觀主義者絕望地哀求。

瘦高個子爬起來，步履蹣跚地朝門口走去。「嗨，夥計，咱們該回家啦，」他對帥克說，「我說，你別再胡鬧了。」

「你躲遠點！我得好生看管你們。」帥克並不領情，「現在起我們之間素不相識。」

神父的身影在門口出現。「我……我總是撥不通軍營的電話。那好，你們就回去吧！可要記住，以後出差再不許……許喝……喝酒啦！跑步——走！」

說真的，神父並沒有給軍營掛電話。他只是衝著臺燈架嚷了一陣，以爲那是電話，所幸的他家裡尙未安裝那玩意兒。

（二）

帥克給卡茨神父做勤務兵已是第三天了。三天來，他只見過一次神父。第三天，海因赫上尉的勤務兵跑來告知帥克，去把神父接回家。

在路上，他邊走邊告訴帥克，神父與上尉吵了一架，鋼琴也被砸壞了，神父現在爛醉如泥，死活賴著不願回家。

他還告訴帥克，海因赫上尉也醉了，他剛把神父趕到過道裡，就坐在門邊打起瞌睡來。

帥克隨即趕到吵架現場，死命搖著神父。神父嘟嘟噥噥著睜開了惺忪的雙眼。帥克敬了一個軍禮說：「報告神父，我來了。」

「你，你來這兒……幹嘛？」

「報告，我來接您。」

「接我？去哪兒呀？」

「回您的家啊，神父先生！」

「幹嘛要我回我的家啊？我不正在我的家裡嗎？」

「報告，您正坐在別人家的過道裡。」

「我……怎麼到這兒來的？」

「報告，您是來串門訪友的。」

「我沒……沒……沒有串門，你……胡說！」

帥克扶起神父，讓他靠牆站著。神父搖搖晃晃，倒在他身上說：「我站不住啦！」

「我站不住啦！」他又重複道，笑得傻呵呵的。帥克好不容易才讓神父靠緊了牆壁，神父便順勢打起盹來。

好景不長，他被帥克叫醒了。「你幹嘛呀？」神父一邊說，一邊試圖挨著牆根坐到地上，但是徒勞無功，「你究竟是誰？」

「報告，」帥克回答時扶起了神父，讓他靠牆站著，「我是您的勤務兵呀！」

「勤務兵？我從來就沒有。」神父吃力地說，又倒在帥克的身上，「我也不是什麼隨軍神父。」

「我不過是一頭豬。先生，千萬要原諒我，我還不認識您。」他酒後似乎在吐真言。經過一番小小的揪扯，帥克終於戰勝了隨軍神父。帥克乘勝追擊，把神父從過道裡拖下樓，來到門廳，帥克打算把他拖到街上去，神父死活不依，他一邊與帥克搏鬥，一邊聲明：「先生，我不認識您，您認識奧托．卡茨嗎？奧托．卡茨是我。」

他死死攥住門框，大聲叫嚷：「我拜見過大主教，梵蒂岡也不敢小覷我，你明白麼？」

帥克不再使用「報告」二字，而是改換了一種非常親切隨和的口吻與他聊天。

「喂，我說哥們，把手鬆開唄你，難道想挨揍啊？好，咱哥倆現在回家嘍，行了，你別盡說廢話！」

神父把手鬆開，又跌倒在帥克身上：「現在是好時光呀，咱們到哪兒逛逛去吧。只是別去妓院，我還欠著人家的錢呢。」

帥克用盡渾身解數把他拖出門廳，又沿著人行道連推帶搡地把他往家裡拖。

「這傢伙是誰呀？」街上有人看熱鬧，好奇地問。
「他是我兄弟，」帥克答道，「他原以爲我死了，後來乘休假的機會來看我，一時高興多喝了幾杯。」
神父哼著一支輕歌劇曲調，那調子誰也聽不清楚。他聽帥克講到「死」字，便站直了身子告訴行人：「你們當中誰要是死了，一定要在三天之內報告給聯隊指揮部，這樣他的遺體就可以灑上聖水。」
帥克攙住神父只顧往前拖。神父一句話也不說了，只是老往人行道上栽跟頭。
神父耷拉著腦袋，後面拖著兩條腿，看上去猶如一隻折了腰的貓。他嘴裡不斷地嘟嚕著拉丁語的禱告文。
帥克帶著神父來到馬車站，安頓神父靠牆坐好，於是便去和馬車夫講價錢。
一個馬車夫說，對這位先生太了解了，已經爲他趕過一次車了，再給他趕第二次恐難從命。
「他吐了我一車，還白賴我的車錢。」馬車夫恨恨地揭神父老底，「我找到他的住處時已經趕了兩個多小時的車了。我前後找了他三次，他拖了一個禮拜才付給我五克朗。」
帥克好不容易找到一個馬車夫答應拉車送他們回家。
帥克回過頭去找神父，發現他早已酣然入夢了。他頭上本是戴著硬頂黑禮帽（這與他平時出門所穿的便服相配），這會兒也不見了，想必被人順手牽羊拿走了。
帥克弄醒他，在馬車夫的幫助下把他塞入車廂。他蜷縮在車廂裡，神志迷糊，以爲帥克是七十五步兵團的約斯達上校，反覆地說：「我和你說話口氣隨便了一點，你千萬別生氣啊，朋友！

我只是一頭豬！」

過了一會兒，他似乎給馬車與路面的摩擦聲震得有幾分清醒了。他把身子坐正，唱起了一些歌兒。這歌誰也沒聽過，也許是他的幻想曲：

當他抱我在懷中搖啊搖時，
我回想起我的美好年代。
那時我們快活地生活在——
梅尼克林納的多瑪日利采。

但沒多久他又神志迷糊了。他掉過頭來，衝帥克做鬼臉，並且問道：「親愛的夫人，您今天過得愉快嗎？」

「您一定是去什麼地方度夏吧？」他停頓了一會，乂接著說。他眼前的事物恍惚間都成雙成對了，只覺一切光怪陸離。他又問：「喲，您的兒子都這麼大個了？」說著，用手指著帥克。

「坐下！別動！」帥克見神父想爬到車夫座位上去，厲聲喝道，「我可有法子讓你老實點！」神父不動了，也不作聲。他透過車廂窗口向外凝視，那雙豬一樣的小眼睛黯然無光，絲毫沒搞清究竟發生了什麼事。

他完全不省人事了，衝著帥克可憐巴巴地哀求：「夫人，您讓我去趟高級洗手間吧！」說著就要動手脫褲子。

「你馬上把褲子扣好！真是不折不扣的豬玀！」帥克吼了起來，「你讓所有馬車夫都認識你了。都吐過一次了，還想再來一次？別又欠人家一屁股債，像上次那樣！」

神父雙手托腮，憂心忡忡地唱著歌兒：「誰也不愛我了……」隨即又不唱了，嘰裡咕嚕地說了一大串德語。

他打算吹口哨吹出個曲調來，但是嘴裡沒吹出調子來，反而發出一連串嘟嚕聲，把馬車夫嚇了一跳，不禁收住了韁繩。直到帥克吩咐繼續趕車，他才回過神來。神父則忙著點煙嘴了。

「唉，怎麼老點不著？」他很快把整整一盒火柴都擦完了，非常失望，「你老是和我過不去，把我的火柴吹滅。」

接下去，他不知道再說什麼了，便自顧自傻笑了起來。

「呵呵，真逗！只有咱們兩個在電車上。夥計，你說對吧？」說著，手往口袋裡摸索。

「哎喲，我馬車票弄丟了！」他嚷了起來，「停車！我要去找回車票！」他又擺了擺手，表示無可奈何，「開就開吧……」

突然，他又嘟噥開了：「通常……對，一切正常……在任何情況下……您沒弄明白……在三樓？……這是藉口。這與我毫無瓜葛，倒是與親愛的夫人您有關係。……服務員，買單！……我喝的是一杯濃咖啡……」

他滿口夢囈，假想正身處一個餐館，和另一個人爭搶靠窗座位，兩個正吵得不可開交。然後，他又把馬車當成火車，把身子往窗外探，用捷克語和德語交替著衝大街上嚷著：

「寧布林克的乘客請換車！」

帥克用力把他探出窗外的身子拉了回來，神父顯然把火車的事忘得一乾二淨了，開始模仿各種動物的叫聲。他長時間地學雞啼，在馬車上洋洋自得地喔喔叫著，叫了好長時間。

又有一陣，他興奮得一刻也坐不住，老想從馬車上縱身跳出去，指著街上所有的行人罵他們都是無賴。後來，他扔出去一塊小手帕，大叫停車，說丟了行李。接著又驢唇不對馬嘴地說：「布傑約維策有一名軍鼓手，他結婚後一年就死了。」突然又縱聲大笑，問：「這個笑話好不好聽？」

面對這非常時期，帥克對神父可不講什麼情面。

神父總是企圖做各種滑稽的事情，諸如跳馬車、弄壞座位等等，帥克見狀總是不客氣地賞給他幾記老拳。神父挨揍也樂然受之。

神父被無邊的愁緒包圍，流著眼淚，問帥克是否有母親。

「朋友，我嘛，在這世上孤孤單單一個人。」他把臉轉向馬車窗外嚷道：「誰願意收養我？」

「別不知羞恥了！」帥克提出警告，「你給我住嘴，否則人家會說你喝多了。」

「不，我什麼也沒喝，」神父答道，「夥計，我清醒極了！」

他突然起身行了個軍禮，說：「Ichmeldegehrsaw，Herrberst，ichbinbesffen。」（**德語：報告，上校先生，我喝醉了。**）

「我是一頭豬啊！」他反反覆覆把這句話念叨了十來遍，似乎心懷絕望。

他回頭來面向帥克，不住地央求：「你不要帶我走啊，乾脆把我從汽車上扔下去算了。」

他一邊坐下來一邊嘀嘀咕咕：「月亮周圍有一圈光暈，大尉先生，靈魂永恒你相信這話嗎？馬是不是也能進入天堂呢？」

他捧腹大笑起來，隨即又變得無精打采了，垂頭喪氣地望著帥克說：「請問先生，我似乎見過您，不知是在哪兒。您去過維也納嗎？您好像是神學院的，如果我沒記錯的話。」

過了一會兒，他嫌空氣太沈悶了，開始朗誦拉丁文詩以供消遣。

「我再也不要往前走了，把我扔出去一了百了吧！」他說，「我不會摔傷的，爲什麼不把我推出去啊？」

「我一定要跌個狗吃屎。」他說得十分堅決。

「先生，親愛的朋友，」他接著又請求，「賞我耳光吧！」

「你要幾個耳光？」帥克問。

「要兩個。」「好，給你！」

神父顯然極爲滿意，大聲地數著挨耳光的數目。

「哈哈，太舒服啦！」他說，「這對消化有好處。來，再朝我嘴上來一傢伙！」

帥克立刻滿足了他的要求。「多謝！」他快活地喊著，「我太高興了。能不能勞駕您撕開我的坎肩？」

接踵而至的是各種要求，五花八門。他要帥克讓他的膝蓋骨脫臼，掐住他脖子讓他死一會兒，剪去他的指甲，拔掉他的門牙。

他就像一個真誠的殉道者，請求帥克揪下他的頭顱，裝進大口袋，扔到伏爾塔瓦河去。

終於，他們總算到了神父的住處，帥克把他弄出馬車又費了好大的勁。

「我們還沒到呢！」他嚷道，「救命啊，我被綁架了！我還沒到，還要往前走！」就像從蝸牛殼裡把煮熟的肉往外挑出來一樣，帥克把醉鬼拖下車來。有一陣子，他幾乎要被撕成兩半了，因爲他的兩隻腳緊緊夾住座位死活不放。

但即使在這麼狼狽的時刻，他還是哈哈大笑著，說他們被戲弄了。「各位，你們一準要把我扯斷！」

帥克和馬車夫把他生拉硬拽地拖進大門，爬上樓梯，進入他的房間，把他抛在沙發上，就像扔一隻破口袋那樣。他說自己並沒有租這輛汽車，所以決不付這份車費；他們竭力讓他明白他坐的是馬車，解釋這一點花了足足一刻鐘。縱然如此，他還是否認自己坐了馬車，翻著白眼不肯付錢。

「你們想騙我，」神父說，衝帥克和馬車夫擠眉弄眼，那神態耐人尋味，「我們是步行回來的。」

而他又突然大方起來，把他的錢夾子都扔給了馬車夫，十分慷慨地說：「全拿去吧，你！就這幾個小錢，我還不放在眼裡！」

確切地說，他是不在乎這三十六個克里澤①。因爲他錢包裡就這麼點錢了，此外一無所有了。馬車夫搜遍了神父的全身，威脅說要打他耳光。

「那你打吧，痛痛快快打吧！」神父答道，「你認爲我吃不消嗎？就你那幾個耳光，我還承受得住。」

馬車夫又搜神父的坎肩口袋，從裡面摸出了一枚五克朗的硬幣，馬車夫也連帶拿走了，邊走邊哀歎自己命運不好，埋怨神父白白浪費他的時間，車錢也沒給足。

神父則一直在考慮各種嶄新的計劃，遲遲未能入睡。彈鋼琴啊，練跳舞啊，燒烤魚啊，他什麼都想做。

後來，他又答應把他的妹妹許配給帥克，事實是他壓根兒沒有妹妹。他要求把他擺放在床上，說他期待別人承認他的價值與一頭豬相當，他說著說著就呼呼地睡著了。

(三)

當帥克在第二天早上走進神父的房間時，神父正躺在沙發上苦苦思索。神父發覺自己被淋得渾身濕透，兩個褲腿全都緊貼在皮沙發上了，不知道別人使用的是什麼怪異的手法，這種怪事怎麼可能發生的呢？他一醒來就在琢磨。

「報告，神父先生，您昨晚……」帥克說。

他簡潔概要地向神父解釋發生了什麼事，神父頭昏腦脹，神情很頹唐。

「記不起來了，」他沮喪地說，「我不是在床上麼，怎麼掉到沙發上來了？」

「不，您沒有上過床。我們回來後先是把您扶到沙發上，後來想扶您上床，但是扶不動。」

「上帝，我都做了些什麼？我究竟做了什麼事情？是我喝多了吧？」

「神父先生，您醉得一塌糊塗，還耍了點酒瘋。我想，您最好換換衣服，擦洗一下，會舒服點。」

「我感覺似乎被人揍過一頓，下手還挺狠的。」神父訴著苦，「我好口渴。我昨天沒跟人打架吧？」

「神父先生，您不至於鬧得那麼凶。口渴，這不是立馬就能好的，您昨天就在喊口渴啊。」

神父心情抑鬱，打不起精神來。如果誰此刻聽他說話，一定會以爲他常聽絕對禁酒主義者亞歷山大·巴切克的演說，「讓我們向酒魔勇敢地宣戰吧！這個惡魔正殘殺著我們最優秀的好男兒，我們與它勢不兩立」，或者是讀巴切克的著作《道德雜談》。

真的，他有了變化，雖然只是一點點。他說：「如果我喝的是阿拉伯甜酒、南斯拉夫櫻桃酒、白蘭地酒這樣的高貴飲料，那才無可挑剔。可昨天我喝的只不過是松子酒。我居然會喝得那麼上癮，真是咄咄怪事。那味道差極了！就再換作黑櫻桃酒味道也好些。人們總是想出各種各樣的鬼東西，然後就像喝水一樣喝掉那些液體。」

「我想來點正宗的胡桃酒，這對我的胃好。」他歎一口氣說，「普魯斯徹的施納布林大尉就有好胡桃酒。」

他開始在衣兜裡摸錢包。

「只剩三十六個克里澤了，遠遠不夠。賣掉這沙發怎麼樣？」他沈吟片刻，問，「你意下如何？有人想買沙發嗎？我可以搪塞房東，就說它被偷走了，或者告訴他沙發借人了。啊，不，還是得留著沙發。現在，我要你去施納布林大尉那兒，向他借一百克郎。他有錢，前天玩撲克贏了一大把。倘若你在他那兒要不到錢，就去找馬勒爾上尉，他在沃爾舍維采兵營；如果那兒也沒要到，你再去赫拉昌尼找菲舍爾大尉。你告訴他，我要付馬料錢。如果哪兒都借不到，我們就不管三七二十一當掉鋼琴。」

「我給寫上一張紙條，你走到哪兒都帶上，他們就不會隨隨便便把你打發掉。你只管告訴他們，我一貧如洗了，已經淪落到山窮水盡的地步了。你儘管瞎掰吧，愛說啥就說啥，只要弄到錢，否則你就會被遣送到前線去。你見到施納布林大尉、向他打聽一下他的胡桃酒是打哪兒買的，別忘了拎兩瓶回來見我。」

帥克出色地完成了神父交給他的任務。他去找的幾個人都被他的單純誠懇和憨厚老實打動了，他們毫不懷疑他有可能撒謊。他細細一想，與其告訴施納布林大尉，菲舍爾大尉、馬勒爾大尉他們神父沒錢付馬料，倒不如騙他們說神父付不起私生子的生活費，這樣借錢更加讓人信服，也很合適。於是，每個人都對神父解囊相助。

他揣著三百克郎勝利歸來，神父（他已經洗了澡，換上了乾淨的衣服）見他滿載而歸，大吃一驚。

「我一披掛上陣就不會空著手回來，」帥克說，「這兩天，明天乃至後天，我們都不用因爲錢的事而發愁了。借錢還算順利，就是施納布林太吝嗇了，我都跪下來了，不得不對他說到私生子生活費的理由……」

「私生子的生活費？」神父又是一驚。

「沒錯啊！神父先生，私生子的生活費嘛，就是付給那些煩人的娘兒們的。您說過的，讓我瞎編借錢理由。當時太急了，我什麼理由也想不起來。他們還不停地向我打聽，那娘兒們長得怎麼樣，我說她美若天仙，說這小妞還沒有十五歲，對了，他們還問她的住址來著。」

「你真是做了件好事，帥克！」神父深深地歎息道，在房間裡來回踱個不停。

「這真讓我丟臉啊！」他說著使勁撓自己的腦袋，「天，我的頭好疼！」

「我給了他們一個地址，是我們街上一個聾老太婆的。」帥克解釋說，「您的命令一言九鼎，我就得把事情辦得穩穩當當的。我總得想好辦法，以免他們揮揮手讓我趕緊滾開。現在有人在外邊門廳裡等著，是我叫他們來搬鋼琴，這主意不錯吧？鋼琴一搬走，屋裡就寬敞多了，我們也會弄到更多的錢，至少可以過幾天不愁吃喝的享福日子，可以好好享福了。」

「如果房東問咱們爲什麼搬鋼琴，咱就說幾根鋼絲弦斷了，得送到樂器修配房去修理修理。我已經和門房老太太打過招呼了，這樣一來，她即使看見鋼琴被搬上卡車也不會大驚小怪了。另外，我還找了沙發的買主，是一個舊家具商，我原先認識他。他下午來買，皮沙發的價錢挺理想的。」

「你難道沒再做別的什麼，帥克？」神父問道。他一直用手撐著腦袋，看上去沮喪得很。

「報告，神父先生，我買了不只兩瓶酒，我一口氣買了五瓶胡桃酒，就是施納布林上尉買的那種，這樣家裡還可以存下幾瓶，以後都有得喝。讓他們把鋼琴擡走吧，咱得趁早，當鋪一會兒要關門啦！」

神父無可奈何地擺了擺手。不一會兒，鋼琴就給搬上貨車運走了。

當帥克從當鋪回來時，神父正坐在屋裡，又開了一瓶胡桃酒，他在生氣，因爲中午吃的煎肉排沒炸透。

神父再一次喝醉了。他告訴帥克，明天他要洗心革面，投入新的生活，喝酒是一種粗俗的唯物主義，他應該改過一種精神生活。

在接下來的半個鐘頭裡，他一直在發表哲學演說。當他打開第三個瓶塞時，舊家具商人來訪。神父把沙發賣給了他，價錢是再便宜不過了。他要家具商陪他說說話，可那人說他得趕去購買一個床頭櫃，於是他大爲不滿。

「我可沒這玩意兒，真遺憾，」神父帶著歉意說，「不過我只有一個人啊，不可能事事想得周全的。」

送走舊家具家商後，神父和帥克在一起又喝了一瓶酒，愉快而盡興。他們聊得不錯，神父還發表了對女人和撲克的高見。

他們坐在一塊聊了好久。夕陽西下時，帥克與神父還在進行友好的交談。

但是這一友好交流到晚上中斷了。神父又舊態重萌，把帥克當成了另外一個人，對他說：

「不，你絕對不能走，你還記得輜重隊裡那個見習軍官麼——他長著棕色頭髮？」

平等親愛的關係沒有持續多久，後來，關係變了，帥克對神父說：

「好，鬧得夠了！現在你給我老老實實爬上床去躺著！聽清楚了嗎？」

「好，好，親愛的，我這就去躺著，我有什麼理由不爬上床去呢？」神父嘟嘟噥噥，「我們當時待在五班，我還替你代做希臘文的練習呢，還記得嗎？你有座別墅在茲布拉斯夫，可以坐上汽艇環遊伏爾塔瓦河，對了，你明白伏爾塔瓦是什麼意思嗎？」

神父被帥克逼著脫掉衣服和鞋子，他一邊照辦，一邊迷茫地對一個假想的朋友提出抗議：

「啊，你看哪，」他衝著櫃子和一盆無花果樹投訴，「我的這些親戚對我多苛刻啊！」

「我再不認這些親戚了！」臨上床時，他突然下定決心，口氣相當堅決，「我不認他們，老天懲罰我也在所不惜……」

隨後，神父的鼾聲在房間裡悠悠蕩漾開來。

(四)

過了幾天，帥克利用空閒時間回去探望米勒太太，這是他的老傭人。但他見到的卻是米勒太太的表妹。她邊哭邊告訴帥克，米勒太太那天用輪椅把帥克推去從軍時就被逮捕了。軍事法庭審訊了老太太，帶走了她。他們沒有找到任何可以問罪的真憑實據，就把她送到斯特因霍夫集中營去了。她曾郵寄回一張賀卡。

這張賀卡是家中的珍品，檢署塗去了信中關鍵的詞句，帥克拿起來念道：

「親愛的安寧卡：我們在這兒都很健康，大家過得很好。我隔壁床上的女人得了水×，還有人患天×。其餘都很正常。我們的食物可以填飽肚子，湯是用撿來的馬鈴薯×做的。據人說，帥克先生已經××，請你打聽一下他的屍體埋在哪兒了，等戰爭結束後我們就去拜祭他，給他修座墳。對了，差點兒忘了告訴你，閣樓上那個黑角裡有一隻匣子，匣子裡有一條小狗。自從我××以後，牠都好幾個星期沒吃東西了。所以，我估計再去餵怕是也晚了，那條小狗或許也已經××了。」

信上蓋著粉紅色的印章，上面批註：「此函已由帝國與皇家斯特因霍夫集中營檢查通過。」

「不出所料，那條小狗早就咽氣了。」米勒太太的表妹泣不成聲地說，「這是您曾經住過的房子，您恐怕要認不出來了。我叫來一些女裁縫，她們把這兒佈置得像個小巧的客廳。牆上掛著時裝畫像，窗臺上擺放著鮮花。」

要米勒太太的表妹稍稍平靜些恐怕很難做到。她一直在哭泣，在埋怨，甚至擔心帥克是從軍隊裡逃了出來，這就會連累到她，讓她也遭受不幸。最後，她把他看成了一個冒險家。

「這太讓我興奮了！」帥克說，「我就特別喜歡這樣。格依謝娃太太，您說對了，我確實是逃出來的，我要讓您明白這點。逃出來可不容易啊，我不得不做掉十五個警衛官和軍士。您千萬要保密，不要說給外人聽啊……」

帥克的房子沒有收留他，他在離開時說：

「格依謝娃太太，洗衣房裡還有我的幾條領子和背心，請您幫個忙取出來。等我從部隊復員回來，我就接著穿。衣櫃容易生蟲子，您得留心，別讓我的衣服被蟲子蛀壞了。此外，請代我向那些在我床上休息的裁縫小姐們致意。」

後來，帥克又去了趟「管你夠」酒家。巴里維茨太太看見他，以爲他可能是開小差溜出來的，不敢賣酒給他。

「我丈夫，他是那麼小心謹慎的人兒，」她又開始重複她以前的論調，「現在卻無緣無故地蹲在監獄裡，真是可憐。有些人卻開小差，從軍隊裡溜出來優哉遊哉。他們上個禮拜還來搜捕過你呢！」

「和你相比，我們要小心得多，」她結束了自己的長篇大論，「可我們還是逃不了霉運。您夠走運的，不是每個人都和你一樣啊！」

這時，一位年長的鉗工來到帥克面前說：「先生，請原諒，能到外面來麼？我有話要告訴你。」

來到街上，他和帥克聊了一陣。因爲女掌櫃巴里維茨太太不當的暗示，帥克又一次被誤認爲是開小差的。

他告訴帥克，他的兒子也從軍隊回來了，開小差逃出來的，現在住在他奶奶家，在耶塞納。帥克向他擔保自己不是逃兵，但他怎麼也聽不進去，終於把十個克郎贈給了這個可憐的「逃兵」。

「留著吧，你用得著。」說著，工匠把他拉到酒店的角落裡，說，「我非常理解你，你千萬不要對我有戒心。」

回到神父那兒時，夜已深了。但神父仍沒回家。

神父直到第二天早上才回來，他叫醒帥克：「明天咱們去給野戰部隊做彌撒。你起來煮些黑咖啡，裡面摻點羅姆酒。或者，你最好溫點格羅格②。」

①德國舊式輔助貨幣。

②格羅格：加糖和熱水的烈性酒。

十一　帥克陪同神父去做戰地彌撒

(一)

要屠殺人類必須先做好準備工作。這一工作總是可以打著上帝的旗號或者人類憑空幻想而得的神靈的旗號明目張膽地展開。

幾千年來，一代又一代人在發動戰爭，以火與劍去滅絕敵人之前，總要舉行隆重的祈禱儀式。與此類似，古代腓尼基人在砍下俘虜的頭顱之前也是這麼做的。

幾內亞和波利尼亞島嶼上的土著人常將他們的俘虜和不需要的人宰殺吃掉，包括傳教士、旅行者、各種貿易公司的經紀人乃至普通的外來人員。他們在開食人宴之前要先祭祀諸神，舉行多種宗教儀式。他們爲了裝飾，往往用一些鮮豔的鳥獸羽毛在臀部圍成一圈，因爲當時僧袍祭服這套文明飾物還沒有發明出來。

宗教裁判所在燒死他們的犧牲品之前，總要舉行最隆重的宗教儀式，在彌撒聖典上詠唱聖歌。神父也總在處死犯人時粉墨登場，折騰臨死的犯人。

在普魯士，把可憐的犯人領到刀斧之下的是牧師；在奧地利，絞刑架前的引路人是天主教神父；在俄國，給革命者舉行儀式的是一個大鬍子神輔，形形色色，五彩繽紛。

無論在哪裡，凡是處死犯人，都要使用耶穌受難的十字架，似乎表明：「沒什麼要緊的，只不過砍下你的頭，把你絞死、勒死，往你身上通五千伏特的電罷了，這麼點苦頭你務必要嘗試一番。」

無疑，世界大戰這樣一場規模宏大的屠宰怎麼少得了神父的祝福呢？所有軍隊的隨軍神父都要祈禱，舉行彌撒，爲飼養他們的作戰一方祈求勝利。

神父還要趕赴參加對兵變的叛亂者的處決儀式，還有處死捷克兵團的成員時也要到場。

海盜沃依捷赫曾經一手持劍，一手握十字架大肆屠殺波羅的海沿岸的斯拉夫人，可後來他被尊爲「聖徒」。時至今日，這種情況仍一如往昔。

整個歐洲的人們如同牲口般被趕進屠宰場。是誰在驅趕他們呢？皇帝、國王、總統和權勢顯赫的將領勝任了屠夫的角色，此外，還有各色信仰的傳教士，他們向被屠宰的可憐蟲賜福，發表著各式的騙人的虛幻鬼話，說什麼「在地上，在天上，在海上」之類漂亮的話語等等。

戰地彌撒包括兩次：第一次是軍隊開赴前線之時，另一次是軍隊上了前線後參加血腥屠殺之前。我不會忘記有一次戰地彌撒。一架敵機飛過，往讀經台扔了一顆炸彈。正在誦經的神父被炸得粉身碎骨，只殘留下幾片血跡斑斑的破布片。

報紙花大氣力進行宣傳報導，神父成了殉道者。在同一時刻，我方的飛機也在衝對方的神父垂涎三尺，預備著對他來一次輝煌的如法炮製。

這一事件被我們視爲荒誕不經的笑話。就在一夜之間，那個臨時插在神父墳頭的十字架上驀地鐫刻下了如下一段墓誌銘：

我們曾有的經歷，你也不可倖免。

兄弟啊，你曾向我們許諾，死後定能升入天堂。
這榮幸的彌撒大典上，孰知禍從天降，
而今你的身軀，永遠存留沙場。

（二）

帥克煮的酒味道很不賴。他煮的酒就是十八世紀的海盜喝了也會心滿意足的，看來，他的手藝遠遠勝過那些老水手們。

奧托．卡茨神父紅光滿面。「你煮這麼好喝的酒，在哪兒學的？」他問道。

「這有好多年了，當時，我在四處流浪。」帥克答道，「在不萊梅，我在一個放蕩的水手那兒學到的。他告訴我，煮酒一定要濃，讓人喝下醺醺的酒之後，即使失足掉進大海也能橫渡整個拉芒什海峽①；如果只喝了幾杯薄薄的水酒，則會像條狗一樣葬身海底。」

「帥克，有幸品嘗你煮的濃酒，我們的戰地彌撒一定會圓滿完成的。」神父說，「在做彌撒之前，我要告訴你幾句話。戰地彌撒非同小可，絕對與在拘留所裡做彌撒不同，也不同於給那些混蛋講道。在這種重要的場合，一個人真要全神貫注，隨機應變。我們已經有了戰地經台，是可以折疊起來的袖珍經台。天啊，我的上帝！帥克，」神父急得抓耳撓腮，「我們笨得就像一頭牛！我把折疊的戰地經台塞到哪兒去啦？塞進沙發了，而沙發被我們賣掉了！」

「事情不好辦，神父先生！」帥克說，「雖說我認識這個舊家具商，可是前幾天我只看見他老婆。他因爲偷了個什麼櫃子被關押起來了。我們那張沙發？嗯，轉手到了沃爾舍維奇一個教師手裡。不能少了這張戰地經台，否則不好辦事啊。嗯，咱們喝完這點酒就趕緊去找到它吧，我想，沒有戰地經台，彌撒肯定做不好。」

「是啊，萬事俱備，只欠經台了。」神父深感發愁，「演習場上都準備妥當了。講壇已經由木匠們搭好了。普謝夫諾夫修道院把聖體盒借給我們了。我們自己有一隻聖杯的，可是，在哪兒啊，那玩意兒……」

他陷入沈思，好一會兒過去了才說：「就當它丟了吧！我們可以向七十五聯隊的魏廷格上尉借來那只體育獎盃作替代品。好些年前他代表體育愛好者俱樂部賽跑，這是他贏來的。他擅長長跑，只花了一小時四十八分鐘就跑完了從維也納到穆德林的四十五公里馬拉松越野賽全程。他還老跟我炫耀他的光輝歷史呢。我在昨天就和他談妥了。唉，什麼事總是拖到最後一刻才想起來，我真不是人。我這飯桶，怎麼不早點兒檢查一下沙發呢？」

帥克按照水兵說的方法煮出了又濃又甜的好酒，神父喝了這玩意兒以後，開始痛罵自己，用各種各樣的污言穢語來斥罵自己，直到把自己罵得體無完膚。

「我們還是去找回那個戰地經台吧！」帥克催道，「都天亮了。我還要穿上制服，再來點甜酒。」

他們終於出發了，前往舊家具商老婆的住處。在路上，神父告訴帥克，他昨天玩「上帝賜福」紙牌時贏了不少錢，幸運的話，可以把鋼琴贖回來，神父的口吻真像邪教徒答應將來獻上什麼祭品的樣子。舊家具商的老婆睡眼惺忪，一臉困意地告訴他沙發的新主人即沃爾舍維奇教師的住址。神父顯得格外高興，擰了一下她的臉蛋，捏了捏她的下巴，著實把這娘們戲弄了一把。

神父說應該呼吸一下新鮮空氣，想想其他事情，所以他們步行來到沃爾舍維奇。

他們來到老教師的住處，都吃了一驚。原來老教師在沙發裡發現戰地經台以後，還以爲是上帝的巧手安排，這位虔誠的教徒便把它贈給了沃爾舍維奇區教堂的聖器室，還在折疊經台的背面留下題詞：「教師哥拉西克於一九一四年敬贈上帝。」說這些話時，他始終穿著一條襯褲，一副倒楣的模樣。

他的談話不無驕傲之意，顯然，他把這一發現視爲奇蹟和上帝的旨意。買到這張沙發後，他彷彿聽到裡面有一個聲音在說：「你仔細看看沙發夾縫裡有什麼？」他還說自己曾夢見有位天使諭告他「翻開沙發的夾縫」，於是他遵神意而行。

他說，他果然在沙發裡發現了那個三面折疊經台，經台帶有聖餅櫥，描畫得很精致。他當即跪倒在沙發前，虔誠而長久地禱告著，讚美著上帝。他又說，這是上天的旨意，是上帝讓他取來獻給沃爾舍維奇教堂的。

「我們對此毫不關心。」神父說，「這種東西不屬於您，您應該上交給警察局，不應自作主張把它送到什麼狗屁聖器室去。」

「您說什麼奇蹟，它倒有可能讓您遭受不幸。」帥克補充道，「您買的可不是經台，而是普通的沙發。經臺屬於軍隊的公共財產。您還說上帝的意旨呢，您極有可能爲此付出慘重的代價！您不應拿天意做托辭，那是無濟於事的。」

「茲霍爾有一個人，也曾在地裡挖出個聖杯來，是一個聖物盜竊犯暫時埋在那兒的，那個慣犯想等方便的時候再去取走。後來小偷忘了這事。挖出聖杯的那個人也以爲這是上帝的意旨。他並沒有把聖杯拿去融化掉，而是捧著去找神父，表示了他想把聖杯獻給教堂的心願。神父想，他準是因爲自己偷了聖物受到良心懺悔才主動送來，於是把那人交給了村長。村長則把他送到了憲兵隊。於是，他被判爲聖物盜竊犯。其實他很無辜，可他老嘮叨什麼奇蹟，沒完沒了。他拚命替自己辯護，說什麼天意及聖母瑪利亞之類的廢話，但他終歸還是被判處十年徒刑。最好，你趕快和我們一起去找教區神父，追回國家的財產。戰地經台又不是一隻小貓或者一雙短襪，想送誰就送誰。」

老教師聽他這麼一大篇話，嚇得渾身打哆嗦，穿衣服時牙齒直打冷顫。「上帝作證，我從始至終沒有起一丁點兒邪心！我只是想以上帝的賜福來裝飾我們沃爾舍維奇教堂。」

「清醒一些吧，你的行爲是擅自挪用軍事物資的不軌行爲。」帥克乾脆俐落地打斷了他的話，語氣十分嚴厲，「上帝哪會有這樣的恩賜?!真是白日做夢！霍捷博爾有個人叫比沃卡，有一次渾渾噩噩地把別人的一頭牛連同轡繩一併拿到手裡，也狡辯說是上帝的賜福。」

帥克這些話把可憐的老頭兒嚇傻了，他不再爲自己申辯了，只想著趕快穿好衣服，把事情解決了事。

沃爾舍維奇的教區神父還在美夢當中哩，因爲被人吵了他的休息，他便破口大罵。他還帶著朦朧的睡意，以爲又有人勞煩他去爲哪個死者行禮。

「就算是舉行塗油禮②也得讓人享受安寧嘛，」他很不滿，滿腹牢騷，一邊慢騰騰地穿著衣服，「這些人也不管人家睡得正香，只想著撒手西去。自己一死了之，還得讓人家爲幾個手續費去費盡唇舌，討價還價。」

等教區神父起床後，他們在前廳見面了。會晤的一方是上帝在沃爾舍維奇居民和天主教徒之間的代表，另一方則是上帝在塵世間的軍事法庭裡的代表。

總之，這是一場軍民雙方之間的糾紛。教區神父一再重申，戰地經台不應該放在沙發裡；隨軍神父針鋒相對，正因爲是戰地經台，把它從沙發裡取出來送到只有普通百姓才去的窮教堂的聖器室，這就更加不應該。

帥克站在一旁責無旁貸地幫腔說，一個窮教堂想沾軍事機關的光來使自己飛黃騰達實在是件容易的事情；他說到「窮」時不無辛辣之意，暗示教堂做了不少雞鳴狗盜的事。

後來，他們一起來到教堂聖器室，教區神父交出了戰地經台。收條內容如下：

> 茲收到偶然流失到沃爾舍維奇教堂的戰地經台一件。
>
> 隨軍神父奧托．卡茲

這台鼎鼎有名的戰地經台由維也納一家猶太人莫里茲．馬勒爾開的公司製作出品，該公司專門生產各種彌撒和宗教儀式用品，例如念珠、聖像等等。

戰地經台由三面折疊而成，三面都鍍有一層厚厚的仿金，與所有聖殿一樣，金光閃光。

要想辨認那三塊畫板上畫的東西有何深奧含義，沒有超人的智慧是很難做到的。它是個經台，這個無須多言；但這個經台適用面太廣了，似乎連住在非洲贊比西河的法神教徒、西伯利亞的布里亞特族和蒙古族的巫師都可以熟稔地使用它。

只有一個人物很顯眼。那是個一絲不掛的裸體男人，頭上一圈靈光，遍身發青，活像一隻已經腐爛變質、散發出噁心臭味的鵝屁股。

這位聖徒兩邊各有一個長著翅膀、代表天使的形象，乍一看，人們必定產生這位裸體聖徒似乎被他周圍的環境嚇得驚慌失聲的感覺，雖然誰也沒有對他構成威脅。可那對天使畫得真像童話中的妖怪，有點像帶翅膀的野貓，又有點像《啓示錄》中的怪物。

經台另一面的是體現三位一體的形象。你看那隻鴿子，概而言之，畫家的手藝不賴，他把那鴿子畫得如同美國出產的大白雞。

而天父更是畫得驚世駭俗，就像一部驚險暴力影片裡西部荒原上的強盜。

與此相反，上帝之子則由畫家畫成了時髦少年，很得意，小肚上穿的東西有些像游泳褲。他的確像一名運動員：手中拿著十字架，如同握著網球拍，瀟灑自如。

第三幅聖像更是玄乎，簡直讓人摸不著頭腦，搞不清楚它所表現的是什麼站在遠處欣賞，整體給人的感覺像是一列火車正開進站。

士兵們在望彌撒時總會吵嚷著猜這幅畫謎。有人甚至堅信它是一幅薩紮瓦河畔的風景畫，可這幅聖像畫下面卻赫然寫著懺悔的經文。

帥克很順利地把戰地經台放進馬車，自己坐到馬車夫旁；神父則坐在車廂內，兩腿搭在象徵三位一體的經臺上，舒服極了。

帥克和馬車夫在談論打仗的事。

馬車夫跟皇上有些離心離德，他對奧地利軍隊戰無不勝、攻無不克的形勢作了某種居心叵測的評述，例如「敵軍在塞爾維亞有所推進」之類。馬車駛過糧食稅務站時，哨兵問馬車裡裝著什麼。

帥克驕傲地回答說：

「三位一體的經台，聖瑪利亞和隨軍神父。」

這時候，演習場上各連新兵都已經因恭候太久而有點不耐煩了。因爲神父和帥克又跑到魏廷格上尉那裡借來運動獎盃，爲了借聖體盒、聖餅盒和其他彌撒用品，他們又趕到普謝夫諾夫修道院，還拎來一瓶進聖餐用的酒。我們由此可知，做一台戰地彌撒手續可實在是夠繁瑣的。

「做這種事嘛，我們完全是東拼西湊。」帥克告訴馬車夫說。

這話言之有理。這不，他們來到演習場，走近那座安有木板和擺戰地經台的桌子邊時，神父才發現忘了找助祭。

以往助祭這個角色總是由一名固定的步兵來擔任，但那人不願留在這裡，反而當個通訊兵上前線去了。

「不要緊，不要緊，」帥克說，「我來吧！」

「怎麼，你會當助祭？」

「沒有，我從來沒做過，」帥克回答說，「但我們可以嘗試任何事情呀。現在是戰爭時期，戰爭中人們所做的事都是過去連做夢也想不到的。我想助祭並不難，在您講完『dminusVbiscum』③這句經文之後，我再加上一句『etcumspiritutu』④不就得了！我想沒有什麼麻煩事，我只要圍著您走一圈，就像一隻貓咪圍著一碗熱氣騰騰的稀粥那樣繞著走，給您洗手，從杯子裡倒出酒來……」

「嗯，不錯，」神父說，「但是你千萬不要給我斟水，往第二隻杯子裡最好也斟上酒。你該走左邊還是右邊，我會隨時提醒你。我輕輕地吹口哨，一聲是右邊，吹兩聲就是左邊。你也不用操心禱文。就與兒童遊戲一般，你不緊張吧？」

「我根本不害怕，神父先生，當助祭沒什麼大不了。」

戰地儀式搞得挺順當。

神父的說教簡明扼要——

「士兵們，今天我們集會在此，是爲了我們在踏上戰場之前消除雜念，一心皈依上帝，讓他保佑我們勝利，保佑我們安然無恙。好，不再耽誤你們寶貴的時間了，祝你們一帆風順！」

「Ruht！（德語：稍息！）」站在左邊的老上校下令道。

戰地彌撒之所以美其名曰「戰地」，是因爲它絕對服從於軍事法典，就像戰場上的軍事戰術一樣不得與法典相悖。三十年戰爭，這個軍事行動長路漫漫，戰地彌撒因而也就拖得老長。

而在現代戰術中，軍隊的行動迅如疾雷，戰地彌撒也就變得短小精悍了。

這場彌撒正好用了十分鐘，不多也不少。

靠近經台的士兵聽見了神父的口哨聲，對此深感疑惑，不知神父在做彌撒時爲何還像個發情的少爺哥兒。

帥克反應敏捷，恰如其分地掌握了暗號，他時而走到祭台的右邊，時而回到左邊，嘴裡不停地念叨著「etcumspiritutu」。

整個儀式看上去活像一個印第安人圍著祭祀的石頭在跳舞，但總體上給人的印象還是不錯的，它驅散了塵土飛揚的演習場上的沈悶壓抑的氣氛。演習場後面，有一條李子樹林蔭道，幾個軍用臨時廁所一字兒排開。廁所裡散發出陣陣臭氣，這種氣味絕不是哥特式教堂裡神異的芳醇香味。

大家都很高興。軍官們簇擁著上校在講笑話。一切都很正常。「給我吸一口吧！」士兵隊伍裡不斷可以聽見這樣的悄悄話。煙草薰出一縷縷藍煙，宛如經臺上的煙霧繚繞，各個連隊裡都有，嫋嫋升上藍天。上校點燃了煙捲，軍官們見有長官這麼做，也都抽起煙來。

最後，傳來一聲「跪下禮拜」的號令。剎那間，塵土飛揚，組成方陣的穿灰色制服的士兵聞聲屈膝跪下，他們跪的對象就是魏廷格上尉的那個銀質獎盃，就是那件馬拉松長跑中所獲的獎品。

銀盃裡注滿了酒，神父舉起它擺弄了好一陣。士兵中流傳的一句話可以用來形容這酒的歸宿：「被他吱溜了。」

接下來是重複一遍這種表演。又是一聲「跪下祈禱」，然後，管弦樂隊奏響了《天主保佑我們》。儀式結束後，士兵們整隊離開。

「好好收拾一下那些傢伙。」神父指著經台對帥克說，「我們還要物歸原主呢！」

他們還是坐來時的那輛馬車走了。借來的東西都完好無缺地歸還給物主了，除了那瓶彌撒酒。

到了家裡，他們讓馬車夫到司令部去領這趟長途趕車的酬金，車夫還得折騰，夠他倒楣的。

帥克問道：「報告神父，助祭和主祭人必須是同一教派嗎？」

「那當然啊，」神父不假思索地回答，「不然彌撒怎麼靈驗呢？」

「天啊，神父先生，剛才我犯了一個大錯！」帥克說，「我不屬任何教派。一想到這件事兒，我就忐忑不安。」

神父看了一眼帥克，好半天沒有出聲，良久才拍拍他的肩膀說：「瓶子裡我還剩下一些聖酒，你喝掉它也就算入了教。」

①英法兩國之間一段最為狹窄的海峽。

②塗油禮：天主教教徒臨終前，由神父塗「聖油」並為之祝禱，以此赦免其一生的罪惡。

③拉丁語：「上帝賜福予你們。」

④拉丁語：「與你的靈魂同在。」

十二　辯論圍繞宗教展開

一連好幾天，帥克都沒見到那位軍人靈魂的啓發者。神父完全可以兼顧他的神職任務和他縱情聲色的放蕩生活。他極少回家，總是渾身油漬，邋裡邋遢，那模樣活像一隻在屋頂上發情的公貓。如果他回到家時還能把話說清楚，那麼他會在臨睡前和帥克談論一番，主要是講崇高的目標、激情和思維的無盡快樂。

偶爾，他們也嘗試著談論詩歌，海涅的詩也派上了用場，雖然只是其中幾句。

神父還帶著帥克去戰壕做過一次戰地彌撒。那一天，儀式上冒出了兩位隨軍神父，看來是工作疏忽所致。另外那位神父以前曾任神學教師，是一位虔誠的教徒。他在旁邊觀看他的同行卡茨先生舉行宗教儀式，帥克打開隨身攜帶的軍用壺，敬了卡茨一口白蘭地，那位神父見了，非常詫異地望了這位同行一眼。

「酒的品牌挺好，」隨軍神父奧托．卡茨說，「您要是過過癮了就回家歇著去吧。相信我，我可以獨立對付這場彌撒。今天我頭有點兒暈了，就在露天下做彌撒好啦。」

那位刻板的神父搖搖頭回家了。和往常一樣，卡茨神父出色地完成了任務。

這次彌撒，他用清涼的香檳替換了平時喝的聖酒，講道也比通常長一些，而且，他每說一句話總會附帶一句「諸如此類」和「顯而易見」。

「士兵們，今天你們就要開赴前線了，諸如此類。請把你們的心依靠在上帝周圍，諸如此類，顯而易見。你們將會遭遇什麼，大家都不知道。顯而易見，諸如此類。」

士兵們不斷聽到經臺上傳來「諸如此類」和「顯而易見」的聲音，其中夾雜對上帝和所有聖徒的驚呼。

神父的演說慷慨激昂，他在高昂的情緒狀態中竟把葉夫根尼．薩沃伊斯基王子提升爲聖徒，說他將保護在河上修建浮橋的工兵。

雖然有一些小的漏洞，這場戰地彌撒還是在快活而有趣的氣氛中順利宣告結束的。工兵們打發了一段快活的時光。

回家的路上，帥克和神父要把折疊式的戰地經台帶上電車，遭到售票員的反對。

「你小心點，我真想用這聖物敲你的腦袋！」帥克對售票員說。

他們回到家中，發現聖餐盒在路上丟了。

「不用擔心，」帥克說，「天主教徒最早做彌撒時也沒有使用聖餐盒。如果我們宣佈遺失了聖餐盒，那位撿到它的人再老實也會向我們討賞錢。如果丟的是錢，儘管還是有不少老實的拾金不昧的好心人，但我們說不準一定能找到這樣的好人啊。」

「我想，不管是誰，都不會把聖餐盒還給我們。聖餐盒背後有營隊的印章，誰也不願與軍隊沾上任何瓜葛，他們可不願惹麻煩，情願把它扔到水裡去。昨天，我在『金花環』酒店跟一鄉下老頭聊天。他的四輪馬車被沒收，他去新巴克區政府去通融一下。他被區政府趕了出來，在回家的路上，看到廣場上停著一列運載軍糧的車隊。有個年輕人請他代爲照看一陣馬，說自己是把罐頭運送到軍隊去。可年輕人一走就再也沒回來了。後來，車隊繼續前進，老頭只得跟著他們一起走，一直來到匈牙利。在匈牙利他也請人在車隊旁等他一會兒，他這才脫開了身，否則還將往前走到塞爾維亞。老頭嚇得失魂落魄，好容易才逃回家來。此後他再也不願招惹軍隊的任何東西了。」

晚上，有人來他們這兒串門，是早上那位也想給工兵做彌撒的刻板的神父。他巴望人人都親近上帝，是一個熱忱的宗教狂。他擔任神學教師時，爲了增強孩子們的宗教感，他就敲他們的後腦勺。各類雜誌上時常有文章讚譽他，如《殘忍的神學教師》、《專敲學生後腦勺的神學教師》。他深信鞭笞對幫助孩子們掌握教義大有裨益。

他有條腿瘸了。因爲有個學生挨他敲了後腦勺後，家長來找他算賬留下的紀念品：那個學生表示有些懷疑三位一體，於是他照著那孩子的後腦勺就是三拳：一拳是爲聖父，二拳爲聖子，三拳爲聖靈。

今天，前任神學教師爲了把他的同行卡茨引上正道，專程來拜訪。他對卡茨進行了真摯的告誡，開頭是這樣的：「您家裡竟沒有掛耶穌受難的十字架，這真難以置信。您每天都在哪兒念禱文？您整間屋子找不到一張聖像。咦，您床頭掛的是什麼呢？」

卡茨笑了，說：「這幅是《蘇珊娜沐浴圖》，下面那張裸體女人是我的一個舊情人。右邊，瞧，是一幅日本壁畫，是一個老日本武士和幾個藝妓之間的春宮畫。妙不可言，對吧？至於我的禱告書，在廚房裡。帥克，把它拿來給我，翻到第三頁。」

帥克進了廚房，接著那裡接連傳來三聲開酒瓶塞子的聲音。

桌上擺出了三瓶酒，打開了。虔誠的神父震驚無比。

「夥計，這是淡爽型葡萄酒，做彌撒時要用到，」卡茨向他介紹道，「非常好的品牌。白葡萄酒，你聞聞，酸的，味道和摩澤爾①產的差不多。」

「不，我不喝酒，」虔誠的神父固執地說，「我來是想和您說說心裡話的。」

「朋友，您的嗓子不難受麼？」卡茨說，「您先痛痛快快喝一通，我再聽您說。我一定虛心接受忠言，因爲我是個寬宏大量的人。」

虔誠的神父抿了一小口，眼睛瞪得好大。

「他媽的，這酒釀得真好。是不是，我親愛的同行？」

宗教狂固執地說：「我覺得，您說話有些粗野，這不符合您的身分。」

「這是老毛病了。」卡茨答道，「有時，我自己也意識到犯了瀆神罪。帥克，給神父先生斟酒。我敢向您保證，『操他媽』、『該死』、『他媽的』這些詞兒我幾乎不離口。我想，如果您也和我一樣長期在軍隊裡混，您也會成爲我這副樣子，這很容易。在宗教方面，我們也有一套啊：『天主』、『上帝』、『十字架』、『莊嚴聖潔』等。您聽，不是很悅耳很熟練嗎？來，碰杯，神父先生！」

這位前任神學教師喝得漫不經心。他似乎想說什麼，可又難於開口。他正在心裡斟詞酌句。

「親愛的同行，」卡茨接著說，「擡起頭來，別那麼愁容滿面地坐著啊，再過五分鐘您不會遭受絞刑的。人家向我談起過您，說您有一次把星期五當成了星期四，在餐館吃了一塊豬排，您發現自己弄錯了日期之後，馬上跑到廁所裡，把手指伸到喉嚨裡好讓它吐出來，因爲您唯恐上帝會嚴懲您。我才不怕呢！在齋期吃肉食，我才不在乎呢，至於下地獄，見他的鬼去吧！喝吧！是不是覺得舒暢了一些？您想必是一位緊緊跟隨時代精神和改革步伐一起前進的人，對地獄怎麼看呢？按照您的想法，地獄裡懲罰不幸的罪人應該改用蒸汽鍋，也就是高壓鍋了吧？普通的硫磺鍋怕是已被淘汰了。一定是把犯人肉塗上人造奶油，串在電動鐵叉上烤人肉串。幾百萬年裡，人的身體還會被一種公路打夯機碾得粉碎；牙科醫生會用一種特別的器具拔罪人的牙齒，留聲機的唱片則錄下他們的哀號。唱片將被送往天堂，讓正人君子大飽耳福。天堂裡香水由噴霧劑噴灑，交響樂隊老是演奏勃蘭姆斯的樂曲，他們一直奏啊奏，人們聽都膩煩了，寧願下地獄也不願意再聽下去。天使為了自己的翅膀更為輕鬆，在臀部裝上了飛機用的螺旋槳。來，喝，我的同行！帥克，斟白蘭地。依我看，他似乎不太舒服。」

虔誠的神父清醒了，低聲說：「宗教的論斷是極其明智的。誰都相信三位一體的存在……」

「帥克，給神父先生再加一杯白蘭地，讓他清醒過來。」卡茨打斷他的話說，「帥克，你給他講個故事好了。」

「報告，神父先生，在沃拉西瑪，有位修道院主持，」帥克便講了起來，「他的女管家帶著兒子卷款逃跑，他又雇了一個老僕人。這個年邁的修道院主持居然潛心研究起聖奧古斯丁來。據說，教會的聖徒裡面包括聖奧古斯丁。這老頭兒讀到一本書，書上說誰相信地球另一面有人居住，誰就會遭到詛咒。於是，他叫來老僕人對她說：『你有一次說你兒子是個鉗工，去了澳大利亞，這麼說他是生活在地球另一面的居民之中；可是聖奧古斯丁說了，誰相信地球另一面有居民就會遭到詛咒。』『可是老爺，』老僕人對他說，『我兒子還從澳大利亞寄信和錢給我了呀。』『這是魔鬼在欺騙你！』修道院主持一口咬定，『聖奧古斯丁說得一清二楚，根本不存在什麼澳大利亞。你被魔鬼引入了歧途。』」

「到了禮拜日，他在教堂裡當著大家的面把老僕人罵得狗血淋頭，還大聲宣稱著澳大利亞不存在。人們見他變成這樣，便直接把他送到瘋人院去了。這種人比比皆是呢。烏爾舒林基的修道院裡有一瓶牛奶，是聖母瑪利亞用來餵耶穌的；在貝內舍夫孤兒院，他們給孤兒運來了法國盧爾德城的聖水，孤兒們喝了聖水以後，都得了痢疾，一個個拉肚了拉得奄奄一息。」

虔誠的神父只覺得頭昏腦脹，剛喝下肚的白蘭地在他腦血管裡起作用了，使他精神振奮起來。他瞇起眼睛問卡茨：「您不相信聖母瑪利亞是童貞女受胎，不相信保存在教堂的揚・克什吉德爾聖徒的大拇指是真實的，那您還信不信上帝？如果您不相信，為什麼還當神父呢？」

「師兄啊，」卡茨拍了一下他的後背以示親切，「隨軍神父的職業是一門既輕鬆又能掙大錢的肥差，因為國家認為士兵們在赴戰場送死之前必須先接受上帝的祝福。我說啊，這可比在演習場上東奔西跑忙著操練要好許多倍。我以前老得聽長官的命令，現在好了，我自由了。我代表的人物根本不存在，因為我扮演上帝這一角色。我想做什麼就做什麼。如果我不想放過某些犯錯的人，他就是衝我下跪我也不饒恕他。只是，這種人很少。」

「我愛上帝，」虔誠的神父說，他開始打嗝了，「非常愛他。給我喝點葡萄酒。我敬重上帝，」他接著說，「非常敬愛他、尊重他。我從沒有這樣敬重過一個人。」

他掄起拳頭，猛地一捶桌子，桌上的酒瓶子都給震得跳了起來。「上帝是至高無上的，他超凡脫俗，完美無瑕，他如同太陽，永遠散發出光與熱，我對上帝的信仰誰也別想動搖！我還尊重聖徒約瑟夫。是的，我尊重一切聖徒，包括塞拉皮翁聖徒在內，雖然他的名字特難聽。」

「他應該申請一個教名。」帥克說。

「我喜歡魯德米拉聖徒，還有義大利的貝爾納德聖徒，」昔日的神學教師說，「在聖哥達爾達，他救了許多朝聖者。他在脖子上掛著瓶白蘭地，去救助倒在雪地裡的行人。」說著，他放聲大笑起來。

突然他停下來轉向卡茨，挑釁地問道：「您不相信八月十五是聖母升天節？」

他們已經達到興奮的極致了，又添了幾瓶酒，卡茨不時說：「你承認不相信上帝吧，不承認就不讓你喝酒。」

時光似乎倒流到了早期天主教徒遭受迫害的年代。昔日的神學教師唱起了羅馬劇場的殉道者讚歌，並且吼了起來：「我堅信上帝，我不否定他！我不希罕你的葡萄酒。我自己也能拿得到。」帥克和神父不得已只好把他擡到床上。他在入睡之前還舉起右手發誓說：「我相信聖父、聖子和聖靈！我要祈禱書！」

帥克隨手塞給他一本擺在床頭櫃子上的書。虔誠的神父雙手抱著薄伽丘的《十日談》，昏昏沈沈地睡著了。

①法國城市名，盛產葡萄酒。

十三　帥克給彌留者行臨終塗油禮

奧托．卡茨神父坐在那兒，滿腹心事，他在研究一份剛來的軍政部頒佈的軍令。軍令的內容如下：

在此次戰爭期間，本部現決定撤銷原有之關於軍人臨終塗油禮之諸條例。現向軍中各隨軍神職人員須發以下條令：

一　前線各處取消軍人之臨終塗油禮。

二　重傷員嚴禁被送往後方接受臨終塗油儀式。凡違反本禁令者，軍中神職人員有責任將其立即送交軍事部門加以嚴肅懲處。

三　後方各軍醫院，可集體舉行臨終塗油儀式，但需經軍醫官同意，且必須在不妨礙軍事部門正常工作之前提下舉行。

四　如有特殊情況出現，經後方軍事醫院管理局批准，可爲個人單獨舉行臨終塗油禮。

五　軍中各隨軍神職人員有應軍事醫院管理局之需，爲其指定之人施行臨終塗油禮之責任。

神父又拿起另一份文件讀了起來，這份文件通知他第二天查理士大街軍醫院的重傷員們要舉行一次臨終塗油儀式，需要他前去主持。

「帥克，帥克，」他大聲喊道，「還有比這更糟糕的嗎？整個布拉格難道只有我一個隨軍神父嗎？上一回不是有個虔誠的神父在這兒住過嗎，爲什麼不派他去呢？見鬼，跑到查理士大街去行什麼臨終塗油禮，我早就忘記那玩意該怎麼做了。」

帥克回答說：「神父先生，我們只要去買一本教義問答就行了，那上面肯定有儀式說明的。對外國人來說，導遊手冊是十分有用的，而神父需要的就是教義問答。阿馬伍澤修道院以前有個園丁，想當個穿僧袍的見習修士，這樣就不會幹髒活累活了。於是就買了本教義問答，研究祝福禮應該怎麼行，唯一可以從原罪中獲救的人是誰，良心純正應該是怎麼樣的，還有一些別的七零八碎的問題。後來，這個園丁偷偷地把教堂菜園裡一半的黃瓜都私底下賣掉了，最後被從修道院一腳踢了出來，弄得灰溜溜的，很不光彩。上次我遇見他，他私下還對我說：『即使我沒買什麼教義問答，我也一樣會把黃瓜賣了的。』」

帥克把剛買到的教義問答拿給神父看，神父一邊翻看一邊說道：「你來看，這兒，臨終塗油禮必須要由神父主持，且必須用擔任聖職的主教提供的聖油。喂，帥克，我早就知道咱們自己是不能舉行這個臨終塗油禮的。快讀給我聽聽，這臨終塗油禮到底應該怎麼做呀？」

於是帥克就讀起來：「方法是這樣的；神父應把聖油塗抹於病人各感覺器官之上，塗油同時還應口誦禱文：『主將以此神聖之臨終塗油禮與其至善仁慈寬恕你，饒恕你由視覺、聽覺、嗅覺、味覺、言談、觸覺和行走而犯下的一切罪孽。』」

「我真想不明白，帥克，」神父於是說，「你能告訴我，一個人的觸覺能犯什麼罪呢？」

「那可太多啦，神父先生。打個比方吧，把手伸進別人的口袋啦，或是在小型舞會上……您應該能知道我要說的意思吧，您想那應該是個什麼情形呀。」

「那麼，行走呢，行走能犯什麼罪呢，帥克？」

「再打個比方吧，一個人想讓別人同情他，於是就突然裝作腿瘸了的樣子走路。」

「嗅覺呢？」

「比方說某個人討厭某種難聞的氣味。」

「味覺呢？味覺能犯哪種罪過呢？」

「這簡單，比如什麼東西對某人的胃口啦等等。」

「那言談呢，帥克？」

「神父先生，這恐怕就要關係到聽覺了，如果，某個人嘮叨個沒完沒了，而叫別人硬著頭皮聽他講，那又會怎麼樣呢？」

當奧托．卡茨神父聽完帥克的這些極富哲理性的言論之後，他就默不作聲了。過了許久，他才又說道：「那麼，我們還必須弄些主教供給的聖油，你去買一小瓶吧，軍需處我想大概是不會提供這種聖油的，這裡是十克朗。」

於是，帥克就動身去找那種主教供給的聖油了。誰知道這種聖油比童話裡寫的復活水還要難找好幾倍。

帥克一連跑了好多家藥店，他進每一家一張嘴就說「對不起，我買一瓶聖油」，別人聽了，要麼是一陣哄堂大笑，要麼就以爲他是瘋子，嚇得躲進櫃檯後面去。而從始至終，帥克都表現出一種十分嚴肅認真的神情。

帥克買不到油，於是想到也許可以去成藥店碰一下運氣。在第一家成藥店，帥克被一位助理藥劑師趕了出來；在第二家成藥店，人們聽到他說什麼「聖油」，立刻就要給醫療站打電話；在第三家，熱心的藥劑師想到了一個應急的辦法，他告訴帥克在長街有一家叫普拉特公司的專營油和漆的商店，他們的倉庫裡一定有帥克要的那種「聖油」。

帥克趕到藥劑師告訴他的那家公司。果然，這家商店經營靈活，它的店員決不會讓一個顧客沒滿足要求就空手而歸。比方說，一個顧客要買點香油脂，店員們大概會倒給顧客一些松節油來湊合著用。

於是，當帥克說出他的需要——十克朗的聖油的時候，那家商店的老闆立刻告訴一個店員說：「多遜呀，倒一百克三號的大麻油給這位先生。」

店員一邊用紙把裝油的瓶子包起來，一邊以老練的生意人的口氣告訴帥克：「先生，這是絕對的一等品，我保證。如果您還有什麼需要，比如油漆、刷子、乾性油之類，歡迎惠顧本店，我們十分樂意為您效勞。」

就在帥克滿世界尋找聖油的時候，卡茨神父正手捧教義問答，在家專心致志地復習那些他在神學院學過卻絲毫沒有記住的東西。他不禁為一些他極為欣賞的精彩語句而會心微笑。例如其中有這麼一句解釋的話：「『臨終塗油禮』一詞源自：教會施行的一切神聖塗油禮中最後的一次。」

還有一句，「每一個奄奄一息，身處彌留之際然尚具清醒神智之基督教或天主教教徒均應受施臨終塗油禮。」

還有下面這句：「病人在仍有記憶能力之情況下，如有可能，務必接受臨終塗油禮。」

傳令兵隨後又送來一封公函，信上通知神父說：明天出席那場臨終塗油儀式的還有由貴族婦女主辦的「士兵宗教教育協會」。

一些瘋瘋癲癲的老太婆組織了這個什麼「士兵宗教教育協會」，還在醫院裡不停奔走，把一些帶有一張彩色插圖的故事書散發到傷兵的手中。這本故事書裡都是關於爲皇帝殉難的天主教的忠勇士兵的故事，那張彩色的插圖畫的盡是人和馬橫七豎八的屍體、四腳朝天的炮架、還有炸翻了的裝彈藥的車什麼的。遠處畫的是爆炸的榴彈和燃燒的村子。近處畫著一個被炸斷了腿的士兵，奄奄一息地躺在地上，一個天使俯下身，把一個垂有緞帶的花環送給他。緞帶上寫著：「今日你便將隨同我前往天堂」。而那個快死的士兵似乎看到有人給他拿來了冰淇淋般滿臉堆著幸福的傻笑。她們此處還散發一些聖徒的畫片。

神父合上這封公函，用力啐了一口，明天大概又有熱鬧看了，他想。

卡茨神父一直把這個什麼協會稱爲「苟合會」，還是在好幾年前，他就知道她們這些人了。

那次他在依克那切教堂給士兵佈道，他添油加醋，憑空胡謅了一通長篇大論。當時那些協會的成員就坐在上校的身後。有兩個身材瘦長，穿黑裙子，掛長念珠的女人一直對他的講道表示贊同，她們拉著他進行了一次長達兩小時的、關於士兵宗教教育問題的討論。最後，神父忍無可忍，終於對她們說：「親愛的夫人們，實在對不起，我必須走了，因爲大尉還等著我呢，我們約好了一起去打『費布林』牌①的。」這才脫身離開了。

帥克從普拉特公司回來後，十分鄭重地向神父說：「咱們的聖油，終於弄到了。看，三號大麻油，真正一等品。這些油我看足可以爲整個團的人舉行一次臨終塗油禮了。那家買油的公司真是有信譽，他們還出售乾性油、油漆以及小毛刷什麼的。嗯，我想，咱們大概還得再弄一個小鈴鐺來。」

「你說什麼，要個鈴鐺幹什麼用？」

「是這樣的，神父先生，我們應該一邊走一邊搖得鈴鐺『叮噹』響，因爲我們帶著三號大麻油追隨聖父向前走，人們應該脫下帽子恭敬地向我們行禮才對。從古至今，一直就應該是這個樣子。這種儀式的神聖性可以和聖體節②相提並論，雖然別的時候人們都不理睬我們，這時卻必須畢恭畢敬地向我們脫帽並且小心地向我們行禮才行。尊敬的神父，我認爲我馬上就應該去弄個鈴鐺回來才是，我想您大概不會反對吧？」

得到了神父的准許，不到半個小時的時間，帥克就已經買了一個鈴鐺回來了。

他顯得興奮不已：「就在『十字』客棧門口就有賣的，可是因爲人們總是進進出出的，害得我等了半天，說真的，還沒買到時，我真的有點著急了。」

「帥克，我要去一趟咖啡館。如果有人來找我，就先讓他等我一會兒。」

過了大約一個小時，有一位頭髮灰白，目光冷峻，腰杆挺直的先生走了進來。這人神情冷漠，上了些年紀，總讓人覺得不懷好意。他要是對著你看，那樣就像他是這個世界的毀滅者，是被命運女神派來把我們這個星球從宇宙中抹去的魔鬼一樣。

他談吐粗俗魯莽，尖酸刻薄。當他聽說神父去了咖啡館時，大爲不滿：「不在家？去什麼咖啡館？還要我等他？那好吧，我一直等到他回來，哪怕是明天早晨。還賬他說沒有錢，卻有錢去該死的咖啡館，真見鬼，他還算個神父嗎？呸！」

他把一大口痰吐在了廚房的地板上。

「噢，請不要在這兒隨地吐痰，先生。」帥克打量著這個奇怪的傢伙。

「不許我吐痰，好，我再吐一口，你看好了！」冷峻的傢伙生氣地回敬道，同時，第二口痰落在了地板上。「一個隨軍神父，不知羞，真是不害臊，不要臉！」

帥克覺得應該提醒一下這個人：「一個有教養的人，不應該在別人屋裡吐痰。你以爲反正現在是世界大戰，所以可以想做什麼就做什麼嗎？你看起來簡直像個無賴，請放規矩點，別跟流氓一個樣，舉止要溫文爾雅，言談要彬彬有禮，你這刁民，難道這也不懂嗎？」

聽了這番話，冷峻的傢伙，怒火中燒，一下子從椅子上站起來，渾身發抖地大喊道：「你說什麼？你敢罵我是無賴？我是無賴，那你倒是說說，我是什麼樣的呢……」

帥克雙眼瞪著他的臉答道：「你，是一堆臭屎！你在這裡，別人的家裡，就像在電車、火車那樣的公共場所一樣隨地吐痰。以前，我總不明白爲什麼到處都有『禁止隨地吐痰』的牌子，現在我知道了，誰都認識你，那些牌子都是專門爲你才掛上去的。」

冷峻的先生氣得七竅生煙，他急著要找到一大堆「動聽」的罵人的話，好指名道姓地把帥克和神父罵個狗血噴頭，於是他默不作聲，搜遍枯腸，想找到合適的詞句。不久，他便像火山噴發一樣罵了一長串。

當那人把最後一句話「真是一路貨，你們這兩個流氓惡棍」罵完，帥克才平靜地開口問道：「你是已經罵夠了嗎？那麼你還有什麼要說的話嗎？有的話趁還沒滾下樓趕快說出來吧。」

而這時，剛才那位滔滔不絕的傢伙，已經精疲力竭，一時再也說不出來什麼了。於是，帥克認爲時機已到，不需要再等了。

他俐落地打開房門，一腳把冷峻的先生臉朝門踢了出去。這一腳力道真不小，恐怕世界足球錦標賽的最佳射手見了也會自歎弗如。

這還不算，站在樓梯上，帥克還對著那個冷峻的老頭的背影大吼道：「再去人家串門的時候，記著要學會講禮貌。」

那個吃了大虧的冷峻先生於是只好在窗下徘徊，等著神父趕快回家。

而帥克則打開窗戶嚴密地臨視著他的行動。

神父終於回來了，神父帶著那個剛才被踢出去的客人又回到了房間裡，兩個人面對面坐在椅子上。

帥克走出去了，過了一會兒，默不作聲地拿來一個痰盂放在客人的前面。

「我說帥克，你這是做什麼？」神父問。

「報告，剛才就在您回來之前，我們剛剛吵了一架，很不愉快，原因就是這位先生總把痰吐在地板上。」

「我們兩個人之間有些事情要談。對不起，帥克，請你先出一下。」

於是帥克向神父敬了個軍禮：「是，我這就出去，神父先生。」

帥克走進了廚房，而房間裡兩個人的談話頗有意思。

「您大概是爲那張期票而來吧？如果我沒猜錯的話。」神父問道。

「不錯，我希望你能……」

這時神父深深地歎了一口氣，說：「我常常會一不留神陷進了一種困境，只剩下希望。『希望』這是一個多麼美妙的詞呀！『信仰、希望和愛』就如同一株三葉草，『希望』是其中的一個葉片，只有它，才能叫人擺脫混亂麻木的生活，重新鼓起勇氣。」

「對不起，神父先生，我希望，這筆錢……」

神父打斷了客人的話：「尊敬的先生，沒有問題。我想重複一下我剛才的話：『希望』能讓人重新振作起來，充滿生活的勇氣，您看您不也還充滿希望麼？您有多麼高尚的理想呀，那就是作一個無罪而純潔的用期票放貸的債主，居然希望別人能夠按時還錢給你的，您是如此地沒有喪失希望不是嗎？您希望著我雖然連一百克郎都沒有，卻能按時還給您一千二百克朗。」

「這麼說，這麼說，你……」，那位冷峻的先生現在變得結結巴巴的了。

「是的，我現在……」神父回答。

「這簡直是詐騙，是騙局，先生，你欺騙了我！」那位客人變得怒不可遏。

「請安靜點，好嗎？尊敬的先生……」

客人站起來大叫：「騙子！你忘了當初我是那麼信任你。」

「這兒太悶了，先生。」神父說道，「您需要換換空氣，那會對你有好處的。」

神父轉身對廚房喊道：「帥克，這位先生想出去一下，好呼吸一些新鮮空氣。」

「報告，神父先生，我已經請這位先生出去過一次了。」帥克的聲音從廚房裡傳來。

「那麼就再來一次吧！」神父以命令的口吻說道。這道命令被乾淨俐落而又十分無情地立即執行了。

「現在解決了，神父先生。」當帥克從走廊裡回來時，得意地說道，「我們在他想在這兒搗亂以前，就先把他收拾了。」

神父笑了笑，道：「這回看見了吧，一個人要是不尊重神父，是不會有什麼好下場的。聖徒曾說過：『敬重神父，即敬重基督；欺侮神父，即欺侮基督。神父乃是基督的代言人。』趕快弄些火腿煎蛋，再來點波爾多白葡萄酒，明天的儀式一定得準備周全，我們還要好好商量商量呢。晚禱文不是說嗎：『敵人施於此房屋的一切詭計，將由於主的恩典皆遭失敗。』」

然而世間有些人是冥頑不化的，那位冷峻的客人恰恰是其中的一個，雖然他已經兩次被帥克趕出這間房屋了。正當晚飯端上餐桌的時候，門鈴又響了。帥克去開門回來報告說：「他又來了，神父先生。爲了我們能安靜地享用晚飯，我現在把他關進了淋浴間裡。」

「噢，帥克，這樣做似乎有點兒不妥吧，」神父對帥克說，「不是有句俗語：客進房，家事旺。古代宴會的時候，爲了給赴宴的人消遣，常常會請一些小丑來的。讓他進來吧，我們也好好地樂一下。」

沒多久，那個固執的客人就神情沮喪地跟在帥克的身後進來了。他望著房間和餐桌，垂頭喪氣。

神父顯得很和氣：「請坐，您來的正是時候，我們的晚餐馬上就吃完了。剛才的主菜是龍蝦和鮭魚肉，現在上的是火腿煎雞蛋。我們大開宴席，誰讓我們總是能夠借到錢呢？」

「我希望你們不要拿我逗樂，」神情沮喪的客人說，「這已經是我今天第三次來這兒了，我希望，能夠把一切事情都弄明白。」

帥克說：「報告神父先生，他是一條水蛭，地地道道的水蛭。和力布尼的波謝克一樣。在『愛克斯那爾』酒店，他一晚上得被攆出十八次，可每次都說忘了煙斗又轉了回來。他可以從窗戶爬進去，從廚房翻牆去夜餐廳，再從地下室鑽到啤酒室，如果不是消防隊從屋頂上把他拉了下來，他也許會從煙囪爬下來。他這股耐性足夠當個部長或者議員了！人們爲了對付他真是把什麼辦法都用盡了。」

帥克講得興致勃勃，但完全是白廢力氣，那固執的先生壓根就沒聽進去一個字，他一直自顧自地重複這句話：「我應該把這整件事弄個清清楚楚，請你聽我講，行嗎？」

「請說吧，尊敬的先生，」神父回答說，「說吧，我們要繼續吃飯了，你想說多長時間就說多長時間，我想我們應該不會妨礙您講話吧？上菜，帥克！」

於是固執先生就講了起來：「現在是在打仗，你知道的，如果不是打仗，這筆戰前的借款我也不會催得這麼緊的。我以前就遇到過倒楣的事，真是慘痛的教訓呀！」

他一邊說著一邊就從口袋裡把賬本掏了出來：「你看，每一筆帳我都記得一清二楚。雅那達上尉，欠款七百克朗，他在德里納③河戰役裡被打死了。普拉什柯中尉，欠款兩千克朗，在俄國被俘虜了。維西特萊大尉，也欠了兩千克郎，卻在加里西亞的拉瓦被自己的手下殺死了。這個馬赫克上尉還欠我一千五百克朗就在塞爾維亞做了俘虜。喏，你看，這些人都是，這個沒還我錢就陣亡在喀爾巴阡山了；這一個呢，也做了俘虜；還有這個淹死在塞爾維亞了；這個呢，現在還在匈牙利的醫院裡內，恐怕也快咽氣了。這回您大概能明白我不是杞人憂天了吧。如果不夠堅定不移，百折不撓，戰爭一定會把我徹底給毀了的。您大概會說，您是個神父，您不會受到戰爭威脅的。那麼，請您看看這個人。」

那個賬本馬上就被伸到了神父鼻子下面，「這個人，波爾洛的隨軍神父，名字叫做馬蒂亞什，一個禮拜以前死在隔離病院裡了。他到現在還欠我一千八百克朗呢。我快後悔死了。這個傢伙去霍亂病院給人舉行臨終塗油禮，結果一無所獲，反而搭上了自己的一條命。」

「我說親愛的先生，這是一個神父的職責，」神父反駁說，「明天，我也必須去給別人做臨終塗油禮。」

這時帥克也不失時機地加了一句：「我們去的也是霍亂病院，您難道不想一起去看看捨己救人是什麼樣的嗎？」

固執的先生又說：「您務必相信我，神父先生，我確實是走投無路了。戰爭的目的是什麼，難道是為了徹底消滅光我的債務人嗎？」

「等到那麼一天，您也被徵集入伍了，必須親赴火線履行兵役職責。」帥克說，「我和神父會為你祈禱的，為讓您有幸被第一顆手榴彈炸死，我們會做一台彌撒的。」

「我是正正經經地和您談事情，先生，」固執的傢伙正色對神父說，「為使這件事儘早結束，我請求，請不要讓您的勤務兵再攪和進來了。」

「神父先生，我鄭重請求！」帥克說，「如果您還不下命令，命令我不再干預你的這樁事情，我就會一直努力維護您，正像一個好兵應該幹的那樣。這位先生想不靠別人，全憑自己的力量從這兒離開，這是十分正確的；而且，我也是十分在乎禮貌的，不願意無故滋事。」

神父擺出一副旁若無人的神態對帥克說：「這一切都乏味透了，帥克。我原來以為這位先生會講些好玩的笑話，我們可以開心一下的，可他儘管和你見過兩次面了，卻不講情面地讓我命令你不要攪和進這件事裡來。在這樣一個需要全神貫注傾注忠誠在主的身上的晚上，在重要的宗教儀式舉行的前夜，他卻不斷地打攪我，一而再地使我從虔誠的信仰裡逃離，從主的光輝中離開，僅僅就爲那愚蠢的一千二百克朗的俗事。如果他還糾纏下去，我只好再對他說一次：我現在一分錢也不能還給你。爲了不再讓他繼續打擾這神聖的時刻，我再也不想和他囉嗦什麼了，帥克，勞煩你轉告他一聲：神父先生一分也不能還給你。」

帥克於是就衝著那個固執的傢伙的耳朵大吼了一遍那句話，圓滿完成了神父交給的任務。然而那傢伙卻仍坐著，原地不動。

「你問他一聲，帥克，他想在我家裡坐到什麼時候？」神父說。

「如果您不把欠的錢還給我，我就寸步不移。」水蛭執拗地粘在椅子紋絲不動。「既然是這樣，帥克，我只能讓你來處置他了。我把他交給你，想怎麼辦隨你的便。」神父說著站起身，踱到窗子旁邊。

於是帥克就一把抓起那位固執的客人的肩膀，「先生，走吧，我發誓：這是最後一次禮送你出門了。」

話音剛落，他就又重複了一次前兩次的體操，乾淨俐落，彬彬有禮地把那個固執的傢伙轟出了大門。與此同時，卡茨神父正用手指在玻璃窗上有節奏地敲擊著，那節奏正是葬禮進行曲。

經過了幾步嚴肅的思考，神父愈發熱烈而虔誠地信仰著上帝，他一心向往著主的恩德，於是深夜十二點的時候，一支頌歌傳出了神父的房間：

我們的部隊就要開走，
所有的姑娘傷心淚流……

帥克也合著這歌聲一塊唱了起來。

軍醫院裡，明天將要接受臨終塗油禮的兩個傷員正熱切地盼望著那個儀式。這兩個人，一個是老少校，一個是後備隊軍官（他以前是個銀行職員）。在喀爾巴阡山戰鬥中，兩個人腹部都挨了子彈。兩個傷員現在正肩並肩地躺著。那個後備軍官希望死前能接受臨終塗油禮，如果不接受這種儀式，就會破壞國家綱紀，因此他把臨終塗油禮當作自己必須盡的義務。少校和他比起來，則要虔誠和聰明多了，他認爲祈禱也許能讓自己起死回生。

不幸的是，這兩個傷員在臨終塗油禮舉行的前一天半夜都死掉了。當第二天一早，帥克和神父來到醫院時，這兩個人都已經臉孔青紫，好像窒息而死的人一樣，而且早就給用床單蒙起來了。

當醫院辦公室有人告知他們兩個現在已經不需要舉行臨終塗油禮的時候，帥克顯得氣急敗壞：「神父先生，我們張羅了一整天，把什麼都辦得氣派極了，可現在，全白費了！」

帥克說得很對，他們兩個這一次真的是氣派非凡。他們叫了一輛馬車，神父手捧用餐巾包好的聖油，帥克則賣力地搖動鈴鐺。神父端坐在馬車上，見到向他們脫帽致意的人就十分莊嚴地手畫十字爲他們祝禱。

實際上，儘管帥克一路上用力把鈴鐺搖得「叮噹」作響，向他們脫下帽子行禮致意的人並不多。

路上有幾個天真無知的小男孩一直追著馬車跑，其中的一個還爬到了車廂後面，剩下的孩子於是衝著車大聲喊道：「追呀，追呀！」

趕車的車夫對著馬車後面甩了一鞭，帥克也使勁地衝著小孩搖那個鈴鐺。有一個女看門人，她一溜小跑跟上了他們的馬車，畫了十字，受了神父的祝福。隨後卻吐了一口唾沫說：「幹嘛拉著神父跑得那麼快，簡直和魔鬼一樣，爲了追車，我都快累得吐血了。」然後就上氣不接下氣地走回去了。

對帥克的鈴聲反應最強烈的恐怕要算那匹拉車的母馬了，牠不停地扭過脖子向後看，想必是那響鈴勾起了牠的回憶，牠有時在石子路上邁起舞步。

以上就是帥克和神父來回的空前盛況了。

神父來到醫院辦公室，向醫院的會計報賬，要求把臨終塗油禮的費用結給他，他認爲軍事部門應該支付給他聖油費和路費一共一百五十克朗。

接下來，一場爭吵在神父和醫院院長之間爆發了。神父氣得好幾次用拳頭砸著院長的桌子，大喊大叫：「尊敬的大尉，舉行臨終塗油禮可不是免費的。一個騎兵團的軍官去養馬場領一匹馬，不是也得付給他出差費嗎？我十分遺憾，要不是那兩個傷員昨天晚上就死了，您恐怕還得再給我另加五十克朗呢。」

就在這時，帥克正在醫院樓下的警衛室裡等神父出來，他手裡還捧著那瓶聖油。而其他的士兵好像對這瓶油很感興趣。

有的說，這種油很適合用來擦刺刀和槍支。有一個年輕士兵說不應該褻瀆聖物和上帝神聖的秘密，作爲一個基督徒就應該對宗教寄予熱望。

一個上了年紀的後備兵瞟了一眼這個毛孩子說：「但願手榴彈能把你的腦袋炸開花。我們就是因爲有這種熱望才會被人當作傻子一樣愚弄。戰前，有個教權派的議員去我們那裡遊說，他宣稱大地籠罩在和平的陽光中，大家應該如同手足兄弟一般和平共處；可戰爭剛打起來，這個混蛋就到處奔走，在各個教堂裡祈禱我們部隊早日凱旋，那傢伙把上帝說得簡直就是這場戰爭的總參謀長，好像是上帝在領導和指揮打仗。就在這個醫院，我看到多少死人被埋掉了，還看到多少車被運走的折臂斷腿的人。」

另一個士兵接著說：「把死人的衣服扒下來，又發給別的活著的士兵穿，死人赤身露體地被埋掉，那套軍服卻不斷地被傳給下一撥人。」

「直傳到我軍贏了這場戰爭。」帥克補充道。

他們的班長這時在房間角落裡對帥克說：「你這樣的勤務兵簡直和飯桶差不多，你也想贏得戰爭？你們這種人真應該去火線看看，應該把你們趕去鑽鐵絲網，拚刺刀，爬坑道，做炮灰！像你們這樣整天舒舒服服地躲在後方，誰不高興哩？上火線去試試，誰也不願意白白地送死！」

帥克回答說：「被人用刺刀戳個洞，依我看，還真不賴呢。或者叫人在肚子上打進顆子彈也不錯，要不就讓手榴彈給炸成兩半，那可真好玩兒。自己看著自己的大腿和肚皮給炸得遠遠的，那一定會覺得挺怪的吧？不過他大概還來不及弄明白這是怎麼一回事就一命嗚呼了。」

一個年輕士兵開始爲他年輕的生命惋惜了，於是他深深地歎了一口氣，他弄不明白自己爲什麼偏偏生在這荒唐的年月，只能任人宰割，就如同進了屠宰場的牛羊。

一個以前是老師的士兵看出了他的心思，對他說：「關於戰爭的根源，有的學者根據太陽上斑點的出現來解釋，這種斑點的出現總是預示著災難的降臨，比如羅馬人奪取迦太基那一次……」

班長打斷了他的話：「少高談闊論好不好？今天你值日，趕快把地板打掃乾淨吧。什麼太陽上的該死的斑點。關我們屁事呀！太陽上就是出現了兩打斑點，難道我們能拿來當錢花嗎？」

帥克插嘴說道：「可是那些太陽斑點真的挺管用的。那回，也是太陽出斑點，我就在一個酒館裡被人揍了一頓。打那時候起，不管去哪兒，我老是先翻翻報紙，看太陽上是不是又有什麼斑點出現了。萬一出現了，對不起，我哪兒也不會去了。我就這麼過日子。還有那回，那次帕列火山大爆發，不是毀了整個馬提尼克島麼？《民族政治報》上有篇文章，是個教授寫的，那上面早就提醒人們太陽上又有大斑點出現了。真遺憾，島上的人沒看到那份報紙，於是就倒了血楣了。」

神父這個時候在院長辦公室裡遇見了一個讓人厭惡的女人，她也是士兵宗教教育協會的會員，上了年紀卻舉止輕佻。從一大清早起，她就在醫院裡四處奔走，散發她們的那些印有聖徒像的畫片。結果這些畫片很快就被扔到了痰盂裡。

這個女人嘴裡嘮嘮叨叨，走過來走過去，不停地勸說人們應該棄惡從善。只要是真心實意懺悔罪過，就一定會在死後得到上帝的寬恕，總之所有的人都對她膩味透了。

傷員們都向她伸舌頭，罵她「假善人」，還稱她是「天堂的母羊」，於是她氣得臉孔發白地來找神父談話：「兵士們都被戰爭變成了野獸，我原以爲他們應該變得高尚一些的。」她爲這群人的墮落而痛心疾首。接下來，她鄭重提出了怎樣進行士兵宗教教育的想法，那就是：

只有一個虔誠信仰上帝的戰士，才會在激烈的戰鬥中，滿懷宗教的熱情奮不顧身地英勇拚殺，他十分清楚，爲皇帝光榮戰死可以升入天堂。

這個饒舌的女人似乎有意不讓神父離開，因此又說了一大堆類似的愚蠢至極的話。但是，神父起身告辭離去，絲毫沒給她留什麼情面。

他一下樓就衝警衛室大喊：「帥克，我們回家！」他們也顧不上在回去的路上講什麼氣派了。

「再有什麼該死的臨終塗油禮，誰願意做就讓誰去做吧，」神父憤憤地說，「他們都是十足的混蛋，所有的會計都是！你是爲了每一個靈魂都能得救，卻還要與他們無聊地一個錢一個錢地計較上大半天。」

突然他皺起眉頭，看著帥克仍捧在手裡的那瓶聖油說：「我說，帥克，你要是能用這瓶油擦擦我們兩個的皮鞋，那可就再好不過了。」

帥克接著被補充說：「我倒想試著把它塗在房門的鑰匙孔裡。您半夜裡回家，一開門，它就稀裡嘩啦地直響，聲音太吵了。」

於是，神父和帥克主持的臨終塗油禮，在它還沒開頭時就提早夭折了。

①一種用撲克牌進行的賭博遊戲，玩者輸贏全憑「牌運」。

②天主教節日之一，在夏末舉行。

③位於前南斯拉夫境內。

十四　帥克成了盧卡什上尉的勤務兵

（一）

好運並不總是伴隨著帥克的，命運之神和他開了個玩笑，將他與隨軍神父的友誼殘酷地打碎了。要是以前，神父還稱得上親切的話，如今，他那親切的僞裝早已被他的行爲撕掉了。

可憐的帥克被奧托．卡茨神父賣給了盧卡什上尉，哦不，嚴格地說是在打牌時輸給他的，和俄國改良前出賣農奴沒有兩樣。說起來，這件事情也是突然發生的，那天，盧卡什上尉家裡在打「二十一點」①，彙集了一大群賓客。

神父到了最後已經輸得一文不名了，只好說：「要是我把我的勤務兵押上，你可以借給我多少？他可是個寶貝，簡直太有意思了，絕對是nonplusutra②我保證像這樣的勤務兵，您從來沒有使喚過。」

「好吧，就借給你一百克朗，」盧卡什上尉說道，「要是到了後天你還不了，你那寶貝就歸我了。我現在的那個勤務兵可真是讓人頭疼，這小子成天長吁短歎，要不就寫家信，手腳又不乾淨，什麼都愛偷，打了他也沒用。每次我都要在他的腦袋上鑿幾個毛栗子，可一點用都沒有，後來我一生氣打掉了他的幾顆門牙，唉，還是拿他沒辦法。」

神父草率地嚷道：「說定了！後天我給你送來的不是一百克朗，就是我的寶貝帥克。」

他到底還是輸光了，懷著萬分悲痛的心情回去了。他知道自己無論如何也弄不到一百克朗，所以帥克實際上已經被他輸掉了。

他開始罵自己：「早知如此，當初就應該問他要兩百克朗。」他上了電車，很快他就可以到家了，但此時他很慚愧，心裡有種淒涼之感。

「我這樣做可真不體面，」他摁著自家的門鈴，想到，「叫我如何面對他那樸實而又善良的雙眼呢？」

到了家裡，他說道：「親愛的帥克，今天我碰上了一樁突發事件。我的手氣臭極了，我押上了所有克朗，我拿著張愛司，之後又發了張十。開始莊家只有張傑克，誰知他最後也湊到了『二十一點』③。隨後我又有好多次拿到愛司和十，哪裡想到，每次的點數都和莊家一樣多。就這樣我的錢都輸光了。」

他猶豫了一下，接著說道：「後來，我連你也給輸掉了。因爲我把你抵押了一百克朗，要是後天還不出的話，你就歸盧卡什上尉了，再也不能跟著我了，我是多麼的後悔啊……」

「正好我有一百克朗，借給您吧。」帥克說。

神父一聽就來了精神：「那快點拿來，我這就去還錢。我真的很捨不得你。」

當神父再度出現在盧卡什的面前時，著實讓他吃了一驚。

「我是來還錢的，」神父很得意，掃視了一圈。「發牌吧！」

輪到神父了，他喊道：「押！」「唉，就差了一點，我只多了一點！」④

「再押！」第二輪他又喊開了：「押！不看牌！」

「二十點。」莊家報出了點數。

「我只有十九點。」神父無可奈何，剩餘的四十克朗又光了，那可是帥克爲自己贖身的一百克朗啊。

回家的路上，神父明白這次就算玩完了。帥克是在劫難逃，看來天意如此，他逃脫不了當盧卡什的勤務兵的命運。

帥克過來開了門，他告訴帥克：「一切都是白費，天意是無法違背的，帥克，我把你和你的一百克朗全輸掉了。我已經盡力了，可我鬥不過命運，是我把你拱手讓給了盧卡什，我們已是相聚無多了。」

帥克平心靜氣地問：「是由於莊家下了大注而贏了你的，還是因爲被別人搶先下了注？牌臭肯定不好，但若是牌太過好有時反而會更壞。我給你講一個故事，有一位鐵匠住在茲德拉哈，叫維沃達，他經常去一家小店打牌。有一回他莫名其妙地說：『我們一起打二十一點吧，不如以五克里澤爲一注？』說著就開始了，由他當莊家。其他人都輸給了他，後來賭注上升到了十克里澤。老維沃達想著也讓別人贏幾回吧，就念念有詞道『小牌、臭牌這兒來！』可誰曾想，他也算倒楣，總不見有小牌臭牌來。賭注是愈來愈大，都到一百了。當然他們也沒多少錢，維沃達急得像熱鍋上的螞蟻。他一刻不停地念著『小牌、臭牌這兒來』，可只要他的五個克里澤一押，別人的錢就都堆到他那邊了。」

「一個掃煙囪的一氣之下，乾脆再回家去拿錢，等到賭注超過一百五十時，他就押了注。對於總是贏牌的局面維沃達也很不耐煩，他說自己實在不想再贏，可事與願違，他又拿到兩張愛司。他做出不在意的樣子說：「十六點贏牌。」可憐那掃煙囪的加起來也只有十五點。您說他能不急嗎？

他連臉都白了，真是可憐。」

有人開始罵罵咧咧，也有人喊喊喳喳低語著，他們認定他做了手腳，還舉例說他曾因作弊挨過打，儘管維沃達是最老實的玩牌者。作賭注的克朗已經堆成小山，有五百了。這時店老闆也忍不住了，因爲他剛好有筆錢，那是預備去酒廠買啤酒的。他坐到牌桌上，先押二百，然後眯起眼睛把座椅轉過來，坐在吉利的一面，嘴裡說：『你出多少我就押多少，攤開來打！』老維沃達又爲如何輸牌而發愁，開牌一看是張七，可他還是押注，旁人都十分不解。店老闆微微一笑，因爲他是二十一。接下來維沃達又拿了張七，他還是要了。老闆兇相畢露：『再讓它來張愛司或是十吧！維沃達先生，我敢賭我的腦袋，你這回死定了。』四周靜極了，只見維沃達手一翻，又是七⑤。老闆大驚失色，他已經輸光了。他進了廚房，不久就跑過來一個孩子，那是他的學徒，他說老闆吊在窗戶的拉把上了，讓我們趕快去割斷那根繩子。我們急忙照辦了，他被我們救過來了，我們就繼續賭著。」

「終於大家都輸得分文不剩了，當然錢都在維沃達那兒，他還在咕噥著：『小牌、臭牌這兒來！』他倒是真心巴望著能過了二十一，但他的牌都攤著，想故意輸也辦不到。總之，這種鴻運讓人難以置信。他們開始賭債券，因爲他們沒錢了。又過了幾個鐘頭，老維沃達已擁有不計其數的錢財了。掃煙囪的欠了一百五十多萬，茲德拉哈的燒炭工欠了一百萬左右，『百歲』咖啡店的門房八十萬，醫生兩百多萬，抽頭錢裡還有寫在破紙片上的欠款，光這些就多達三十五萬克朗。老維沃達一會兒就去趟廁所，好讓別人幫著摸牌，這是他絞盡腦汁想出的辦法之一，可是回來一看還是二十一，照舊贏錢。就算另換一副也是這樣。如果他拿的是十五點，那別人肯定是十四點。他們瞪著老維沃達，火冒三丈，罵得最厲害的是個鋪路工，他紅了眼，次次押八克朗。他揚言像維沃達之流沒資格活著，只配打得他臭死，趕他出去，把他當作狗雜種淹死。叫我怎麼描述老維沃達的絕望呢。結果他總算想到了一個絕招：『我去解個手，你幫我摸牌吧！』他囑咐了掃煙囪的之後就跑到街上，連帽子也沒戴就找警察去了。見到巡邏隊他就檢舉說有人在那家店裡賭博。警察說他們馬上過來。要他先回去。他一回去就被告知這期間醫生又輸給他一萬多，門房輸了三萬多，他一眼就看見放抽頭錢的盤裡多了一張債券，上面是五個一萬克朗。警察趕過來了，鋪路工叫著：『跑啊！』遲了，莊家那大摞的錢統統被收了，警察把全部賭徒抓回局裡，茲德拉哈的燒炭工是被關在囚車裡運走的，因爲他拒捕。警察清點出莊家共有五億多的債券和一千五百克朗的現款，他們驚訝地說：『我這輩子都沒抓住過這麼大的魚，簡直超過了蒙特卜洛⑥。』所有的人包括維沃達都一直關押到了第二天早上，維沃達因爲是檢舉者就放了出來，還被許以三分之一的莊錢作爲賞錢，那起碼有一百六十萬，可把他高興死了。天還沒亮他就跑出去買保險櫃，把布拉格跑了個遍，準備買來存放那批款子。什麼叫擋不住的鴻運，這就是！」

說完了，帥克就去熱格羅格酒。半夜裡，當神父被帥克艱難地弄上床時，他哭了，流著眼淚說道：

「親愛的，是我背叛了你，是我把你賣了，我真混。你打我吧，罵我吧，是我活該。我這樣把你丟給別人讓人欺負，還有什麼面目再看你。你打我吧，咬我吧，你殺了我吧，我沒有好果子吃的。你知道我是什麼嗎？」

神父把滿是淚水的臉埋進了枕頭，只聽見沈悶又細弱的聲音：「我是最下賤的爛污貨。」說著就沈沈睡去，好像被人扔進了湖裡。

第二天神父總試圖躲開帥克，從清晨離開家，等到他領著一個胖胖的步兵回來的時候已是半夜裡了。

「帥克，」他還是避開帥克的目光說，「你把東西擺放的位置都告訴他，讓他清楚一下；告訴他熱酒的方法，明天早晨你就該上盧卡什上尉那兒去了。」

帥克把格羅格烈酒熱好後，和那新兵一起暢快地躺了一晚。清晨，胖步兵一起來就哼起了怪裡怪氣的山歌，亂七八糟東拉西扯地唱著。

小溪繞著霍多夫流啊，我的心上人在那裡斟著黑啤酒啊，
高高的山呀，你高又長，姑娘們走在公路上，農民們操勞在維沃特山上……

帥克說：「我很放心，你很能幹，一定可以在神父這兒幹下去的。」

那天上午，盧卡什上尉頭一回看到了好兵帥克樸實的臉蛋。帥克向他報到：「報告，上尉先生，我就是隨軍神父輸給您的那個帥克。」

（二）

自古以來就有勤務兵制度。聽說當年馬其頓的亞歷山大大帝就曾用過侍衛，當然在古時候從事這項職務的是雇傭騎士。堂吉訶德的桑丘・潘沙又是哪種人？我不明白爲什麼到現在都沒有一部專門的勤務兵史。如果有人寫了這樣的書，我們就能從書裡找到阿爾瑪威爾公爵的故事了，他被圍困在托勒多的時候饑餓難當，竟把他的侍從給吃了，而且連鹽都沒放。在他自己的回憶錄裡公爵還把此事寫了下來，說那些侍從的肉有點像雞肉，又有點像騾肉，嫩嫩的，脆脆的，十分好吃。

我們也可以從一本士瓦本⑦寫的有關作戰的書上，看到古代侍從的行爲準則。他們必須忠實、高尙、誠實、不驕傲、堅強、勇敢、正義、勤勞，一句話，必須作爲榜樣。如今卻不一樣了，現在的勤務兵既不忠誠也不講志氣，更不誠實。他們在上司面前胡說八道矇騙他們，讓上司們痛苦不堪。現在的勤務兵都很陰險奸詐，使出種種壞招攪亂上司的生活。你根本別想在如今這一代勤務兵中找出像弗南多那樣善良的人，作爲阿爾瑪威爾公爵的跟班，他作出自我犧牲，讓公爵吃了自己並且可以不用放鹽，這種獻身精神可是找不到嘍。然而上司們也在實行高壓政策，他們爲了保證自己的面子用了種種計策與當代勤務兵作殊死搏鬥。一九一二年，發生了一件事，故事的主角是個大尉，他把自己的勤務兵給踢死了。但是由於滿打滿算此類事他也就做了兩次，所以立馬就被放了。在大人們看來，勤務兵的命連稻草都不如。勤務兵不過是樣東西而已，是必須幹各種活的奴隸，偶爾還是可以打耳光的玩具。因此我們也可以理解爲什麼勤務兵都這麼陰險狡詐，那是被下賤的身分逼出來的。或許在這個地球上，只有生活在舊時的僕役，他們必須忍受毛栗子以及欺侮以養成良好品德，這樣水深火熱般的生活才可以和勤務兵的卑微相提並論。

不過也有特例，也有許多被提拔爲上司們的寵兒的勤務兵。如此一來，全連乃至全營的禍患就在所難免了。從軍官到士兵都想巴結他，因爲他的作用非同小可，要想順利地將報告批下來，只要他跟上司說幾句好話就成了。

戰爭時期，這些幸運兒們總能因爲英雄事跡而榮獲各式各樣的銀質獎章。

九十一聯隊裡就有好多這樣的人。有個勤務兵被授予大銀質章，那是因爲他有一手絕活，他烤出來的鵝美味異常，當然鵝是偷來的。還有一位則將家裡寄給他的吃食獻給上司，該上司在糧草斷絕的時候得以保持豐滿身軀，而這位勤務兵也因此而獲得一枚小銀質獎章。

爲他申請獎章時，他的上司是這樣說的：

「作戰英勇，不顧生死，面臨敵人炮火的猛烈進攻，仍然不離指揮官的左右。」其實那個時候他不知在哪兒偷雞呢。軍官和勤務兵的關係被戰爭改變了，在士兵裡面最受人痛恨的就是勤務兵了。如果五個士兵合吃一個罐頭的話，勤務兵總能一人分到一個。他的行軍水壺中從來少不了羅姆酒或白蘭地。這些傢伙吃的是巧克力，嚼的是配給軍官的甜麵包乾，抽的香煙也是上司才能抽的。他們可以一連幾個鐘頭地專心燒製美食，還可以穿戴得乾淨漂亮。

和勤務兵最要好的是傳令兵。他可以享受勤務兵從飯桌上拿來的剩飯剩菜，還有其他一些勤務兵可以享受的好處。還有一位司務長，合起來就成了三人幫。三人幫和指揮官的關係密切，因爲常常跟在指揮官身後，他們知道所有的軍事行動和作戰計劃。

要是某班長同連長的勤務兵走得很近的話，他們班的消息靈通度就高於其他班。

如果勤務兵說：「我們到兩點三十五分就撤。」那麼在兩點三十五分奧地利軍隊肯定會撤退。

勤務兵也和戰地炊事班打得火熱，沒事就在行軍竈旁邊蹓躂，好像在飯店裡點菜譜上的菜一樣自然。

「給我上盤燒排骨。」他吩咐炊事員，「昨兒個我吃了一條豬尾巴，今兒就在我的湯裡放上些豬肝吧。我從來不喜歡脾臟，這你是知道的。」

勤務兵還是表演家，驚恐萬狀是他的拿手好戲。敵機一來轟炸，他就嚇得掉了魂，連忙捲起上司和自己的東西跑到最安全的掩蔽工事，尖著腦袋往毯子裡鑽，以防被手榴彈看見。此刻他最盼望的事就是他的長官快點掛彩，那樣他就能陪著主人撤離前線，回到遙遠的大後方。

他害怕的時候總是神神叨叨的。「有人在拆電話，我好像感覺到了。」⑧他一本正經地告訴一個班的人。如果他說出「已經拆完了」這句話時，他也就解放了。

在撤退的時候誰也沒有他那樣興奮，他甚至可以忘記從他頭頂呼嘯而過的手榴彈和榴霰彈，也忘記了行李的重量，只曉得背著它們逃往參謀部，那兒停著輜重車隊。他特別喜歡奧地利的輜重車隊，尤其是撤退的時候。就算最不濟他也要坐雙輪救護車。如果他只能走著回去，那麼只好哭天喊地。那樣他也不管長官的行李，只帶著自家的家當開路。

如果長官怕當俘虜做了逃兵，而他卻被抓住了，那他肯定會提醒自己捎上上司的東西，這些他覬覦很久的橫財就進了他的私囊了。

如今在我們的共和國的各個角落裡，都有興致勃勃正在吹噓自己光榮戰功的勤務兵。他們四處誇口說曾攻打過許多地方，那口氣好像他們都是拿破侖一樣。「我已經讓上校去給參謀部打電話了，告訴他們行動可以開始了。」

大部分的勤務兵都是壞蛋，讓士兵們恨得牙癢癢的，還有的人就喜歡打小報告，看著綁人的場面總會讓他們心情舒暢。

漸漸的他們就形成一種嗜財如命、搜刮無度的罪惡集團。

(三)

奧地利帝國已瀕於崩潰了，在它的現役軍官中，盧卡什上尉是個代表。在軍官學校的栽培下，他練就了一副過硬的陰陽臉。他可以在正式場合用德語說話、書寫，但讀的書卻是捷克語的。在給捷克一年制志願兵軍校裡那些新兵們講課時，他會親切地說：「咱們大夥兒都是捷克人，咱們也沒有必要告訴別人。我本人也是捷克人。」

在他看來離開這個國籍愈遠愈好，好像捷克的國籍是不合法的組織。

他人倒不壞，敢於和上司分庭抗禮，對演習部隊還算照顧，起碼會給屬下找個像棚子之類安逸的居住處，偶爾還會作東，從不多的餉銀中摳點出來請士兵們喝啤酒。

他愛聽士兵唱進行曲，士兵行軍時唱的歌，包括出操和收隊。他就跟在隊伍的旁邊，跟著他們大聲地唱：

夜深人靜的時候，
燕麥蹦跳在衣兜，
嚓嚓之聲不絕耳。

由於他人品不錯，正直且不欺侮他人，所以士兵們挺喜歡他的。

然而軍官們見到他常常會腿兒直打顫。就算再厲害的軍官，只消一個月，就會被他馴服成真正的羔羊。

是的，他雖然也會大喊大叫，但是不會罵人，他說出來的話總是先經過一番考慮的。他會誠懇地說：「唉，我也不想罰你，可是小夥子，我這也是沒辦法呀，嚴守紀律是爲了保證部隊的戰鬥力和士氣的呀，一個軍隊沒有了士氣，不就成了風中亂飛的野草了？如果你衣衫不整扣子不全的，馬上就看出你忘記了軍人職責。也許你會想不通，只不過是檢閱的時候襯衫上少了一顆扣子罷了，這種芝麻綠豆的小事在平時准不會拿它當回事，爲什麼到了部隊裡就要被關起來呢？現在你知道了在我們這兒，風紀不整是要挨罰的。但是爲了什麼呢？因爲這個問題不光是少顆扣子的事，這樣做是培養大家的良好習慣。今天你發個懶勁，不想縫扣子，明天就連擦槍也覺得吃力了，後天還不把刺刀扔到酒店裡？也許站崗時還要打呼嚕呢，因爲你的懶惰已經開始於你丟失扣子的時候。想想看，小夥子，今天我罰了你，是爲了防止將來你再犯大錯誤受到更厲害的處罰。好吧，關你五天禁閉，要知道，懲罰不是目的，而是讓犯錯的人能夠改正缺點的教育手段，希望你在吃麵包、喝涼水的時候能夠好好想一想我的話。」

按理盧卡什早就該提拔爲大尉了。因爲他對上級太率直誠懇了，工作中不肯巴結別人，所以儘管他一個勁往奧地利人那兒套近乎，還是徒勞。他出生在捷克南部的一個村莊裡，那個村子處在一座森林和一個魚池之間，上尉至今還保持那兒的村民性格。

儘管他對待士兵很厚道，也不虐待他們，可提到勤務兵就大不相同了，那些曾服侍過他的勤務兵，他個個恨得要命，因爲他老是碰上最可恨的傢伙。

對待他們，他不願意和普通士兵一樣一視同仁，而是抽耳光、鑿毛栗子。他也曾試圖曉之以理動之以情，希望教育好他們。就這樣，他費了多年的精力一直與他們較量著，勤務兵像走馬燈似的換著。最後他無奈地說：「我又買了一頭蠢豬。」在他眼裡勤務兵只不過是種低等畜生。

他喜歡養寵物，他有一隻哈爾茲金絲鳥，一隻安哥拉貓和一條牧馬狗。對待牠們，那些已被撤職的勤務兵們可不會手下留情，和盧卡什上尉對付犯錯的勤務兵相比起來，彼此彼此。

他們總是讓金絲鳥忍饑挨餓，而那隻安哥拉貓則被一個勤務兵打瞎了一隻眼睛。他們一看到牧馬狗總少不了一頓打，後來，就是帥克來之前的那位，花了十克朗，把這個可憐的傢伙帶到龐格拉茨的一個剝皮匠那兒殺掉了。之後勤務兵三言兩語說明了情況：狗在散步的時候跑丟了。那個勤務兵第二天就被下放進連隊和士兵們一起操練去了。

帥克報到後，盧卡什領他進了房裡：「神父向我保舉了你，希望你別讓他失望。我用過的勤務兵少說也有一打，但沒有一個能待長的。我先聲明，我是嚴格的人，凡是無恥的行爲或欺騙行爲一律嚴厲處罰。但願你能一直說實話，我的命令要不折不扣地執行。如果我叫你跳進火坑裡，你不跳也得跳。咦，你在看什麼？」

吸引著帥克的是那邊牆上的金絲鳥籠子，聽見上尉發問才轉過他的善良的眼睛來，他恭敬地回答：「報告上尉先生，我在看那隻哈爾茲金絲鳥。」

上尉那長篇大論的訓誡被帥克打斷了。帥克筆直地站著，定睛看著上尉。

看著帥克純潔誠摯的神情，上尉的責備之語就溜了回去，只說道：「神父先生告訴我，說你是舉世無雙的傻子，看來他說得很對。」

「報告上尉先生，神父的確說得很對。我之所以會被部隊勸退，就是因為傻，我是有名的低智商。其實因為傻而被趕出來的不止我一個，還有一個馮·康尼茲大尉呢。他呀，上尉先生，請您容許我向您報告，他走在大街上的時候，總是左手挖左鼻孔，右手掏右鼻孔。操練的時候，他總是要求我們排成檢閱佇列，好像真要進行檢閱似的。接著他就會說：『士兵們！唔，你們千萬別忘嘍，唔，今天是星期三，唔，因為明天是星期四，唔。』」

盧卡什上尉一下子變得無言以對，只好聳了聳肩。

他從門口走到對面窗子那兒，不停地踱過來踱過去，他繞了帥克一圈才回到原地。而此時帥克正目不轉睛地盯著上尉，一遍又一遍地按照「向右看齊」和「向左看齊」的命令做著。

帥克的表情太單純了，上尉不由自主地低下了頭，盯著地毯說了起來，說的話卻與那個笨蛋大尉毫不相關：「是的，你在這裡一定要注意清潔衛生，不許說謊矇騙。我喜歡誠實，最恨人家扯謊，要知道，對於說謊的人我是一點面子都不給的。聽明白了嗎？」

「報告上尉先生，聽明白了。說謊的人是世界上最討厭的傢伙，只要他說起話來支支吾吾一露馬腳，他就無藥可救了。誠實是種高尚的品質，誠實的人走得也最遠，好比競走一樣。但若是一撒謊，跑得就慢了，和別人的差距會愈來愈大。誠實的人走到哪裡都會受人尊重，問心無愧就不會有遺憾，他的自我感覺會非常良好，每天睡覺的時候，他可以對自己說說：『我今天很誠實。』」

帥克在那兒侃侃而談，上尉卻坐著，一邊端詳帥克的鞋子，一邊想道：「天哪，其實我也老是這樣囉嗦的，只不過是不同的樣子而已。」

但是基於維護威嚴的必要，在帥克演講完之後，他又說道：

「既然你跟了我，就得有點軍人氣，靴子要擦乾淨，軍裝要穿得有樣子，扣子不許少，不要像老百姓一樣隨便。我也納悶，爲什麼你們這號人都不注意軍人儀表。我的所有的勤務兵裡，就只挑出一個有些風度，臨了卻把我的一套漂亮的軍服給偷走，又跑到猶太人聚集處賣了。」

頓了一頓，上尉繼續說下去。他把所有的工作都給帥克安排清楚，還特意關照帥克要守口如瓶，不准洩露上尉的家事。

他強調說：「常常會有女客到訪，碰到我不值早班的時候，可能會有其中的一位留在這兒過夜，到時候你聽見我摁了鈴之後才可以把咖啡送到床前，懂了嗎？」

「是，上尉先生，聽清楚了。我知道我的突然闖入可能會讓夫人下不來台的。有一回我帶回來一位姑娘，女佣人端著咖啡進房的時候，我們正在親熱，把她嚇了一跳，潑了我一身的咖啡，還沒忘記道聲『早上好！』家裡有太太留宿時，我知道什麼是該做的，什麼是不該做的。」

「好極了，帥克！在女士面前，我們應該有紳士風度。」上尉的精神爲之一振，他們談到了上尉先生最熱衷的事情，那是除了軍營、練兵場和撲克牌以外他的唯一娛樂了。

女人是上尉府邸的天使，有了她們，上尉的家就是天堂。大概有好幾十個這樣的天使吧，在留宿期內，總有許多人願意用各種小玩意把他的睡房打扮得花俏些。

有一位在這兒足足住了十四天，因爲丈夫找來才不得不離開的咖啡店老闆娘，她繡了一條精緻的桌布，把上尉的內衣都找了出來，繡上他的名字的縮寫字母。如果沒有丈夫來破壞了雅興的話，興許就能繡完牆上那塊壁毯呢。

還有一位在這兒住了三個禮拜，直到被父母接回去，這位太太佈置了各式的小東西、小花瓶，在床頭掛了一幅天使圖，差點把上尉的臥室變成一個閨房。

看著臥室和餐廳，你就會覺得到處都保留下了女人的溫柔氣息。連廚房裡也有，因爲那裡的廚具是應有盡有，形形色色。這些珍貴的禮品都來自那位愛著他的女老闆，那些五花八門的刀具都是她隨身攜帶來的，切麵包器、拌肝泥器、鍋兒、鐵盤子、平底鍋、攪拌棍，天哪，誰知道還有什麼。

但是她只在這兒待了一個禮拜，因爲她發現除了她以外，上尉的情婦至少還有二十個，這位紳士的軍裝成了她們展示手工技巧的地方，這些讓她難以忍受。

盧卡什上尉交友頗爲廣泛，他有一本相冊，裡面全是他的情婦。這兩年他又迷上拜物教，所以他又添上了搜集紀念物品的愛好，比如幾條式樣迥異的女式吊襪帶，四條繡著花的精緻內褲，還有三件柔軟透明的薄薄的女襯衣和麻紗連衣裙，再加上一件緊身女胸衣和幾雙長統絲襪。

他交代帥克說：「今天我要值班，大概會到夜裡回來。沒事你就整理一下房間，看看家吧。告訴你，在你前面的那個勤務兵今天被派上戰場了，因爲他太惡劣了。」

在走之前他還關照了一會兒，讓他照料好金絲鳥和安哥拉貓，走到了門口又提醒他別忘了誠實和乾淨。

上尉離開後，帥克把屋子整理得井井有條。夜裡上尉回家後，他報告說：

「報告上尉先生，屋子整理好了。但是這頭貓犯了錯誤，牠吃了您的金絲鳥。」

「什麼?!」上尉狂叫起來。

「報告上尉先生，事情的原委是這樣的，我知道貓討厭金絲鳥，老是欺負鳥兒，因此我想給牠們介紹一下，讓牠們化敵爲友。如果這小子敢使壞，我就扁牠一頓，這樣牠就曉得對待金絲鳥的態度了。我素來喜歡動物。我認識一個賣帽人，他把一隻吃過三隻金絲鳥的貓馴服了，現在牠不僅不吃鳥，還可以讓金絲鳥站在牠身上呢，所以我想也這麼來一次，我把金絲鳥抓了出來，本想讓貓聞的，誰知道我還沒轉過背，這搗蛋鬼就一口咬下了金絲鳥的頭。我可沒料到牠還有這一手。上尉先生，如果那是隻麻雀的話，我就不會這麼難過，可這隻金絲鳥多麼漂亮啊，還是一隻哈爾茲金絲鳥呢。您可不知道這隻饞貓嚼得多高興，連骨頭和毛都不吐，還滿意地直哼哼呢，聽人說貓沒有音樂細胞，所以牠最討厭金絲鳥唱歌，牠已經被我教訓過了，不過老天作證我可沒打牠，我正等你回來了解這個情況，聽憑您對牠如何發落。」

帥克一邊說一邊定睛望著上尉。上尉走到一邊，他原來是想打他的，但他坐下來問道：

「帥克，你說你真的就是舉世無雙的大傻瓜嗎？」

「是的，上尉先生，」帥克一臉嚴肅。「我這輩子總是走霉運，每次我都努力想做件好事，卻總是成事不足敗事有餘，讓所有的人都掃興。我也是好心好意想讓牠們化敵爲友，誰想這該死的會吃了鳥呢，牠們到最後也沒成爲朋友，可我也沒錯呀。多年以前，在一家名叫謝多巴爾特兄弟的旅店裡，一隻貓吃了自己家的八哥，理由是八哥對著牠的屁股喵喵叫，這種嘲笑侮辱了牠。貓有九條命呢，上尉先生，把牠弄死也很難，你若是叫我弄死牠，我可只有用門夾死牠這一招了，其他的我是想不出來。」

帥克嘴裡講著治貓之法，純真的臉上卻蕩漾著善良溫和的微笑。要是愛護動物協會的人聽到了這番高論，非氣瘋了不可。

帥克似乎對此頗有研究，盧卡什上尉也被吸引住，連生氣也忘記了，他問帥克：

「你會養寵物嗎？你和牠們能產生感情嗎？」

帥克回答說：「我很喜歡狗。因爲販狗很能賺錢，但我這個販狗人卻掙不到錢，誰叫我太老實！就這樣還有人和我過不去呢，說我把病得快死的狗假充健康的純種狗賣給他們。誰都迫不及待想得到狗的血統證明，逼得沒辦法我就印了血統證書，一條磚窯裡雜種狗在證書上變成了來自巴伐利亞純種狗繁殖中心的珍貴純種狗，人們一看可樂壞了，覺得這下交了大好運，家裡養著一條純種狗，要多愜意就有多愜意。有一回，我在推銷一條來自布拉格沃爾舍維采的狗，我把牠說成一隻達克斯狗⑨，他們對於那隻珍貴的德國狗長著一身的長毛，腿也很直感到迷惑。不光是我，所有販狗場都這麼做。上尉先生，你知道大型販狗場的販子們在血統證書上做手腳的事嗎？您要是聽說了，絕對會吃驚的。事實上純種狗少得可憐，要麼牠的媽媽，要麼就是牠的奶奶和一條雜種狗相好過，或許是更多的雜種狗，生出來的小傢伙就長得像牠們的雜種父親了。耳朵像這位，尾巴像那位，鬍鬚又像別人了，鼻子像第三條狗，瘸著的腿像第四隻狗，身體的尺寸則像第五位父親。上尉先生，您能想像一隻有一打爸爸的狗會是什麼模樣的嗎？我就買過這樣的狗，那隻叫巴拉巴的狗連牠自己也不清楚有多少個爸爸，因此長相之醜陋夠得上一說，連旁的狗也不搭理牠。看牠那孤獨的樣子，我就動了惻隱之心買下了牠。但牠還是不開心，一天到晚躲在牆角裡難過，我別無他法，後來就裝成看馬狗賣了。爲了把牠的毛染成灰黃的淺顏色，我是費盡了力氣。後來牠隨著牠的主人去了摩拉維亞，我就再也沒見過牠。」

上尉愈聽愈有味道，帥克也就樂得繼續大販狗經：

「狗是學不來女士們給自己染髮的本事，只能靠狗販子了。如果你想把一隻毛色灰白的老狗充作剛過一歲生日的小狗賣掉，或者膽子再大一些，把一隻孫兒都挺大的狗充作九個月的小狗賣出去的話，你就該買些硝酸，加些水調奶後就可以染了，保證把牠染得像剛斷奶的狗一樣黝黑。如果你還不滿意，就給牠吃一些砒霜，像餵馬那樣，再用砂紙把牙齒打磨光亮。交手前再讓牠喝點李子酒，瞧牠有些醉了就可以了。過不了多久，牠就會興奮得又叫又跳，像個醉鬼似的，看見人就撲過去撒嬌。不過有一點，上尉先生，你必須和顧客狂歡，弄得他分不清東南西北。比如有人要買隻捕鼠狗，而你只剩一隻獵狗了，你就得施展開勸說的絕技，說得他心甘情願買下你的獵狗，再也不提什麼捕鼠狗。」

「再舉個例子，這回你只有捕鼠狗，而人家要買的則是可以看家的德國鬥狗，你照樣可以蒙得他暈頭轉向，讓他放棄鬥狗，而離去時口袋裡裝的正是你那小捕鼠狗。有一回來了位買鸚鵡的夫人，那時候我還在販賣動物，那位夫人告訴我她原來的鸚鵡逃進了花園，正好有幾個孩子在那裡玩著假扮印第安人的遊戲，結果鸚鵡被他們抓住並且把尾巴上的羽毛拔得一根不剩，羽毛都被小孩們插在頭上當作警察的翎毛。鸚鵡回來後又羞又氣一病不起，獸醫用藥結果了牠的性命。現在她想買隻鸚鵡來補缺。我可犯了難，因爲我正好沒有鸚鵡，只剩一條脾氣很烈的狗，還是瞎了雙眼的。您知道嗎，上尉先生，爲了讓她改變主意，從下午四點就開始說，說啊說，等到她把我的導盲犬買走時已經是晚上七點了，簡直比外交事務還累人。我還記得她離開時說了一句：『看看還有誰敢揪牠的尾巴毛兒了！』從此我就再也沒見過她，那位太太在布拉格待不下去了，因爲那隻烈狗總愛咬人，她不得不搬家。上尉先生，您現在大概也知道了，要想得到動物中的上品，那簡直是太難了！」

上尉說道：「我也很喜歡狗，我有很多朋友都把自己的狗帶上了前線。他們寫信過來，對我說起帶著狗的好處，說是行軍作戰的時候，身邊有一隻可靠的動物，生活就會快樂許多。我發現你對狗很有研究，如果我養狗的話，你就可以照料牠了。你說我該養哪種狗呢？我是說可以陪著我的那種。我養過一隻看馬狗，可是我不清楚……」

「上尉先生，我以爲看馬狗就很不錯。雖然也有人不喜歡牠，覺得牠的毛太硬，邊鬍子也硬不拉嘰的，像一個剛出獄的囚犯。但是牠的醜自有一種可愛在裡面，而且也很聰明。這種聖伯納犬可不好找啊，連獵狐狗都沒牠聰明。我就知道一隻……」

上尉看了看時間，阻止帥克繼續講下去：

「我該睡覺了，時候也不早了，我明天還要値班，這樣一來，明天有一天的時間，你就用心去物色一隻看馬狗吧。」

上尉進去休息了，帥克跑進廚房，在那兒的沙發上躺下，一邊瀏覽上尉拿回來的報紙。

「嘿，」帥克一邊看著那天的新聞，一邊跟自己說話：「土耳其蘇丹賜予威廉皇帝一枚作戰勳章，可我呢，到現在連一枚小銀章也沒見到。」

想著想著，他突然跑起來：「我忘了……」

說著帥克就直奔上尉的睡房。上尉正在呼呼大睡，他可顧不了許多，便把他推醒了。

「上尉先生，你還沒有宣佈對貓的處罰措施呢！」

上尉翻了個身，迷迷糊糊地哼了一句「關三天禁閉」，一轉身又睡著了。

帥克躡手躡腳走出了臥室，從沙發底下拉出那隻倒楣的貓，然後一本正經地宣佈：「關你三天禁閉！解散！」

完了之後，安哥拉貓又回到沙發底下安臥了。

(四)

帥克剛想出去尋找看馬狗，這時來了一位年輕的太太，她摁著門鈴，說是要見上尉先生，兩只大箱子放在她的旁邊。帥克還在樓上，他看見一頂帽子在上樓，那是一個女人。

帥克很不客氣地說：「不在。」可那位太太已進了門廳，命令帥克：「把我的箱子搬進房裡。」帥克說：「不經上尉允許，我無權這麼做。上尉說過，不經他的同意，我不准做任何事。」

「你這個瘋子，我是來拜訪上尉先生的。」年輕的太太叫著。

帥克說：「那我可不曉得，上尉先生值班去了，晚上才能回家。他派我去物色看馬狗，什麼箱子啊太太啊，我可不知道這類的事情。麻煩您出去吧，我要鎖門了。上尉沒有吩咐過，我也不好把陌生女人留在房裡。我們這一條街上有一家糖果店，有一回老闆別爾奇茲基留了一個陌生人在家裡，那人就把他家的衣櫃洗劫一空逃掉了。」

年輕的太太毫無辦法，氣得眼淚都流下來了，帥克只好說：「我也沒有什麼惡意，您也知道，我不能把您留在這裡。因爲我得負責看管房子，就算一件小東西也要照看好。我重申一遍，您最好別再心存幻想，多說也無益，沒有上尉先生的命令，我誰的面子都不給。如此冒犯，非常對不起，但作爲一名軍人就得服從命令。」

年輕的太太不那麼激動了，她從包裡掏出張名片來，寫了幾行字在上面，然後裝進了一個小巧而漂亮的信封裡交給帥克，聲音中還帶著哭腔：「麻煩您把這封信送給上尉先生，我就留在這兒等，這兒有五克朗，您拿去路上用吧。」

「不行，」這位執拗的陌生人的話傷害了帥克的自尊心，他說道：「這五克朗我把它放在凳上了，您還是自己花吧。如果您不反對，咱倆一起去兵營，到時候您就在兵營外面等，我去送信，再把上尉先生的回話帶給您，但是您可不能在這兒等，那可不行！」

說完他就把箱子拎了出去，把手裡的鑰匙嘩啦嘩啦地抖著，那神態活像個看守城門的，帥克站在門口大聲喊：「鎖門了！」

年輕的太太無可奈何地走了出來，帥克馬上把門鎖上，搶在她的前面走了，太太只好一路跟著他，像條小狗似的在後面不敢落下。等到帥克在一個煙攤上停了下來，準備買包煙的時候，她才氣喘吁吁地追上他。

她和帥克站成一排，想找幾句話說說：

「您一定會把信交到他手裡的吧？」

「我已經答應了，當然會。」

「您找到他嗎？」

「那可說不定。」

兩人都沈默了，又並肩走了一會兒，太太又搭訕道：

「您的意思是找不到上尉先生？」

「我可沒這麼說。」

「您說他會上哪兒去呢？」

「不知道。」

交談中止了，不多久，太太又開始發問：

「您沒把信弄丟吧？」

「現在還在呢。」

「您一定會交給上尉先生嗎？」

「會的。」

「您找得到他嗎？」

「我不是說過了嗎，不知道。真是奇怪，爲什麼總有這樣愛嘮叨的人呢，什麼事都要問兩遍，就像走在大街上，遇到每個人我都要問今天是幾號。」

終於她放棄了和帥克繼續說下去的努力。在剩下的路上，兩人都沒說話，但一到兵營，帥克就叫太太等在門口，自己卻跑去和守門士兵大談打仗的事。年輕的太太真是活受罪，她不耐煩地在那兒轉悠。帥克指手畫腳，唾沫星子橫飛，那副蠢相真讓人受不了。帥克的樣子，活脫脫就是那個時候《世界戰爭年鑒》上的那張照片嘛，照片下面有這麼一句話：「奧地利皇儲與兩名擊落俄軍飛機的飛行員交談。」

此時坐在大門裡的帥克，正在發表高見，說是我方在喀爾巴阡山那面的進攻雖然失敗了，可基輔已被普謝米斯爾司令和古斯曼涅克將軍攻下了。在塞爾維亞，有我軍的十一個據點，他們的力量對我軍已不構成威脅了。

帥克又就幾個戰役作了精闢的分析，提出了他的最新研究成果，說一個部隊被團團圍住後，結果肯定會投降。

等到他聊得盡興了，他才過去安慰早已心急如焚的太太，告訴她這就去找上尉。帥克在樓上的辦公室裡找到盧卡什上尉的時候，他正在指導一個中尉畫戰壕示意圖呢，看來中尉對幾何學不甚明瞭，上尉對此大光其火：

「看著我畫！要在一條已知直線上作垂線，就應該畫條成直角的線，知道嗎？這樣一來，戰壕離敵人還有六十米，碰不到對方的陣地，這樣的戰壕才是正確的。按你的畫法，咱們的陣地就會搭到敵人的戰線上了，如此一來，你和你的戰壕不就正對著對方的戰線了嗎？你得用一個鈍角。這不是很容易嗎？」

這位在戰爭爆發前曾掌管過銀行金庫的預備中尉已經稀裡糊塗了，看著圖紙直發愣，帥克的出現才給他解了圍。

「報告上尉先生，這兒有一位太太的信。她在下面等您回話呢。」說時，他眨巴著眼睛意思是心照不宣。

盧卡什讀完了之後卻很爲難，信是這麼寫的：

親愛的亨利希！我的丈夫在追我。我必須到你這裡躲一陣子。你的勤務兵是個狗雜種。我好可憐啊。你的卡蒂。

盧卡什歎息了一聲，領著帥克來到一個沒人的辦公室裡，然後把門掩上了。他又開始在桌子間打轉，最後他停在帥克面前道：「那位太太罵你是狗雜種，你做了些什麼？」

「報告上尉先生，我沒有欺負他，我認爲我很有禮貌，但是她非要住在我們家裡。而您又沒有交代過我，所以我無權把她留下來，而且，她是帶著兩隻箱子過來的，還以爲這兒就是她自己的家呢。」

上尉重重地歎息了一聲，帥克也學著他歎了口氣。

「幹什麼？」上尉惱怒地大聲質問。

「報告上尉先生，事情不妙，您知道嗎，兩年前佛寧亞爾街那兒曾發生過一件事情，一位姑娘非要和一個單身的裱糊師住在一起，趕都趕不掉。後來他就開了煤氣，兩人雙雙中毒而死，一場鬧劇宣告終了。唉，女人真難對付啊，我對她是瞭如指掌。」

「事情不妙。」上尉重複了一句，這可是他第一次說出自己的真心話。「這下可苦了親愛的亨利希了。一個被自己丈夫追著跑的太太要在他家裡躲一陣子，剛好還有另一位太太要來作客三天。這是每個季節裡她到布拉格來瘋狂購物時的一貫做法。還有，一位小姐將於後天前來拜訪，她信誓旦旦地告訴他，經過了一周的掂量，下定決心好好陪他一段時間，她和工程師的婚事那是一個月後的事情。」

上尉垂頭喪氣地坐在桌前，憋著勁想著該怎麼應付眼前的局面，最終也沒想出辦法來，只好寫起回信來：

親愛的卡蒂：晚上九點我才下班，我會在十點鐘到家，希望你像在自家一樣，在我家裡住著。我已經告訴我的勤務兵帥克了，他會滿足你的一切要求。你的亨利希。

上尉吩咐帥克：「把信交給太太。記住，對她要彬彬有禮，要滿足她的要求。她的話就是命令。你要十分周到地照顧她，竭誠爲她服務。這兒是一百克朗，可別亂花。她可能還會派你上這兒來拿東西什麼的。給她安排一下午飯和晚飯，再去買三瓶葡萄酒和一包香煙。好吧，先做這些事，現在就去吧。等等，千萬別忘了，無論太太提什麼要求，只要你能從她的眼睛裡看出來的，你都要不遺餘力地滿足她。」

年輕的太太自以爲這輩子再也不會見到帥克了，因此她簡直不敢相信從兵營裡向她走過來的會是拿著回信的帥克。

帥克畢恭畢敬地行了個軍禮，把信遞給了她：「上尉先生命令我必須對您彬彬有禮，要竭誠爲您服務，您的要求，只要我能從您的眼睛裡看出來的，我就得滿足。我負責讓您吃飽吃好，您想要什麼我就買什麼。上尉先生給我一百克朗，但是得扣出一部分去買三瓶葡萄酒和一包香煙。」

看完了信，太太馬上變得精神抖擻起來。她讓帥克去租輛馬車過來，車來以後，她又把帥克趕到車夫旁邊的座位上去了。

不久他們就到家了。一回家，她便儼然是這裡的主婦了。帥克一會兒就把箱子搬到臥室去了，接著又扛著地毯到外面拍打灰塵。然而她還是發了一頓火，因爲鏡子背後結了一點蛛網。

看來她準備在她的新領地上紮下根來了。

帥克像個陀螺似地忙得暈頭轉向。剛弄乾淨地毯，又奉命拆下窗簾拍掉塵土，然後又被派去擦臥室和廚房的玻璃。她還不滿意，又突發奇想要他重新放置家具。帥克就這邊那邊地四處搬家具，過了一會兒，她看著不順眼，便設計了一套新的方案，帥克又吭哧吭哧開始搬家具。

房間裡已經翻天覆地了，最後她也提不起精神，那陣新鮮勁兒也過去了，方告作罷。

接著她開始整理床鋪，給床罩上了一條乾淨的床單，又細心放好了枕頭，最後把被褥也鋪好了，她在做這些的時候是充滿著愛意的。看著整理好的床鋪，每一件東西都讓她想入非非，不由得有點喘不過氣來。

帥克奉命出去買午飯和葡萄酒，等他回來時，太太已換了件內衣，透明的內衣爲她平添了許多誘人的韻致。

午飯時她的胃口不錯，喝掉了一瓶葡萄酒，香煙也抽掉了很多，吃完了就午睡去了。此刻廚房裡的帥克正有滋有味地享受著呢，他用麵包蘸著玻璃杯裡的甜酒吃得起勁。

「帥克！」臥室裡的人在叫他，「帥克！」

帥克進了臥室，眼前的太太十分嫵媚動人，她半靠著枕頭，擺出妖嬈的姿勢。

「進來。」

帥克向床邊走過去。看著帥克那強壯的身體、粗粗的大腿，她的眉眼頓時變得十分嫵媚。她掀起了身上的床單，板著面孔說：「脫下你的靴子來，褲子也脫了，讓我看看……」

上尉回到家裡，帥克這樣報告：「報告上尉先生，我已經滿足了太太的一切要求，我完全是按照你的命令做的，我把她伺候得很好。」

「幹得好，帥克。她有很多差使嗎？」

帥克回答說：「有六項左右。她已經睡熟了，可能是旅途辛勞之故吧。按照您所說的，只要是能從她的眼睛裡看出來的要求，我都滿足她了。」

（五）

在炮火連天的多瑙河以及拉包河上的森林中，堅守陣地的部隊受著死亡之神的威脅，喀爾巴阡山區時刻有大口徑的炮彈呼嘯而至，成群成群的士兵被這炮火所吞噬，紛飛的炮火燃燒著城市和鄉村，戰區內一片火海，而此時的盧卡什和帥克，卻與那位逃離自己的丈夫，現已堂而皇之自比為女主人的太太周旋著。

正好太太散心去了，利用這個難得的機會，盧卡什上尉和帥克展開了一場嚴肅的討論，中心議題是怎麼趕走她。

帥克發言了：「上尉先生，我有個好主意：如果我沒忘記的話，在那封她讓我交給您的信裡，她曾說過她是從她老公身邊逃出來的。只要她的老公知道了她身在何處，肯定會把她帶回家的，這樣一來事情不就結了嗎？咱們應該打個電報告訴他，他的老婆就在咱們家裡，要他過來接回去。去年也有這樣一件事情在伏舍諾利的一棟公館裡發生，那女的給自己的老公打電報。後來她的老公過來，讓她和那個姦夫各吃了一記耳光。不過您不用擔心，因為他們只不過是平頭百姓，如果那姦夫是個長官，她老公絕對不會打他耳光的。而且這也不關您什麼事，是那女人自個兒跑來的。這件事全是她引起的，有什麼事就得她擔著。看著吧，這封電報會幫上大忙的。可是興許她的老公會打耳光……」

「他很文明，」盧卡什上尉制止了帥克，「他是個富有的啤酒花商人，我見過他，不過還是和他商量一下比較好。好吧，去發電報去。」

電文如下：「尊夫人現住在……」以下就是地址，可謂惜字如金。

以下的事情也就自然而然地開始了，卡蒂看到啤酒商的時候，著實嚇了一跳，雖然她很不滿，倒也不害怕，主動承擔了介紹雙方的任務：「這是我的先生，這是盧卡什上尉。」誠如上尉所言，啤酒花商人顯出了他優雅溫柔的一面，可是他的太太腦子裡卻一片空白，不知該說些什麼。

「溫德勒先生，請坐吧，」盧卡什上尉一臉的親切友好，還向他敬煙：「請您抽支煙！」以文雅著稱的啤酒花商接過了煙，頓時屋裡有了煙氣，他斟酌著字句問道：「上尉先生，聽說您要上前線了？」

「是的，他們批准我去布傑約維策九十一聯隊了。我現在還在軍校，在教一年制的課，我想教完後就可以上前線了。我們很缺軍官，可是沒人想當軍官，這事真讓人發愁。那些一年制的志願兵裡面有很多人夠條件，可那些人卻不願報名，他們情願做個普通的步兵。」

「打仗期間，啤酒花業很不景氣，不過這仗也不會打得很久的，我有這個感覺。」啤酒花商一會兒看看自己的太太，一會兒又打量著上尉。

盧卡什上尉說：「現在我方的情形十分有利，誰都看得出來必定會是中歐大國最終打贏這場戰爭。在強大的奧地利—土耳其—德國面前，法國、英國還有俄國就顯得底氣不足。儘管在少數幾個地方我們有一點點的失利，可一旦俄軍佈置在喀爾巴阡山峰和多瑙河中部的那條防線被我軍攻破了，那麼戰爭勢必馬上可以結束。法國的整個東部地區會被迅速吞併，巴黎也會淪陷在德軍的鐵蹄之下，法國人不能不提防這一點，這是顯而易見的。在塞爾維亞，我軍的形勢也是一片大好。很多人不理解我軍的後撤，他們不會冷靜地分析戰爭，因此他們得出了許多錯誤的結論。事實上，後撤就是轉移，勝利離我們不遠了，在南戰場我軍組織了好多次的軍事行動，不久就會捷報頻傳了，你看……」

啤酒商被上尉輕鬆抓著來到掛著軍事地圖的那面牆邊，上尉一邊指著圖上我軍的據點，一邊充當著講解員：「這兒是杜比斯基第山，這兒的據點是最堅固的。這兒您看，喀爾巴阡山一帶，我們也在這裡設置了強有力的武裝力量。我們會傾全力猛烈進攻這條戰線，一直攻進莫斯科。等著瞧吧，我們會提前結束這場戰爭的。」

「土耳其呢？」啤酒花商此刻想著應該怎麼說，才能讓話題自然而然地過渡到那個問題上，他可是專門爲這個而趕來的。

「他們在頑強地支撐著。」盧卡什上尉和啤酒商回到了桌子邊上，上尉繼續說，「土耳其議長和阿里伊將軍已經抵達維也納，利曼·馮·贊德爾斯被任命爲土耳其在達達尼爾海峽的部隊的總司令。皇帝獎勵了好一些土耳其盟軍的將領，這麼短的時間卻有這麼多的人受到了嘉獎，真是可歎。」

上尉說完了，可是別人都不知該說什麼，你看我我看你誰也不出聲，後來還是上尉打破了僵局：

「溫德勒先生，您是何時到達的？」

「今天上午。」

「我很高興見到您，我天天都要在兵營值夜班，而且下午就得走，所以我家成天都沒人，正好讓您的太太清靜一下。她在這兒的時候，誰都沒來煩她。我們也是老朋友……」

啤酒花商乾咳了一下：「上尉先生，卡蒂的脾氣確實有點古怪。我真誠地向您致謝，感謝您對她的幫助。她有一些神經上的毛病，她也是突然想起應該上布拉格來看一看。那時候我人在外面，等我辦完了事回來她已經不在了，只剩下空無一人的家。」

他儘量表現得十分真誠，還伸著手指作勢嚇嚇她呢，他悲哀地說：「也許你覺得既然我出差去了，你自然就能外出散散心了，但是你沒有料到……」

盧卡什上尉覺得馬上就要扯到那件事上了，急忙把他再次領到地圖那兒，他要解釋一下那個有重要標誌的地方：「剛才我忘了把這件好玩的事情告訴您了。您看見這根向西南方延伸的粗筆畫的弧線了嗎？在這條線上有一道天然屏障，那是由群山峻嶺構成的。現在同盟軍正在向這塊地方發動猛烈攻勢，這條路連接著天然屏障和敵軍的主要防線，只要我們從中間切斷它，就可以封鎖敵人的右翼部隊和維斯拉河上的北方軍的聯繫了。這麼說您該清楚了吧？」

啤酒花商急忙說他明白了，只不過不知道是否上尉的話裡還暗含著某些深意。他走回自己的座位說道：「由於連年打仗，我們的啤酒花沒法賣到國外去。以前我們的啤酒花可以銷往法國、英國、俄國和巴爾幹，現在這些市場都沒了。只有一個義大利可以繼續出口，可是要是他們也參戰了，那就慘了。哪天咱們贏了這場戰爭，就應該讓我們制定貨物的價錢！」

上尉撫慰他說：「義大利是中立國，我想不會……」

「那麼它幹嘛不履行和奧地利、匈牙利、德國簽訂的協約呢?」啤酒花商怒不可遏。此刻,在他的腦海裡,啤酒花、女人、打仗一齊旋轉了起來。「以前我總是盼望著義大利會攻打法國和塞爾維亞,如此一來戰爭興許就會結束了,要知道我們倉庫裡的啤酒花都爛了。國內幾乎沒有什麼訂單,國外市場也失去了,義大利還中立。如果是這樣的話,那一九二一年的時候,它幹嘛還要和我們恢復三國協約呢?義大利那個外交部長迪·桑·邱利阿諾侯爵呢?他在哪兒?他現在在幹什麼?是睡覺嗎?您知不知道和平時期我每年有多少周轉資金?而現在還有多少?」

他怒氣衝天,連話都說不順溜了,就站起來跑過去對他太太說:「卡蒂,和我一起回家去。快點穿衣服。」

停了一會兒他覺得還得作點解釋:「以前我總是很平靜的,但是對於這些鬧心事,我實在是很生氣。」

趁著卡蒂在換衣服的當兒,他輕聲告訴上尉:「她可不是第一次幹這種事。去年她和一個代課老師私奔,我是從薩格勒布把她接回來的。我就借這次旅行,順便和那兒的啤酒廠簽了份合同,他們答應收購六百袋啤酒花。」

「是啊,南方真稱得上遍地黃金,想當年,我的牛意可以做到君士坦丁堡。可是如今我都快破產了。要是政府再給我點顏色,譬如限制啤酒產量的話,我可就徹底完蛋了。」

他把上尉遞給他的香煙點上,繼續說:「現在,就只有華沙從我那兒買走了兩千三百七十袋啤酒花,那兒有家奧古斯丁啤酒廠,因爲它是國內最大的一家,他們每年都有人來和我商談訂購業務。唉,世道艱難啊!還好我不用撫養孩子。」

盧卡什上尉微微地笑了一笑，那個所謂一年一次的洽談讓他覺得好笑。啤酒花商人瞥見了他的笑容，又說了下去：「以往匈牙利啤酒廠每年都會買走一千袋啤酒花，那是由於他們要向亞歷山大出口啤酒。可是現如今，那兒被封鎖了，他們就不願意再買啤酒花了，就算我們打七折也不管用。經濟不景氣，面臨破產、貧窮的陰影，還要爲家事操心。」

啤酒花商陷入了煩惱，不再說話了。這時卡蒂太太一切都準備就緒，靜寂的局面被她打破了：「我的兩隻箱子該如何帶走呢？」

「會有人過來拿的。」啤酒花商說，他很高興，這件事情能夠順利了結，竟然沒有讓誰出醜難堪。「如果你還想購物的話，我們就該動手了，兩點二十，火車就會開的。」

這對夫妻很客氣地向上尉告別了。這件事情的成功處理讓啤酒花商心情格外舒暢，他一激動，就在門廳裡這樣和上尉告別：「如果您打仗的時候有什麼閃失，千萬要來我們家養傷啊，到時，我們一定把您伺候得舒舒服服。」

在卡蒂太太換衣服的睡房裡，上尉找到了四百克朗和一張字條，卡蒂太太把它們放在盥洗池上了。紙條上寫著：

上尉先生：您連我的丈夫都對付不了，在這隻臭猴子，世界上最笨蛋的傻瓜面前，您卻一點也保護不了我。您就這樣讓他帶走了我，好像我只是一件東西，是他無意間落在您這裡的什麼物件而已。您招待我？居然連這樣的話都說得出口。招待我花了不少錢吧，我那四百克朗也夠了吧，您就留著跟您那勤務兵分去吧。

上尉愣愣地站著，手裡還握著那張紙條，過了一會兒，他把紙條慢慢地撕成了碎片。看著盥洗池上那些錢，他笑了笑，突然又看到梳粧檯上有一把梳子，肯定是卡蒂太太過於激動，梳妝完了之後忘記收起來，於是這把梳子就成了他的收藏中的一件寶貴的紀念品了。

吃過午飯後，帥克才回到家裡，上午他去替上尉物色看馬狗了。

上尉說：「帥克，你發財了，那位太太被她的丈夫帶走了。她放了四百克朗在洗臉池上，鑒於你對她的周到服務，她特意留給你酬勞。你應該好好謝謝他們夫婦倆，這是她從丈夫那裡拿來的旅費。現在我給他寫封信，我口授，你幫我記錄：

尊敬的先生：

代我向您的夫人致以誠摯的感謝。她留下來四百克朗，以償付她在布拉格的費用。因爲我對她的照顧，純粹是我的一片真心，所以我不應該拿這筆錢。現在如數奉還……

「接著寫呀，你在幹什麼呢，帥克？我說到什麼地方了？」

「現在如數奉還……」帥克心痛地說。

「不錯！『現在如數奉還，並且向您二位表示最真心的敬意，吻尊夫人的手。盧卡什上尉的勤務兵約瑟夫．帥克。』好了嗎？」

「報告上尉先生，還沒寫日期呢。」

「寫上『一九一四年十二月二十日。』好的！現在再去把信封填好，到郵局裡把四百克朗寄到這個地址。」

盧卡什上尉吹起了口哨，那是喜劇《離婚後的夫人》裡的詠歎調。

「等一下帥克，還有件事情，」上尉叫住了正準備去郵局的帥克，「你找到看馬狗了嗎？」

「有眉目了，上尉先生。我看見了一隻長得十分俊俏的好狗了。只是還得費點工夫才能弄到手。但是明天，大概我就能把牠弄到家裡。牠喜歡咬人！」

（六）

最後一句話其實是最有價值的，可惜盧卡什卻什麼也沒聽見。「這個傢伙什麼都咬」這句話，帥克本來打算再多說一次，以便讓上尉聽清楚，轉念一想：「這跟上尉有關係嗎？既然他想要的只是一條狗，給他弄到一條狗不就得了！」

「給我帶條狗來，」說這麼一句話再簡單不過了。每條狗都會受到主人的悉心照顧，即使是那種除了給老頭兒暖暖腳之外別無他用的雜種狗也一樣，更不用說純種的名貴狗了，狗的主人都會對牠們關懷備至，不讓牠們受一點委屈。

狗，特別是純種狗，都有一種本能，及時預見未來：自己可能會被別人弄走，自己會離開主人，那一天早晚會來的。由於這點，牠常常擔心不已，害怕被人弄走，肯定有一天會被偷走。比如，在散步的時候，狗總是遠離主人，剛開始十分快樂，同別的狗在一起玩耍、戲鬧，或者彼此在身上爬來爬去，絲毫沒有羞慚的感覺；有時在路邊的柱石上聞來聞去，任何一個小角落都會看到一隻腳往外翹，有時甚至是在雜貨鋪老闆娘的馬鈴薯筐子上牠們也來這一手，反正牠們是極其高興的。牠們實在是太幸福了，美滋滋的，簡直如同少年們幸運地通過中學畢業考試一樣。

但有時候，牠會在快樂中忘乎所以，突然迷路了，這時你會發現，牠的愉快早已消失得無影無蹤，剩下的只是失望已極的驚恐，毫無目的地滿街亂跑、狂嗅、哀叫著，尾巴也垂下來，說明牠已經不抱任何希望了，只好向著街上的陌生人亂撲。

如果狗會講話，牠一定會這麼說：「上帝啊，我遲早會被別人弄走的！」

這樣的狗往往十分恐懼，狗場裡有很多，牠們都是被偷來的。有一種很特殊的小偷寄生在大城市，他們謀生的手段就是偷狗。這些狗都是在沙龍裡被偷的，像那種小小的捕鼠狗，就手套那麼大，偷走牠們再簡單不過了，儘管牠們常被放在大衣口袋或是太太們隨身帶的暖手筒裡，還是能被小偷們弄走，那些小狗也真夠可憐的！要是碰巧是一隻很兇狠的德國斑花惡狗，牠往往在城郊的別墅看門，這樣的狗只能在夜裡偷走，即使有密探也無濟於事，小偷甚至在密探的眼皮底下偷盜警犬。如果狗是用繩子牽著的，他們能割斷繩索，帶著狗溜走，轉眼就不見了，讓你瞅著繫過狗的空繩子發愣，一點辦法都沒有。街上的狗很多，你碰到的一半都換了不止一次主人，甚至會發生這樣的事，也許你會買回一條狗，牠卻正是你當年出去散步時丟失的那隻小狗，真是令人啼笑皆非。要是帶狗出去大小便，特別是大便的當兒，狗很容易被偷走，所以每隻狗總是在這種時候特別機警，不停地向四周看。

有好多種偷狗的方法：像扒手一樣偷的方式比較直接，有的則是誘騙然後偷走的。教科書和自然科學上都認爲狗是很忠實的動物，事實上並非如此，如果讓狗聞到了油炸馬肉香腸，即使牠是一隻對主人百般忠實的狗，也會毫不猶豫地背叛的。
牠會轉身跟著別人走，而把主人忘得一乾二淨。儘管主人就在牠近旁，牠滿嘴淌涎水，急切地盼望吃到那根香腸，充滿歡欣，開始搖著尾巴，乞求你的施予。就好像精力過剩的公馬被帶到了母馬那兒一樣，鼻孔眼張開，大得嚇人。
小城廣場緊靠城堡臺階，那兒有一家小啤酒店。一天，後排坐著兩個人，一個是當兵的，一個是老百姓，燈光暗淡，依稀可見。他們緊湊在一起，神經兮兮地，低聲交談，那些威尼斯共和國時代的陰謀可能也不過如此。
「每天八點鐘，」老百姓對士兵嘀咕，「女僕帶著牠去公園，途經赫爾利契科沃廣場。牠非常兇猛，特別能咬人，沒人敢摸牠。」
他又向士兵靠近了一些，湊近他的耳朵說：
「牠竟不吃香腸。」
「吃油炸的嗎？」士兵又問。
「炸了也不吃。」
兩人都生氣地吐唾沫。
「這麼說，牠靠什麼活？」
「天知道牠靠什麼過活！這種畜生儼然一個大主教，十分嬌慣。」
老百姓和士兵互相碰杯，老百姓又悄聲說：「曾經有一次，克拉姆夫卡狗場讓我儘快弄到一條狗，那是一條黑獅子狗，也是連香腸都不吃。我有三天都瞅著牠，實在沒辦法了，就逕自詢問那位帶著狗散步的太太：她的狗到底吃什麼東西才長得如此漂亮結實。那位太太聽了十分高興，她就告訴了我，這狗最愛吃的就是肉排。我馬上去買了一大塊炸豬排，準備餵那條狗。我覺得這是一個極佳的辦法，事情會順利的。誰知，那畜生毫不理睬，牠大概以為只是塊小牛排，根本看不上。看來牠是只吃豬肉的，我沒辦法，只好去重新弄了一塊豬排。我先湊近牠的鼻孔讓牠聞了一下，然後就拿著豬排向前面跑，牠就在後面追上來了。那位太太喊著：『波契克！波契克！』可是波契克顧不上這些。牠一個勁地追豬排，直到一個角落裡，我把一根鏈子套在它脖子上，第二天就送到了克拉姆夫卡狗場。他們把牠脖子下的一縷白毛也塗成了黑色，防止其他人認出來。這種能夠被炸馬肉香腸吸引的狗很多。你最好也去打聽打聽，她那隻狗最愛吃的是什麼。你的身材那麼好，又是軍人，她一定樂意讓你了解。我早就去試過了，可她只瞪了我一眼，恨不得捅我一刀，說道：『這關你的事嗎？』她其實一點都不漂亮，像猴子一樣，可是一定會樂於和軍人搭話。」

「那確實是純種的看馬狗嗎？我的上尉對這種狗不感興趣。」

「是條灰黃色的看馬狗，絕對純種，非常討人喜歡，就像你我的名字一樣，你叫帥克，我叫博拉赫尼，是吧，我必須先弄清牠喜歡什麼吃的，再給牠吃，然後帶到你這兒來。」

兩位又進行朋友式的碰杯。帥克以前幹過販狗的生意，那時還沒入伍，博拉赫尼專門給他提供狗。他可是這種行當中的老手，非常老練。聽說，他偷偷地買回一些狗，很值得懷疑，是從剝死畜皮的商人那兒弄到的，然後再賣到很遠的地方。有一次，他住進了維也納巴斯特狂犬病研究所，因為他不幸染上了狂犬病。現在他認為幫帥克做事是他的責任，完全是自願主動的。布拉格內外的狗他都瞭如指掌，說話聲音那麼小，就是擔心啤酒老闆知道了他的秘密。半年前他就是在這家小酒店裡弄走了一隻達克斯小狗，放在大衣裡就帶走了。他像餵嬰兒一樣，用奶瓶給牠吃牛奶，那小傢伙也真夠笨的，以爲是在吃媽媽的奶，靜靜地待在他的大衣下面，沒出一點聲響。

他本來只弄純種狗，讓他去做法庭鑒定人也沒問題。他只提供狗的來源，是向所有的狗場和私人。他偷過的狗免不了憤怒地對他狂吠，在街上時常會發生這樣的事。他站在櫥窗前面，一條報復心很重的狗在他背後擡起一條腿，往他褲子上撒尿，這種事是時常發生的。

第二天早上八點鐘，好兵帥克在赫爾利契科沃廣場閒蕩，那兒離公園很近，又是一個小角落。顯然他在等那位照看看馬狗的女僕。女僕最後來了。有一隻鬍子狗樣子兇狠，長滿一身的剛毛，眼睛是藍黑色的，這時從他身旁跑過。牠十分高興，就像剛解過大小便的狗一樣，追逐那些啄食街頭糞渣的麻雀。

一個女人經過帥克身邊，她正是專門照顧那條狗的。這姑娘不年輕了，髮辮高高地盤在頭上。她向狗吹口哨，不停地抖動手裡那條牽狗的鏈子，還拿著一條特殊的鞭子。

帥克上前和她搭話。

「請問小姐，到日什科夫該怎麼走呢？」

她停住了，看看他，以爲他的話完全出於真心。帥克的樣子是那麼和藹，她覺得這個士兵真是要去日什科夫。由於信任，她也變得態度柔和，告訴他去日什科夫的路，一副得意的樣子。

「我剛來布拉格不久，」帥克說，「我是外地人，是個鄉下小夥子，您是布拉格本地人嗎？」

「我是沃德尼人。」

「我們住得很近的，」帥克答道，「我是普洛季威人。」

這點微不足道的地理知識還是在南部捷克行軍時學來的，老姑娘居然心頭一熱，像見到了久別重逢的鄉親。

「你認識貝哈爾吧，就是那個在普洛季威集市上賣肉的貝赫？」

「當然熟識！那是我哥哥。鄉親鄰里沒有一個不喜歡他的，」帥克說，「他人緣極好，又樂於助人，賣的肉質量上乘，分量又足。」

「那麼您是雅列什家的人啦？」女僕接著詢問，對士兵產生了好感，儘管他們以前根本就不認識。

「是呀！」

「您是哪個雅列什的兒子？是住在普洛季威區格基那一位的雅列什？還是在拉希捷的那一位的？」

「是在拉希捷的那一位。」

「他還在賣啤酒嗎？」

「仍在賣。」

「他大概都六十好幾了吧？」

「今天春天就是整六十八歲，」帥克回答著，非常坦然。「現今生活過得還湊合，剛買了一條狗。狗和他共坐一輛車。真像這兒追逐著麻雀的那條狗。那狗實在是太討人喜歡了，太迷人了。」

「那是我們家的狗，」老姑娘趕忙答道，「我是上校先生家的女僕，您可能知道我們的上校先生吧？」

「當然。他學問很高，在我們布傑約維策，也有一位上校。」
「我們的老爺要求十分嚴格。近來好像在塞爾維亞被打敗了，他回到家生氣得很，摔掉了廚房裡所有的盤子，還想把我打發走。」
「那狗是您的啊，」帥克故意阻止她繼續往下說，「我是在上尉先生那兒服務，太可憐了，什麼狗都難以贏得他的歡心。我倒是滿愛狗的。」他不說話了，靜靜地呆了一會，突然說：
「每條狗吃的東西都不一樣，不是給什麼就吃什麼。」
「我們的魯克斯非常注意吃的東西，挑挑揀揀，有一段時間連肉都不吃，不過近來又開始喜歡肉了。」
「牠最愛吃的是什麼呢？」
「是肝，煮熟的肝。」
「牛肝還是豬肝？」
「那倒沒什麼關係，」帥克剛結識的老姑娘微微一笑。她認爲剛才帥克的問題很幼稚，像一句逗人的玩笑話，而且是一個失敗的玩笑。
他們又一起閒逛了一會兒。後來，那條看馬狗也走近他們，牠已經被用鐵鏈拴住了。牠熱情地對待帥克，還試圖拉帥克的褲腳，只是有嘴籠阻隔才沒扯住，並且不停地跳來跳去，想爬到帥克身上。突然間，牠似乎猜測到了帥克的用心，變得悲哀、驚慌，眼睛斜著瞧帥克，完全不是剛才那副活蹦亂跳的樣子，心裡好像在說：「你原來是想弄走我？」
後來，她告訴帥克，每晚六點她都帶狗來這兒閒逛，布拉格的男人沒有一個可以信賴的。她在報紙上登過一回擇偶廣告。來應徵的是個修鎖的，還承諾跟她結婚，卻從她那兒白白拿走了八百克朗，聲稱要用於某種新產品的投資，結果跑得連蹤影都沒有了。她覺得只有鄉下人才更老實，做事信得過。如果她結婚的話，只嫁鄉下人，但什麼事都得在戰爭結束後再考慮。她說打仗的時候是不能結婚的，這未免太傻了，肯定會得到一個不好的結局，許多女人都做了寡婦。

帥克許諾六點鐘來，這使她充滿了渴望之情。然後他很快跑到那位叫博拉赫尼的朋友那兒，告訴他說那條狗吃肝，不管什麼肝都吃。

「那好，我拿點牛肝給牠吃，」博拉赫尼下定決心。「我曾經偷到過一條聖伯利狗，就是用這種肝從維德拉廠主處引誘來的，那條狗忠誠無比。我明天就會給你帶來那條狗。」博拉赫尼是個值得信賴的人。那天下午，帥克整理房間，剛收拾好就聽到了門外的狗叫聲。博拉赫尼來了，拉著一條頑劣的看馬狗。牠的毛直直地豎起，轉著殘忍的眼睛，眼神中滿含憂愁，如同關在籠子裡的饑餓已極的老虎，緊緊瞪著那些來動物園遊玩的人們，他們都肥肥的，興奮地站在籠子前。牠咧開大嘴，磨著牙齒，十分惱恨，好像想說：「我要撕爛你們，扯成碎片！把你們統統吃掉！」

他們把狗拉到廚房，用繩子繫在桌子旁邊，博拉赫尼說著弄狗的過程：

「我用紙包好熟肝，拿著出去，有意地走過狗身邊，牠立刻就聞到了香味，向著我跳躍，撲向我，我就是不分給牠，一點也不讓牠沾，只管朝前走。那狗死死地跟著我，我在公園那邊轉了個彎，拐入布萊托夫斯卡街，我拿了一塊肝給牠吃。牠貪婪地吃著，很快就消滅光了，好像擔心我走開，一直緊跟著我。後來又轉入了英德希斯卡街，我第二次餵給牠肝吃。牠大概填飽了肚子，我把繩索套在牠脖頸上，拉著牠走，路過瓦茨拉夫大街，到了維諾堡，一直到了沃爾舍維采才停下。路上牠做了一件怪事：通過電車路時，牠橫躺著一動不動，可能存心想死在電車底下吧。我有一張空白的血統證明書，常帶在身上，是從佛策紙張店買來的，你會做假的血統證明書，是不是，帥克？」

「這需要你親筆書寫。寫上這畜生是從萊比錫的馮・畢羅狗場買來的，父親的名字叫阿爾尼姆・馮・卡勒斯博格，母親的名字叫艾瑪・馮・特勞頓斯朵夫；父親還和謝格弗瑞特・馮・布森道夫有血緣關係。牠的父親曾在一九二一年柏林看馬狗展覽會上獲得一等獎，母親贏得過紐倫堡純種狗協會的金質獎章。你覺得牠有多大了，還年輕嗎？」

「從牙齒來看，有兩歲。」

「那就寫上是一歲半吧！」

「牠的毛沒剪好，帥克，你瞧牠的耳朵。」

「這好辦，先讓牠跟我們熟識一段，再給牠剪毛。牠脾氣夠大的，現在剪可不容易。」

這偷來的狗十分生氣，大聲叫著，鼻孔裡呼呼地冒氣，整個身子扭動著，直到累得不可動彈才停下來，舌頭拉出來，躺在那兒。牠漸漸學會沈默了，不過有時還是哀叫著，一副可憐的樣子。

帥克拿出博拉赫尼留下的肝，放在狗面前，牠一下都沒碰，只是看著他倆，眼中流露出倔強的神色，好像在說：「我被肝引誘，已經受了一次騙，還是留給你們吃吧。」

牠無奈地躺著，假裝打盹，一副無精打采的模樣。忽然間，牠好像想起一些事，很快站起來，極力討他們的歡心，擡起前腿，露出一副可憐相，牠不得不服從他們。

帥克對這樣的情形也沒什麼反應，儘管頗讓人動情。

「躺下！」他大聲叫喊，那畜生著實讓人憐惜。牠不得不躺下，哀傷地叫著，呻吟著。

「我該給牠取個名字，以便填好血統證明書。」博拉赫尼這麼說著，「牠的名字是魯克斯，取個跟這名字相像的，牠很快就會聽明白的。」

「乾脆就叫麥克斯吧！看見了嗎，博拉赫尼，牠的耳朵直直地往上翹。起來，麥克斯！」

看馬狗站起來了，牠時刻都在等待吩咐，實在是太不幸了，不僅沒有了家，連名字也被更改了。

「我覺得解開牠會更好一些，」帥克下定了決心，「看看牠能做出什麼事來。」

狗被解開了，很快衝出門，對著門把手叫了三聲，非常急促，可能是感謝他們的開恩，對他們表示出信任。牠其實是想出去，不過發現他們對此並不在意，於是停在門邊撒尿，弄出了一攤水。牠覺得這點足以讓他們生氣，肯定會把牠攆出去，牠想起了小時候的事，軍隊裡很講衛生，上校就這樣訓練牠。

帥克並沒有允許牠出去，只是說：「牠真像耶穌會教徒，非常狡詐。」他拿出皮帶，抽了牠一鞭，把牠插在尿液裡，嘴巴被搞得濕淋淋的，牠連舔舔嘴唇的功夫都沒有。

這是一種極大的污辱，牠狂叫了一會兒才停下，繞著廚房走來走去，完全失去了希望，不停地聞自己的腳印，忽然又到了桌子邊，吃光掉在地上的一點點肝，然後沿著壁爐躺下來。牠在進行了這麼一段運動之後，昏昏沈沈地睡著了。

「我給多少錢呢？」帥克正同博拉赫尼分手，又突然說道。

「這事不准再提了，帥克，」博拉赫尼友好地說。「給老朋友辦事在所不辭，更不要說你已經是個當兵的老朋友了。再見，小夥子，千萬不要帶牠去赫爾利契科沃廣場，弄不好會出事的。你若還想要狗就跟我說，什麼樣的都行。你還不清楚我住的地方嗎？」

麥克斯一直沒醒，過了很長時間，帥克也沒去管牠。他去了肉店，買回一斤肝，並且煮熟，麥克斯一醒來，就扔給牠一塊熱的發燙的肝，夠牠聞的了。

麥克斯終於睡夠了，醒來之後舔著舌頭，懶懶地伸腰，聞到肝的香味，禁不住誘惑，一大口就吃光了。接著，牠走到門邊，試圖弄開門的把手。

「麥克斯，」帥克叫著，「來我這邊！」

牠還是走過去了，顯得驚慌失措。帥克抱起牠，放在腿上，輕輕地摸著，麥克斯第一次向他表示友善，搖搖尾巴，那尾巴還剩一小段了，並且在他手上慢慢地抓著，然後用爪子摳得牢牢的，露出機敏的眼神，瞅著帥克，好像在說：「我明白了，事情發展到這個地步，我完全屈服了。」

帥克繼續摸著牠，聲音異常輕柔地說：「曾經有一條名叫魯克斯的狗，牠的主人是一位上校。他家的女僕每天帶牠出來閒逛，卻給弄丟了。魯克斯被帶到了軍隊，不過這次的主人是個上尉，牠的名字改成了麥克斯。麥克斯，伸出前爪！看看你這小東西，你應該老老實實地聽話，我們可以成爲十分親密的夥伴。不然的話，軍隊裡有你的苦頭吃。」

麥克斯往下一跳，不再待在帥克膝頭，繞著他蹦來跳去，看起來非常興奮。天快黑的時候，上尉從兵營回來了，這時帥克已經同麥克斯建立了親密的友誼關係。

帥克瞅著麥克斯，忽然冒出一種富有哲理的想法：「其實想想我們四周的人，從某種意義上說，每個士兵都是被別人竊走的。」

比。

盧卡什上尉看見麥克斯，格外欣喜。麥克斯似乎喜歡挎馬刀的人，牠一看到上尉，就快樂無比。

帥克態度平和，不亂方寸，坦然地說狗是一個剛剛當兵的朋友送給他的，根本沒有提到狗的真實來源和買狗的花費等事項。

「很不錯，帥克，」上尉邊說邊和麥克斯鬧著玩。「就憑這條狗，下月一號我給你五十克朗。」

「我不要，上尉先生。」

「帥克，」上尉突然非常嚴肅地說，「你是來爲我服務的，當初我就告訴你一定得服從於我。我給你五十克朗，你沒有理由拒絕，必須收下，去好好喝一頓也行。帥克，有了五十克朗，你有什麼打算嗎？」

「報告，上尉先生，服從您的命令去痛快地喝一場。」

「帥克，也許我會記不起這事，你得向我暗示，因爲有了這條狗我該給你五十克朗，這是命令，你知道嗎？這狗長跳蚤了嗎？給牠洗洗澡會更乾淨的，再梳理一下毛，我明天要值班，後天有空帶牠出去逛逛。」

正當帥克幫麥克斯洗澡的時候，狗的舊主人，也就是上校先生正在家裡怒氣衝天地發火，他惡狠狠地威嚇著，要是發現誰偷了他的狗，非把這人送到軍事法庭不可，把他槍斃、絞死，讓他坐二十年牢，把他砍成肉泥。

「魔鬼會懲罰你的！」上校用德語大聲地叫嚷，整個屋子在晃動，窗子震得沙沙作響，「我會給你顏色瞧瞧的！」

帥克和盧卡什上尉很快就會面臨一場大的災難。

①一種比大小的玩牌方法，以點數大者為贏，最大的點數為二十一，超過了也算輸。

②拉丁語：絕無僅有的東西。

③愛司即A，為十一點，傑克為J，十點。神父的點數是二十一，最大，但因與莊家的點數相同，就算莊家贏。

④神父的牌是二十二點，因超了一點算輸了。

⑤維沃達拿了三個七，正好是二十一，兩人點數相同算莊家贏。

⑥蒙特卡洛是歐洲有名的賭城，摩納哥的首都。

⑦中世紀的一個小公國，現在德國境內。

⑧拆電話表示軍隊準備撤退了。

⑨一種毛短腿歪的狗。

十五　災禍臨頭

齊勒古特村坐落在紮爾茨堡①附近，村裡有一個愚蠢至極的傻瓜，他就是弗里德里希·克勞斯·馮·齊勒古特上校。還在十八世紀早期，他的祖先就來到這裡，為了謀生，不得不從事劫掠生意。克勞斯上校是個很奇怪的人，在談到一些事物時，總是擔心大家沒有完全領會他的話，所以常常停下來問大家是否確實聽懂了，其實他講的都是些極其簡單的事，人盡皆知，連白癡也不例外。例如：「看見了嗎，這就是窗戶，各位，什麼叫窗戶呢？你懂不懂？」

還有這樣的例子：「你們聽說過公路吧，那就是夾在兩道深溝之間的玩藝。溝又是什麼呢，你們知道嗎？溝嘛，深深地凹陷下去，需要許多農夫才能挖出，而且是用鋤頭挖的。你們是否知道什麼是鋤頭呢？」

他對解釋工作有種狂熱，這成為他的一大「特色」。那種瘋狂的激情，頗有些令人感動，絕不亞於發明家講起自己的發明創造時那聲情並茂的姿態。

「各位，書本是這樣形成的，先把紙片裁成各種形式的長方形，然後在上面印上字，最後放到一起，進行裝訂粘貼。不同的書的大小也是不一樣的，主要是開本不同。你們知道用什麼粘貼嗎？是用粘膠，當然了，粘膠和膠是完全相同的。」

上校是個驚人的蠢材。他不停地向別人講話，什麼人行道就是車行道和步行道劃分開，還有人行道是靠著房子正面修出的，且比路面高，是成為一長條的石子路，而房子正面恰好就是我們從街上或人行道上所能看見的那一面，從人行道上卻不能看到房子的後面，這一點是顯而易見的，只要走上車行道，馬上就可以得出同樣的結果。軍官們大概是害怕他這種無休無止的嘮叨，都躲開他，離得愈遠愈好。

對於上面提到的事，他認爲非常有趣，在眾人面前極其興奮地表演，險些被車子壓著。以後他愈發地傻了。軍官們總會被他攔在半路上，不得不聽他喋喋不休的閒談，都是些攤雞蛋、太陽、溫度計、油炸餡餅、窗戶、郵票等瑣碎的無聊之事。

上校這樣的傻瓜居然仕途通達，平步青雲，人們頗爲驚訝。像軍長將軍這樣有權有勢的大人物都給予他特殊的照顧，然而作爲上校，他的軍事才能實在不敢恭維。

演習的時候，整個聯隊在他的率領下，總是莫名其妙地做出一些怪事。他沒有一次準時趕到指定地點，一團人卻被分成幾個縱隊，不顧敵人的機槍火力點，向前挺進。已經是幾年前的事了，有一次，皇家軍隊在捷克南部演習，他自己和整個聯隊意外地迷路，辨不出方向，結果開到了摩拉維亞。演習結束了，士兵們已經躺在兵營裡休養，他卻在那兒胡亂奔波，一直過了好幾天。儘管這樣，他也沒受什麼處分，一切都風平浪靜。

他的交際倒很成功，不僅和軍長將軍，而且和奧地利其他與他並無二致的愚蠢軍官們都是親密的私友，這就幫他贏得了各種名目的頭銜和勳章。這些獎賞無疑增添了他的榮耀，他自命不凡，洋洋得意，號稱天下獨一無二的軍人，堪稱戰略理論乃至所有軍事科學領域的天才，自詡爲偉大的理論家。

他在檢閱聯隊時同士兵進行日常對話，不厭其煩地重複著相同的問題：

「爲什麼我軍使用的步槍叫曼利海爾槍②？」

由此團裡人送他一個「曼利海爾蠢材」的綽號。他心胸狹窄，一些不幸運的下級軍官常遭到他無情的報復，只因這些人不符合他的興致。假如他們遞上結婚申請書，他會乘機在報告上留下極糟糕的意見再轉呈給上級。

年輕時，他就是一個完完全全的蠢才，以至於他的對手割掉了他的耳朵，就是爲了讓大家都知道這位弗里德里希·克勞斯·馮·齊勒古特是何等愚笨，因此，他有了一隻永遠殘缺醜陋的左耳。

如果有興致測試一下他的智商，我們將深信不疑；他是如此地傻而蠢，跟那位漢堡公民弗蘭西斯·約瑟夫簡直如出一轍，他可是出了名的白癡，並且長著一張形似牲畜的嘴巴。

他們十分相像，辭彙貧乏，因而用詞滑稽可笑，講的都是一些低俗無聊的蠢話。一次在軍官食堂舉行晚宴，大家談到席勒，克勞斯上校出身顯赫、門第高貴，誰想卻發表了一通與話題毫不相關的見解：「各位，相信嗎，我昨天看到一張蒸汽犁，奇怪的是，它是由火車頭帶動的。大家用心想想，先生們，用火車頭帶動，還不止一台，而是兩台。我看見冒煙，好奇地近前一看，原來是這樣的，兩邊各有一台火車頭。各位，難道這不可笑嗎？竟然用兩台火車頭拉，似乎一台根本不夠。」

他終於停下了，但只一小會兒，又開始發表廢話：「一輛小汽車停下來，因爲它不得不停下，汽油早都用完了。這可是昨天親眼目睹的。人們就這件事還聯繫到了慣性之類的問題。各位，車子停下了，拋錨了，挪不動了，很顯然，它的汽油用光了唄，這不是很可笑嗎？你們說是不是？」

他是蠢了點，但這絲毫不影響他對宗教的虔誠。在他的房間裡設有一個家用禱告台，除此之外，還常去伊克納茨教堂懺悔，戰爭一爆發，就誠心祈禱，保佑奧軍和德軍勝利。他思想混亂，把基督教和日爾曼的征服夢想合爲一體，相信上帝是傾向於戰勝國的，一定會幫他們去劫掠財寶。

報上常有運來俘虜的消息，對此他倒是表現異常，十分憤怒。

他說：「俘虜被運回來真是荒唐，有什麼用呢？應該一個不剩地槍斃掉。對於他們，是不需要任何憐憫的。他們的屍體都扔到一處，壘成堆，踩在上面，踏著這些屍體跳舞。塞爾維亞的老百姓都該死，把他們統統燒掉，讓他們活生生地死去，看見小孩就挑在刺刀上，然後讓他一命嗚呼！」

他和德國詩人維羅爾特一樣地殘忍兇狠，在戰爭期間，那混蛋寫了一首詩，公然宣揚德國人應極度仇恨和兇殘地殺害千百萬「法國魔鬼」，絕不留一絲緩和的餘地：

讓人們的屍骨堆積如山，
讓燃燒屍體的濃煙直衝藍天。

盧卡什上尉在一年制志願兵軍校教課，剛上完課出來，牽著小狗麥克斯隨便閒蕩。

「對不起，打擾了，我不得不提醒您，上尉先生！」帥克滿懷關切之情，親切地說，「您的這條狗真不錯，可是得多留情，千萬不能讓牠逃脫。這很難說，牠似乎還對自己的老窩念念不忘，您一不小心，放鬆了索套可就糟了，牠很容易跑掉。我還要奉勸您，千萬不許帶牠走近赫爾利契科沃廣場。那可是個危險的地方，近旁的小店的一個屠夫有一條惡狗，極其兇狠，非常喜歡咬人咬狗，別的狗一出現在牠的視線內就有被攻擊的危險，牠十分擔心其他哪條狗會吃掉他的一些東西，以至嫉妒成性。那副樣子簡直就像那個在哈什塔教堂霸著地盤乞討的窮光蛋。」

麥克斯蹦蹦跳跳，非常快樂，圍著上尉的腳不停地轉圈，試圖把他的軍刀纏在索套上。牠似乎通一點人性，明白了要帶牠出去閑溜，露出一副興奮的樣子。

他們走出門。盧卡什上尉打算帶牠去溜溜。他還要去老爺街拐角赴約，面見一位早就相約好的太太。他仍擺脫不開公事，滿腦子亂轉，想著明天志願兵軍校的課，講解什麼內容，如何確定一座山峰的高度，高度依據海拔測量的原因是什麼，如何依據海平面確定一座山峰從山腳至山頂的一般高度。真討厭！陸軍部怎麼搞的，這些東西都被作爲課程內容，合適嗎？只有炮兵部隊才用得上這些東西，更不用說，總參謀部的地圖也在這兒，如果敵人侵佔了「三一二」高地，這麼緊張的時刻，誰有空去考慮一座山頭的高度依據海拔測量的原因，更沒有時間去計算它的高度。只要看一眼地圖就清楚明白了。

拜斯卡街快到了，突然傳來一聲尖厲的叫聲：「halt！」③這使他大吃一驚，思路完全被攪亂了。

伴隨著這聲「halt」，那條狗極力掙扎，想逃離他身旁，儘管還套著皮纜，牠異常興奮，向剛才發出尖厲叫聲「halt」的人身旁撲去，不停地叫喚。

此人正是克勞斯．馮．齊勒古特上校，與上尉對面而立。盧卡什上尉馬上行禮，連稱抱歉，怪自己太大意，沒能及時向上校打招呼。

克勞斯上校很嚴格，對違反軍紀的過失毫不留情，就這點而言，他在所有的軍官中也是絕無僅有的，頗有名氣。

他對行軍禮看得很重，認爲這與戰爭勝負密切相關，並把此作爲樹立在軍隊中的威信的強大基石。

他常發表這樣的言論：「作爲一個軍人，最神聖的就是軍禮，其中注入了自己的靈魂。」顯然，這話極其高深，是一種令人叫絕的「軍事神秘主義」。

他格外重視這一點：軍人向上司敬禮時，必須一絲不苟，嚴格按照條例規定進行，保持莊嚴，精確無誤。

他有一種怪異的嗅人的習慣，凡是走過他身邊的人，不管是步兵還是中校，都難免他近乎荒唐的癖好。有些士兵不太在意行禮，只是用手碰碰帽沿邊，就像隨便打聲「你好」的招呼，上校對此很看不慣，不把這些士兵送到兵營受罰才怪呢。

「一個軍人，」他時常說，「職責是最重要的，應該全心全意地去履行軍紀法規，即使在人群中，也要找尋他的上司，以便更好地履行軍人的職責。如果他不幸倒在戰場上，在離開世界的一瞬間仍應該行軍禮。有的人不會行軍禮，有的人假裝沒看見，有的人行禮時敷衍了事，這樣的行爲在我看來都是粗野的表現，毫無教養可言。」

「上尉先生，」克勞斯嚴厲地說著，透著很明顯的威脅的味道，「你應該記著有這麼一條規定，下屬見了上司要敬禮，沒有任何規定說要廢除這一條。另外，軍官先生卻牽著偷來的狗到處亂跑，這是什麼習慣？絲毫不用懷疑，我指的就是這條偷來的狗，他是別人所有的！」

「上校先生，這條狗……」盧卡什上尉很著急，想替自己辯護。

「這是我的，上尉先生！」上校暴跳如雷，打斷了他的話，「的確是我的魯克斯。」

魯克斯的別名叫麥克斯，這時想起了原來的主人，新主人被拋在一旁，魯克斯向上校撲過來，又蹦又跳，非常歡欣，簡直就像熱戀中的少年一樣。他們因爲得到戀人的寬容與承諾而興奮不已。

「上尉先生，還記得軍官的榮譽吧，帶著偷來的狗閒逛，這不合適吧。你懂不懂這個道理？一個軍官應在做事前謹慎考慮，買狗也不例外，必須事先考慮到可能帶來的壞結果，如果確實沒有好運，那就絕不去買。」上校大聲訓斥，同時撫摸著他的魯克斯。而那條狗極會討好主人，與上校同流合污，對上尉露出尖厲的牙齒，咧開大嘴狂吠，像是在提醒上校：「把這個可惡的上尉送出去處罰！」

「上尉先生，」上校仍是滔滔不絕，「我讓你來判斷這樣一件事，是否應該騎著偷來的馬亂竄？我丟失了獵狗，已經在《波希米亞報》和《布拉格日報》上登過廣告了，你沒讀到是不是？長官登的廣告你居然視而不見！」

上校兩手一拍：

「年輕軍官愈來愈不像話了，全不把紀律放在眼裡。上校登的廣告，連上尉都不去拜讀，還有什麼軍紀可言！」

上校留著絡腮鬍子，簡直就是一隻大猩猩，盧卡什上尉無奈地望著他，心裡卻十分惱火，憤憤地想：「這個老傢伙，真想搧你幾個巴掌解解恨。」

「你跟著我一起走，」上校出乎意外地說，於是他們並肩走著，邊走邊談。氣氛友好和諧。

「上尉先生，你上了前線，千萬不能做出類似這樣的事。回到後方，你牽著偷來的狗閑溜，這種感覺好不好？不太好吧。還有，你牽的不是別人的狗，正是上級長官的狗。你在閒逛，而在戰場上，每天喪生的軍官有上百位，你居然不讀讀廣告。我的尋狗廣告早就上報了，但可能在一百年、兩百年、三百年後也沒人去讀。」

上校又抹了一把鼻子，這不是一件好事，他總是非常惱怒時才這麼做。然後他說：「你可以走了，繼續你的散步。」他怒氣衝衝，拿起皮鞭，狠狠地抽了一下自己的軍大衣下擺，掉轉身離去了。

盧卡什上尉馬上走開，剛到街中間，又聽到一聲尖厲的「halt！」又一個不幸的後備兵被上校攔在那兒，那個後備兵想起了媽媽，很傷心，根本沒有注意到上校，於是就遭殃了。

上校惱羞成怒，親自動手拖著他，逕自來到軍營，罵他像一頭豬。

「我要好好教訓那個帥克，可有什麼辦法呢？」上尉冥思苦想，「我要把他的嘴撕成幾塊！這不夠解氣。我恨死他了，應該把他撕成碎片，這個可恨的傢伙。」至於和一位太太的約會，他早因怒氣而忘得一乾二淨，氣呼呼地往家裡走去。

「我要殺了他！小混蛋！」他一邊踏上電車，還一邊惡狠狠地說。

這個時候，好兵帥克正和傳令兵聊得熱火朝天，兩人情投意合，那個士兵是給上尉送公文的，等著他回來簽字。

帥克給士兵沖了咖啡，熱情地招呼著，兩人預測著奧地利的未來，一致認爲奧國將慘敗，結果一定慘不忍睹。

他們的談話很順利，兩人志趣相投，不時地引用格言警句。但這樣談話假如是在法庭上，他們所說的每一個字無疑都是叛國罪的有力證據，兩人都會被處以絞刑。

「由於戰爭的緣故，皇帝也快成一個白癡了，」帥克說。「他本來就糊塗透頂，再加上戰爭，一定會完全成為一個傻瓜。」

「他是個蠢貨，」兵營來的傳令兵滿有把握，堅決地說，「愚笨得像木頭一樣。也許他對打仗的事一無所知；可能人們故意隱瞞他。政府向老百姓發出了宣戰書，皇帝是簽了字的，聽說是有人從中搗鬼！肯定是趁著他精神錯亂騙來的，他早已喪失了思維！」

「他已經成了一個廢物，」帥克好像很在行，又添上這麼幾句，「大小便都不能自理，失去了控制能力，就像個小孩子，吃飯也得別人餵。以前在酒店聽說，他每天要吃三次奶，都是被別人餵的，有兩個奶媽專門侍候他。」

兵營裡來的士兵好像很沈重，深深地歎氣：「我們不能再遭受殺戮了，快要承受不起了，奧地利什麼時候才會平靜呢，希望這一天儘快到來。」

他們興奮地談論著，滔滔不絕，最後帥克尖銳地指責奧地利：「專制皇朝腐朽至極，還能留存在人世，實在是一個大錯誤！」帥克又加了一個實例，以便進一步證明這句話，他憤憤地說：「如果我上了前線，一刻也不會停留，我會斷氣，那是因為這衰弱的制度。」

他們繼續不停地談著，講到了捷克人的戰爭觀點，這時傳令兵又想起了他剛知道的新聞，是今天從布拉格聽來的，據說炮聲已經響到了納霍特，俄國沙皇馬上就會開進克拉科夫城。

接著又談到了捷克運輸到德國的糧食、香煙和巧克力分給德國士兵之類的事情。

他們想起了古代戰爭，一起敍述往事。帥克很嚴肅，他覺得在臭氣熏天的環境中打仗並不舒服，是很難受的。那時有一個被圍困的城堡，整天被扔進去數不清的帶有臭氣的瓶瓶罐罐。還說他看過一本書，上面寫道：一座城堡被包圍，持續了長達三年的時候，這三年之中，敵人沒什麼事可幹，常這樣做來尋開心，被包圍的城堡成了他們取樂的場所。盧卡什上尉突然歸來，令他們大吃一驚，很快停止了高談闊論，要不然，他們還會講出一些大道理的，都充滿教化意味而且很吸引人，一定聊得不亦樂乎。

上尉瞪了帥克一眼，滿含憤怒，充滿威脅意味，然後在文件上簽了字，傳令兵完成任務離開了。上尉叫帥克到他房間去一下。

上尉坐在椅子上，兩眼兇狠地盯著帥克，一動不動，思來想去，這場報復應該從什麼時候算起。

「先搧他幾個嘴巴再說，」上尉思量著，「再砸破他的鼻子，把耳朵也扯下來，至於接下來的事，走著瞧，有他好受的。」

帥克長著一雙友善純潔的眼睛，這時正站在上尉面前，十分誠懇地看著他，房間裡異常平靜，好像暴風雨的前奏，帥克無所顧忌地發言，以緩和這種沈悶的氣氛，他開口說：「報告，上尉先生，您的貓把一盒鞋油都吃光了，不久就死掉了，我不得已把牠扔到了旁邊的地窖裡。那真是一隻討人喜歡的安哥拉貓，又溫順，又可愛，世上再也找不出第二隻這樣的貓了。」

「我用什麼辦法對付他呢？」上尉突然這樣想著，「仁慈的上帝，他總是那樣一副傻傻的樣子！」

帥克兩眼閃光，露出溫順柔和的神色，眨著善良天真的大眼睛，純潔無瑕，仍然十分坦率，好像什麼都沒發生過，沒有什麼大不了的事。就算弄糟了什麼事，也無關大局，完全不必放在心上。

盧卡什突然一躍而起，卻出乎意料沒有實行預先的計劃，他本來打算狠狠揍帥克一頓，他現在只是握緊拳頭，在帥克鼻子下晃來晃去，厲聲說：「帥克，你偷了狗！」

「報告，上尉先生，關於這樣的事，最近我一點都沒聽說。上尉先生，請您容許我做出一些說明：下午您不是牽著麥克斯出去了嗎，我怎麼可能偷走牠啊。您回來的時候獨自一人，我是覺得肯定發生了什麼事，因爲狗沒有帶回來。這種時候人們總會說：『有情況。』有一個做掛包的師傅，他叫剛倫什，住在焦街，他就總擔心狗被丟失，所以從來不把狗帶出去散步。他常把狗放在酒店，但還是被偷掉了，或者說是有人借走了，但卻不歸還……」

「帥克，你這個兔崽子，畜生，給我閉嘴！你是個大白癡，十足的笨駱駝，是個油嘴滑舌的下賤鬼。你的愚笨人間罕見！給我聽好了，少跟我來這套，別要你的花招。老實說，那隻狗到底是怎麼回事，從哪兒來的？怎麼弄來的？那可是上校的狗啊！我們無意中碰面，狗被他帶走了，你知道不知道？天底下再沒有比得罪長官更讓人難堪的事了，你懂不懂？說實話，你到底有沒有偷狗？」

「報告，上尉先生，我沒有偷。」

「這隻狗可是偷來的，你知道嗎？」

「上尉先生，我知道，牠是偷來的。」

「上帝啊！帥克！kimmelherrgott④我真該殺了你！你這個蠢豬！下賤東西、你這頭閹牛、臭屍！你一向就是這麼笨嗎？」

「是的，上尉先生，您說得沒錯。」

「你怎麼能這麼做，給我帶來一條偷來的狗？那可是個讓人遭殃的畜牲，爲什麼偏偏帶到我的房間裡？」

「我都是爲了使您能愉快，上尉先生。」

帥克緊緊盯著上尉的面頰，仍是那麼善良、柔和，眼神親切，上尉坐到圈椅上，無奈地低呼：

「上帝啊！爲什麼要懲罰我，用這麼一個活寶？」

上尉軟弱無力，連捲一根煙都覺得不可能，更不用說教訓帥克了。他神情頹廢，倒在圈椅中。他無可奈何，吩咐帥克去買來《波希米亞報》和《布拉格日報》，命令帥克讀上校的「尋狗啓事」。

帥克買回報紙，故意把登有啓事的一版放在外面，以便看清楚。他進來報告，滿面喜色，異常興奮地說：「上尉先生。上校先生可真夠厲害，那條丟失的看馬狗被寫得神氣十足，極盡誇張，看看也好，叫人開懷大笑。他鼓動人們把狗送來，以一百克朗作爲酬金，的確充滿誘惑。一般的懸賞只有五十克朗，上校卻出兩倍的錢，真不少，夠吸引人的。有人就靠這種事謀生。科希什的波魯捷赫就是一個。他常常偷走別人的狗，然後去翻閱報上有關尋狗的啓事。誰丟了狗，他就到那兒去歸還。一次他居然把一條很出色的黑獅子狗搞到了手，失主卻遲遲不到報上登廣告，他無奈之下，自己反過來去登了拾狗啓示，還貼進去五克郎的廣告費，後來有位先生來領狗，說這條丟失的狗正是他的。又說，他原來以爲找也找不著，還花精力。他早已認爲世上沒有可信賴的人了，所以不抱任何希望，想不到能親身見到老實人，心裡有說不出的快樂，並且還說照他看來並不贊成給老實人以獎賞，但他也不願就此結束。爲了表示感謝，把自己很心愛的一本書送給他，寫的是有關養花的，不管是室內還是花園的養花都有介紹。波魯捷赫一向對人友好，這時卻發瘋一般地拉起黑獅子狗的兩條後腿，照著那位先生的頭就砸，以後他就再沒在報上登過啓事。狗的主人都懶得登廣告，無心尋狗，還不如把偷來的狗賣到狗場裡，這倒合算一些。」

「帥克，你歇著吧！」上尉對他說道。「你的確犯了傻病，還會繼續下去，也許明天早晨會結束。」之後自己也去休息了。夜裡他做了個夢，帥克居然偷來皇太子的馬，送到他這裡來。皇太子正在檢閱，上尉騎馬走在連隊前頭，騎的正是那匹偷來的馬，更不幸的是，皇太子一眼就認出了自己的馬。

第二天一大早，上尉感到很奇怪，好像有幽靈糾纏著他，一晚上都在挨打，很痛苦。清晨卻又睡著了，在可怕的夢中被驚醒，原來是有人在敲門。帥克那張和善的臉隨即露在門口，詢問上尉先生打算在什麼時間起床。

上尉懶懶地躺在床上，呻吟著說：「畜生，滾開！真叫人害怕！」

他起床不久，帥克就殷勤地拿著早餐進來，問他：「報告，上尉先生，我想重新為你找一條狗，你認為怎麼樣？」突然提出這樣的問題，上尉驚訝不已。

「帥克，說實話，我真恨死你了，甚至想把你交給戰地法庭處置，關於這點你清楚嗎？」上尉深深地歎了一口氣，繼續無奈地說著，「但我想法官會放走你，可能他們從來都沒見過你這樣的蠢貨。到鏡子面前照照你自己。天生一副蠢相，不覺得羞恥嗎？在我所見過的人們當中，你無疑是最蠢最笨的傢伙。嗯，老實回答我，帥克，你喜歡自己嗎？」

「不，上尉先生，一點也不喜歡。我站在鏡子前面時，發現自己像個松果。可能是這塊鏡子沒打磨好。斯塔涅克開了一家有中國小丑畫像的商店，以前我去過那裡，裡面有一塊哈哈鏡，誰一照那鏡子，就忍不住要吐。嘴巴扯開，像這個樣子，頭像膨脹了一樣，跟個大臉盆似的。肚子則如同一個喝得爛醉的牧師。總之，那副樣子十分滑稽逗人。省長大人曾經走過那兒，在鏡子前照了一自己的臉龐，立即命令取下鏡子，再也不准擺出來。」

大尉把身子轉過去，又在歎息，想想最好還是讓帥克準備好他的牛奶咖啡。

帥克獨自在廚房忙亂，他的歌聲傳到盧卡什上尉這裡：

投彈手昂首出東門，步伐多矯健，

腰間的軍刀亮閃閃，

迷人的姑娘呀，感動得淚水不斷……

接下來是：

我們當兵的，的確不平常，

美人們愛我們到發狂，

我們的錢永遠花不完，到哪兒都過得喜洋洋……

「傻瓜，你倒活得喜洋洋！」上尉心想，又連著吐了一口唾沫。

帥克很快就回到門口，「報告，上尉先生，兵營派人來了，請您立即去那兒，上校先生要見您。傳令兵還在那兒等著呢。」

他還加了這麼一句，語氣極其柔和：「或許還是有關那條狗的事情。」

「知道了。」上尉沒好氣地說。

上尉說話的時候很不快，讓人覺得他異常憂愁。他兇狠地瞪了帥克一眼，轉身就走了。

這消息很不尋常，多半是壞事。上尉硬著頭皮走進上校辦公室時，上校正坐在沙發上，看得出來，他非常不快活。

「上尉，」上校說，「那是兩年前的事了，還記得嗎，當時您請求調往布傑約維策九十一聯隊。您是否知道布傑約維策的位置？我在伏爾塔瓦河邊，沒錯，是在伏爾塔瓦河邊。有一條河流過那兒，叫奧赫熱河，或者是叫其他什麼名字。我敢保證，不僅是個大城市，而且十分有趣誘人。假如我記得清楚的話，河邊還有一道堤。您知道什麼是堤嗎？就像一堵牆，不過是築在水面上的。沒錯，當然了，這些都沒什麼關係。我們的演習曾經在那兒舉行。」

上校陷入沈默，只那麼一小會兒，眼睛盯住墨水瓶不停地看，很快就談到另外的事：「我那條狗真是被您寵壞了，不肯吃任何東西。快看，一隻蒼蠅待在墨水瓶裡。一樁怪事，這麼冷的冬天還有蒼蠅，而且掉在墨水瓶裡，一切都毫無秩序。」

「這個死不了的傢伙，有什麼話快說吧！」上尉在心裡嘀咕著。

上校站起來，在辦公室裡踱來踱去。

「上尉先生，我前思後想，應該以怎樣的方式來處罰你，以免將來再發生類似的事情。我終於記起你曾請求調到九十一聯隊去，剛剛接到最高指揮部的通知，讓我們往九十一聯隊派遣軍官，塞爾維亞人已經殺死了九十一聯隊的大部分官軍。我敢保證，以人格作證，在三天之內，一定調你到布傑約維策九十一聯隊去。那兒正在組織先遣營。你不必對我心存感激，你這樣的軍官絕不應該受到輕視，你們正是軍隊必需的人才……」 他已經語無倫次，講不下去了，擡腕一看，解脫似地說：「十點半了，我要去指揮部裡聽彙報。」

這場交談還算順利，在和諧的氣氛中完結。上尉很快走出辦公室，這時才輕鬆一些，好像一塊石頭落了地。接著去了自願兵軍校，說他一兩天後就會奔赴前線，大家都知道了這個消息，上尉想舉行個告別的晚會，就在布拉格有名的逍遙洞舉行。

回到家，他對帥克意味深長地說：「帥克，你聽說過先遣營嗎？」

「報告，上尉先生，派到前線去的營就是先遣營。派到前線去的連就是先遣連。我們都喜歡簡稱。」

「帥克，」上尉突然變得很嚴肅，語氣沈重，「既然你愛用這樣的簡稱，現在，我向你鄭重宣佈：你將跟我一起去先遣營。可是到了前線，你就不許搗亂了，像在這兒一樣，整天搞出一些怪事，出鬼點子。你知道了這個，覺得愉快嗎？」

「是的，上尉先生，我很樂意，」好兵帥克答道，「咱倆也許會一起死在戰場上，將爲皇上和奧地利皇室盡到職責，即使失去生命，也是一件美好的事呀……」

①在奧地利境內。
②曼利海爾是自動步槍的發明者，當時奧、德、法等國軍隊普遍採用這種步槍。
③德語：「站住！」
④德語：「我的老天爺」。

第二卷　在前線

一　帥克在火車上鬧的亂子

在布拉格駛向布傑約維策的二等車廂的包廂裡，有三位旅客：一個是盧卡什上尉，坐在他對面的是一位禿頭老先生，此外還有帥克，他恭敬地立在車廂的過道裡，時刻準備再挨盧卡什中尉的臭罵。雖然那位禿了頭的老百姓在場，上尉一路上仍然喋喋不休地衝帥克嚷叫，罵他是被上帝拋棄了的蠢貨等等。

亂子是一件小事兒引起來的，就是由帥克照顧的行李的數目不對了。

「你說，咱們一個衣箱不見了，」上尉衝著帥克大叫，「這話說得可真好聽，你這個白癡！衣箱裡有什麼東西呀？」

「沒什麼，長官。」帥克回答說，兩隻眼睛盯住了那個老先生光禿禿的腦袋。那人對於發生的一切無動於衷。「衣箱裡只有一面鏡子，和一個衣服架子，實際上我們並沒損失什麼，因爲那些都是房東的。」

「閉嘴，帥克，」上尉嚷道。「等我們到了布傑約維策看我怎麼收拾你。我要把你關起來，明白嗎？」

「報告長官，我不明白，」帥克輕聲回答。「您沒說過，長官。」

上尉咬牙切齒，歎了口氣，從衣袋裡掏出一份報紙，開始讀前線新聞，但很快就被帥克打斷了。只聽帥克說：

「對不起，老闆，你是不是斯拉維亞銀行的分行經理波爾克拉別克先生啊？」

禿頭先生沒理他。帥克又對上尉說：

「報告長官，我曾從報上看到，說普通人腦袋上有六萬到七萬根頭髮，而且一般說來，黑頭髮總要少一些。」

他來了興致，話匣子又收不住了：

「又有一個大夫說，掉頭髮都是由於養孩子的時候神經受了刺激。」

就在這時，可怕的事情發生了。那個禿頭先生衝著帥克撲過來咆哮道：「滾出去，你這該死的豬玀！」他把帥克推到過道以後，就又回到車廂來，向上尉亮出了自己的身分，上尉嚇呆了。

顯然是弄錯了。這位禿頭先生並不是什麼銀行的經理，而是一位要去布約維策微服私訪的陸軍少將。

他是以鐵血手段聞名於世的一位將軍，據說凡是他視察過的地方總有人開槍自殺。接下來的時間裡，他義憤填膺地訓斥盧卡什慣壞了他的傳令兵。

等少將說完，面如死灰的盧卡什到過道找帥克算賬去了。

他在靠窗口地方找到了帥克。帥克怡然自樂得就像剛滿月的娃娃，吃得飽飽的，這時就要睡著了。

上尉站住，示意帥克過來，指了指一間空車廂。帥克進去了，他緊接著也進去，隨後把門關上。

「帥克，」他嚴肅地說，「這回你可闖大禍啦。你幹嘛惹惱那位禿頭先生？你可知道他是少將？」

「報告長官，」帥克說，神情莊嚴得像個殉道者，「我無意去侮辱誰，而且這也是頭一回知道他是少將。我發誓，他長得跟那個分行經理的確一模一樣。他常到我們那家酒館去。有一回，他趴在桌子上睡著了，一個好事者就用鉛筆在他的禿頭上寫道：『送上保險章程三號丙類，請注意本公司保護足下子女之辦法。』」

停了一陣，帥克又接下去說：

「那位先生非說這壞事是我幹的，要像您今天這般揍我兩記耳光。唉，其實也犯不著爲小事生大氣嘛。我從來也沒想過竟有禿頭的少將這種東西。言者無心，聽者有意的誤會是人人都會碰到的。我曾經認識一個裁縫，他——」

盧卡什上尉粗暴地打斷了他的嘮叨，瞪了帥克一眼，就離開那個車廂，回到原來的座位上去。過一會兒，帥克天真的面龐又出現在門口。他說：

「報告長官，再有五分鐘就到塔博爾。停車五分鐘，您想吃什麼？好多年以前，他們特別拿手的是——」

上尉火冒三丈。他在過道對帥克說：

「我再說一遍：愈少看見你，我心裡愈高興。假如事情我能決定的話，我就永遠不看你一眼。你可以相信只要我有辦法不看見你的話，我一定做到。你馬上給我消失，滾得遠遠的，你這個白癡！」

「是，長官。」

帥克敬了禮，以軍人的姿勢敏捷地來了一個向右轉，然後就走到過道的盡頭，坐在角落裡那個列車管理員的座位上，跟一個鐵路員工聊天。

「夥計，我有個問題想問問你。」

那個鐵路員工顯然無意於談天，他漠然地點了點頭。

「我曾經認得一個傢伙，」帥克聊起來了。「他總認爲車上這種停車警鈴一向不靈的，也就是說，扳你這個把子，屁事也不會發生。說實在的，我沒在意過他的說法，可是自從我看見這裡這套警鈴裝置，我總想弄明白它究竟靈不靈，說不准哪天我用得著它。」

帥克站起來，跟著那個鐵路員工走到警鈴開關閘的跟前，上面寫著「遇險時啓動」字樣。鐵路員工覺得自己有責任向帥克解釋清楚一下警鐘的結構。

「那個人告訴你要扳把子，是說對了；可是說扳了不靈，那是在胡扯。只要一扳這個把子，車一定會停的，因爲它連著列車所有車輛以及車頭。警鐘開關閘肯定會起你意想不到的作用。」

他說這話的時候，他們兩個的手都放在警鈴的杆臂上，接著——事情究竟是怎麼發生的，誰也說不清——他們把杆臂扳下來，火車立刻就停了。

究竟是誰扳的杆臂，使得警鈴響起來，他兩個人的意見截然不同。

帥克說，他絕不會幹這樣的事。

「我還納悶火車怎麼會突然停下來呢，」帥克挺樂地對列車管理員說。「它走著走著，就這麼停了。對這事兒我比你還要著急。」

一位神情嚴肅的先生偏袒列車管理員，說他聽到是當兵的先說起停車警鈴的。

帥克卻嘮嘮叨叨地說他一向講信用，一再聲明他不能從火車誤點中受益，因爲他要奔赴前線。

「站長會讓你明白的，」管理員說，「你得爲這件事支付二十克郎。」

此時，乘客們紛紛從車廂爬下來。列車長吹著哨子，一位太太不知所措地提著只旅行皮包跨過鐵軌，正向田壟跑去。

「說實話這事當然值二十克郎，」帥克一臉無謂地說，他極其鎮定。「這價錢挺合理。」

正在這時，列車長也成爲他的聽眾了。

「那麼，我們該出發啦，」帥克說道。「火車誤了點，那可不是鬧著玩的。如果是在太平年月倒沒什麼，如今打起仗來，所有的火車運的都是部隊、少將、上尉和傳令兵，晚了肯定會出大亂子。」

這時候，盧什卡上尉從人群中擠了進來。他臉色鐵青，氣得只喊了聲「帥克！」

帥克敬了禮，向他解釋說：

「報告長官，他們認定是我停的火車。鐵路公司在他們的緊急開關閘上裝置了些莫名其妙的塞頭。最好敬而遠之，否則，出了問題他們就要你掏二十克郎，如他們要我做的一樣。」

列車長已經吹了哨子，列車重新開動了。乘客們都各歸各位，盧卡什上尉也默然回到他的車廂去。

列車管理員找帥克收罰款，因爲不這樣的話，就必須帶他到塔博爾站的站長那裡去。

「好吧，」帥克說，「我喜歡跟文明人談話。到塔博爾站去會見一下那位站長對我倒是件挺不錯的事。」

火車開到塔博爾，帥克就用應有的禮貌走到盧卡什上尉面前說道：

「報告長官，他們這就帶我去見站長。」

盧卡施中尉什麼也沒說。一切都無所謂了。他覺得不管是帥克，還是那位禿頂的少將，他最好統統不理。自己清清靜靜地坐在原來的位子上，車一到布傑約維策，他就去兵營報到。接著就上前線。在前線，最壞他也不過是陣亡，但這樣也就可以和這個有著像帥克之類怪物飄來飄去的恐怖的世界了無瓜葛。

火車再次開動時，盧卡什上尉從窗口望去，看到帥克站在月臺上正全神貫注地跟站長煞有介事地談著話。一堆人把帥克圍了起來，其中有幾個是穿了鐵路員工制服的。

盧卡什上尉歎了口氣，那可不是一聲憐憫的歎息。想到把帥克丟到月臺上去了，他倍感輕鬆，連那位禿頭少將也不那麼像個嚇人的魔鬼了。

火車早已冒著煙駛向布傑約維策，但是圍著帥克的人群卻一點也沒縮小。

帥克堅持說，他沒有拉什麼制動閘。圍聚的人非常相信他的話，一位太太竟說道：「他們又在欺負大兵哪。」

大家都贊同這個看法，一位先生從人群中走出來對站長說，他願意替帥克交這筆罰款。他相信這個士兵是無辜的。

隨後，一個巡官出現了。他抓住一個人，把他從人叢中拖出來，說道：

「你鬧得一團糟到底要幹什麼？如果你認爲就應當這麼對待兵，那你怎能希望我們忠勇的戰士打贏這場戰爭呢？」

這時候，相信帥克沒犯錯兒、並且替他交了罰款的那位先生就把帥克帶到三等餐廳裡，請他喝啤酒。當他知道帥克一無所有時，還慷慨地送了他五個克郎以供買車票和零花。

帥克依然待在餐室裡，不聲不響地用那五個克郎喝著酒。他仍舊一心關懷著盧卡什上尉，擔心他到了布傑約維策找不到傳令兵。

然而還沒等他想明白，他就因爲沒有證件被一個憲兵帶去見中尉。帥克向中尉訴說了他被遺棄在車站的倒楣經歷。中尉決定讓帥克買車票滾回布傑約維策。可是最後，車站並不肯通融，因爲帥克沒錢買票。身無分文的帥克只落得個步行到布傑約維策的下場。

就這樣，好兵帥克唱著舊時的軍歌，在深更半夜離開車站出發了。但是，不知道怎麼搞的，本應當向南朝著布傑約維策走的他卻向正西走去了。他深一腳淺一腳地踏著雪走，渾身用軍大衣包得嚴嚴實實的，好像當年拿破侖進攻莫斯科敗北而歸的一名衛兵。

帥克唱煩了，就坐在一堆砂礫上，燃起他的煙斗。休息了一會兒，就又開始了他新的冒險。

二 遠征布傑約維策

正所謂遠征就是無畏地向前走，更何況「條條大路通羅馬」。對於這一點，我們的主人公帥克是深信不疑的，儘管他來到的只是一個小村子。

帥克仍執著的趕著自己的路，因爲這樣一個村莊不能阻礙我們的好兵帥克心中的目標——布傑約維策。

就這樣，帥克來到了村西的克維多夫。當他絞盡腦汁再也想不出新的軍歌時，在克維多夫村前又不得不唱起最擅長的一支歌：

每當我們遠征出發
姑娘們哭聲一片……

這時，一位從教堂回家的老大娘跟帥克打招呼：「你好啊！當兵的，上哪兒去？」

「我去找部隊，在布傑約維策，大媽。」帥克回答說。

「但你走的這條路到不了布傑約維策！」大娘焦急地說。「這條路永遠也到不了那個地方。你應該朝那邊走。」

「可是我想，」帥克恭恭敬敬地答道，「從這裡也能到布傑約維策的。當然可能會繞個大圈兒，不過像我這樣一個歸心似箭人，不算什麼，我會追回時間的。何況，我是有心要如期到達的，但願別節外生枝。」

老大娘同情地看著帥克，眼神中流露著母性的關懷：「當兵的，你在前面的樹林裡等我一會兒，我弄點馬鈴薯湯給你暖暖身子。我家就在樹林後面的小木屋。可千萬不要從伏拉什穿過呀！那裡到處都是憲兵。你直走過林子，那裡有個心腸好的憲兵，他放每個人離開村子，包括逃兵。你身上有什麼證明文書嗎？」

「這個沒有，大娘。」

「那你連那條路也不能走了，不如到拉多米什爾去找我的堂弟。他會告訴你怎麼儘快去布傑約維策的。」

帥克在樹林裡等了半個小時。慈愛的老大娘給他端來了馬鈴薯湯，帥克一口氣喝了馬鈴薯湯，身子漸漸暖了起來。接著，大娘又從一個布袋裡拿出一大塊麵包和一塊鹹肉，塞到帥克的衣袋裡。還告訴他說，她有兩個孫子在布傑約維策。

就這樣，帥克帶著老人的祝福繼續向前走。

天黑之前，帥克找到老大娘的堂弟，卻因爲沒有證件得不到他的信任，只好繼續摸黑趕路。走了一個通宵後，帥克在一堆乾草邊遇到了三個從布傑約維策逃出來的士兵。他們慫恿帥克和他們一起走，可我們的好兵帥克卻認爲那不是件輕巧的事，說完便鑽進草堆睡覺了。

不知睡了多久，當帥克醒來後，那三位都已走掉，只在他腳邊放了一塊麵包做早餐。

穿過樹林後，帥克遇到一個年老的流浪漢，他熱情地請帥克喝了一口酒。

「年青人，換掉這身軍裝吧，」他勸帥克說，「現在憲兵到處抓逃兵，這身行頭會給你帶來麻煩的。」

「就捉你們這種人，」他又重複了一遍。帥克又一次遭受不白之冤，所以他決定不告訴他九十一聯隊的事。他愛怎麼想就怎麼想吧！

「你現在到哪裡去？」流浪漢忍不住又問。這時兩人都已點燃了煙斗，慢慢地沿著村子走著。

「去布傑約維策。」

「我的上帝呀！在那裡出不了五分鐘你就會被抓起來，更別想暖暖身子，你必須有一身髒衣服，並且扮成是個殘疾才可以！」

過了一會兒，流浪人接著說：「不過你無須害怕，我們一塊兒走，要是找不到一套便裝才怪哩！這一路上有許多老實人，他們夜不閉戶，白天更不用說。趁現在隨便找個老鄉家串串門，他們立刻就會給你一套衣服。查查看你還缺什麼？哦，有鞋子嗎？現在就只缺一件大衣了，軍大衣是舊的？」

「舊的。」

「把它穿在身上得了。農村裡也有人穿這個的。現在你缺的是一條褲子和一件夾克。拿到衣服後，我們就將原來的衣服賣給猶太人。」

一路走去，在羊圈裡帥克結識了一位老牧羊人，老牧羊人比流浪者大二十幾歲，老人還記得他爺爺給他講的關於法國人遠征的故事。他親切地稱帥克爲小夥子，實際上也是對流浪者的稱呼。

三個人圍著火爐坐下，老牧羊人就此打開了話匣子。他含著眼淚講述了他的爺爺當逃兵的經歷。老牧羊人和流浪者依然執著地認爲帥克是逃兵，對此，帥克將錯就錯不再申辯。

後來，流浪者又開始講述自己早年辛酸的經歷，講他被橫行霸道的憲兵大隊欺負得無立足之處的慘狀。和牧羊人一樣，他也力勸帥克不要去布傑約維策。

自然地，他們又哀歎了一番戰局，痛罵了一陣可惡的憲兵，並宣稱皇上肯定玩兒完。半夜裡，趁著兩位老人睡熟了，帥克偷偷穿上衣服，溜了出來。大地一片皎潔的月光，地上拖著帥克長長的影子，他一邊往東走一邊自語：「我一定要去布傑約維策，誰也無法阻擋我！」

出了樹林，帥克看見右邊有座城市，便朝北一拐，往北走去，又看見一座城市。他穿過草地繞過它，等他來到雪山前時，清晨的陽光已暖暖地灑在他身上。

「堅持！我一定能到布傑約維策。」帥克自言自語地說。

然而不幸的是，帥克星夜趕路卻趕錯了方向，朝北方走去了。

臨近中午時，帥克看到前面一個村莊，他終於沈不住氣了，「得找個人問問明確的方向才行。」他心裡想。

他走進村子，看見一根柱子上寫著的村名時，不禁大吃一驚，「我的天呀！」帥克歎了口氣說，「搞了半天我又回來了，我還在村口的乾草堆睡過覺呢！」

可是當一個憲兵，如同一個狩獵的獵人發現陷井中的野獸後走過來時，帥克倒無所謂了。

憲兵逼近帥克，厲聲道：「上哪兒去？」

「到布傑約維策找我的部隊。」

憲兵意識到他逮住了一個不會撒謊的騙子，譏笑道：「可是你恰恰是從布傑約維策那個方向來的呀？布傑約維策在你後面呀！」說罷就把可憐的帥克押送到憲兵分隊去了。

據說這裡的憲兵分隊長以行動敏捷俐落而遠近聞名，他從不對被拘留的人動粗，卻長於巧妙地使用一種輪番審訊法，問得無罪者走投無路，到頭承認有罪。

今天有兩個憲兵幫他進行審訊。每次輪番審訊都是在全體憲兵面帶微笑的氣氛下進行的，這次也一樣。

「辦案的決竅在於機敏與和氣，」分隊長經常這樣教導他的部下，「對案犯大喊大叫是徒勞的。對待罪犯態度要溫和、委婉，同時盡力讓他們難以擺脫暴風般的盤問。」

「你好！當兵的，」憲兵分隊長說。「請坐吧，一路辛苦了，但是請告訴我，你要到哪兒去，可以嗎？」

帥克又把到布傑約維策的事重說了一遍。

「我想你可能走錯了路，」分隊長笑著說。「其實你是背著布傑約維策走的，這一點我可以很輕鬆證實給你。你頭頂上的捷克地圖可以告訴我們：從我們這兒一直往南走就是布傑約維策。現在清楚了吧，你是南轅北轍。」

分隊長微笑地看著帥克。帥克一本正經地說：「我最終是要走到布傑約維策的。」這話比伽利略當年說「地球終究是圍著太陽轉動的」還要大義凜然呢。

「你知道，當兵的，」憲兵分隊長還是那樣柔和地說：「我有義務告訴你，慢慢你也會明白這個道理的：愈否認就愈不容易證實自己清白。」

「我知道，」帥克說。「愈否認就愈難證明自己清白，愈難證明清白就愈否認。」

「太棒了，當兵的，你非常聰明。那麼就請你誠實地告訴我，你是從什麼地方出發往你的布傑約維策去的。我之所以強調是『你的』，是因爲按照你的走法，在這裡的北部就還有一個布傑約維策，可是地圖上卻沒有標出來。」

「我是從塔博爾起身的。」

「你在塔博爾幹什麼？」

「等候去布傑約維策的火車。」

「你爲什麼不坐火車去呢？」

「因爲我沒有票。」

「你是士兵，他們爲什麼不發給你一張免費票呢？」

「因爲我身上沒有任何證件。」

「問題的核心就在這裡！」憲兵分隊長自得地對一個憲兵說，「這小子還挺滑頭。他已經開始瞎編了。」分隊長假裝沒聽清接著往下問：「這麼說你是從塔博爾出發的。那麼你去哪兒呢？」

「到布傑約維策。」

分隊長開始有幾分怒色了，他的目光落到了地圖上。

「你能指著地圖告訴我，你是如何走到你那個布傑約維策的？」

「走過的地方我記不清了，我只記得我已經來過這兒一趟了。」

憲兵們互換著眼神。分隊長接著訊問：「你衣兜裡有什麼？拿出來。」

憲兵們把帥克全身搜查了一遍只搜到一隻煙斗和一盒火柴。分隊長問帥克：「告訴我，爲什麼你口袋裡什麼也沒有?」

「因爲我什麼也不需要。」

「唉!我的上帝!」分隊長有點沈不住氣了,「接待你真是一件倒楣差事!你說你來過這兒,那次你幹了什麼?」

「我從這兒經過,到布傑約維策去。」

「瞧瞧,開始瞎編了吧!你自個兒說要去布傑約維策,可是事實證明你是朝相反方向走的。」

「不錯,我轉了個圈子。」

「你所謂的圈子指的是在我們這個區晃蕩。你在塔博爾火車站待了很長時間嗎?」

「對,一直待到最後一趟去布傑約維策的火車開走。」

「你在那兒都做什麼?」

「和一些當兵的聊天。」

「聊什麼?問過他們些什麼?」

「我問他們是哪個聯隊的,要去哪兒?」

「你怎麼沒問他們聯隊有多少人?編制如何?」

「這沒必要,我早已了解得一清二楚。」

「這樣說,你已經完全掌握了我們部隊的編制情報?」

「是的,分隊長先生。」

分隊長像是發現了帥克的秘密,驕傲地環視他的下屬,亮出了最後的王牌:「你會說俄語嗎？」

「不會，先生。」

分隊長對班長點頭示意。兩人走到了隔壁，分隊長一面搓手一面極有把握的說：「你聽見了嗎？他說他不會說俄國話！看來，這小子滑得很嘛！他什麼都承認，就是不承認這個關鍵事實。表面雖然傻，但卻是極危險的人，對這種人恰恰需要防一手。好吧！你把他看嚴一些，我得起草一個報告。」

於是分隊長從下午到晚上一直都忙於寫他的偵破間諜案的報告，他愈寫愈覺得一切都十分清楚。

結束報告時，分隊長吩咐憲兵班長禮遇帥克，並讓他到「公貓」酒館給帥克訂飯，順便叫帥克來他這兒。

這樣帥克又被帶到分隊長面前，分隊長和藹地點點頭，示意讓他坐下來，十分禮貌地問帥克的父母是否健在。

「他們已經去世了。」

分隊長覺得這樣很好，起碼不會發生白髮人送黑髮人的悲劇。他盯著帥克那張和善的臉龐，拍了拍帥克的肩膀說：「你喜歡捷克嗎？」

「非常喜歡。」帥克馬上回答說：「這兒的人都很友好。」

分隊長點了點頭：「是的，我們的人民非常好，只是有點愛偷東西，愛吵架，不過這也不算什麼。我幹這行十五年了，據我統計，這兒一年只有四分之三個人被害。」

「你是指並沒有完全殺死？」

「不，我只是說在十五年裡總共只有十一起兇殺案，其中六起是一般兇殺案，五起是謀財害命。」

沈默了一會兒，分隊長又開始了審訊：「你到布傑約維策去幹什麼？」

「到九十一聯隊報到。」

分隊長又把帥克打發到值班室，隨後在報告上又添一句：「此人精通捷語，企圖混入布傑約維策的九十一聯隊。」

分隊長滿意地搓著手。他非常滿意自己所收集的情報以及自己與眾不同的審訊方式。

分隊長又看了一遍報告，得意地笑了。

分隊長的桌子上堆滿了各式各樣的調查表，政府恨不得剖開每個公民的肚子，看看他們的「忠心」，恨不得劈開他們的腦袋，看看他們對自己的真實看法。

分隊長常常失眠，總是在等待調查與視察。不過現在，我們的分隊長先生描繪著一幅幅美妙的圖畫，幻想著自己官運亨通的未來。

他叫來了班長，問道：「午飯送去了嗎？」

「給他送去了麵包、燻肉和白菜。湯已經賣完了，他喝了一杯茶，好像還想喝。」

「給他喝吧，」分隊長大方地說：「喝足了叫他來我這裡。」

半小時後，吃飽喝足的帥克來到分隊長面前，分隊長問道：「吃得還好嗎？」

「很好，分隊長先生。要是多一點白菜就更好了。不過也難怪，你們事先不知道我會來嘛。燻肉挺香的，摻了羅姆酒的茶喝著很舒服。」

分隊長似乎不經意地問：「俄國人也很愛喝茶，是嗎？那兒有羅姆酒吧！」

「羅姆酒全世界都有啊，先生。」

「哼！你再也休想蒙混過關！」分隊長心裡想：「你必須留意你所講的每句話！」他便又彎下身子溫和地問道：「俄國有漂亮姑娘嗎？」

「漂亮姑娘全世界到處都有，隊長先生。」

「這小子又想溜號？」想到這裡，他又開始了與眾不同的審訊：「你想去九十一聯隊幹什麼？」

「上前線唄。」

分隊長滿意地盯著帥克心想：「很好！逃回俄國這是最好的辦法。」

「這個主意太偉大了，」分隊長興奮地說，同時認真觀察他的話引起的反應。

令人失望的是在帥克的眼裡除了茫然其他一無所有。

「果然久經沙場，連眼皮也不眨一下，」分隊長心裡又怕又敬，「這就是他們的軍事訓練，如果換了我恐怕早嚇得雙腿發顫了……」

「明兒一早，我們就送你去佩塞克，」他用隨便的口吻宣佈：「你何時去過佩塞克？」

「一九一零年帝國演習的時候。」

我們的憲兵分隊長似乎沒料到帥克能如此爽快，這個回答似乎太出乎意料了。

「你自始至終都參加了演習嗎？」

「當然，我當時是步兵，先生。」帥克用他那純潔無辜的眼神望著分隊長，分隊長卻急於想把這些新材料打進報告裡去。他又叫班長帶走了帥克，認真補添漏掉的重要內容：

> 其陰謀爲：混進我軍步兵九十一聯隊，並試圖轉往前線，伺機逃回俄國。據口供，該犯與九十一聯隊關係密切。據卑職審訊，該犯供認一九一零年曾以步兵身分參加帝國演習的全過程。由此可見，該犯對諜報工作極其老練，又及，此番罪證之獲得，乃卑職獨創之輪番審訊法之結果也。

憲兵班長來到門口報告：「分隊長先生，他想上廁所。」

分隊長很警惕：「加緊警戒！——還是把他帶到我這兒來。」

「你要上廁所？」分隊長問帥克。「我只是想知道你有沒有別的意圖？」他緊盯著帥克的眼睛。

「我只是想解大便，先生。」帥克有點焦急了。

「但願如此，」分隊長邊說邊掏出值勤手槍。「我和你一起去。」

「我這支槍很準，能連發七顆，百發百中。」

來到院子時，他把班長叫過來，暗中吩咐：「上刺刀，他一進廁所，你就站在廁所後面，小心他從糞堆後面挖洞跑掉。」

廁所是一間很小的木房，下面是骯髒污穢的糞池。

此刻帥克正蹲在上面，一手抓著門上的繩子。與此同時班長在後窗正盯著他的屁股，憲兵大隊長瞪大眼睛盯著廁所的正門。他正盤算著如果帥克逃跑，該打他哪條腿。

可是門卻開了，帥克怡然地走了出來，對分隊長說：「我待了很久吧？沒耽誤你們吧？」

「哪裡哪裡！」分隊長邊說邊想：「這人多麼有教養呀，明知必死無疑，仍然不失體面，到了此刻還能溫文爾雅。我們的人若是處在他的地位能做到如此有尊嚴嗎？」

隊長和帥克坐在守衛室一個大兵的床上。

分隊長點燃了煙斗，也給帥克把煙斗裝上。班長正在往火爐裡添柴。此刻這憲兵隊就成了地球上最舒服的角落。夜幕降臨，恰是聊天的好時間。

可是大家都不說話。沈默了許久，分隊長終於回頭對班長說：「依我看，絞死間諜是不公平的。一個人爲了祖國的利益犧牲自己，他有權享受真正體面的待遇，吃顆子彈比絞刑強，對吧，班長先生？」

「當然不能用絞刑。」班長附和說。

「不過我有疑問，」帥克插進來說，「如果這個人機靈，他們無法抓到他的把柄怎麼辦？」

「不，肯定能抓到的！」隊長著重強調說。「道高一尺，魔高一丈嘛。這一切你自己會知道的。」

「你自己會知道的，」分隊長又重複了一遍，臉上仍是滿面春風。「誰也別想從我眼前溜走，你說對吧，班長先生？」

班長點頭稱是：「有些人已被人識破了，還故作鎮定，但這樣也無濟於事。」

「他們已經知道我的厲害了，對吧，班長先生？」分隊長提高了嗓門兒，「鎮靜只不過是一個肥皂泡。」隊長停止了演講，轉向班長問：「晚飯準備好了嗎？」

「隊長先生，您今晚不上飯館吃嗎？」這一問題使他又陷入沈思。如果犯人趁他不在時跑掉怎麼辦？班長雖然可靠，但他有一次卻看丟了兩個流浪漢。

「叫那個老太婆去買晚飯吧。記住買一罐啤酒，」分隊長很快解決了難題，「讓那老娘兒們去活動一下筋骨。」

可憐伺候他們的那個老婆婆爲他們來回奔波。

到了後半夜，憲兵班長全副軍裝地倒在床上睡著了，還打起了呼嚕。分隊長坐在他對面，把兩瓶白酒喝個精光，他摟著帥克，紅通通的臉上淌著眼淚，鬍子上沾滿白酒，一勁兒嘟噥著：「說實話，這酒比你們俄國的強吧？快說！承認了好讓我睡個安穩覺呀。男子漢大丈夫，說實話呀！」

後來，分隊長也不省人事了。

天快亮時，最早躺下的憲兵班長仍舊鼾聲如雷，夾雜著尖細的哨音，吵醒了帥克。他起來搖了搖班長，又躺下去了。太陽緩緩爬上了樹梢，老婆婆也剛剛爬起來，她也因爲昨天晚上的奔波困倦得大睡了一場。她拖起了班長和帥克，並逼著班長去叫醒分隊長。借這個機會，老婆婆警告帥克分隊長是個笑裡藏刀的大壞蛋。

班長費了九牛二虎之力才讓分隊長確信現在已經是早晨了。分隊長左顧右盼，揉了揉眼睛，開始慢慢回憶昨天的事，突然他渾身打了個冷顫，一個可怕的念頭激得他酒也醒了，他不安地望著班長說：「他逃啦?!」

「沒有，這小子挺規矩的。」

說。

班長說完後卻顯得有些不安，在屋子裡來回踱步，望了望窗外，神情不太自然，顯然有話要說。

分隊長也似乎意識到了一點，他走到班長面前，狐疑地問：「班長先生，我昨天又失態了嗎？」

班長用責備的眼光看著他的上司：「隊長先生，您知道昨天您都說了些什麼嗎?您記得您都跟他說了些什麼樣的話嗎?!」

接下來的時間裡，班長與分隊長互相揭短，彼此指責。為了掩飾他們昨晚的失態，那個老婆婆可慘了。

分隊長下令找來了老婆婆，威脅她並讓她在耶穌受難像前發誓保守秘密。可憐的老太婆被他們莫名其妙而又粗暴的舉動嚇得魂不附體。獲准離開後，她覺得自己度過了生命中最可怕的一刻。

這時候，我們的分隊長在重新謄寫他的呈文，因為頭天晚上手稿上濺落的墨水，經他那麼一舔，如同是在紙上塗了一層果醬。

修改妥當後，他想起還有一件事得問帥克。隨即下令將帥克叫了進來，問道：「你會拍照嗎？」

「會！」

「那你怎麼不隨身帶一架呢？」

「因為我沒有照相機。」帥克的回答很爽快。

「那麼如果你有的話，你一定會拍照啦？」分隊長問道。

「可惜我沒有啊，」帥克誠懇地回答，分隊長感到頭又疼起來，他只有唯一的問題可問：「拍車站的照片困難嗎？」

「那很容易，你知道的。車站不會動，你用不著對它說：『請放鬆表情。』」

每次交談之後總會為分隊長的呈文補充素材，他又開始在公文內添油加醋：

經卑職再三審問，該犯供認：頗善照相，尤其善拍車站。卑職雖未在其身上搜出照相器材等物事，但推測：他為避人耳目，必將其藏於他處，該犯承認，如攜帶相機，必拍無疑，足證卑職之推理並非虛構。

頭天晚上酗酒，使分隊長現在還有些昏昏沈沈的，關於拍照的補充材料他開始即興發揮，有點不著邊際，接著寫道——

據該犯親口供認：因未隨身攜帶照相機，故不能拍攝車站建築物等戰略要地。卑職認定：倘該犯當時帶有攝像器材，必將拍攝無疑。該器材罪犯定已隱藏他處，故職未能在其身上搜得照片。

「差不多夠了。」分隊長說罷，在呈文上簽了個字。

他很欣賞自己的傑作，洋洋自得地給憲兵班長通讀了一遍。直到聽到班長的稱讚。

分隊長終於決定結案了，他下令班長送帥克到縣憲兵大隊。

帥克和班長上了公路。看他們親密的樣子，都以爲是久別重逢的老朋友結伴進城，或者是說一塊兒去教堂。

「我還真沒想到，」帥克說，「去布傑約維策的路這般難走。」

當他們經過魚塘邊時，帥克很感興趣地問班長附近偷魚的人多不多。

「這兒偷魚的可多啦！」憲兵班長回答道。「魚塘管理人用鋼毛刺紮他們的屁股，可也無濟於事：他們在褲襠裡墊了塊防身用的鐵甲。」

臨近一家客棧時，憲兵班長抱怨道：「今天的風真猛，我想咱們喝他一口半口總不會礙事。但你不能對任何人說我押你去縣裡，這可是國家機密！」

「絕不允許洩露你自己的身分，」班長強調說。「你幹了什麼，跟這些平頭百姓無關。不許你在人群之中起哄，造成恐慌，明白嗎？」

「這年頭，恐慌是最可怕的事，」他又接著說。「誰要隨便瞎說點什麼，就會鬧得滿城風雨，人心惶惶，你知道嗎？」

「我保證不會讓人們恐慌，」帥克說到做到。當客棧老闆與之攀談時，帥克說：「這位兄弟說，我們一點鐘到達佩塞克。」

「你二位是休假嗎？」老闆好奇地問憲兵班長，班長不動聲色地回答道：「今天剛到期。」

「我們已經巧妙地把他應付過去了，」當老闆走開後，班長笑著向帥克宣佈。他又說：「千萬不能慌神，現在是非常時期。」

可愛的班長在進客棧之前認爲喝幾杯酒不礙事，這想法未免太把他當作一個謙謙君子了，因爲他根本沒想過這幾杯究竟是多少。當他喝完第十二杯後，便大聲地說：「三點之前，憲兵大隊長還在吃午飯，沒必要去那麼早；何況現在開始下大雪了。如果四點趕到，時間綽綽有餘，即使到六點也不晚。從天氣看，肯定得摸黑走了。所以現在走也罷，晚一點走也罷，都一樣。」

「咱們能待在這個溫暖的地方，應當說很有福喲！」他容光煥發，慶幸不已，「趕上這種鬼天氣，戰壕裡的那些小子比起我們坐在爐火邊的可要慘得多。」

班長一個勁兒的催老闆多喝，他一邊往嘴裡灌酒，一邊抱怨店老闆不夠朋友，因爲他喝得太少。這可是誣衊，因爲老闆已經醉得站不穩了。當帥克和班長出發時，天已黑了。漫天飛雪，什麼也看不見，班長嘀咕著同一句話：「朝著你鼻子的方向直走吧！」

當他說第三遍時，他的聲音已不是從路面上而是從哪個低處傳來的，因爲他從一座積雪的土坡滑了下去。靠著他的步槍的幫助，費了九牛二虎之力才重新爬了上來。帥克聽到他不無揶揄地說：「像坐滑梯一樣……」但很快又聽不見他的聲音了，原因是這個醉漢又從坡上滑了下去。透過嘯嘯風聲又傳來他的喊聲：「我又摔啦！糟透啦！」

班長像一隻辛勞的螞蟻，滾下去，又執著地往上爬。

他就這樣一連又翻了五次，最後，他終於爬到了帥克面前，狼狽不堪地說：「我還以爲再也找不到你了！」

「別擔心，班長先生，」帥克微笑著說：「最好是把咱倆捆在一起，這就不怕丟掉誰了。就用手銬吧！您帶了嗎？」

「當然，這是每個憲兵的必需品，」班長一邊晃晃悠悠地走著，一邊強調說：「這可是我們憲兵的吃飯傢伙呀！」

「把我們銬在一起吧，」帥克建議道，「咱們試試看效果？」

班長很熟練地將手銬一端扣在帥克的手腕上，把另一端扣在自己的右手上。現在兩人如同一對連體雙胞胎一樣，一路上踉踉蹌蹌往前走。當他們經過一堆石頭的時候，班長一摔跤，就把帥克也拖倒在地了。這麼一來，手銬磨破了他們的腕子。班長終於忍無可忍，想打開銬子，可是費了好半天勁兒也沒能解開。最後，班長歎了口氣說：「咱哥倆要一直廝守在一起啦！」

「噢！我的上帝！」帥克感歎了一句，隨後，他們又繼續那患難與共的旅途。

班長的情緒非常低落。到了深夜，歷經長途跋涉，他們終於來到憲兵大隊的走廊裡，班長憂鬱地對帥克說：「糟啦！咱倆拴著手銬誰也離不開誰。」

情況果然不妙，縣大隊副派人請來了大隊長。

大隊長對可憐的班長的頭一句話就是：「對我哈一口氣！」

「現在我全知道了。」據大隊長多年的嗅覺經驗，他分毫不差地弄清了事情的詳情。「您真有口福呢，……白酒、羅姆酒、檸檬酒、核桃酒、香莢蘭酒、櫻桃酒。」

「大隊副先生，」他回頭對他的下屬說：「這個人讓神聖的憲兵蒙羞，你也要小心！如此胡來，就是犯了要受軍事法庭審判的罪行。居然把自己和犯人銬在一起，而且醉得如同一灘爛泥！真是豬狗不如！去，把他們的手銬解開！」

「什麼事？」大隊長問班長，班長卻正用那隻自由的手給他敬禮。

「報告大隊長先生，我帶來一份呈文。」

「很快就會有一份控告你的呈文的。」大隊長說，「大隊副，把他們倆關起來！明早審問。你把這份呈文看一遍，再送到我的房間來。」

縣兵大隊長對下屬極其嚴厲，是個典型的官僚。

在他管轄的各憲兵分隊裡，這種暴風雨會隨著他所簽署的每一份文件而發生。這位大隊長整天都在忙著給全縣發各種各樣的警告和威脅。打從戰爭開始的那一天起，下屬的各憲兵分隊總是處在風雨飄零之中，不知道厄運何時降臨。

這才是真正的恐怖氣氛。帝國法統的炸雷在憲兵分隊長、班長、普通士兵的頭頂隱隱作響，每件小事都可能招致大禍臨頭呢。

「如果我們想要打贏這場戰爭。」大隊長在視察分隊時說：「就得說一不二，該怎麼著就得怎麼著。」

他總是感到自己面臨著形形色色的叛逆，他還堅信，縣裡全部的憲兵都對戰局的不利犯有罪愆，他相信，這裡所有人在這個嚴重時期都有犯瀆職罪的危險。

從國防部發往他這兒的文件汗牛充棟，壓得他喘不過氣來。

他們一遍又一遍催促大隊長對該縣的居民忠誠程度嚴加注意。因爲革命已在帝國境內悄然爆發了。

憲兵大隊長把那份關於帥克的呈文認真研究了一番。他的部下加親信大隊副就站在他面前，外表忠順，心裡卻偷偷詛咒著他的上司和那份呈文，因爲此時在奧塔瓦河那邊正有一幫人在等著他去湊一桌牌。

大隊長說：「記得前不久我對你說過，我平生見過的頭號白癡是那個分隊長。由那個酒鬼班長押解的這個士兵根本就不是間諜，頂多是個逃兵。看這呈文裡胡話連篇，連幼童都能一眼看出，那混蛋在起草呈文時已經喝得不分南北了。」

他下令道：「去把那個士兵帶來，」而後又把那份呈文看了一遍，說：「我生平還從未遇到過這麼荒唐的事。這還不算，居然叫一個酒鬼班長給我送來個嫌疑犯。這些畜生還不知道我的厲害，看來得給他們點顏色看看。一天不挨我三頓罵，就以爲我好說話。」

「你是從哪個單位開小差跑出來的？」大隊長劈頭就問帥克。

「我在哪個聯隊也沒開過小差。」

大隊長看著帥克，只見他安詳的臉上顯得如此鎭定，使他不得不接著問道：「那你這身制服是從哪弄來的？」

「你清楚的，先生，每個新兵入伍時都會得到一套的，」帥克微笑著回答說，「我在九十一聯隊服役。壓根兒沒開過小差，而且恰恰相反。」

帥克把「恰恰相反」的語氣體現得格外重，使得大隊長臉上掠過一絲帶嘲諷意味的憐憫之情，問道：「『恰恰相反』，什麼意思？」

「這很簡單，」帥克解釋說，「我本來是找我的聯隊去的。我在找它，而不是從它那兒逃出來。我只想儘快歸隊，可誰知走錯了方向，離布傑約維策愈來愈遠了。我都快急瘋了。分隊長指給我看，布傑約維策在南面，他卻讓我往北走。」

大隊長無可奈何地擺了擺手，似乎在說：「這混蛋甚至幹過打發人往北走更離譜的事兒哩。」

「這麼說來，你是找不著部隊？」他問。「你是去找它的嗎？」

帥克又把整個經過向他作了說明。他講了他從塔博爾出發所走過的所有的地方以及繞了一個圈的艱辛經歷。

帥克繪聲繪色地講述了他和命運的搏鬥，以及他如何百折不撓，歷盡艱辛設法回到布傑約維策的九十一聯隊去。而蒼天誤人，他的所有努力都付諸流水。

他熱情洋溢地敍述著，大隊長卻心不在焉地用鉛筆在一張小紙片上畫著尋找部隊的帥克無法破解的路線圖。

「這可真是辛苦啊！」大隊長聽完了帥克敍述後，問了這麼一句話：「你在這裡繞了這麼久，一定很引人注目吧？」

「假如說那個倒楣地方沒有那位分隊長先生，問題就簡單了，」帥克說，「他既沒問我的名字，也沒提我的番號，把一切都當成可疑點。他本應派人把我送到布傑約維策去，到了那裡，一切都真相大白了。如果那樣的話，今天我就會英姿勃勃地站在我的崗位上了。」

「那你當時爲什麼不提醒他們這是一場誤會呢？」

「因爲我知道，那簡直是對牛彈琴，他們壓根兒聽不進去。有個小店老闆說得好：怕人家賒他賬的人，不管別人什麼時候去找他，他都聾得好像連打雷都聽不見。」

大隊長不假思索，就作出判斷：一個歸心似箭，並爲此想出這麼一整套循環旅行的人，乃是人類墮落的最嚴重的預兆。他立刻向辦公室口授一封發往布傑約維策市九十一聯隊公函。

就這樣，帥克順利地走完了由皮塞克到布傑約維策的一段火車行程。負責護送他的是一個年青憲兵，也是個新手，他緊緊地盯著帥克，就怕他溜掉。一路上老在被一個嚴肅的問題所困擾：「如果現在內急，那該怎麼辦？」

在從火車站到布傑約維策的兵營的路上，他神情專注，眼睛一刻沒離開帥克，每到一個拐角或十字路口，他就故作隨便的樣子告訴帥克司令部爲押送人員發了多少顆子彈。帥克回答說，他堅信任何一個憲兵都絕不敢在大街上開槍，以免招來橫禍。

憲兵同帥克爭論著這個話題，不知不覺中到了兵營。

盧卡什上尉已經值了兩天的班。他怡然地坐在辦公桌前，一點兒也沒想到那個災難性的場面會出現。

「報告上尉，我歸隊了，」帥克敬著軍禮，鄭重地說。

當時一直在場的軍士後來對人描述說：帥克報告完之後，盧卡什上尉跳了起來，兩手抱著腦袋，倒在軍士的身上。經搶救醒來之後，帥克仍在舉手敬著禮，還重複說了一遍：「報告上尉，我歸隊了。」

盧卡什上尉的臉色蒼白，他用顫抖的手簽了字，然後讓大家都出去，他對憲兵說，還是讓他自己和帥克單獨相處的好。

帥克終於結束了這場布傑約維策的旅程，假如帥克能自由的話，他肯定早就歸隊了。假如扣留帥克的部門表功說是他們把帥克送到服役地點的話，那肯定是在吹牛。事實是官僚體制無時無刻不在阻撓著帥克的愛國熱忱。

帥克和上尉兩人面面相覷，相對無言。

可憐的上尉眼睛裡充滿了極端驚恐的絕望神情，而帥克卻溫柔親切地望著上尉，像是看著久別的情人。

辦公室如教堂般安靜。走廊上的走動聲都能清楚地聽見，那是一個一年志願兵因感冒而留在房間裡沒有出操。他鼻子裡哼著已熟記的一些東西，比如皇室巡視要塞時如何接待之類的廢話等等。

「閉嘴！」上尉衝著走廊喊了一聲，「最好滾得遠一點，去地獄吧！如果發燒，就滾回屋裡挺屍！」

上尉和帥克在仍然互相對視著，盧卡什上尉終於耐不住性子，用嘲諷的語氣說：「歡迎你來到布傑約維策，帥克！該入地獄的人絕不會上天堂。逮捕你的拘捕文書已經開了。明天你就到團部的禁閉室去。我也不用再爲你這種人生氣了。我跟著你倒透了楣，我已忍無可忍。一想到我怎麼能跟你這混蛋一起這麼久……」

他開始踱來踱去：「簡直受不了啦！我都納悶爲什麼當初沒把你斃掉！斃了你又能怎樣！什麼事都不會發生。我還能解脫，你知道嗎？」

「是，上尉先生，我全明白。」

「別再裝瘋賣傻了，帥克。你變得愈來愈瘋癲，不教訓你是不行了，這回輪到你倒大楣了！」

盧卡什上尉搓著手宣佈：「帥克，這回你可真玩完了！」他回到桌前，在一張紙上寫了幾行字，然後叫來值班衛士，命令他拿著便條，把帥克帶去禁閉室，交給看守。

帥克被帶走，穿過兵營的廣場走向禁閉地，上尉望著看守把把門打開，滿意地看著帥克可惡的身影隱入這扇門裡，過了一會兒看守獨自一個人出來。

「感謝上帝，」上尉邊想邊情不自禁地大聲說了出來，「他可算進去啦！」

在禁閉室裡，已有一個胖胖的志願兵躺在草墊子上。他對帥克的到來表示了歡迎。他在這兒獨自悶了兩天，是僅存的案犯。帥克問他進來的原因，他說是一件小事。有一天晚上喝多了，在廣場的拱門過道裡糊裡糊塗打了一個炮兵中尉一耳光。其實並沒打著，只不過打掉了中尉頭上的帽子，倒楣的志願兵還以爲那中尉是他的一個好朋友呢。

志願兵還自行推斷說：「在那場混戰中，本可以給他幾個耳光，因爲這純屬誤會。但對我不太有利的是，我是從醫院偷逃出來的，可能那張『病員證』洩露了秘密……」

「我當兵的時候，」他接著說，「爲了讓自己得風濕症，我先在城裡租了所房子。我一連三次給自己全身塗了油，到郊區的一條濠溝裡躺著，一下雨我就脫鞋。居然沒用！後來在冬夜裡我又去洗了一禮拜涼水澡，依然無功而返。朋友，你知道我有多強壯！我躺在我住的那個院子裡，從夜裡一直到第二天早晨，我的腳還是熱乎乎的，簡直像穿了毛氈鞋一樣。連咽炎都沒染上！真倒楣呀，兄弟，我真倒楣透頂了！有一次我在『玫瑰』小店裡結識一個殘廢，他叫我禮拜天到他家裡一趟，說第二天可以叫我的腿腫得像一個白鐵桶，他家裡有注射器。我當真差點兒回不來。這個好心人沒騙我，我終於得了肌肉風濕病。所以馬上去醫院，真的很靈驗啦！後來我就好運連連，我的表兄馬薩克醫生調到布傑約維策來了。我之所以能在醫院裡享福，真應該謝謝他。我的點子總是很不錯的：我弄來一本病歷冊，在上面貼了個標簽，各欄都塡好。還取了個假名字，塡上病名還有假體溫紀錄。每天下午查完房後，我就大模大樣的夾著這份病歷進城，對我很有利的一點是：看守醫院大門的是後備兵，我拿證明向他們一亮，他們還畢恭畢敬向我敬禮呢。隨後我到稅務局的哥們兒那兒換一身普通老百姓衣服，就上酒店去了。在那兒我和一大幫老朋友交流逃役經驗，樂在其中。後來，我膽子大了，幹脆就穿著軍裝上街，進酒館，直到第二天早上才回到醫院爬上床。假如遇到巡邏的，只要亮一亮九十一聯隊的病歷，他們就不再找我的麻煩啦。在醫院的大門口，我也是拿出證明給他們看一下，就可順利通過。到後來我的膽子愈來愈大，我想誰也不會把我怎麼著，以至於才發生廣場拱門道那檔子事。這件事表明了什麼樹也長不到天上去。得意過頭必然砸自己的腳。榮華富貴不過是過眼雲煙。有的人想入非非，其實上根本沒門，就是這樣的，老弟！不要不相信偶然中的必然，每天早晚都要提醒自己一遍：謹慎小心在任何時候都是必需的；什麼事情過猶不及，只能怪自己把事情弄砸了。我原本可以待在後備部隊的參謀部辦公室裡享清福的，可是我的大意斷送了我的前途。」

胖志願兵一本正經地結束他的懺悔說：「朋友，儘管如此，我還是要高高地昂起頭，讓他們別以爲只要把我送上前線，我就會開一槍放一彈。我勸你無聊的時候寫寫詩歌，那是可以解悶的，我在這兒就寫了一首好詩：

牢卒安在兮？
床上正憩息。
京都傳噩耗，
軍心欲崩析。

禦敵有床板，
籌謀有吾皇。
邊幹邊頌唱，
奧國國祚長！

「瞧瞧，老兄，」胖志願兵接著說，「還有誰敢說我們可敬的君主制失去了尊嚴？一個缺煙卷短酒精、等待軍法處治的囚犯作出了尊敬皇室的最好的榜樣。在他的詩歌裡充滿了對四面楚歌的遼闊祖國的熱愛。他儘管失去了自由，但從他嘴裡還能編出無限效忠的詩句。可是該死的看守！唉！」

到這時志願兵才問帥克犯了什麼罪：

「找尋你的部隊？」他說。「這倒是挺不賴的一次旅行，真是一條坎坷之路！你明天也要向軍事法庭呈供嗎？朋友！咱們刑場上見吧！唉！那個施雷德上校又該借此開懷一番了。你簡直無法想像這混蛋看到部隊裡出點什麼事兒是個什麼樣子。像條瘋狗似的到處瞎竄，舌頭伸得像饑渴的母狗。」

「好好聽他那些話吧！他嘴角直吐白沫，酷似一條嘴角滴著口水的瘋狗。他沒完沒了嘮叨，讓你覺得整個兵營就要倒塌。因爲我向他交代過一次問題，領教過他的德性。」

胖志願兵吐了一口唾沫說：「你瞧著吧！兄弟，天下居然有這麼多笨驢。我才不稀罕他們的官銜和各種特權哩！」

胖志願兵一個跟斗滾到第二塊草墊上，說：「一定會有報應的，總有一天會算賬的。不會永遠這樣的。如果一個勁兒往自己身上貼金子，總有一天會垮臺的。假如要我去前線，我肯定會在軍用列車裡寫上這麼幾句：

血沃國土屍遍地

這時看守給他們送來四分之一份士兵口糧和一罐涼水。胖志願兵甚至動都沒動，就對看守說：「探望犯人是多麼崇高多麼高尚的舉動啊。歡迎你的到來，善良的天使！你承擔著飯菜籃子的重負，爲的是消除我們的煩惱。我將永世不忘你的大恩。你就是照亮黑暗牢房的陽光！」

「等你交代問題時有你樂的！」看守冷冷地說。

「你別把毛豎這麼高好嗎，你這倉鼠！」志願兵依然躺在板床上回答他說，「請實話相告，如果你要看守十個志願兵該怎麼辦？別裝傻！我猜你一定會關二十個，放掉十個，你這個老黃鼠！我發誓，我要當了軍政大臣，就讓你在我手下吃夠苦頭！」

看守被氣得發抖，走時惡狠狠地甩上了門。

「應該建立反看守同盟，」胖志願兵一邊公平地分著麵包一邊說，「根據監獄條例第十六條規定：囚犯在判決之前均享用士兵口糧。可是這裡卻執行著北美洲大草原的野蠻律條，大家都想趕快吞掉囚犯的那份口糧。」

他和帥克開始坐在板床上啃士兵麵包。

「從看守身上表現得最清楚，」胖志願兵繼續他的推測，「軍隊是人變成畜生的煉獄。」

接著他又哼起了小曲。

隨著門上的鑰匙響動，看守開始點燃過道裡的煤油燈。

「多麼神聖的光明呀！」志願兵叫道。「文明總算普照到了軍隊裡，晚上好，看守先生！」

只聽見看守在外面談論著明天審訊的事。

接下來的時間裡，志願兵一直在喋喋不休地講。後來，他靜了下來，過了一會又問道：「你睡著了嗎?朋友？」

「還沒呢，」帥克在另一張床上回答道。「我正想事兒呢。」

「什麼事兒呀，夥計？」

「我想起了一個木匠，他得到了一枚銀質勇士大勳章。他是全聯隊第一個在戰爭開始時就被手榴彈炸斷腿的人。免費裝了一條假腿後，就掛著那枚勳章四處吹牛，說他是聯隊第一個殘廢。有一天在酒店和幾個屠戶吵起來。那些人把他的假腿拽下來敲他的腦袋，拽下腿的那個人不明真相，被假腿嚇暈了。從此以後他對那枚獎章非常惱恨，把它送去當鋪。在當鋪被人抓住，一個專門審訊殘廢軍人的法庭判他的案子，結果沒收了獎章不說，還收回了假腿。」

「那爲什麼？」

「理由很簡單。一個委員到他那裡，告訴他不配再用假腿，就卸下扛走了。」

「還有件挺樂的事兒，」帥克也來了興趣，「有些陣亡士兵的親屬會莫名其妙收到一枚獎章，還附有公函說，這勳章是授予他們的，讓他們掛在醒目的地方。有一個脾性古怪的老爹，以爲有人開玩笑，就把勳章掛到廁所裡，不幸的是他的廁所和一個警察共用，結果警察把他告發了，罪名是叛國罪。這個可憐的老人……」

「這正說明了一切榮譽狗屁不是。」胖志願兵吟起了一首載在《志願兵手冊》裡的詩：

昔有一列兵，
忠勇把命捐。
報國意如何？
其人爲垂範。
萬千兵血肉，
軍功章染豔，
空山不見人，
哀歌上九天。

志願兵沈默片刻說，「看來尙武的精神在我們身上已經衰退不少了。我提議，讓我們在這寂靜的晚上，唱一首炮手雅布林克之歌吧。讓整個兵營都聽見。」

不一會兒，從牢房裡就傳來了一陣陣吼聲，把玻璃都震得哐啷啷直響：

裝炮彈喲入炮膛，
炮兵小夥立於旁！

哀哉飛彈平地落，
小夥剎那軀不全！
炮兵小夥奈汝何？
大炮孤零又奈何？
他泰然自若立炮旁，
裝炮彈喲入炮膛！

外面響起了腳步聲和說話聲。

「看守來了。」志願兵說，「今天是中尉跟他一起來的。他是後備役軍官，我認識他。我們可以從他那兒搞點煙抽。來吧！大聲吼吧！」

接著他們又叫了起來：「裝炮彈喲……」

牢門打開了。看守因爲值日軍官在場而倍顯兇惡，他蠻橫地叫道：「閉嘴！這裡又不是牲口圈！」

「很抱歉，」志願兵回答說，「這兒是囚犯音樂會，剛剛演完第一個節目：《戰爭交響曲》。」

「我希望你們能明白，」中尉假裝嚴厲的樣子說。「你們該在九點上床睡覺，不可以大吵大鬧。知道嗎？你們的歌聲在廣場上都可以聽見！」

「報告，中尉先生，我們還沒排練好，所以聲音大概有點走調……」

「他經常這樣，」看守想教訓一下他的對頭，「簡直太不像話了。」

「中尉先生，能單獨聊聊嗎？」志願兵說。

當要求得到滿足後，志願兵親切地說：

「給些煙抽吧！」

「『運動』牌的！中尉就抽這個？算啦！就這樣吧！謝謝，再來幾根火柴。」

享受了香煙後，志願兵說：「祝你做個好夢，明天就是最後審訊了。」

就在志願兵對兵營內部的黑幕給予抨擊之際，施雷德上校正和軍官們坐在飯店裡，聽一個從塞爾維亞回來的傷了腿的上尉講述他從參謀部看到的大舉進攻的情景：

「他們從戰壕裡跳出來，爬過至少兩公里外的鐵絲網，向敵人撲去。剛從戰壕裡爬出來就有一個士兵倒下了，又一個在工事旁倒下，第三個衝了幾步就倒下了。然而同伴們的犧牲激發著大家繼續向前衝。敵人瘋狂射擊。我軍一個排想強佔敵軍機槍陣地，結果全軍覆沒，唉！簡直太可怕了，不行了，我已經醉了……」

他確實喝多了，坐在椅子上呆呆地望著前面。上校微笑著聽著，雖然聽得不是太懂。

傷腿上尉猛拍一下桌子說：「和平時期由後備軍擔任國內的勤務。」

在旁的一位年輕軍官爲討個好印象，補充說：「應該把那些病號都送到前線去！死掉些病人總比犧牲健康人合算一些。」

上校微笑的臉上忽然眉頭緊鎖，回頭向少校說：「少校先生，爲什麼盧卡什上尉總是有意疏遠咱們呢？自從他到任以後，從未來到我們這裡一次。」

「他忙著寫情詩，」教導隊長扎格納上尉在旁譏諷地說，「他一來這裡，就瞄上了工程師史瑞特的太太。」

上校眼神空洞地問：「聽說他會唱幽默小調？」

「他在學校時就會唱，逗得我們直樂，」扎格納回答說，「他的笑話很逗，但爲什麼不來我們這裡？」

上校難過地搖搖頭說：「如今我們軍官之間的交情漸漸變得淡漠了。想當年我們如同一家人似的。」

回憶著美好的往事，上校開心地笑了。

「那時在澡盆裡多開心呀！可如今卻連那位滑稽歌手也沒來。不但如此，下級軍官的酒量也愈發不行了！還不到鐘點，就有幾個不省人事了。想當初，我們一喝就是兩天兩夜。而且是幾種酒摻著喝。」

帶著沮喪的心情，上校回家了。第二天早上他的情緒更差，因爲早報上說：「我軍已轉移至預先準備的陣地。」這是「退卻」的體面表達方式。

十點鐘，上校帶著這種心情去執行志願兵稱爲「末日審判」的職務。

帥克和胖志願兵在院子裡等著上校。人馬都齊了：軍士、值日官、副官、書記員……。

在扎格納大尉的陪同下，滿面愁容的上校出場了。在沈悶的寂靜中，上校從帥克和志願兵的身旁走過，不時用鞭子抽打自己的高統靴。

上校終於停了下來。志願兵正準備報告。上校截住他說：「我清楚，你是志願兵中的敗類！戰前是幹什麼的？一定是個臭知識份子吧？」

「大尉先生，」上校說，「去把志願兵軍校的全體學員都找來。」

他又對胖志願兵馬列克說：「你是一個讓家族丟臉的人。給我站好！我全都知道！我會讓你知道厲害的！」

全體志願兵軍校學生都集中在院子裡了。

「排成方隊！」上校命令後，學員們排成方陣，將受審者團團圍住。

「瞧瞧這胖傢伙，」上校用鞭子指著胖志願兵說，「他狂喝濫飲，丟盡了我們的名譽，軍隊的名譽。本來應該培養出的是正式軍官，能爭取榮譽的軍官。可是卻有這樣的害群之馬。你們瞧他這副德行！入伍前還學經典哲學呢！現在他根本沒法爲自己辯護！真是夠滑稽！」

「這種行爲必須嚴辦，」上校吐了一口唾沫說，「必須把這種道德敗壞的人開除出去。部隊裡不再需要這種知識份子啦！」

文書拿著事先預備好的文件和鉛筆走了過來。

上校以正式的腔調宣佈：「茲判處志願兵馬列克三周禁閉！禁閉期滿後發配去炊事班削馬鈴薯！」

上校轉頭命令志願兵學員排成縱隊，然後散去。這時上校對大尉說，「佇列步伐不齊，下午去練好！」

上校格外關照道：

「還有件事，步伐要響亮。還有，讓軍校學員禁止出營五天，讓他們牢記這個混蛋馬列克是他們的同窗。」

而「混蛋馬列克」卻在暗自慶幸沒把自己送去前線。

上校離開大尉，走到帥克面前，開始審視帥克。帥克的外表給人十分平靜的和天真無邪的印象。他的眼睛彷彿在問：「我究竟做錯了什麼？」

上校向文書提了個問題，下了一個結論：「是個白癡吧？」

「報告上校，是個白癡。」帥克替文書作了回答。上校示意文書和副官去一邊，一起翻閱帥克的材料。

「啊！原來是盧卡什上尉的勤務兵，就是在塔博爾失蹤的那一個。」上校說，「依我看來，軍官們有責任好好訓練自己的勤務兵。既然盧卡什上尉自己挑的人，那他就得自己負責到底。他既然不出來玩，就意味著有時間把這個勤務兵教好。」

上校望著帥克說：「白癡！你得關三天禁閉，然後再回到盧卡什上尉那兒去報到！」

這樣，帥克和馬列克又聚在一起了，而盧卡什上尉被叫到上校面前：「上尉先生，大概一禮拜前，你說你需要一個勤務兵，因為你的勤務兵在塔博爾失蹤了。可是現在，他已回來……」

「可是上校……」盧卡什上尉懇求道。

「我已決定，三天禁閉之後，回你那裡復職。」上校強硬地說。

遭受打擊的盧卡什上尉跌跌撞撞地走出了辦公室。

三　帥克在基拉利希達的奇遇

第九十一聯隊抵達了摩斯特城，這個位於利塔河畔的城也有人稱它為基拉利希達城。被關了三天的禁閉，帥克還有三個鐘頭就可以獲釋了。這時，他和志願兵馬列克一起被帶到中央禁閉營，然後又被押到火車站。

路上，志願兵對帥克說：「我早就知道他們會把我們押到匈牙利去。他們要在那裡成立一個先遣營。我們的士兵學會了射擊，就會被派去和匈牙利人幹仗。」

「這倒是挺有趣的。」帥克說。

於是他們就開始討論如果被派到先遣營會遇到什麼樣的姑娘，發生什麼樣的豔遇，這時有人插嘴，說起殖民地的事情。

他們到了車站，布傑約維策的居民們正在那裡給士兵送行。雖然這個告別儀式不是官方組織的，但是車站前方的廣場上還是擠滿了來送行的群眾。和往常一樣，老實規矩的士兵走在最後面，扛著上了刺刀的步槍的士兵走在最前面。緊接著，沒有犯軍法的兵擠進了裝牲畜的車廂裡。帥克和志願兵則被帶到了另一節專門為囚犯設的車廂裡，這列車廂一向掛在軍列的軍官車廂後面，囚犯車廂裡面有足夠的座位。

帥克揮動著自己的帽子，對人群喊了一聲：「你們好！」這引起了強烈的反應，人群報以熱烈的歡呼：「你們好！」這聲音愈傳愈遠，一直傳到車站前面。這歡呼聲彙集成了一場示威運動。車站對面的旅館窗口裡的婦女們也揮動著手帕，兩邊的人群裡面，德語和捷克語的歡呼聲混在一起。押解隊伍走近了，帥克在押解人員的刺刀下揮手向人群親切致意。志願兵則一本正經地對人群致以軍禮。

他們這樣走進了車站，走向指定的軍用列車。軍方的管弦樂隊的指揮面對遊行人群的突然出現，顯得不知所措，幾乎都要奏起助興的曲子。還好，那位頭頂黑色硬帽的隨軍神父跑來糾正了這一錯誤。

第七師的隨軍牧師，拉齊納神父，一位在所有的軍官食堂都赫赫有名的賓客，大肚量的食客和酒鬼，是昨天剛剛到布傑約維策的。他在一個偶然的機會參加了一次似乎是即將開拔的團隊軍官的酒會。他大吃大喝，低三下四地向伙夫討點剩飯吃，他吃光了盤子裡的肉湯和麵包片，他還從儲藏室裡弄了一些羅姆酒，喝了個痛快。第二天早上，他突然想到第一批軍列就要開車了，應該去主持一下場面。他到達車站時，剛剛碰上樂隊指揮要指揮演奏《主呵，保佑我們》。他一把奪過指揮手裡的指揮棒，喊道：「停！現在還早，等我叫你們演奏時，你們再演奏。我一會兒就來。」他走到車站上，緊跟著押送隊，大叫一聲「停」，把他們叫住了。他對押送班長厲聲喝道：「往哪裡去？」班長被問得楞住了。

帥克代班長恭順地回答道：「要把我們送到布魯克去，神父先生。如果你願意的話，可以搭我們的便車。」

「我當然去！」拉齊納神父說，他轉過身來對押送兵嚷道：「誰說我不能去？前進！」

神父進了囚犯的車廂，躺在座位上。帥克好心，脫下軍大衣，墊在神父的頭下。志願兵悄悄地對滿臉畏懼的押送班長說：「好好伺候神父吧！」

神父躺在座位上伸了伸懶腰，開始大談吃喝經來：「各位呀，那蘑菇燉肉，蘑菇要放得愈多愈好。不過要先用小蔥頭把蘑菇煎熟，然後再放上些桂香葉和洋蔥什麼的……」

「你已經放過蔥了。」志願兵不無揶揄地回答道。班長大爲光火地看了志願兵一眼，因爲他認爲雖然神父已經喝醉了，但是他畢竟是自己的上司呀。

「對，」帥克插嘴說：「神父先生的話真是至理名言喲，蔥要放得愈多愈好。有個釀酒的，他還要往啤酒裡面放洋蔥呢，說蔥可以讓人口渴。蔥是很有用的東西。烤蔥還可以用來治酒刺……」

這時候，拉齊納神父像是說夢話一樣，啞著嗓子說：「提味的關鍵在於佐料，看你放什麼佐料，放多少。胡椒不要放太多，辣椒也不可多放……」

他說的話愈來愈慢，聲音愈來愈小：「蘑菇的量……檸檬……太多……香料……太多……肉豆蔻……」

話還沒說完，他就睡著了，鼾聲大作，還間或從鼻子裡面噴出好聽的哨聲。

班長傻呵呵地望著他，其他的押送兵則在一旁竊笑。

「他一時還醒不了，」帥克斷言，「他已經醉得不行了。」

班長不安地對帥克使臉色讓他住嘴。帥克還繼續說道：「反正就是這麼回事，一點辦法也沒有，他都醉成一攤泥了。可是他還有個大尉的軍銜呢。所以這些隨軍的神父呀，不管軍銜是大是小，喝起酒來統統都是海量。我給卡茨神父當過勤務兵，那人喝酒就像喝涼水一樣。眼前的這位神父跟他比起來，簡直不算什麼！有一次，我們把聖餐盒都拿去當掉了，去給他買酒喝。假若有人願意借錢給他，恐怕連上帝本人都會被他換錢喝光的。」

帥克走到拉齊納神父前，扶他翻了個身，讓他臉朝著椅子背，然後肯定地說：「他會一直睡到布魯克。」說完，他回到自己的位子上。可憐的班長驚惶失措地看著他坐下，然後說：「我恐怕還得去報告一下。」

「我看你最好別這麼做，」志願兵勸道，「您是押送隊的頭，您不能離開我們。」

班長不自信地辯解道：是帥克先跟神父提議，讓他同他們一道兒走的。

「班長先生，我這樣做是情有可原的，因爲我是白癡，可是誰都不會相信你也是白癡呀。」帥克這樣回答。

神父這時在座位上動了一下。

「他在打呼嚕，」帥克說，「他說不定正夢見自己在開懷暢飲呢，我擔心會情不自禁大小便橫流。我的那位卡茨神父一喝醉就會不省人事。有一次就丟了那麼一回醜……」帥克接著把他親身經歷的關於卡茨神父的事兒繪聲繪色地描述了一番，大家聽得連火車啓動都沒有注意到。

這時後節車廂傳來了一陣鬼哭狼嚎般的歌聲。

這種聲音很讓人受不了，大夥兒就把唱歌的人從牲畜車廂的門口推了出去。

「這事有些怪，」志願兵對班長說：「檢察官怎麼還沒有過來呀？紀律規定：您在車站上就應該把我們上車的事情向列車的指揮官報告，而不是把功夫浪費在一個喝醉了酒的神父的身上。」

不幸的班長呆呆地沈默著，兩眼瞪著車窗外向後掠過的一根一根的電線杆子。

「我一想到沒有人把我們這裡發生的事情向任何人報告，」嘴不饒人的志願兵說，「到了下一站，有個檢察官來到我們的車廂，我就會戰戰兢兢，就好像……」

「到那時，我們就像吉普賽人，」帥克接著志願兵說，「流浪漢，屬於那種見不得光的一類傢伙，到哪裡都不能露面。隨時提防著人家會把我們逮起來。」

「這還不算，」志願兵接著說，「根據一八七九年十一月二十日頒佈的命令，用火車運送軍事犯人時，必須遵守以下規定：第一，運送軍事犯人的車廂必須裝有鐵柵欄，這一條定得清楚，而咱們這兒也要照辦。我們就是被關在很堅固的鐵柵欄裡面的，這一點似乎做到了。第二，皇上和國王發佈的補充條文規定，每個軍用囚犯車廂都得備有廁所；如果沒有廁所，就必須配備有蓋子的便盆用於犯人和解押的官兵大小便。我們這個軍用囚犯車廂，別說是廁所，在這個擁擠不堪的小籠子裡面，連個便盆也沒有……」

「你們可以到窗口去方便嘛。」已經絕望到極點的班長說。

「難道您忘了嗎？」帥克說，「犯人是禁止接近窗口的。」

「第三呢，」志願兵又說，「車廂裡面還需要配備用來盛裝飲水的水罐。很明顯您並沒有遵照這一條。順便說一句，應該在哪一站發乾糧呀？您不知道吧，我早就知道你沒有問清楚這一點……」

「你看，班長先生，」帥克說道，「押送犯人可不是一件鬧著玩的事。您可得無微不至地照顧我們。我們可不是一般的士兵，可以自己管好自己。什麼您都得送到我們眼前喲。那些條款怎麼規定的呢，您就得怎麼做，不能壞規矩。」

過了一會兒，帥克友好地看著班長說：「我還想起一件事，到十一點鐘的時候，麻煩你通知我一聲。」

班長莫名其妙地看了他一眼，沒有理會他。

「班長先生，原因是這樣的，因爲從十一點開始，我就屬於那節牲畜車廂了，班長先生。」帥克莊重地宣佈，「我被判了三天禁閉，到十一點的時候禁閉期就滿了。」

那晦氣滿面的班長半天才回過神來，他顯然不同意帥克的結論：「我沒有接到任何公文的指示呀。」

「親愛的班長先生，公文它又沒有自己長腿，押送隊長可得自己去取公文呀。你看，新的麻煩又來了吧？其一你沒有權力把該釋放的人繼續關在這裡。其二呢，根據現行的政令，誰也沒有權力離開囚犯車廂。事態愈來愈糟了，現在已經十點半了。」志願兵說道。志願兵把懷表放進自己的衣兜裡，說：「班長先生，你要小心啊，我倒要看看您半個小時以後該怎麼辦。」

「半個小時以後我就是牲畜車廂的人了。」帥克重複著，臉上洋溢著遐想的神色。班長只好十分沮喪地說：「我覺得你待在這裡可比在牲畜車廂裡要舒服得多……」

這時，神父在睡夢中喊了一句，打斷了他的話：「多放點調味汁。」

「睡吧，乖乖睡吧。」帥克溫和地說，順手把掉下來的軍大衣塞到神父的頭下，「再做一個酒山肉海的美夢吧。」

絕望的班長呆呆地望著窗外，對囚犯車廂裡面的混亂也聽之任之，無可奈何。

押送兵在隔壁玩名叫「榨油機」的紙牌，班長的屁股被乾脆而結實地撞了幾下。他回頭一看，一個士兵挑釁地用屁股對著他。他歎了一口氣，回到了窗子跟前。

接下來漫長的無聊時光裡，士兵們開始大談動物、動物片語拼寫之類的冷僻話題，並發生了一場爭論，最後，他們不無憐憫地對班長說：每個人都有犯錯誤的時候，班長確實處境不妙呢。

這時候，神父從椅子上滾了下來，繼續在地上睡覺。班長不知所措地看了他一眼，又把他扶回了椅子上。旁觀的士兵們也懶得去幫他的忙。很明顯，班長此時已經威信掃地。他聲音微弱地懇求大家幫他一把，而士兵們則好像沒有聽到，也不動彈。這時候，班長突然發作了，他決心讓人們明白誰是這裡的主宰，所以，他大吼大叫：「住嘴，你們這些人不要再在這裡胡扯了！當勤務兵的人最喜歡胡扯，你簡直就像是一隻臭蟲！」

「對，班長先生，您就是我們的上帝，」帥克以哲學家所有的冷靜的風度回答了他，這哲學家的睿智可以解決世界上所有的紛爭，同時，他又挑起了可怕的爭論，「您就是那受難的聖母！」

「主啊！」志願兵拱手呼喚，「讓對長官們的敬意充溢於心胸，千萬別讓我們再藐視他們！願我們的囚車一路平安！」

班長氣得紅了臉，跳起來嚷道：「你少來這一套，你這個老油條！我要把你關起來！」

志願兵笑了笑，說道：「您一定是因爲我罵了您，才要把我關起來吧。假若如此，你一定不是真心這麼做的，因爲根據您的智力，您是不可能聽出我在辱罵你的；而且我敢打賭，您早就忘了我們剛才談了些什麼了。您的腦子是個乾癟的餡餅。我無法想像，您會在其他什麼地方把我剛才對您說的話再連貫地說出來。而且，您也可以問問在場的人，看看我剛才所說的是不是貶低了您的智力，是不是對您有哪怕是一點點的侮辱。」

「絕對沒有。」帥克出來作證說，「沒有任何人說過會讓您疑神疑鬼的話。一個人如果感受到自己被侮辱的話，那模樣一定會顯得很難受。您看看，班長先生，芝麻綠豆大的一點誤會也會惹出大禍來。假如有人把您形容爲一隻鼷鼠，您能因爲這話對我們生氣嗎？」

押送班長狂吼起來，這是一種表達出他的義憤、狂怒、絕望的嚎叫。而同時，從神父的鼻孔裡面發出的尖細的哨音爲這段音樂進行了伴奏。

在一陣歇斯底里的發泄之後，押送班長又回到一種消沈的狀態。他癱在凳子上，滿眼淚水，面無表情，雙眼直勾勾地盯著遠處的山脈和森林。

「班長先生，」志願兵說，「您現在凝視著高山和森林的模樣，令我想起了但丁的形象。您也有像詩人一樣的臉龐，溫和善良的心地，高雅的風度。噢，拜託不要移動，坐在原地，您這姿態是多麼優美呀！表情是多麼的神聖，如高貴的君主般俯瞰著那廣闊的原野。您一定在想像，到春天的時候，荒涼的原野就會變成鮮花綠草的地毯，你一定在暢想那美景……」

「還有小溪環繞著地毯，」帥克插嘴說，「班長先生舔著鉛筆，坐在樹墩上思考，爲《小讀者》雜誌寫詩。」

押送班長毫無表情，冷漠地坐在那裡，志願兵硬要說他在一次雕塑展覽會上看到過一尊班長的頭像。

「請問，班長先生，您是不是曾經給大師斯多加當過模特兒呀？」

班長瞥了他一眼，幽怨地說：「當然沒有！」

志願兵討了個沒趣，筆直地躺在椅子上。

押送兵和帥克在玩撲克牌。班長一臉苦相地坐在一邊旁觀，甚至還對帥克指點說他的那張愛斯打錯了，不應該先出王牌，留到最後出，可以得七分。

這時，軍列開進了車站，火車慢慢停了下來，馬上要檢查車廂了。

「沒錯，看看，」志願兵用咄咄逼人的眼神審視著押送班長，「檢查官已經到這兒了……」

檢查官走進了車廂。

軍列的指揮官是由參謀部指派的後備軍官，數學博士摩拉斯擔任。後備軍官時常會攤上這種莫名其妙的差事。比如摩拉斯就把他的差事辦得亂糟糟的。雖然在戰前，他是中學的數學教師，可是現在列車少了一節車廂，他卻數不清。還有，他在前一站領了一本花名冊，可是居然沒辦法讓名冊上的人數和布傑約維策的軍列上的官兵人數相符合。他在按名冊核對人員時，竟多出了兩個野戰炊事班來。統計戰馬的時候，也不知道爲什麼多出好多來，對此怪事他滿臉驚愕，就像有成千上萬隻螞蟻爬到了他背上一樣。在軍官的名單中，又少了兩個後備軍官的名字。設在前面某節車廂裡的聯隊司令部的一台打字機又神秘消失了。這些糊塗賬搞得他頭疼死了，他已經吃了三包阿司匹林粉了，這個時候他正一臉沮喪地沿著列車巡視。

他帶著隨行人員進了囚犯車廂，看了看花名冊，然後聽了聽那不幸班長的彙報：他押送的共有兩個犯人，隨行的有若干名押送兵。軍列指揮官按照花名冊一一核對，接著盤查了一番。

「這個人是誰？」他指著呼呼大睡的神父問道。『報告，中尉先生，」帥克替班長答道：「趴在那兒的是喝醉了酒的神父先生。是他自己鑽進我們車廂的。他是上司，我們不能把他趕走，否則會犯對長官不恭的錯誤。大概神父先生把囚犯車廂當成了軍官車廂了。」

摩拉斯博士歎了一口氣，查看了一下花名冊。名冊上面確實沒有神父的名字。押送班長費了好大的勁兒，才把神父翻了個身。這時候，神父醒了，看見一個軍官站在他的面前，就說道，「喂，弗雷迪，你好，有事嗎？晚飯準備好了嗎？」接著又閉上眼睛，掉過臉去，睡了。摩拉斯博士立馬認出來這就是頭一天在軍官食堂喝得爛醉，吐了一地的那個貪吃鬼，他暗地裡歎了一聲。

「報告中尉先生，我現在不應該在這裡了，我的禁閉時間到十一點就結束了，因爲我的禁閉時間只有三天，今天剛好已經滿了。我應該和其他人一起坐在牲畜車廂裡。我請求您，要麼您就放我下車，要麼您就把我送到牲畜車廂去，要麼您就送我去見盧卡什上尉。」

「你叫什麼名字？」摩拉斯博士一邊查看花名冊一邊問。

「約瑟夫．帥克！中尉先生。」

「啊，原來你就是赫赫有名的帥克啊，你確實是應該在十一點解除禁閉。可盧卡什上尉交代過我，在到達布魯克之前讓我別把你放出去，說這樣會比較安全，能保證你不會在路上惹出亂子來。」

檢查官一走，押送班長忍不住幸災樂禍地說：「你瞧，帥克，你向更高一級上訴，有個屁用！哼，我要是願意的話，可以把你們兩個拿來生火。」

志願兵說：「您說的有一點道理。但是一個高雅人應意識到，即便他發火或攻擊別人的時候，也應當選擇適當的措詞。比如您講到要把我們拿去生火之類的空洞威脅，我敢發誓您老人家是做不出來的。」

「給我住嘴！」押送班長跳了起來，「我可以把你們兩個人送到牢房裡去。」

「爲什麼呢?親愛的班長?」志願兵一臉純潔地問道。

「你們這些下流胚子!」押送班長鼓起最後的勇氣，擺出一副很嚇人的樣子罵道。

「我告訴您，班長先生，」帥克說，「我是個老兵，戰前我就服過役，我看罵人是不會有什麼好結果的。」

「你不要那麼神氣，」志願兵說，「你還是多想一想你自己的下場吧。檢查官剛才對你說了，要你親自去報告。這件事情您可得非常認真地去做準備喲，考慮考慮您會不會丟掉班長職務這個問題吧。」

「在這情況下，要是他們把班長先生您關起來，」帥克帶著微笑接著說，「要是您被冤枉了，您也千萬不要一蹶不振。他們要是固守他們的說法，您也要堅持您的。」

「那有可能被絞死，聽說現在被絞死或者槍斃的人不少。」一個押送兵插嘴道，「不久前在練兵場有人給我們宣讀了一道命令，在摩爾托槍斃了後備兵古德爾納。因爲正當他跟老婆告別時，大尉用馬刀砍死了他老婆手裡抱著的小男孩，於是他以牙還牙。還有，他們一看見從事政治活動的人就抓去關起來。在摩拉維亞槍斃了一個編輯。我們的大尉說的。」

「什麼事兒都得有個結果唄。」志願兵一語雙關。

「說得對，」班長說，「這個編輯活該被槍斃!還有，知識份子沒一個好東西。」押送班長幸災樂禍地盯著志願兵，接著說，「那個編輯呀，仗著他有一肚子墨水，在報紙上大談什麼虐待士兵，因此丟了志願兵的差使。這種蠢貨，不整一下怎麼行呢?」押送班長吐了一口唾沫，接著說，「我故意給了他一支生了鏽的槍，讓他學學擦槍。他簡直就像公狗追求著母狗一樣笨手笨腳無處下手，他就是再多用兩公斤的麻絮也擦不乾淨。他呀，愈擦那槍愈生銹，大家輪流去欣賞他的傑作，都感到不可思議。我們的大尉總是對他說，他根本就不是一個軍人，還不如給他一根繩子讓他去上吊呢，省得白吃軍餉。他總要寫一些關於士兵受到虐待的文章寄到報刊上去發表。因爲這個，他被送到警備區司令部的監獄去了，我們再也沒有看到過他。」

押送班長歎了一口氣：「連軍大衣上的褶都不會漿直。不過講起耍貧嘴來，他可是很在行的。他一直有這麼一個癖好。就好像我對你們說過的那樣，他開口閉口就談論『人』，還有一些莫名其妙的哲學話題。」

押送班長自顧自地說完這段話，等著志願兵開口，看他會說些什麼。可是帥克搶先說話了：

「很多年前，三十五聯隊有一個叫科尼切克的人，也是爲一檔子小事，而用刀子宰了班長，然後又殺死了自己。這事兒在《信使》上登過。總而言之，殺死班長的事層出不窮，此外，我還知道七十五聯隊有個叫萊曼克的班長……」

這番令人開心的話讓睡在椅子上的神父拉齊納的響亮的呻吟聲打斷了。

神父醒過來了，他保持著平時的威儀、儼然拉伯雷小說中的凶蠻巨人。神父在椅子上放屁、打嗝兒，向著四面八方大聲地打哈欠，最後坐了起來，驚訝地問：

「活見鬼，我這是在哪裡？」

押送班長看見神父醒來了，便諂媚地說：

「報告神父先生，您光臨了我們的囚犯車廂。」

剎那間，神父的臉上掠過一絲驚異。默默無語地坐在那裡，拚命想理清思路。最後，他問他面前站著的那個恭順地站著的班長說：

「這是誰的命令把我……」

「報告，神父先生，沒有人下命令。」

神父站了起來，在椅子之間走來走去，嘴巴裡一直在嘟噥著。

神父又開始絞盡腦汁回憶事情的經過：他是怎麼上了這個車廂的？爲什麼自己會被押送跟著九十一聯隊去布魯克？最後，他從餘醉中清醒過來，認出了志願兵。他問志願兵說：「你是個知識份子，也許可以清楚地跟我講明白，我是怎麼到你們這裡來的？」

志願兵友好地說：「很簡單，早上在車站上車的時候，那個時候你的頭腦不清，您自己跑到我們的車廂來的。」

押送班長陰沈著臉看了志願兵一眼。

「是這樣，」神父歎了一口氣，「到下一站，我還是挪到軍官車廂去好了。午飯什麼時候開始？」

「要到維也納才會有午飯呢，神父先生。」班長回答道。

「是你把軍大衣塞在我頭下的嗎？」神父對帥克說，「謝謝。」

「請不要誇獎我，」帥克答道，「這是一個士兵應該做的。不論是誰，都會這麼做的。每一個士兵都應該尊重他的長官，就算是這個長官已經喝得不省人事了。伺候神父我可富有經驗，以前我給卡茨神父當過勤務兵。隨軍的神父都是熱心腸的快活人。」

宿醉使神父變得又平易又大方，他把一根香煙賞賜給帥克，說：「抽吧！」

「聽說你會因爲我的事去受軍法處置？」神父對押送班長說，「你擔心什麼，老弟，我一定能讓你脫罪，你不會有什麼事的。」他還給帥克許願要把他留下來，並使他過上好日子，等等。

他突然感情衝動：口頭承諾要請志願兵吃巧克力糖，請押送班長喝羅姆酒，還答應把班長調到附屬騎兵第七師師部攝影隊去，幫這裡所有的人都洗清罪名，他絕對不會忘記他們。他不單單給帥克一個人抽煙，還從兜裡面把煙拿出來分給大家抽，允許所有的犯人抽煙。答應設法讓大家從輕發落，使他們恢復軍人的正常生活。

「你爲什麼要受罰呢？」神父問帥克。

「上帝懲罰我，」帥克虔誠地說，「上帝通過軍事當局給我懲罰，我沒有及時歸隊。神父先生，我無計可施。」

神父嚴肅地說：「上帝是最仁慈、公正的，他知道誰該受到懲罰，因爲他用這種方法來顯示他的意志。——那麼志願兵，你又是因爲什麼被關在這裡的呀？」

「因爲仁慈的上帝把風濕病降到了我的身上，於是我忘乎所以想躲避上前線。等我的懲罰被解除以後，我就要被打發到炊事班幹活了。」

神父聽到炊事班三個字，一下子來了精神：「上帝的決定是不會有錯的，誠實的人在炊事班裡做事是非常有前途的。應該把你這樣有文化的人派去炊事班裡面擔任烹調的工作，我認爲菜肴的質量好壞，關鍵不在於燒和煮本身，而在於用心把各種原料調配適當。就拿澆汁這一工藝來說，有文化的人用洋蔥做澆汁的時候，一定會讓各種蔬菜都配上那麼一些，放在黃油裡煎炒，然後放調料、胡椒，再放上一些香料，再放上一些韭菜花、薑什麼的。而一般的炊事員全然不懂這些。他們只是草草地把洋蔥氽一下，然後再混上粗惡不堪的麵粉濃湯就完事。我最希望你能在軍官食堂里弄個差事。願上帝寬恕你的一切罪過。」

神父沒有安靜多久，又開始大講特講，講到新舊約中的烹調內容，他告訴大家，那個時代人們很看重禱告和慶祝宗教節日的活動之後的宴席呢。隨後神父又提議大家來唱歌，帥克興致勃勃，但是和以前一樣走調，「霍德倫的瑪麗娜走哇走，隨後的神父抱著美酒……」

可是神父並不以爲這是冒犯。

「一桶葡萄酒就不用了，有一點點兒羅姆酒就行了，」他友好地笑道說，「至於瑪麗娜，就別提她了，她只會引誘人墮落。」

這時候，押送班長小心地把手伸到大衣裡面掏出一瓶羅姆酒。

「報告，神父先生，」他輕聲說，好像自己做出了很大的犧牲一樣，「請您別客氣。」

「我不會客氣的，小夥子！」神父興高采烈地說，「小夥子們，爲我們一路平安乾一杯吧！」

「上帝！」班長看見神父咕嘟一聲，半瓶酒下肚了，呻吟了一聲。

「小夥子，」神父頗有深意地對志願兵笑了一下，說，「可別對什麼都看不慣，上帝會懲罰你的。」

神父又喝了一口，然後把酒瓶遞給帥克，用下命令的口氣說：「乾了！」

「命令就是命令！」帥克把空酒瓶子還給押送班長，和和氣氣地說。班長的眼神透出瘋狂和絕望。

「列車到達維也納之前的這段工夫，我先小睡一會兒，」神父說，「等到了維也納後，麻煩你們把我叫醒。」

神父對帥克說，「記住，你到軍官食堂去，再給取一副刀叉，讓他們送一份午餐來，告訴他們，這是拉奇納神父要的。要個雙份。要是麵包片，你不要挑那種邊角切下來的，因爲那個片兒小，太吃虧。然後給我到廚房裡去弄瓶葡萄酒，帶著飯盒去，讓他們給你點羅姆酒。」

神父在口袋裡面掏了一通。

「喂，我說，」他對押送班長說，「我沒有零錢，借給我一塊金元……好的，你叫什麼名字？」

「帥克。」

「好，帥克，這塊金元是給你在路上花費的。班長，請你也借給我一塊金元。看見了吧？帥克，你如果把事情辦好了，你會得到第二塊。對了，還有，你還要從他們那邊給我弄些香煙或者雪茄來；要是發巧克力糖的話，你給我要兩份；要是發罐頭的話，你就要熏舌頭或者是鵝肝；要是發瑞士乾酪的話，你千萬不要拿那種邊角料上的；還有匈牙利香腸，不要兩頭的，要中間的那一段，中間那段比較鬆軟。」

神父靠在椅子上，打了個哈欠，不一會兒就睡著了。

在神父的鼾聲中，志願兵對押送班長說，「你對我們撿來的這個吃貨還滿意嗎？他真是世間少有的寶貝呢。」

「俗話說得真不錯哩，」帥克說，「班長您瞧見沒有？斷了奶的小寶寶，他已經會自己抱著瓶子喝了。」

押送班長猶豫片刻，終於發作起來了：「真會佔便宜呀！」

「他說他沒帶零錢，這有什麼辦法呢？所有騙子都在宣稱自己沒有零錢。」帥克脫口而出，「我並不想靠你來發財。如果神父再給我一塊金元，我也會把它給你，免得你哭鼻子。有個長官向你借點錢花花，你應該感到榮幸才對，你這麼做太小氣了點吧？花兩塊金元算什麼？要是需要你爲你的上司犧牲性命，要你去救他，我倒想看看那時你會是什麼樣？」

「要是換了你，你一定會嚇得拉一褲子屎，你這個下賤的勤務兵。」

「戰爭期間拉一褲襠屎的人並不稀罕。」一個押送兵說。

「每個志願兵都有可能發生這種事情。」班長愚蠢地發話了，同時斜眼看了一下志願兵，好像在說：「這話說的就是你，怎麼樣？」

志願兵沒有再理會他，在椅子上躺下了。

列車快要到維也納了。未眠的乘客可以從車窗處看到不斷飛掠過的鐵絲網和戰壕。很明顯，維也納郊區的鐵絲網給大家帶來了不愉快印象，使原本沸騰的車廂裡變得抑鬱了。

帥克望著工事說：「萬事俱備了，維也納確實是個要塞，這麼多鐵絲網城裡的居民可要當心他們的褲子了，想當初，我在維也納的時候，我最喜歡去看猴子。」

「你到過皇家宮嗎？」班長問。

「那裡太差了。」帥克回答道，「不過我沒有去過，每個衛士都有兩米高，退伍時國家都發給一座雜貨店。那裡面的公主簡直多得要命。」

列車駛過一個車站，管弦樂隊演奏的奧地利國歌從他們身後傳來，可是樂隊這一舉動分明不太合時宜，因爲列車過了好一會兒才到了下一站。停下來，車上的人領了份配給，還舉行了歡迎儀式。

這是什麼樣的歡迎儀式喲，人臉、鮮花甚至小孩都顯得那樣呆板！

維也納的歡迎儀式由奧地利紅十字會的三個女委員、維也納婦女戰時工作小組的兩位會員、市政局一位官方代表以及一位軍方代表組成。他們一個個面容疲憊。運載士兵的列車白天黑夜不分地從這裡經過，每小時都有運載傷兵的救護車打這兒經過。無論是哪一趟車到達這裡，各協會各團體都得派人接送。日復一日，他們僅有的一點點熱情就變成了可怕的厭倦和無休止的哈欠。爲此，他們也搞了個輪值制，可是每一個換來維也納從事歡迎的人，都像今天在車站上迎接從布傑約維策來的列車上的人一樣疲憊不堪。站在牲畜車廂裡的士兵帶著要上絞刑架一樣瀕死的神情望著窗外。

婦女們給士兵分發蜜糖餅，上面分別用蜜糖汁寫著下面的話：「勝利與復仇」、「上帝懲罰英國吧」、「奧人有祖國。爲祖國而生，爲祖國而戰。」這些漂亮文字雖可以下肚，但卻無法填充人們空虛的心靈。

接著命令下來了，各連到火車站後面的野戰伙房去領午飯。軍官食堂也在那裡，帥克便遵照拉齊納神父的吩咐去領食品。志願兵則留在車上眼巴巴地等著押送兵領食物回來。

帥克依照神父的吩咐，圓滿地完成了任務。當他愈過鐵軌的時候，他看見盧卡什上尉正在沿著鐵路散步，等著軍官食堂給他留著點什麼吃。

他的情況並不太妙，他現在和克什納爾上尉合用一個勤務兵。那個勤務兵只對他自己的主子盡忠盡職，對盧卡什上尉應付了事。

「帥克，你給誰送這些好吃的？」倒楣的上尉問，這時，帥克正把他從軍官食堂裡千方百計弄到手的一大堆食品用軍大衣包著，攤在地面上。

帥克愣怔了一下，但很快回過神來。他口齒伶俐地答道：

「報告上尉先生，這是給你的。我只不過是找不到您的車座而已。」

盧卡什上尉莫名其妙地望著帥克。帥克則憨態可掬地說，「上尉先生，那個傢伙簡直是一頭豬。他來檢查列車車廂的時候，我就向他報告說我的三天禁閉期已經滿了，該到牲畜車廂裡去了，或者把我弄到您那裡去也行，可是他狠狠地訓斥了我，說什麼我原來待在哪裡就還是待在哪裡，說這樣辦可以不會再給您丟臉。」

「我從來沒給您丟過臉呀，」帥克接著說，「如果說出過什麼事的話，那純粹是偶然，是天意唄，我從來沒有故意闖過亂子。上尉先生。我總是想做點好事，要是我們誰也沒有得到好處，反倒惹來一身麻煩的話，這能怪我嗎？」

「別這樣，帥克，」盧卡什上尉親切地說，這個時候他們已經快要走到軍官車廂了，「我一定有辦法讓你回到我這兒來的。」

「報告上尉先生，我不哭了。我想，我生來就這麼小心，只是命運太不公平了。」

夜晚降臨到了摩斯特的兵營，寒風瑟瑟。士兵們在營房裡面凍得發抖，軍官營房裡卻因爲爐火灼熱而打開了窗子。利塔河畔的摩斯特城裡，皇家罐頭廠燈火通明，日夜加班，用各種碎骨頭爛肉作原料來加工罐頭。腐爛的肉筋、腳爪和骨頭湯的臭氣隨風飄蕩到營地上來了。

這裡還有一家門庭冷落的照相館，戰前有一個照相師專門爲靶場上嬉戲的士兵照相。從相館能看到利塔河河谷的景色。「玉米穗」妓院門楣上的紅燈泡充滿誘惑地閃動著，軍官們每天都到這裡來狎妓。不過這所豪華的妓院是禁止普通士兵和志願兵進入的。

士兵和志願兵去普通妓院「玫瑰房」。從那所的照相館樓上就可以看到它的綠色燈光。在前方也保持著這種等級劃分的方法，當時君主政府除了在旅部設立名叫「吹燈拔蠟」的流動妓院來慰勞兵士以外，沒有別的方法了。

這裡有供軍官、軍士和普通士兵享用的三種等級的皇家妓院。

總而言之，這座城市一派歌舞升平。

有一天，盧卡什上尉進城看戲去了，很久都沒有返回。帥克在軍官營房裡面等他。他在給上尉鋪好的床上坐著等，溫基少校的勤務兵坐在對面一張桌子上。溫基少校的勤務兵密古拉謝克是個滿臉麻子的小個子，他晃悠著兩條腿罵，「這事挺怪，老傢伙不知道死到哪裡去了？我一定要弄清楚這個老頭子到底在哪裡通宵鬼混。假如他把房門鑰匙留給我就好了，我就可以躺在床上享受享受老傢伙的葡萄酒了。」

帥克正在津津有味吸著他上尉的香煙（**上尉禁止帥克在他的房間裡面抽煙斗**）。他這時候冒出一句：「聽說溫基偷東西是一把好手。你總該清楚你們那些葡萄酒的來歷吧？」

「他讓我去哪兒弄，我就去哪兒弄。」密古拉謝克嗓門挺銳利。帥克問：「我問你：你背著他敢對他出言不遜，可是當著他的面就直哆嗦。他要是讓你去團裡面把錢櫃偷來，你也去做？」

密古拉謝克眨眨眼睛說，「這我倒是要考慮考慮。」

「你考慮個鬼呀，你這愣頭青！」帥克對他嚷道，但是馬上又住口了。盧卡什上尉走了進來。他愉快的情緒顯而易見，他頭上的帽子瀟灑地反戴著。

「報告，上尉先生，一切正常。」帥克依據軍事條例的規定，以一副軍人的剛毅神情報告說，不過他嘴裡叼著一支香煙。盧卡什上尉沒有注意到這一點，直衝向密古拉謝克，而密古拉謝克則兩眼瞪著上尉的每一個動作，行軍禮的手一直僵直半空，他還是坐在桌子上。

「我是盧卡什上尉，」盧卡什對密古拉謝克做了自我介紹，「你叫什麼名字？」

密古拉謝克不作聲。盧卡什拖過一把椅子，坐在密古拉謝克對面，望著他說，「帥克，把我箱子裡面的值班手槍拿來。」

帥克在箱子裡面找手槍的時候，密古拉謝克一直沒出聲，他魂飛魄散地盯著上尉。假如他能發覺自己是坐在桌子上的話，他一定會嚇得半死，他的兩條腿正碰著上尉的膝蓋上。

「我問你，你叫什麼名字?!老弟！」上尉對著密古拉謝克大吼了一聲。

可是他還是呆若木雞（**後來他說是因爲上尉的突然亮相把他嚇傻了**）。

「報告上尉先生，」帥克說，「手槍沒有上子彈。」

「那就把子彈裝上吧！」

「報告上尉，沒有子彈了，況且一槍把他從桌子上面撂下來也挺費事。請允許我多嘴，上尉先生，他叫密古拉謝克，是溫基少校的勤務兵。這人又傻又膽小，可是倒不敢做壞事。」帥克把那個一直傻呆呆地望著上尉的密古拉謝克從桌子上拉了下來，讓他站在地上，對他的褲子嗅了嗅。

「把他轟出去吧！」

帥克把全身發抖的密古拉謝克領到走廊上，然後把身後的門關緊。帥克對他說：「你這蠢貨，記住我今天救了你一命。等溫基少校回來後，你悄悄給我弄瓶葡萄酒來吧。今天這事可不是鬧著玩的。我的那位上尉喝醉了，太嚇人了。遇上這種情況，除了我，沒有人能對付他。」帥克鄙夷地瞧著眼前的可憐蟲，「你褲子濕了，坐在門檻上等你的少校回家吧！」

「行了，」盧卡什上尉對帥克說，「來，我有話跟你說。你知道基拉利希達的紹普隆大街嗎？你拿張紙記下來：紹普隆大街十六號。那座房子的地層是個五金店。這家店是一個叫卡柯尼的匈牙利人開的。他就在店堂的二層樓上，你把這個傢伙的名字記下來了嗎？他叫卡柯尼。好，你明天上午十點左右進城去，找到這座房子，然後上二樓，把這封信交給卡柯尼太太。」

盧卡什上尉打開他的皮夾，一面哈欠連天，一面拿出一封外面沒有字的信，遞給帥克。

「帥克，這件事情很重要，愈小心愈好。我沒在上面寫地址，一切都拜託你了！我相信你一定能夠原封不動地把這封信送到。還有，你要記住，那個太太叫艾蒂佳，記住，艾蒂佳・卡柯尼太太。你要記住，把信交給她後，你無論如何要向她要個回音。我在信裡面說了要等回信的，你還有什麼不明白嗎？」

「上尉先生，假如那位太太不給我寫回信，那我怎麼辦呢？」

「那你就強調非要回信不可，」上尉回答道，同時又打了一個哈欠，「我現在該去睡覺了，今天實在是太累了。我喝醉了。換成別人來過我這樣一夜試試，他也會累趴下的。」

上尉先生昨晚在城裡的匈牙利劇院觀賞色情舞蹈。第一幕演完後，他就被一位由一個中年男子陪伴的太太吸引住了。她正挽著他往衣帽間走去，聲音響亮地用純正的德語對他說她要馬上回家，再也不看這種下流的東西。而她的伴侶卻用匈牙利話來回答，「對，我的天使，咱們走，我同意。這種表演實在令人作嘔。」

「討厭！」那女人氣猶未平，她說話的時候，雙眼裡面噴放著因見了下流表演而爆發出的憤怒火花。她有著烏亮的大眼睛和美好動人的體形。她無意間望了盧卡什上尉一眼，她這一望不要緊，一場單相思就此悄然開始了。盧卡什上尉從衣帽間管理員那裡打聽到，那就是卡柯尼夫婦，卡柯尼先生在紹普隆大街十六號開了一家五金店。

「他和艾蒂佳太太住在二樓，」管衣帽的老太太是個有名的皮條客，自然懂得這一套，她殷勤而詳盡地將兩口子的情況悉數告知盧卡什上尉，「女的是紹普隆街的一個德國女人，男的是匈牙利人。這城裡的居民就是各族大雜燴。」

盧卡什上尉從衣帽間裡取出大衣，進城去了。在「阿爾佈雷希特大公」飯店他邂逅了九十一聯隊的幾個軍官。

他很少說話，可是喝了很多酒。在興頭上，他來到一家叫「斯特凡十字架」的咖啡店，要了一個單間，然後要來筆墨紙，還有一瓶白蘭地，經過半天思索，寫下了他自以爲平生最得意的一封情書。

寫完情書後，上尉喝光了白蘭地，又要了一瓶。他一杯接一杯地喝酒，細細品味著他信裡面最後幾行，自己都快感動得掉淚了。

早上，帥克把盧卡什上尉叫醒的時候，已經是九點鐘了：「報告，上尉先生，您睡過頭了，已經誤了上班時間了，我也該去送信了。我七點鐘叫了您一次，七點半叫了一次；八點鐘部隊從這裡經過的時候，我又叫了您一次，而您只是翻了一個身。上尉先生，上尉先生……上尉先生，我現在就去送信了。」上尉打了一個哈欠，「送信？哦，我的那封信，千萬要小心行事，知道嗎？這個秘密只有我們兩個人知道。去吧！」

上尉把被帥克掀開的毯子又裹在身上，再次進入了夢鄉。帥克一個人出發往基拉利希達去了。

按理要找到紹普隆大街十六號並不是什麼難事，可是誰叫帥克在路上遇見老戰友沃基契卡了呢？幾年前，沃基契卡曾經在布拉格的戰場街住過，因此他們要紀念這次不尋常的相遇，唯一的方法就是去布魯克的「黑羊」酒館去喝幾杯；那兒的女招待魯伊卡是個捷克人，營盤裡面所有的捷克兵都賒了不少賬。最近，狡滑的老工兵沃基契卡當了她的伴侶，她把所有將離開營地的先遣兵的賬都結算了一下，即時提醒捷克籍的士兵，讓他們記住在戰爭中被消滅前別忘了還清債務。

他們聊天的時候，帥克一五一十地把送情書這樁事講給了沃基契卡聽。沃基契卡說絕對不會對這事置之不理，他畢竟是一名老兵嘛。因此他要和帥克一起去送信。他們一起暢談往事，言談甚歡，過十二點，他們順其自然地離開了「黑羊」酒館。

帥克和沃基契卡就這樣繪聲繪色地進行著戰爭、仇殺之類頗有教益的交談，終於找到了卡柯尼先生在紹普隆街十六號開的五金店。

「你最好在這裡等我一會兒，」帥克對沃基契卡說，「我上樓去交了信，取了回信，馬上就下來。」

「我能丟下你一個人不管嗎？」沃基契卡說，「你不了解匈牙利人。我跟你說過多少遍了，我們要提防著點兒。我來收拾他。」

「聽我說，沃基契卡，」帥克嚴肅地說，「我們找的不是匈牙利人，我們的目標是他的太太。我們上尉差我給這娘們送封信去，這是絕對的機密。上尉一再叮囑我，不可以告訴任何人。那個捷克女招待不也說上尉先生的做法完全正確嗎？她還說上尉同有夫之婦通信的事情不能讓任何人知道。你當時也點過頭的嘛。你怎麼就不明白呢？我必須不折不扣地完成上尉的命令，可是你現在卻非要和我一起上去。」

「哎，帥克，你不了解我，既然我說了不能丟下你一個人不管，那你就記住了，我是說話算話的。兩個人一塊兒總比一個人安全。」老士兵莊重地重申。

「我還是得說服你，沃基契卡。」然後他又說了一通大道理。

帥克和沃基契卡來到了卡柯尼先生的家門口。在按門鈴之前，帥克沒忘記提醒了一句：「沃基契卡，你聽說過一句諺語吧？謹慎是智慧之母。」

「管它呢？」沃基契卡回答道，「我根本就不想跟什麼人磨嘴皮子。」

「我也喜歡痛快，老兄。」

帥克按了一下門鈴，沃基契卡則大聲喊：「我數一、二，他就得滾下樓。」

門開了，一個說匈牙利語的女僕問他們有何貴幹。

「我不懂，」沃基契卡一臉的不屑，「小妞，改說捷克語吧！」

「你會說德語嗎？」帥克問。

「一點點。」女僕結結巴巴地回答。

「告訴你家太太，我想和她說幾句話；你這麼說，走廊上有一位先生送來一封信給她。」

「你這人挺特別，」沃基契卡一面跟著帥克走進過廳一邊說，「跟什麼臭娘們兒都能搭上話。」

他們站在道裡，把通往樓梯的門關了。帥克說：

「他們這裡的擺設還不錯！衣帽架上還掛了兩把傘，這幅基督像也挺棒，畫得像真的。」

女僕從那間響動著杯盤刀叉聲的餐室裡走了出來，對帥克說：

「太太說她沒空，有什麼東西由我轉交。」

帥克說：「這裡有一封給太太的信，別說出來喲。」

帥克掏出盧卡什上尉的信。

帥克指著自己說，「我在這兒，在前廳等候回音。」

……

驀地，從女僕送信進去的那個房間裡面傳出了憤怒的咆哮，男人在重重地砸東西，玻璃杯和盤子破碎的聲傳來，一個人在用極其惡劣的語言詛咒著門外的冒失鬼。

接著門被撞開，脖子上圍著餐巾的男人闖進了廳裡，手裡面揮舞著剛才送進去的信。老工兵沃基契卡坐在離門口最近的地方。那位怒氣衝衝的先生衝著他嚷道，「什麼意思？送信的那個混蛋在哪裡？」

「慢點兒，」沃基契卡站了起來，「你不要衝著我們大吵大嚷，別那麼衝動。你要想知道究竟，就問我這位朋友。你跟他說話，態度可要客氣點兒，不然我把你扔到門外頭去。」

帥克笑咪咪地玩賞著進餐的先生惱火不已的模樣，由於過度的震驚和暴怒，他說得語無倫次，說什麼他們正在吃午飯。

「聽說你們剛才正在吃午飯，」帥克用不太熟的德語說，又用捷克語補充了一句：「我們也想到了，我們是不該影響你們吃飯。」

「不用那麼謙卑！」沃基契卡說。

那位先生氣得發瘋，弄得餐巾只有一個角還掛在脖子上。他吵嚷著說他原本以爲信中談的是諸如爲軍隊騰出房屋之類的正經事。

「這房子可以住下很多士兵，」帥克說。「不過信裡面可不關心這方面的內容，我們關心什麼您大概已經知道了。」

那位先生抱著頭譴責著這兩個不法之徒。他說，他也當過後備軍的中尉，很樂意爲軍隊服務，只不過他有腎病，沒能繼續下去。還說在他們那個時候，軍官們不會這麼無法無天，去擾亂別人家庭的安寧。他還說要把這封信送到聯隊去，送到軍政部去，公諸報刊。

「先生，」帥克無畏地說，「這封信是我寫的，不是上尉，簽名是假的。我愛上了你的妻子，我看上了你的老婆。就像詩人弗爾赫利茨基說的那樣，我被你的太太迷住了。迷人的太太。」

那個暴跳如雷的男人衝著鎮定自若的帥克撲過來，不過他沒成功。早有防備的沃基契卡伸腿把他絆倒了，並從他手裡奪過了他一直揮舞著的信，塞進了自己的口袋。當卡柯尼先生回過神來，沃基契卡揪住他，把他拖到門口，一手打開了門，接著這可憐的先生從樓梯上滾下去了。像童話裡面的死神來勾魂兒一樣，一切都那麼乾淨俐落。

那位暴跳如雷的男人現在只剩下一塊餐巾在樓上。帥克撿起這塊手帕，很有禮貌地敲了敲門，五分鐘前他就是從這個房間裡面出來的，現在從裡面傳來了女人的哭聲。

「您的餐巾還給你，」帥克對在沙發上哭泣的那位太太溫和地說，「我可不想玷污它，尊敬的太太。」

他皮靴往後一靠，行了個軍禮，出去了。樓梯上如今恢復了原狀，看不出剛才發生過一場搏鬥。看來，就如沃基契卡預言的那樣，事情很圓滿。不過帥克出來的時候，在大門口撿到了一條被扯下來的硬領。那是卡柯尼先生抗拒被人拉出家門到大街上出醜的印證。

不過卡柯尼先生的抵抗無濟於事。他被拖到了對面的大門裡面，被淋了一身的水。在街心，沃基契卡施展了他在戰場上勇鬥敵軍的本領，同路見不平出面幫助卡柯尼先生的匈牙利士兵格鬥。他熟練地揮動著掛著刺刀的武裝帶。不過他也不是孤軍奮戰。幾個捷克士兵經過這裡，也和他站在一邊，並肩作戰。

就像帥克事後說的那樣，他自己也不知道怎麼捲入這場戰鬥。他沒帶刺刀，可是也不知道從哪個旁觀者手裡面搶來了一根手杖。

這場鬥毆持續了很長時間，可是一切好事都會有個收場。警察局的巡邏隊來了，把他們都抓走了。

帥克和沃基契卡並排走著，他手裡面的那根手杖，巡邏隊長認爲那是罪證。帥克像扛步槍一樣把手杖扛在肩上，得意地往前走。

老工兵沃基契卡路上一聲不吭。直到走進了禁閉室的時候，他才心事重重地對帥克說：「我跟你說過，你不了解匈牙利人。」

四　磨難

施雷德上校望著盧卡什上尉蒼白的面孔和他眼睛邊濃濃的黑眼圈，不無欣賞之意。盧卡什上尉則竭力使自己避免回應上校的眼光，只能掩飾性地望著營地的部署圖。這張部署圖是上校辦公室裡僅有的裝飾品。桌子上放著幾份報紙，上面有幾篇用藍色鉛筆圈出來的文章。上校又瀏覽了一遍，說：「這麼說來，你已經知道勤務兵帥克被捕了，知道他這個案子很可能要轉到師軍法處去審訊。」

「是，上校先生。」

上校意味深長地說：「當然，這個事情不會到此爲止的。你應當清楚，帥克這件案子引起了當地居民的公憤，而且這件醜事還和你有牽連，上尉先生。師部給我們提供了幾篇對這件事的報導，你給我大聲念念。」他把上面有用鉛筆圈出來的文章的報紙遞給上尉，上尉只好用乾巴巴的聲音念著這起有關醜聞的報導和社論來了。

有關醜聞的社評充滿著諸如「帝國的光榮」之類的詞句：「綱紀與秩序」，「人類的墜落」，「人類的尊嚴和光榮慘遭蹂躪」，「獸欲的發泄」，「屠殺生靈」，「歹徒」，「幕後指使」等等，讀起來好像捷克軍隊侵犯了該文作者個人，把他打倒在地，用穿著高筒靴子的腳踩著他的肚腹似的。這篇文章就是作者飽遭痛毆的慘呼的聲音，至少給人的印象就是如此。

「《周刊》和其他普利斯堡的報紙提到你時無不眉飛色舞，」施雷德上校說。「你對這些自然不會感到興趣，因爲不管怎樣報導都還是那些臭事。不過也許你有必要看看《克瑪諾晚報》上的一篇文章，上頭說你在飯廳裡用午飯的時候，試圖當著她丈夫的面去強姦卡柯尼太太。你用軍刀威脅這個可憐的老公，逼著他用餐巾堵上他太太的嘴，不許她叫喚。這是最近關於你的新聞報導。」

上校笑了笑，接著說：

「師部的軍事法庭委派我來審問你，並且把有關的文件都送來了。要不是你那個傳令兵，那個倒楣的帥克，這事早過去了。跟他在一起的有個叫沃基契卡的工兵，結束了那場混戰後，他們把他帶到警衛室去，在他身上搜出你給卡柯尼太太的那封信。開審的時候，你那個帥克說，那封信不是你寫的，說是他自己寫的。法庭上把信擺到他面前，要他照樣寫一份來對對筆跡的時候，他一口把你的信咽下去了。然後法庭又拿出你寫的呈文來，好用你的筆跡跟帥克的加以對照，結果就是這樣。

「上尉先生，我根本就不認爲你的那個帥克，還有那個工兵在師部軍法處的證詞有什麼用處。他們兩個都堅持說這是一個玩笑引起的。老百姓不明白是開開玩笑，毆打了他們。他們爲了維護軍人的榮譽才還手的。在審問中，你的那個帥克確實是個活寶。他的那些瘋話我就不用說了，身爲團長，我已經關照過有關的報紙用軍法處的名義來更正報紙上的那些文章。今天已經發通知了，我想，我已經盡了全力在平息那些下流的匈牙利報紙在混蛋的匈牙利老百姓中煽動的風潮。」

上校吐了口唾沫。「上尉先生，現在你自己也該體會到了吧，他們是如何善於利用你在基拉利希達的行爲來大做文章。」

盧卡什上尉望了上校一眼，上校接著說：「把帥克分給你們連當傳令兵。」

上校站了起來，和臉色蒼白的上尉握了握手：

「好吧，就這樣吧。祝你諸事順利，早立戰功！」

盧卡什上尉在回去的路上不停地念叨：「連長、連部傳令兵。」

此時，帥克可惡的形象又浮現在他眼前。盧卡什上尉吩咐軍需上士萬尼克給他找勤務兵來代替帥克。萬尼克說：「上尉先生，我還以爲你對帥克很滿意呢！」

後來他聽說上校派帥克到十一連當傳令兵時，不禁驚呼：「感謝上帝！」

在軍法處的一間有鐵欄杆的看守所裡面，大家按規定在早上七點鐘起床了，像在軍營裡那樣整理好內務，帥克和老工兵沃基契卡，還有其他單位的幾個士兵一起坐在靠門的床上扪虱聊天打發時光。

「兄弟們瞧，」沃基契卡說，「坐在窗子邊上的那個匈牙利狗崽子在做禱告，他居然夢想著要萬事如意！怎麼樣？你們的手不發癢？不想去給他幾耳光？」

「可他是好人！」帥克說，「他是因爲不想當兵才到這裡來的。他反對戰爭，還是教徒，不願去打仗殺人，所以被關起來了。他恪守上帝的十誡。不像有的人，老把十誡掛在嘴邊，但只是說說而已！」

「他是個蠢貨，」沃基契卡說，「宣就宣唄，宣完了不去理會它不就行了嗎？」

「我已經宣過三次誓了，」一個士兵說，「不過也當過三次逃兵了。假如沒有一張證明我在十五年前因爲神經錯亂打死了我姑媽的醫生證明，我在前線已經第三次挨子彈了。現在我那個死去的姑媽老是幫我擺脫困境，到頭來，也許我可以混過這場戰爭，還保留著全身。」帥克問：「老兄，你爲什麼打死你姑媽呀？」

「大家都會認爲是爲了錢財。那個老太婆有五個存摺，當我滿身傷痕，穿得破破爛爛地投奔她的時候，正好趕上銀行給她寄利息。除了她以外，我在世上沒有親人了。我求她收留我，可是這個死老太婆，她要我自己謀生，還說什麼我年輕力壯，什麼什麼的。所以我們就爭吵起來了。我只是用撥火棍敲了她的頭幾下，又朝她臉上打了幾下，打得她變了形，連我也認不出來她是不是我姑媽了。於是我就挨著她坐在地上，一個勁兒地問：『你是不是我姑媽呢？』第二天鄰居們發現我坐在已經死掉了的她的身邊。後來我進了斯萊比瘋人院，直到戰前精神病院的檢查委員會裁定我已經痊癒了以後，我又不得不回來補上我的軍役。」

帥克說：「總之，你這件事很糟糕，不過你不要就此灰心喪氣，就像比爾森一個名叫楊納切克的吉普賽人一樣。一八七九年的時候，他因爲謀財害命、殺害兩個人，而被判絞刑。在把絞索放上他的脖子的時候，他還在自我安慰說，一切都會轉危爲安的！他還真說準了：在最後那一刻，他被從絞刑架下帶走了，因爲那天正趕上皇上的生日，不能把他處以絞刑。真是剛好讓他趕上了。要推遲到第二天，皇帝生日過後，他才被絞死。不過這小子雖死了，可還是有福，第三天他就得到了寬恕，在對他進行復審的過程中，一些事實表明，這件案子是另外一個楊納切克幹的。後來又給他昭雪，把他從犯人墓地移到教堂墓地，再後來……」

「再後來我給了你幾個巴掌，」沃基契卡說，「你這小子瞎吹什麼？你看，我正在爲軍法處的審訊提心吊膽，你這個傢伙還像沒事似的。」

帥克說：「我們是患難之交，總得聊點兒什麼吧，沃基契卡，我只是想讓你想開一些！」

「去你的吧，」沃基契卡吐了一口唾沫，「人家滿腹心事，只想早點兒擺脫厄運，出去找匈牙利小子算賬，可你卻想用空話來安慰人。」

帥克說：「咱們不用操那麼多心了！一切都會好起來的。最要緊的是在法庭上永遠不要說真話。說實話，誰要是上了別人的當了，誰就完蛋了。如實招供不會有什麼好處。」

沃基契卡發火了：「聖母瑪利亞，我實在無法忍受了，說這些頂個屁用，我真不明白！」

這時候過道裡面響起了腳步聲和巡邏兵的喊聲：「又來一個！」帥克高興地說：「我們的人又多了。他們那裡興許還有點兒煙屁股吧！」

門開了，一個志願兵被推了進來，他就是曾經跟帥克一起在布傑約維策坐過禁閉火車廂，後來被分到先遣連伙房的那一個知識份子。

「讚美耶穌基督！」他一進來就說。帥克則代表大家答道：「永遠！阿門！」

志願兵滿意地看了帥克一眼，把隨身帶的毯子放在地上，坐在捷克人那邊的條凳上。然後鬆開綁腿，取出藏在裡面的香煙分給大家。又從皮鞋裡掏出火柴盒上的沙面和幾根弄掉半截的火柴。他劃燃火柴，小心地點燃了香煙，又給大家點上火兒，然後大大咧咧地說：「他們指控我煽動士兵造反。」

「這沒什麼吧？」帥克說，「小事一樁。」

志願兵說：「我等著，瞧瞧，是不是靠這些大大小小的軍事法庭，我們就能把仗打贏。既然他們千方百計地要和我打官司，我就奉陪。說白了，一場審判也改變不了局勢。」

「你怎麼煽動士兵造反的？」沃基契卡望著志願兵，一臉的同情之色。

「我不願意打掃禁閉室的廁所，他們帶我去見上校。那人真是一頭蠻橫的豬！他只知道大吼大叫，說我是一名無名小輩，只是當局點名要發落而已，所以我只是一個普通的犯人；還說他簡直奇怪地球上會有我這樣的生物，而且地球居然沒有因爲這樣而停止轉動。後來上校被我氣得好像是一匹吃了辣椒的母馬，牙齒咬得直響，對我嚷嚷——

「『你到底掃不掃廁所？』」

「『不掃，堅決不掃！』」

「『你，你給我掃，你這個下流的志願兵！』」

「『不掃，我就是不掃！』」

「『該死的，信不信我叫你掃一百個廁所！』」

「『不信，上校先生，我不但不會掃一百個，我連一個也不會掃！』」

「就這樣『你掃不掃』、『我不掃！』的吵個沒完沒了。『廁所』這個詞就像繞口令一樣在我們的嘴裡拋來拋去。上校像發了瘋一樣在辦公室裡面亂竄，最後他坐下威脅我：『你好好考慮一下吧，否則我要以叛亂罪把你送到軍法處嚴懲。你別以爲你是個在戰場上第一個挨自己人槍子兒的志願兵。在塞爾維亞，我們已經絞死了兩個十連的志願兵，槍斃了一個九連的志願兵。原因就是因爲他們頑冥不化。那兩個被絞死的是因爲他們不願意殺死一個遊擊隊員的老婆和兒子。九連的那個是個平板腳，藉口說腳腫了，想當逃兵。——說說吧！你到底掃不掃廁所？』

「『報告，上校先生，我不掃！』」

「上校望著我，問：『你是不是個泛斯拉夫主義黨徒呀？』」

「『報告，上校先生，我不是！』」

「後來我被帶走了，還宣佈我犯了叛國罪。」

帥克說：「我看你最好還是裝瘋賣傻的好。我被關在警備部拘留所的時候，有一個挺伶俐的小子，一個很有文化的商業學校的老師和我們關在一起。他是從前線開小差跑回來的，他們本來想開庭審理他，判他絞刑，以殺一儆百；可是他輕而易舉地逃脫了。」

這時候，鑰匙在鎖孔裡面響了幾下，看守走了進來：

「步兵帥克和工兵沃基契卡去見軍法官先生！」

他們站了起來，沃基契卡對帥克說：「你瞧他們這幫混蛋，天天過堂，也沒有什麼結果！他媽的，還不如給老子判個刑，省得弄得老子不痛不癢的。把咱們成天審個不停，而匈牙利人在一邊看熱鬧，想起來就憋氣！」

這座房子的那一面就是師部軍法處的審訊室。在去審訊室的途中，工兵沃基契卡跟帥克討論他們究竟什麼時候會面對真正的裁判。

沃基契卡思索了一會兒，對帥克說，「帥克，等一會兒在法官那裡，千萬別沈不住氣，咬住上次呈供的口徑不放。要不，我就完了。記住關鍵的一點，你親眼看見那些匈牙利小子先動手的。總之，這宗案子裡咱倆可是小命繫在一起啦！」

「別擔心，沃基契卡，放心好了，千萬別發火。」帥克安慰他，「在軍法處裡受審有什麼了不起？你要看看以前軍事法庭那才算開了眼呢。」

沃基契卡說：「我在塞爾維亞時，我們旅裡面每次絞死遊擊隊員的時候，都會發給劊子手香煙。絞死一個男的獎勵十枝『運動牌』香煙，如果是絞死女的或者小孩子，就給五枝。後來軍需部爲了節約開支，就把他們排成一隊槍斃。」

衛兵們開始催促，於是他們不得不走了。

他們剛走進師部軍法處，哨兵就把他們帶進了第八號辦公室；軍法官魯勒坐在一張堆了很多公文的長桌子後面。他的面前放著一本法典，法典上放著一杯殘茶。桌子旁邊放著一個假象牙的十字架，十字架上的耶穌絕望地望著十字架的底座，那上面盡是煙灰和煙頭。

軍法官魯勒這時候用一隻手在十字架上滅了煙頭，另一隻手則端起茶杯，茶杯的底兒和書皮粘在了一起。

沃基契卡的一聲咳嗽，把他的思緒從書上的男女生殖器圖畫中拔出。

「什麼事？」他一邊繼續看著那些令人想入非非的圖畫，一邊問。

帥克回答道：「報告，軍法官先生，沃基契卡受了涼，現在正咳嗽。」

這時候軍法官才擡起頭來看了看帥克和沃基契卡。他馬上擺出一副公事公辦的樣子。

他翻了翻桌子上的文件，說，「你們到底還是來了，爲什麼這麼慢吞吞的？我叫你們九點來，可是現在都十一點了。」

他向擺出稍息姿態的沃基契卡吼道：「你怎麼站的？畜生！官長沒有允許你稍息，你竟敢如此隨便？」

「報告，軍法官先生，」帥克回答道，「他有風濕病。」

軍法官打斷了他的話：「閉嘴！我問你的時候，你再回答！懂不懂規矩？三次審問都沒讓你學規矩？等著吧，像你這種惹事生非的傢伙，會有你好看的！——咦，卷宗呢？」

他從一大堆公文裡面抽出了一個標有帥克和沃基契卡名字的厚厚的卷宗，說：

「你們甭想借一次鬥毆事件就賴在軍法處不走，好躲過上前線。爲你們的事情還要麻煩我軍法處打電話。你們這些豬玀！」

他歎了一口氣。

「別裝正經了，帥克，我敢擔保你到了前線不會再有和匈牙利人打仗的興趣，現在已經正式給你們結案，這沒你們什麼事了。你們各自回自己的部隊去，在那裡接受紀律處分，然後就跟先遣連上前線去。你們要是再犯在我手裡的話，雜種，我就會把你們教訓個夠，讓你們再也別想高興起來！這是你們的釋放令，你好好拿著。把他們帶到二號室去。」

帥克說：「報告，軍法官先生，我們一定記住你老人家的教誨，謝謝你對我們的恩典。我們應該叫你大善人。我們還得多多請您原諒，給您添了這麼多麻煩，我們真的過意不去。」

軍法官朝著帥克大吼起來：「滾蛋！要不是施雷德上校替你們說情，我才不會輕易放過你們呢？」

當衛兵把他們領往二號房間的時候，走在過道裡，沃基契卡才明白過來這意味著什麼。

領著他們的士兵擔心自己耽誤了中午飯，一個勁兒地催他們：

「喂，小夥子們，快點兒走，別磨磨蹭蹭的！」

沃基契卡回敬他別太放肆，說他應該慶幸自己是捷克人，不然他早就把他像鹹魚一樣撕碎了。

由於辦事員都去吃午飯了，所以押送兵只好把他們暫時領到軍法處的牢房去，氣得他把師部所有的辦事員都罵了一通。

他垂頭喪氣地說：「唉！那幫強盜又要把我那份湯裡面的肉片獨吞了，只給我留些筋骨。昨天我也是押兩個人到營房裡去，結果有人把我的飯吃掉了一半。」

沃基契卡這時又是一副神氣活現的樣子，他說：「你們軍法處的人都是一群飯桶！」

回到牢房後，帥克哥倆把結案的情況告訴了志願兵，他興奮地叫道：「這麼說，夥計們，你們要到先遣連去了。就像捷克旅行雜誌裡面的廣告語那樣，我祝你們『一路順風』！萬事俱備，只待發配啦！大名鼎鼎的管理處的長官們一切都會替你們考慮到的。你們將分到加里西亞去，你們要高高興興、輕輕鬆鬆地上路。你會感覺像在家鄉一樣。」

午飯以後，在帥克和沃基契卡去二號室之前，一位曾跟他們患難與共的不幸教員把他們叫到了一邊，悄悄說：「到了俄國那邊，別忘了馬上用俄國腔對俄國人說：『你們好啊，俄羅斯兄弟，我們是你們的捷克兄弟，跟奧地利人不一樣。』」

他們一走出軍法處的牢房，沃基契卡突然想做出些示威的行爲，表示一下他對匈牙利人的仇恨，爲了顯示他並沒有因爲這次牢獄之災而變成軟蛋，所以他踩了那個因爲不願當兵而被關進來的匈牙利人一腳，還對他嚷道：「把你的臭鞋套在蹄子上，你這欠揍的小子！」

因爲對方沒有回擊，因此，他意興索然地對帥克說：「他總該對我說點兒什麼吧，可是這個笨蛋一聲不吭，任憑我踐踏他的尊嚴。媽的，帥克，這回沒有入獄，心裡真不是滋味！不知情的人一定會恥笑我們的。可是我搏鬥起來像獅子一樣勇猛呀。這件事情都是你小子太渾蛋，所以才沒給我們判刑，給了咱們這麼一個證明，好像我們不會打架似的。他們會怎麼想咱們呢？我們的好漢名聲難道就這樣毀於一旦了麼？」

帥克寬宏大量地勸道：「親愛的，我真不明白，你怎麼還不高興呢？沒錯，我是在過堂的時候瞎編了一氣，可這是必須的呀。軍法官後來就再也沒有問我什麼了，這就已經足夠了。你只要記住，在軍事法庭上，什麼也不能承認。」

工兵沃基契卡說：「我要是吃了屎，那當然不會承認啦。可是我要讓他明白，他是在和什麼樣一個好漢說話。不幸的是我們卻被釋放了，以後讓我在江湖上怎麼混？等打完仗，我退了伍以後，我要是再遇到那個畜生，我一定要讓他明白我到底會不會打架，然後再到基拉利希達大打一場，讓所有的人都躲到地窖去，讓他們只知道我是來基拉利希達看望這幫流氓無賴、混賬東西來了。」

帥克和沃基契卡就要告別了。分手時，帥克對老十兵說：「仗打完了以後，就來看我吧。每天晚上六點鐘，你都能在戰場街的『管你夠』酒家找到我。」

「知道了，我一定會去，」沃基契卡答道。

兩個朋友分手了，在他們走了頗長的一段路後，沃基契卡在帥克的身後喊道：「等我到你那兒的時候，你一定要想辦法找點什麼好東西來消遣。」

帥克放開嗓門兒，回答道：「打完仗後，一定要來呀！」

後來他們彼此之間的距離愈來愈遠了，好一會兒後，從第二排樓房的轉腳處還傳來了沃基契卡的聲音：「帥克，帥克？『管你夠』酒家怎麼樣？」

帥克以同樣洪亮的聲音回答道：

「很有名的！」

「我還以爲是斯米霍夫產的啤酒名稱呢。」工兵在遠處喊道。
帥克回應道：「那裡還有姑娘呢！」
「那好，打完仗以後，晚上六點鐘見。」沃基契卡喊道。
帥克回答道：「你最好還是六點半來，萬一我有點事兒，在什麼地方耽擱了呢。」
然後，又走了老遠，又聽見沃基契卡嚷道：「你就不能想辦法六點鐘到嗎？」
帥克聽到朋友在老遠地方的回答，說道：「好吧，我就六點鐘到吧！」
好兵帥克和老兵沃基契卡就這樣分手了。

五　從摩斯特到索卡爾

盧卡什上尉在第十一先遣隊的辦公室裡搓著手團團轉，心神飄忽不定。辦公室是本連營舍裡的一間陰暗的斗室，是用木板子從過道隔出來的。裡邊只放了一張桌子，兩把椅子，一鐵罐煤油，一條床墊子。

給養軍士萬尼克臉朝著盧卡什上尉站在那裡，他成天都在編制發餉名單，登記士兵配給的賬目。他實際上是全連的財政主管，整天都廝守在這個陰暗而窄小的斗室裡，晚上也睡在那裡。

一個胖胖的步兵筆直地站在門口，他留著長而濃密的鬍子。這是上尉的新傳令兵巴倫。入伍以前，他本是個開磨坊的。

盧卡什中尉對給養軍士說道：「唉，我是否要感謝你替我找了個好勤務兵，謝謝你給了我一份驚喜。好傢伙！頭一天我派他到軍官食堂去替我取午飯，那份飯他給吃掉一半。」

「報告上尉，我沒吃，是灑掉了，」那個留著鬍子的彪形大漢說道。

「好吧，那麼就算你灑了吧。湯或肉汁你可能灑了，但是你不可能把烤肉也灑了吧。你帶回的那塊肉有我的指甲蓋那麼碩大。而且你把肉卷搞到哪兒去啦？」

「我……」

「你吃掉啦。想否認是不行的！你吃掉啦。」

盧卡什上尉說最後那句話的時候，分明是一副正顏厲色的樣子，嚇得巴倫不由得倒退了兩步。

「我到廚房問過了，我已經知道今天午飯我們有些什麼。先是肝膏湯。你把湯裡的肝膏弄到哪兒去啦？你半路上把它瀝出來吃掉了，對不對？另外，還有牛肉和小黃瓜。你把它弄到哪兒去啦？那也給你吃掉了。兩片烤肉，你只給我帶來了半片，對不對？還有兩個肉卷，哪兒去了呢？被你偷吃了，你，你這個餓死鬼！說吧，你把肉卷弄到哪兒去啦？什麼，掉到泥裡去了？你這個沒廉恥的騙子，畜牲，吃貨！你指給我那個地方，看泥裡掉沒掉肉卷。什麼？沒容你撿，一條狗把它叼去啦？我真想狠狠揍你一頓，把你搞個面目全非！你知道是誰告發的你嗎？就是這裡的給養軍士萬尼克。他跑來告訴我說：『報告長官，巴倫那個饞豬在吃您的午飯哪。我從窗口朝外面一望，看見他正拚命往嘴裡塞，活像一個禮拜沒吃東西！』我必須另換一個勤務兵了，中士！」

「報告長官，看起來巴倫最適合待在先遣隊裡。他是個笨頭笨腦的白癡，剛學完的操法就忘個乾乾淨淨。要是交給他一杆槍使的話，誰也不能保證他能做出其他好事。上回練習空彈射擊的時候，他差一點兒把旁邊一個人的眼睛射瞎。我想他再不成器總可以當個傳令兵。」

「偷吃軍官的午飯，」盧卡什上尉說，「難道你的配給不夠填滿你的狗肚子？難道你真是餓死鬼變的？」

可憐的巴倫結結巴巴地辯解說：他天生是個大肚漢，如果長官開恩給他發兩份口糧的話……

「得啦，軍士，」他轉過來接著對給養軍士萬尼克說，「你把這個人帶到魏登霍夫下士那裡去，叫他把這傢伙綁在廚房門口。綁上他兩個鐘頭，今晚的紅燜牛肉發完了再放掉他。叫他們把他綁好了，只許腳尖著地。這樣，讓他親眼看著肉在鍋裡燉著，廚房裡發燉肉的時候一定要把這個混蛋綁在那裡，著著實實地折磨一回他，就像個餓著肚皮的鄉巴佬在肉鋪門外頭聞味兒一樣。他那份燉肉分給別人好啦。」

「是長官。巴倫，跟我走。」

給養軍士萬尼克轉來報告巴倫已經綁好了的時候，盧卡什上尉說：「我覺得你是個酒鬼。一看到你的酒糟鼻子我什麼都明白了。」

「長官，那是在喀爾巴阡山上落下的病症。在那裡，我們拿到的配給總是涼的。戰壕是在雪裡挖成的，又不准我們生火，我們只好靠喝羅姆酒禦寒。要不是我，大家一定會落得跟別的連一樣，時間一長，羅姆酒把我們的鼻子都弄紅了。唯一的缺點是營裡下了命令，只有紅鼻子的才派出去偵察。」

「啊，不過冬天差不多完了，」上尉話裡有話。

「長官，不論什麼季節，戰場上可不能沒有羅姆酒，喝了這種酒，人也變得勇敢了。咦？有敲門聲！哪個傢伙這樣沒禮貌？」

盧卡什上尉把椅子朝門轉去，門開了，好兵帥克也同樣躡手躡腳地走進第十一先遣隊的辦公室來。

盧卡什上尉看到好兵帥克，立刻絕望地合上眼，帥克卻熱切地望著中尉，那神情就像一個浪子回家，看到他父親正為他宰牛設宴那樣歡喜。

「報告長官，我回來啦，」帥克站在門口大聲說，盧卡什上尉瞧見帥克那副毫無愧疚反省的模樣，突想起這個傢伙給他帶來的麻煩。不禁暗中苦笑，自從施雷德上校通知他又把帥克送回來那天起，上尉一直就盼望著這個倒楣的時刻可以無限期地延緩下去。每天早晨他都對自己說：「今天他不會來的。也許他又出了亂子他們把他抓起來了。」可是現在帥克帶著溫厚謙遜的神情這麼一照面，就粉碎了中尉那些良好意願。

這時候，帥克定睛瞅著給養軍士萬尼克，轉過身來，從軍大衣口袋裡掏出一些證件，邊笑邊遞給他。

「報告軍士，」他說，「這些聯隊辦公室裡簽的證件遵照命令交給您，是關於我的餉金和配給的。」

帥克雖對萬尼克軍士表現出他們已是多年老友的熱情。給養軍士並不領情，他冷淡地答道：「擺在桌上吧。」

「軍士，」盧卡什上尉歎了口氣說，「我想單獨跟帥克談一談。」

萬尼克走出去了。他站在門外聽著，看他們倆說些什麼。起初，他什麼也沒聽到，因爲帥克和盧卡什上尉都不吭聲。他們互相望了好半天，仔細打量著。

盧卡什上尉打破了這幾乎讓人發瘋的僵局，冷嘲熱諷地說：

「我很高興看到你，帥克。謝謝你還沒忘記。上帝，你是多麼令人想念的一位朋友啊！」

不過上尉的幽默感並沒有維持多久，他終於爆發了：用拳頭捶著桌子，結果墨水瓶震動了一下，墨水灑了出來。他又跳起來，臉緊逼著帥克，向他嚷道：「你這混蛋！」說完了，他就在辦公室裡大跨步踱著，每從帥克身邊走過就啐一口唾沫。

「報告長官，」帥克說道。他說話的當兒，盧卡什上尉繼續來回踱著步，走近桌子時就抓些紙團子，氣沖沖地把它們拋向一個角落。「我就照您吩咐的把那封信送去了。說實在的，卡柯尼太太長得真是不賴，身材苗條的女人，哭起來的俏模樣真動人……」

盧卡什上尉在給養軍士的褥子上坐下來，翁聲翁氣吼嚷道：「帥克，什麼時候你才會變得正常一些？」

帥克似乎沒聽到上尉話，繼續說道：

「後來的確發生了一點兒不愉快，但我把責任全擔下來啦。他們不相信是我寫信給那位太太，所以在審訊的時候，我把那封信吞下去啦，讓軍法官乾瞪眼，接下來又是一場麻煩，我的運氣真糟，好在過去了。那場官司總算也了結啦，他們承認錯兒不在我，把我打發到警衛室，就不再審問了。我在聯隊辦公室等了幾分鐘，上校訓了我一通，叫我作連部傳令兵，向您報到，對啦，上校叫我告訴您，請你馬上去見他，是關於這個先遣隊的事。這是半個多鐘頭以前的事了。可是上校不知道他們還得把我帶到聯隊辦公室去，也不知道我在那兒還得等上一刻鐘，因爲還要補發我這陣子的餉；我得先向聯隊領，而不是向先遣隊，因爲照單子上開的，我是歸聯隊禁閉的。」

盧卡什上尉聽說他應該在半個鐘頭以前就去見施雷德上校，忙不叠地穿上軍便服，說道：「帥克，你真替我省心呀！」

正當上尉奔出門口的時候，帥克安慰這個絕望的人說：

「長官，叫上校等等他不會在乎的，反正他也沒事可做。」

中尉走後沒多久，給養軍士萬尼克進來了。帥克坐在一把椅子上，小鐵爐子的火門正開著，他一塊塊地往裡邊丟著煤。爐子冒起煙來，屋裡彌漫著濃濃的煤氣味。帥克沒理會那個充滿敵意的軍士，繼續往裡頭丟著煤。給養軍士看了一陣，然後猛地把爐門一踢，叫帥克滾出去，「對不起，軍士，」帥克毫無懼色地說，「不過我得告訴你，儘管我很願意聽你的命令，但事實上行不通，因爲我是歸上一級管的。」

他口氣裡含著些驕傲補充說，「我是連部傳令兵。施雷德上校把我安插到第十一先遣隊盧卡什中尉這裡來的，我給盧卡什上尉當過勤務兵。但是由於我的天分，他們把我提升爲傳令兵了。我跟上尉是老朋友了。」

電話鈴響了。給養軍士趕忙抓起耳機，然後使勁往下一摔，氣惱地說：「我得到聯隊辦公室。總是這樣不由分說地支喚人，讓人難以忍受。」

帥克一個人待在屋裡。

不久，電話鈴又響了。帥克拿起耳機來，對著聽筒叫道：「喂，我是第十一先遣隊的傳令兵帥克，你是誰？」

隨後，帥克聽到盧卡什上尉的聲音回答說：「怎麼搞的？萬尼克哪兒去啦？叫萬尼克馬上來聽電話。」

「報告長官，電話鈴剛才響過……」

「聽我說，帥克，我沒空兒聽你的廢話連篇，在軍隊裡，打電話說話一定要簡明扼要，不許再來那套『報告』之類的禮節。現在回答我：萬尼克究竟在不在房裡？他得馬上來聽電話。」

「報告長官，他不在這兒。剛才不到一刻鐘以前，他去聯隊辦公室裡去了。」

「看我回來怎麼收拾你，帥克！你的話不能簡單點兒嗎？好，仔細聽我說。你聽得清楚嗎？事後可不要藉口電話裡有雜音來跟我東拉西扯，回話驢唇不對馬嘴！你一掛上電話，馬上就……」

帥克連忙掛上了電話。

停了一會兒，電話鈴又響了。帥克拿起耳機來，聽到一頓臭罵聲從裡面噴湧而出：

「蛆蟲！混蛋！豬不食狗不吃的廢物！你要幹什麼？爲什麼掛我的電話？」

「報告長官，是您說，叫我掛上電話的。」

「帥克，我以母親的名義發誓，等我回來後給你點兒厲害嘗嘗。那麼，現在你打起精神來，給我找一個中士來——找弗克斯吧，告訴他馬上帶十個人到聯隊庫房去領配給罐頭。好，重說一遍他應當幹什麼。」

「他應當帶十個人到聯隊庫房去領本連的配給罐頭。」

「好，這回你總算沒搞擰了。現在我就要往聯隊辦公室打電話給萬尼克，叫他到聯隊庫房去辦事。要是這時候他回來了，叫他一定把別的事都放下，趕快到聯隊庫房去。現在你可以掛電話了。」

帥克不但找了半天弗克斯中士，其他所有的軍士也都找遍了，但是誰也沒找到。他們都在廚房裡啃著骨頭，一面望著巴倫——按照所指示的，他已經給綁起來了。伙夫給他塞了塊排骨。這個留鬍子的大漢不能動手，就小心翼翼地把骨頭叼在嘴裡，用牙和牙床托平了它，同時帶著森林裡的野人那種表情瘋狂地啃咬起來。

「弗克斯中士在嗎？」帥克終於找到了軍士們，就問他們說。弗克斯中士看見問話的不過是個傳令兵，於是便一聲不吭、兀自啃著肉骨頭。

「聽著，」帥克說，「爲什麼沒人搭理我？哪個是弗克斯中士？」

弗克斯中士慢慢地走向帥克，開始擺出老資格訓斥他：對中士說話應當懂規矩。在他那個班裡，誰對他說話要是像帥克那樣不分上下，他早就給他一記耳光……

「少跟我擺臭架子，」帥克正顏厲色地說，「別耽擱時間了，馬上帶十個人到庫房去，要你去領配給罐頭。」

弗克斯中士聽了這話驚訝得說不出話來了，嘴裡只能嘟囔道：「什麼？」「不許還嘴，」帥克回答道，「我是第十一先遣隊的傳令兵，我剛跟盧卡什上尉通過電話。他吩咐說：『馬上帶十個人到聯隊庫房去。』弗克斯中士，你若是違抗命令，我立刻就去報告。盧卡什上尉特別指定要你去的。走吧，沒旁的可講，盧卡什上尉說，『叫他去他就得去。在軍隊上浪費時間就是犯罪，特別在打仗的時候。你通知了弗克斯中士以後，要是那小子不去的話，那好辦，給我打個電話來，我馬上跟他算賬。我要把這個弗克斯中士大卸八塊。』你難道不知道上尉的厲害嗎？」

軍士們聽了都一楞，全都垂頭喪氣起來。帥克得意地環視著這班人。弗克斯中士咕噥了幾句沒人能聽懂的話，就匆匆地走了。這時候帥克向他喊道：

「我可以打電話報告盧卡什上尉說，你開始執行他的命令了嗎？」

「我馬上就帶十個人到庫房去，」中士頭也不回地說。帥克走開了。別的軍士們同剛才弗克斯中士一樣驚訝。

「熱鬧起來了，」小個子布拉茲克下士說，「我們快要開拔啦。」

帥克回到第十一先遣隊辦公室以後，正欲點煙斗消受一番，電話鈴就又響了。又是盧卡什上尉跟他講話。

「帥克，你上哪兒去啦？我打了兩回電話都沒有人接。」

「我去執行你的命令去了，長官。」

「他們都去了嗎？」

「噢，他們去是去了，長官，可是我不能擔保他們是否已到庫房，我再去看看好不好？」

「你找到弗克斯中士了嗎？」

「找到了，長官。一開頭他居然跟我擺臭架子，可是等我告訴他是您的指示……」

「萬尼克回來了嗎？」

「沒有回來，長官。」

「說話輕一些別對著耳機嚷。這個該死的萬尼克到底到哪兒去啦？」

「我說不清這個該死的萬尼克到哪兒去啦，長官。」

「他到過聯隊辦公室，後來他又到別處去啦。他也可能在軍營裡的酒吧間。帥克，你就到那兒去找找他看，叫他馬上到聯隊庫房去。還有一件事，馬上找到布拉茲克下士，叫他立刻給巴倫鬆開綁。然後叫巴倫到我這兒來。掛上吧。」

帥克找到了布拉茲克下士，吩咐他給巴倫鬆綁，又陪巴倫一道走，因爲他還得到軍營裡的酒吧間去找給養軍士萬尼克，剛好順路。巴倫對帥克感恩不盡，承諾每逢家裡寄到吃的來，都要分給帥克一半。

帥克到軍營裡的酒吧間去，走的是栽滿高大菩提樹的那條古老的林蔭路。給養軍士萬尼克正在軍營裡的酒吧間裡正開心著呢，他喝得有點迷迷糊糊的。顯然心情很愉快。

「長官，您得馬上到聯隊貯藏所去，」帥克說。「弗克斯中士帶著十個人在那兒等著您哪，他們去領配給罐頭。您得趕快去。上尉打過兩回電話啦。」

給養軍士萬尼克朗聲大笑。「老兄，別擺出一副十萬火急的神色，時間來得及。庫房又不會溜了，上尉不像我指揮過先遣隊，如果他當過先遣隊長的話，我保證他說的話就不一樣了，這是大實話。你不知道嗎？聯隊辦公室幾次下命令說，咱們第二天開拔，要我立刻去領配給。我呢，卻不慌不忙到這兒來暢飲幾杯。配給罐頭不會長腿跑掉的。我比上尉清楚所謂的庫房是怎麼回事，我親耳聽到過上級軍官們在這裡的私底談話。說實在的，倉庫裡壓根沒什麼罐頭，罐頭存在於賬目上呢。每當我們要求發罐頭時旅部就調撥過來幾筒，或者跟友鄰單位借一些。光欠一個聯隊的罐頭咱們就有一百多筒呢，官老爺甭想唬我，我太清楚這底細啦。」

「別在這裡瞎著急，」給養軍士萬尼克接著說。「隨他們去，他們假如通知我們明天就出發的話，夥計，聽我的，那是胡扯。一節車皮都沒有，出什麼發？小子，悠著點，駝背進了棺材背自然會直的。別瞎忙活，坐下來……」

「不成，」好兵帥克費了不小的勁兒說，「我得回辦公室去，萬一有人來電話呢。」

「要是你非要去，就回去吧，老夥計。可是去了也顯不出你的才幹，這是實情。你太急著奔回去工作啦。」

帥克已經走出大門，朝著先遣隊的方向跑。剩下給養軍士萬尼克一個人了。他不時地抿一口酒，一想到中士正帶著十個人在倉庫眼巴巴地等子虛烏有的罐頭，他就忍不住發笑，樂得手舞足蹈。很晚了，才回到第十一先遣隊，看見帥克正守在電話旁邊。他悄悄爬到他的褥子上，立刻就和衣倒頭大睡了。

可是帥克依然守在電話旁邊，因爲兩個鐘頭以前盧卡什上尉曾經來過電話說，他還在跟上校商議著事情。可是他忘記告訴帥克不用在電話旁邊守著了。隨後弗克斯中士來電話說，他帶著十個人等了好幾個鐘頭，可是給養軍士萬尼克根本沒影。倉庫也大門緊鎖，他知道沒戲，於是下令解散。

帥克不時地拿起耳機來，偷聽別人的電話來解悶。電話是個新發明，軍隊上剛剛才使用，它的好處是在線上誰都能清清楚楚地聽到別人說的話。

輜重兵大罵著炮兵，工兵對軍郵所發火。射擊訓練班又跟機槍班發著脾氣。

而帥克依然守在電話旁邊坐著。上尉跟上校的會談拖延下去了。施雷德上校正在暢談著關於戰地勤務最新的理論，特別提到迫擊炮。他沒完沒了地談著，談到兩個月以前戰線還在東南方向，談到各個戰鬥單位之間建立明確的聯絡線的必要性，還有毒瓦斯、防空設備、戰壕裡士兵的配給什麼的，然後他又講起軍隊內部的情況。隨著他又扯到軍官和士兵、士兵和軍士之間的關係問題，以及臨陣投敵的問題。談到這一點，他順便指出捷克軍隊有一半是靠不住的。大部分軍官一面聽著一面暗中詛咒這個老糊塗蛋究竟要扯到哪年哪月才算了。可是施雷德上校繼續東拉西扯下去，講起新成立的先遣隊的新的責任，講起陣亡了的聯隊軍官，講起飛艇、鐵蒺藜、軍人的宣誓。

講到後一個問題的時候，盧卡什上尉想起整個先遣隊的人都宣過誓了，就差帥克沒宣，於是，他忽然咯咯笑起來了。這是一種神經質的笑，對幾位靠他坐著的軍官很有傳染的力量，上校對他相當不滿。這時候上校剛要講到德軍從瓦登撤退中所得的經驗。他把這件事情的經過講得讓人如墜雲霧，然後說道：「諸位，這可不是一件開玩笑的事。」

於是他們就都到軍官俱樂部去，因爲施雷德上校曾打電話給旅部指揮部。帥克正守在電話旁邊打盹。電話鈴一響，把他吵醒了。

「喂，」他聽到耳機裡說，「我是聯隊辦公室。」

「喂，」帥克回答說，「這是第十一先遣隊。」

「別掛上，」耳機裡的聲音說，「拿支鉛筆來，把這段話記下來。」

「第十一先遣隊。」

接著，下面是一連串含混不清的話語，這時其他隊的線路吵鬧聲也混了起來，聯隊的通報就更聽不清了。帥克一點也沒弄明白。後來耳機裡聲音小了一些。隨後，帥克聽到裡面說道：

「喂，喂，別掛上！把剛才記下來的話重念一遍。」

「重念什麼呀？」

「你難道沒記嗎？白癡！」

「什麼話呀？」

「天哪，你是聾子嗎？念我剛才口授給你的話，你這個混蛋！」

「我沒聽清楚。我受到干擾了。」

「笨蛋，你以爲我閑著沒事，專門來聽你胡扯的嗎？你到底記不記？紙筆都拿好了吧？什麼？沒拿好？你這頭豬！上帝，這樣的軍隊！好，你究竟要我等多少時候哇？哦，你什麼都準備好了，真的嗎？你總算打起精神來啦。也許爲這件事你還得換換制服吧。好，聽著：第十一先遣隊。記下來嗎？重念一遍。」

「第十一先遣隊。」

「連長。記下來了嗎？重念一遍。」

「『明天舉行會議』記好了嗎？重念一遍。」

「明天舉行會議。」

「『九點鐘，署名，』你知道是什麼意思嗎，『署名』！笨傢伙！重念一遍！」

帥克真的重念了一遍「『九點鐘，署名』你知道是什麼意思嗎，『署名』！笨傢伙！是的意思。重念一遍！」

「你這個大笨蛋！底下署名是施雷德上校，傻子。你記下來了嗎？重念一遍！」

「施雷德上校，傻子。」

「好吧，你這蠢貨！是誰在接電話？」

「我。」

「該死，『我』是誰呀？」

「帥克。還有別的事嗎？」

「沒有了，你應該改名叫驢！上帝喲。」

帥克掛上耳機，就開始叫醒給養軍士萬尼克。給養軍士拚命掙扎，當帥克搖撼他的時候，他打了帥克鼻子一下。然後帥克終於成功了，軍士揉揉眼睛，緊張地問發生了什麼事。

「到目前爲止，還沒發生什麼事，」帥克回答說。「但我必須告訴你。剛才接到一個電話，叫盧卡什上尉明天早晨九點鐘一定要到上校那裡再開一次會議。我不知道怎麼辦。我是現在去告訴他呢，還是等到明天早上？我猶豫了好半天，考慮應不應該叫醒您，可是最後我想還是請示您爲妙——」

「看在老天的面上，讓我睡去吧，」給養軍士央求道，大大打了個呵欠。「你早上去吧，只是別喊醒我。」

他翻了個身，馬上又睡著了。

帥克重新回到電話旁邊，坐下以後也悄悄地睡去。他沒把耳機掛上，因此別人無法打擾他。聯隊辦公室的電話員又接通了第十一先遣隊，叫他們第二天上午十二點向聯隊軍官報告有多少人還沒打傷寒預防針，可是電話無人接，他氣得破口大罵。

這時候盧卡什上尉仍然在軍官俱樂部裡。他喝光剩下的黑咖啡，然後回家了。

一進屋就發現大肚漢巴倫正用上尉的酒精燈煎肉腸。

巴倫立刻駭得面無人色，結結巴巴地道歉。盧卡什突然感到一陣心酸，原諒了他，並承諾明日起發給他兩份口糧。

他在桌子旁坐下，百感交集的心情，促使上尉開始給他姑姑寫起一封動人的信：

親愛的姑姑：

我剛接到命令，我和本先遣隊即將開往前線。前方戰況激烈，我方傷亡慘重，這也許是我寫給你的最後一封信了。因此，在最後我不便用「再見」二字。向你告個永別我想也許更好。

「明天早晨再把它寫完吧，」盧卡什上尉這樣決定後，就去睡覺了。

隨著連部各個廚房冒出的一片煮咖啡糖的味道，早晨到來了。帥克醒來，不知不覺地把耳機掛上，顯得他剛打完電話似的。他在辦公室裡走來走去，做了一番早操，快活地哼著個小調，把給養軍士萬尼克吵醒。他問起幾點鐘了。

「他們剛吹過起床號。」

「讓我喝點咖啡再起床吧，」給養軍士這樣決定了。他做什麼都是不緊不慢的。「而且爬起來他們一定又催著咱們做這個做那個，到頭都是像昨天的發罐頭那樣沒實質意義。」

電話鈴響了，給養軍士拿起電話。傳來了盧卡什上尉的聲音，問起領配給罐頭的事，緊接著上尉一通申斥。

「根本就沒有什麼罐頭，我向您保證，」給養軍士萬尼克對著電話筒大聲說。「怎麼會呢？那全是胡扯。兵站可以負責。上尉先生，用不著再派人去。我正要打電話向您報告呢。您問我到軍營裡的酒吧間去過沒有？說實話吧，我去過一會兒。不，長官，我沒醉。帥克在幹麼？他在這兒哪。我叫他嗎？」

「帥克，來接電話，」給養軍士說，然後又低聲吩咐了一句：

「上尉假如問起我回來的時候什麼樣兒，你就說我沒事。」

帥克接電話：

「報告上尉，我是帥克。」
「喂，帥克，那回事罐頭究竟是怎麼回事？都領到了嗎？」
「上尉，沒有，壓根就沒戲。」
「聽著，帥克，我們露營一天，我要你每天早上都向我報到。直到我們開拔，你都不許離開我。你昨天晚上幹些什麼？」
「我在電話旁邊守了一夜，上尉。」
「有什麼消息嗎？」
「有的，上尉。」
「那麼，帥克，不要胡說一氣。到底有什麼人報告什麼要緊的事嗎？」
「有的，但你九點鐘才醒。我不想去打攪您。我不願意做這樣的事。」
「拜託告訴我到底什麼事！」
「長官，有一個口信。」
「呃，說些什麼呀？」
「我都記下來了，長官。是這樣的，他說：『記下一個口信來。你是誰呀？記下來了嗎？重念一遍。』」
「住口！帥克。告訴我口信裡講的是什麼，要不然，等我抓到你的時候一定狠狠揍你一頓。那麼，講些什麼？」
「長官，上校通知今天早晨九點開會，夜裡我本想把您喊醒，可是後來我又改了主意。」

「我想你也應該改改。凡是能夠挨到早上再告訴我的，最好別把我吵醒。什麼狗屁！隨它去！叫萬尼克來聽電話。」

給養軍士萬尼克接電話：「上尉，我是給養軍士萬尼克。」

「我命令你馬上給我換一個勤務兵，這個該死的巴倫昨天把我的巧克力一掃而空！你說再把他綁起來示眾？不，算了，送他到衛生隊去擡傷兵吧，這小子一身蠻肉，做這個正合適。——還有，你認爲我什麼時候上前線？」

「我認爲不著急，反正上了戰場也是瞎轉悠，當炮灰是遲早的事。」

「萬尼克，給我開一張——讓我想想看，開一張什麼？喚，對了，開一張軍士的名單，註明他們的軍齡。然後開上連部的配給。要不要按照國籍開名單？要的，那個也開上。今天旗手在幹什麼？檢查士兵的裝備？賬目？等配給發完以後我就來簽字。誰也不許進城去。就這樣。」

給養軍士萬尼克從一隻標著「墨水」字樣（爲了防酒徒偷喝）的瓶子，往他的黑咖啡裡倒了點甜酒。他坐在那兒一面呷著他的咖啡，一面望著帥克說道：

「咱們這位上尉朝著電話大嚷了一通。他每個字我都聽懂了。我想，跟他待了這麼些日子，你一定對他很了解吧。」

「那自然嘍，」帥克回答說。「我們親密無間。哦，我們共患過不少難。他們屢次想拆散我們倆，可是我們總想法又湊到一塊兒啦。他什麼事兒都離不開我。有時候我也不明白爲什麼要那樣。」

施雷德上校所以又召集一次軍官會，實在是爲了他想表演一番自己的演說才能。會上處理了志願兵叛國案，那個因爲拒掃廁所而遭到上司報復的志願兵被判定重返部隊服役。他的罪行以後再理論。此外又處理了一宗冒假功勳章的小案子。會議開始以後，施雷德上校強調軍隊眼看就要開拔，需要多多開會研究。他接到旅長的通知說，他們正在等著師部的命令，需要鼓勵士氣，連長們一定要注意，一個士兵也別讓溜了。他又把頭天說過的話重複一遍，把最近的戰局也又講了一通，並且堅持說：任何足以損害士氣和鬥志的，都是不允許的。

在他面前的桌上釘著一張戰局地圖，大頭針上標著一面面的小旗。可是小旗都搞亂了。戰線也變了樣子。標著小旗的大頭針散落在桌子底下。

這是因爲聯隊辦公室的辦事員養了一隻公貓。半夜裡，整個戰局都被這隻可愛的畜生攪個亂七八糟。這畜生在整個奧匈帝國方面的戰區拉了屎，然後，爲了想把牠拉的屎掩蓋起來，又把小旗子一面面地扯了下來，弄得陣地上到處儘是屎。隨著，牠在火線和橋頭堡下撒滿了尿。把整個軍事部署弄得一塌糊塗。

施雷德上校恰巧很近視。先遣隊的軍官們屏息望著施雷德上校的手指頭離那一小攤一小攤的屎愈來愈近。

「諸位，從這裡到布格河上的蘇考爾……」施雷德上校帶著預言家的神氣開始說道，下意識把他的食指朝著喀爾巴阡山戳過去，結果，就伸到一攤貓屎上去了——那屎原是公貓爲了使戰局地圖凸得更逼真而拉的。

「長官，看來好像一隻貓曾經……」扎格納上尉畢恭畢敬地代表在座的軍官們致歉。

接下來發生的是：施雷德上校趕快跑到隔壁辦公室去，隨後聽到房裡一陣可怕的咆哮。上校威脅說，要把貓屎抹到他們的鼻子上。

經過迅速調查，才查出那隻貓是聯隊年紀最輕的辦事員兩個星期以前帶到辦公室來的。查清真相後，那小辦事員就捲起行囊，由一個高級辦事員帶到衛兵室去。他得留在那裡，等待上校的處理。

會議草草結束了。上校紅著臉回到奉召而來的軍官面前的時候，他簡單說了一句：

「我希望諸位隨時作好準備，隨時等我的命令。」

局勢愈來愈叫人感到無所適從。他們是就要開拔呢，還是會繼續待在後方？坐在第十一先遣隊辦公室電話旁邊的帥克聽到種種不同的意見：有的悲觀，有的樂觀。第十二先遣隊打電話來說，他們辦公室裡有人聽到說，非等他們完成移動目標的射擊的速成課，以及把一般的射擊教程都訓練完了才開拔呢。可是第十三先遣隊不同意這個樂觀的看法，他們在電話裡說，哈沃立克軍士剛剛從城裡回來，他在城裡聽一個鐵路員工說，運兵車已經候在站上了。

帥克坐在電話旁邊，真心地喜歡這個接電話的差事。對所有的問詢他一概回答說：他沒有什麼明確的消息可以奉告。

隨後又來了一連串的電話，經過好半天更正、解惑，帥克才記了下來。特別是頭天晚上有一個他沒能記下來的電話，當時他沒把耳機掛上，自己就倒頭睡了。這就是關於哪些人打了防預針、哪些人沒打的那個電話。

後來又有一個遲到了的電話，是關於各連各班的配給罐頭的。

後來帥克又接到一個電話，對方口授得非常之快，記下來有點像密碼了。帥克對他自己寫下來的話感到十分驚奇。他大聲連念了三遍。給養軍士萬尼克說：「這都是些無聊的廢話。這些話都是瞎扯蛋。自然，這也許是密碼，可是這不是咱們能解決的。不管它了！」

給養軍士又往他的床上一倒。

這當兒，盧卡什中尉正在他的房間裡研究著他的部下剛剛遞給他的那份密碼電文，研究著關於密碼譯法的指示，也研究著關於先遣隊開往加里西亞前線時應採取的路線那個密令，那密碼古裡古怪，像法老的咒符。

盧卡什中尉一面翻譯著這套沒頭沒尾的話，一面歎息著嚷了一聲：

「去它的吧！」

第二卷　光榮敗北篇

一　在匈牙利大地上

出發的鐘聲終於敲響了，他們統統被塞進了車廂。每個車廂可以容納四十二名士兵或者八匹馬。在車廂裡，看起來馬比人要好過一些，因爲馬可以站著睡覺。站著或者是坐著倒沒什麼大問題，重要的是：又一批新鮮人肉又將被這一列軍用列車送往加里西亞的屠場上去了。

不過，士兵們還是感到一陣輕鬆的快意：車一開動，他們就多少看到了一點未來命運的影子。在此之前，他們老是被不知所措、恐懼、忐忑不安所包圍，不知是今天、明天還是後天出發。許多人就像等待劊子手的死刑犯一樣，驚恐地等著死亡的到來。現在一切都成定局了，他們倒安下心來。有一個士兵像神經錯亂了一樣朝著車廂外面大聲嚷道：「我們要出發了！出發了！」軍需上士萬尼克曾告訴帥克著急是無濟於事的，他可真是睿智啊。

等待了好幾天之後他們才進了車廂。這期間配給罐頭的事兒一直眾說紛紜。萬尼克是個久經戰事的人，他堅持說沒有這回事，罐頭根本不會出現，做一場戰地彌撒還差不多。因爲前頭那個先遣連就是以戰地彌撒來慰勞的。有了罐頭配給，就不會再做露天彌撒了，或者說，露天彌撒就是罐頭配給的替代品。

果然，罐頭燉肉沒來，隨軍神父伊布林卻大駕光臨。他可以說是一舉三得，作一場露天彌撒可以撫慰三個先遣營的官兵：一次就替開到塞爾維亞去的兩個營和開到俄國去的一個營的官兵都行完了祝福禮。

他在做彌撒的時候發表了一通慷慨激昂的演說。可是明眼人一看就知道，演說的內容大多來自於軍事日曆。演說使士氣高漲，以致在開往莫肖爾去的路上，帥克在和萬尼克同在一個車廂的臨時辦公室裡時，還深情地回憶起這段演說，他對萬尼克說：「神父給我們塑造了多麼美好的未來啊！想像一下，黃昏到來，夕陽西下，一片澄明之中，雄偉開闊的戰場上將聽到臨終前人們的最後呼吸，聽到那戰馬倒下時的悲愴淒鳴，還有那下了戰場傷員的痛苦的呻吟聲，甚至還有房屋被燒毀的流離失所者的控訴。我倒是很願意看到人們變成『雙重白癡』。」萬尼克對此頗為首肯，說：「這是一幅美麗得讓人血冷的畫面啊！」

「實際上這確實是有教育意義的，」帥克接著說，「我對此記憶猶新。戰爭結束了，我就要好好地和別人聊聊這些經歷。神父給我講了一個在我軍歷史上赫赫有名的戰役。這是拉德茨基服役期間，當時夕陽如血，與燃燒的倉庫成為一色。對當年的景象神父似乎歷歷在目。」

與此同時，神父去了維也納，給另一個先遣營講了精彩的歷史故事，也就是帥克至今記憶猶新、譽之爲「雙重白癡」的故事。「親愛的兄弟們，」神父伊布林對著眾官兵作著報告說，「請你們想像一下一八四八年庫斯托查戰役剛剛勝利之時的情形。十個小時的激戰之後，義大利國王阿爾貝爾特不得不倉皇而逃，把屍橫遍野的戰場留給我們的『戰士之父』拉德茨基元帥。就這樣尊敬的元帥在他的八十四歲高壽時取得了赫赫戰績。」

「親愛的士兵兄弟們，注意了，德高望重的統帥就在那奪來的一座山上駐足而望，周圍是他忠誠的將領們。突然，莊嚴肅穆的氣氛籠罩在每個人的頭上，因爲，士兵們發現，就在離元帥不遠的地方，躺著一個正在死亡線上掙扎的士兵。勇敢的旗手受了致命傷，痛苦地抽搐著，但還是用蒼白的右手快慰地撫摸著自己的金質獎章。當拉德茨基元帥望著他的時候，他好像感到了一種無上的榮耀。看到這如神話般的戰鬥英雄此刻就在關注著他，他的身上似乎又有了活力，最後一點力量完全使出來，試圖爬向元帥。」

「『我勇敢的士兵，快別動了。』元帥一邊說著，一邊翻身下馬，向他伸出手去。『我沒有力氣了，元帥大人，』喘著氣的戰士歎了一口氣，『我的兩隻手臂已經被打斷了。我最後的請求是，請您對我說實話：我們勝利了嗎？』」

「『勝利了，我親愛的孩子，』元帥慈祥地說，『遺憾的是，你的傷勢過重使你無法享有那麼多的歡樂了。』『是啊，最尊敬的元帥，我就要告別人世了。』士兵聲調微弱，但臉上卻浮現著舒心的微笑。」

「『你想喝點水嗎？』拉德茨基問道。『很熱，元帥大人！氣溫高達三十度以上，我們仍然在戰鬥。』於是，拉德茨基把副官的軍用水壺遞給瀕臨死亡的士兵。士兵咕嚕咕嚕地把水一飲而盡。『願上帝保佑您！』他大聲喊著，努力想探起身來親吻元帥的手。」

「『你當了多久的兵？』元帥問道。」

「『四十多年了，元帥大人。阿斯佩恩一役我得了一枚金質獎章。後來在萊比錫戰役中，獲得炮鑄十字章。我負過五次重傷，眼下這一次可撐不過了。不過我終於活到了今天，看到我們贏得了戰爭，國土得以收復，這是多麼幸福、多麼榮耀的事啊！我死而無憾。』」

「親愛的士兵們，當時，我們偉大的國歌《求主保護》在營房裡響起來了。歌聲嘹亮而雄壯，在戰場上迴盪著。那位正掙扎在死神手中的戰士又一次試圖站起身來。他大聲疾呼道：『奧地利萬歲！奧地利萬歲！讓我們美妙的國歌永遠嘹亮！我們的統帥萬歲！軍隊萬歲！』他又俯首在元帥的右手上親吻，然後倒在了地上，最後一絲靈動的氣息終於從他尊貴的靈魂裡掙脫了出來。在這名最優秀的士兵的屍體面前，元帥脫帽致敬，他兩手捂著臉，激動不已地說道：『多麼完美的結局，多麼令人豔羨的情景啊。』」

「親愛的士兵們，我希望大家都這樣完美地結束自己的生命！」

伊布林神父所說的這些話，帥克至今記憶猶新，如果稱他爲「雙重白癡」的話，是恰如其分的。帥克接著又談起在上車之前聽訓的那些重要軍令。

一分是皇上親自頒佈的，另一份是東線軍事總監約瑟夫．斐迪南大公頒佈的。兩份軍令對最近的捷克部隊嘩變倒戈事件進行了嚴厲的譴責，並宣佈將叛變的皇室衛隊二十八聯隊永遠除名，撤銷番號，並將以叛國罪審判有關官兵。

「我們在接到消息的時候已經很晚了！」帥克對萬尼克說。「我百思不得其解，皇上的命令是四月十七日頒佈的，可卻延遲至今，似乎有什麼不能爲外人知道的秘密使它不能馬上給我們宣讀。如果我是皇上，對於延誤我命令的行爲一定大爲光火。無論出現什麼樣的情況，我也要把我在當天頒佈的軍令當天傳達下去。」軍官食堂的巫師伙夫坐在與萬尼克同一個車廂的另一端，似乎在寫什麼東西。盧卡什上尉的勤務兵、大鬍子巴倫與十一先遣連的通訊兵霍托翁斯基就在他的身後。巴倫一邊吃麵包，一邊聲音發抖地對電話兵霍托翁斯基說：車上的人太多，他根本無法擠到盧卡什上尉那節軍官車廂去。這是情有可原的。霍托翁斯基恐嚇他說，「這可不是兒戲，鬧不好是要掉腦袋的。」

「這樣的生活什麼時候是一個盡頭啊，」巴倫訴苦說，「有一次我在沃吉朵參加演習時差點就實現這個願望了。我們在那兒饑渴交加，我在營副官到我們這兒來的時候，嚷了聲：『我們需要食物和水！』他立馬調轉馬頭瞪著我，要是趕上戰時，他就會下令當眾處決我的，如今要把我拘留到警備部去。算是我幸運，在他騎馬去參謀部報告的路上，受驚的馬把他甩了下來，連他的脖子都給折斷了。」他邊唉聲歎氣邊咽著麵包，突然又像想起了什麼，眼光一亮地看著盧卡什上尉委託他照看的兩個背囊。「當官的都領了肝罐頭和這麼大一段的匈牙利香腸。」他又咽著口水看了一下那兩隻背囊，像一隻喪家犬饑餓地坐在燻肉鋪門口聞著肉香一樣地看著背包。

「要是在那能飽餐一頓，可真走運。」霍托翁斯基說，「戰爭之初，我們開到塞爾維亞，每到一站都招待得十分豐盛。我們用鵝腿上的精肉，與巧克力糖塊兒摻合著吃。在克羅地亞，兩個退伍老兵給我們把一大鍋烤兔肉送到車廂裡來。我們忍無可忍，把這鍋肉潑到他們身上去了。在停車的時候，我們只會拚命地向車廂外嘔吐。和我們同一車廂的馬捷依班長腹脹如鼓，我們只好把一塊板子放在他的肚子上，然後像壓醃菜似地在上面蹦，他放了一大串屁之後才感到好受了一點。」

「我們乘火車穿越匈牙利，站站都有人把燒雞往我們車廂裡扔，我們只吃雞腦髓。在考波什堡，匈牙利人乾脆把成塊的烤豬肉往我們車廂裡扔。我的一位朋友得了一個熟的豬頭，然後又用它把那送豬頭的匈牙利人趕到三道鐵軌外去了。可是在波斯尼亞我們滴水未進。不過在到達波斯尼亞之前，雖然上級要求禁酒，我們還是隨心所欲地喝，各種各樣的白酒、葡萄酒更是多得不計其數。記得在一個車站上，一些太太和小姐給我們帶來了很多啤酒，我們都往啤酒壺裡撒尿。她們連忙從車廂裡跑開了。一路上我們都是昏昏沈沈的，我連『梅花』和『國王』都難以分辨。但誰想，突然來了一道軍令，還沒等我們把撲克牌甩出手，便都出了車廂。」

「有一個不知名的班長，對他的一班人嚷嚷，命令他們齊唱『勝利歌』。可是有人從背後狠狠給了他一腳，他往前一蹭就跌到鐵軌那邊去了。隨後又聽他命令把槍架起來。空列車馬上就掉了頭，把我們兩天的乾糧也帶走了。與此同時，附近響起了榴霰彈的爆炸聲。營長從那邊走來把所有的軍官召集到一起開會。我們的馬采克上尉是說著地道德國話的捷克人，他也過來了，臉色蒼白得比刷過的牆還白。對我們說，禁止前進，鐵軌被破壞了。又說塞爾維亞人摸黑過了河，現在位於我們左側較遠的地方。還說我們只要得到增援就能把他們打敗。一旦失利，一律不准投降。因爲塞爾維亞人對待俘虜十分殘忍，動不動就挖眼割舌等等。」

「他說，附近有榴霰彈的聲音，但不足爲懼，因爲這是我方的炮兵。正在此時，槍聲轟鳴，他又說這是我方的機槍掃射。隨後左邊又傳來炮聲，我們還是第一次聽到這麼宏大的聲音，趕忙趴下臥倒。我們腦袋頂上幾顆霰彈飛了過去。車站上硝煙彌漫。遠處還傳來了排炮聲、步槍射擊聲。馬采克上尉命令端槍、上子彈。值日官走到他跟前說，這是無濟於事的，因爲我們根本沒有彈藥可用。其實他比誰都知道，我們上戰場前才能領到彈藥。前面那列彈藥車估計落到塞爾維亞人手中了。」

「一時間無所事事，馬采克上尉下令：『上刺刀』，我們擺出戰鬥的姿態站著，隨後我們又臥倒在鐵路枕木邊，因爲天空盤旋了一架可疑飛機，士官生們直嚷嚷：『統統隱蔽，隱蔽』，過了一會兒真相大白，原來我們的炮兵誤把我方飛機打下來了。於是我們又站起來稍息。有一個騎兵從遠處飛馳而來，嘴裡喊道：『營長，營長在哪兒？』他交給營長一份文件，又騎著馬向右邊去了。

營長邊走邊看完文件，然後猛地拔出馬刀，向我們飛奔過來：『統統後退！』他對著軍官們嚷道：『排成隊朝山谷小路走』。就像敵人早就預料到我們會這樣一樣，四面八方都衝著我們發起火來。左邊的玉米地，被我們踩得不成樣子。我們分成四人一組丟下背包潛入山谷。馬采克上尉很快就腦袋上中彈死了。還沒逃進山谷，死傷就已經大半了。我們一直跑到天黑，所到之處全都是被先遣部隊洗劫一空的空地。到達下一個車站，一道新的命令又來了，命令我們坐車回參謀部。可這是不可能的，因爲整個參謀部在前一天就已全軍覆滅了。第二天早上我們才知道這個消息。後來我們就像孤兒一樣無人理睬。我們被合併到七十三聯隊去了；我很樂意這樣，可是，我們還得整整行軍一天，然後我們……」

帥克和萬尼克在打紙牌；巴倫在椅子上迷迷糊糊搖搖晃晃，沒有人聽他嘮叨。通訊兵霍托翁斯基閑得無聊，一邊嘟囔著什麼，一邊看別人打撲克。「讓我用用你的煙斗吧，」帥克溫和地對霍托翁斯基說，「反正你要去看別人打撲克。打牌比打仗要正經得多。我可不幹這種蠢事！要是幹了，就自己懲罰自己。我還沒抓到老K，剛剛來了個王子『J』，該死的！」

傍晚，火車停在莫肖爾站上，禁止任何人下車。火車開動時，傳出了高昂的歌聲，是一個山區的士兵在滿懷著虔誠的深情，用並不優美的聲音歌唱靜靜的夜晚：

寧靜的夜啊，寧靜的夜！
願勞累的人們得以安息。
白晝已逝，

雙手該得到休息，
到明天早上啊，再醒來！
安靜的夜啊，寧靜的夜！

有人喊了一嗓子，打斷了這位傷感歌手的歌聲，他停止了歌唱。

雖然大家都很累了，但是並未休息到第二天凌晨。這兒和別的車廂一樣借著一盞掛在車廂壁頭上的小油燈的微弱燈光繼續玩牌。一個個臉上泛著紅光，似乎已經遠離了戰爭，又彷彿是坐在布拉格咖啡館的牌桌邊享受生活，顯得是這樣的心滿意足。

從出發開始，先遣營軍官們所在的車廂裡就很寧靜。大部分軍官都忙著看一本精裝德文書《神父的罪惡》，而且大家都專心致志地閱讀第一六一頁。窗口邊上是營長扎格納大尉，他手裡的書也翻到第一六一頁上。他呆呆地看著窗外，不知道怎麼樣才可以告訴他們這本書的真正的含義，這可不是一件簡單的事情。同時，這些軍官們也在懷疑著施雷德上校是不是徹底瘋掉了。雖然他早就有神經失常的徵兆，可是誰也沒料到他瘋得如此過分。出發前，他召集了所有的軍官開會。會上，他對他們說，每人可以去營部辦公室領到一本路德維希·甘霍費爾的《神父的罪惡》。「諸位，」他神秘地說，「你們一定不要漏過翻看第一六一頁！」

軍官們精讀了第一六一頁，還是一無所獲。只是講了一個叫馬爾達的女人從寫字臺前拽出一個某種角色的人物，還大聲宣佈：大家同情他所受到的痛苦。他們還讀到一個叫什麼阿爾伯特的不斷說些和前面的事件驢頭不對馬嘴的俏皮話。這些亂七八糟的東西使盧卡什上尉氣得把煙嘴都咬碎了。

「這個上校一定是瘋了，」大夥都這麼認爲，「上級準會把他調到軍政部去，他要倒楣了。」

扎格納大尉仔細地琢磨了一番之後，從窗口邊走開了。他不善於教育人，所以十分費力才把講解第一六一頁的備案寫出來。他跟老上校一樣，作報告講話時使的第一句話開場白總是：「諸位！」雖然在出發前他總喊他們「夥計們」。他說他昨天晚上接到上校對於路德維希·甘霍費爾所著《神父的罪惡》第一六一頁的指示。「大家注意了！」他鄭重其事的說，「現在這是一套作戰時使用的新電報密碼，十分重要。」

士官生比勒掏出筆記本和鉛筆，討好地說：「我準備就緒，大尉先生！」

大家不屑地看了這傻瓜一眼。在軍校學習時，比勒就是一個勤奮愚蠢的傢伙。他是自願參軍的，當志願兵軍校校長向他詢問家庭情況時，他說他們的家徽上有個帶魚尾巴的鶴翅膀。從那以後大家便喊他「魚尾巴鶴翅膀」。他立即在學生中失去了聲譽，成爲人人譏諷的對象。

實際上他父親不過是個賣兔皮的可憐巴巴的生意人，與什麼魚尾巴鶴翅膀一點關係也沒有。

雖然這個滿腦子羅曼蒂克幻想的狂熱者發奮求學，恨不得把所有軍事知識都吞進肚裡，但即使他學習了很多知識，也無濟於事。慢慢的，他腦袋裡裝的軍事藝術與戰爭史的著作愈來愈多了。直到他墮落前，還總喜歡賣弄小聰明，他自以爲是可以和上級軍官平等對話的人物。

「聽著，士官生！」扎格納大尉對他喊道，「沒有得到命令，不要開口。並且，你喜歡自作聰明，如今我把非常機密的情報告訴你，你就把它記下來了。要是洩密了，你就受到軍法處置！」

士官生比勒還要為自己的行為辯解。

「報告，大尉先生，」他反駁說，「我用的是速記法，而且是英國速記法，就是把筆記本丟了，也沒有人能看懂我的秘密。」大家又都不屑一顧地瞟了他一眼。

扎格納大尉繼續說道：「我剛才談了這套戰時新密電碼。你們一定很困惑：路德維希・甘霍費爾的《神父的罪惡》第一六一頁為什麼這麼重要。諸位，這就是關鍵問題了——軍團司令部的最新指示採用的新式密碼，就和這本書有很大的關係。在戰地拍發重要電文有各種方法。咱們採用了最新式方法——補充數位法。因此，上星期採用的密碼全都作廢。」

「阿爾布里希大公式的密電碼，」好學的士官生比勒喃喃自語，「8922－R是根據格龍菲爾德式改編的。」

「這個新式密碼很容易掌握，」大尉的聲音高昂激越，「上校給我發了密碼的下冊和譯電本。比方說我們需要做的是：令二二八高地機槍向左方射擊。大家看，我們接到的電報就會是這樣的：『事情—與—我們—這—在裡面—這—許諾—這—瑪爾塔—你—這—仔細地—然後—我們—馬爾達—我們—這個—我們—感謝好—大學學院—結束—我們—許諾—我們—改好—許諾—確實—感謝—思想—完全—支配—聲音—最後的。這很容易，命令層層下達，連長拿著這個密碼，就可以翻譯了：拿起《神父的罪惡》這本書，翻到第一六一頁，又從反面的一六〇頁上，自上至下找『事情』這個詞。請看！諸位，『事情』這個詞地首先出現在一六〇頁，數下去剛好是第五十二個字；在反面一頁上又從上往下數到第五十二個字母。請看這個字母是『A』。電報上的第二個字是『與』，這是在一六〇頁上的第七個字，再找第一六一頁上的第七個字母，……。如此類推，直到把『令二二八高地機槍向左方射擊』這個命令完全譯出來爲止。各位請看，這多麼的簡潔方便啊，如果手裡沒有路德維希的《神父的罪惡》第一六一頁這把鑰匙，就甭想破譯了。」所有人都靜靜地費盡心機地看著這討厭的第一六〇頁，忽然間士官生比勒的聲音打破了沈默：「報告！大尉先生，天啊，密碼和命令對不上號呀！」

不管大家怎麼努力，這密碼一直都是這樣的神秘莫測，除扎格納大尉以外誰也沒能根據第一六〇頁這個鑰匙查出電文的其他字母來。

「諸位，」當扎格納大尉發現士官生比勒所說的是事實的時候，有點語無倫次地說：「爲什麼會是這樣呢？我這本《神父的罪惡》是完好無缺的嘛，而在你們那本裡面爲什麼就出問題了呢？」

「大尉，」又是士官生比勒說話，「我請求讓我解釋：路德維希·甘霍費爾這本書分爲上、下兩冊。我們拿的是上冊，您拿的是下冊。」這位認真的士官生比勒繼續說，「因此我們手裡的一六〇和一六一頁跟您的不一樣。您那本書譯出來的電文第一個字是『在……之上』，我們的是『乾草』！」

跟上述笨得令人發瘋的譯電碼相比較，可見比勒還不算是愚笨至極。

「我手裡的是下冊，」扎格納大尉說。「上校給你們發了上冊，旅部發放過程一定有問題。」看他說的樣子，好像早知道會是這麼一回事一樣，「是旅部搞錯了。」士官生比勒志得意滿地環顧四周。

杜布中尉悄悄對盧卡什上尉說：「『魚尾巴鶴翅膀』這回出風頭了。」

「諸位，真是令人傷心，」扎格納大尉又開口說，想緩和緩和氣氛，「旅部裡有些人是笨蛋。」

不甘寂寞的士官生比勒又想賣弄自己的小聰明了：「類似這種關係到軍團最機密的東西只能傳達到師旅長一級的長官……」扎格納大尉露出不屑神情：「我們別管這些老傢伙了，士官生比勒。」他說，「我向你們講解的那套密碼，無疑是最傑出的一種了。我們敵人的參謀部門的特務機構只能目瞪口呆，他們絞盡腦汁也沒辦法破譯我們的密碼。這是一種聞所未聞的東西。」

博學的士官生比勒滿含深意地乾咳一聲打斷了他的話。

「請讓我，」他說，「向您推薦克里霍夫論軍事密碼的那本書。是軍事知識辭典出版社出版的。那上面詳細地寫到您給我們解釋的這個解碼方法，稱為基希納法。每一個字都能從反面一頁上找到解碼鑰匙。這種方法在《軍用密碼手冊》一書中寫得更詳盡。在軍事科學院出版社隨處可見。大尉先生！這就是這本書。」士官生比勒出示了這本書，接著說，「弗萊斯納解釋得很詳細。就像我們大家剛才聽到的一樣：『德語：二二八高地機槍向左方射擊。』書上寫了——詳情請見：路德維希·甘霍費爾著《神父的罪惡》兩卷集……跟我們剛才聽到的如出一轍。」

看來真的是哪個軍部的將軍為了省事，才造成了這樣的錯誤。

可以看出，目前在盧卡什上尉的心中正有一種難以言表的矛盾心情。他躊躇了半天，欲言又止，改變了話題。「我們也不要太悲觀失望了，」他有點猶豫地說，「還記得嗎？咱們去利塔河畔的布魯克駐紮，當時就改了好幾次密電碼。上戰場前，我們還有新的解決辦法；但是我覺得一旦上了戰場我們也沒時間來打這樣的啞謎。還沒等到這些密碼被破譯，我們的戰鬥就以失敗而告終了。這些密碼實在是沒有什麼作用的。」扎格納大尉不情願地承認了這個事實。「實際上，」盧卡什又說道，「從我在塞爾維亞戰鬥時積累的經驗看，沒人有時間慢慢破譯這些密碼。我的意思不是說，當我們在戰壕裡等待衝鋒號吹響之前的時間裡，這些密碼毫無用處。但是密碼更換的確太頻繁了。」

「參謀部向前線傳達命令時，愈來愈不把使用密碼作爲手段了，主要原因是我們戰地電話質量太差，聽不清楚；尤其是戰時，每個字的字音伴著炮聲怎麼都聽不清楚。」扎格納大尉已經徹底屈服了，他又說道，「大家不要擔心，混亂現象在陣地上是很常見的。」他煞有介事地說：「馬上，我們就可以到拉布站了，」他看看窗外，接著說：「在拉布站，大家都可以領到一百五十克匈牙利香腸，還可以享受半小時的休息時間。」

他查詢了時間安排，說：

「我們乘坐的火車四點十二分發車。三點五十八分大家都到車廂會合。從十一連起，順著往下數。一個接一個的以排爲單位到第六倉庫去領。士官生比勒負責分發。」

大家都同情地望著比勒，似乎在暗示說：

「小傢伙，這下你可慘了！」

誰知道士官生比勒勤快地從他的皮包裡取出一張紙和一把尺子，按照連隊的數目在稿紙上做標記，並請各連的連長報出自己連隊的人數，可是沒人知道人數，他們給他提供的只是一些隨便想出來的數目。

看到這樣的情況，失望到底的扎格納大尉開始讀起那本討厭的《神父的罪惡》。到達拉布車站時，他合上書發表評論說：「這個路德維希．甘霍費爾還有點思想。」

這邊，帥克和他的夥伴們早已經不打牌了。盧卡什上尉的勤務兵巴倫餓餓難當，對於軍隊的老爺們滿口怨言，說他早知道，軍官先生們飽食終日，比農奴制時代還要腐敗骯髒。從前可也沒有這樣的傳統。他爺爺曾經常對他回憶說，在一八六六年戰爭時，官兵還分享雞和麵包吃。巴倫的埋怨無休止，帥克卻想歌頌這次戰爭和戰爭秩序。「你爺爺當時很年輕，」帥克溫和地說，「他回憶的還是一八六六年的戰役。我認識的羅諾夫斯基的爺爺在義大利的農奴時代就已經服役。他在義大利當了十二年兵，但是卻仍然是一個班長，退伍後失業了。後來他爺爺的父親讓退伍兵替自己幹活兒打工爲生。有一回，他們去刨樹樁。有一個樹樁十分牢固，紋絲不動。老爺爺說：『算了吧，就把這樹樁子放在一邊吧！』林務官一聽，勃然大怒舉起棍子：『一定要把這個樹樁挖出來！』退伍的老軍人這樣說道：『你這有眼無珠的傢伙，我是退伍軍人。』不久，老爺爺收到了徵兵的通知，命令他去義大利當候補兵。他在義大利又度過了十年時間。他在給家人的信中威脅道：一旦他回來了，要讓林務官用生命爲代價來償還他的損失。幸虧林務官比他死得早，這才放過他一馬。」

這時，盧卡什上尉去喊了帥克：「別亂說，最好還是和我好好談談某件事情。」

「好的，我就來了，上尉先生。」

盧卡什上尉莫測高深地看著帥克，似乎有什麼事情要發生了。扎格納大尉的講解顯然很失敗。因爲在他講解的全過程中，盧卡什上尉一直在不斷地施展他的偵探本領。終於得出一點線索是，這很簡單，因爲在他們動身的前一天，帥克向盧卡什報告道：「上尉先生，營部那些給軍官先生們看的書被我從團部抱來了。」

當他們通過第二道鐵軌時，盧卡什上尉向帥克問道：「那些書到底是怎麼回事？」

他們的旁邊是一部熄了火的火車頭，它已經有一個禮拜在等著一列裝彈藥的火車了。

「上尉先生，事情是這樣的啊，我本來要和您詳談的，您又總是火氣很大。上次您想敲我的後腦勺，還撕掉了那張關於軍事借款的公文。我告訴您吧，我曾經好像讀到過：過去戰爭期間，人們要交納戰款，安一個窗戶得交二十塊硬幣……」

「帥克，不要再這樣閒扯了，」盧卡什上尉不耐煩地打斷他，既希望問個水落石出來，又希望把這一最大的秘密瞞住，免得帥克這傢伙又玩什麼花樣出來，「你知道甘霍費爾嗎？」

「他是誰啊？」帥克饒有興趣地問道。「蠢貨！他是一個德國作家。」盧卡什上尉說。

「上尉先生，說實在話，」帥克以悲壯的神情說，「我一個德國作家也不了解。我所知道的唯一的捷克作家是多瑪日利采人哈耶克·拉迪斯拉夫，他擔任《動物世界》雜誌的編輯。我曾經把一隻看家狗當純種小臘腸狗賣給他。這是一個樂觀的好心人。他常到一家酒店去，愁眉苦臉地讀他的短篇小說。他的樣子總是逗得大家大笑不止，接著他一邊眼淚直流，一邊爲全酒店所有顧客付帳。我們只得對著他唱歌……」

「帥克，你爲什麼像個歌劇演員一樣亂喊，這裡並不是劇院啊。」帥克的歌聲把盧卡什上尉嚇壞了，「我不是想知道這些·我只是問你，你向我提到的那些書的作者是甘霍費爾嗎？這些書到底是怎麼回事呢？」盧卡什惱羞成怒。

「您說的是我向您提到的那些書嗎？」帥克問道，「作者的確是甘霍費爾，上尉先生。」

「團部直接打電話給我了，本來他們想把書送到營部，可是營部裡空無一人。在別的先遣營裡也一樣找不到人接電話。一定是都到小賣部做最後的狂歡了。我是傳令兵，您命令我等電話兵霍托翁斯基回來後再離開，我就一直堅守崗位。團部的人在不斷地抱怨說到處都不通電話。但是必須要讓先遣營的軍官去領書籍。我知道軍隊的作風是雷厲風行，於是我親自去取來送到營部去。」

「我費了吃奶的勁才把他們給我的一大口袋書搬到我們連部。我看了看這些書才知道到底是怎麼回事。團部的軍需官給我說過：根據電話記錄來看，營部已知道他們該選那本書來看。這部書分爲上下兩冊。我感到從未有過的好笑，因爲我這輩子讀的書也算是不少了，但是從下冊讀起，還是第一次聽說。他卻對我說：『看，這兩冊書軍官們自己知道該看哪一冊。』我暗自琢磨，他們一定是喝醉了，大家都知道讀書是從頭開始的。比如說我帶回來的寫神父罪過的長篇小說，就得從上班那一段開始讀起。所以，上尉先生，當您從俱樂部回來的時候，我就打電話向您請示，問您是不是在戰時什麼都反過來了，連看書的順序都是倒著的。您訓斥我說讀過聖經沒有？開頭要說『我們的天父』，結束語是『阿門』。」

「上尉，您感覺不好嗎？」看到盧卡什上尉臉色煞白，帥克靠在火車頭上，關心地看著上尉。在上尉慘白的臉上找不到一絲憤怒的神情，只有深深的受挫感。

「請繼續吧，帥克，都是過去的事情了，現在一切都在好起來……」

「我還保留我最初的看法，」帥克繼續說，語氣謙和有禮。「上次，我買了一本驚險小說，可惜沒上冊。於是我只好憑自己去想像它開頭的情節。你看，連這類遊俠書要是沒有上冊也是很難看懂的啊。依此類推，我明白了要是軍官們先看下冊再看上冊的話，是完全沒用的。要是依照團部的命令轉告營部，說讓軍官自己選擇看什麼書的話，那我就太愚蠢了！總之，上尉先生，我實在難以理解這次發書的經過。在炮火轟鳴的戰場上，軍官先生們根本沒辦法讀書……」

「因此，我按照您的意思，只把這小說的上冊送到營部去，下冊就暫時放在我們連部了。我是想讓軍官先生們先讀上冊，然後再把下冊給他們發下來，和去圖書館借書一樣。可是我們突然要出發了，於是全營把所有多餘的東西必須送到倉庫去。我問萬尼克先生，下冊書是不是也在此列，他說，根據以往的慘痛教訓來看，上前線的時候什麼書也不要帶了。那些士兵們用來放廢報紙的箱子最好帶去，因爲用報紙捲煙葉或者捲草末都很理想，在戰場上士兵就是這麼抽煙的。於是就把上冊發到了軍官的手中，下冊被送到了倉庫保管起來了。」

帥克喘了一口氣，接著說：「倉庫裡什麼亂七八糟的東西都在。甚至還看到了布傑約維策教堂唱詩班領唱人上戰場時帶的禮帽呢。」

「帥克，聽我說，」盧卡什上尉深吸一口氣，無奈地說，「『你根本不知道自己的行爲帶來了什麼後果。我自己都懶得再罵你笨蛋了。我對你這股傻氣簡直無話可說了。我把你叫做白癡，還是高估了你的智力。你現在惹下的大麻煩，比我認識你以來你所幹的全部壞事都要可怕得多。帥克，你要是對於這些都知道得很清楚的話……算了，依我看，你永遠也不會知道……要是下次有人提起這件事，你要保持沈默，別說問過我……要是什麼時候有人問上下冊的問題時，你也裝作沒聽見！你不要把我牽涉進去了！切記切記……」

盧卡什上尉說話的聲音，聽起來似乎是生病了。

帥克看上尉停下來了，又提了個愚蠢的問題：「請問，上尉，爲什麼說我對於自己的錯誤總是沒有認識呢？我想知道有句老話說得好：前事不忘，後事之師。以前我認識一個人，他錯把鹽酸喝了下去……」

帥克的話被上尉打斷了：

「你這個笨蛋！我不想和你再解釋什麼了，快滾回你的車廂去。給巴倫說，到布達佩斯站，給我送點小麵包和餡兒餅到軍官車廂來，它們都放在下面小箱子裡的錫箔紙裡。告訴萬尼克這頭笨驢：我三次叫他把全連官兵準確人數給我上報。今天我用得著了，卻只有上星期的名單。」

「好的。」帥克回答，然後回車廂去了。他深深地爲自己感到光榮。一個人幹了一件倒楣事，連自己也無權知道究竟是什麼事，這種事可少有啊！

盧卡什上尉順著路基踱步，還考慮著：「我本該好好教訓他的，可是我卻像是和朋友談話一樣與他浪費了半天時間。」

「上士先生，」帥克回了車廂，「我覺得盧卡什上尉先生今天心情不錯。他讓我轉告您，說您是頭笨驢，因爲他已經三次叫您上報人數了。」

萬尼克大發雷霆：「我現在得讓那些排長知道我的厲害了！那些懶鬼們不把排裡的名單送來，只顧自己玩樂，這能埋怨我？我能自己瞎編嗎？我們這個先遣連就是這樣的惡劣作風，我們十一先遣連都成笑柄了。我早知道會這樣！我們這兒是亂七八糟的。食堂今天少四份口糧，明天又會多出三份來。這些傢伙即使是告訴我一下是不是有人進醫院了也好啊！上次有個叫尼科德姆的，早就因爲急性肺炎死在布傑約維策的肺痨醫院裡了。我們還總是爲他領口糧呢。還新發了一套軍裝，誰知道他那套軍裝上什麼地方去了。上尉自己管理不善，還埋怨我。」

軍需上士萬尼克氣憤地在車廂裡來回走著。

「我要是連長的話，一定嚴整軍紀！充分了解每一個士兵的情況。軍士每天必須給我報兩次名單。可是我們現在的這些軍士都是些笨蛋。特別是那個叫齊卡的排長，成天嬉皮笑臉的。我通知他科拉希克已經從他們排轉到輜重隊去了，他第二天上報名單的時候還是依然如故。天天如此，最後還管我叫笨騾……上尉先生，您這樣要失去軍心的！連隊的軍需上士也是軍士，不是上等兵，誰都可以拿來取笑……」

巴倫一直張著嘴巴聽他們說話，馬上幫萬尼克說出了他本想說的文雅字眼兒「屁股」。「滾開，多嘴的傢伙，」怒氣衝衝的萬尼克說。

「對了！」帥克忽然想起來，「巴倫，聽好了，上尉先生讓我給你說，到布達佩斯時，要你把小麵包和餡餅送到他那去，就在上尉床底下那口箱子裡的錫箔紙裡。」

巴倫沮喪地垂著長長的雙臂，呆呆地坐著。「餡餅不在那裡了，」巴倫看著車廂的髒地板，萬般懺悔地說，「都沒了，」他又支支吾吾地說了一句。「我本來……我在出發前把它打開了……我想聞聞……看看是不是變質了…我吃一點，」他發自內心地絕望地喊道，大家都完全明白事情的經過了。

另一列裝滿了開往塞爾維亞前線的「德國歌手」的軍列，帶著歌聲，逕自從火車站駛過。一個留八字鬍子的班長和另一個士兵肩並肩地坐在車廂門口，把腳伸在車廂外晃蕩著，班長一邊打拍子一邊大聲唱道：

大橋架好，
車輛無阻，

一路開過多瑙河，
澤姆林營地被我們佔領，
塞爾維亞人啊，快做俘虜。

忽然失去平衡的班長，摔出了列車，肚皮猛撞在道岔的杆上。勇敢的班長不久死去了。軍運管理處的小匈牙利士兵在他旁邊站崗。他樣子很莊嚴地手握刺刀。他表情神氣活現的，彷彿對班長的死他功不可沒。當大家從九十一聯隊的營部軍列裡跑來看班長時，這個小匈牙利人大聲嚷道：「禁止靠近！車站軍事委員會禁止靠近！」

「他算是解脫了。」在好奇的人群當中也少不了好兵帥克。「真是走運。雖說有塊鐵器插在他肚子裡不舒服，至少大夥兒都知道他的墳在什麼地方，不必去每個戰場上找他了。」

「扎得真準啊，」帥克繞班長的遺體一圈後評論道，「腸子都掉到褲襠裡了。」

「禁止靠近！」那小兵還在嚷嚷，「車站軍事委員會禁止靠近！」

「你在湊什麼熱鬧？」士官生比勒站在帥克背後嚴厲地說。

「報告長官，我在看死人。」帥克敬禮說。

「這和你有什麼關係？」

「報告，」帥克勇敢地維護自己的尊嚴，「和我什麼關係也沒有。」站在士官生後面的幾名士兵爆發出一陣笑聲。

軍需上士萬尼克過來告訴士官生說，「是上尉先生叫帥克探查消息的。我剛從軍官車廂來，營長讓你馬上去見扎格納大尉。」

不久，要開車了。

萬尼克和帥克一起回車廂的途中說：「帥克，你少去人多的地方湊熱鬧吧。不然要吃虧的。那個班長若是個德國人，你可就慘了。」

「我沒幹什麼啊！」帥克誠實地說。「我只是說那個班長掉得真是地方……」

「好吧，我現在不和你說這個問題了。」軍需上士萬尼克吐了一口唾沫。

「反正一樣，」帥克絮絮叨叨地說，「他的腸子……」

「帥克，」萬尼克突然說道，「營部傳令兵馬杜西奇又跑到軍官車廂去了。我真奇怪他怎麼沒被累死。」

扎格納大尉與士官生比勒正展開激烈的對話。

「比勒，我對此很驚愕，」扎格納大尉說，「你為什麼不馬上報告我一百五十克匈牙利香腸沒發給士兵的事情？我只得親自去調查這件事。我不是命令過『按連按排到倉庫去領』嗎？這就是說，你們即使在倉庫一無所獲，也要按連按排回到車廂。可你去擅作主張，違反命令。現在不用費神一份份地去數香腸，你輕鬆了吧？居然跑去看一個死了的德國班長，都被我在窗口看見了。你後來竟然異想天開，胡說什麼要去調查，看是不是有人在那個屍體旁鬧事。」

「報告，帥克……」

「別提他了，」扎格納嚷道。「你是不是想搞反盧卡什上尉的陰謀，比勒？帥克是我派去的……你呆呆地看著我，似乎我在和你為難。好吧，你既然不懂得什麼叫執行長官的命令，要讓他在大家面前出醜，那麼，我就給你分配任務，叫你永遠忘不了拉布車站，比勒士官生……你就在這裡賣弄小聰明吧……等我們去了前線……我會命令你作偵察官，去鑽鐵絲網……你的報告呢？……那怕是一張理論性的報告也沒有，士官生比勒！」

「報告，大尉先生，士兵們沒有領到香腸，卻有兩張明信片。這裡……」比勒邊說邊出示兩張明信片：這些明信片由維也納軍事檔案館印發，一張上面是一個兇惡的俄國人化爲骷髏的畫面，下面有一行標注：俄國的背叛注定了它的滅亡。另一張是德奧友好的見證，畫著英國外交大臣葛雷爵士被絞死的漫畫。還有一句口號是：團結至上。下面還配有一首俏皮的小詩，是格林茲在他的《鐵拳》中寫下的：

委屈了，猶大化身葛雷爵士
因爲沒有橡樹願作你的絞刑架
就讓白楊充當吧。

扎格納悻悻然離開後，看到所有的軍官都已各就各位的玩紙牌。只有士官生比勒正在翻閱一疊剛動手寫的描寫戰場事件的稿件。他不僅想在戰場上成名，而且還想成爲戰地作家。這位有著奇異的「魚尾巴鶴翅膀」的人想作一名傑出的軍事作家。他寫作的嘗試是從一些漂亮的標題開始的。這些未來著作的標題像鏡子般反映了當代的軍國主義：《英雄的戰士》、《戰爭挑起者》、《奧匈帝國政策與大戰的產生》、《戰地記事》、《奧匈帝國與世界大戰》、《戰爭後的沈思》、《關於戰爭爆發的通俗講話》、《軍事與政治》、《奧匈帝國的光榮日》、《斯拉夫帝國主義與世界大戰》、《戰爭文獻》、《世界大戰史輯錄》、《世界大戰日記》、《世界大戰每日評論》、《第一次世界大戰》、《在大戰中的奧匈帝國》、《世界霸權爭奪戰》、《我與世界大戰》、《我的從軍紀事》……等等。

扎格納大尉在士官生比勒那兒翻看了這些手稿，問他寫這些東西的原因是什麼，這些東西究竟有什麼意義。士官生比勒滿懷憧憬地說，每個標題都是他所要寫的一本書。「假如我因為戰爭而喪身，我想在身後留下點有意義的東西。德國教授烏多・克拉夫特將是我的榜樣。他生於一八七〇年，志願參加這次世界大戰，於一九一四年八月二十二日在安洛辭世，死前寫了《為皇上捐軀之自我修養》一書。」扎格納大尉對比勒說：「我對你的這種活動很感興趣，給我看看吧。」本子上的標題是：

奧匈軍隊偉大之戰簡括

帝國皇家陸軍軍官阿道夫・比勒根據戰史資料彙編並評注。

概略很簡略，是從一六三四年九月的內德林根戰役開始，接著是一六九七年九月的岑塔戰役、一八〇五年十月三十一日的加爾笛勒戰役、一八〇九年五月二十二日阿什波恩戰役、一八一三年的來比錫的民族戰役、一八四八年五月的聖路西戰役和一八六六年六月二十七日特魯特諾夫戰役、以及一八七八年八月十九日的攻佔薩拉熱窩戰役。所有這些戰役都有圖形來標注，士官生比勒用虛線的長方形表示奧匈軍隊一方的陣地，用實線畫表示敵軍一方的陣地。雙方又各分左中右三路，都有後備軍和縱橫交錯的箭頭，每圖都形神兼備，像是足球比賽時運動員的安排，箭頭表示雙方踢球的方向。

扎格納大尉第一眼就把它看成了球賽佈局，他問道：「你知道怎麼踢足球嗎？」比勒臉更紅了，不停地眨著眼睛，顯得很尷尬。

扎格納大尉微笑著繼續看他的作品，看到奧普戰爭中特魯特諾夫戰役圖的解釋時，便停下來了。上面寫的是：「特魯特諾夫不宜作戰場，處於山區，馬佐捷利將軍的部隊無法施展其軍事力量，而強大的普魯士縱隊憑藉這些優勢居高臨下，形成對我師左翼的包圍。」

「依你看，」扎格納大尉笑著把筆記本還給比勒。「只有特魯特諾夫是個平原，這一仗才可以開戰嗎？士官生比勒，你不賴啊，在軍隊的時間很短就想起指教別人怎麼作戰了。就你以爲這是男孩子在玩軍事遊戲嗎？你這麼快就把自己升官了，這倒是新鮮！帝國皇家軍官阿道夫．比勒！照這樣看，到下一站就該升爲陸軍大元帥了。前天你還是賣牛皮的，如今就成了帝國皇家軍官阿道夫．比勒少尉啦！……可是老弟，你如今還不是正式軍官，不過只是個士官生呢。誰知道將來是做士兵呢還是軍官。你就像下士在飯館裡冒牌自稱『上士先生』一樣可笑啊。」

他轉身對盧卡什上尉說，「士官生比勒是你手下的人，你要好好教導他一下啊。他既然自稱軍官，那就得首先讓他在戰鬥中建功立業。開戰衝鋒的時候，讓他跟著他們排去剪鐵絲網，好小子！順便說一聲。如今在拉布車站軍運協調處當主任的希岡讓我替他問候你。」

談話已經結束，士官生比勒敬了個禮，紅著臉穿過車廂，走了出去。

他神情恍惚地推開廁所門，望著門口的德匈雙語字牌：「列車開行，方可使用」，暗自嗚咽著，然後悄悄地哭了起來。他解開皮帶，一邊拚命出恭，一邊擦著眼淚。然後他在寫著「奧匈軍隊偉大之戰簡括、帝國皇家陸軍軍官阿道夫・比勒彙編並評注」的練習本上撕了一張紙擦了屁股。揉成一團的紙馬上就消失在飛馳的列車下了。

他在廁所洗臉池裡洗了一下通紅的眼睛，對自己說：我要作一個強大的人，對什麼都無所畏懼。

他從最後那個包廂裡走過去，看到營部傳令兵馬杜西奇正在跟營長的勤務兵巴柴爾打著維也納時興的一種撲克。他看了看門口，哼了一聲。大家把身子轉過去，繼續玩牌。

「您現在沒什麼主意了？」士官生比勒湊上去問道。「我沒轍了，主牌全出了。」勤務兵巴柴爾用他蹩腳的德語說。「士官生比勒，我是不是該出方塊，」他接著說，「方塊是張大牌，再來一張老K……是吧……」

士官生比勒沒吭聲，回到原來的位置上去了。後來，旗手普勒斯納來到他面前，用自己打牌贏來的白蘭地請他。當他看見士官生比勒正在專心致志地看烏多・克拉夫特的《為皇上捐軀之自我修養》一書時，驚得差點叫起來。

還沒到布達佩斯，士官生比勒就醉得胡言亂語。他把頭伸出窗外，對著荒涼的原野喊叫：「加油！為了上帝，加油！」

傳令兵馬杜西奇奉命把士官生比勒帶回包廂，和大尉的勤務兵巴柴爾一起把他拽到一張座位上。士官生比勒開始作夢——

……夢中的他成爲少校，胸前佩著綬帶和鐵十字章，正乘車檢閱他的下屬。他無法解釋：爲什麼帶的是一旅士兵，卻還老是個少校。自己本來應當是少將，可能是當時因爲軍郵公文裡漏了半個字，才造成了這樣的事故。他在心裡暗暗的笑扎格納大尉威脅他說要派他去鑽鐵絲網。而實際上由他提議，扎格納大尉和盧卡什上尉早調離這裡了。後來有人對他報告說，他們因爲臨陣脫逃，掉到沼澤地裡死了。再後來，他乘車抵達他所在旅的陣地時，真相大白了，原來是軍部任命他作將軍。

比勒的汽車駛過的公路旁的敵軍戰壕有我方的炮兵在轟擊，我方炮兵位於穀倉的右邊。槍彈從左邊的房子裡面射出，另一邊，一個敵人正用槍托砸門。一架敵機被打落在公路旁，還著火了。遠方是行軍的隊伍和冒著黑煙的村莊。還有一個建設在一塊高地上的先遣營的工事，從裡面有機槍在掃射。

敵人的軍事建設在公路沿岸，比勒的汽車沿著公路向前延伸。他使勁對準司機的耳朵大聲嚷道：「你不知道前面是什麼地方嗎？那裡是敵軍啊。」司機平靜地回答說：「將軍閣下，只有這條道路是可以通行的了。在別的路上輪胎承受不了。」在靠近敵人的陣地的地方，火燒得更加旺盛了。在林蔭道兩旁的排水溝上空有很多炮彈爆炸。可是司機鎮定地對將軍說：「這條公路太好了，將軍閣下！在這條道上開車是很舒服的。要是我們在野地上行駛，輪胎很快就爆破掉了。您看，將軍閣下！」這條公路修得棒極了，就像被拋光了一樣。要是跑到石子路上，輪胎就會放炮了。回頭路也沒法走了，將軍閣下！」

「咯嚓嚓！」下面傳來輪胎擦地聲，車子猛地在公路上跳動。

突然間，一陣震耳欲聾的巨響，滿天星斗出現在他們面前，銀河濃得像奶酪。他和司機一起和汽車飛起來了。車尾像被刀削過一樣，車身只剩下前半部。

……

「任何人都要按秩序前進，」司機說，「入天國之門是要通過檢查的。」

比勒將軍忽然靈機一動，喊了一個口令：「爲上帝和皇上而戰！」汽車被允許進入天堂大門了。

房間裡的牆壁上掛著弗蘭西斯．約瑟夫和威廉，以及皇位繼承人查理．弗蘭西斯．約瑟夫的肖像，還有維克托．丹克爾將軍、弗里德里希大公、康拉德馮．霍森多夫總司令等人的肖像，上帝就站在這間房子的中央等待著他的到來。

上帝嚴厲地對他呵斥道，「你不知道我是誰嗎？我就是你過去先遣連的扎格納大尉！」比勒被嚇壞了。

「士官生比勒，」上帝又說，「你怎麼可以自封爲將軍？士官生比勒，你憑什麼乘坐參謀部的小汽車在戰地上穿行？」

「報告大尉……」

「住嘴！士官生比勒，現在我不是大尉而是上帝。」

「報告。」比勒又戰戰兢兢地說道。

「你膽敢還不停下來？」上帝對著他咆哮著，他命令兩個天使進來。

兩名長翅膀持槍的天使進來了，竟然是馬杜西奇和巴柴爾。上帝命令道：「把這個傢伙扔進糞坑去。」可憐的士官生比勒被拋進了臭氣熏天的茅坑。

士官生比勒熟睡著，對面馬杜西奇和勤務兵巴柴爾一直在打牌。「那小子臭氣熏天。」巴柴爾不假思索地說，一面關注著士官生比勒不安分地動來動去的身體。他嘟囔著，「準是拉了一滿褲襠！」「大家都會遇到麻煩事情的，」馬杜西奇深沈地說，「懶得管。反正你也不會替他擦屁股。繼續打牌吧。」

布達佩斯上空出現了朝霞，還有在多瑙河上探尋的探照燈的燈光。

士官生比勒又進入了夢鄉。他說著夢話：「請告知我們英勇的部隊，它在我的心目中永垂不朽！」他說完翻了翻身帶出來一股惡臭，把巴柴爾熏得嘔吐起來：「臭得要命，連掃廁所的都受不了了。」士官生比勒的心情愈來愈糟，噩夢也一個接一個。

他陷入了更加奇怪的夢中：是奧地利王位爭奪戰爭，他正在防守林茨。他又看見了像銅牆鐵壁一樣的要塞碉堡、防禦工事和護城屏障。他的指揮部成爲了戰地醫院。滿醫院都是捂著肚子的傷兵。拿破侖一世的法國龍騎兵穿越林茨的護城工事。他是城防司令，當時也在人群中捧著肚子，對法軍使者宣告著：「請告訴法國國王陛下，我誓死不投降……」不久，疼痛的感覺消失了，他帶著一營人馬突圍而出，前面是勝利的坦途。盧卡什上尉爲了保護比勒身負重傷，他倒在比勒的腳邊呼喊：「上校先生，您這樣的男子漢才是我們戰場上所需要的。」林茨城的保衛者心情激動地在垂死的盧卡什上尉遺體旁停下來，這時突然從不知名的地方飛來霰彈，正好擊中他的屁股。比勒下意識地摸摸受傷的地方，覺得手上粘乎乎的。他大聲喊起來：「救護隊！」然後就跌下馬去……

巴柴爾和馬杜西奇把跌到地板上的比勒放回了座位上。

接著，馬杜西奇去扎格納大尉那兒報告了士官生比勒身上發生的怪事。「這可不是飲酒的緣故，」他說。「八成是患上了霍亂。每到一個車站，他都下去喝水。在莫肖爾時……」

「流行霍亂不是這樣簡單的。你去隔壁包廂裡把醫生請來吧。」

後來，勇往直前的士官生比勒被送到了新布達的軍人傳染病醫院去了。在世界大戰的激流中，他那條粘粘乎乎臭哄哄的褲子被扔得無影無蹤。士官生比勒對於勇敢作戰光榮勝利所抱有的諸多夢想被囚禁在了這所傳染病醫院的一間病房裡了。他非常高興自己患了痢疾，既然是爲皇上效忠，那麼負傷也好，患病也好，都是一樣的。

二　在布達佩斯

在布達佩斯的軍運車站上，馬杜西奇把一份電報交給扎格納大尉，電文如下：「迅速做飯，向索卡爾進發。」又是那個據說被送到維也納的旅長發過來的。下面還有一句話：「將輜重兵派往東部。停止偵察工作。第十三先遣隊在布格河上架橋。完畢後再聽指令。」

扎格納大尉趕緊跑到軍運總協調處。接見他的是一位矮矮胖胖的少校，滿臉和藹的笑容。

「你們這位旅長先生又在玩他那套高明的手段啦。」他戲謔地笑著說，「不過，我還是得把這種胡言亂語的電報送來，因爲我們還沒有收到師部的通知，讓我們把他的電報一律扣留。昨天第七十五聯隊第十四先遣隊打這兒路過。營長接到一份電報，要他額外給每名士兵發六克郎，以特別獎勵他們奪取普舍米斯爾。還要求從六個克郎中間拿出兩個認購戰爭公債。……我聽說，你們的旅長中風了。」

「少校先生，根據團部的命令，」扎格納大尉對協調處主任說，「我們應當向格德勒進發。每個士兵必須要在這裡領一百五十克瑞士乾酪。上一站他們應當領一百五十克匈牙利香腸，但是他們什麼也沒有。」

「我想他們在這裡也得不到什麼。」少校仍然笑著不緊不慢地回答說，「我還從沒聽說過這樣的命令，讓捷克部隊領這些東西。不管怎樣，我不負責這些事情。你最好去找軍需處。」

「少校，我們什麼時候出發？」

「你們前面那列載著重炮往加里西亞開的車，一個鐘頭之後我們會把它打發走。第三道鐵軌上的那列醫療車，在重炮車開出去以後二十五分鐘，也將開走。第十二道鐵軌上那列彈藥車，會在醫療車開走以後十分鐘開。彈藥車開走後，再過二十分鐘，就輪到你們這列車了。當然，這只能說如果一切正常的話。」他補充了一句，依然笑容滿面。扎格納感到心裡簡直要反湧上酸水來了。

「少校，請問，」扎格納大尉有點不達目的不罷休地問道，「您能解釋一下，您到底知不知道捷克部隊每人可以得到一百五十克瑞士乾酪的命令呢？」

「這個，有秘密規定。」布達佩斯軍運總協調處的這位負責人回答說，臉上依然笑著。

「好了，算我沒說？」扎格納大尉邊沮喪地說著，邊告辭走出軍運處大樓。心中暗暗想道：「我爲什麼要讓盧卡什上尉召集所有的排長去倉庫那裡領瑞士乾酪呢？」

第十一連連長盧卡什上尉還沒來得及執行扎格納大尉要求給每個士兵領取一百五十克乾酪的吩咐，帥克和可憐兮兮的巴倫已經站在了他的面前，巴倫渾身都在打著哆嗦。

「報告上尉先生，」帥克以他一貫的廉恭勁兒說道，「事情十分嚴重，請您原諒我的冒昧，咱們還是上別的地方處理這檔子事情吧。我的一位朋友，茲霍什城的史巴金納曾經說過，當他作爲儐相參加別人婚禮的時候，他老是想在教堂……」

「究竟是怎麼回事，帥克？」盧卡什上尉有些按捺不住，「我們過去說吧！」

跟在他們後面的巴倫渾身不停地打顫。他的雙手無法自制地、充滿絕望地揮動著。

「報告上尉，」他們走到一邊時，帥克說道，「俗話說得好，別等到人家揍你的時候，再想到坦白。吩咐過的，上尉先生，等到我們到布達佩斯後，讓巴倫將您的香腸和小麵包送過來。」

「你按指示做了嗎？」帥克問巴倫。

巴倫全身顫抖得更加厲害了。

帥克說道：「令人遺憾的是，上尉先生，您的吩咐無法執行了。我吃了您的肝泥香腸……它被我吃了，」帥克偷偷地在巴倫腰上捅了一下，「因爲我覺得，肝泥香腸可能已經變質了。我以前在報紙上看到過，曾經有全家吃了肝泥香腸而中毒的。有一次是發生在茲德拉哈，有一次是在貝洛納，另一次是在塔博爾，這些人全都沒能活下來。肝泥香腸變質後是最糟糕的事情……」

站在一旁的巴倫依然全身哆嗦，他用手指在嘴裡使勁捅了捅，嘔吐起來。

「巴倫，你這是怎麼啦？」

「報－報－報告，長－長－長官，」可憐的巴倫嚷著說，「是－是－我－我－吃了。」他從嘴裡吐出了幾塊包肝泥餡兒的錫箔紙。

「您看，上尉先生，」帥克說道，臉上的神情絲毫沒有改變，「吃下去的肝泥香腸會自己跑出來的，就像是油總能浮在水面上。我本想自己承擔這件事情的，可惜他還是洩露出來了。他人倒挺好，只是您絕對不能讓他管食物這種事。我聽說過一個在銀行裡工作的人，你完全能夠信賴地將一千塊錢交給他。有一次他在到另一家銀行裡取錢時多拿了一千塊，他馬上退了回去。可是如果你讓他去買十五個克里澤的熟牛肉，他會偷吃一半。有一回，銀行職員們讓他去買肝泥灌腸，他在路上又偷吃了，吃掉的部分用英國橡皮膏遮住，其實這橡皮膏的價格比肝泥灌腸要貴得多。」

盧卡什上尉無奈地歎了口氣，離開了。

「上尉，您有什麼吩咐嗎？」帥克在他身後叫喊道。

盧卡什此刻心裡突然出現了一個奇怪的假想：士兵們居然把長官的肝泥香腸偷吃了，以此推開去，奧地利要打贏這場戰爭，是沒有什麼指望的了。

帥克將巴倫帶到一旁，安慰他說，他倆一塊進城，去給盧卡什上尉帶點匈牙利小香腸回來。在帥克眼中，他只知道匈牙利王國的首都盛產臘味特產，當然，這絲毫不讓人感覺奇怪。

「可是如果火車開走了呢？」巴倫憂心忡忡地說，但說到買吃的東西，他又充滿了興趣。

「不會耽誤事情的。」帥克信心十足地說，「如果急急忙忙的，那麼開往前線的火車只能把一半人送到目的地。巴倫，你的心思我清楚，你是不想花錢。」

但是開車的信號這時已經打出了，他們的打算就此落了空。

士兵們也回到了車上，什麼也沒有領回來。本來每人應該領到一百五十克乾酪，如今改爲每人一盒火柴和一張明信片──是奧地利軍人墓地保衛處發行的。上面畫著一座陣亡民團紀念碑。這是那位死活不願上前線去的雕刻家的傑作。

扎格納大尉剛剛從軍運總協調處回來，手裡拿著一份機密電報，是旅部發來的，電文很長，是關於如何應付一九一五年五月二十二日奧地利發生的新局勢的指示。他激動地向大家解釋著，一時間，軍官車廂裡人聲嘈雜，熱鬧得很。

電報上說，義大利已向奧匈帝國宣戰。

大家不由記起那位白癡士官生比勒的荒唐預言，他有一次在吃完晚飯後將裝著通心粉的碟子一推，說：「等到了維羅納城門下我要把這東西吃它個飽。」沒想到他的預言竟然成了事實。

扎格納大尉看完了電報，就吩咐集合。

先遣隊全體士兵們就都在廣場上排起方陣來。扎格納大尉用一種罕見的莊嚴語氣宣讀了電文：

原是我帝國盟友的義大利國王，出於無與倫比之貪婪野心，終究駭人聽聞地背叛了其應該恪守之兄弟義務。大戰爆發以後，作爲盟友，他原本就與我們並肩戰鬥，然他竟然背地裡兩面三刀，奸猾虛僞，與敵人私自勾結，進行頻頻密談。並於五月二十二日晚到二十三日晨間向我帝國宣戰，此誠乃背信棄義之徒，其行爲無恥至極。我最高統帥相信，我皇勇敢英明之極，必將對此等忘恩負義、背信棄理之徒予以最深重的打擊，讓其明白，以如此無恥奸猾的動機發動戰爭，只能導致自身的滅亡。我們相信，正義者必將取勝，聖盧西亞、維琴察、諾瓦拉、庫斯托采之征服者必將重新屹立在義大利平原上。我軍期盼勝利，我軍應該勝利，我軍必然勝利！

電報宣讀完畢，士兵照例三呼「皇上萬歲」，然後就都趕回火車上去，大家都有些迷茫。看來一場對義大利的戰爭是對他們沒有得到乾酪的補償。

帥克跟軍需上士萬尼克、通訊兵霍托翁斯基、巴倫和炊事員約賴達坐在一節車廂，他們開始談論起義大利的參戰來。

帥克首先開口：「在布拉格的塔博爾街曾經有過這樣一件事情。有一個老闆，叫霍舍依希，他開了一家商店。而另一個叫波什莫爾尼的老闆在他家對面也開了一家店子。在他們兩家中間，是一位雜貨店老闆，叫哈夫拉薩。霍老闆於是想，爲什麼不聯合哈老闆來反對波老闆呢？於是他們商量了一下，決定聯合起來，成立『霍舍依希－哈夫拉薩公司』。但是那位哈老闆卻在背地裡又跑到了波老闆那裡，對他說，霍舍依希給了他一千塊錢，要求跟他合夥。如果波老闆願意出一千八百塊錢，那麼他就跟他合夥，一起對付霍老闆。波老闆果然答應了。於是在接下來的日子裡，哈老闆一直在霍老闆面前假裝好朋友，每次霍老闆說起聯合的事兒時，他總是搪塞說：『就好，就好，等那些房客從別墅回來，馬上就好。』聯合經營的事情果然像他承諾的那樣，在房客回來之前準備好了。有一天早上，霍老闆推開門時，發現他的對手門口貼著：『波什莫爾尼－哈夫拉薩聯合商店』。」

呆頭呆腦的巴倫也接過了話頭：「我自己也親自經歷了這麼一件事兒。我曾經打算買一頭奶牛，跟鄰村的一戶人家已經談妥了，可是到頭來，硬是被一個殺豬的給奪走了，還是當著我的面。」

「這下可好了，咱們又搭上一場戰爭，」帥克說道，「咱們面前又多了一個敵人，添了一道新前線，大家用起彈藥來可別太浪費了。要知道，家裡的孩子多了，那麼用來抽打孩子的鞭子也會因此而需要增多的。」

「我唯一擔心的是，」巴倫渾身發抖，憂心忡忡地說，「對我們的配給會因爲義大利這檔子事而減少。」

軍需上士萬尼克思索了一下，歎了一口氣說：「我想這很可能。這樣一來，要取得勝利，就需要更長的時間了。」

「咱們眼前需要的，」帥克說，「就是再來個像拉德茨基那樣的傢伙。他十分熟悉那一帶，也懂得怎麼樣冷不防把義大利人逮住，該從哪兒進攻，該從哪兒下手。打進一個地方不難，誰都能辦得到。可是要再從那兒打出來，才算得上真正高明的戰術。」

伙夫約賴達這時插進來說：「義大利是個非常好的地方。我在威尼斯的時候，聽到那兒的人管誰都叫豬玀。義大利人一生氣就會稱呼他周圍的人爲『該死的豬玀』。甚至把羅馬教皇都說成『豬玀』，『聖母是我的豬玀』，『爸爸是豬玀』。」

軍需上士萬尼克興致勃勃卻又滿懷遺憾地談起了義大利。他曾經賣過檸檬汁，都是用爛檸檬做的。他總是從義大利買到最便宜而且最爛的檸檬。現在這麼一來，他也就無法再買到義大利的檸檬了。無庸置疑，這場仗一打起來，肯定會有許許多多出人意料的麻煩和不便。因爲他會對奧地利進行報復的。

帥克笑了起來，不屑地說：「說得容易，怎麼報復？有人去報復別人，結果實行報復的人卻受了罪。好幾年前，我還在維諾堡時，認識一個打掃院子的人，住在他旁邊的是一個在銀行裡上班的職員。那個銀行職員經常去酒館喝酒。有一回他在酒館裡和人吵了起來。

那個人在維諾堡開了一個尿液化驗所。他總是往人家手裡塞一些裝尿的小瓶，拿人家的尿液去化驗。他對別人說，這是關係到他們全家的健康和幸福的事情，而且只要六個克郎，非常便宜。去這家酒館的人，包括老闆和老闆娘，都化驗了一次。只有這位銀行職員死活不同意，那人在他上廁所時也跟在後面，一再地對他進行勸說，那銀行職員終於同意了，花了六個克郎，化驗了一次。那人在他的尿液裡放了好多鹽，他在每個人的尿液裡都放了鹽，包括酒館的老闆也不例外。他對每個檢查的人都說他病得很嚴重，只能喝水，吃些蔬菜，不能抽煙，甚至不能討老婆。所有的人都對他厭煩透頂，尤其是銀行職員，他打算對他進行一番報復，他們知道院子裡的門房非常歹毒，於是決定利用門房去對付那人。那銀行職員找了個機會對那個化驗尿液的人說，門房這些天身體不好，需要化驗一下。那人真的跑到門房那去了。

門房正在睡覺，受到這種無端的打擾，頓時怒火衝天，他穿著三角褲衩就從床上跳了起來，一把扯住那位先生的領子，把他往櫃子上撞去，直到將他完全塞到了櫃子裡。然後又把他拖出來，用鞭子狠狠地抽他，一直追著他到了大街上。後來警察逮住了那門房，他又揍了那警察一頓。由於他身上只穿一條三角褲，有傷風化，被扭送到警察局去了。結果他因爲暴力傷人罪和污辱警察罪被判入獄六個月，在法庭上他又出言不遜，惹惱了審判官們。也許這個可憐的傢伙現在還沒有出來呢，因此我說：你在報復別人的時候，往往會讓不相干的人受罪。」

巴倫似乎一直在思索著什麼，到這時才顫抖著聲音開口問道：「請問，上士先生，跟義大利開戰真的會減少給我們的配給嗎？」

「這是顯而易見的事情嘛！」萬尼克回答說。

「我的上帝！」巴倫叫喚起來，一個人悄悄地坐到角落裡去了。

軍官車廂裡，大家正在起勁地談著義大利參戰後導致的新的軍事形勢。那位戰略家士官生比勒如今不在場，幸好第三連的杜布中尉在一定的程度上替代了他，否則他們的談話一定乾巴巴的進行不下去。

杜布中尉入伍前曾經擔任過捷文教員，他在教書的時候，就已經表現出對帝國的忠心耿耿。

他出一些與哈布斯堡王朝歷史有關的作文題讓學生去做。他經常用一些歷史故事來嚇唬低年級的學生；對待高年級的學生，他的題目更是五花八門。例如，他曾經給七年級的學生出過這樣一道作文題：《科學與藝術的庇護者：弗蘭西斯．約瑟夫一世皇帝》。一位學生在作文中寫道：這位皇帝最大的功勳就是在布拉格建造了弗蘭西斯．約瑟夫一世大橋。事實上，他是誤把著名的查理大橋寫成了弗蘭西斯．約瑟夫大橋，弗蘭西斯．約瑟夫一世根本沒有建造過這座橋。這位學生因此而被奧匈帝國所有的中學拒之門外。

每逢皇帝生日或者其他皇室節日的時候，杜布中尉總是讓全體學生高唱奧地利國歌。在生活中沒有人喜歡他，他以喜歡打小報告而出名，經常背地裡對自己的同事告密。在他待的那個地方，他和縣長、中學校長是一夥，人稱「三套馬車」，在那裡，他學會了跟隨帝國的軌道玩弄政治手腕。

現在他正在用刻板的教師的口吻滔滔不絕地發表他的看法：

「總的說來，我對義大利的這個舉動絲毫也不覺得奇怪。三個月以前我就算定它會發生的。不用說，這幾年義大利因為跟土耳其打仗打贏了，所以變得目中無人。不但這樣，它還過於信賴它的艦隊，過於信賴亞得里亞海沿岸和南提羅爾省人民的情緒了。大戰之前，我就常常對我們那地方的地方官員說，咱們政府應該重視南方的民族統一運動。他認為我的意見十分有道理，因為凡是目光遠大而且關心帝國安危的人，應該早已清楚這一點，如果我們過於姑息那些分子，結果會怎樣。我記得很清楚，大約兩年以前，我和我們那地方的地方官員談話的時候，我曾說義大利一直在等待機會反過頭來打我們，現在情況不正是如此嗎？他們已經這樣幹啦！」他大聲咆哮著，像是對所有人展開辯論，雖然所有的正式軍官表面上在默然不語地聽著他的講演，暗地裡卻都希望這位嘮嘮叨叨的先生早點死去。

「老實說，」他把聲音放輕了一些，繼續說，「在絕大部分情形下，哪怕在課本中，我們都不大記得咱們跟義大利過去的關係。今天旅部命令裡提到的一八四八和一八六六年，那是咱們軍隊打敗義大利，取得勝利的光榮的日子。不過我可是盡到了自己的責任。在學年完結以前，大概是剛一開仗的時候，我曾給我的學生出過這麼一道作文題目：《我國英雄在義大利，從維琴查到庫斯托查，或……》」。這個東拉西扯的杜布中尉還嚴肅地補充說：「……鮮血與生命獻給哈布斯堡王朝，獻給統一的、團結的和偉大無比的奧地利……」

他頓了頓，等著軍官車廂裡別的人表示些意見，這樣他就好向他們炫耀他五年前就知道義大利會在今天有何舉動了。但是結果卻令他大失所望，營部傳令兵馬杜西奇把《佩斯使者報》的晚刊從火車站上給扎格納大尉帶了回來，扎格納大尉埋頭盯著報紙，說道：「看，我們在布魯克的時候正演戲的那位演員魏納，昨晚居然在布達佩斯的小劇院演出啦。」

營部傳令兵馬杜西奇和扎格納大尉的勤務員巴柴爾對義大利參戰的看法卻很實際。很多年以前，戰爭還沒有開始的時候，他們曾經在正規部隊裡待過，一起在南蒂羅爾參加過演習。

巴柴爾歎著氣說道：「那裡可儘是些山！扎格納大尉有整整一車的箱子。我雖然出身在大山裡，但是要把那些箱子搬來搬去，跟挎著獵槍打兔子可不是一回事啊！」

「如果我們真的被趕回了義大利……那可真應驗了那句話：既爬山又涉水。伙食還差得要命，僅僅是在玉米粥裡漂一丁點油花，簡直就跟豬吃的差不多，我可受不了。」馬杜西奇愁眉苦臉地說。

巴柴爾忿忿不平地說：「誰能保證不把我們派到這些山裡去呢？我們團到過塞爾維亞和喀爾巴阡山，我拖著扎格納大尉的箱子翻山越嶺。有兩次都差點把箱子給弄丟了，一次是在塞爾維亞，另一次是在喀爾巴阡。也許這次會在義大利的哪個地方第三次給弄丟了。更何況，那兒的伙食實在是糟糕透頂……」

這時候，火車在站上已經足足停了兩個多鐘頭，別的車廂裡人人都認爲火車要掉頭開往義大利了。與此同時，軍列上又發生了幾樁奇怪的事情。士兵們從車廂裡被趕了下來，消毒委員會的人把所有的車廂都灑上了大量的消毒水。這一舉措遭到了許多人的強烈反對，尤其是放麵包的車廂。

但是軍命終歸是無法違抗的。消毒委員會下命令要把所有屬於第七二八次軍列的車廂都消毒，所以他們就理直氣壯地往大堆的麵包和一口袋一口袋的米上噴起消毒水。

僅此就足以表明將要有不同凡響的事情要發生了。

噴完了消毒水，大家又被趕回車廂去，過了半個鐘頭，大家再一次地被趕了出來。因爲一位老將軍要來檢閱軍列。站在後排的帥克對軍需上士萬尼克說：「這是個老不死的老混蛋！」

這個老混蛋就沿著一排排的隊伍慢吞吞地挪著，陪同他的是扎格納大尉。他似乎想要對士兵們進行一番鼓勵，於是在一個年輕的新兵面前停下來。他問起這個年輕的新兵的籍貫和年齡，又問他有沒有表。這位年輕的新兵心裡盤算著這位老頭兒可能會送自己一塊表，因此雖然有，嘴裡卻回答說沒有。老將軍只衝他傻笑了一下，就像弗蘭西斯．約瑟夫見到市長們時常做的模樣，然後說：「很好，很好。」說著走過去跟站在旁邊的班長搭起話來，問他老婆好不好。

「報告長官，」班長大聲說道，「我沒結婚。」

將軍聽了，神氣十足地笑了笑，連連說道：「很好，很好。」然後，將軍愈發表現出老年人的稚氣來，他要扎格納大尉叫隊伍報數給他看看。過了一會兒，「一——二，一——二，一——二」的報數聲就此起彼伏地響了起來。

老混蛋將軍很喜歡這一手。在家裡的時候，他經常叫他的兩個勤務員站到他面前，讓他們「一二——，一二——」地報數。

這種將軍在奧地利遍地都是。

檢閱順利完畢以後，將軍對扎格納大尉大大表揚了一番。並且批准士兵們可以在火車站附近四處走動，大家接到通知說，火車還有三個鐘頭才能開。於是，士兵們就到處溜達，看能不能撈著點什麼。車站上人頭攢動，偶爾有士兵能討到那麼一支香煙。

很明顯，早先火車站上對軍隊那種盛大歡迎的熱情已經冷落下去了，如今士兵們成了討好他們的「乞丐」。

「慰軍會」派了一個由兩位乾巴巴的太太組成的代表團來見扎格納大尉。她們送給軍隊一些慰勞品，是二十小盒口香糖。這東西是布達佩斯一個糖果製造商當作廣告分發的。錫質的盒子，畫著一對正在握手的匈牙利兵跟奧地利兵，他們頭上是聖斯特凡閃閃發光的王冠。王冠周圍用德文和匈牙利文寫著：「爲了皇上、上帝和祖國。」

糖果製造商對君王真是忠心耿耿，他居然把皇帝放到了上帝前面。

每盒裝著八十片口香糖；平均分配起來，每三個人可以分到五片。除此以外，兩位風塵僕僕、疲憊不堪的太太還散發了一捆傳單，上面印著布達佩斯大主教寫的兩篇新祈禱文。祈禱文是德、匈雙語文，裡面把所有能想到的惡毒的語言都用在了對敵人的詛咒上。

按照這位年高德劭的大主教的說法，萬能的上帝應該把俄國人、英國人、塞爾維亞人、法國人和日本人都碾成肉末，做成肉丸子。仁慈的上帝應該把敵人殺光，用敵人的血液來洗澡。

這位可敬的大主教的這兩篇虔誠的祈禱文裡還有著如此美妙的詞句：

願上帝祝福你們的刺刀，讓它們扎進你們敵人的胸膛裡去。願萬能的上帝指引你們的炮火，讓它落到敵軍大本營上去。慈悲的上帝，願所有的敵人都受到我們的打擊，讓他們憋死在自己的血泊裡。

兩位太太送完了這些慰勞品，就向扎格納大尉熱切地表示，希望她們在場的時候分發慰勞品。一個太太甚至聲稱，她想對官兵講幾句話——她稱呼他們爲「咱們的好戰士」。

她們的要求被扎格納大尉拒絕後，兩位太太覺得十分難過。這時，慰勞品已經裝到那輛物資車廂上去了。兩位可敬的太太在走過軍隊的行列時，其中一位禁不住伸出手去拍了拍一名大鬍子士兵的臉頰。這位士兵對兩位太太的好心慰勞全不放在心上，她們剛剛走過去，他就對夥伴說：「好一對不要臉的老婊子！嘿，長得跟醜八怪似的，居然敢找咱們來調情！」

車站上擠滿了人。義大利的參戰引起了相當大的恐慌。炮兵兩個軍列被留了下來，派到斯梯里亞去了。另外有一個滿載波斯尼亞人的軍列，不曉得爲什麼等了兩天還沒人管。他們已經兩天沒領到配給了，目前正在新佩斯城的街上流浪，一邊向路人乞討，一邊起勁地詛咒一切。

第九十一聯隊先遣營隊又被趕回車廂裡去了。可是過了一會，營部傳令兵馬杜西奇從軍運管理處回來，帶回消息說，還得等三個鐘頭才開車呢。於是，剛湊齊了的士兵又從車廂裡走了下來。就在列車開動以前，杜布中尉氣憤不已地走進軍官車廂，叫扎格納大尉立即逮捕帥克。杜布中尉在中學教書的時候就因爲喜歡打小報告而出名。他把所有兵士當成了他的學生，跟他們不時地談話，好弄清楚他們心裡在想些什麼，同時，他也好借機對他們教訓一番，對他們說明打仗的理由。

他散步的時候突然瞅見帥克站在離火車站大樓不遠的地方，正津津有味地端詳著一張爲籌集軍費而出售慈善彩票的招貼。招貼上面，一個滿臉懼色、留著鬍子的哥薩克人正背牆而立，一個奧地利士兵用刺刀扎進他的身體。

杜布中尉輕輕敲了一下帥克，問他喜不喜歡。

「報告長官，」帥克回答說，「這實在是無聊透頂。我見過不少胡說八道的招貼，不過從來沒有見到這麼糟糕的。」

「你爲什麼不喜歡它呢？」杜布中尉問道。

「長官，首先，我不喜歡那個兵這麼對待交給他的刺刀。呵，他那樣抵著牆去刺，肯定會把刺刀弄壞的。而且，他那樣幹也不對，因爲那個俄國人已經舉手投降了，對待俘虜必須按規矩辦事。那個傢伙的做法一定會受到懲罰的。嗨，林子大了，真是什麼鳥兒都有。」

杜布中尉繼續調查帥克的想法，問道：

「這麼說來，你爲那個俄國人感到難過，是嗎？」

「長官，他們兩個人都讓我感到難過。那俄國人讓我難過，是因爲他被刺刀扎了；那個士兵讓我難過，是因爲他得爲這件事而受到懲罰。長官，他爲什麼要那樣對待他的刺刀呢，要知道，鋼是抵不過石頭的啊！很明顯，那樣會弄斷刺刀的！我記得打仗之前，那時候我還在正規軍，我們連隊有一位中尉，有一次異想天開，去買了整整一車的椰子，全連裡一半以上的人用刺刀去破椰子，結果把刺刀弄斷了。我們中校把全連關了三個月，不許出營房，我們的中尉還被關了禁閉呢！打那以後，我就知道了刺刀的鋼是非常脆的！」

杜布中尉死死地瞪著好兵帥克愉快的臉，狠狠地問他說：「你認得我嗎？」

「我認得您，長官。」

杜布中尉翻了翻眼睛、使勁用腳跺著地板說：「我告訴你，你還完全不了解我呢！」

帥克面不改色地說：「長官，我認得您，我們是同一個先遣隊的。」

「你並不認得我！」杜布中尉嚷道。「你僅僅認得我善的一面。不用多久，你就要見識到我惡的一面了。我可沒有那麼善良，我讓誰受罪誰就得受罪！好，現在我再問你一遍，你認不認得我？」

「長官，我確實認得您。」

「我明確地告訴你，你不認得我！蠢驢！你有沒有兄弟？」

「有一個，長官。」

帥克臉上的鎮定自若，杜布中尉簡直要氣暈過去，他狠狠地問道：「你兄弟肯定不會比你好多少，都是蠢驢！他幹什麼？」

「報告長官，他是中學教員。他也在軍隊裡，還通過了軍官考試呢。」

杜布中尉狠狠地瞪著帥克，目光簡直要把帥克殺死。帥克尊嚴而鎮定地承受著杜布中尉蠻橫的眼神，終於，他們的會見在一聲「解散！」的命令中結束了。

杜布中尉一邊走一邊想著帥克，盤算著讓扎格納大尉把他嚴加禁閉。而帥克呢，心裡也在思忖著：他這半輩子見過不少白癡軍官，然而杜布中尉這樣的，卻是他聞所未聞。

杜布中尉今天教訓士兵很不痛快，因此他很快又在車站上抓住了兩個新的目標。這是九十一聯隊另一個連的兩個士兵。他們正在黑暗的旮旯裡操著半生不熟的德語和妓女討價還價。車站上有無數的這種女人，她們四處閒逛著。

杜布中尉嚴厲的聲音遠遠地傳進了帥克的耳朵裡：「你認不認得我……」

「我告訴你，你還不認得我哪……」

「等到你認得我……」

「你僅僅認識我善的一面……」

「我要讓你見識我惡的一面……」

「我要讓你們受罪！蠢驢……」

「你有沒有兄弟……」

「他也比你好不了多少，蠢驢……他們是做什麼的？……什麼，在輜重隊？……好吧……你們要記得，你們是軍人……是不是捷克人？……你們聽說過嗎？……說過，如果沒有奧地利，我們自己就創造一個……解散！」

杜布中尉又攔住了三批士兵，但是他的那個「叫誰受罪誰就得受罪」的教育理論卻完全失敗了，沒有取得一點積極的效果。他面子上有些掛不住了，因此他在開車以前跑到扎格納大尉那兒，請求他把帥克逮捕起來。他強調帥克簡直目中無人，粗野至極，必須把他隔離起來。帥克的誠懇坦白在他看來其實是尖銳的攻擊。他認爲，要是再這麼搞下去，士兵的眼裡就完全沒有軍官了。他說，他在戰前曾對地方官員說過，作上司的一定要對下屬保持威嚴，地方官員十分同意這一點。他覺得，尤其是在現在打仗的時候，離敵人愈近，就愈應當叫士兵懂得畏懼長官。因此，他要求對帥克進行懲辦。

作爲正規軍官，扎格納大尉對所有的後備軍官都十分討厭。他提醒杜布中尉說，懲罰士兵應該向上級遞交書面報告，可不能像在集市上買東西那樣簡單。至於帥克，杜布中尉首先應當去找的是他的第一級承管人——盧卡什上尉。這種事必須一級一級地報告上級。如果帥克做了錯事，必須連人帶報告交給連長去懲治；如果他不服，必須寫個報告請求營長處理。如果盧卡什上尉願意把杜布中尉的報告看成正式申請，認爲應當採取懲治的措施，作爲營長，他本人也不反對把帥克帶來進行一番盤問。

盧卡什上尉也不反對這樣做。不過他說，帥克的哥哥確實當過中學教員，是個後備軍官。杜布中尉這才有些猶豫不決了。他說，他其實是泛泛地要求對帥克進行懲罰一下，也許帥克只是在口頭表達上有所欠缺，因此他回答的話叫人聽來覺得傲慢、無禮、不尊重上司。不過從帥克的樣子來看，很可能他是神經上有些問題。一場暴風雨就這樣從帥克頭上掠過去了，絲毫沒有碰著他。

在營部和倉庫的臨時辦公車廂裡，先遣隊的軍需上士布林凡捷慷慨地將本應分給全營士兵的口香糖賞給營部的兩名文書。這已經是慣例了：所有發給士兵的東西，營部每人都必須得到一份。戰爭期間這種情況屢見不鮮，當上面來人檢查時，下面的軍需們總回答一切都好，其實所有的軍需上士們都私下裡搗過鬼。他們做預算表時總是多報一些空額，然後又隨手抓一些莫須有的東西來充數。

現在軍士們嘴裡都被口香糖塞得滿滿的，布林丹捷於是給大家聊起了他們在路上物資匱乏的艱難困苦：

「弟兄們，我跟著先遣隊出征過兩回，但從來沒有遇到過像現在這麼一無所有的悲慘狀況。到普列肖夫以前，我們真是想要啥就有啥。我儲存了一萬支香煙，兩大圈瑞士乾酪，還有三百盒罐頭。在後來，我們與普列肖夫的聯繫被俄國人切斷了……我就做起了小買賣，我將自己的十分之一儲存上繳給了營部，對他們說這是節省下來的。而剩下的我全部賣給了輜重隊了。我們當時的少校是索依卡，蠢笨不堪，膽子小得要命，爲了避免一天到晚聽見槍炮聲，總是尋找一些托詞跑到輜重隊東遊西逛，比如藉口什麼檢查士兵的伙食如何啦，等等。俄國人一有風吹草動，他立即嚇得屁滾尿流，趕緊躲到我們下面來。先去伙房喝幾口羅姆酒，再跑到輜重隊附近的戰地炊事房裝模作樣地視察一番。當時我們沒法在陣地上做飯，而且只能在晚上給士兵們送飯，也沒法給軍官們開小竈。

「有一回，我們到後方的一條通道被德國人佔領了，後方給我們運來的所有食品都落到了他們手中，我們什麼也沒有得到，他們倒個個吃得腦滿腸肥。我們輜重隊很快就糧食告急了。除了一頭小豬，我們啥也沒有了，那還是一隻熏過的小豬崽。我悄悄地把它藏在了炮兵隊，那裡有我認識的一個朋友，是個下士。炮兵隊距離我們輜重隊約摸有一個鐘頭左右的路程，我這樣做是爲了不讓索依卡少校發現。因此，每次來我們炊事房裡，少校先生就只有喝湯了。老實說，我們只有可憐的幾頭豬和瘦牛，是我們在附近地方好不容易弄來的，普魯士人經常搶奪我們的糧食，他們用比我們高一倍的價格將牲畜全部買走。在那段時間裡，我一共只省下了一千二百多克郎，因爲當時往往是用營隊開的條子去購買牲畜，而不是直接付現金。」

「尤其是後來，德國人攻佔的地方愈來愈多，形勢就愈發惡劣了。與當地的人打交道是最令人頭疼的事情，他們目不識丁，簽名的時候只會畫幾個十字。因此他們去軍需處領錢的時候，我們常常想方設法在那些單據裡夾幾張假收條，作爲我們已經付了款的證據。跟我們相比，普魯士人開的價錢要高得多，這我剛才已經說過了，而且用的都是現金，因此，當地的人都對我們懷有敵意，把我們當作強盜來對待。當時軍需處規定，用畫十字來代替簽字的那些收條必須交給檢查官仔細檢查才行。如此一來，這些檢查官們泛濫成災，他們常常是在我們這裡吃吃喝喝，酒足飯飽之後，又背著我們去告狀。」

「話題還是回到索依卡少校身上吧，他一天到晚待在炊事房裡四處轉悠。有一次，他從鍋子裡撈出了一塊肉來，看了看，又搖搖頭，說是肉沒有燉爛，於是他命令再煮一陣子。你們要知道，當時肉是稀罕物，一個連也只有十二份，他撈出來的那塊肉是我們整個四連的伙食啊，但是他卻毫不客氣地一個人獨吞了，甚至連湯還要喝。吃完後，他還吵嚷著說湯寡淡無味，吩咐在湯裡放些油，又把我們辛辛苦苦積攢下來的通心粉一股腦兒倒了進去。爲了炒麵粉，他居然往鍋子裡面倒了整整兩公斤茶油。我簡直氣炸了肚子。這油是我費了好多力氣才節省下來的，我將它放在了隔板裡，他發現後，一個勁追問；『是誰的？』我回答說，師部命令，每位士兵的伙食費裡有十五克黃油或者二十一克豬油，用來改善伙食，但是因爲葷油找不到，所以我們將黃油儲存起來，直到夠了爲止。索依卡少校頓時發起脾氣來，叫嚷著說我打算將這兩公斤油留給俄國人。既然湯裡沒有油，那麼正好可以把它放進去。他將我的所有收藏揮霍一空，我真是啞巴吃黃連，有苦難言。」

「他的鼻子比獵犬的還要尖，一下子就能夠嗅出我所有藏著的食物。有一次我從士兵的伙食中省下了一點牛肝，原想將它們燜好，他卻從床底下搜了出來。我說這是留給那些挖戰壕的士兵吃的。少校從輜重隊里拉了一個瘋子，然後跟那人跑到懸崖上用鍋子煮肝來吃。也是他活該，他們煮東西的煙被俄國人發現了，他們用大炮對著少校和他的鍋子一陣猛轟。當我們後來去檢查時，根本無法分清楚懸崖下究竟是牛肝還是少校的肝了。」

不久傳來消息，說是火車得在四個鐘頭之後才開，因爲開往布達佩斯東部的豪特萬的線路被裝運傷兵的列車堵住了。車站上還風傳一列裝運傷員的火車和一列裝運炮兵的火車相撞了，救援的車正在往那兒開。

這消息把整個營隊都搞翻。有的人說傷亡人數達到兩百以上，有的人說這是一場有預謀的撞車慘劇，以便減去對傷病員的配給。這樣一來，大家又紛紛指責起營部的供應工作和辦公室及倉庫裡的盜竊現象。很多人說，軍需上士布林丹捷私下裡把什麼都分給那些軍官了。在軍官車廂裡，扎格納大尉向大家宣佈，原定的現在應該到加里西亞邊境的計劃不得不更改了。列車到達雅格爾還要走十個鐘頭，在雅格爾，的確有一些裝著傷兵的列車。

本來，士兵們在雅格爾能分到三天的麵包和罐頭。但是根據發來的電報推測，麵包和罐頭都已經沒有指望了。上面命令說給每個士兵發放六克朗七十二哈萊什作爲九天的軍餉。不過前提是要扎格納大尉能從金庫裡只有一萬二千克朗的旅部領到這筆錢。

盧卡什上尉說：「都是聯隊的原因，才搞成現在這樣一團糟，把我們扔到這一毛不長的鬼地方。」

沃爾夫準尉和科拉什中尉兩個人私底下議論，說最近三個星期，施雷德上校在維也納銀行他私人的賬戶上存了一萬六千克郎。科拉什中尉說他知道施雷德上校的錢是如何得來的。他粗略地對沃爾夫談起了他自己發現的一些事情：施雷德上校從聯隊偷來六千克郎，中飽私囊；他還命令所有的伙房每天從士兵的每頓口糧裡扣下三克豌豆。這樣，每個人每個月就有九十克，每個連隊的伙房至少也能省下十六公斤豌豆。這一點伙夫們都可以證明。

這種事情在軍政領域真是見怪不怪，上至將級軍官，下到連隊的軍需上士，無不如此。戰爭鍛煉了偷盜者的膽量。軍需官們彼此心照不宣：「咱們都是半斤八兩，彼此彼此。夥計們，不偷不行哪，別人偷，你不偷，人家還認爲你已經偷夠了。」

這時，車廂裡進來一位專在各鐵路沿線視察的將軍，穿著一條兩邊有紅金飾帶的褲子，他向大家和藹地打了個招呼——能在這兒見到這麼一列意料之外的軍列，他十分高興。扎格納大尉想對他彙報情況，將軍卻擺了擺手，說道：「你們這列軍列怎麼還不睡覺呢？軍列既然停在車站上，那麼官兵們就該像在軍營裡那樣，九點鐘就應該睡覺。」他說得很明白利索：「九點之前讓士兵們上一趟廁所，然後睡覺，別讓他們在夜裡把鐵路路基給弄髒了。懂了嗎，大尉先生？你給我復述一遍，唔，算了，不用復述了，按我說的去幹吧。吹號，讓他們全部都去上廁所，再吹熄燈號，讓他們睡覺！對於沒有聽從命令的，要進行懲罰！就這樣吧，還有什麼漏了嗎？六點開晚飯！」

緊跟著，他開始漫無邊際地胡扯起來，說的話題全都是上不著天，下不挨地的事情，像是一個憑空冒出來的幽靈似的。「六點開晚飯，」他突然說道，邊說邊看手錶，這時已是晚上十一點過十分了，「如果沒有一百五十克瑞士乾酪，那麼就吃馬鈴薯燜牛肉吧！」他又下令檢查戰鬥情況。扎格納大尉命令吹號，將軍大人注視著全營排成橫隊，他和軍官們在佇列前面走來走去，嘴裡說個不停，絲毫不感到疲倦。似乎士兵們都是白癡，聽不懂他說的話。

他眼睛看著手錶說：「你們看，八點半去騰空肚子，九點睡覺，時間很充足。在這種情況下，士兵們肯定沒有什麼大便。我讓大家睡覺，是因爲睡覺能夠將養生息，好準備下一步的行軍。只要士兵們不下火車，就必須休息。如果車廂裡待不下，那就分批睡覺。所有的士兵分成三批，先讓第一批的士兵舒舒服服地從九點睡到半夜，其餘的人站在一旁看；第二批從半夜睡到早上三點；第三批從三點睡到六點。然後吹起床號，全部士兵們去洗臉。火車開動的時候，大家不要跳車。軍列上要安排好巡邏兵，防止有人跳車！如果我們士兵的腿是在戰場上負傷了……」

將軍大人在自己的大腿上狠狠拍了一下：「這是一種光榮的事情。但是對於那些在列車開動的時候跳車致殘的人，必須懲罰。」

列車上的士兵們這時已經疲倦不堪，昏昏欲睡了。他們被強行從夢中喚醒，一個勁地打著呵欠。將軍對扎格納大尉說道：「大尉先生，這是你們營？整個營隊呵欠連天！士兵應該在九點睡覺。」

將軍停在了十一連面前，因爲站在左邊的帥克正在張著嘴打呵欠。他趕緊用手捂住嘴，但是呵欠聲卻愈發顯得沈重，盧卡什上尉唯恐將軍怪罪，嚇得渾身打顫。他感到帥克是有意如此的。將軍彷彿看透了盧卡什的想法，他轉過身來，向帥克問道：「是捷克人還是德國人？」

「報告將軍，捷克人。」

「很好。」將軍說道，「你應該管緊自己的嘴巴，別像發情的豬一樣大聲吼叫，打擾了人家！你上廁所了嗎？」

「報告將軍，沒有。」

「你爲什麼不和別人一塊兒去呢？」

「報告，瓦赫特上校曾告誡我們，在黑麥地裡散開時，士兵們應該一門心思地想著戰鬥，不能光想著拉屎拉尿！再說，我們肚子裡是空空的，沒有什麼存貨，也就沒有可拉的，上廁所也就沒有必要啦！按照計劃，我們應該在好幾個車站得到晚飯，可是到現在還什麼也沒有見到呢！」帥克向將軍通俗易懂地解釋目前的狀況，十分信賴地望著將軍大人，滿心盼望著將軍能夠明白他們的處境，幫他們解決目前的難題。

「快讓大家回來睡覺！出了什麼事情？爲什麼大家還沒有領到食物？這個地方是個供應點，停在這個站的軍列都應該領到食物才對。這是計劃規定了的。像現在這樣怎麼行呢？」將軍大人對扎格納大尉說道。他的語氣充滿了肯定，他早就命令過必須在晚上六點供應晚飯，現在已經是夜裡十一點了。如此一來，只有讓火車先在這兒待一個晚上，等到明天晚上六點，再讓大家領到一份馬鈴薯燜牛肉。他嚴肅而認真地說道：「在戰爭時期，部隊領不到配給是最最糟糕的事情了。我的任務就是要把這種事情查清楚，弄明白軍運總協調處對這種事情的態度。你們知道，很多時候，發生這種事情的原因就在負責軍用列車的車長們身上。我有一次在鐵路車站檢查工作時，發現有六輛軍列的車長們忘記去領晚飯了，結果車站上燒好的馬鈴薯燜牛肉沒人吃，只好全都倒掉。列車上的士兵們在站上四處乞討食物，而列車卻從堆成山的馬鈴薯燜牛肉上碾過去。如果是這種情況，那麼軍需處就不必承擔過錯。這是軍列車長的失職！」他用力地揮舞著手，「走，我們去辦公室！」

軍官們只好跟在他身後，心裡直納悶，怎麼所有的將軍都不正常了？軍運協調處的人根本不知道要供應馬鈴薯燜牛肉。本來他們應該爲打這兒經過的軍列提供燜牛肉的，但是後來又接到新命令，要求將每個士兵的供應減去七十二哈萊什，扣出來的這部分錢用來墊補最近應該發放的軍餉。至於麵包，士兵們除了在匈牙利瓦吉安的一個車站上領到過一半，再多就別指望了。

後勤供應處主任一副無所畏懼的神色，振振有辭地對將軍說：「戰令多有變動，這是難以避免的事情。」將軍點點頭，表示同意。他安慰說，現在情況已經改善不少啦，剛打仗那會兒，情況還要糟糕得多。不能指望形勢會突然好轉，這需要耐心，需要實踐，需要不斷積累經驗。俗話說得好：理論不等於實踐。不過仗打久了，事情也就慢慢步入正軌了。他似乎想到了挺有意思的事情，興致高昂地說：「我給你們舉個例子吧！兩天前經過豪特萬車站的軍列都沒有領到麵包，但是你們明天經過那兒時，卻能夠領到。好吧，現在我們上車站飯店去吧！」

將軍在車站飯店裡大談起公共廁所來，談起鐵路線上隨處可見的「仙人球」（譯注：指糞便）多麼令人噁心。他一邊說一邊大嚼著煎牛排。在大家眼裡，彷彿他正在咀嚼的是「仙人球」。將軍非常重視公共廁所，認爲這些廁所與奧匈帝國的勝敗密切相關。在分析義大利參戰以後的局勢時，將軍大人認爲，奧地利的勝利將來自於公共廁所，我軍的公共廁所是我們對義大利無可置疑的優勢。

在將軍眼裡，這是一條顛撲不滅的真理，因為取得勝利的道路就是如此行事：士兵們下午六點去領取馬鈴薯燜牛肉，八點半上廁所，九點睡覺。這樣的軍隊將所向披靡，任何敵人都將聞風喪膽，倉皇四逃。

將軍不說話了，點燃一支高級香煙抽起來。他兩眼望著天花板，心裡暗自思忖：應該對這些軍官們進行一番訓誡。大家本來以為他會沈默不語地繼續看天花板，沒想到他卻突然開口說話了：「你們營隊總體上來說士氣還是非常高昂的，你們的指揮員們也是十分不錯的。跟我說話的那個士兵敢於說真話，他的態度代表著全體營隊的希望。我相信你們一定能夠堅持戰鬥，直到奉獻完最後一滴血。」將軍突然停了下來，將身體仰靠在椅子上，兩眼又開始看著天花板，杜布中尉隨著潛意識中習慣的討好勁也模仿著他盯著天花板看。

「不過你們營隊應該將你們的優點發揚出來，傳播下去，爭取在你們的光榮史上多添一筆。因此，你們應該有一個記錄營隊大事並將它們編纂成營史的人。各個方面的材料都必須彙聚到他那裡，他必須對營隊裡每個連的工作都瞭如指掌。這不能是個傻瓜、笨驢，而應該是個聰明博學的人。大尉先生，你必須指定這麼一個人。」說完，將軍轉頭看了看掛在牆上的鐘，是該解散的時候了，大家早已疲憊不堪，昏昏欲睡了。

將軍大人讓軍官們送他到自己專用的視察列車上去。將軍走後，軍運協調處主任低聲抱怨起來：將軍吃了一份煎牛排，喝了一瓶葡萄酒，一個子兒也沒付。他不得不自己掏腰包了。每天這種情況都要發生好幾次。使得他只有變賣車廂裡貯存的乾草。在他的吩咐下，兩車廂乾草被拉到鐵軌盡頭，準備賣給軍草供應商羅文斯泰恩公司。然後國家又轉身來從他那裡把這些乾草買回來。所有經過布達佩斯這個總站的軍事檢查官們對他都讚不絕口，說軍運協調處主任還很精通怎樣招待人。

這列軍列在第二天早上還停在那兒，車上吹起了起床號，士兵們開始洗臉了。將軍大人又親自跑過來檢查大家上廁所的事情。

爲了討好將軍大人，扎格納大尉命令士兵們由班長帶領，分班上廁所。爲了使杜布中尉心裡釋嫌，他任命奪布擔任值勤。如此一來，杜布中尉就成了正式的「如廁官」。

有兩排茅坑的公共廁所能容納一個連的兩個班。士兵們像秋天裡一行行蹲在電線上正準備南飛的燕子那樣，挨個蹲坐在糞坑上。每個人的褲子都扒了下來，膝蓋也裸露在外面，脖子上掛著一根皮帶，似乎是在等著誰下命令，好馬上吊死似的。由此可以看出軍隊嚴格的紀律來。

帥克也混在這幾排人中，正蹲在其中一行的左端，入迷地看著一片從女作家魯熱娜・葉塞斯卡的某本小說裡撕下來的殘破不全的碎紙片：

遺憾的是……臥室裡的夫人們……

……無法確切的，實際上，或者更……

……大多都孤孤單單地沒有了……

……把自己關在房間裡，也許……

……特殊的享樂。假如認爲她們洩露了……

……迷途知返了。或者它並不願意如此成功……

……一切如她盼望地那樣……

……沒有給年輕的克希奇卡留下任何東西。……

他偶然從紙片上擡起頭來，漫不經心地在廁所裡望了一眼，卻大吃一驚地發現，昨天晚上那位和他說話的將軍大人正穿戴整齊地站在廁所裡，他的副官侍立一旁，旁邊還站著杜布中尉——他正起勁地向他們作著解釋。他環顧周圍，發現大家都目瞪口呆、一動不動地蹲在茅坑上。

帥克感到一種重任壓了下來。

他騰地跳了起來，褲子也來不及提上，脖子上還掛著那條皮帶。當然，在最後的關頭，他還沒有忘記用那張破紙片匆匆忙忙地抹了一下屁股。他大聲叫道：「停止拉屎！起立！立正！向右看齊！」他就這樣行著軍禮。正在拉屎的士兵們也像他那樣提著褲子、皮帶掛在脖子上，慌慌忙忙地從茅坑上站了起來。

將軍笑了笑，和藹可親地說：「稍息！繼續拉屎！」眾人按照吩咐蹲下去，恢復了原來的姿勢。只有帥克還站在那兒，恭恭敬敬地行著軍禮。杜布中尉一臉兇狠地朝他走過來，而將軍卻笑容可掬地從另一個方向走過來。

將軍衝著動作可笑的帥克說道：「昨天晚上我們見過面了。」

杜布中尉用厭惡之極又略帶不屑的口氣謙卑地對將軍說：「報告，將軍大人，這個人神經有問題，是個盡人皆知的笨蛋！」

「中尉先生，你在說什麼呀？」將軍衝著杜布中尉叫嚷起來，「這個人聰明得很，他看見長官們，即使長官們沒有看見他或者沒有搭理他，他也知道在這種情況下應該如何去做。在戰場上也經常會發生這樣的情況：在危急的關頭，由一位普通的士兵來發佈命令。而剛才恰恰應該是杜布中尉來代替這位士兵發號施令。」

將軍向帥克問道：「你擦了屁股嗎？」

「報告，將軍大人，我已經成功地拉屎完畢。」

「你還要拉屎嗎？」

「報告，將軍大人，我已經拉完了。」

「那麼先提好褲子，然後立正！」將軍把這「立正」二字叫得略微響亮了一些，在將軍附近的士兵們聽到後又騰地從茅坑上站了起來。

將軍擺擺手，用一副慈祥的老口吻說：「不必如此，稍息，稍息，只管繼續拉吧。」帥克這時已經衣服齊整地站在將軍面前了。將軍對他進行了一番簡短的演說：「尊敬上司，遵守規矩，保持軍人氣質，有這些也就足夠了。如果還有勇敢，那麼面對任何敵人，我們都不會心存畏懼了。」

他指著帥克對杜布中尉說：「你記下他的名字，到達前線後馬上提拔他；而且以後有機會一定要對他執行任務的準確和預見力以及敢於創新進行表彰，給他發銅質獎……我想你肯定知道我這番話的含義……解散！」

將軍說完這番話，就離開了廁所。

杜布中尉大聲說著命令，好讓將軍能夠聽見：「一班起立，排成四行……第二班……」

帥克從杜布中尉身邊經過時，恭恭敬敬地舉起手來，向他敬了一個禮，但是杜布中尉卻大吼一聲：「重來！」帥克只好再一次向他敬了一個禮。杜布中尉衝他嚷道：「你認不認得我啊？你肯定不認識我！你只見到了我善的一面，你就等著見識我惡的那一面吧，我會讓你受罪的！」

帥克朝自己的車廂走去，一邊走，一邊回想起以前在卡爾林納兵營裡，有一個叫霍拉維的中尉，他生氣的時候，可不像杜布中尉這麼說話，他只是說：「小傢伙們，你們可要記住，你們再見到我的時候，我還是這麼嚴厲，只要你們還待在這裡，我都是這麼嚴厲。」

盧卡什上尉在帥克走過軍官車廂時，把他叫住了。他讓帥克叮囑巴倫快些煮好咖啡，並且要蓋好牛奶罐頭的蓋子，免得牛奶也變質了。看見巴倫正在軍需上士萬尼克那節車廂裡，用小酒精爐爲盧卡什上尉煮咖啡，帥克到達時卻發現全車廂的人居然都在喝著咖啡！

盧卡什上尉的咖啡和牛奶罐頭已經所剩不多了，巴倫正在喝著咖啡，爲了讓咖啡味更濃醇點，他又在牛奶罐頭裡使勁舀了一勺牛奶。

伙夫約賴達在軍需上士面前許諾說，等到下次領到了咖啡和牛奶，再還給盧卡什上尉。他們邀請帥克一起喝咖啡，帥克對此表示拒絕。他對巴倫說：「盧卡什上尉叫你立刻把咖啡送過去，並且讓我通知你，剛剛接到了軍部的命令，如果有勤務兵私自偷吃軍官的牛奶或者咖啡，將在一天之內對他處以絞刑。」

巴倫大驚失色，立即伸手奪過了剛剛倒給通訊兵霍托翁斯基的那份咖啡。然後放在火上熱了一下，又在裡頭擱了些牛奶，然後飛一樣跑到了軍官車廂。

他把咖啡端給盧卡什上尉，瞪大眼睛望著他，暗自揣測盧卡什上尉會對他說什麼。

「我打不開罐頭，所以一直耽擱到現在。」他說，聲音有些結結巴巴的。

「是不是你又要告訴我牛奶灑了呢？」盧卡什上尉一邊嘴裡喝著咖啡，一邊對他說道，「或者你自己喝了個夠。你知不知道，你將有什麼下場？」

巴倫長長地歎了口氣，哀求說：「報告長官，我還有三個孩子呢，真的。」

「你可要留神哪，巴倫，我再次警告你，可別那麼貪吃。帥克有沒有對你說過什麼？」

巴倫渾身打顫，悲傷地說：「他說我會在一天之內被判絞刑。」

「蠢驢，」盧卡什上尉微笑了起來，「要向好的方面學習。不能再這麼貪吃，要把肚子裡的饞蟲給趕出去。你去對帥克說，要他去站臺或者其他什麼地方給我弄點吃的東西。你把這十克朗交給他。我不讓你去了，否則你又會吃得肚皮滾圓地回來，你不會把我那盒沙丁魚也給吃了吧？你去拿過來，讓我檢查一下！」

巴倫把上尉給他的那十個克朗交給了帥克，並且把上尉的話轉告了他。巴倫一邊歎氣，一邊從上尉的箱子裡把那盒沙丁魚罐頭拿了出來，拖著沈重的步伐把它拿到了上尉面前。

機關算盡的巴倫滿心巴望著盧卡什上尉已經忘記了這盒沙丁魚，這個如意算盤現在可是落空了。上尉想到了它，可能是要把它吃掉吧。

「報告，長官先生，這是您的沙丁魚，」他說道，對於沙丁魚的物歸原主感到十分痛心疾首，「您要不要我替您打開它？」

「不需要了，巴倫，你仍然替我放到原來的地方去。我只是檢查一下你是不是把它給偷吃了。你剛剛進來送咖啡時，我覺得你滿嘴油膩，好像吃了什麼油膩的東西。帥克已經去了嗎？」

「是的，長官先生，他已經按您的吩咐去了。」巴倫興高采烈地回答，「他說他一定會讓您滿意的，他說他會讓其他人都對您感到羨慕。他還說他非常熟悉這一帶，如果他上其他的地方，而我們的火車開走了，他會搭汽車在下一站等候我們。他讓我們別擔心他，他很清楚自己的職責所在。哪怕是他自己掏腰包去雇馬車，追到加里西亞去也會毫不猶豫的，扣軍餉就行了。他說不管怎樣也不能讓您爲他擔心的。」

盧卡什上尉煩悶地說道：「滾你的蛋吧！」

軍運協調處有消息說：下午兩點的時候，火車將開到戈多羅－阿佐特車站，在那兒每個軍官將能夠得到一公升紅葡萄酒，還有一瓶白蘭地。據說這消息來源於撿到的一份紅十字會的郵件。驟聞喜訊，也不管消息是否確實，軍官車廂裡立即沸騰了起來。

只有盧卡什上尉一人十分擔心地站在那兒，已經一個小時過去了，還不見帥克的影子。時間又過了半個鐘頭，只見從軍運總協調處走來一支非常奇異的隊伍，朝著軍官車廂走去。

帥克走在隊伍的最前面，就像是一個準備光榮赴法場的基督教殉難者，臉上的表情十分嚴肅和莊重。

有兩名挎著刺刀槍的匈牙利士兵走在兩旁，軍運管理處的一位排長走在左邊；他們身後，跟著一男一女，那女的穿著鮮紅的褶裙，那男子的頭上戴著圓圓的禮帽，腳上穿著高統靴，他的眼睛向外鼓出來，懷裡還抱著一隻亂叫的老母雞。

這一行人向軍官車廂裡走去，排長衝著那一男一女大聲叫喊，讓他們等候在車下。

帥克對盧卡什上尉滿含深意地擠了擠眼睛，盧卡什上尉從那位排長手裡接過一張蓋有軍運協調處關防的公文。他看完後，大吃一驚，臉色變得蒼白。

公文上寫著：

第九十一聯隊N營十一先遣連連長閣下：

第九十一聯隊N營先遣連傳令兵告發：步兵帥克．約瑟夫在軍運總協調處轄區內搶劫了伊斯特萬諾維夫婦，現將他送交你連處理。

事情經過：步兵帥克．約瑟夫在軍運管理區內伊薩拉爾紮村的伊斯特萬諾維家屋後搶走了一隻老母雞，該雞系伊斯特萬諾維所養。物主將帥克截住，欲奪走母雞，帥克拒絕歸還，並且用老母雞投擲物主的右眼，後經巡邏隊隊員全力幫助，擒住後解往所在部隊。母雞現已物歸原主。

值日官（簽字）

盧卡什上尉兩腿打顫地在收條上簽了字。

帥克站在他附近的地方，他見到盧卡什上尉慌亂中連日期都忘了寫。

「報告長官，」帥克說道，「昨天是五月二十三號，今天是二十四號，義大利是在昨天向我們宣戰的。我在城邊聽到那兒的人們都在談論這件事情。」

排長帶著巡邏兵離去了，伊斯特萬諾維夫婦還待在下面，不停地往車上瞅。

帥克像說別人的事似地說道：「上尉先生，如果您還有五塊金幣就好了，我們就可以將那隻母雞買下來了。那混蛋非向我要十五塊金幣，這裡面包括將一隻眼睛打青要付的十塊金幣的賠償。不過，上尉先生，我可覺得，就他這隻破眼睛，十個金幣也太過於昂貴了。」

帥克朝著那個鼓著發青的眼睛、懷裡抱著老母雞的男人說：「你上來，讓你老婆等在下面吧。」

那男人上了車廂後，帥克對他說：「這十個金幣你拿去吧，五個買你的母雞，五個用來賠償你的眼睛，懂了嗎？五個交換你的『咯咯咯』，五個賠償『骨碌碌』……」他將金幣塞到那個男子的手裡，並不理會男子驚訝的表情，一把奪過他手裡的母雞，提著牠的脖子。他把那男子推出車廂，握著他的手，友善地晃了晃，說：「好吧，朋友，再見。快找你的老婆去吧，別讓我把你推下去。」

「您看，長官，這事情不是已經解決了嗎？」帥克朝著盧卡什上尉說道，「什麼事情都要有分寸，該軟就軟，該硬就硬。我趕緊和巴倫去給您熬雞湯去，保管它會香氣四溢。」

盧卡什上尉早已按捺不住了，猛地衝到帥克面前，劈手奪下那隻走了霉運的母雞，使勁把牠摔到地上，大聲嚷嚷道：「帥克，你難道不明白強搶民財，是要受什麼樣的重處嗎？」

「槍斃，長官。」帥克滿臉嚴肅地回答道。

「你會被判絞刑，帥克，因爲你是第一個搶劫的。你——唉，我簡直不知道應該怎麼說你，你把自己的許諾都給拋到腦後去了。我，我腦袋都大了。」

帥克懷疑地看著盧卡什上尉，很快地回答說：「報告長官，我從來沒有忘記我們軍人應該履行的諾言。上尉先生，在我們大公和弗蘭西斯．約瑟夫一世皇上面前，我曾莊重地發過誓：我將對陛下的將軍和我所有的上級軍官保持忠心和順從，尊敬和保衛他們，對他們的各項指示和命令加以執行。只要是皇上的旨意，無論是赴湯蹈火、上天入地，無論是白天黑夜、槍林彈雨，或者任何困難重重的地方……」帥克撿起母雞，立正站好，眼睛注視著盧卡什上尉，跟著說：「無論何時，無論何地，都應該無所畏懼地進行戰鬥；不以任何理由爲藉口脫離我們的軍隊、軍旗和大炮，任何情況下都不作叛國投敵之人，應該永遠按照軍紀的規定，做一個好兵所應該做的事情。長官，我並沒有偷，也沒有搶，我是規規矩矩地做我應該做的事情，並沒有把我的誓言給忘記了。」

「白癡，放下這隻老母雞！」盧卡什上尉使勁地在帥克抓著母雞的那隻手上打了一下，怒氣衝衝地說：「你自己看看，這上面怎麼寫的？上面白紙黑字地寫著要對你進行處分。現在你自己說吧，你簡直是個廢物，是個白癡……總有一天我非得把你宰了不可，你明不明白？現在你告訴我，你這混蛋、匪徒，你怎麼弄出這種事情來的？」

「報告，」帥克恭恭敬敬地回答說，「這其實是一場誤會。我一聽到您對我的吩咐，讓我去弄點吃的東西，我心裡就開始想：吃什麼好呢？車站周圍除了馬肉香腸和驢肉乾，什麼也沒有。長官，我仔細考慮了一陣子，這些東西既沒有營養，也不能增添長官的英勇之氣。我想讓您高興高興。於是，我就想到了要給您燉母雞湯。」

「母雞湯！」上尉抓著頭皮，痛苦地重複著說。

「是的，長官先生，是雞湯。我買了洋蔥和五十克掛麵。您看，都在這裡，這個口袋裝著洋蔥，這個口袋裝著掛麵。咱們辦公室有現成的鹽和胡椒，只少了老母雞了。因此我就去了車站後面的伊薩拉爾紮。這事實上只是一個村莊，根本沒有城市的樣子。我穿過了一、二、……十、十一、十二條街道，一直來到了第十三條街道後面，那兒有一塊草地，一群母雞在那兒踱來踱去地覓食。我走過去，在牠們中找了一隻最大、最重的，喏，就是這一隻。您看看，上尉先生，牠多麼肥哪。我在眾目睽睽下去逮這隻雞，我捉住雞腿，問它的主人是誰，我想買下來。這時從邊上的一間房子裡跑出來一男一女。那男的對我大嚷大叫，說我大白天偷他的雞。我說，你先別叫喊，我是來買雞的。誰知，被我抓在手裡的這隻老母雞，突然從我手裡掙脫出來了。牠從我手裡猛然一躥，朝他主人的鼻子上撲了過去。他一下子高聲叫喚起來，說我用老母雞打他。那婆娘一直嘮叨個沒完，不停地『咯噠咯噠』叫喚著老母雞。這時來了一群笨蛋，他們糊裡糊塗地什麼也不問清楚，就叫巡邏隊過來了。我自己要去軍運總協調處，要把事情解釋清楚，我是清白的。我對值班的中尉說，是您讓我來買吃的東西的，可是他根本不理我，還要我閉嘴。說什麼讓我等著被絞死。他還說這些天來車站上一直亂糟糟的，倒楣事一件接著一件。前天一戶人家的火雞給弄丟了。我說，那可不關我的事情，那時我還在拉布，他說我說這些沒用，於是就把我送回來了。」

盧卡什上尉過了好一陣子，才說道：「帥克，你把天下攪得大亂了，卻用一個簡單的『誤會』就想推過去。你既然惹下了這樁事情，那麼等待著你的就只有絞繩了，你明白我說的意思嗎？」

「是的，您說的我完全明白。長官，請您指示，雞湯裡是不是要多放些掛麵，好煮得稠一點呢？」

「我命令你，帥克，趕緊拿著這隻老母雞從我眼前消失。否則，我會把你的腦袋揍扁，你真是個白癡……」

「遵命，長官。可是，我沒有買到芹菜，也沒有買到胡蘿蔔，那我只能放馬……」還沒等馬鈴薯三個字說完，帥克就提著老母雞跑出了軍官車廂。盧卡什上尉端起一杯白蘭地，一口氣喝光了。

帥克在軍官車廂窗外，舉起手來，敬了個禮，然後回到了自己的車廂裡了。

巴倫經過了一番劇烈的思想鬥爭，最後決定打開上尉的沙丁魚罐頭，他正準備動手的時候，帥克提著老母雞走了進來。車廂裡所有的人都不由地瞪大了眼睛望著他，目光中滿含著肯定的追問：「你這是打哪兒偷來的？」

「我給上尉先生買的，」帥克邊說邊把洋蔥和掛麵從口袋裡掏了出來，「我本來打算燉雞湯給他喝，可是遭到了他的拒絕，於是只好我自己留著了。」

「這是隻瘟雞吧？」軍需上士懷疑地問道。

「牠的脖子可是我親自給扭斷的，」帥克嘴裡回答說，從口袋裡掏出一把刀來。

巴倫滿眼崇拜與期望地望著帥克，不聲不響地把上尉的酒精爐準備好，又去提了一壺開水。

電話兵霍托翁斯基走到帥克的身邊，表示願意幫他拔雞毛。他在帥克耳邊悄悄地問道：「你是在哪兒弄來的？是爬牆進去還是在外面捉的？」

「是我買來的。」

「算了，別裝模作樣了。我們親眼瞧見你被別人押了回來。」

電話兵十分起勁地給雞拔起毛來。伙夫也加入到這一偉大的行列中來，負責切馬鈴薯和洋蔥。

杜布中尉這時正經過車廂外面，看到一個窗戶外滿是雞毛。他大聲叫喊著讓扔雞毛的人出來，帥克那張若無其事的臉馬上閃出來。

杜布中尉把扔在地板上那隻砍下來的雞頭撿了起來，問道：「這是什麼？」

帥克回答說：「報告長官，這是一隻義大利種的黑母雞的頭，這種雞很善於生蛋，每年大概能下兩百六十個蛋。您看，牠肚子裡還藏著許多蛋呢！」帥克把老母雞的腸子、內臟什麼的遞到杜布中尉的鼻子底下，讓他看個清楚。

杜布中尉偷偷地咽了咽唾沫，離開了。過了一會他又回來了。

「這隻雞是弄給誰的？」

「報告，中尉大人，當然是給我們的。您看，多肥呀！」

杜布中尉嘴裡咕噥著一句：「你等著吧！算賬的日子不遠了。」

巴倫偷偷地將一大塊東西塞到了自己的背包裡。這時帥克正好回過頭來問他有沒有放鹽。他的這一舉動立即被帥克發現了。

「巴倫，你在幹什麼？把它拿出來！你爲什麼要拿著雞腿？」帥克滿臉嚴肅地說，「大家看，這傢伙偷了咱們的雞腿，想一個人獨吞了。巴倫，你知道你自己這是在做什麼嗎？你知不知道，對那些在戰爭期間偷戰友東西的人，會怎麼處置嗎？他會被綁在大炮身上，往死裡打。你現在歎氣也沒有用了！等到我們上了前線見到炮隊，你就等著去向炮手報到吧！不過現在你應該受到一點懲罰，好爲你將來的懲罰作些準備。快從車廂裡滾出去！」

巴倫垂頭喪氣地下了車。帥克坐在車廂門口喊起了口令：「立正！稍息！立正！向右看齊！立正！……向前看！稍息！原地跑步！……向右轉！向後轉！向右轉！向左轉！半邊向右轉！……錯了，蠢驢！向後轉！半邊向右轉！這還差不多，你真是個蠢驢！……半邊向左轉！向左轉！向左轉！齊步走！齊步走！笨蛋，你知不知道什麼是齊步走？筆直向前走！向後轉！跪下！臥倒！屈膝！起立！屈膝！臥倒！起立！臥倒！起立！屈膝！起立！立正！稍息！」

「怎麼樣，巴倫，這可對你的健康大有裨益呀，至少能增強你的消化功能。」

許多士兵聚集在他們周圍，放聲笑個不停。

「幫幫忙，大家給騰個地方出來。」帥克嚷著說，「他現在得進行操練，過來，巴倫，注意！可不要再讓我喊第二遍，你總不至於願意讓我懲罰你第二回吧？開始吧：目標車站！看我指的地方。」

他指揮著巴倫轉來轉去，周圍的人愈圍愈多。

巴倫滿頭大汗，已經被弄得暈頭轉向。帥克卻仍然不停地喊著口號。

杜布中尉跑了過來，上氣不接下氣地問道：「你們這是在搞什麼鬼？」

帥克回答說：「報告，中尉大人！我們只不過是在進行操練，免得忘記了，也免得大家在這裡白白地浪費如此寶貴的時光。」

「夠了。你快點從車上下來，我要帶你去見營長。」杜布中尉命令說。

帥克到達軍官車廂時，盧卡什上尉剛剛從車廂的另一道門下去了，去了月臺上。杜布中尉於是向扎格納大尉詳細報告了好兵帥克的胡作非爲。由於剛剛品嘗的葡萄酒的美妙滋味，扎格納大尉的心情好極了。他滿意地笑了笑，說道：「很好，你不願意把如此寶貴的時光浪費掉。很好！馬杜西奇，過來。」

馬杜西奇遵命將十二連出名的「暴驢」——軍士納薩克洛叫了過來。他立即將一支步槍塞給了帥克。

扎格納大尉對納薩克洛軍士說：

「這位士兵不願意寶貴時光如此被浪費。你帶他去車廂後面，讓他進行一個小時的持槍訓練，不許休息一下。記住，是持槍訓練。」

「帥克，很快你就會感到，這會很有意思的！」

扎格納大尉吩咐完之後，就讓帥克出去了。很快，在車廂後面響起了嚴厲的口令，像響雷炸響在鐵軌上空。軍士納薩克洛剛剛還在不亦樂乎地玩著「二十一點」，賭得心火壓頭，現在卻在一本正經地喊著：「槍靠腳！槍上肩！槍靠腳！槍上肩！」

在操練的間歇中，傳來了帥克得意洋洋的聲音：「很多年前，在我剛剛服役的時候，這些操練我都學過的，我記得叫『槍靠腳』時，要把步槍緊靠右腰，槍托和腳後成一條直線，右手自然伸直，握住槍。大拇指把槍銃扣住，其他的手指得把槍托前部捏緊。當聽到『槍上肩』時，要迅速地把槍帶挎到肩上，槍口朝上，把槍銃朝後……」

帥克返回到自己的車廂時，大夥兒問他怎麼去了那麼久時，他答道：「讓人家『跑步走』的人，自己去練了一百次『槍上肩』！」

巴倫此刻早已躲在後邊車廂裡渾身發抖。他見母雞已經煮好了，而帥克又不在，他就把屬於帥克的那一份吃了一半。

列車還沒開，一列混合兵車把這個列車趕過去了，車上載著形形色色的人物。有掉了隊的士兵；有如今出了醫院，正被送回他們聯隊去的人員；也有其他可疑的人物，在拘留營裡待過一陣子，如今去歸隊。

這列車的乘客中間有一個志願兵馬列克，因為拒絕打掃茅房，被控有叛變行為。可是師部軍事法庭宣告他無罪，將他釋放了。這時候他正準備去軍官車廂，向營長報到。他沒有固定的部隊，一直在監獄之間轉來轉去。

扎格納大尉看到這個志願兵，又從他手裡接過證件來，那上面有一個機密的鑒定，說他是個「政治上的可疑分子，須加戒備」，心裡很是不舒服。不過他馬上想起了那位對廁所興致勃勃的將軍曾經要求他任命一個專門記錄營裡事件的人。

「你是一個地地道道的懶鬼，」扎格納大尉對他說。「你在志願兵軍校的時候，就整天調皮搗蛋。以你所受的教育，你早就應該有所成就，得到你應得的官階。然而你卻從這個拘留營混到那個拘留營，你真給部隊丟臉。不過目前在你面正好有一個機會，可以用來彌補你以往的過失。你是個聰明的年輕小夥子，我相信你是個有才氣的人。你知道，在戰場上，每一個營都需要有人把該營在前線的戰績好好記錄下來。他需要把所有打了勝仗的戰績，所有營裡出色的活動一一記下來。這樣慢慢地積累起來，爲以後編寫軍史作準備。雖然你以前犯下了錯誤，但只要改正了，認真地執行交給你的任務，你依然可以做一名優秀的士兵。現在就是我們對你進行考驗的時候，你應該全力以赴地去做。你聽明白了嗎？」

志願兵馬列克將手放在胸前說道：「報告長官，聽明白了。您所指的是發生在戰爭中的整個事件吧。我知道每個營隊都有自己的光榮史，各個營隊的歷史匯合起來，就是聯隊史，再往上，就成了旅史、師史，依次類推。我會竭盡所能地好好完成這項使命的。長官大人。我打心底裡爲賦予我的這一神聖使命感到光榮。我會勤勤懇懇地把我們營部的英勇事跡記錄下來，尤其是現在全力反攻的階段，營部就要投入激烈的戰鬥。我會把所有應該記錄下來的事件全都記錄下來，讓我們營史充滿了勝利的光榮。」

「從現在起，你就屬於本營部了，」扎格納大尉接著說，「你的任務是登記獎章授予提名人的姓名，另外，你還得按照我們對你的指示，將那些能夠證明我們營隊昂揚鬥志和嚴明紀律的事件仔細記錄下來。當然，這並不是一件容易幹的活。我會給你些恰當的提示的，我希望你也有足夠的觀察力能把咱們這一營記載得比別的單位都強。我現在去打個電報，報告他們已經派你作營部的戰績記錄員了。好，你趕緊去向第十一連軍需上士萬尼克報到，好讓他給你在車上安排個地方，然後叫他到我這兒來。你現在已經是營隊的人了，應該向全營發佈這一命令。」伙夫已經睡著了，巴倫偷偷地打開了盧卡什上尉的沙丁魚罐頭，兩手哆嗦著。軍需上士萬尼克遵命去了扎格納大尉的車廂。通訊兵霍托翁斯基不知上哪兒弄來了一瓶杜松子酒，他一飲而盡後，借著酒興，滿懷憂鬱地唱起歌來：

在那些甜蜜的閒逛的日子裡，
所有的東西都好似那樣真實親切。
信念在我的胸中湧動，
愛情在我的眼裡燃燒；
然而，現在我的面前，
卻是險惡的世界，猶如豺狼的臉孔，
信念轟然倒塌，愛情驟然破滅，

生平裡的第一次，我開始痛哭起來。

唱完了歌，他從地上站起來，走到軍需上士萬尼克的桌子前面，在一張紙上寫下這麼幾個字：

我懇切地請求：請任命我爲營部號手。

通訊兵：霍托翁斯基

扎格納大尉對軍需上士萬尼克的談話很簡潔，最主要的是向他提醒說：營部已經任命這位志願兵馬列克爲臨時的戰爭記錄員，可以讓他和帥克待在一個車廂裡。「關於馬列克，有一點你必須知道，這個傢伙，在政治上可不是個怎麼可靠的人。上帝啊，在現在，這並不是什麼大不了的事情，對誰都可以安這頂帽子。什麼樣的猜測都可能存在，你能懂我的意思嗎？不過我要提醒你一點：如果他說那些，他的那些……喏，知道了嗎？你可得阻止他，別讓他給我們製造麻煩，你去直接對他說，要他少說廢話，不過你也別老是跑到我這兒來彙報。你得和他推心置腹，別只會打小報告，那是十分愚蠢的行爲，也不管用。總的來說，我不想聽到什麼事情，原因嘛……你懂了嗎？這種事情會給整個營隊抹黑。」

萬尼克回去後，將志願兵馬列克叫到了一邊，私下裡對他說：「夥計，你真的是個嫌疑分子嗎？不過當著通訊兵霍托翁斯基的面，你可別說什麼廢話。」

他的話剛剛說完，喝得醉醺醺的霍托翁斯基歪歪扭扭地走了過來，他一下子撲倒在萬尼克的懷裡，嘴裡嗚裡哇啦、含糊不清地唱道：

所有的東西都離我遠去，
我只能把頭埋在你的懷裡。
讓我痛苦的淚水奔流而下，
滾落在你熱烈、純潔的心間。
火焰在你的眼睛裡熊熊燃燒，
像那閃閃發光的星辰。
你那如同珊瑚似的嘴唇在對我說：
「我會永遠地陪伴著你。」

霍托翁斯基大叫大嚷道：「我會永遠陪伴著你！我在電話裡聽到的，我全部都把它告訴你，我保證。」

躲在角落裡害怕得瑟瑟發抖的巴倫，一個勁地在胸前劃著十字，嘴裡念念有詞地祈禱著：「聖母啊，別拋棄我不顧！請聽我訴說！給我安慰吧，救救我這個苦命的人吧！我眼中含著痛苦的淚水，我心中懷著對你深沈的信仰、永固的期盼和熱烈的愛慕！聖母瑪利亞，我呼喚著您！請您爲我求求情吧，讓我能夠因爲上帝的仁慈和你的庇護，堅持到生命的最後一刻。」

仁慈的主果真給他帶來了好運，不久，志願兵居然從他那破破爛爛的背包裡，掏出了幾盒沙丁魚，給他們每人發了一盒。

巴倫歡天喜地地將這從天而降的沙丁魚放進了盧卡什上尉的箱子裡；但是當他看見眾人紛紛打開沙丁魚罐頭吃起來時，他肚子裡的饞蟲又被勾了起來，他又從箱子裡將那盒沙丁魚拿了出來，打開蓋子風捲殘雲般地吃了起來。

仁慈的主終於要懲罰他了。當他舔淨了盒子裡的最後一滴油的時候，營隊的傳令兵走到了這個車廂，對他叫道：「巴倫，上尉要你把沙丁魚罐頭給他送去。」

「這回又得受苦了。」萬尼克軍士在一旁說道。

帥克給他想著主意說：「你別兩手空空地上那兒去，起碼也得帶上五個空盒子。」志願兵這時說道：「你是不是做過什麼可惡的事情，否則上帝爲何如此懲罰你？你以前是不是偷盜了什麼聖物？或者偷吃了你們教區神父敬獻的火腿？否則就是你偷喝了他放在地窖裡用來做彌撒的葡萄酒？再不，就是你曾經翻牆，到神父花園裡去偷摘過梨子？」

巴倫搖著腦袋，心裡非常難過，滿臉是一副行將受死的絕望表情。他傷心地哭訴著說：「我要什麼時候才能不再受這樣的罪過呀？」

聽了巴倫可憐兮兮的訴說，志願兵說道：「老兄，這都是由於你已經拋棄了上帝。你不會祈禱，所以上帝不會儘快地把你從這個世界上趕出去。」

巴倫輕聲地說，他已經慢慢地對上帝失去了信任，因爲他曾經好幾次求過上帝能使他把肚子變得小一些。

他向眾人訴苦說：「我這個貪吃的毛病並不是在戰爭中才養成的，它已經由來已久了。我老婆還帶著孩子專門爲此去克羅柯特祈禱過呢。」

帥克這時插話說道：「我知道那個地方，它離塔博爾不遠。在那個地方有一個聖母像，戴著假寶石，看起來顯得十分闊氣。有一個斯洛伐克守教堂的想把它偷回去。那人是個虔誠的信徒。他去那裡後，想到如果先把心裡的罪孽清洗一番，那麼也許仁慈的主會保佑他幹得成功一些。因此他事先跑到教堂裡，向上帝懺悔了一番，把第二天打算去偷盜聖母像的事兒也說了出來，他還沒有念完神父交給他的三百句禱文，就被人捉住了，扭送到了憲兵隊了。」

伙夫同通訊兵霍托翁斯基就「這種行爲是不是一種懺悔泄密？是不是一種不能容忍的行爲？」爭論了起來。最後又說到既然聖母戴著的寶石都是假的，那麼他們之間的爭論是不是還有意義？最後，伙夫對霍托翁斯基說，這是應得的懲罰，是命中注定無法逃脫的劫難。也就是說，還在很久很久以前，在那個可憐的看守教堂的斯洛伐克人還是別的星球上的生命，當那名聆聽懺悔的神父還是澳大利亞的一種現在說不定已經滅絕了的袋鼠之類的哺乳動物的時候，這一事件就已經注定了——必須由那位神父來破壞他的懺悔。按照教規，或法律的規定，即使涉及到教堂的財產問題，這種罪過也是可以得到赦免的。對此，帥克插了一句簡單明瞭的說明：「沒錯，無論誰也不能知道他自己在幾百萬年之後會發生什麼事情，而且也不必要否認。我們還在後備部隊當兵時，有個中尉對我們說：『你們真是一群笨牛懶豬，別認爲這一輩子打了仗就再也沒有戰爭了，即使死了之後你們依然會遇到戰爭的，你們這群豬玀，我會讓你們好受的，讓你們下地獄、讓你們的靈魂出竅！』」

巴倫接著說道：「可是連克羅柯特也對我貪吃的毛病束手無策。當我老婆和孩子回來的時候，發現家裡養的雞又少了幾隻。唉，我真是沒法解決它啊。我明白，我們都指望著牠生蛋呢。可是我每回去院子裡，看到牠們時，肚子就覺得難受，只有讓雞進到我的肚子裡，我的難受才會稍稍好些。有一回，我的家人們都去了克羅柯特為我祈禱去了，希望我這位做父親的別再貪吃了，把家產都這麼吃光了。我走在院子裡的時候，看見了一隻火雞。這隻火雞差點把我的老命給毀掉了。我的喉嚨被它的一根骨頭給卡住了，多虧了我那個磨房的一個小徒弟，一個小男孩替我取了出來。否則今天我也沒法坐在這兒，和你們聊天了，也就不會趕上這場世界大戰了。哎，那個小男孩真是聰明，小小的個子，白白胖胖、細皮嫩肉的，一身都是油……」

帥克突然走到了巴倫面前，對他說：「快讓我看看你的舌頭。」

巴倫乖乖地伸出舌頭來，帥克仔細看了看，對車廂裡的人說：「我知道了，他準是把那個小男孩給吃下去了！你老實說，是不是這樣？你準是趁你們全家跑到克羅柯特的時候幹的，對不對？」

巴倫雙手合什，絕望地叫起來：「夥計們，別再對我進行折磨了。我的朋友怎麼也如此說我呢？」

「我們並不因此而責備你。」志願兵開口說，「恰恰相反，這樣看來你肯定能夠成為一個好的士兵。在拿破侖戰爭時期，法國人把馬德里圍了個水泄不通，馬德里城的西班牙司令官為了不至於因為饑餓而投降，居然把他的副官都給吃了，而且連鹽都沒有放。

「這可真是有些不值，如果加點鹽，那位副官肯定會好吃一些。軍需上士先生，我們營隊裡的那位副官是叫齊格勒吧？他太過於瘦弱了，恐怕還不夠一個先遣隊吃一頓呢。」

軍需上士萬尼克說道：「你們看，巴倫手裡居然還拿著念珠哪！」

果然，巴倫往往在他身陷困境的時候，就會想起他的念珠來，他這串念珠是由維也納的莫利茲—諾文斯頓公司出產、由克羅柯特經銷的。

巴倫哭喪著臉對大家說：「這也是從克羅柯特弄來的，那次他們去給我弄了這個東西，還沒有走進家門，就聽見家裡的兩隻小鵝的叫聲。不過那次我並沒有下手，因為牠們實在太瘦了，沒有什麼肉。」

過不多久，命令下來了，叫他們在一刻鐘之內動身。然而誰也不信這回事，儘管百般戒備，有些人還是東西亂蕩。等火車真的開動的時候，有十八個人失了蹤，其中就有第十二先遣隊的納薩克洛軍士。列車消失到伊撒塔爾塞那邊好久以後，一位排長還在火車站後邊一座小灌木林裡跟一個妓女吵著架。她索價五個克朗，作為服務的代價，但是那位排長卻只肯出一個克郎或者幾個耳光。那妓女高聲叫起來，吵嚷聲使得附近車站的人都被吸引了過來。

三　從哈特萬到加里西亞前線

看來這個營馬上就要獲得軍事榮譽了。他們被火車先運到東加里西亞的拉伯爾茲，到了那裡他們再步行到前線去。帥克和志願軍馬列克乘坐的那輛敞車多少又成了議論國事的地方。說句實話，連參謀車裡都彌漫著一種不滿的情緒，因爲軍部裡下達了一項命令，宣佈軍官們葡萄酒的配給量減少了四分之一品脫。當然也沒有忘記士兵們，他們每人的口糧西米也減了十克，可是軍隊裡沒人看見過一粒西米。

這件事必須報告給軍需官上士包坦采爾，但是他也覺得十分委屈，好像供應剩下的西米也是從他身上割肉，因爲西米簡直是稀有食品。有一個先遣連的炊事班莫名其妙地在菲茲一阿邦尼失蹤了，然而，在這一站是應該供給馬鈴薯燒牛肉的。後來大家才搞清楚，原來這幫混蛋原本就沒來，全待在布魯克了，當然也許還關在一八六號樓後無人理睬。沒了炊事班，先遣連只好被安排與另外一個炊事班一起吃飯。這兩夥人在一起削馬鈴薯時就吵起了架，都說自己不能被別人使喚。後來才發現所謂的馬鈴薯燒牛肉其實是一場演習，爲的是讓士兵在作戰時仍然能冷靜地做出馬鈴薯燒牛肉。這時命令來了：「全體上車！」馬鈴薯燒牛肉全被倒掉，誰都沒吃上，全浪費了。

火車駛到米什柯利茨才停下來，那兒也沒有馬鈴薯燒牛肉，因爲鐵道上有輛裝滿俄國俘虜的火車，所以不讓士兵們下車。於是士兵們就開始幻想等到了西里西亞肯定能分到馬鈴薯燒牛肉。可是等車真的到了那裡，牛肉又全都餿了，結果誰也沒吃上。後來每個人都不再抱有任何幻想了。肉鍋再次點火是在火車開到諾維鎮時，不管怎樣，這次大家總算吃上了爛熟的牛肉。車站上人山人海，兩列軍火車等著駛出；接著是兩梯隊的炮兵，以及一列載著架橋部隊的列車。旁邊另一條鐵軌上，一列火車已經駛向後方，車上裝滿了飛機殘骸和破碎的火炮。只有好的器材才會運往前線。杜布中尉向那些觀看的士兵們解釋說，這一切都是戰利品。

這時，他忽然發現帥克也和人在附近聊著什麼。中尉走過去，帥克正高興地說到：「這些都是戰利品。雖然炮身上印著『德國皇家炮兵師』的字樣，但是，這些大炮落進俄國佬手裡以後，而我們又奮勇奪了過來，因爲我們……」帥克忽然看到了杜布中尉，就莊重地說：「因爲我們不能讓敵人得到任何東西。在拿破侖戰爭時期……」

「快點兒滾！」杜布中尉忽然怒道：「帥克，不要讓我再在這裡看見你。」「遵命，中尉先生。」帥克邊嘟囔邊走到車廂裡。幸好杜布中尉沒聽見他嘟囔些什麼，否則保準氣得半死，儘管帥克只是引用了一句聖經上的話：「看見我與不見我都無分別，這都算不了什麼。」

帥克走開以後，杜布中尉又幹了一件極爲愚蠢的事，指著旁邊一架標有「奧地利製造」字樣的飛機，卻睜著眼睛瞎說：「這是咱們俘獲的俄國飛機。」盧卡什中尉無意中聽到這句話，也插了一句：「沒錯，還燒死兩個俄國飛行員呢！」說完他又不聲不響地走開了，可他心裡卻覺得杜布中尉真是一個笨蛋。在火車的後面，盧卡什看見帥克注視著他，就很想躲遠一點，因爲帥克似乎有心事要向他吐露。帥克一直走到盧卡什中尉面前。「報告，您有什麼吩咐嗎？我曾到參謀車上找過您。」盧卡什中尉用一種非常厭惡的口氣說：「帥克，你知道自己姓什麼嗎？難道你一點都不知道尊敬長官嗎。」

「報告，我當然知道。我覺得作爲屬下無論在什麼時候都不能忘記自己的名字，尤其是長官的名字。即使在多年以後，我們也不能忘記，這對於一個士兵來說是起碼的要求。您覺得我說得對嗎，上尉先生？」

「帥克，」盧卡什上尉說，「我現在可以肯定地說：你對上司根本不敬。士兵在多年以後也不應該講自己上司的壞話。」

「但是，上尉先生，」帥克打斷他的話，爲自己辯護道，「一個好的長官也應該細心體貼下屬，尤其是關心他們的起居和飲食。」

盧卡什上尉拍了拍帥克，和藹地對他說：「你走吧！不要再管別人啦！」

「好吧，我的上尉先生。」帥克說完就回到他的車廂去了。就在這段期間，裝載電線的車廂發生了另一個事件。每節車廂旁邊都安排了一個哨兵來保護電線，這是扎格納大尉的命令。口令也更換爲新的。

那天的口令是「帽子」和「哈特萬」。負責檢查口令的是一個波蘭人，來到九十一聯隊對他來說十分偶然。

他不知道「帽子」在德語中怎麼說，只是記住了口令的第一個字母是「K」。於是，這天值日官杜布中尉詢問口令時，他輕鬆地回答「kaffee」（咖啡）。這也不怪他，因爲波蘭人還想著營房裡的咖啡。

他一連衝杜布中尉喊了好幾聲「咖啡」，而杜布中尉漸漸向他逼近。哨兵想起他的職責是堅守崗位，便用威脅的口吻喊道：「站住！」他端起槍要求杜布中尉回答口令。但是，由於他糟糕的德語，結果喊出了一句令人莫名其妙的話：

「我要拉屎了！」（其實他是想說「我要開槍了」。）

杜布中尉終於明白了他的意思，開始後退，並且喊道：「我是哨兵指揮官！」

很快地，波蘭兵被排長帶進哨所，和杜布中尉一起問他口令。這個倒楣的傢伙仍然大聲回答：「咖啡！咖啡！」喊聲傳遍了整個車站，士兵們頓時都從車廂裡跳下來，一片混亂。最後，他被解除武裝關到禁閉室，混亂才告結束。

杜布中尉有些懷疑帥克，因爲他看見帥克第一個從車廂裡爬出來，手裡還拿著飯盒。他用性命擔保說他聽到帥克的喊聲：「拿著飯盒下車！拿著飯盒下車！」

夜深了，火車駛在去拉多夫采——特舍比肖夫城的路上，第二天早上有個老兵團體將在車站迎接他們。因爲老兵們把他們當成了第十四步兵聯隊的先鋒營，而這個營今晚就要經過這個火車站。那些老兵都是老油條，他們對自己的人大喊：「願主保佑我們的國王！」這一下吵醒了全車的人。有幾個士兵把頭從車廂裡衝老兵喊道：「親親你們的屁股吧！無限光榮！」

老兵們還以爲是在誇他們，嚷得連候車樓的玻璃都在抖動：「光榮無限！光榮永遠屬於十四聯隊！」

列車在五分鐘以後駛往霍麥納。周圍都是俄國人進攻時留下的殘跡。兩邊的山坡下挖了戰壕，十分簡陋，遠處可以望見焚燒過的村莊廢墟。廢墟邊有一些新蓋的小茅屋，表明房子的主人又回來了。

中午火車到達霍麥納站。這裡也有過戰鬥。準備好午飯以後，士兵們發現了一個秘密：在俄國人離開以後，這裡的人在語言和宗教上就和俄國人差不多。

月臺上走過一批俄國俘虜，他們在匈牙利被抓獲。其中有附近地區的神父、教師和農民。他們兩人一組捆在一起，雙手背後反綁，許多人臉上都有血，顯然挨過痛打。

有個憲兵正在捉弄一個神父。他在神父的腳上拴了根繩子，牽在手裡，逼他跳舞。在神父跳著的時候，他一拉繩子神父就摔倒了。由於捆著雙手，神父站不起來。只好拚命掙扎在地上打滾。這種情形逗得憲兵哈哈大笑，當神父竭盡全力才站起來時，他們一拉繩子又把神父扯倒。憲兵隊長厭惡這種公開的虐待，命令把俘虜帶到車站後面的屋子裡，免得別人看見。軍官們在車廂裡議論著眼前發生的事，多數人都感到憤怒。旗手克勞斯說：「不應該折磨他們，如果他們是叛徒，就應該馬上絞死。」可杜布中尉卻對這種行徑表示贊同，他認爲這些士兵是在爲被謀殺的斐迪南大公報仇。

盧卡什上尉沒有多說，只是獨自嘀咕了幾句，他說他厭煩世上的一切，只想借酒澆愁。於是他去找帥克。

「帥克，」盧卡什說道，「你知道哪兒有白蘭地嗎？我累了。」

「噢，上尉先生，可能是天氣不太好吧！到了作戰的時候，您會更辛苦的。離家愈遠的人，愈容易覺得辛苦。假如您願意的話，上尉先生，我給您弄些白蘭地吧！」盧卡什告訴帥克火車要在兩個鐘頭後才開，而賣白蘭地的販子就在車站後面。他還說扎格納大尉已經叫馬杜西奇去買過了，一瓶上好的白蘭地要十五克朗。盧卡什叫帥克也去買一瓶，並給了他十五克朗；但要求他必須守口如瓶。說句實話，這是違反規定的事。

「上尉先生，您不必擔心，」帥克，「我樂意做這種出格的事。以前我也常常這麼幹。上次在卡爾林營地禁止我們……」

「向後轉，齊步走！」盧卡什上尉打斷帥克的話命令道。

帥克走到車站後面去買酒，在路上他反覆琢磨著剛才盧卡什告誡他的注意事項：買酒時要嘗一嘗是不是上好的白蘭地；而且因爲又是違反規定的事，必須要小心。

可是帥克沒想到在月臺上遇到杜布中尉。「你到這裡來幹嘛？」他問帥克，「不認識我了？」

「報告，」帥克敬了個禮答道，「我只是不想看到您那惡的一面。」

帥克的話讓杜布中尉驚訝不已，可是帥克並不著慌。只是輕鬆地對他說：「中尉先生，我只想看到您善的一面，否則你真的就會叫我受罪了。譬如以前。」

帥克如此放肆的回話把杜布中尉氣得半死。他怒道：「滾開，混蛋！以後再收拾你！」

杜克中尉望著帥克走出月臺，忽然心裡一動，跟著帥克到了車站的背後，他想看看帥克到底想幹什麼。路邊擺著一排竹筐，全都倒扣著，上面是盛著各種點心的藤條托盤，它們彷彿是給郊遊的學生們準備的，這並不違法。盤裡有各種碎糖塊、脆薄餅和一些糖果；有些筐子裡還放著許多黑麵包和香腸，估計是馬肉做的。然而各種酒類就藏在筐下面，有成瓶的白蘭地和各種甜酒。

水溝旁邊有個小棚子，違禁的酒類就在那裡進行買賣。

想買酒的士兵先到藤條筐前議價，接著有個長髮的猶太人從筐裡取出一瓶烈性酒，藏在袍子下面，偷偷拿到木棚子裡，士兵們就在棚子裡把酒悄悄揣進懷裡。

杜布中尉緊盯著帥克，彷彿偵探一樣，跟著他走向路邊。

帥克在這裡買到了所有想要的東西。他先稱了些糖果，交完錢就塞進口袋。「長官，我們這裡

有燒酒。」這時兩個留長髮的商人悄悄對帥克說。很快地，帥克同他們講好價錢，走進棚子。那兩個商人把酒瓶打開請帥克嘗了幾口，

帥克覺得酒的質量還不錯，就塞進軍衣下面走回車站。

杜布中尉在路上攔住了帥克：「你這個混蛋跑到哪裡去了？」

「我去買糖果，長官。」帥克從口袋裡掏出一把髒兮兮的粘滿塵土的糖果。」您要嘗嘗嗎？我覺得味道還可以，這是果醬味兒。」

可是，帥克的軍衣下面鼓起一個圓圓的大包，似乎是個瓶子的樣子。

杜布中尉在帥克的軍衣外邊摸了一下說：「這是什麼東西？混蛋，拿出來給我瞧瞧！」

帥克取出一個裝著黃色液體的瓶子，上面清楚地標著：「白蘭地」的商標。

帥克平靜地說：「報告，中尉先生，這裡面裝的是井水。昨天吃了紅燒肉，口渴難忍。井水總是有點黃，我想裡面一定含鐵，這對健康很有好處。」

「帥克，既然你口渴得厲害，」杜布中尉冷笑著說，他想讓帥克出醜，「那你就喝吧，不過要一口氣全喝下去。」

杜布中尉想像著帥克喝不下的狼狽樣子，這樣他就可以找到藉口收拾帥克，他說：「我也口渴，給我喝一口。」

帥克舉起酒瓶把裡面的黃色液體大口大口地喝了下去，驚呆了杜布中尉。

當著杜布中尉的面，帥克毫不費力地喝完了整瓶的白蘭地，然後把空瓶扔進公路邊的水塘裡。

他吐了口唾沫，彷彿喝了一瓶水似的對杜布中尉說：「這井水確實有股腥味。」

「帶我去看那口井，我要讓你好好嘗嘗鐵腥味！」

「中尉先生，那裡離這兒很近，就在木棚後面。」

「你在前面走，看你能怎麼著！」

帥克安心地走著。他覺得前邊應該有口井，所以當他發現前面真的有口井時，並沒有覺得詫異。井邊抽水唧筒正好剛準備好，帥克走過去抽出一股黃水，然後一本正經地宣佈：「中尉先生，這就是我說的那種鐵質水。」

旁邊的人見狀大驚，帥克走過去說：「中尉先生想喝水，你們去拿個杯子。」

杜布中尉沒辦法，只好把一杯黃水全喝下去，入口之後他感覺到水裡有種馬糞的味道。爲了這杯臭水還花了五個克朗，杜布中尉怒道：「帥克你這個無賴，快給我滾回兵營去！」過了五分鐘，帥克已經回到了盧卡什上尉的車廂。他向上尉作了個奇怪的手勢，上尉隨他走出車廂。帥克說：「報告上尉先生，我必須得回去休息，用不了十分鐘我就會醉倒。剛才本來一切順利，但是被杜布中尉抓住了。我騙他瓶裡是水，結果只好在他面前喝掉一瓶白蘭地，還好平安無事。正如您所叮囑的，他沒發覺。但是現在，我覺得兩腿發麻。當然，您放心，我的酒量還不差，因爲以前……」

「快滾，混蛋！」盧卡什上尉怒道。其實他並沒有生帥克的氣，而是對杜布中尉愈發地厭惡。

帥克小心地溜回自己的車廂。他枕著背包躺下，蓋上大衣後對旁邊的人說：「從前有個人，他真喝醉了，大夥就別叫醒他了……」說完這句話，帥克就翻過身睡覺了。

睡覺的時候，帥克不停地打嗝，一股濃重的酒味充滿了整個車廂，伙夫聞到之後忍不住叫道：「是白蘭地！見鬼！」

志願兵馬列克坐在桌子旁邊，爲了當上記錄員他受了不少罪。他負責收錄兵營裡的英雄事跡，這份工作使他獲得了極大的滿足。

上士萬尼克對志願兵的工作很感興趣。他站到桌邊觀看，志願兵告訴他：「寫營史的材料太有趣了，這種工作必須形成系統長期進行。」

「沒錯，一定要形成系統。」萬尼克略帶一絲輕蔑地笑道。

志願兵馬列克又說道：「編寫營史必須要這樣：那些大勝仗我們不能馬上就記錄下來。一切都必須按計劃循序展開。主要原則還是報喜不報憂，但我想這樣來寫：我們勝利的過程是有計劃的，營史必須要有真實的事跡，而且應該以小見大。我感覺咱們營必定能獲取勝利。比如說有一次咱們營被敵人包圍，扎格納大尉領著我們逃跑，可誰知背後的敵人還以爲我們是返過來追趕他們，於是就顧不得所有東西，全部落荒而逃了，由此，我們營不費一槍一卒大獲全勝。皇上親自爲我們舉辦慶功會。如果寫上偷襲沈睡中的敵人就更有趣了。夜襲敵營時，每個士兵都奮勇爭先，將刺刀捅進敵人的胸口，咱們的刺刀彷彿切黃油一樣紮進去，敵人筋斷骨折的響聲劃破了夜空。敵人剛從夢中驚醒，驚慌地看著眼前發生的一切，來不及說話，兩腿一蹬就死了。像這種英勇的小插曲以後我還會逐漸積累，以證明我們營戰無不勝。不過咱們也要有極其嚴重的傷亡，這才符合實際。對於陣亡的戰士不能只在營史上簡單地記載，更應該有篇文章紀念他們。比如您萬尼克先生，巴倫眼睜睜看著您倒在小溪邊，他的死將跟您一樣——死於敵機的轟炸。那時他應該正好在偷吃盧卡什上尉的午飯。」

巴倫沮喪地說：「爲吃喪命，這肯定是命運的安排！在軍隊裡只要沒被關禁閉，我每頓去食堂領三次飯。有一次我一頓吃了三回排骨，結果被關了一個月……」

「巴倫，不必擔心，」志願兵笑著說：「你將同咱們營所有爲國捐軀的勇士們齊名，我們不會在營史裡把你寫成是脫離崗位去食堂偷吃軍官午飯而被飯噎死的。」

「那麼我的死法怎麼安排？」

「別急，上士先生，」志願兵想了一下，又說，「或許，您願意因爲重傷斷了腿而倒在鐵絲網旁邊吧？您在那裡躺上一整天，天黑以後敵人用探照燈搜索時發現了您，他們誤以爲您是偵察兵，於是就把對付一個營的炮彈扔給了您，您的貢獻對我們全軍是巨大的。炸彈爆炸後您的身體將伴隨著空氣的旋轉在天空自由地飛翔。我想咱們營每個人都有機會立戰功，這樣咱們的營史上就會佈滿勝利的足跡，並以此來激勵我們的同胞！讓那些失去親人的人們能自豪地擦去眼中沈痛的淚水！」

通訊兵霍托翁斯基和伙夫約賴達興致勃勃地聽著志願兵大談他杜撰的營史。

「朋友們，坐近點兒，」志願兵打開自己的筆記本，翻到第十五頁：「霍托翁斯基在九月三日同營部的炊事兵約賴達一起犧牲，」他興奮地念到：「通訊兵爲了保衛指揮所的電線，在電話機旁冒死堅守三天不動；炊事兵在敵人從側翼包圍時手端熱鍋撲向敵人，將敵人燙得死去活來，兩個人最後都壯烈犧牲。前者踩中了地雷，後者在敵人的包圍下自吸毒氣瓦斯而死，兩人就義前都高呼『全營無限光榮！』總參謀部號召全軍向他們學習，以他們爲英雄來激勵全軍。」這時，帥克忽然打了個哈欠，然後翻身打起了呼嚕。這之後，炊事兵約賴達和志願兵之間開始進行一場爭論——有關大家的未來。

約賴達認爲：雖然現在就寫清了每個人將來的命運，但是他堅信附著靈魂的目光在未知的神秘力量的作用下可以看透未來，這似乎就是常說的預言。從這時起，約賴達的話裡就再沒有少過「未來」這個詞，每隔一句話他都要提及「未來」。直到最後，他說到輪迴轉世時就說壁虎的尾巴被人扯掉後還能再長出來。

通訊兵霍托翁斯基也說，如果人的身體也能像壁虎一樣再生，人們該有多高興！以後作戰時，誰掉了腦袋或是其他什麼部分又再生出來，軍隊就不會有殘廢了。

「你可別讓帥克聽見……」萬尼克說：「不然他又要囉嗦個沒完了。」

「到！」熟睡中的帥克聽到有人點自己的名字後喊了一聲，接著又打起呼嚕，以表現他良好的紀律性。杜布中尉打開車門探進一個腦袋。

「帥克在這裡嗎？」他問道。

「是的，中尉先生，他在睡覺，」志願兵回答說。

「哼！既然長官問到他，你就應該立刻把他叫起來！」

「可是……。」

「我命令你立刻叫醒他！難道你就是這樣對待你的上司嗎?!你是不是不認識我？等你知道以後，哼……！」

志願兵聞言只好叫醒帥克。

「不好啦！著火啦！帥克，快起來！」

「想當初奧特科爾磨坊著火了，」帥克翻了個身，嘴裡嘟囔著，「救火隊員還是從維索馬尼趕來的呢……」

「您瞧，」志願兵故意討好地對杜布中尉說，「他根本就叫不醒，我是拿他沒辦法。」

「你叫什麼名字？馬列克，對吧？」杜布中尉發怒了，「哼！你就是那個被關禁閉的傢伙？」

「沒錯！中尉先生，在監獄裡我熬過了一年制的軍校，後來軍法處證明我是無辜的，還我清白。再後來我成了營史記錄員。志願兵這個稱號就不再用了。」

「這個記錄員你當不了多久了！」杜布中尉怒道，他氣得滿臉通紅，彷彿挨了一記耳光，「等著瞧吧！」

「我請求您把我的事情報告給上級。」志願兵鄭重地說。

「少來這套！」杜布中尉說，「我會報告上級的，後會有期！你這個混蛋會後悔的！你會認識我的！」

杜布中尉氣呼呼地走了。很快，他原先要懲罰帥克的想法完全落了空，因爲半小時後他回到車廂時士兵們已經喝到摻了羅姆酒的咖啡。聽到杜布中尉的呼喊，帥克起身從車廂裡迅速跳出來。

「衝我吹口氣！」杜布中尉吼道。

帥克衝他吹了一大口氣，一股酒香撲面而來。

「混蛋！你嘴裡是什麼味？」

「報告，是羅姆酒味兒。」

「等死吧，臭小子！」杜布中尉好笑道，「這次讓我抓住了吧？」

帥克卻平靜地說：「大家剛發了摻有羅姆酒的咖啡。我先喝了酒，中尉先生。如果有先喝咖啡再喝酒的規定，那只好請您原諒，下次我一定注意。」

「半小時前爲什麼睡大覺，叫都叫不醒？」

「報告，我一夜沒合眼，一直在思考演習時的情形。」

杜布中尉沒說話，非常沮喪地走了。可是，沒一會兒他又跑回車廂，對帥克說：「你給我聽著：總有一天你會受罪的！」說完他踱步到車站去抓典型。正好看見前面有一個匈牙利兵正在看報紙。他衝他大喊了一聲「立正！」誰知那士兵站起來，把報紙塞進兜裡，連軍禮也沒行就跑了，一直沿著公路的方向。杜布中尉拚命緊追，匈牙利兵跑得更快，而且轉過身來舉起雙手嘲笑他。杜布中尉立刻認出他是一個捷克團的士兵。很快地，那個匈牙利士兵跑進公路邊的村子裡不見了。

杜布中尉裝作若無其事的樣子走進公路邊的一家小店，胡亂買些黑線頭，塞進口袋後又回到軍官車廂。他叫來勤務兵古納爾特，把黑線扔給他說：「連買線都忘了，還得讓我親自來！」「可是，中尉先生，我們有很多線團。」

「你敢騙我？馬上拿來我看！立即去拿！」

古納爾特拿來一大堆線團，結果被杜布中尉以不會做事爲由大罵了一頓。古納爾特走後，杜布中尉對盧卡什上尉說：「早晚有你哭著求我的時候！」說完他又返回了軍官車廂。這時，大尉扎格納正在審問十二連的一個小兵。這個小兵很擔心自己在戰壕裡的安全，結果把車站某處的一扇豬圈鐵門拆走。

杜布中尉趁機拿這個小兵出氣，大聲訓斥他對國家和君主應該無比忠誠。軍營中這類分子必須堅決清除乾淨。他的話是這樣無聊，以至於大尉扎格納拍著小兵的肩頭說：「如果你以後不再犯，能老老實實就成了。滾吧！」

小兵走後，扎格納大尉也轉身走出車廂躲開了杜布中尉。

這時，帥克正和古納爾特聊天，談論他的主人。

「好久沒見你了，上哪兒去啦？」帥克問道。

「伺候他算我倒楣！一天到晚總是嘮嘮叨叨，而且還經常質問我和你是不是朋友。」

「還好，他還提到我。中尉先生是個好人，我很佩服他，他把下屬當成自家人看待。」帥克說。

但古納爾特卻不以爲然地說：「天哪，對那個蠢豬你竟然會產生這種想法。他是個小肚雞腸的笨蛋，我恨死他了。」

這次帥克可沒想到，一連說了幾個「不」字：「不會吧！要不就是所有的勤務兵都厭惡自己的長官。比方說，施雷德上校被他的勤務兵喊做『妖怪』，而文策爾少校卻被稱爲『無可救藥的大笨瓜』。難道你也受了他們的影響，學來了滿嘴髒話？古納爾特，說實話，你的中尉還算是和藹可親的好人。怎麼？你現在就要走？噢，中尉正站在那邊招呼你呢！快去。待會兒中尉要問起咱倆說什麼來著，千萬記得我剛才說的話，我說中尉善良、和藹可親、一視同仁，還有，還有，他博學、有活力，千萬別忘了啊！千萬別忘了！」說完，帥克走回自己的車廂，古納爾特也拿著線團回去了。

大約過了十來分鐘，火車駛過了經過激烈戰鬥的布萊斯托夫村和新恰布納村，這些地方都已被燒得面目全非，全都是一片一片的荒地了。

沿著喀爾巴阡山的山坡，新挖的戰壕遍佈山谷，與鋪著新枕木的鐵路線一起蜿蜒迴旋，兩側的坑窪地大概是榴彈留下的痕跡。坐在火車上，你還能看見新建造的大橋以及已被燒壞的橋身，四周的土地被翻了一個遍，公路也未能倖免，到處殘留著被軍隊踐踏過的跡象。整座山谷慘不忍睹。

帥克還看見一隻帶著小半截奧地利士兵小腿的皮鞋掛在一棵著火的松樹上，晃晃悠悠的非常嚇人。所有的樹木都被燒得光禿禿的，失去了樹葉和樹冠。因爲鐵路修繕不久，所以火車開得很慢，士兵們恰好能把沿途的景象盡收眼底。漫山遍野的軍人墳墓激起了士兵們內心深處對成功的期待和渴望。

有些坐在車尾的德國士兵，雖然從霍麥納起就失去了高聲歌唱的勁頭，可他們在米洛維采城進站時卻一直在大聲唱：「等到我回來，等到我重又回來……」這是因爲他們知道，那些現在孤單而光榮地躺在十字架後的人們也唱過類似的歌，然而……

火車駛到被燒毀的麥齊拉博爾采車站，就停下不走了。車站也是滿目瘡痍，牆壁讓煙火熏得漆黑，上面的橫樑也彎了腰，一排新木房以最快的速度修好，用來代替車站。

紅十字衛生站所在地是一座長形的木房子，一位胖醫生爲了逗女護士發笑，陰陽怪氣地學著各種動物的叫聲。

帥克指著鐵路路基下一所破爛不堪的戰地伙房對巴倫說：「巴倫，老夥計，世事難測呀！像那座伙房，被一顆榴彈擊中後，就成了如今這個樣子。」

「簡直太恐怖了，如果不是我太妄尊自大，也不會成爲今天這副倒楣像。我看不起莊稼人，還講究吃喝打扮。讓老婆做雞鴨魚肉、啤酒伺候著。手套都要帶特製皮料的。噢，太恐怖了，原諒我吧，仁慈的上帝！」

巴倫唉聲歎氣起來，他感到了絕望。他說：「我簡直是十惡不赦呀！上帝！在小酒店中對聖徒和神的侍者無禮，還毆打傳教士。對聖約瑟夫的神像都不能容忍。不過，請相信我，我是堅信上帝的。現在的我所受的罪是我罪有應得，噢，或許是因爲在磨坊時我經常虐待自己的妻子，辱罵愛我的叔叔，天哪！」

巴倫懺悔完畢之後，志願兵便開始了他的勸誡：「巴倫，我的老夥計，如果對萬能的上帝和聖教徒們無禮，總有一天會遭報應的，我們奧地利軍隊裡所有的士兵早已成爲忠實的天主教徒。你根本沒有意識到自己的意識已經與我們軍隊的傳統相悖了。士兵們決不能帶著你這種罪惡思想去作戰。沒有了聖約瑟夫的畫像，我們就失去了保護神，會導致戰鬥失敗。『留得青山在，不怕沒柴燒』，那些當俘虜的士兵，也是爲了顧全大局，保存實力，以便將來能夠有機會更好地爲皇帝效忠。巴倫，難道你真的不明白嗎？」

「我腦筋不好使，理解力特別差，有些事別人必須詳細解釋我才能明白。」巴倫哀歎道。

帥克插進來說：「我簡單點兒說。巴倫，你必須信奉聖約瑟夫，這是我們隊伍的主導精神。在戰鬥中你若被敵人包圍了，不能逞強，要小心保命，以後可以更好地爲國立功，懂嗎？好了，現在你得真實地懺悔自己在磨坊裡幹的那些缺德事兒。」

巴倫老老實實地交代了，他曾經把壞麵粉摻到給農婦們磨的麪粉裡。通訊兵霍托翁斯基不甘心地問巴倫真的沒幹點兒別的什麼了，巴倫一揮手：「你們想到哪兒去了，幹這事我不夠靈活！」霍托翁斯基徹底失望了。

空氣裡彌漫著屍體腐爛後才有的惡臭，可以肯定，附近有士兵公墓。

經過這裡的軍隊都在此地安營紮寨。四周全是不同民族、不同宗教信仰的士兵拉的糞便，一堆堆重疊在一起沒有任何衝突與不滿。只剩下一半的水塔以及鐵道旁的小木屋等帶牆的建築早都傷痕累累的，被子彈打成了馬蜂窩。附近山丘後升起的許多煙柱造成了正在進行激戰的假像，恰到好處地配合了這周圍的種種戰爭跡象。德國人爲在戰鬥中英勇犧牲的官兵建造了一座「盧普科夫山口英雄紀念碑」，上面雕有一隻銅製的德意志大鷹，是用德國兵團解放喀爾巴阡山時的戰利品——一尊俄國大炮鑄成的。這座紀念碑位於車站後的懸崖上。

全營軍官、士兵的短暫午休在這種令人壓抑的氣氛中開始了。扎格納大尉等人正在研究一個不甚明確的密電，是關於今後行軍路線的。他們對自己的行軍路線產生了懷疑。最後大家才發現，旅部發電報的值日官是個頭腦有問題的傢伙，因爲他的失誤才造成了這個錯誤的電報。扎格納大尉回來後，有些軍官在車廂裡爭論些莫名其妙的問題，有的還頗有深意地說若是沒有了德國人，東方軍事集團也許會亂成一鍋粥了。杜布中尉則試圖爲奧地利大本營的混亂情況說幾句申辯之辭。其他人都認爲他頭腦發昏，無可救藥，因而不與他計較，只報以同情的目光。杜布中尉見沒有人反駁他，又得寸進尺地說了很多無聊透頂的話。

扎格納大尉心中有了個主意：等他們進入戰壕，要是戰鬥形勢危急了，就派杜布中尉偵察敵方陣地去。此時，杜布中尉談興正濃，他繪聲繪色地向其他軍官講述從報紙上看來的有關戰鬥的新聞。但他的有些話確實讓人心煩。盧卡什已經忍無可忍了，只好婉轉地提醒他：「嗨，中尉，你的這些話在戰前已經說過不止一遍了吧？換點兒新鮮的吧？」

杜布中尉討了個沒趣，灰溜溜出了車廂，臨走時不忘狠狠地瞪了盧卡什上尉一眼。

列車停下了。四周散著許多生銹的水壺、救護包、染滿血污的綁帶等亂七八糟的東西，這些都是俄軍撤走時丟下的。一群士兵站在小山坡上，杜布中尉肯定帥克百分百在裡面。於是他逕自走過去。

「這裡發生什麼事了？」杜布中尉直接站在帥克面前，問道。

「報告，中尉先生，大家在看山坡下的那些壕溝。」

「是誰的命令？」中尉窮追不捨地問。

「報告，是施拉格爾上校的命令。他爲我們送別時說過：『當你們走過每一個荒涼淒慘的戰場時，千萬別忘了仔細看一看，或許能有一些很好的收穫！』中尉先生，您看這些壕溝，逃兵扔掉的東西太多了！士兵背著這些亂七八糟的破爛兒有什麼用處？這些笨重的東西到作戰時全都是累贅。中尉先生，這就是我們從中得到的有益經驗。」

杜布中尉心中頓時大喜過望，他覺得自己終於找到了一個罪名能堂堂正正地把討厭的帥克送上戰地法庭，那就是——反軍叛國宣傳罪。中尉抓住時機，接著問道：「帥克，你的意思是說，我們的士兵們必須把彈藥或是刺刀統統丟到水塘裡了，就像那些俄國逃兵一樣？」

「不，我不是這個意思，中尉先生，」帥克微笑著回答，「您仔細看看路堤下那只洋鐵夜壺吧！」那只渾身是鏽的破搪瓷尿壺混在那些破爛兒裡，顯得非常惹眼。估計是被車站站長所丟棄的，再也派不上用場了，它也許只能給未來的考古學家們帶來驚喜。

杜布中尉對帥克的發現不屑地瞅了一眼，沒有說話。帥克卻不甘心地發話了：「報告，中尉先生，我知道曾經有一個收藏家挖出一個鐵夜壺，以爲是古代騎士的頭盔，把它當作了文物，結果被人發現後登上了報紙。後來遭到了許多人的嘲笑。」此時的杜布中尉對帥克恨得咬牙切齒了，卻找不到藉口發作，只好衝所有在場的人發脾氣吼道：「全都給我滾，這是命令！你們還不了解我！早晚讓你們知道我的厲害！」

帥克正要和其他人一起往回走，卻被杜布中尉厲聲叫住，只好乖乖地待在原地，兩人面對面站著。還沒等中尉開口訓他，帥克已經先說了話：「報告，中尉先生。這種天氣真好，白天不熱，夜裡又舒服得很，最適合打仗了。如果能多持續幾天您說該有多好？」

「帥克，你知道這是什麼嗎？」杜布中尉掏出了左輪手槍。

「知道，盧卡什上尉好像也有一把。」帥克老實回答。

「知道就好，你最好放聰明點兒，要是你再在軍營裡蠱惑人心的話，我肯定饒不了你。」杜布中尉在進行了一番嚴厲的警告後，把手槍裝回了槍套裡。

回去的路上，杜布中尉十分滿意自己給帥克扣上的「蠱惑人心」的大帽子。而帥克呢？則在車廂外邊自言自語，並最終為中尉起了一個他認為十分恰當的外號——「半調子屁翁」。

「屁翁」一詞本是褒義，在軍用詞典裡，主要用於對上校或是年長的大尉的尊稱。軍隊裡常有一些愛護士兵的軍官，在其他團隊面前甚至有點兒護內，總為自己的士兵的伙食等日常生活操心。雖然有時他們偶爾也會發火，但仍然被士兵們尊稱為「老頭兒」。如果「老頭兒」們有時無理取鬧折騰士兵了，就在稱號前再加個定語，稱為「惹人厭的老頭兒」，如果他們的討厭勁兒又昇華了，就被稱為「屁翁」，當然，也有人把這種人稱為「我們的老茅坑」。

帥克把杜布中尉叫作「半調子屁翁」是因為在年齡和職位方面，他與真正的屁翁之間至少還相差一半。

帥克在回車廂的路上與被打腫臉的勤務兵古納爾特碰了個正著。原來剛才古納爾特一不小心「冒犯」了杜布中尉，立刻就挨了幾巴掌，中尉還警告說有證據能證明他與帥克接觸頻繁。

帥克對此倒顯得相當平靜，說：「這件事我們不能聽之任之。士兵是不能隨便被人打的，杜布中尉太過分了，我們得上告。老兄，你必須站出來去告他，如果你害怕了，我也會打你的，你必須明白什麼是紀律，知道嗎？」

帥克又頓了頓說：「別怕，我陪著你去。」

當帥克把古納爾特拉到軍官車廂外的時候，杜布中尉還沒反應過來這是怎麼一回事。他從窗口伸出腦袋，大聲喝問：「混蛋！你們來幹什麼？」

帥克把古納爾特推進車廂，並鼓勵他「千萬別害怕！」這時，他們正好遇見盧卡什上尉和扎格納大尉。帥克臉上不愉快的神情著實讓兩個上尉吃了一驚，他們心想：「肯定發生什麼事了！」因爲平日的帥克總是溫和恭順的。

「報告，上尉先生，我們要告狀！」帥克一本正經地說。

「噢，帥克，你又犯傻了！」

帥克接著說：「先生，我知道您肯定會吃驚的。不過，請允許我說幾句話吧！請問，杜布中尉歸您管吧？」

「帥克，你是不是喝酒了，怎麼淨說瘋話？快點兒給我滾出去！」盧卡什上尉粗暴無禮地下了驅逐令。

是以身試法了。」

「不，上尉先生，您看古納爾特成了什麼樣子？」帥克把那個嚇壞了的人拉到前面來，現在他

扎格納大尉無奈地點頭同意了，而盧卡什上尉是徹底絕望了。

帥克趁熱打鐵，說：「上尉先生，您曾經說過，任何事情都應該上報。身爲連隊傳令兵，我有責任和義務向您報告連隊裡發生的所有事情。上尉先生，古納爾特剛才被杜布中尉打了好幾個耳光，而杜布中尉是您的屬下，所以我們找您來伸冤。」

扎格納大尉略加思考，說：「帥克，你爲什麼要把古納爾特帶到這兒來？」

「報告，大尉先生，古納爾特膽子太小，挨了耳光卻不敢吱聲，但這種事我又必須彙報，只好把他帶來了。您看，他都嚇得渾身哆嗦了，自己根本來不了。本來古納爾特不想鬧成這個樣子，說自己已經習慣挨打了，因爲挨打的次數太多了。大尉先生，他現在很害怕，實在不想鬧得滿城風雨，他認爲還是息事寧人得好。」帥克說得很起勁，並不停地把古納爾特向前推。

扎格納大尉讓古納爾特說說事情的緣由。可憐的勤務兵卻嚇得發抖，說一切全是帥克搞的鬼，自己根本沒挨過打。這時，杜布中尉猛然冒了出來，氣勢洶洶地指著古納爾特大喊：「難道你還想多挨幾個耳光嗎？」

這一下全都清楚了，杜布中尉這句話說明了一切。扎格納大尉作了裁斷，古納爾特今後到夥房工作，杜布中尉去軍需上士萬尼克那兒申請新的勤務兵。

杜布中尉機械地行了個軍禮表示同意，臨走前丟給帥克一句：「等著吧！你會遭報應的。」

中尉離開後，帥克舒了口氣，對盧卡什上尉友好地說：「對這種詛咒，我們只有一種回答——

騎驢看賬本，走著瞧！」

「混賬東西！」盧卡什上尉發火了。「禁止你在回答我的問話時像平時那麼說：『是，我是白癡。』」

忽然，就聽旁邊扎格納大尉衝著窗外大叫一聲：「真不可思議！」當他發現杜布中尉就在窗下時，已來不及縮回身子了。

杜布中尉不斷地埋怨扎格納上尉缺乏耐心，連他所報的東方戰線上進攻的理由都沒聽完。

「大尉先生，只有好好總結四月底的攻勢發展，才能弄清這次戰役的進攻情況。我已經找到了一個突破口了。」

「噢，對不起，我無話可說。」扎格納大尉沒趣地縮了回去。半個小時後，火車開動了，大尉早在車廂裡的躺椅上裝睡著了，躲開了杜布中尉無聊的糾纏。

帥克和巴倫在一個車廂裡碰了面。巴倫運氣真不錯。他跑到廚房把十一個連的大鍋裡的牛肉汁舔得一乾二淨，還向伙夫要了一小塊麵包。巴倫心滿意足地晃動著從鐵鍋裡伸出的雙腿，心中洋溢著前所未有的幸福感，他對伙夫伴們充滿了感激之情，伙夫們也拿他開玩笑，說是到了薩落克，爲了補貼大兵在路上沒領過的晚飯和午飯，還有兩頓飯要做。

巴倫悄悄說：「朋友們，上帝並沒有忘記我們啊！」他的話逗得大家哈哈大笑。

火車駛過什恰夫納站，出現了一片新的士兵公墓。一個個釘著無頭耶穌像的石製十字架依稀可見。火車愈開愈快，向著薩勒科方向飛馳而去，從車窗向外看，破敗的村莊一座接一座，還能看到被擊毀的紅十字會的列車。巴倫爲此十分驚訝，列車的大煙筒還斜插在路基中，彷佛一門大口徑軍炮。

和帥克同車廂的士兵們也在議論毀壞的列車。

「竟然有人向紅十字會的列車開火?!」約賴達氣憤地說。

「世上的怪事多著呢。不允許又怎樣？他們擊中後可以謊稱夜裡看不清楚。軍令雖然規定：在行軍時決不能對士兵施以『鴛鴦套』的刑罰；但是我們聰明的大尉把受著『鴛鴦套』刑的而無法行軍的士兵統統扔到輜重車上，拉著他們走，這樣既沒違反軍令，又沒耽誤行軍。所以有些事情雖然不能做，但如果講究方法，也是可行的，只要目標一致。」帥克說。

「朋友們！」志願兵馬列克熱情地解釋道，「壞事也會變好事，這段毀壞的列車展示著我們光榮的歷史。正如我筆記中所記的那樣，九月十六日我們營幾名戰士在班長的帶領下去炸毀河邊攻擊我們的裝甲車。他們扮成農民圓滿地完成了任務。」

突然志願兵驚呼起來，眼睛沒離開筆記本。「萬尼克先生來了！」

「聽著，上士先生，」他對萬尼克說：「我把您的事跡寫入營史。以前雖然寫過一篇，但這次一定會更好。」志願兵提高聲音說：「軍需上士萬尼克在執行炸毀敵人裝甲車的行動中犧牲。他穿著農民的衣服參加行動，被爆炸聲震昏在地。當他醒來時已被敵人包圍，後來被押往敵人的司令部。面對死亡他沒有屈服，拒絕透露我軍機密，於是被判處槍決，就在墓地邊進行。在行刑時他拒絕蒙住雙眼，只是說：『我向全軍致敬，寧死不屈。請轉告扎格納大尉，根據上級命令，每人每天的罐頭改爲兩盒半。』萬尼克就這樣犧牲了。敵人本來想通過斷絕軍糧來擾亂我們的軍心，想不到萬尼克上士的最後一句話使他們恐慌了。上士在臨刑前還和敵軍軍官玩撲克，並要求把他贏到的錢轉交給奧地利紅十字會。這種視死如歸的氣概震驚了所有在場的敵軍軍官們。」

「可是我私自處理了您的那些錢，萬尼克先生。」志願兵有些不好意思地說，「您能原諒我嗎？我認爲交給哪個紅十字會反正都是造福人類！」

「唉，反正到處都一樣。」電話兵霍托翁斯說。

「其實，就連有的紅十字會的人也不幹什麼正經事兒，裡面有很多人都是小偷。」伙夫約賴達邊說邊從背包裡掏出一瓶白蘭地來讓大家看，「這是好牌子的白蘭地，用它來就蜜汁點心簡直太美了。這是開拔前我在軍官食堂裡偷到手的。」

「這並不是件壞事！」帥克積極回應，「我有個預感，我們命中注定要成爲你的同夥。」預感很快變成了現實。

爲了公平起見，萬尼克建議大家用酒杯平分白蘭地。因爲有五個人，容易出現某人多喝一口的問題，帥克卻說：「如果萬尼克上士有意見，可以自行退出。」說著，大家你一口我一口地用酒瓶直接喝起來。萬尼克立即又提出了一個能使自己喝上雙份的建議，馬上遭到大家的竭力反對。

大家最後決定按照每個人名字的第一個字母的順序喝酒，這是志願兵馬列克的想法。霍托翁斯基排在第一位。萬尼克眼裡含著妒意，他粗略一計算，還以爲自己能多喝一口，結果如意算盤卻沒打成——那些酒只有二十一口。

喝完酒又打上了撲克，志願兵有個毛病，每當摸到國王總要念叨上幾句聖經。摸到王子他就叫：「萬能的上帝啊，把王子留給我吧！我相信你！」等等等等，他的手氣也好得出奇，最大的牌總是在他手裡。他連勝數盤，直到霍托翁斯基輸光了他後半年的軍餉爲止。

志願兵非要霍托翁斯基立個字據，以後就能名正言順地領他後半年的軍餉了。

「別洩氣，霍托翁斯基老兄，要是你在下次戰鬥中犧牲了，馬列克的美夢不就泡湯了嗎！」帥克在一旁安慰。

「犧牲？我是電話兵，只在掩體裡接電話線，只在戰鬥結束後才出來維修線路，我怎麼會犧牲？」霍托翁斯基十分不滿聽到「犧牲」二字。

馬列克卻在一邊說風涼話，他說通訊兵是敵人的主要襲擊目標，哪怕藏到十幾米深的地下，敵人的炮兵也不會放過他，掩體根本沒用。

帥克剛想再勸慰些什麼，卻被霍托翁斯基止住了。

「噢，讓我在營史記錄冊裡找找霍托翁斯基的名字。在哪兒呢？找到了！通訊兵霍托翁斯基被埋在了地雷下面。他還從墳墓裡往營部打祝賀電話。」

「夠了，馬列克。」帥克打斷他的話，「你很得意嗎？還有什麼要說的？沒忘記『鐵達尼號』裡的那個電話員吧？船馬上就要沈入海底了，他還打電話給早已淹沒的廚房，打聽何時開午飯呢！」

「這不是什麼困難事，要是允許的話，我們可以把霍托翁斯基的最後遺言加進去。他臨終前還向著電話大喊：『請向我的鋼鐵旅致敬！』」

四　開步走

在列車伙房裡，人們議論著能否在薩勒科領到晚飯和最近欠下的口糧。他們猜得沒錯，而且「鋼鐵旅」的總部正好在這裡。九十一聯隊的這個先遣營是屬於「鋼鐵旅」的。根據參謀部的命令各先遣營要集中在離從布羅迪城到布格河、及河北索卡爾一線一百五十公里的地方，但是沿線的鐵路交通並未出現問題，所以大家都很奇怪這樣的部署。

這個疑惑在扎格納大尉報到時被解決了。

「我不能理解，行軍計劃早已規定好了，你們卻不知道。」旅部副官泰爾勒大尉一臉不解的神情，「你們營比規定的時間早了兩天到達，但沒有提前通知我們你們的行軍路線。」

扎格納大尉這時已經忘記了要上交電報指示，他只顧得緊張了。

「我非常驚訝！」泰爾勒大尉說道，「扎格納大尉先生，你現在是一名現役軍人……唉，如今有太多笨蛋成了中尉。我們撤退的時候，那些笨蛋中尉們見到哥薩克兵就嚇破了膽。他們不配當軍人，中學畢業通過考試當上軍官的傢伙腦子聰明不了，在戰場上只能當逃兵。」

泰爾勒大尉友好地拍了拍扎格納大尉的肩膀，吐了口唾沫後接著說：「我帶您四處轉轉吧！附近有好多漂亮姑娘。有個將軍的女兒，居然是個同性戀。要是我們扮成女人，您就知道她的手段了，太厲害了！」

「噢，很抱歉，我胃裡一直噁心，今天有三四次了。」泰爾勒大尉有些不好意思地出了門。

他回來後說是由於昨天晚會上吃得太多。

這時突然進來一個大高個的軍官，看軍服也是個大尉。他對扎格納大尉視而不見，直接與泰爾勒說起了話。「你這混蛋，昨天晚上你竟然吐在伯爵夫人的衣服上，太可笑了。」大個子坐在一把椅子上，玩著手裡的細藤條。

「是啊！昨天晚上太開心了。」泰爾勒大尉回答。然後向扎格納大尉引見了這位工兵隊隊長。三個人走出旅部辦公室，來到一家咖啡館。

泰爾勒大尉想在兩人面前耍耍威風。穿過辦公室的時候，他用藤條在桌子上使勁一抽，十二個腆著肚子的文書迅速地起立。泰爾勒大尉對這些養得白白胖胖的傢伙下了指示：「我這裡不許白吃飯，誰都不許偷懶！」

「你們瞧好吧！」泰爾勒轉頭向其他兩位大尉說，然後又把藤條用力一抽，繼續訓話：「告訴我，他們什麼時候了結？」

文書們異口同聲地回答：「報告大尉，等待您的指令。」

泰爾勒大尉得意洋洋地走了出去。到了咖啡館，他要了瓶酒，並招呼小姐來陪。扎格納大尉明白了，這裡實際上是家妓院。

由於沒有一個小姐有空兒招待他，泰爾勒大尉氣得破口大罵。當他知道心愛的艾拉小姐在招呼一個中尉時，火氣更大了。

那個中尉原來是杜布。在中學駐營時他對士兵訓話說，有花柳病的妓院都是俄國人撤走時留下的，企圖借此瓦解我軍的戰鬥力。所以士兵不要去那種地方，而他自己則親自去監督，以免日後出了亂子。於是乎，中尉真的親自來檢查了。

杜布中尉在城市咖啡館的二樓艾拉小姐的房間，找了一張沙發作為檢查的根據地。

這時，扎格納大尉已經回營，而泰爾勒大尉被叫到旅部，副官已經找了他很久了。

師部命令：九十一聯隊的行軍計劃必須定下來，原有的行軍方向改為一〇二聯隊先遣營的路線。

這下有好看的了。從加里西亞東北後撤的俄國人把奧地利部隊擠成一團，還有德國軍隊，而新開到前線的先遣營更加劇了這種混亂。前線附近的地區也是如此。比如薩勒科區突然進駐一支德國的後備軍，旅長很討厭那個上校長官。上校出示了他們師部的命令，說他們要住在被九十一聯隊占著的中學。他們還要求佔用旅部的銀行大廈。

旅長請示了師部，交涉後的結果是：全旅從即日起撤出該城。命九十一聯隊先遣營隨行掩護。部隊的出發順序是：下午五點先頭部隊開向圖洛瓦，兩翼的掩護部隊保持三公里半的距離，下午六點四十五分後衛部隊出發。

於是，中學又是大亂。在開營部會時，帥克被命令去找杜布中尉。

盧卡什上尉說：「帥克，因為你跟他有著密切的聯繫，找他並不難。」

「報告上尉，請您給我份書面命令，否則我怕會有麻煩。」

盧卡什上尉只好寫了一道命令給帥克。這下帥克放心了，向上尉保證準能把杜布中尉找出來。

「中尉肯定在某個妓院進行檢查呢！就在對門那家咖啡館裡。因為他說過，發現誰去就把他送上軍事法庭。」帥克很自信地說。

進了咖啡館，那兒有個會多國語言的老太太迎接來此的士兵，把他們領到裡面一間有小姐的會客廳。小姐當然是收錢的。當官的來這兒要走過咖啡廳，在走廊的房間裡選小姐。一切事情要到樓上的小房間裡才允許解決。杜布中尉也是其中一員，他穿著襯褲聽艾拉小姐講述虛假的愛情悲劇。兩個人都有些神志不清了，因爲他們身後小桌上的酒瓶已空了一半。恍惚間中尉把小姐當成了自己的勤務兵，嘴裡不停喊著古納爾特的名字，還威脅說早晚有一天讓古納爾特知道他的厲害。

從後門進來的帥克擺脫了一個妖豔小姐的糾纏。想不到卻惹火了這裡的波蘭老鴇。

「客人裡沒有中尉。」老鴇氣得想把帥克吃掉。

帥克卻很有禮貌的說：「尊敬的太太，您不要心急。請問您的大名叫什麼？我記得有一次我們在普拉特爾內街上打了一個『媽媽』幾巴掌，她姓氏的第一個字是『赫』……」

帥克拋下氣壞了的老鴇逕自上樓。這時妓院的老闆，一個破落的波蘭貴族追了上來，抓住帥克的衣服，大聲說樓上是軍官們專用的。

儘管帥克把此次找杜布中尉的目的上升到全營利益的層面上，老闆仍然喋喋不休，帥克只好一掌把他發配到樓下。帥克仔細檢查房間後並沒有收穫，直到最後一間屋子。隨著他的敲門聲，房門打開了。「有人！」艾拉小姐花容失色地叫道。只聽杜布中尉聲音低沈地說了句「請進！」他還以爲自己是在兵營裡。

帥克走上前把字條交到杜布中尉手裡，說：「報告中尉先生，請您立刻穿上衣服去兵營，這是命令，有重要的會議。」

杜布中尉盯著帥克，立即明白帥克是被派來的。他只好說：「等著吧，小子！我會收拾你的。」

「古納爾特，」他衝艾拉叫道，「給我再倒一杯酒！」

喝完酒之後，他撕碎了命令，大笑道：「這玩藝兒屁用沒有。現在是在軍隊裡，不是在中學裡。你去妓院被抓了吧？過來，小子！我想給你一記耳光！」

「報告，」帥克高聲說，「這是旅部的命令，必須整裝前去。」這些外交辭令使杜布中尉冷靜了一些，他好像想起自己不在兵營。爲了慎重，他又問道：「我現在在哪兒？」

「妓院。中尉先生。」

杜布中尉歎了口氣，從沙發上起身穿好軍服，和帥克走出妓院。很快的，帥克又回到屋子裡，他沒有理睬艾拉，迅速喝光瓶裡的酒又去追杜布中尉。

上街後杜布中尉又覺得頭暈，因爲天氣太悶。他和帥克囉嗦個沒完，每次說話都捎上一句：

「希望你能理解我。」

「我理解，」帥克回答道。

進了中學，中尉晃悠著上了樓，走進會議休息室，告訴杜格納他喝醉了。開會時他總是低著頭，不停地喊道：「你們說得很對，我可是喝多了。」

定好計劃後，盧卡什上尉任前衛。杜布中尉忽然一愣，起身說：「諸位，我不會忘記我們的班主任，光榮是屬於他的！」

盧卡什上尉覺得應該讓勤務兵古納爾特把他扶到物理實驗室，那兒有衛兵，看守礦石標本——標本已丟失了一半。這事應當重視。

會後，盧卡什叫古納爾特把醉酒的杜布攆走。
杜布中尉突然抓住古納爾特的雙手，揚言可以從中得知其未來的妻子。
「請您把鉛筆筆記本拿出來。您是古納爾特，十五分鐘後再來，那時您太太的名字就寫出來了。」
剛說完杜布中尉就打起了呼嚕，不久又醒過來在本子上亂寫。他把寫了字的紙條摁在嘴邊念念有詞，說：「十五分鐘後再看。」
古納爾特很笨，等了十五分鐘，打開紙條一看，上面只有一行杜布的字跡：「您的妻子叫古納爾特太太。」
古納爾特把條子給帥克看，帥克說要收好，每個軍官的手跡都很珍貴。以前長官給自己的勤務兵寫信從沒用過「您」。
出發格局佈置完成後，那個被攆走的上將，讓全體集合。他說話顛三倒四，不知怎地就拐上了戰地郵政上。
「士兵們，」他對著隊伍喊道：「我們已經接近前線，幾天來你們一直都沒有機會給家裡寫信，讓他們知道你們還活著，現在在哪兒，請他們放心。」
他似乎沈浸在自己的思路中，重複個沒完：「親人們——朋友們——妻子和情人們」等等。
最後，他終於宣佈：「爲此，我們設立戰地郵局。」
然而，他下面的話使人覺得只要設立了戰地郵局，士兵們就會拚命去送死似的。似乎一個士兵即便被炸飛了雙腿，只要想起有一封遠方親人的信件在等著他，甚至還有包裹，裝著燻肉和家裡的點心，他就會心甘情願地去送死。

訓完話，樂隊奏起國歌，全軍歡呼「皇上萬歲」三次，這群像要被屠宰的牲口一樣的士兵將要分成幾個支隊，按定好的計劃開往布格河對岸。

五點半鐘十一連出發，開向圖洛瓦－沃爾斯卡。帥克隨指揮部和衛生隊走在後面，盧卡什上尉也轉到後面來找杜布中尉。

他想看看杜布中尉躲在哪輛車裡，又有什麼新的舉動；同時也可以和帥克聊天解悶。帥克正在和軍需上士萬尼克講話，說起幾年前演習時的情形。

「那次也是這樣，只是沒有全副武裝，當時還不知道什麼是儲備罐頭，我們排一領到罐頭就全部吃光，然後再把磚頭塞進包裡。」

很快，帥克又走到盧卡什上尉的馬邊，顯得很有精神。兩人談起了郵局：「在軍隊裡收到家信是極大的安慰，可我在布傑納維策當兵時，只收到過一封信，我一直保存著。」帥克說得很起勁兒。

他從髒皮夾子裡掏出那封破皺的信讀著，同時還小跑著保持與騎著馬的盧卡什上尉並行前進。

你這個混蛋！古希什班長來布拉格休假，我和他去跳舞，他說你曾經和一個不正經的女人跳舞，想要拋棄我。我寫信只想告訴你我們的關係吹了。你的鮑日娜。——唉，對了，你那個班長很體貼人，他會收拾你的。另外：你回來時再也別想找到我。

帥克小跑著說：「等我休假時，我能夠找到她的。可她身邊都不是好人！有一回我好不容易找到她，結果看見兩個大兵正給她穿衣服，其中一個竟把手伸進她的褲子裡，彷彿要把她的青春年華從那裡拽出來似的。上尉先生，我覺得到城裡學跳舞的嬌小姐們都不是好東西。」

恰好在這時，隊伍中有人唱起了歌：

到了深夜，
燕麥跳出口袋，
吻我吧！
每個姑娘都願意。

又有人接著唱：

願意呀願意，
怎麼會不願意？
望著你的臉，
獻上兩個吻。
吻我吧！
每個姑娘都願意，
願意呀願意，

怎麼會不同意？

這是首古老的軍歌。現在，士兵們在加里西亞平原上快樂地唱著，道路兩邊是飽經戰爭折磨的田野。

「有一次演習，」帥克看著周圍說，「田地也是這個樣子。那次有個正直的大公，他領著隊伍穿過一片田地。過去之後就讓副官估算莊稼的損失。有個農夫討厭他這樣，拒絕接受十五克朗的賠償金。為了多要錢，他就去打官司，結果反被關了一年。」

「我覺得如果皇族的到來是一種榮譽，他應該讓自己所有的女兒穿上白色連衣裙，手持鮮花在門口熱情歡迎，就像印度農奴那樣甘願被老爺家的大象蹧踏莊稼。」

「說什麼呢，帥克？」盧卡什問道。

「我在說一頭大象，上尉先生。」

「夠了，帥克！」說完，盧卡什就騎馬到前面去了。此時，隊伍已經走散了，下了火車又是急行軍，士兵們都覺得肩膀特別疼。大家把槍從肩上換來換去，有些人把槍提在手裡。還有人沿著田埂和壕溝走，躲開大路。

隊伍全都低著頭走，大夥兒渴得要死，雖然太陽要下山了，天氣仍然悶熱難耐。行軍第一天的艱苦就讓大家疲乏不堪，歌聲也沒有了，大家都在琢磨目的地還有多遠。他們以為在那兒可以休息。有的戰士坐在溝邊解開裹腿休息，裝成只是想繫緊鬆動的裹腿，以免行軍不便；還有些人解下背包調節肩帶，說是避免兩肩重量不一。當盧卡什中尉走近時，他們又突然站起來抱怨身體不適。

如果僅僅是排長之類的小官是不會催促士兵的。

盧卡什上尉心平氣和地勸他們起來，說離目的地只有三公里路，到了再休息。

這時，杜布中尉躺在衛生隊車上被顛醒了。他昏沈沈地起身衝車旁懶散的士兵大罵了一陣。

因爲從出發以後，許多士兵都把背包扔在雙輪車上，只有帥克一個人背著包艱難地走，槍也好好扛著，還邊抽煙邊唱歌：

我們走向雅洛米什，
你相信嗎，
正好在那裡吃晚飯……

在距離車近五百米處，公路上塵土飛揚，士兵們若隱若現。恢復精神的杜布中尉探出頭，對士兵們喊道：「你們任務艱巨，面對行軍的種種困難，我相信你們的意志力！」

「蠢蛋！」帥克罵道。

杜布中尉又說：「沒有困難可以阻止你們前進的步伐。士兵們，這場戰鬥不可能輕易取勝，但我相信你們會打贏。歷史將會記住你們的光榮事跡！」

「狗嘴裡吐不出象牙！」帥克又罵了一句。

杜布中尉似乎聽到了罵聲，突然低頭嘔吐起來。吐完後他又大喊：「全體前進！」接著，他又倒在背包上睡去。直到到達圖洛瓦－沃爾斯卡，他才被人扶著站起來，這是盧卡什的命令。經過一番長談，杜布中尉才清醒過來，承認了錯誤：「我犯了錯誤，作戰時我會彌補。」

但他並不完全清醒，因爲走到自己的排裡時，他還對盧卡什上尉說：「你會知道我的厲害的，早晚有一天。」

「你可以問問帥克你幹了些什麼。」盧卡什上尉說。

杜布中尉回排之前先找了帥克，帥克正和巴倫以及萬尼克聊天。

巴倫說爲了防止瘟疫，井水裡放了檸檬酸。由於他的飯量大，總想吃魚吃肉，結果上帝懲罰他喝這裡的臭水。炊事員燒水時他覺得是吃飯的時候，還去廚房問。但廚子說只是有命令燒水，沒說做飯。

恰好此時杜布中尉進來，他又別有用心地問：「你們在聊天？」

「是的，中尉先生。」帥克代表大夥說，「我們正在聊檸檬酸。聊天可以讓士兵忘記一切困難。」

中尉想叫走帥克，說有事找他。走出後杜布中尉疑心地問：「你們是不是在談我的事？」

「沒有，我們只是在談檸檬酸。」

「可盧卡什上尉說你最清楚我做了什麼。」

帥克鄭重地說：「您沒做什麼，只是去了一次妓院，或許是誤會吧！那裡下面是個咖啡館，上面是娘們的住處。也許您走錯了門，您待的地方太熱，沒喝慣酒的人都會醉倒，何況您又喝了一整瓶酒。中尉先生，我奉命通知您開會，在樓上找到您。因爲太熱，喝酒以後連我您都認不出來了。您光著身子躺在沙發床上，沒做什麼事。這種事在天熱時是可以理解的。」

「你這是什麼意思?」杜布中尉清醒後勃然大怒。

「報告中尉，我只是隨便說說罷了，和您沒關係!」

但杜尉中尉覺得帥克語中有意，便威脅道：「你早晚會知道我的厲害的。你是怎麼立正的?」

帥克立刻改正了錯誤姿勢。

中尉還想說些什麼，卻沒有新詞了。離開帥克之後，杜布中尉一直後悔當時沒有說一句「好小子，我早就知道你的那些花花腸子」。

然後，古納爾特奉杜布中尉之命去找水喝。從鄉村神父那裡偷來了水罐，但沒辦法從木板密封的井裡打出水來，只好撬開木板。中尉心滿意足地喝完了一大罐水。

帥克等人認爲在圖洛瓦宿營是完全錯誤的，盧卡什上尉命令他們留下裝備快速到達利斯科維茨。

帥克、萬尼克、霍托翁斯基負責爲緊隨其後一個多小時到達的連隊安排好住宿。巴倫負責爲盧卡什上尉烤鵝。帥克三人還要提防巴倫偷吃。另外，萬尼克和帥克還要按標準爲全連宰好一頭豬，打掃乾淨宿營地等等。

營裡的資金不再緊缺，連隊會計科有十萬多克朗的存款。萬尼克得到上級指示，一旦進入戰地，在全連生死攸關的時刻，及時補齊未給足分量的軍需口糧所折合的款額。

帥克四人到達小河邊的樹林時，天已黑了。路很難走，巴倫有些害怕，他從來未在這種人地兩生的地方走過夜路。

「他們肯定把我們拋棄了!」巴倫邊搖晃邊說。

「何以見得？」帥克輕聲斥責。

「再清楚不過了：讓我們做排頭兵，爲的是讓我們偵察周圍有沒有敵人，若有的話，隊伍就不再往前趕了。朋友們，我們只不過是替死鬼而已。說話小聲些，敵人發現了肯定會開槍的。」巴倫小聲請求。

帥克搭了話：「巴倫，你既然那麼魁梧，就在我們前邊當盾牌好了，有人開槍的話通知大家一聲。當兵就不能怕子彈，敵人開槍既浪費彈藥資源又浪費力氣。」

「可我還得養活家裡呀！」巴倫歎氣道。

「爲皇上而英勇獻身是無上的榮譽，管它什麼家呢！」帥克勸慰巴倫。

「但皇上也應該讓我們吃飽飯啊！」

「你可真是一隻餵不飽的豬。戰鬥前，士兵是不應吃東西的，要不一槍進去，腸子非發炎不可。」

「可是我吃得多，又消化得快呀！」巴倫爭辯，還說假如自己吃下滿滿一盤麵包片和豬肉白菜，過不多久，就消化完了。

巴倫對帥克說：「我老婆用馬鈴薯泥做李子麵包，還加上乳渣，特有營養。但她總喜歡撒上栗子粉而不是我愛吃的碎乾酪，爲此，我還打過她——」

巴倫咂了咂嘴，伸了伸舌頭，輕聲說：「可是，我現在什麼吃的都沒有了，我好像覺得老婆是對的。我當時總和她唱反調，惹她傷心，有時還大打出手。」巴倫突然哭了起來。「我太不懂珍惜幸福了。」

巴倫已忘卻了內心的恐懼，一個勁兒地談論他的過去，現在想吃什麼……

四人一直向著利斯科維茨方向走。帥克和巴倫在前，霍托翁斯基和萬尼克在後，後面的兩個人談起了世界大戰的荒誕性，電話兵說無論白天黑夜，只要電話線出了毛病，就得去搶修，更可惡的是敵人的探照燈總能發現你。

目的地終於到了，但村子裡除了狗叫聲什麼也聽不見，什麼也看不到，一團漆黑。四人停下來商量對付狗的辦法。

巴倫想打退堂鼓，被帥克堅決制止了。

這時，其他村裡的狗也叫了起來。

帥克學狗販子馴狗時的方法，對著黑暗處大喊：「趴下！趴下！……」狗叫聲更凶了。

萬尼克說：「你想把全加里西亞的狗都喊起來啊？」

帥克不緊不慢地回答：「我在參加演習時遇到過類似的情況。我們夜間進入一個村莊，結果惹起了好幾個村子的狗一起叫。我們的大尉是個略帶神經質的老頭兒，他整夜未睡，總問巡邏兵誰在叫？叫什麼？士兵說是狗叫，大尉發火了，關了巡邏兵的三天禁閉，以後每次行軍都選出個『狗小隊』打頭陣，宿營地不許狗叫。」

聽帥克說狗在夜裡害怕香煙的微火，但接近村子時誰也沒有煙抽。突然，有隻狗不知不覺很友好地溜到帥克身邊，帥克撫摸著牠們，像哄小孩兒一樣說：「我們要在這兒睡覺覺、吃飯飯，再把好吃的留給你們。明天我們就要打敵人去了！」

這時，農舍的燈都亮了起來，他們來到一所房子前敲門打聽村長的住處。一聲尖利刺耳的女高音傳了出來。一個女人用奇怪的聲調說她丈夫吩咐她晚上不要隨便開門，而且她的孩子正出天花，家裡的東西全被人搶光了。

帥克他們不肯放棄，把手都敲疼了，並解釋他們是來找宿營地的。終於屋門開了，原來村長就住這兒。村長對找宿營地的事兒一百個不樂意，推說村子太小，沒地方容身，而且俄國人已經拿走了村上的大部分東西。他向他們推薦克羅辛卡，那裡有個大莊園。

「那兒有好多母牛，大兵們可以把牛奶裝滿飯盒，軍官們可以睡在莊園主的城堡裡。我們這兒只有痔瘡和蝨子。我的五頭牛全被俄國人搶走了，孩子都沒有奶喝。」村長說話的時候，屋子旁的牛棚裡傳來了牛的叫聲，然後是女主人對牛的訓斥聲。

村長並未因此慌亂，邊穿皮靴邊解釋：「這牛是鄰居的，又老又病，可憐啊！這是全村唯一的牛了。自從俄國人奪走了牠的孩子，牠就再也不產奶了。」

村長已經穿上了羊皮大衣，要領帥克他們去克羅辛卡。

「我們抄近路，過了小溪，再穿過樺樹林，半小時都用不了就能到。村子有好酒。像您這種體面的軍官，哪能在這種滿是蝨子和天花的地方宿營呢？應該找乾淨舒適的地方才對。先生們，別猶豫了！」

帥克卻大手一揮，模仿村長的語氣說：「先生，瑞典戰爭期間，有一個不想幫部隊找宿營地的村長被吊死在樹上。今天有個神父還說，村長應該竭力支援軍隊安排軍官和士兵們的住宿。不知道周圍最近的一棵樹在哪裡？」

村長聽不懂「樹」字。帥克接著說：「一棵樺樹、橡樹或者蘋果樹，總之是長著結實的樹枝的。」

村長聞言大驚失色，忙說只知道門口有棵橡樹。

「很好，我們可以把你吊死在橡樹上，因爲你不配合我們執行軍令。聽著，我們要在這個村子宿營，違令者死。」

帥克邊說還做了個上吊的手勢，軍需上士也開始威脅村長。

村長怕得直發抖，說話都不連貫了。忙說既然是命令就應該執行，村子裡還能安排好。村長趕緊出門去找提燈。

「巴倫去哪兒啦？」

昏暗的小屋中，傳來霍托翁斯基的大叫。

大家還沒有反應過來，巴倫已經從一個小門裡走了出來，發現村長不在，就低聲說：「剛才我去了食品儲藏室，在一個罐子裡抓了把不甜不鹹的東西吃了，大概是用來做麵包的發麵。」

「天哪，巴倫，發生什麼事了？」軍需上士用手電筒一照，發現巴倫的臉上被發麵沾得亂七八糟，肚子脹得像個足月的孕婦。

「是醃黃瓜，我匆忙間只吃了三根，其他的拿過來給大家。」巴倫的嗓子被發麵嗆啞了。

村長提著燈在門口站著，看見巴倫一條條把醃黃瓜分發開來，無奈地在胸前直畫十字架。

進入村裡的時候，一大群狗始終跟著他們，因爲巴倫私藏了一塊鹹肉。

帥克起了疑心，便問：「巴倫，爲什麼那群狗總盯著你啊？」

「牠們嗅出我是個善良的好人。」巴倫轉轉腦子說，卻絲毫不提口袋裡的鹹肉。

利斯科維茨地方雖不小，卻因戰爭而破敗不堪，這兒雖屬戰區，也難得沒挨到炮火，所以周圍破壞嚴重的村子中的難民都來到這裡，有的房子竟然擠著七八戶人家。

軍隊被安排到村頭的一家被毀壞的釀酒廠裡。一半人住在發酵室，其餘人按十個一組分別住在幾個田莊裡。

帥克和連部的所有軍官，軍需上士萬尼克及所有後勤人員一起住在神父家。因爲神父拒絕在家供養難民，所以他家還有空餘。

神父是個高瘦而小氣的老頭，教袍又舊又髒。他家以前住過俄國人，沒動他東西，但他的雞鴨卻被奧地利人吃光了。匈牙利人還掏走了他的全部蜂蜜。所以神父只痛恨奧地利人。帥克等人的到來顯然使神父十分惱火，他不住地強調自己一貧如洗。

巴倫傷心欲絕，他睡在神父的廚房裡，並被人監視著，儘管他在廚房裡找不到任何食物，除了一張包過茴香的紙。然而這張紙更勾起了他的食欲。

在釀酒廠的院子裡，鐵鍋只能燒開水。軍需上士和伙夫在村子裡找不到一頭豬，村民們都說俄國人拿走了所有吃食。

最後他們在酒館裡遇見一個猶太人，被迫買下了他的那頭瘦得只剩下骨頭的老牛。猶太人出價極高，胡說自己的牛是全歐洲最好的，是奉神的旨意降生的。

軍需上士和伙夫們一時昏了頭，硬著頭皮付了錢。猶太人收好錢後還裝模作樣地哭自己命苦，沒有牛今後只好作叫花子，求他們吊死他以求清靜，甚至還在地上打滾。等一回到家，他馬上精神大振，對老婆說：「親愛的伊麗莎白，那些兵真是笨到家了！」

那頭牛太瘦了，剝皮時費了好大的勁，最終只得到一堆筋骨。小竈上的伙夫們努力用這堆筋骨和一袋大豆要熬出點什麼，卻連一丁點兒肉湯都沒有，僅存的一點肉愈煮愈硬，和骨頭緊緊粘在一塊兒。

帥克充當了連部與伙房之間的聯絡員，隨時關注牛肉的情況。

「報告，上尉先生。」帥克對盧卡什上尉說，「伙夫巴沃利切克咬了一口牛肉，被咯掉一顆門牙，巴倫也試了一下，掉了顆臼齒。」

巴倫把掉下來的臼齒給上尉看。「上尉先生，我只想試一試牛肉可不可以做牛排，卻——」

愁眉苦臉的杜布中尉從窗子旁邊的躺椅上坐起來，他已經病得不成了，是救護隊用雙輪車把他送過來的。

「我快不行了。」中尉聲音虛弱，重新躺下去。「我又病又累，大家能安靜一下嗎？別討論了。今天我要是死了，麻煩你們委婉地告訴我的家人。並在墓碑上刻下戰前我是一個中學教師。」

帥克念了幾句送葬歌的歌詞：

你褻瀆了聖母，
讓壞人達到目的，
讓你的勤奮把我挽救。

但杜布中尉睡著了，沒聽見。

頑固的牛肉還要在鍋裡待上兩個小時，完全做不了肉排。於是軍需上士命令士兵們在飯前先大睡一場，也許要等到次日清晨才能做好今天的晚餐。

軍需上士萬尼克正躺在神父家裡，身下鋪著乾草。他不停地摸著鬍子，對旁邊舊床上的盧卡什上尉說：

「從開戰到現在，我還沒有吃過這樣的牛肉飯。」

而電話兵霍托翁斯基則在伙房裡給老婆寫信，準備等營裡的戰地信箱號碼定下來後把它寄出去。他是這樣寫的：

我的最最親愛的、最最想念的，最最美麗的鮑仁卡：

親愛的，此刻我在深夜中想念你，當你獨守空房的時候是否想到了我？離開你以後我總是有些擔心。聽許多回家養傷的朋友說過，有些無賴竟勾引他們的妻子。親愛的鮑仁卡，我無奈之下才給你寫這封信的。我知道你的第一個愛人是誰，我害怕他趁我不在時糾纏你。每回想到這件事，我就恨不能殺死他，我的心都碎了。原諒我的直言，但你要小心不能出什麼亂子，否則我不會手下留情的。

吻你千百次，問候父母。

你的托諾烏什

又：千萬別忘了你跟我姓啊。

他接著寫了一封待發的信：

最可愛的鮑仁卡：

當你接到這封信時，我們已經打了一個大勝仗，擊落了十架敵機，還打死一個將軍，每到生死攸關的時刻，我就會想起你。你近來好不好，家裡有事嗎？我們又要去前線了，有時間再寫信，希望你永遠忠實於我，否則我要把你和那個大笨蛋無賴統統殺死，用你們的心肝做下酒菜。

吻你千百次。

祝萬事如意。

你的誠摯的托諾烏什

寫到這兒，霍托翁斯基漸漸睡了過去，神父過來吹滅了燃著的蠟燭。飯廳裡，只有杜布中尉在睡覺。

軍需上士萬尼克新接到一份從薩勒科的旅部下達的給養規定。規定裡禁止把蕃紅花和生薑放入士兵的湯裡。還有，戰地伙房必須把骨頭收集起來送到後方師部的倉庫去。卻沒寫清是什麼骨頭：人的，還是牲口的。

「帥克，開飯之前，能不能講點兒什麼？」盧卡什上尉說。

「當然沒問題，我甚至可以講完整個捷克民族史。」帥克答應著，「我要講的是一位郵政局長夫人的故事，丈夫去世後她接替了他的職位。我一聽別人說起戰地郵政，立刻就記起她來。」

「帥克，你又在胡說八道了。」盧卡什上尉說。

「報告，上尉先生，我也不知道爲什麼自己會講這樣的愚蠢的事兒。」

「這位郵政局長太太長得怎麼樣？」上尉問道。

「噢，上尉先生。那太太其實挺漂亮的，又能管制整個郵局，只是有一點兒不好，總認爲其他人都在打她的主意。每天下班，她最愛打聽出了什麼事沒有。有一次她懷疑一個和她打招呼問好的男老師要非禮她，就上告到區教委。但審查的結果卻是這位男教師小時候因傷而得了陽萎。」

「我的天啊，帥克！」盧卡什上尉插嘴道，「若不是一會兒還有晚飯，真想聽你說點兒更刺激的。」

「報告，上尉先生，我剛才就說過我講的是一件無聊的事兒。」

「反正你的聰明故事我都聽煩了。」上尉說。

「上尉先生，智慧是有限的，世上難免會出現幾個蠢材。有些人整天裝成很聰明的樣子，其實他們是最笨的人。」

盧卡什上尉坐起來，雙手交叉在胸前，說：「我也很納悶兒，我對你很了解，卻老是找你來聊天。帥克，這是爲什麼？」

「這是習慣成自然。命運把我們安排到一起，共同吃苦受累，相互了解對方，我只希望能爲您出力。上尉先生，您餓不餓呀？」

盧卡什上尉讓帥克去看看晚飯好了沒有，他對帥克的那些故事厭倦極了。他想休息了，卻睡不著。

「俗話說：神父的臭蟲最多，肯定是臭蟲打擾了您。」帥克解釋說。

「帥克，我不是讓你去看看晚飯嗎？」

帥克只好走出去，巴倫偷偷跟著他。

次日清晨，當隊伍從利斯科維茨開向斯塔拉索爾—桑博爾一線時，伙夫們還帶著未煮熟的牛肉，士兵們在路上喝了黑咖啡。

杜布中尉感覺一直不好，他躺在雙輪救護車裡，他的勤務兵爲他忙前忙後卻沒少挨罵，中尉總是要水喝，可是又一喝就吐。

「不許笑！」杜布中尉威脅道，「你早晚會知道我的厲害。」

帥克仍在盧卡什上尉的馬旁高談闊論，走得很帶勁兒。

「上尉先生，您必須去管管那些偷懶的士兵，有些人還沒背到三十公斤就開始抱怨了。有個上尉用第一個丈母娘的錢去逛妓院，用第二個丈母娘的錢去賭博。拿第三個丈母娘的錢買了匹阿拉伯雜交公馬……」

盧卡什上尉氣急敗壞地從馬上跳下來，大喊：「帥克，你要再說第四個丈母娘，小心我把你推下這個山坡。」然後又騎上馬。

「不會了，這上尉在拿到第三次錢以後就自殺了。」帥克補充道。

「終於走到頭了。」盧卡什上尉鬆了口氣。

「那您別忘記管管那些沒責任心的士兵。」帥克提醒上尉，「我覺得，您必須把士兵控制住。

誰要是開小差，誰要敢頂嘴，就關他禁閉。士兵永遠不會比上尉先生高明，人要知道識相才行。上尉先生，人類的生活非常複雜，有些人的命一分不值。戰前有個胡比契卡警長……。」

盧卡什已經聽累了，催著馬兒快跑，走前對帥克說：

「要是你想講到晚上，那你就太蠢了。」

「上尉先生，」帥克衝著背影喊道：「您不想再聽我講個故事嗎？」

盧卡什策馬跑遠了。

杜布中尉的情況好轉了，從車裡鑽出來，他要對本部的人馬進行訓話。他那冗長的演說，使人覺得比行軍還累——全是亂七八糟的格言。

他開始說：尊敬的長官可以使士兵勇於犧牲，對長官的這種愛戴不一定非得出於真心，也可以強迫。在軍隊裡，軍官不許士兵情感方面有任何鬆懈。這種強迫不是一般的愛，包含著尊敬、謹慎和紀律。

這段期間，帥克一直站在中尉左邊保持向右看齊的姿勢。

杜布中尉起初沒有注意到帥克的姿勢，只顧著講話：「這種紀律，士兵與長官之間的關係本來就很簡單：下命令和聽指揮。軍事書籍中寫得很清楚：每個士兵都應當把簡單明快和樸素單純作爲必備的美德。每個士兵都要熱愛上級，上級應該是他眼中完美的典範。」

這時，他發現帥克盯著他，這使他很不自在，而且覺得才思枯竭。他衝帥克嚷道：「幹嘛死盯著我？」

「報告，我在執行命令。您曾吩咐過我您講話時必須盯著您的嘴，士兵必須執行上級的命令。」

「轉過臉去！」杜布中尉嚷道：「混蛋！不許你這樣盯著我！我討厭這樣！否則對你不客氣！」

帥克把臉轉向左邊，走了一段路，杜布又怒道：

「我講話時你看哪兒呢？」

「報告，我執行您的命令——向左看！」

「唉！」杜布中尉歎了口氣，「真是氣死我了，你他媽朝前看，心裡想著：我是個白癡，枉來世一遭，明白嗎？」

帥克改爲向前看，說：「請問中尉先生，您的問題要回答嗎？」

「大膽！」杜布中尉叫道：「你敢這麼和我說話？」

「報告，您以前說過：在您結束講話前什麼也不許回答。」

「你害怕了？」中尉很高興。「早晚讓你知道我的厲害！哼！記住這一點，閉上你的嘴，到後排去！別讓我看見你！」

帥克走到後面同救護隊一起舒服地坐車，直到休息地。這時，大家都聞到了牛肉的香味。

「這頭牛應該用醋泡上兩個星期。牛已經沒了，不如拿醋泡泡買牛的人。」帥克說。

一個傳令兵騎馬送來十一連的新命令：行軍路線改爲取道費爾什丁，而桑博爾已經有了部隊，就不用去了。盧卡什上尉命令萬尼克同帥克去費爾什丁找宿營地。

「帥克，路上小心別出事！」盧卡什上尉叮囑道，「對老百姓要規矩些！」

「報告，我一定盡力而爲。但早上我做了個惡夢，夢見住房裡的洗手台往外冒水，整整一夜，後來淹了天花板。上尉先生，這種事在生活中有過……」

「不許胡扯，帥克。跟萬尼克好好看看地圖。沿著小河可以找到村子，再往前有條小溪，向北則穿過田野，就不會迷路。明白嗎？」

帥克和萬尼克出去了。

剛過中午，天氣悶熱難耐。掩埋屍體的墳沒填好土，發出陣陣臭味。以前有好幾個營在進攻這個地區時被消滅了。河邊樹林裡有燃火的痕跡。在大片平原和山坡上只剩下樹墩子，一道道塹壕割裂了整個平原。

「這裡和布拉格郊區不一樣。」帥克說。

「我們那兒已經收割完了，」萬尼克說，「收割是從克拉盧普克開始的。」

「打完仗這兒會有好收成，」帥克說，「兵士爛在這裡可是很好的肥料，只是老鄉別把士兵的骨頭賣到糖廠當骨炭。」走著走著，帥克望望四周的景色，忽然說：「我覺得咱們走錯路了。上尉說應該先上山後下山，再左轉，然後向右，可咱們一直直行，我肯定前面兩條路中有一條通往費爾什丁。我建議走左邊。」萬尼克卻堅持往右走。

「沿這條路走更保險，沿著長草的小河走，你自己走大路吧！盧卡什上尉說清楚了我們這麼走不會迷路，何必去爬山呢？在草原上走，採點花兒，給上尉先生一束，我想，咱們分頭走吧！這兒離費爾什丁不遠。」

「別傻了，帥克，」萬尼克說，「按地圖該向右走。」

「地圖可能畫錯了。」帥克邊說邊朝小溪走去，「您不聽我的，好吧，上士先生，咱們各走各的，比比誰先到。如果有危險，您放一槍我就知道您在哪兒了。」

黃昏時分，帥克來到一個池塘邊，遇到一個俄國俘虜，他正在洗澡。他一見帥克，爬出水面光著身子就跑了。

帥克很好奇地看著柳樹底下的一套俄軍制服，想像自己穿上後的效果。穿上之後，帥克很想在水面上好好照一照，他在水塘邊踱了好長時間，直到被搜捕逃犯的憲兵巡邏隊發現了。

這些匈牙利士兵把帥克押到了赫魯瓦轉運站，也不管帥克是否願意，就把他跟一批修築鐵路的俄國俘虜關在了一塊兒。

第二天，帥克才突然意識到所發生的一切，他用一根燒焦的木頭在房子的牆壁上寫下了一行字：

九十一聯隊十一先遣連傳令兵，布拉格人約瑟夫·帥克在執行排頭兵任務時，不幸在費爾什丁附近誤被奧軍俘虜，故在此留宿。

第四卷　光榮敗北續篇

一　帥克在俄國俘虜隊裡

帥克被誤認爲從費爾施泰因附近的村子逃走的俄國俘虜，就是他身上的俄國制服和軍大衣惹的禍。沒人管他在牆上寫了什麼求救的話。

他想向發麵包軍官解釋清楚，卻被看管俘虜的匈牙利士兵粗暴地轟了回去。帥克應該習慣外族人對待俘虜的這種方式態度。

「唉，他也是沒辦法，總要看住我們嗎！要不剛才他也夠危險的，萬一用槍托打我時子彈走了火，可不就爲國捐軀了？」帥克歸隊後，向旁邊的一個俘虜說著自我安慰的話，「在舒瑪瓦採石場發生過這樣一件事，採石場看守爲了防止工人偷烈性炸藥，下班時逐一檢查，由於他用力拍打第一個被他抓住的工人的衣服，用力太大了，反而引爆了那些炸藥，兩個人摟在一起見了上帝。」

但帥克的話算白說了，那個俄國俘虜一句也沒聽明白，他是個韃靼人，坐在地上，兩條腿盤著，雙手合十，不住地祈禱：「偉大的真主，偉大的真主，仁慈寬厚的主宰者……」

「噢，你是韃靼人，我能聽明白你說什麼，你聽不懂我的話嗎？」帥克有些可憐他，「你難道不知道施騰堡的雅羅斯拉夫嗎？是他把你們從摩拉維亞趕跑的，你們一敗塗地，你在學校裡沒學過這些嗎？那你清楚聖母馬利亞吧？噢，肯定不清楚，她還在霍斯丁呢！反正給你們這些俘虜們在那兒行洗禮沒什麼不同的。」

「那麼，你也是韃靼人嗎？」帥克問他身邊的另一個人。

那人直搖頭，「不，我是貨真價實的契爾克斯人，原來是個理髮師。」他大概聽懂了「韃靼人」三個字。

這是一個由韃靼人、格魯吉亞人、沃舍梯人、契爾克斯人、莫爾多瓦人和加爾梅克人等多個民族組成的俘虜隊伍，置身其中，帥克有些許慶幸。唯一不方便的是言語不通，況且還要所有的人一塊去修建一條鐵路。

在戰俘轉運站遇到了一個難題，眾多俘虜中沒有一個人能聽明白那位負責登記的上士所說的「俄語」。上士用奇怪的斯洛伐克話提問，這是他作爲維也納公司代表在斯洛伐克工作的時候學會的，極爲蹩腳。

無奈之下，上士只好用俄語對目瞪口呆的俘虜們大聲求救：「誰會說德語？」——他前不久訂購的德俄字典會話手冊還未收到。

帥克自信地站了出來，上士把他帶回了辦公室。然後兩個人守著一堆登記俘虜個人情況的表格用滑稽的德語談了起來。

上士問帥克是否是猶太人。帥克立刻搖頭否認。

「不用騙我了，是俘虜會說德語，肯定是猶太人。你不是叫帥克嗎？這正是猶太人的名字啦！」上士比帥克還自信，「別害怕，我們奧地利從不與猶太人爲難。你認了吧！你是不是住在華沙附近的普拉加？一周前，我見過你的兩個老鄉。」

「你是九十一聯隊的，你瞧，你的情況我們十分了解。」上士邊說邊翻登記簿。

帥克真的大吃一驚了，迷糊著接過上士吸剩下的半支香煙。

「這煙可是好東西。年輕人，我是這裡的頭兒，沒有人不害怕的。我們的皇上可不像你們的沙皇一樣是個混蛋，他老人家是至高無上的首腦。好，現在你可以見識一下我們的軍紀。漢斯・勒夫勒，出來！」

一個粗脖子的斯梯爾省籍士兵從旁邊的門裡跑出來，哭喪著臉。帥克看出他害了軀幹肥大症。

上士命令道：「漢斯・勒夫勒，把這支煙斗叼在嘴裡，像狗一樣圍著桌子跑圈，我不喊停就一直跑，還要『汪汪』叫著。注意不能把煙斗掉出來，否則有你好看！」

可憐的漢斯開始執行命令，裝成狗的樣子叫著爬著。

「猶太人，如何？我沒說大話，我們的軍紀最嚴格了！」

上士得意洋洋地看著帥克和爬在地上的可憐蟲，終於喊出了「Halt（德語：停）！」

「很好，現在我命令你像狗一樣跟我熱乎一下，不能放下煙斗。很好，接著叫啊！」房間裡立刻充滿「汪汪汪」的叫聲。最後，漢斯得了四支「運動」牌香煙作爲獎賞。帥克又開始了他的故事。

帥克說：「某某團也有個對長官百依百順的勤務兵。別人曾故意問他，如果長官命令他吃掉長官的糞便，他願不願意。那勤務兵竟痛快地回答，只要糞便是沒有頭髮就嚴格執行命令。」

這個笑話把上士給逗樂了，但他仍然覺得自己的軍紀是最嚴格的。「帥克，以後那些俘虜歸你管了。晚飯之前把所有人的名字記下來交給我。今後他們的糧食你代領，按照十個人一份分發。不過他們可一個都不能溜掉，否則小心你的腦袋！」

「我有話要說，上士先生。」帥克說。

上士回答他：「我最討厭別人跟我說話，帶著紙筆，編個名冊，馬上離開這兒。記住對待俘虜愈好會愈不討好的……少廢話，小心我送你進兵營。噢，你還有什麼需要？」

「報告，上士先生……」

上士不耐煩了，趕帥克快走。帥克行完軍禮退了回去，心中還安慰自己：爲了皇上多些忍耐力不會錯的。

雖然帥克博聞強志，卻怎麼也理不清那些韃靼人、格魯吉亞人、莫爾多瓦人的雜七雜八的怪名字，編個名冊可真不容易。「穆哈拉哈萊依·阿布德拉赫馬諾夫、貝穆拉特·阿拉哈利、捷列捷·切爾德捷、達夫拉德巴萊依·魯爾達加拉耶夫，我的天，這些韃靼人的怪名字可比我們的難記多了。」帥克不僅抱怨了。

那些衣著講究的俘虜們列著隊依次報上名字：津德拉萊依·漢涅馬依、巴巴莫依·米米紮哈利……帥克從他們身邊走過，逐個提醒他們說清楚點兒：「你看，我們的名字多好念，比方說博胡斯拉夫、會傑潘內克、雅洛斯拉夫·馬托謝克，或是魯日娜·斯沃博多娃什麼的。」

當帥克把這些怪名字記下來後已累出一頭汗。帥克想趁機澄清他被抓的誤會。但如今上士的頭腦正處於完全混亂的失控狀態，上士正在按照拉德茨進行曲的調子唱德文報上的廣告詞：

「願用一架留聲機去換一輛小童車！」「白的，綠的，碎玻璃都要。」等等，有些根本詞不著調，上士還捶胸頓足地打著拍子盡力配合著。他的八字鬍被波蘭白酒粘住了，活像嘴邊翹了兩把乾刷子。

上士眼巴巴地盯著帥克，不再拳打腳踢了，改爲「崩崩」地敲椅子。他唱著一首莫名其妙的德國情歌，配著一段難聽的廣告詞。帥克一直等到上士嗓子啞了，唱不動了，才有機會說出自己遭遇坎坷的來龍去脈。

帥克始終認爲選擇的那條沿著小河去費爾施泰因的路沒有錯，只不過在他的必經之路卻不幸碰上了一個下河偷著洗澡的俄國俘虜兵。帥克沒有錯，他必須抄近道去找營地。俄國人給嚇跑了，連丟在樹叢裡的衣服都沒拿。負責偵察時，利用陣亡敵軍的制服是被允許的，帥克就穿上了這套以後惹來大麻煩的制服。

最後帥克發現自己又白講了，上士早已睡熟了，連帥克走上前去差點把他碰倒在地都沒驚醒他。帥克只好行禮退出。

次日凌晨，由於計劃突變，軍事建築指揮部要把帥克和他的俘虜隊送到普舍米斯爾，讓他們修復通向魯巴楚烏的鐵路。在匈牙利押送兵的驅趕下，他們日夜兼程。並在一個村子休息時與輜重隊不期而遇。

帥克出列，對著隊伍前面的軍官大喊：「HerrLeutant，ichmeldgehorsamst。（德語：報告，中尉先生。）」還想說下去，就被兩個匈牙利士兵推了回去。軍官跟班長說，俄國的德國移民也要戰鬥。說完扔下一個煙頭，邊上的一個俘虜立即撿起來據爲己有。

黃昏時分，俘虜們到達普舍米斯爾。帥克終於有了一個證明自己是九十一聯隊十一先遣連的傳令兵的機會。

所有人被趕到一座破爛不堪的舊城堡裡，每人分到一點兒顏色暗淡的飲料外加一塊玉米渣麪包。他們被沃爾夫少校接管了，少校是個雷厲風行的人，身邊圍著一大群翻譯作參謀。他們按照俘虜的能力和教育程度進行分工。

但少校始終認爲俘虜們在裝瘋賣傻，因爲他利用翻譯問過幾次，他們會修鐵路嗎？結果只得到一種回答：「我是本分人，什麼都不會做啊！」

當沃爾夫少校首次用德語詢問面前的這隊人有誰會說德語時，帥克又自信地邁出了佇列，立正行禮。

少校十分高興，以爲帥克是位工程師。他的猜測立刻被帥克否定了：「不，先生，我是九十一聯隊十一先遣連的傳令兵，被誤抓來的。實際上……」

「你說什麼？」

「實際上……」

「你是捷克人，只不過換了身俄國制服？」

「完全正確，少校先生，你太聰明了。我不能在這兒待下去，我的戰友正在前線呢！先生，請允許我把事情說清楚——」帥克有了希望。

「閉嘴！」沃爾夫少校打斷他，命令兩名士兵把帥克帶到禁閉室，自己卻和另一名軍官在帥克身後邊走邊議論。還時不時說起捷克叛徒。最近幾個月，軍官們數次接到上司密令，通報捷克軍人越境叛逃的惡性事件。有的密令甚至聲稱叛逃者們投向了俄軍，背信棄義，成爲敵軍的間諜。

奧地利內務部正在全力偵察逃往俄軍的叛徒的一個戰鬥組織。其實到了八月份，東部前線上，有關前奧地利教授馬薩利克叛逃的密令才發到營長們的手中。此前，內務部對國外的革命組織也是一知半解的。

對於叛逃者的危害，此時的沃爾夫少校也不甚了解，原本他只是從密令中得知有人叛逃一事，今天卻被他輕而易舉地抓到一個。他相信自己的才智，提出「誰會說德國話」這一問題是精心設計的棋子，一開始他就覺得帥克可疑。

那位同行的軍官建議是告知駐防司令部，再把帥克押上上一級的軍事法庭。他十分贊同少校對帥克的處置，不能便宜了叛徒，要按照法律規定把他押上絞刑架。當然是在審訊之後，因爲說不定從帥克口中會有新發現。

但沃爾夫少校突然改變了主意，心頭被一種殘酷的惡的念頭控制了，他要親自審訓並處決這個潛逃犯。天高皇帝遠，在前線抓住了間諜，不用經過嚴格的法律程式就可以審訊行刑，況且沃爾夫少校有著牢靠的後臺，更可肆意行事了。

可是還有一點少校不太明白，爲什麼所有軍官都有執行絞刑的權力。離東加里西亞前線愈近，有生殺大權的軍官職位愈低，甚至包括一個巡邏隊的班長在內，都可以隨便處死一個自己認爲可疑的人。

「要通過軍事法庭的審判才能處死他，你不可以！」大尉激動地強調。

「我可以的！」少校生氣地嚷。

大尉和少校之間起了尖銳的衝突。

帥克倒是平心靜氣地聽別人吵架，還與押送他的人打趣說：「這又有什麼區別呢?有一次我爲了何時把總在舞會上耍賴的瓦夏克趕出酒店和另一人吵了起來，是等他一進門就往外趕，還是等他付完錢又喝光酒時，或是等第一輪舞結束後。酒店老闆建議等他的錢用光了，賬也付了以後再下逐客令。結果怎樣？那個無賴根本沒來。您說這算什麼事？」

「我們不懂捷克話！」兩個士兵異口同聲地用德語說。

「Verstethensiedeutsch？（德語：那你們懂德國話嗎？）」帥克反問道。

「Jawohl！（德語：懂！）」

「很好。」帥克很滿意。

三個人融洽地聊著天來到禁閉室，帥克和順地坐在長椅上，聽沃爾夫少校與大尉對怎麼處置他的爭論。最後，大尉說服了少校，少校認同了正式的法庭審訊一說。

要是他們詢問帥克的意見的話，他肯定會說：「雖然您，少校先生的官銜大，但道理在大尉先生那邊，噢，真遺憾。有個瘋法官在布拉格的某個區級法院裡，直到有一次他處理一起侮辱人的人格尊嚴的案件時，人們才發現他瘋了。事件是這樣的，副牧師霍爾基克在上宗教課時打了茲納麥納切克先生兒子的耳光，只要他碰見茲納麥納切克，準會挨罵，什麼蠢牛、妖怪、笨蛋、豬玀、流氓、騙子……罵得極難聽。我們的瘋法官是個忠誠的信徒，他聽到這一通的大罵，頭一發昏，判了被告死刑，還大喊大叫：『我以皇帝的名義判你死刑。本判決不能上訴。霍爾基克先生——』他命令看守『送那位先生去刑場吊死。』嚇得看守和茲納麥納切克先生大眼瞪小眼，撒腿就往外跑。唉，可憐的法官在被塞進救護車時還直喊：『找不到絞索，行刑時用床單也可以。』」

在駐防司令部，帥克在沃爾夫少校胡編的供詞上簽了字。供詞的內容是帝國士兵帥克意識清醒時自行穿上俄國軍服，在俄軍撤離後被我方野戰憲兵隊在前線抓獲，這確是事實，帥克沒有否認，但想再加上幾句能證明他當時的處境的話來補充。結果惹惱了沃爾夫少校，帥克馬上打住。然後帥克被關在一個大黑牢裡。

牢房地上到處是搶米吃的耗子，這裡原本是座米倉的。帥克找了塊草墊準備睡覺，卻發現原本和他相安無事的一大窩耗子正準備把窩挪到他的草墊上。「我要再躺在上面不就把牠們都壓死了，軍糧庫裡的耗子也算是國家財產呀！」帥克琢磨。於是去敲大門，請求過來的波蘭班長給他另找一個地方。在波蘭人那兒帥克碰了個大釘子，波蘭人用拳頭威脅他，嘴裡還嚷著「臭狗屎」、「霍亂病」之類的罵人話，然後離開了。

整整一夜，耗子們都在進行著自己的夜生活，在隔壁倉庫啃那些一年後才會被軍需處想起來的軍大衣、軍帽什麼的。到時候上士們才把列入軍隊序列裡的軍貓放出來。在馬利亞·德萊齊戰爭中，軍貓們出動過一次，為了趕走盜竊國服的耗子們。通常貓們是懶懶地不執行命令的。利奧波爾皇帝在位時，軍事法庭就吊死過六隻派到波雷舍爾釆軍需庫的軍貓，太可笑了。

帥克一夜無事。早晨送咖啡時，一個戴俄式帽子，穿俄國大衣，說帶波蘭語重音的捷克話的人被送了進來，這個人是為普舍米斯爾軍團反間諜處做事的，是個飯桶，這個密探沒有任何開場白，便單刀直入地對帥克說：「朋友，你為俄國哪個團效力，我好像在俄國見過你。我原來在二十八聯隊做事，然後投靠了俄國人，表示願去偵察隊……噢，我為第六基輔師效力。在基輔我認識太多捷克人了，我們一起上前線，一起投靠俄軍，可現在我記不清他們了。朋友，你能幫我回憶一下嗎？二十八聯隊還有誰留在那裡啊？」

帥克不吱聲，小心翼翼地摸了摸那小子的額頭和脈搏，還把他領到小窗戶前檢查舌頭，那人莫名其妙地聽從帥克擺佈，還以為這是間諜的接頭方式。

帥克又敲大門，用捷克語和德語對看守說這裡有個人瘋瘋癲癲，快把醫生請來。誰也不搭理帥克，他只好忍受那人無休止地嘮叨著基輔的事情和他們的似曾相識。

「先生，您準是和那個年輕的迪涅茨基一樣喝了許多泥漿。」帥克同情地說，「迪涅茨基挺聰明的，可他從義大利回來就總是嘮叨義大利的汚泥漿，還說他因爲喝了那些泥漿而染上了瘧疾。在一年四個聖徒節日裡，就是聖約瑟夫節，彼得節，保羅節和聖母升天節裡發作，一犯病就隨便跟人搭話，說認識人家，他還老胡說自己坐在米蘭的火車上，或是在別的城市的市政府的酒窖中跟人喝葡萄酒。一次在飯店裡發病，說裡面的顧客是他在開往威尼斯的輪船上認識的。唉，這種病只有卡特辛基里新來的一位男護士有辦法醫治，護士曾照看過一個從早到晚數著『一、二、三、四、五、六』的病人，是個教授，他試圖教他數『七、八、九、十』，卻白費力氣。護士氣急敗壞地在病人念到『六』時衝上去用力敲了人家後勺一下，喊著：『這就是七、八、九、十！』，數一下，敲一下。結果把病人敲醒了。教授記起他計算出明年七月十八號早晨六點鐘會出現一顆慧星，可有人證實這顆慧星早在幾百萬年前消失了，於是教授進了瘋人院。教授出院後，護士成了他的僕人，負責每天早晨敲四下教授的後腦勺。」

「您在基輔的所有朋友我都認得，您不是常跟一個胖子，一個瘦子在一起嗎？他們叫什麼來著——」那個嘮叨鬼——反間諜處的密探仍不死心。

「沒有人能記清這個世界上所有胖子和瘦子的名字，他們太多了，你不用擔心。」帥克安慰他。

「噢，你不信任我嗎？我們可是同命相連啊！」那人竟哭了起來。

「不，這是我們的責任和命運。從出生起我們就注定穿上軍裝成爲大兵，準備好犧牲，爲皇帝犧牲是值得的。我們已拿下了黑塞哥維那，齊麥爾中尉先生早就說過我們死後，骨頭可用來煉製糖廠所用的骨炭，用來過濾糖，給孩子們沖甜咖啡喝。」

那人敲了敲門，和守衛耳語了幾句，守衛就去辦公室報告了。不一會兒一個軍士帶走了那個人，帥克又孤單一人了，幾乎一整天，帥克一個人待著。半夜時，他覺得俄國軍大衣確實暖和，連爬到他耳邊的耗子也好像對他喁喁著溫柔的耳語。

至今帥克都弄不明白那個昏暗的早晨在軍事法庭上對他進行的審訊到底是怎麼回事。法庭上，將軍、上校、少校、上尉、中尉、書記和一個專門給抽煙人擦火柴的步兵端坐著，他們並沒有提過很多問題。只是少校對帥克注意得多一些，並用捷克話訓斥帥克：「你竟然當叛徒！」

「我沒有，向上帝保證。我們的君主神威英明，我怎麼會背叛他？」帥克爭辯道。

「別再頑抗。」少校說。

「我沒有要賴頑抗，尊敬的少校先生，我宣過誓至死效忠皇上，我沒有食言。」

「這是你叛變的證據！」少校指著一大摞材料說。這些材料主要由那個「瘋密探」提供的。

「還不認罪嗎？」少校問。

「你也承認了自己穿上俄國軍服是自願的，而你是奧國軍人。」

「是的，我是自願的。」

「沒有人強迫？」

「沒有。」

「你知道自己失蹤了嗎？」

「知道，我的戰友們肯定在到處找我。少校先生，我想把人們自願穿上外國軍裝的原因講清楚，一九〇八年七月的一天，布拉格街上的裝訂匠博魯捷赫到河裡洗澡，把衣服掛在柳樹林裡，正巧又碰到一個人，兩個人玩耍，聊天，十分盡興。那人提前走了。直到天黑該回家了，博魯捷赫先生卻找不到衣服了，只發現一套破衣爛衫和一張字條，字條上寫著──

「爲了決定該不該拿走你的衣服，我在水裡想了很長時間，最後我想到了數花瓣兒的辦法來決定是否，最後一瓣是『是！』你放心穿我的衣服吧！一個星期之前它已在多布希什縣的縣監獄裡滅過蝨子。提醒你不妨下水清醒一下，今後希望你提防著每一個和你一起洗澡的人。」

「博魯捷赫先生無奈地穿著那身破衣裳回家，不幸讓專逮流浪漢的憲兵巡邏隊逮住了，第二天早晨他被送上了茲布拉斯拉夫縣法院，還好，大家都認識他是布拉格萊恩大道十六號的裝訂匠約瑟夫・博魯捷赫。」

聽不太懂捷克語的書記官以爲「布拉格萊恩大道十六號的約瑟夫・博魯捷赫！」是帥克的同夥。插問了一句。

「接頭地址也在那裡嗎？」

「噢，對，他在一九〇八年是住在那兒的，他每次先把要裝訂的書讀一遍，再按照不同內容來訂，非常漂亮，但花費時間太長。遇上結局悲慘的小說，他總要加個黑邊。嗯，他經常去『烏弗萊庫』酒店，向別人講書裡的故事。還有什麼需要我說的嗎？」帥克說。

少校與書記官耳語了幾句，書記官從記錄中劃去了博魯捷赫的地址。芬克・馮・芬克爾施泰因將軍繼續主持這種突擊審訊的怪方法，這位將軍喜歡搞突擊審訊，喜歡自己找人組織「私人軍事法庭」，而且輕易就判了罪犯的死刑，如今在前線，他組織突擊審訊更容易了。

這位將軍鼎鼎大名，像其他人每天非下一盤棋，打盤撞球或玩把撲克一樣，他每天非得搞一次戰地突審。他親自主持參加，對判人死刑這樁事他樂在其中，大批人喪命於將軍手下。到了東方之後，他嚴厲打擊了在加里西亞進行反奧宣傳的烏克蘭人，心安理得地處死了男女教師、教會神父甚至處決全家，從未受過良心的譴責，有時還津津有味地回顧自己的「壯舉」。他已把突審，絞刑看得習以爲常，在法庭上唯他獨尊。

芬克將軍現在是普舍米斯爾要塞的司令，碰到帥克之前他已經好長時間沒搞過突審了，他自然會感到歡欣鼓舞。將軍坐在桌子旁接連抽煙，翻譯不停譯出帥克的供詞。將軍不時點頭表示同意。

帥克既然說自己是九十一聯隊十一先遣連的，少校建議打電話確定一下。將軍以有礙於突審的程式的理由給否定了。帥克已承認自願穿上俄軍裝，而且在基輔待過，將軍由此確定要開庭判決。

少校堅持弄清帥克的身分，以便找到帥克與過去戰友的交往情況。他覺得必須弄清一切才能給人判刑。偵察的意義遠遠大於判決的結果。通過偵察說不定會有新發現。後來將軍也被少校的情緒感染了，決定對帥克的真實情況進行調查。

休庭時帥克被看押在過道裡，然後又上庭走了個過場，最後被關進了駐防軍監獄。突審的失敗使芬克將軍陷入沈思，他想儘快得到結果，但事情並不那麼順利。

「早晚我要把他處死，我們可以在判決之前，在得到旅部的資料前派神父來給他舉行刑前儀式，以免再延長行刑時間。」將軍決心堅定。

於是戰地神父馬蒂尼茨被叫了過來。馬蒂尼茨在摩拉維亞擔任副職神父。以前他受過一個極其墮落的正職神父的管制，那個神父酗酒，好色，這一切使馬蒂尼茨悲傷失望，於是他參了軍。

馬蒂尼茨神父，希望通過給戰場上的傷員和臨終者舉行祝禱儀式來爲曾管過他的正神父贖罪，希望卻落空了。他在軍隊裡無所事事，每隔兩周爲駐防軍大兵做彌撒成了他的工作。要不就對軍官俱樂部發出的誘惑進行抵制，因爲，那些軍官的言行比那位正神父還要墮落千萬倍。

芬克將軍對舉行戰地祝捷彌撒也情有獨鍾，因此每次前線有大規模戰事，都把馬蒂尼茨神父召來。芬克本質上是個大騙子、狂熱的奧地利愛國主義者，從未爲德軍或土耳其軍隊的勝利作過祈禱。可奧地利偵察隊的一次微不足道的勝利也會被將軍吹得天花亂墜，並爲此舉行盛大的祝禱儀式。日子久了，馬蒂尼茨神父也就認爲芬克將軍也是普舍米斯爾天主教教會的真正領袖。芬克將軍總是親自決定彌撒的程式，在獻完聖禮之後，還騎著馬在祭壇前面喊三聲「烏拉！」

神父是個正直虔誠的人，對上帝真心信奉。他討厭芬克將軍，也討厭自己好像已陷入芬克將軍的泥潭了。

馬蒂尼茨神父發現自己愈來愈喜歡芬克將軍的烈性酒；對將軍的污言穢語也習慣了。神父覺得自己墮落了，甚至忘記了上帝。將軍也愛上了馬蒂尼茨神父，兩個愈走愈近。

有一回，將軍從醫院找到兩名女護士，其實她們根本不是護士，只是掛名而已，以領薪水來增加賣身的收入。戰爭時期這是可以理解的。隨後，將軍又叫來神父馬蒂尼茨，神父覺得已經惡魔纏身，才半個小時就和兩個女人上了床，狂熱得連沙發床上的枕頭都沾滿了熱吻後的痕跡。這種行爲使神父深感內疚，但他又無法贖罪。

在去了芬克將軍那裡去以後，他幾乎想遠離俗世，然而他那患了酒癆病的腸胃卻阻止了他。

他相信謊言可以消除痛苦。但同時他又知道軍令如山，當將軍對神父說「朋友大膽喝吧！」的時候，僅出於對上司的敬重這一目的，也必須喝下去。

確實，他難以做到。尤其是在隆重的祈禱式以後，將軍又要舉辦隆重的宴會，事後會計部門把宴會開銷混成爲公務費一起報銷時，神父不以爲然。每次歷經這種場合，神父就覺得內心充滿了罪惡。

他沮喪地走著，但失魂落魄之中他沒有泯滅宗教上的良知，他甚至在思考這樣一個問題，每天去這樣折騰是不是一種罪過？

懷著這種心情他又去見將軍。將軍精神抖擻地走過來。

「你已經聽說過我進行的審訊吧？我們要絞死你的一個老鄉。」將軍興奮地說。

這句話使神父十分痛苦，他幾次反對別人把他看作是捷克人。

「對不起，我忘記了，他不是你的同胞，他是個捷克逃兵、叛徒，因爲他幫助俄軍，必須處以絞刑。不過，按程式規定必須先核實他的情況。這不要緊，等回電一來就處死他。」

神父坐在沙發上，將軍興奮地說：「既然是突擊審訊，就必須講究審判的突擊性，突擊性是我的準則。戰爭初期我曾經三分鐘就定了一個人的死刑。不過他是個猶太人；還有個俄國人五分鐘就定了死刑。」

將軍善意地笑笑：「恰好這兩個人不需要祈禱式。猶太人是法學博士，俄國人則是神父。但這次的犯人是天主教徒，爲了節省時間，我們提前給他做刑前祈禱，我說過是爲了節省時間。」

按了鈴以後，勤務兵進來。將軍說：「弄兩瓶昨天搞到的酒。」

一會兒，酒上來了。他給神父斟了一杯葡萄酒，殷勤地對神父說：「行刑前您先提提神吧！」

在鐵窗後，帥克坐在草席上，唱起歌來：

我們是軍人，活得真風光！
姑娘們愛我們。
我們有軍餉，
走到哪兒也不發愁……
一！二！……唉、唉……

二　刑前祝禱

戰地神父馬蒂尼茨神采飛揚地來到帥克身邊，爲他舉行刑前祝禱。剛才的酒勁兒上來了，神父覺得渾身輕飄飄的，好像離上帝愈來愈近了。到了關押帥克的屋子，神父高興地自我介紹：「我親愛的孩子，我是戰地神父馬蒂尼茨。」

以「親愛的孩子」稱呼帥克，神父思考了再三，認爲可以使人產生親近感。

帥克也很熱情地拉著神父的手介紹自己：「我是九十一聯隊十一先遣連的傳令兵帥克。您請坐，見到您很高興，可是您這麼一位有軍銜的體面人怎麼被關到這裡來了？您應該去駐防軍官監獄呀！您請坐，不過，有時就是糊裡糊塗的。有一次我被關在布傑約維策的監獄裡。一個沒軍銜的士官生也進來了。那個人有點兒像戰地神父，平時趾高氣昂，真出了事兒，還不和我們當兵的一樣。神父先生，他們簡直是些寄生蟲，軍官和士兵都不喜歡。連吃飯都沒人跟他們合堆。我們那兒有過五個這樣的人，起初在士兵小賣部吃些碎奶酪，後來被上尉嚴厲禁止，說這和他們的尊嚴不配。但軍官食堂也不歡迎他們，終於有人受不了了，跳了馬爾夏河，還有一個思想開小差，說到摩洛哥當軍政部長去了。跳河的那個人被救上來，他本來就很會游泳。到了醫院，在關於蓋什麼等級的毯子的問題上又有了矛盾，只好用條濕被單裹著。回營後，他和我一起關了三四天，爲能領到份飯而高興萬分。後來再見他時，他的問題解決了，可以和軍官同坐禁閉室，伙食歸軍官食堂管，只不過要等其他軍官酒足飯飽之後。和普通士兵睡在一起，咖啡、煙草由食堂負責。」

馬蒂尼茨突然反應過來，用幾句沒頭沒腦的話打斷了帥克。

「噢，我親愛的孩子，世界上的很多事情都要看得開，應該相信上帝。我的孩子，我是來爲你行刑前祝禱的。」

神父猛地收住話匣子了，原先準備好的那些具撫慰性的話派不上用場了。他要考慮一下接著要說什麼，帥克問他是否有香煙。神父以前的好習慣在與芬克將軍的交往中幾乎喪失殆盡，但不吸煙卻保持了下來。他也曾試著吸過，沒有成功。

「我親愛的孩子，我從不吸煙。」他答覆帥克，心中有種特殊的尊嚴感。

帥克倒覺得奇怪了，「竟然有不喜歡煙和酒的神父，我記憶中很多神父都嗜煙如命，唯一一位不吸煙的卻十分喜歡咀嚼煙草，結果他佈道時把煙草沫吐得到處都是。」

……

事到如今，神父覺得帥克並不是個好對付的人。本來他是想對帥克說：「只要在末日審判的那天，當所有軍隊裡的犯人帶著套在脖子上的繩索走出墳墓時，他們懺悔了，他們就會像《新約》中的『有理智的強盜』一樣受到上帝的寬恕。」但神父的計劃受到了阻礙，刑前祝禱並不順利。

教父是有備而來的，他精心準備了一篇熱忱洋溢的祝禱詞，想分三部分講述。

他要先告訴帥克，死刑並不是可怕的，對一個與上帝親近的人來說，軍事法庭專門懲治皇上的叛徒，叛徒們做的都是些類似弑父犯上的勾當，是被嚴厲制止。

神父還想把皇上神化一下，把他當成上帝恩賜下凡管理人間事務的，背叛皇上就等於對上帝不忠。所以，對皇上的叛徒必須嚴懲，施以絞刑，讓他背上永世的罵名。絞刑和永世的苦難都是對付這種人的絕好辦法。但犯人是可以通過懺悔來贖罪的。

神父的構想是完滿的，只要能感動帥克，那麼上帝就會饒恕他和芬克將軍交往時的墮落行爲。他想像著開始就對帥克喊道：「懺悔吧！孩子，讓我們雙膝著地！孩子，重複我的話吧！」接著，真誠的祝禱詞會引起帥克的共鳴。

「上帝啊！您是寬恕和仁愛的無上代表，現在我替一位士兵的罪惡靈魂向您衷心祈禱，他將按照您的意思，被普舍米斯爾地方的突擊軍事審訊團送離人間。請原諒這個可憐的人吧！讓他免受地獄之苦！」

「神父先生，您是第一次進這種地方吧？」帥克推測道。「您已經有五分鐘沒說一句話了。」

「我是來爲你做刑前祝禱的。」神父一臉嚴肅。

「您擡舉我了，神父先生。雖然我覺得這個刑前祝禱挺有趣的，但我確實沒有那麼大的本事，能在這種環境下爲您做任何祝禱。不過我還真試過一次，但失敗了。您安心坐著，聽我說說話。我住在奧巴托維茨卡街時有一個很好的朋友，是旅館門房，但爲人正派又勤儉。噢，他叫伏斯丁。神父先生，不管什麼時候您去找他，問他要一位小姐，他立刻熱情的詢問您要金髮的，還是褐髮的；喜歡高個兒還是矮個兒，胖的還是瘦的。想要哪個國家的，德國，捷克，猶太……是否有婚姻和文化程度的要求。」

帥克摟住神父的腰，親密地靠著他，接著說：「舉個例子，您想要一個金髮的，高個子，沒文化的寡婦，不出一刻鐘，包準有讓您百分百滿意的小姐來到您的床上。」

帥克溫柔地摟著戰地神父，像母親摟著孩子，神父的身體開始一陣陣發熱。

「神父先生，伏斯丁先生的熱情誠實定會讓您受寵若驚的。他從來不收小費的，要是哪個小姐塞給他一點兒錢，準會惹得他火冒三丈，破口大罵：『你這頭老母豬！你賣身犯下了大罪，以爲幾個臭錢能幫我，我可不是皮條客，媽的，臭婊子！我這麼做只是出於同情，你墮落得無可救藥，就別當眾出醜。巡邏隊會關你三五天的。現在你多少能暖和一點，別人也看不見你的樣子。』他不願收錢，就在顧客身上想辦法。他開了張價格單：藍眼睛的六克里澤，黑眼睛值十五克里澤。寫在上面的價錢，人人都出得起。沒有文化的女人加六克里澤，因爲他以爲下流貨色更有風趣。有一天晚上，伏斯丁心情惡劣地來找我，好像被人偷了手錶剛被人一腳踢開一樣。他頭髮散亂，開始一句話也不說，只是喝酒，突然，他把酒遞給我：『喝吧！』我們沒有說話，直到喝完酒，突然他說：『朋友，幫我個忙吧！請打開樓上臨街的窗子。我爬到窗臺上，你把我推下去，我想去死！這世上沒什麼值得我留戀的，只有最後一點安慰，一個能解決我生命的朋友，我不想活了。我是個正直的人，可有人卻誣告我是猶太區的皮條客。我們的旅館是一級的，三個女侍者和我老婆都有身分證，也不欠大夫一個子兒的出診費用。如果你對我還有好感，就把我推下去，給我一個祈禱，安慰我吧！』您別害怕，我的神父。」

帥克站在床上，一把把神父也拽了上來。

「神父先生，我就是這麼抓住他推下去的。您看！」

帥克把神父向上一提，然後又一把將他推到地板上。嚇得神父臉色大變。

「神父先生，您不是挺好的嗎？他也是什麼事兒都沒有。只不過這床比那窗口至少矮三倍。但伏斯丁先生已醉得意志模糊了，還以爲我家在三樓上呢！而那時我住在一棟的平房裡。」

戰地神父認爲站在床板上，舞著雙手不停講話的帥克簡直是個瘋子。決心以後再和帥克鬥一鬥。他一邊不經意地向門口移動，一邊口齒不清地說：「噢，我親愛的孩子，可能還沒我這裡三倍高呢！」剛挪到門口，神父瘋狂地敲起門來。

神父被衛兵接走了，帥克透過鐵窗看到他們飛速穿過院子，打著手勢說話。

「他大概被送到精神病醫院去了。」帥克心想。他從床上跳下來，踱著步子唱起軍歌來。

受驚過度的戰地神父跌跌撞撞地來到芬克將軍那兒。將軍那裡熱鬧得很，身邊有美麗的兩位太太和甜美的葡萄酒相伴。參加早上突訊的軍官們也在這裡。

神父的樣子極其狼狽，他盡力使自己平靜下來，以保持住自己的尊嚴和面子，芬克將軍把他拉到自己身邊坐下，甕聲甕氣地問神父事情進展得如何。

神父接過一位太太扔過來的香煙，又大口大口地喝下了勞克將軍親自灌給他喝的一大杯酒。當將軍問到帥克的情況時，神父悲傷無奈地回答：「他發瘋了。」

「太妙了，太妙了！」在場的所有人都隨著將軍哈哈大笑。

神父的突然到來，驚醒了在一張沙發椅上打瞌睡的少校，少校實在喝得太多了，但他是拿著兩杯滿滿的甜酒來向神父表示友誼。

這種引誘使神父墮入了罪惡的深淵。罪惡以各種方式從四面八方擁抱著他。誘惑著他，美酒、美女在神父腦子裡飛速旋轉。他不知不覺間酩酊大醉。

神父被兩個勤務兵擡到了隔壁房間，放在沙發上。他還不忘對兩個大兵說：「當你們不帶任何偏見，以純正無邪的思想去懷念眾多成爲信念的犧牲品和殉道者中的名人時，悲壯而崇高的一幕會展現在你們面前。你們可以從我身上看出，當一個人內心存在戰勝最可怕的折磨，爭取勝利的真理與美德時，他是如何超越自身痛苦的！」

說他轉過身去，陷入沈沈夢鄉。

神父夢見自己的白天是戰地神父，晚上卻又成了那個可憐的皮條客伏斯丁，客人們不滿他的服務，紛紛向將軍告他的狀。

早上一覺醒來，神父發現自己的衣服全都濕透了，胃裡直犯噁心。而與原先那個在摩拉維亞管過他的正神父相比，自己更是個十惡不赦的魔鬼。

三　帥克重回先遣連

昨天上午宣判帥克的法官，就是當天晚上和將軍一起祝賀與神父的友誼後來打瞌睡的少校。別人不知道少校何時離開芬克將軍的。大家都醉了，沒發覺他已經走了；將軍已經認不清客人。少校走後兩個鐘頭了，將軍還以爲自己在和他說話。

早晨，他們發現少校的大衣和馬刀還在，只是帽子沒了，以爲他可能在廁所裡睡了。可是找遍所有的廁所也沒有他的蹤跡。倒是在三樓上找到一位睡著的上尉，他也是客人。他是跪在馬桶邊嘔吐時睡著的。

少校突然不知去向，但是如果走進帥克的牢房就會發現：一件軍大衣下躺著兩個人，露出雙皮鞋。

有馬刺的一雙是少校的，沒有馬刺的是帥克的。

帥克的手抱著少校的頭，少校摟著帥克的腰。像兩條親昵的野狗，這沒有什麼值得驚訝的，只是少校意識到了自己的職責究竟是什麼。

誰都有可能會遇到這種情況，比如說您和某人喝了一夜酒，第二天早上酒友突然驚呼「天啊，八點還得上班！」這就是所謂的「職業本能衝動症」。這是人們受到良心譴責時產生的感覺，這時的人們心中有種堅固而聖潔的信念：我要立刻去上班，來彌補自己造成的損失。

那天夜裡少校就產生了「職業本能衝動症」。他猛地醒來，突然意識到自己必須馬上提審帥克。想到便去做，少校悄無聲息地離開了，像一顆炸彈似地逕自飛向軍事監獄守衛室。

看到睡態各異的值班軍曹和大兵們，軍容不正的少校大發雷霆。被驚醒的人們又驚又怕，活像一群害怕的猴子。

「太不像話了！」少校把桌子捶得砰砰響。指向軍曹的鼻子開罵了。「你這個怠忽職守的愚驢，爲什麼總是不聽我的話？」

接著他的火氣又轉向了看守兵。

「每天都是一副睡不醒的蠢樣子。一點出息都沒有！你們是怎麼當兵的？」

在對看守兵進行了一大通語意混亂而散漫冗長的訓話後，少校借著酒勁兒發威，咆哮著讓看守打開關押帥克的房門，他要進行突審。

軍曹忠於職守，嚴肅拒絕了少校的要求，卻因此獲得了少校的好感。

「你們這群歹徒，再不交出鑰匙，小心我讓你們好看。」少校衝著院子嚷嚷。

「對不起，少校先生，爲了您的安全，我必須把您關起來，並且再給犯人派班崗，不管你到時候怎麼砸門。」軍曹也強硬起來了。

少校用人間最骯髒的辭彙詈罵著抗命的軍曹，並逼迫他們把自己同帥克關在一起。

牢房裡十分昏暗，還好在門上窺視孔裡裝有柵杆的路燈架上，有盞點著燈芯的煤油燈，少校借著微弱的燈光正好能看見在床邊立正站好的帥克。

帥克大聲吼道：「報告，少校先生，犯人一名，平安無事。」

突然間少校竟不記得爲何而來了，只好讓帥克先稍息，然後問道：「哪裡有犯人？」帥克很得意地回答：「報告，少校先生，我就是犯人。」

但是少校的酒勁兒還沒有過去，根本就沒把帥克的回答裝進腦子裡，少校不住地打哈欠，這使他想唱歌了。他舒服地躺在帥克的草墊子上，用壓抑的聲調哼哼著一首讚美聖誕樹的小調。少校活像一隻快要斷氣的小豬，反覆哼唱著，時不時夾雜幾聲莫名其妙的哨音。最後少校仰面朝天的躺下了，小狗熊般地將身子蜷縮起來，開始酣睡。

「報告，少校先生，墊子上有好多蝨子的。」帥克關心地提醒他，但少校睡得太死太沈了。

「嗯，這醉鬼！要睡就一起睡吧。」帥克輕輕地把軍大衣給少校蓋在身上，自己也鑽到下面去睡了。

到了第二天上午九點，帥克發現許多人爲少校的失蹤左右奔走，他拚命地搖晃少校，還掀掉了軍大衣，費了好大的勁兒才把少校叫醒。少校看著帥克，腦子有些發昏，不明白眼下發生了什麼事。

「守衛室的人來過好幾次了，少校先生，他們詢問您現在還有氣沒有。我只好叫醒您了。」

「你不會是個白癡吧？」少校帶著沮喪的口氣問。從昨天夜裡開始，少校的意識便模糊不清了，他不明白自己怎麼會在這個地方，對面的這個小子爲什麼老說些莫名其妙的話。真奇怪自己爲什麼會在這裡。

「我夜裡到這裡來過嗎？」少校問帥克。

「報告，少校先生，你是來對我進行突審的，要是我沒理解錯的話。」

少校經帥克一點撥，意識開始清醒。他看看自己，又看了看身後，像是尋找什麼。

「別緊張，少校先生！昨天您進來時除了戴著頂帽子之外，並沒有穿軍大衣，也沒帶馬刀。您的帽子可真漂亮，像個高筒禮帽。要不是我把它從您手裡拿過來，它非得變成您的枕頭不可。只有不愛惜東西的蠢貨才把禮帽枕在頭底下呢！」

少校差不多回過神來了，「你是不是腦子有問題？我必須得走了……」他先是呆呆地看著帥克，然後起身去用力敲門。

門衛沒來時，他還對帥克說：「你，你肯定會被吊死的，要是電報來不了的話！」

「謝謝您的關心，少校先生。」帥克說，「昨天您有沒有在這個草墊子上發現什麼？就是那種小傢伙：公的長著通紅的背，母的長著又長又灰的帶紅條的肚皮，它們正巧是一對。您有沒有都找到？唉，它們在墊子上繁殖得比兔子都快。」

終於有人來開門了，少校無精打采地罵了一句：「Lassensiedas！」（德語：「別胡扯了！」）

守衛室裡，少校失去了昨夜的威風，他客客氣氣地讓士兵們爲他叫一輛馬車。

「帥克簡直是天下第一號大傻瓜，但一定是個無辜的雜種。」

在通向普舍米斯爾的顛顛的路上，四輪馬車咯吱咯吱地走著，少校在車裡浮想聯翩。他對此事真的無能爲力了。他思考了兩個方案：一是馬上回家，開槍自殺。另一個是：讓勤務兵從將軍那裡取回他的大衣和軍刀，然後去城裡洗個澡，洗完後到「沃爾格倫」酒店美餐一頓，穩定一下情緒。最後打個訂票電話給市劇院說他要去看戲。思前想後，他決定不自殺了，而去看戲。

剛回到家，少校發現自己來得正是時候。

在走廊裡，芬克將軍抓住少校的勤務兵的衣服，兇神惡煞一般大喊大叫：「怎麼不早說呀？你這頭笨豬，快說，你們少校到哪兒去了？」

將軍的大手正抵在那可憐的笨豬的脖子上，憋得他滿臉通紅，一句話也說不出來，但胳膊還死死夾著少校的大衣和軍刀不放，由此可見，他剛從將軍府回來。

眼前的一幕反而使少校異常的快樂，真想不到平時自己認爲十惡不赦的勒務兵還能忍受如此的苦難。少校停在門口眼巴巴地看著這一切。

臉色已發青的勤務兵終於被將軍放開了，但芬克將軍又用剛從衣袋中拿出的電報紙狠抽他的嘴巴。將軍邊打邊喊：「你們的少校不會無緣無故地失蹤的，是不是你把我們少校軍法官給弄丟了？笨豬！你必須把這個公務電報儘快交給他！」

一聽見「少校軍法官」、「電報」這幾個詞，少校的腦子裡立即閃現出他的責任。

「我在這裡啊！」他衝口答道。

「怎麼，你還知道回來！」芬克將軍語氣刻薄地高聲說。

少校不敢答話，畏首縮尾地在門口站著。將軍把他叫到屋子裡來，剛一坐定，就把剛才用來扇勤務兵耳光的電報啪地扔到桌子上，說話時的聲音都帶上了淒涼傷感的味道。

「快看看！這都是你幹的好事兒！」

將軍在屋子裡坐立不安，來回踱步，碰倒了椅子和方凳。少校開始讀電報：

「步兵約瑟夫．帥克，是十一先遣連的傳令兵，奉命於本日十六日去尋找宿營地，在途中失蹤，望速把該兵送到沃耶利奇旅部，勿誤。」

少校從抽屜裡拿出了一張地圖，開始暗自思量：帥克為什麼在離前線一百五十公里的地方穿上了俄國軍服。

少校把自己的疑惑說給將軍聽，還在地圖上指出了帥克失蹤的地方。將軍似乎覺得他的審訊計劃將要完全落空，公牛般地咆哮起來，他給守衛室打了電話，命人立刻帶犯人帥克到少校的房間來。

在他們執行命令以前，將軍曾大罵過無數次，說自己應該當機立斷，不經過審訊就處死帥克。少校卻始終堅持法律和正義不是互相矛盾的，不同意將軍的說法。他還扯出了以往和平年代那些在公平審判、審訊中的謀殺行為等等，他必須為自己昨天所做的蠢事找出開脫理由。

帥克被帶來了。

「你是如何穿上這身俄國軍裝的，到底又是怎麼一回事？」少校問。

帥克進行了一系列的解釋，還說了幾個自己遇到的不高興的事情，少校又問他為什麼在審問時不說清楚。

「你們誰也沒問我啊！只是一個勁兒地強調我是自己自願地、沒有任何外界逼迫的情況下穿上俄國軍服的。這確實是真的，所以我沒有否認，這確實是真的，毫無疑問的。但你們說我背叛皇上，可是天大的冤枉，我堅決不承認！」

「在池塘邊昏頭昏腦地穿上一身不知道是誰的俄國軍服，又昏頭昏腦地任人把自己當成了俄國俘虜關起來。他真是個不折不扣的大笨蛋。」將軍對少校說。

「報告，先生們，」帥克說：「我有的時候真是覺得自己的智商有問題，特別是夜裡的時候……」

「閉嘴，你這條騾子！」少校打斷他，然後問將軍該怎麼處理帥克。

將軍下了決定：「就讓他的長官絞死他吧！」

一個小時後，帥克被押去火車站，準備送他到沃耶利奇的旅部。

帥克離開前，還在牢房裡留了個紀念，似乎在表示自己整整一天滴水未進，粒米未食的抗議。就是他用從柱子上掰下的小木片在牆上刻下了他在戰前吃過的所有菜湯、調味汁和其他開胃菜的清單。

將軍還寫了張便條，跟帥克一起送過去。內容如下：

遵照四六九號電報指示，送上十一連逃兵約瑟夫·帥克，望旅部作進一步審查。

押送帥克的四名士兵來自波蘭，匈牙利、德國和捷克四個不同的民族。其中捷克人還是個上士，負責帶隊，他對帥克總表現出神氣十足的樣子，帥克在火車站請求允許他去小便，捷克人卻粗暴地對他進行嚴厲管束，得到了旅部才可以。

「也好，不過，上士先生，你得給我立個字據，假如我的膀胱脹壞了，以後也好讓人知道是誰造成的。這可是有法律管著的。」帥克不緊不慢地說。

「膀胱」這一高深學名，這可把上士這個粗漢給唬住了，接著四個押送兵集體押著帥克去廁所，那陣勢如臨大敵。上士在路上極盡苛刻殘忍之能事，神氣活現地如同馬上就能當上軍團總司令似的。

在火車上，帥克對捷克人說：「上士先生，您讓我想起了一個叫博茲巴的上士，自從他成為上士起，人就開始長胖了，臉胖得鼓鼓的，到了第二天，連隊裡發的褲子都穿不上了。還有更糟糕的呢！上士的耳朵也愈長愈長了。他被送到醫院裡，醫生說聽有的上士都如此，起先是脹大起來，有的很快就恢復了，但他的情況卻太嚴重了，簡直要爆炸了。只有把他的軍銜給剝奪了，人才重新瘦下去。」

打這以後，帥克再也別想和這位上士搭上一句話，帥克還友好地解釋，為什麼俗話說上士是連隊裡的魔障。上士一聲不吭，只是陰著臉向帥克威脅道：

「你別太得意，等到了旅部叫你嘗嘗苦頭。」

反正，他是不再搭理帥克了，當帥克問起他的家鄉時，他說那不關別人的事。

帥克費盡心機，絞盡腦汁想和他聊天，並說自己已經被押送過許多次了，每一次都和押送兵相處融洽。

上士還是緘口不言。

帥克不放棄，接著說：「上士先生，我認為忘記語言是世界上最不幸的事情。我見過很多悲傷的上士，但像您這樣沈默寡言的，說實話，我還是第一次遇著。您能對我訴說自己的傷心事嗎？也許我還能幫個忙，作為一個被押送的士兵，經驗往往比押送者更多些。要不然，上士先生，您也給我們說點什麼，解解悶。也可能介紹一下您的家鄉，那裡到底是什麼樣的，有池塘沒有，或者有沒有神秘的古堡啊，古堡有沒有相關傳說啊？」

「閉嘴！夠了！」上士突然叫起來。

「您真有福氣，有的人身在福中不知福。」帥克說。

「我用不著跟你較勁，旅部的人會教訓你的。」這是上士的最後一句話，此後他真的不吱聲了。

其他三個押送兵也提不起精神。匈牙利人和德國人用一種奇特的方法聊天。於是，當德國人講些什麼時，匈牙利人便點頭說：「Jawohl」；當德國人默不出聲時，那人就問「was」？德國人就重說一遍。波蘭人則始終傲慢得像個貴族，只顧自己，誰都不搭理。他很自如地用右手往地上擤鼻涕，然後百無聊賴地用槍托在地上亂蹭，還文雅地用褲子擦髒兮兮的槍托。邊擦邊嘮叨著聖母瑪利亞。

「你還不是最厲害的，」帥克對波蘭人說，「有個叫麥哈切克的清潔工住在戰場街的一間地下室裡，他很在行地把鼻涕擤在窗戶上，甚至能擦出預言布拉格光明前景的推背圖來。每擦出一幅畫，他就從老婆那兒領到一份國家津貼費，嘴巴撐得好像麵粉口袋，但他沒有放鬆，反而愈畫愈漂亮。沒辦法，這正是他唯一的人生樂趣。」

波蘭人懶得理他。到了後來，五個人都不說話了，成了一支沈默的送葬隊，只在心裡默默祈禱。

漸漸的，沃耶利奇的旅部離他們愈來愈近了。

這段日子裡，旅部有了很大的改變，赫爾布希上校擔任了旅長。

新旅長是位極具軍事才能的人。他的才能以風濕病的形式表現在他的雙腿上。由於他在旅部裡有一群有權有勢的人當靠山，他不但沒有退休，還領著增加了的薪水和各種戰時補貼，有事沒事在各個大軍事機構的參謀部裡來回溜達。在他的風濕病沒有發作厲害之前，他穩居職位。後來他被調到別處，還升了官。和軍官們一塊吃飯時，他滔滔不絕地大講自己腫脹的腳指，脹得有時只能穿特製的靴子。他最喜歡把自己的腳指如何地流膿、出汗，如何地包著棉花等等事情講給別人聽，還加上誇張的形容詞，令大夥胃口大開。

當他被調離時，所有人都無比真誠地同他話別，他還是個和氣而友善的人呢！從不輕慢下級，常跟他們講講他得病前的狀況。

押送兵把帥克帶回了旅部，連同有關文件一起送交赫爾布希上校，碰巧杜布中尉也在旅長辦公室。

杜布中尉在薩諾克到桑博爾的途中又經歷了一場冒險。

到了費爾施泰因後，十一先遣連碰到一個要到薩多瓦·維什尼亞的龍騎兵團去的馬隊。杜布中尉鬼使神差地想爲盧卡什上尉表演一下自己的馬術。於是他跳上了一匹馬，但那匹馬馱著他逕自衝向山谷小溪裡去了。等人們找到杜布中尉時，他正牢牢地陷在一個小沼澤地裡，身子筆挺地腳朝天。人們用繩子把中尉拉出來，然後把他送到旅部的戰地醫務室。整個過程中，杜布中尉只是輕輕地呻吟，沒有大吵大罵。

幾天後，中尉醒了過來，讓醫生給他背上和肚子上再抹兩三次碘酒，然後他就能追趕隊伍了。

現在他正向赫爾布希上校講述各類疾病呢！

杜布中尉知道帥克失蹤的事，所以一見到帥克，他就大喊起來。

「我們又找著你了！帥克，你像幽靈一樣四處遊蕩，又像兇猛的野獸般跑回來了。」順便說一句，杜布中尉在這次的馬術歷險後留下了輕微腦震蕩的後遺症，所以對他的古怪舉止不好大驚小怪的。

中尉走到帥克面前，開始用詩句衝他嚷嚷，還呼喚上帝出來與帥克搏鬥。

「萬能的上帝啊！我呼喚著你。轟鳴的大炮的煙塵把我遮蓋，可怕的槍聲陣陣掠過。戰爭的操縱神，萬能的上帝，我呼喚你！請你把我送到那流氓那裡……臭小子，你竟然待了那麼長時間才回來！你身上穿的是誰的軍服？」

還要順便提一句：上校的風濕病不發作時，在辦公室裡總是一視同仁的，各級軍官輪流去聽關於流膿的腳指的令人開胃的講述。平時，各式各樣的軍官擠滿了辦公室。將軍很高興有那麼多人聽他講些各種下流的笑話。將軍變得十分健談，有滋有味地講著，而別人對這些以前就聽膩的笑話只能抱以禮貌的微笑。

此時，爲赫爾布希上校服務沒有太多的麻煩，人們可以爲所欲爲。上校到了哪個部隊，就會有盜竊和各種亂七八糟的事情發生。今天也是如此。

各級軍官在上校辦公室裡濟濟一堂，看看上校怎麼處理帥克。上校正在看少校從普舍米斯爾寫來的呈文。杜布中尉仍在以他常有的可愛的方式與帥克聊天。

「早晚有一天，你會知道我的厲害！會認識到我的！」

由於少校在寫呈文時，酒勁兒還未過去，所以上校看起來前言不搭後語的。但上校的興致很高，因爲他的腳指兩天都沒跟他搗亂了。他平靜地問帥克：「你究竟幹什麼了？」

杜布中尉的心像給針刺了一下，他忍不住替帥克回答道：「報告，上校先生，帥克準又裝瘋賣傻以掩飾他所幹下的壞事。雖然我沒看公文，但我知道他肯定又犯錯了，而且很嚴重的。上校先生，如果您把公文給我看一看，我準能想出一個如何處理他的好辦法。」

說完中尉又用捷克話對帥克說：「你正在喝我的血，知道嗎？」

「知道！」帥克一本正經地回答道。

「上校先生，您看到了嗎？他什麼也不會說的，您問不出來。總有棋逢對手的一天，會給他罪受的。上校先生，請允許我……」

對上校說話時，中尉又換了德語。中尉認真看了少校寫來的呈文，發現新大陸似的大聲喊道：「帥克，有你好看的了！你把軍服丟到哪裡了？」

「嗯，我把自己的軍服脫到了池塘邊，我只不過想試試俄國兵的衣服是怎麼個穿法。」帥克回答。於是，帥克又向杜布中尉講了他被抓到俄國俘虜隊後所受的苦。剛一說完。杜布中尉又對他喊：

「小子，你知道打仗的把軍服丟了會有什麼後果嗎？你知道丟失國家財產意味著什麼嗎？」

「報告，中尉先生，我知道，要是士兵把軍服丟了，應該發給他一套新的。」帥克不緊不慢地說。

「我的上帝！」杜布中尉一聲尖叫，「混賬東西！畜生！你要再成心拿我開玩笑，那你等打完仗之後得再服一百年的軍役。」

一直安靜舒適地坐在辦公桌前的赫爾比希上校的臉突然扭曲成一團，因爲他那風濕痛又發作了，彷彿有六百伏的高壓電流通過腳趾，四肢漸漸麻木了，如粉身碎骨般痛苦不堪。

上校揮了揮手，聲音變得可怕起來。

「都給我滾！把左輪手槍給我！」

大家識相地溜出去，連帥克也被帶到了走廊上。杜布中尉沒走，想借機給帥克來個落井下石。

「上校先生，請允許我說兩句兒，帥克那小子……」

上校疼得直叫喚，抓起一個墨水瓶向杜布中尉扔過去。這次可嚇壞了中尉先生，他一邊行軍禮一邊溜出了門。

好長一段時間，上校的辦公室裡怒吼聲和慘叫聲接連不斷，直到腳指的疼痛消失了。病情一有好轉，上校又叫人把帥克帶進來。

「你究竟幹了些什麼？」上校問。一切都恢復了平靜。

帥克微笑著看了看上校，向他講述了自己的故事。還說自己身爲傳令兵，不知道自己不在時，九十一聯隊十一先遣連有沒有什麼麻煩。

上校也笑了，隨後又頒佈了一道命令給帥克辦一個通過利沃夫到佐爾坦采站去的通行證（十一先遣連第二天後到達那裡）。從倉庫裡拿一套新軍服給帥克，再發給他一筆路費。

杜布中尉呆呆地看著帥克穿著新軍服離開了旅部。臨走時，帥克嚴格按軍紀向他打了報告，給他看證件，還關切地問他有什麼話要帶給盧卡什上尉，等等。

最後，中尉只對帥克說了一個字：「Abtreten！」（德語：滾！）看著帥克遠去的背影，中尉心裡說：「你早晚會知道我的厲害和手段的……」

在佐爾坦采火車站上，扎格納大尉把全營聚集在一起，除了十四連的後衛，因爲它在迂迴利沃夫時失蹤了。

帥克覺得佐爾坦采的一切都很新鮮。由周圍繁忙的景象可知，離前線已不遠了。炮兵隊和運輸車隊隨處可見，各團的士兵在民房裡進進出出。帝國的日爾曼人，顯然是士兵中的精萃，趾高氣揚地正把自己的香煙分給戰友們。廣場上的帝國日爾曼人伙房裡還有大桶大桶的啤酒，士兵們打了啤酒以備午餐和晚餐喝。倍受冷落的奧地利士兵們對啤酒十分眼饞，卻只能喝著髒乎乎的甜菊花茶。圍成一堆的是穿著土耳其長袍的大鬍子猶太人，對西方的濃煙烏雲指手畫腳。四處叫嚷著——沿布拉河的那些波蘭小鎮都起火了。

轟隆隆的炮聲震天響。有人說俄國軍正對前線各地進行炮火襲擊，在布格河沿岸短兵相接，士兵們正在圍堵從布格河敗逃的士兵。

沒有人知道俄軍的意圖，是轉退守爲進攻呢？還是繼續撤退。到處都亂哄哄的。

一個個被認爲胡亂散佈謠言的猶太人被戰地憲兵巡邏兵送到城防總指揮部去。在那裡，他們被打得不成人樣了才被釋放。

在這個混亂不堪的地方，帥克努力尋找自己的連隊。在火車站上還差點兒和兵站指揮部的人吵起來。他在問訊處詢問自己連的情況，一個班長衝他歇斯底里地大嚷大叫，問帥克是不是讓他去給他找隊伍。帥克連忙解釋，他不是這個意思，只想打聽打聽九十一聯隊十一先遣連現在在哪兒。

「我是十一先遣連的傳令兵，」帥克強調，「我要知道我的連隊在哪裡。」

帥克可真不走運，班長的旁邊坐了個指揮部的軍士，聽了帥克的話他暴跳如雷：「該死的笨豬，身爲傳令兵，卻不清楚先遣連在哪裡？」

不等帥克說話，軍士就從辦公室裡帶來一個胖上尉，活像個屠宰場的大老闆。

兵站指揮部的另一個任務，就是把那些無法無天、四處遊蕩的士兵收容起來，以免他們以尋找部隊爲藉口而成爲戰爭中的兵油子。這群士兵們也特喜歡在兵站指揮部找吃的。

胖上尉一進門，軍士就大喊一聲：「立正！」

上尉向帥克要過他的證明信，證實了帥克確實是從旅部來佐爾坦米找隊伍的，又還給了帥克，然後溫和地對班長說：「幫他找找隊伍吧！」轉身回隔壁辦公室了。

上尉房間的門剛一關上，指揮部軍士抓住他的胳膊，把他推了出去。

「快滾吧！該死的傢伙！」

帥克又一片茫然了。他希望能碰見個軍隊裡的老相識，就在大街上亂逛。無奈之中，他拉住一個上校，用半生不熟的德語向上校打聽部隊的下落。

上校卻說：「我也是捷克人，你可以說捷克話的。由於你們連有的人剛到就在巴沃拉其廣場發生了鬥毆事件，就不允連隊進城了，現如今他們在鐵路那邊的克里姆托瓦村駐紮下來了。」

帥克剛轉身準備去克里姆托瓦，被上校叫住了，上校從口袋裡掏出五克朗遞給帥克，讓他在路上當煙費，然後又一次和氣地話別。走了好長一段路了，上校心裡還在想：「他真是個可愛的傢伙！」

去克里姆托瓦村的路上，帥克不由地想起這麼一件事：一個叫海貝邁爾的上校，對士兵也是又和藹又可親。但是他竟然是個同性戀。最後，當他在阿迪傑河療養地企圖非禮一名士官生時，受到了軍紀處分的威脅。

懷著這種陰沈沈的心情，帥克慢慢來到了並不太遠的克里姆托瓦。很順利地就找到了連隊。這個村子十分分散，一所寬大的小學是村裡還算像樣的房子。在這個純屬烏克蘭人的地區，學校是加里西亞地方政府爲富裕的波蘭式的村子修建的。

五所學校在戰前經歷了好幾個階段。俄軍和奧軍的參謀部都曾多次在這兒駐紮過。有一段日子，學校的體育室變成了戰爭中的臨時手術室，許多鋸腿截肢的手術在裡面進行著，甚至還進行過頭骨環鑽術。

學校後的操場上，有一個被大口徑炮彈炸出來的漏斗形的大坑。一棵大梨樹立在花園一角。上面挾著一小根斷繩，一位希臘正教神父不久前被吊死在這裡。由於他被一個波蘭教師告發，說他在俄國人佔領期間爲俄國正教派的沙皇的勝利做過彌撒，是社團的成員。事實根本不是這樣的，神父當時因患膽結石在一個無戰事的小療養地養病呢，沒在這裡待著！

還有幾個原因促成了神父的死：民族、宗教衝突和一隻老母雞。戰爭伊始，波蘭教師的老母雞蹧踏了神父剛種下的西瓜籽兒，可憐的母雞被神父給宰了。

神父死後，幾乎每個人都在他那空蕩蕩的房子裡拿走一點東西作紀念。一個波蘭老鄉搬走了他的舊鋼琴，用鋼琴的頂蓋修補了豬圈門。按照慣例，士兵們劈了一部分家俱當柴燒，但神父的帶著精美炊爐的大壁爐廚房沒被毀掉。這位希臘正教派神父和許多同事一樣喜歡美食，把罐子、淺鐵鍋什麼的擱滿了炊爐和烘箱。

路經此地的部隊都利用這個便利在廚房裡爲軍官們做飯。他們從民眾家裡搜羅來不少桌椅，把上面的一個大房間佈置成軍官食堂。今天，營部的頭頭兒們在這裡舉行盛大的晚宴。約賴達夥伴用湊錢買的一頭豬爲軍官們做了一桌豬肉宴。他的周圍是一大堆餓鬼。軍需上士萬尼克甚至教了約賴達一招：怎樣切豬頭才能給他留出一塊肉來。

永遠也吃不飽的巴倫的眼睛睜得最大，一臉的饞相。就好像那條製奶房拉車的狗。車子旁的臘腸店夥計的頭上頂著一籃剛做好的新鮮臘腸，小臘腸串兒從籃子裡耷拉到小狗的背上，要是沒有可惡的拴著牠的鏈子和該死的嘴套壞事，牠只要一跳一咬美味就到嘴了。

肝泥餡香腸最先做好了。好聞的胡椒、油脂、豬肝的味道散發出來。

約賴達捲起袖子，模樣極其威嚴、高尚。

巴倫再也受不了了，放聲大哭。

「嗨，怎麼了，夥計？」約賴達問道。

「我想起了自己在家時的樣子。對即使是好鄰居我都是什麼也不捨不得給，我有了好東西全是一個人吃光。有一次我吃了好多的肝泥腸、血腸子和紅燜豬頭肉，大家認爲我會被脹死的，就拿著鞭子趕得我在院子裡跑圈。」

「求求您了，讓我用手摸一下小香腸，就一下，再把我給綁牢了。我快瘋掉了！」

巴倫跌跌撞撞地向放小香腸的桌子走去，並伸出了手。

經過一場混戰，巴倫被人們趕出了伙房，人們差點兒制止不了他瘋狂伸向做肝腸的肉鍋的手。

約賴達氣呼呼地把一大捆木柴扔向巴倫，喊道：「啃木頭棍去吧！該死的饞鬼！」

此時此刻，軍官們正在軍官食堂裡喝著難以下咽的黑麥酒（沒其他酒可喝了），等著夥伴們做出可口美味的豬肉宴。

黑麥酒被蔥頭汁染成黃色，猶太商人堅持說這是祖傳的最好的法國燒酒。

「小子，你再胡說這酒是你曾祖父逃亡法國時買的，我就抓起你來，把你關到你們家的人全部變老爲止！」扎格納大尉氣憤地說。

正當軍官們對猶太人罵罵咧咧時，帥克和志願兵馬列克正待在營部辦公室裡。作爲戰史記錄人，馬列克正利用部隊在佐爾坦采停留的時機，在他的資料里加寫未來幾次戰鬥中的勝利情景。

帥克進屋時，馬列克在寫草稿，他剛寫完下面一段：

「神靈已顯現出N村戰鬥的全部英雄人物。N聯隊一營、二營與我營協同作戰。我營在N村之役作戰神勇，是役，我營扭轉乾坤。」

「我又來了！」帥克說。

「我的上帝，」馬列克大吃一驚，「從你的身上果然能聞出監獄的臭味。」

「噢，誤會一場，沒什麼的。」帥克說，「你又在幹什麼呢？」

「你看，我正在讚美英勇的奧地利士兵們，」馬列克回答，「可我怎麼也寫不好，全是虛假的東西。扎格納大尉在我身上又發現了數學方面的天賦，唉，我又要檢查營裡的賬目。然後得出一個結論：我們營處在極爲消極的狀態，就等著和俄國人大幹一場，無論成功還是失敗，都能撈一筆。即便我們都戰死了，可記載我們勝利的資料還有呢！作爲營史記錄員，我的責任就是寫：『我營痛殲狂悖兇悍之敵，戰不多時，敵軍敗北，困守戰壕。我英勇無敵之軍隊乘勝追擊，迫敵棄壕而潰逃，終爲我軍所俘。』哈哈！」

帥克自然又免不了說了一番風涼話。

「你可一點兒都沒變！」馬列克說，

「是啊！我差點被他們槍斃了，哪兒顧得了那麼多了，還有，從十二號起，我就沒地方領軍餉了。」

「在這裡也領不到了，等到索卡爾一仗打完了，才發軍餉。我計算過，如果打仗二周，每戰死一個士兵就能省下二十四克朗七十二哈萊什。」

「還有什麼新鮮事兒呢？」

「丟了個後衛隊，宰了一頭豬爲軍官們辦宴席。士兵和村裡的女人幹著見不得人的事。今天上午你們連一個士兵竟調戲一個七十歲的老女人，被綁了起來，可軍令裡沒有年齡規定呀！」

「是啊！」帥克也說，「他沒罪，如果老太婆摸著黑上樓，那就看不見她的臉。軍事演習時就有這種事兒：我們一個排駐紮在一家酒店，有個娘兒們在擦地板。有個士兵拍了她一下，應該是裙子，她的裙子太大了，拍完都沒反應。他決定再拍幾下，結果她跟沒事兒似的。於是他決定採取行動，但女人仍然在擦地板，並對他說：『您這騷大兵，讓我逮住了吧？』這女人已是七十多了，後來她把這事告訴了全村的人。我想問一句：您被關起來過嗎？」

「沒有，」馬列克說，「由於和你有關，我得說營部下令要抓你。」

「沒關係，」帥克平靜地說，「他們做得對。這是職責，因爲我沒有音信太久了，營部還算認真。剛才你說軍官們去神父家吃豬肉宴？我得去，說一聲我已經回來了。盧卡什上尉正在爲我擔心呢！」

帥克堅定地走向神父家，邊走邊唱：

看看我吧！
親愛的寶貝！
看看我吧，
我怎麼變成了
老爺！

帥克走進神父的住處，沿樓梯上去，只聽見軍官們的笑聲。

他們正在談論旅部的混亂現象：但副官卻辯解說：「但是我們爲帥克打過了電報……」

「到！」帥克在門口喊道，進屋後他又喊：「到！報告，步兵帥克、十一連先遣連傳令兵前來報到！」

扎格納大尉和盧卡什上尉露出驚訝的眼神，不爲人所察地透出一種絕望，他沒等他們問話就喊道：「報告，他們誣陷我背叛皇上，要槍斃我。」

「聖母啊！你說什麼呢！帥克？」盧卡什上尉沮喪地說。

「報告，是這麼一回事。上尉先生……」

帥克很快把事情經過講清楚了。

大家瞪大了眼睛，驚訝地望著他；他說得很仔細，總而言之，說了一些莫名其妙的廢話，盧卡什上尉忍不住怒道：「混蛋！我一腳踢死你！快說有關的事！」

帥克接著就詳細談到在少校和將軍處的突擊審訊，還說到將軍左眼是斜眼，少校眼睛是藍色的。

「滴溜溜亂轉地盯著我！」他還特意補上了一句。

十二連的連長麥爾曼衝帥克扔了一個罐子。

帥克毫不介意地說著，包括刑前祝禱，少校摟著他睡到天亮。後來，他們把他送到旅部。營裡本想把他當成丟失者送回去時，他又出色地爲自己辯護。接著，他把證件拿出來給扎格納大尉看，說由此可見他是經過正式程式被釋放的。另外，他還說：「請允許我報告，杜布中尉因爲腦震盪只好待在旅部，他向諸位長官問好。我向諸位請求發軍餉和煙草費。」

扎格納大尉與盧卡什上尉互相交換了眼神，正在這時，房門開了，有人端進一盆盆香噴噴的豬肝湯。

這是大夥準備享受的開始。

「該死的混蛋，」扎格納大尉面對美餐高興地對帥克說：「是這些豬肝湯救了你！」

「帥克，」盧卡什上尉又接了一句，「你要是再折騰，有你的好看！」

「報告，」帥克堅定地說，並行了一個軍禮，「那是咎由自取，既然是在軍營裡，就應該……」

「還不快滾！」扎格納大尉吼道。

帥克走了，去了樓下的伙房。巴倫已經傷心地回到那裡，他想在宴會上服侍盧卡什上尉。

約賴達和巴倫爭辯時，帥克來了。

「你是個饞鬼！」約賴達對巴倫說，「雖然吃出了汗可你還是要吃的，如果你去端香腸，還不全偷吃光了！」

伙房現在變樣了。營連的軍需官們按軍銜高低的順序，依約賴達的安排津津有味地吃著。營文書，連隊通訊員和幾個軍士正餓狼似的喝著臉盆裡的摻水的豬肝湯。他們想撈上幾塊豬肝！

「帥克你好！」萬尼克對帥克表示歡迎，一邊啃著一隻豬腳，「剛才馬列克說你又回來了，還換了新軍裝。我可被你害苦了，馬列克嚇唬我說因爲你的新軍裝使我們和旅部的帳對不上了。你的舊軍裝在池塘邊找到了，已經轉到了旅部。我已經把它和你當成死人勾銷了，你可以不用來了。但現在這新軍裝給我們添了麻煩。你知道嗎？你軍裝的每一部分我們都登了記，在我的筆記本上已經作爲剩餘的一套登記上了。連裡有一套多餘的軍服，我報告了營部。旅部說你又得了新軍服。這就造成了混亂，引起上級的審查，檢查處還派人來。可丟失上千雙皮鞋時卻沒人過問。不過，你那套軍裝我們又給弄丟了。」萬尼克一邊吸著骨髓一邊說。他還用一根火柴棍挑著骨頭縫裡的碎肉吃，又用它來剔牙。「這麼點兒小事也要審查！以前在喀爾巴阡山時，檢查官來的目的是爲了讓我們把那些凍僵了腳的士兵的好鞋脫下來。我們脫了好久——有兩雙脫的時候壞了，一雙在士兵死前就換了。倒楣的是，檢查處來了個上校，剛到就被子彈擊中腦袋滾下了山。」

「他的鞋脫了嗎？」帥克好奇地問。

「脫了。」萬尼克若有所思地說，「但沒人知道他的姓名，所以也沒法把他的鞋列入表中。」

約賴達從樓上回來，一眼望見了極爲沮喪的巴倫。巴倫悲傷地坐在凳子上，帶著可怕的神情，望著自己凹陷的小腹。

約賴達從烤爐裡取出一根血腸。

「巴倫，吃吧！」他說，「吃光吧！早晚撐死你！誰讓你老是吃不飽！」

巴倫忍不住流下淚來。

「家裡殺豬時我總是第一個吃，」百感交集地嚼著小血腸，巴倫哭著說，「吃下一大塊豬頭肉，還有豬心、豬耳朵、豬肝、一個腰子和豬腿……」

他說話彷彿在講童話故事：「然後是六根肥肥的血腸，有塡白麵餡的、還有大麥餡的，讓你不知該吃哪一種。舌頭上全是香味，我不停地吃呀……」

「雖然炮彈饒了我，但饑餓又來折磨我，我再也吃不到家裡的血腸了，」巴倫傷心地說，「肉凍我不愛吃，因爲它沒有營養。我老婆愛吃，就算我揍她一頓她也要做肉凍吃。合我口味的我都想一個人吃掉，可惜我沒有珍惜這些美味！有一次，我和我的老丈人爲了一頭豬吵起來。後來我把豬殺了，一個人全吃了，一點兒也沒給可憐的老人留下。後來他就詛咒我沒吃的，有一天會餓死。」

「他的話靈驗了。」帥克說。

突然，約賴達不再同情巴倫，因爲這嚷餓的傢伙又轉向鍋竈，從口袋裡掏出一塊麵包，想把整塊麵包蘸一點調味的肉汁；肉汁正在一個大鐵盤裡流向四周的大塊烤豬肉。

約賴達給了他一掌，巴倫的麵包就掉進了肉汁，彷彿游泳運動員跳進了河裡。巴倫沒來得及取出麵包就被趕出了門。

傷心的巴倫在窗外眼巴巴望著約賴達叉起浸滿肉汁的麵包遞給帥克，還割了一塊烤肉在上邊，對帥克說：「親愛的朋友，吃吧！」

「我的聖母啊！」巴倫大叫起來，「我的麵包被扔進糞坑了！」他一陣風似的跑進村子找吃的去了。

帥克享受著約賴達的禮物，高興地說：「太好了，又回到了自己人的中間！如果再不能給連裡做貢獻，我就太丟人了。」他用麵包擦著下巴上的肉汁，接著又說：

「如果還得打上幾年仗，我真不知道離了我他們怎麼辦？」

約賴達好奇地問：「你認爲仗還得打多久？」

「十五年，」帥克回答說，「顯而易見，因爲已經打過了三十年的戰爭，如今大家都比以前聰明了一半，那就三十除以二唄。」

「聽大尉的勤務兵說，佔領加里西亞後我們就不前進了，然後俄國人同我們談判。」約賴達說。

「如此說來，我不用開火了！」帥克自信地說，「打仗自有打仗的樣子，在打到莫斯科和彼得堡以前，肯定不會講和。世界大戰不會只在邊境上折騰，那算什麼！比如說，瑞典人打了三十年仗，雖然沒打過來，但也到了布洛特和利普尼采，在那兒打了大勝仗。現在小酒店半夜之後還講瑞典話，互相之間誰也聽不懂。普魯士人也不是外鄉人，利普尼采就有很多，他們還打到了美洲，後來又回來了。」

「況且，」被宴會折騰昏了頭的約賴達說，「人是從始祖魚變來的，聽一聽達爾文的進化論吧！」

他剛想說話就被進來的馬列克打斷了。

「大夥小心！杜布中尉乘車剛回來，還有那個煩人的士官生比勒！」馬列克嚷道。

「他太可怕了！」馬列克說：「一下車就和比勒去了辦公室。還記得嗎？我剛離開這裡時說過，我想去睡一會兒。剛在辦公室的椅子上躺下，他突然跑到我面前，當時我已經睡著了。比勒大喊一聲：『起立！』杜布中尉把我揪起來，大耍威風：『哈哈！你躲到這裡睡大覺，這是擅離職守！按規定，熄燈才許睡覺。』比勒也插嘴說：『兵營生活守則第十六條第九款有規定。』杜布中尉在桌子上用力一拍，怒吼道：『你們以為我死了？沒門兒！只是腦震盪，我腦子還沒壞呢！』比勒這時又翻看桌上的公文，大聲讀著：『師部第二八〇號軍令』。杜布中尉以為比勒在拿他的最後一句話開玩笑，就大聲訓斥士官生對軍官的態度不夠嚴肅，舉止粗魯，然後就去大尉那兒告狀去了。」

很快地，他們來到伙房。上樓必須經過這裡，樓上都是軍官，吃完豬腿，馬利中尉開始演唱歌劇《茶花女》中的詠歎調，嗓子裡還不時地打幾個白菜味的飽嗝兒。

杜布中尉一進伙房，帥克就大喊道：「全體起立！」

杜布中尉衝著帥克走過去，說道：「你快要完蛋了，我要把你變成九十一聯隊的紀念標本！」

「是，上尉先生！」帥克行了個軍禮說：「報告，我在書上讀到過，瑞典國王曾經和他的馬一起在戰死後被運回國製成標本，陳列在斯德哥爾摩博物館裡供臣民瞻仰。」

「臭小子，哪兒來那麼多廢話！」杜布中尉吼道。

「報告，我從當中學老師的大哥那裡知道的。」

杜布中尉吐了口唾沫，把士官生比勒推到樓上的大廳裡，可他還沒忘在門口衝帥克嚷道：「大拇指朝下！」那神態彷彿要處死角鬥士的羅馬皇帝。

帥克衝著他的背影喊道：「報告中尉先生，我所有的指頭都向下了！」

士官生比勒衰弱得不成樣子。他一連跑了好多個霍亂防治站，被當成霍亂病人檢查。漸漸地習慣了把尿拉在褲襠裡，形成本能，直到進了最後一個霍亂病防治站。經檢查他沒有霍亂病，專家把他的腸子固定起來，彷彿鞋匠用麻繩縫破鞋一樣，然後把他送到最近的兵站，並把他定爲適於隊伍勤務的人員，儘管他已經奄奄一息。

專家很熱心。

士官生比勒告訴專家，他覺得自己很虛弱，但專家卻笑著說：「你是自願報名參軍的，肯定有力氣戴上勇敢金質勳章。」

士官生比勒就去領金質獎章了。

他的腸子已經康復了，不再拉肚子了，但還常常感覺不舒服，因此從最後一個兵站到他同杜布中尉會面的旅部的行程中，他一直在找廁所。他好幾次誤了火車，因爲他在車站廁所裡時間太長了。還有好幾次蹲在火車的廁所裡誤了換車。

雖然比勒沿途上廁所，但還是慢慢接近了旅部。

杜布中尉還需要在旅部住院幾天，但就在帥克去營部的那一天，旅部醫生因有救護車到九十一聯隊，他便讓杜布中尉走了。

醫生很高興擺脫了杜布中尉。

帥克沒找到士官生比勒，因為他去廁所待了兩個小時。在這種地方，比勒從不浪費時間，他又回顧了奧匈軍團所有的光輝戰役，從一八六三年九月六日的內德林根戰役到一八八八年八月十九日的薩拉熱窩戰役。

他無數次地拉動馬桶的沖水繩，水嘩嘩地流入便池中，這時他閉上眼睛開始想像戰場上的激烈情形：大炮轟鳴、騎兵前進、不停地有人倒下又有人補上去。

杜布中尉與士官生比勒相遇的情景並不動人，這使得二人在以後公私兩方面都相處得很不愉快。

杜布中尉第四次跑去上廁所時，怒道：「誰他媽待在裡面了？」一個自豪的聲音傳出來：「九十一聯隊N營先遣連士官生比勒。」

「我是杜布中尉。」

「中尉先生，我馬上就完。」

「快點！」

杜布中尉不耐煩地看看表，他已經等了十五分鐘，然後又等了好幾個五分鐘，無論他如何踢門，比勒在裡面總是說：「就好了，中尉先生。」這使得等待的人需要極大的耐心。

杜布中尉終於因爲在聽到手紙響後又等了十分鐘而發起火來：門還是沒開。

而比勒很聰明，每次都不沖水。

杜布中尉氣得渾身冒火，他很想去找旅長告狀，好把比勒拖出來，但這會破壞與下屬的關係。

又過了五分鐘，杜布中尉覺得自己已經憋過勁兒了，他覺得無聊，但仍然守在門上，不停地踢門，而比勒總是說「馬上就好」。

終於，水箱聲響了，比勒開門出現在杜布中尉面前。

「比勒！」杜布中尉吼道，「別以我來這兒是爲了上廁所！我是因爲你來旅部沒向我報到，這違反了規定！你難道不知道誰應該受照顧嗎？」

比勒竭力回憶他是否犯了錯誤，是不是冒犯了上級。因爲他覺得這方面雙方認識有差距。

在學校裡他沒學過這樣的情形應該如何對待上級，是不是應該沒拉完屎就提著褲子出來行禮。

「說話呀？士官生比勒！」杜布中尉不依不饒。

比勒突然想到了回答的辦法：「中尉先生，我沒想到來了旅部後會遇上您，我在辦公室幹完活就來了，一直蹲到您敲門。」

他立即鄭重地高聲喊到：「士官生比勒向您報到！」

「這不是件小事吧？」杜布中尉譏諷道，「我看你一來就該好好問問，這兒有沒有你們先遣隊的人。你這種行爲回營再說，我得坐車去，你也別溜，跟我走。」

比勒本想拒絕，因爲旅部已經安排了火車給他。考慮到他的直腸不好，這樣走會方便些。連小孩們都知道汽車上沒廁所，他坐汽車肯定會拉一褲襠的屎。
天知道怎麼了，上了汽車，比勒的腸胃沒有什麼反應。
杜布中尉的報復沒有成功，他特別沮喪。
出發前，杜布中尉心想：「比勒，等著倒楣吧！想拉肚子時我不會讓司機停車的。」上路後，杜布中尉控制著車速，開得很慢，還說這是軍用汽車的規定時速，爲了節省耗油也不許隨便停車。
比勒卻理直氣壯地反駁道：「停車不費油，司機會關油門的。」
杜布中尉也不示弱：「汽車必須按時到達，哪裡也不許停車。」
比勒再也沒有理由反擊上司的話。
汽車開得很快，十五分鐘後，杜布中尉覺得肚子難受，很想停車到路邊溝裡舒服地蹲一會兒。他英勇地憋了一百二十六公里，就再也憋不住了。他一把揪住司機的後衣領，大吼道：「馬上給我停車！」
「比勒，」杜布中尉平和地說，邊說邊向溝裡跑，「你也可以方便一下……」
「謝謝長官，」比勒說，「可我不想耽誤時間。」其實，比勒這時也覺得憋不住了，但爲了讓杜布中尉出醜，他寧可拉在褲襠裡也要堅持。
到達目的地之前，杜布中尉又停了兩次車，最後一次還不服氣地說：「中午吃的豬肉酸白菜肯定壞了，我給旅部去了電話，針對這些黴白菜和臭豬肉告了一狀。炊事班真不是東西，早晚讓他們領教我的厲害。」

「我認為行軍必須注意飲食衛生。」比勒回答說。

杜布中尉聽了沒出聲，只是咬牙想：「你小子等著，我會收拾你的。」後來他又改了主意，問比勒一個極為愚蠢的問題：「你覺得以你的軍銜來批評上級軍官的飲食適合嗎？你是說我胡吃海塞？謝謝你的批評，你不知道我的手段，到時候有你受的。」

他說最後一句話時汽車正好駛過一條溝，結果顛得他差點咬了自己的舌頭。

比勒一言不發，這沈默卻激怒了杜布中尉。他粗野地問：「士官生比勒，你沒學過如何回答長官的提問？」

「學過呀，」比勒回答，「條令早有規定，但我們必須分清關係。因為我現在不屬於任何單位組織，咱們沒有直屬關係。中尉先生，最重要的是，只有在軍隊關係裡下屬才回答上級的問話。現在我們倆在汽車上，不是參加戰鬥的作戰單位，我們中間沒有任何行政上的關係。你我各歸各隊，我並沒說您不注意飲食健康，這在任何時候都不是公事，我就不必回答。」

「說完了？你……」杜布氣得說不出話來。

「是的，」比勒堅定地回答，「您別忘了，軍事法庭會對我們做出明智的審判。」

杜布中尉給氣得要死，一般說來，他發怒時遠比清醒時更加糊塗。所以，他惡狠狠地說：「軍事法庭會找你的。」

士官生比勒決定趁機好好捉弄他一下：「您是在開玩笑嗎？」他故作友好地說。

杜布中尉讓司機馬上停車。

「我們當中必須有人步行。」他自言自語道。

「我要坐車走，」比勒自然地說，「那麼您，隨便吧！」

「開車！開車！」杜布彷彿喝醉了酒般衝司機叫道。接下來，他便陷入陰險的沈思中，彷彿陰謀家手持匕首要刺殺凱撒大帝。

他們就這樣來到了營部。

正當杜布中尉和比勒在樓梯上爭辯時，樓下食堂裡的人早就吃飽了。他們兩個在爭論沒有被編入正式序列的士官生是否有權領取軍官應得的香腸。樓下的人們則在躺椅上休息，一邊聊天一邊抽著一〇六號煙草葉。

炊事員約賴達說：「今天我有一項重大發明。我想以後的烹調可以有很大改進。萬尼克，你知道，在這該死的村子裡我根本找不到做香腸用的馬約蘭。」

「馬約蘭？」萬尼克想起自己曾賣過草藥，就用拉丁語重複了一句。

約賴達說：「我沒搞明白的是人類的智慧如何能用到在困境中尋找藥方，在人類的理智面前新的地平線升起，人類可以發明許多不可能的東西……我四處去找馬約蘭。我到各家去問，解釋找馬約蘭的用途。」

「你得說清它的香味，」帥克躺在長椅上說，「比如說它類似墨水汁般的香……」

「住嘴吧，帥克，」馬列克打斷帥克的話，「讓約賴達接看說。」

約賴達說：「我在一家莊園裡遇到一個佔領波斯尼亞時期的退伍老兵，他現在仍是一口捷克腔。他和我爭論說捷克人在香腸裡放的是甘菊，不是馬約蘭。說實話，我真拿他沒辦法，因爲任何有理智的人都把馬約蘭作爲第一等的香料。必須儘快找一種香料來替代，於是我在一家掛著的某位聖徒畫像的下面找到了一個桃金娘花環，是結婚時用的新鮮貨。我把桃金娘當作肝腸的香料，當然，花環事先我已煮了三次，使葉片變軟，消除嗆人的辛辣味。不用說，拿走神父洗禮時用過的花環讓新婚夫婦心疼不已。他們認定我在褻瀆上帝，肯定會被炮彈打死。你們能嘗出來香腸湯裡放的是桃金娘而不是馬約蘭嗎？」

帥克插開了嘴：「在英德希城，很多年前有個香腸鋪老闆名叫約瑟夫・利涅克，他在擋板上放著兩個盒子，一個裝香料，供製作香腸和血腸時調味用，另一個裝殺蟲藥粉，因爲臭蟲和蟑螂總是咬壞香腸。他總是說臭蟲有種香味，像圓形麵包裡的苦杏仁味。但臘腸裡的蟑螂卻臭得跟發黴的聖經一樣。所以，他時常在鋪子裡撒些藥粉來殺蟲。有一回做血腸，趕上他傷風感冒，打翻了殺蟲藥粉，藥粉撒在了血腸餡上。從此，全城的人都找他買血腸，他知道是殺蟲藥粉起了作用，就成箱成箱地訂購藥粉，還讓供應商在包裝上改爲『印度香料』，這個秘密一直到他死都沒人知道。最妙的是，凡是買他血腸的人，家裡沒有了臭蟲和蟑螂。從此，英德希城成爲捷克最乾淨的城市。」

「你講完了？」馬列克問，他也想講幾句。

馬列克講道：「烹調手藝在戰時，尤其是前線能表現出來。比如說在和平時期，大家都知道所謂的冰湯，就是湯裡加冰塊。這種冰湯在丹麥、瑞典很流行。然而戰爭一來，今年冬天，在喀爾巴阡山的士兵們有許多凍成肉凍的冰湯，誰都不肯品嘗這美味，可是這卻是道名菜。」

「凍的醬肉丁可以吃，」萬尼克提出異議，「但時間不能太長，最多一周。爲此我們的九連還丟了陣地。」

帥克總結道：「還是在和平時期，整個部隊都圍著伙房和各種食物轉。有個拉克萊斯上尉，整天盯食堂，要是有士兵犯了錯，他就讓人家『立正』站著，罵道：『臭小子，你要是再犯一回就把你剁成肉餅，絞成肉餡拌到馬鈴薯泥裡去，然後吃掉。不然就把你變成烤兔肉。如果你不想變成食品，就得改正錯誤。』」

這場關於空中樓閣式的會餐趣談被樓上宴會結束後的叫喊聲打斷了。在叫喊聲中，大家聽到比勒在說：「和平時期士兵就該知道，戰爭要求什麼，不能忘記在學校裡學的。」

接著，杜布中尉罵起他來：「我得聲明，你是第三次侮辱我了。」

頓時，樓上一陣大亂。

杜布中尉由於對比勒暗懷不滿，又渴望討好上司，被軍官們大罵一頓。猶太人的酒讓他們忘乎所以。

他們爭先恐後地大聲喊著，影射杜布中尉糟糕的騎馬技術：「必須要馬夫！」——「一匹受了驚的野馬，」——「朋友，你和騎馬的牧童待了多久？」——「活像馬戲團的騎馬小丑！」

托格納給杜布中尉倒了一杯燒酒。杜布中尉坐到桌邊的盧卡什上尉身旁，上尉友好他說：「全吃光了，我們一點不剩！」

士官生比勒嚴格遵守規定，向扎格納大尉和所有的軍官一一報到，每次都說：「士官生比勒到營部報到。」雖然大家都知道了，但還是沒人注意他這個小人物。

比勒倒滿一杯酒，老實地坐在窗前，等待機會顯示自己淵博的知識。

杜布中尉覺得酒勁兒上來了，就轉身向扎格納大尉說：

「我總是告訴老爺：愛國主義，忠於職守，檢點自己，這才是作戰必勝的法則。當我們軍隊即將大獲全勝時，您千萬要注意這一點。」

經典新版世界名著：23

好兵帥克【全新譯校】

作者：〔捷克〕雅洛斯拉夫・哈謝克
譯者：張蔚鄉
發行人：陳曉林
出版所：風雲時代出版股份有限公司
地址：10576台北市民生東路五段178號7樓之3
電話：(02) 2756-0949
傳真：(02) 2765-3799
執行主編：朱墨菲
美術設計：吳宗潔
行銷企劃：林安莉
業務總監：張瑋鳳

出版日期：2022年4月
ISBN：978-626-7025-09-3

風雲書網：http://www.eastbooks.com.tw
官方部落格：http://eastbooks.pixnet.net/blog
Facebook：http://www.facebook.com/h7560949
E-mail：h7560949@ms15.hinet.net
劃撥帳號：12043291
戶名：風雲時代出版股份有限公司

風雲發行所：33373桃園市龜山區公西村2鄰復興街304巷96號
電話：(03) 318-1378
傳真：(03) 318-1378
法律顧問：永然法律事務所 李永然律師
北辰著作權事務所 蕭雄淋律師

行政院新聞局局版台業字第3595號 營利事業統一編號22759935

定價：450元

國家圖書館出版品預行編目資料

好兵帥克 / 雅洛斯拉夫.哈謝克著 ; 張蔚鄉譯. -- 臺北市
: 風雲時代出版股份有限公司, 2021.10　面；　公分

譯自 : Osudy dobrého vojáka Švejka za sv ě tové války
ISBN 978-626-7025-09-3 (平裝)

882.457　　110014001